教育部人文社会科学研究项目成果（07JA751008）

中国"自由"派文学的流变

陈国恩 张 森 王 俊◎著

中国社会科学出版社

图书在版编目(CIP)数据

中国"自由"派文学的流变/陈国恩、张森、王俊著.—北京：中国社会科学出版社，2014.1
ISBN 978-7-5161-3371-2

Ⅰ.①中… Ⅱ.①陈…②张…③王… Ⅲ.①中国文学—现代文学—文学研究 Ⅳ.①I206.6

中国版本图书馆 CIP 数据核字(2013)第 237658 号

出 版 人	赵剑英
责任编辑	李炳青
责任校对	韩天炜
责任印制	张汉林

出　　版	中国社会科学出版社
社　　址	北京鼓楼西大街甲 158 号（邮编 100720）
网　　址	http://www.csspw.cn
	中文域名:中国社科网　010-64070619
发 行 部	010-84083685
门 市 部	010-84029450
经　　销	新华书店及其他书店
印　　刷	北京市大兴区新魏印刷厂
装　　订	廊坊市广阳区广增装订厂
版　　次	2014 年 1 月第 1 版
印　　次	2014 年 1 月第 1 次印刷
开　　本	710×1000　1/16
印　　张	23.25
插　　页	2
字　　数	368 千字
定　　价	68.00 元

凡购买中国社会科学出版社图书，如有质量问题请与本社联系调换
电话:010-64009791
版权所有　侵权必究

目　　录

绪论 …………………………………………………………（1）

第一章　中国"自由"派文学的产生 ………………………（16）
　　第一节　自由主义的基本内涵 ………………………（16）
　　第二节　"语丝"分化与"自由"派文学形成 …………（24）

第二章　"新月派"的文学自由论 …………………………（32）
　　第一节　《新月》的创刊 ………………………………（32）
　　第二节　新月派的"个人自由" ………………………（37）
　　第三节　新月派与左翼的文学之争 …………………（54）

第三章　论语派的自由困境 ………………………………（73）
　　第一节　20世纪30年代周作人的文学观 …………（73）
　　第二节　论语派："以自我为中心" ……………………（93）
　　第三节　论语派与新月派文学观的异同 ……………（121）

第四章　"第三种人"：文学的自由与阶级性 ……………（130）
　　第一节　矛盾的自由与错位的论争 …………………（132）
　　第二节　"第三种人"的发展及现实境遇 ……………（150）

第五章　沈从文的文学经典论 ……………………………（157）
　　第一节　"独断"与作为经典的文学 …………………（157）
　　第二节　沈从文与论语派、新月派的比较 …………（169）

第六章　20世纪40年代的压力与挑战 ……………………（180）
第一节　现实与政治 ……………………………………（181）
第二节　文艺的统制 ……………………………………（193）
第三节　文学的位置 ……………………………………（202）

第七章　国统区："旧调"与"新声" ……………………（213）
第一节　发现文学的"弊"与"病" ……………………（213）
第二节　"自由"派文学运动的重造 ……………………（224）
第三节　向远景凝眸：20世纪40年代的沈从文 ………（243）

第八章　沦陷区：在"言"与"不言"间 ………………（257）
第一节　在夹缝中生存 …………………………………（257）
第二节　张爱玲：自己的文章与时间的荒野 …………（276）
第三节　钱钟书：忧愤之书与潜在写作 ………………（291）

第九章　命运抉择：自由主义与中间路线 ………………（303）
第一节　文人议政与"自由"的政治 …………………（303）
第二节　作家的"变"与"不变" ………………………（320）
第三节　重构文学自由主义的理念 ……………………（342）

参考文献 ………………………………………………………（363）

后记 ……………………………………………………………（366）

绪　　论

"自由"派文学，作为一脉文学支流贯穿于大半部中国现代文学史，该是一个事实。它在思想和艺术上都有自己独立的追求，它与别的文学思潮，尤其是作为文学主潮的左翼文学保持着矛盾统一、共存互补的关系。对于这样一种文学思潮，我们应当正视它的存在，并进行实事求是的研究，全面检讨它的成因、基本格局、思想艺术特点，以及与别的文学思潮的种种关系，从而更深入地把握新文学曲折前进的历史规律，并从中获取一些有益的经验教训。

1. "自由"派文学的基本格局

"自由"派文学，是现代中国介于左右两极社会力量中间的一种特殊的文学思潮。从属于这一思潮的作家，一般都深受西方自由主义思想的影响，在社会革命时期他们力图超越政治斗争，保持个人独立和思想、创作的自由。他们的"自由"观与五四精神有着内在的联系，两者都是反对思想束缚，追求个人解放的。但彼此也有重大差别，这便是五四自由主义文化思潮兼顾了个人和社会两个方面，它要通过个性解放、人的自觉达到改造社会的目的，因而反映了这一文化思潮的五四文学具有鲜明的入世精神和很强的使命意识。"自由"派文学之"自由"，则是一群文化人在启蒙运动转向低潮、政治斗争日趋尖锐的形势下，对五四自由主义文化思潮有所取舍，即削弱了它对社会承担的责任，只把它用作维护个人尊严和自由的一种手段，因而这些人一般表现出疏远时代以扩大个人心理自由空间的倾向。

"自由"派文学的形成始于"语丝"派的分化。此前《新青年》分裂，以胡适为首的一批人钻进故纸堆去搞国学研究，提倡好政府主义，产生了"自由"派的学术，而新文学总体上仍是面对来自复古势力挑战的反帝反封建的革命民主主义文学。至"语丝"派分化，才从根本上改变了新文学的格局。先是在反对北洋政府镇压学生运动中鲁迅和林语堂的态度出现了微妙差异。稍后，"四·一二"政变彻底轰毁了鲁迅的进化论思路，使他转向共产主义，与创造社、太阳社经过一番论争，携手倡导左翼文艺运动。而国民党政府则发动文化围剿，欲将它扼杀在萌芽之中。在这场进步与反动、光明与黑暗的交战中，周作人、林语堂等人坚持个性主义的立场，正式与鲁迅分道扬镳，创作中表现出既反对国民党政府的专制独裁，又不赞同"革命文学"和稍后的左翼文艺运动的党派色彩的倾向。这标志着介于"革命文学"与当局的文艺政策及其御用文艺之间的"自由"派文学正式面世。因为是反封建专制的，所以"自由"派文学没有完全背离五四的传统，也正因为对左翼文艺运动抱着偏见，所以它没能跟上新的文艺潮流，结果成了两面都不合拍的一个音符。

"自由"派文学一直延续到新中国成立前夕。在这不太长的时期中，它处于左右两极的夹缝中，是一个不容小觑的中间派文学阵营。就其内部构成而言，则又大致可以分成两股力量。一是中间偏右的，以胡适、梁实秋为代表。胡适喜议政，追求民主宪政的理想。他著文揭露国民党政府侵犯人权，甚至矛头直指蒋介石本人。不过这至多只能算是诤友式的直谏，骨子里是希望当局争点气，改良统治的方式。胡适创作成绩不大，但他堪称这一路文化人的思想领袖。梁实秋强调文艺的自由，要文艺表现普遍的人性。他反对当局搞"文艺政策"，当然更不满意左翼文学的宣传"主义"。他认为做政治工具的文艺没有价值。

二是以周作人、林语堂为代表，基本队伍包括京派、"论语"派、"第三种人"、新月派和现代派的部分成员，到20世纪40年代则有更为超然于政治的张爱玲和钱钟书等。这部分人是自由派文学的主体。他们不满左翼理论家限制创作自由，但与当局存在着更为尖锐的矛盾，其文艺思想的代言者先是周作人，后是朱光潜，而与左翼文艺界展开一场影响很大的文艺思想论争的，却是胡秋原和苏汶。

周作人是京派的核心，又是"论语"派的后台。"语丝"分化后，他文学观上逐渐转向追求闲适的趣味，认为文艺只能怡悦人情，增加知识，而觉世的效力则一点没有。这样的观点自然要招致重视文艺社会功利性的左翼方面的批判。但由于他反对封建独裁，与当局的矛盾尤为尖锐。曾先后愤怒地谴责北洋政府镇压学生运动和国民党的背叛革命，

30年代初似乎消沉起来，但直至下水附逆前，其反封建的立场没有改变，因而对社会的黑暗面仍以其特殊的方式常表示出不满来。朱光潜受克罗齐等人影响，从审美心理学的角度提出美是非功利性的，主张艺术的理想是距离适当，推崇"静穆"为诗美的极致。他的观点为文学超越现实政治提供了理论依据，是继周作人之后京派作家群的一面理论旗帜。

值得注意的是，"自由"派作家中凡埋头创作的，一般没有卷入论争，有些还以其创作实绩赢得了各方的认可。如老舍，他在30年代显然采取了一种自由知识分子的立场，既揭露现实黑暗，又对马克思主义存在着误解（《猫城记》）。但由于《骆驼祥子》等作品的成就，他受到广泛好评，并在抗战初成了国共两党都能接受的人物。只有那些敢于公开亮出自由主义旗号的，才成了众矢之的。这除了周作人等，就是胡秋原和苏汶。

"左联"在批判胡秋原、苏汶之初，把他们当成了比民族主义文学更危险的理论敌手，因为他们反对将文学当作政治的工具："艺术虽然不是'至上'，然而决不是'至下'的东西，将艺术堕落到一种政治的留声机，那是艺术的叛徒"；[1]并且指责左翼理论家的"除了武器文学之外，其他的文学便什么也不要"，使"第三种人"只好长期地搁笔。[2]其实，胡秋原的文章首先是针对民族主义文学运动的，由于他的基本观点是反对政治干涉文艺，所以也表达了对左翼文艺理论的不满。苏汶继胡秋原之后出来应战。他认为"第三种人"，所谓"作者之群"被迫搁笔，是由于左翼理论家"用狭窄的理论来限制了作家的自由"，而你若要自由，那就"先承认了自己是资产阶级的作者之后才放你走"，"不承认，那就永世也不放你自由"[3]。苏汶怕被冠以"资产阶级的作者"，由此表明他的确是采取了"第三种人"的立场。左翼理论家在阶级斗争异常激烈的年代要求文艺发挥战斗的作用，有其历史的合理性，但看不到艺术有自己的特殊规律，更没有从统一战线的观点肯定自由人和

---

[1] 胡秋原：《阿狗文艺论》，《文学运动史料》第三册，上海教育出版社1979年版，第118页。

[2] 苏汶：《"第三种人"的出路》，《文学运动史料》第三册，上海教育出版社1979年版，第162、173页。

[3] 同上书，第170—171页。

"第三种人"有反对"资产阶级"和反动当局的一面，只盯住其"死抱住文学不放"这一点，用教条主义的方式加以批驳，这不能不说是一个失误。后来虽有哥特的《文艺战线上的关门主义》一文对这一失误提出批评，冯雪峰也承认钱杏邨、瞿秋白的观点有片面之处，并声明"我们不把苏汶先生等认为我们的敌人，而是看作应当与之同盟战斗的自己的帮手"①，但总的来看，"左联"并没有完全根除关门主义和宗派主义的倾向。

随着时局的发展，"自由"派文学处于不断分化和重新组合的过程中。有些作家开始采取自由主义立场，但后来很快成了左翼文学的同盟军，如巴金。有的经过艰苦的心灵挣扎，走上了革命的道路，如何其芳。有些作家从同情革命到倾向"第三种人"，后来在民族存亡关头又转到进步文化阵营，如戴望舒。有些"自由人"则不久依附于当局，如胡秋原。有的甚至在抗战时当了汉奸，如周作人、苏汶。但也有一些作家始终坚持超党派的中间立场，如沈从文、朱光潜，到20世纪40年代中期，其自由主义的文学思想反而日渐鲜明和自觉。"自由"派文学正是在这种错综复杂的分化组合中呈现出整体上的一致性。但到了40年代后期，"自由"派文学不可避免地趋于瓦解了。原因是国民党政府的腐朽本质进一步暴露，人民解放战争节节胜利，自由主义者在政治上已没有独立的出路。以胡适为代表的一批人彻底倒向国民党，而绝大多数的自由作家基于他们一贯的要求民主、自由的立场，先后选择了靠近中国共产党的光明前途。其中部分作家，在新中国成立后还迎来了新的发展机遇。

2. "自由"派文学的思想特征

"自由"派文学的思想基础是来自西方的人文主义，反映在它的政治理念上，是民主政治，落实到伦理观，便成了"个人主义的人间本位主义"。这些都是五四时期反封建的思想武器，因而"自由"派文学与五四文学有着精神上的亲缘关系。而它之所以从主潮文学中分离出来，则主要起因于五四启蒙运动自身的局限。这个局限，就是启蒙运动的根本目标，即改造国民性，事实上难以依靠启蒙运动自身完全实现。其根

---

① 冯雪峰：《关于"第三种文学"的倾向与理论》，《文学运动史料》第三册，上海教育出版社1979年版，第190页。

本原因，就在于阿Q读不懂鲁迅的小说，启蒙思想对他如同隔靴搔痒，毫无影响，因而鲁迅等启蒙运动的先驱想借助文艺改造沉默的国民灵魂的理想终成画饼，个性解放的思潮始终只局限于知识分子的圈子里。诚然，这说起来已是了不起的成就，并且可以指望新的思想意识从知识分子阶层向下层民众慢慢地渗透，从而最终改造中国社会的旧的思想基础。但中国的状况等不及这一漫长的进程，更主要的是为数众多的像阿Q这样的落后群众，要使他们真正觉悟，首先必须改变其社会地位，使他们具备接受新思想的主观条件。因而，若要比较充分地完成启发民众觉悟的任务，历史注定了要经由思想革命和社会革命交替进行的过程。就是说，在20世纪20年代的条件下，启蒙运动已取得了重大成就，但由于它内在的那种局限性，加上马克思主义的广泛传播和阶级矛盾、民族矛盾的激化，它必然要被无产阶级解放运动所取代。因为只有在后一种革命中，思想麻木而渴望改变自己命运的落后群众由于看到这一革命能给他们带来实际的好处才能被动员起来。鲁迅从早期认为要改变人的精神必须仰仗文学，到后来认为文学的威力远不能跟大炮相比，这不仅仅是文学观念转变，更重要的是他在事实面前改变了对启蒙运动的态度。总之，在当时中国教育远没有普及、群众普遍不觉悟、封建意识还根深蒂固的条件下，只要是坚持"立人"这一启蒙运动的根本目标者，他迟早要从思想启蒙的立场转向社会革命，成为一个革命文学家，因为这样的革命运动是他最终实现启蒙目标不可缺少的关键环节。

但问题在于，阿Q这样的落后群众一旦参加社会革命，他们身上的革命潜力会充分调动起来，而他们没有经历人的启蒙阶段的弱点也会逐渐暴露出来。他们的阶级意识由于没有人的自觉精神做基础，往往比较空洞抽象，对革命的理解是肤浅片面的，很容易产生封建性的盲从和个人崇拜。革命队伍中经常出现的教条主义、宗派主义和封建残余意识，社会基础就是这种阿Q式的精神。这些不良倾向在民主革命时期也曾引起过人们的警惕，不断地有所克服。但由于当时首先要动员民众进行阶级斗争，推翻旧的制度，所以尚不具备条件在广泛的范围内同时完成思想启蒙的任务。要弥补这一欠缺，显然有待于新的历史机遇。

当启蒙运动转向低潮，社会革命占据了历史舞台的中心时，以启蒙为主要内容的思想革命传统就面临着艰难的选择：要么坚持原来的通过人的解放实现社会变革的路线，遭受被社会革命时代冷落的命运；要么跟上时代的步伐，转向无产阶级解放斗争。这样的转变实际上是在新的时代条件下，五四思想革命传统合乎历史逻辑的发展。最先传达出这一信息的是创造社的"转换方向"，但创造社的几篇文章粗暴地割断了革命文学与五四文学的联系，以致鲁迅也成了"封建余孽"、"二重反革命"。真正继承并超越五四思想革命传统的恰恰是鲁迅。他接受了马克思主义，但又吸收了五四启蒙的成果，把人的自觉精神与阶级斗争学说结合起来，使马克思主义成了指导他革命实践的活的灵魂。

"自由"派文学从主潮中分化出来，就是因为时代已前进到社会革命阶段，一部分作家仍坚守着启蒙主义的立场，信奉西方式的民主理念和个人本位的伦理原则。个性主义固有的叛逆性既难为反动当局所容，它的主张宽容，反对思想统一和暴力革命，要求言论和创作自由，又与无产阶级社会革命的原则相抵触。后者为其本身的性质、任务所规定，要求有统一的指导思想，要求文艺成为教育和动员群众、打击敌人的有力武器，要反对个人主义，要进行武装斗争，所以必然要在文艺战线上驳斥自由主义的论调。这样，"自由"派作家陷入了腹背受敌的尴尬境地，"自由"派文学也就成了有别于左翼文学和右翼御用文学的一种独立的文学思潮。

"自由"派文学内部有不同的倾向，但正是在这中间派的位置上，人们得以透过它的内部分歧，看到它总体上的思想特征。这些特征归纳起来，大致有三个方面。首先，是它把文化斗争与社会革命运动分离开来，主要承担反封建的任务。比如，周作人在30年代一如五四时期，抨击礼教，反对复古、缠小脚、吸鸦片、纳妾，对道学家的维持风化和当局的提倡读经怒形于色，偶尔也忘记了不谈时事的座右铭而要向思想专制发表一点不满的意见。林语堂提倡幽默，按鲁迅的说法，也是因为在那样一个时代，既不愿做文字狱的牺牲，心中又有一口闷气，要借着幽默哈哈地吐它出来。不过他们又总是打定主意不谈政治，尤其不愿跟在左翼文艺运动后面去反映人民大众的心声。反封建，意味着"自由"派文学与左翼文学有建立统一战线的思想基础，但它只要求个人的自由，又使它与后者存在着矛盾。由于时代的中心话题已是革命，所以"自由"派文学的反封建主题再难引起五四时期那种强烈的反响，它的确遭受了被新的时代冷落的命运。

至于不那么直接地表达思想观点的文学创作，情形就有所不同。初版《骆驼祥子》，在描写黑暗世道如何把一个淳朴的农民逼成一个没有了灵魂的鬼的同时，也展示了祥子性格中小生产者的重大弱点。这后者是直接继承五四文学改造国民性主题的。由于这一主题已不那么合乎时宜，小说受到了一些批评。但它有力地揭露了旧社会的罪恶，瑕不掩瑜，批评是善意的。老舍也愿意听取批评，后来对作品痛加删改，加强其批判社会的力度，淡化了启蒙的内容。初版《雷雨》在序幕和尾声中传达出浓重的宿命观念和人道主义精神，表明作者也有自由知识分子的倾向。曹禺后来多次修改，思路基本上与老舍修改《骆驼祥子》一致。他俩肯接受左翼的批评意见，因而无愧于进步作家的称号。

"自由"派文学的第二个思想特征，是大量表现关于人性的主题，尤其是强调自然人性的优美和乡村民风的淳朴。沈从文20世纪30年代陶醉于描写湘西一角，描写下层民众顺应自然、重义轻利的生存方式，以此为参照抨击都市文明的堕落。废名继续着20年代开始的那种文风，写儿童的稚拙可爱，老人的宽厚慈祥，是一幅田园牧歌式的画卷。这些作品字里行间也有淡淡的忧愁和落寞，透露出作者在风雨如晦的年头疏远时代去追求那海市蜃楼时的无奈。他们珍惜生命的价值，追求人性的完善，左翼作家对他们不满意的正是这一点，常批评其缺乏时代气息。但不能否认，这些梦想和悲悯是属于现代人的，自有它人道主义的积极意义。

"自由"派作品中争议较多的是现代派诗。一提现代派，人们大多会联想起消极、颓废，甚至认为它反动。确实，不少现代派诗表达了悲哀、失落、迷惘和无奈的情绪，所展现的人生也较为灰暗。但应该看到，这是人的消沉和现实固有的灰暗。在那样的世道中，有人走上革命道路，有人借得芦笛一支吹奏出反抗的心声和对光明的渴望，也有人用笔写下他沉重的叹息。如果不是教条式地把人当作超凡入圣的神灵，就应该承认人是复杂的。他会拍案而起，也可能痛苦地彷徨，而彷徨未必就意味着颓废。鲁迅的《野草》曾被钱杏邨批得一无是处，甚至说它引着青年走向死亡之途（钱杏邨：《死去了的阿Q时代》）。钱君的失误就在于他不理解人性的复杂和文艺的特点，一声叹息就是落伍的证据，结果反而暴露了他自己情感世界的贫乏。实际上，中国的现代派诅咒着黑暗，间或也感到无奈，骨子里却在企盼辉煌的黎明。他们大多是佯装的颓废者，本质的寻梦人。颓废的表象与追寻的精神之间，容纳了现实的复杂情势在人心中的投影，还有人的自尊和对未来的憧憬。若说他们有局限，那也是普通人有时免不了的局限。

"自由"派文学的第三个思想特征，是在文学批评中提倡宽容的精神。这原是自由主义思想承诺对他人自由权利的尊重这一精神的体现。周作人在《文艺上的宽容》一文中写道："文艺的生命是自由不是平等，是分离不是合并"，"批判是印象的鉴赏，不是法理的判决"，"主张自己判断的权利而不承认他人中的自我，为一切不宽容的原因，文学家因过于尊信自己的流别，以为是唯一的'道'，至于蔑视别派为异端，虽然也无足怪，然而与文艺的本性实在很相违背了"。这些观点，本是他早期文艺思想的重要内容，影响所及，成了后来许多"自由"派批评家所遵循的批评原则。"自由"派的文艺批评一般回避了政治上的问题，而是探讨作品的技巧得失，艺术高下，情调优劣，追求批评文字本身的美感，其佼佼者如李健吾的印象式的批评，这除了受批评对象本身的优点在艺术方面这一因素的制约，主要就是由于贯彻了"宽容"的精神。"宽容"与阶级斗争学说大相径庭，但它无疑反映了现代人在否定封建文化的前提下，对自我人格的自信和对他人人格的尊重，具有现代的性质。

综上所述，"自由"派文学的思想特征必须放到社会革命和思想启蒙彼此交替的历史过程中来评价。思想启蒙和社会革命的历史实践各有其伟大的功绩和时代的局限。倘若单纯地用思想启蒙的视角，就会掩盖"自由"派文学在阶级斗争如火如荼的年头，疏远了时代的不足之处，把它评价高了，反映出来的正是思想革命的原则在社会革命时期的局限性。而用当时简单化了的社会革命的观点，则会以革命的名义把"自由"派文学不满现实、反对封建专制的积极一面也一概否定，暴露的也正是一些革命者在文艺界一度推行的教条主义、宗派主义和关门主义之类的失误。如今，我们已有条件把思想革命的原则和社会革命的原则整合起来，即能动地掌握马克思主义，用一种与新的时代相适应的历史观来审视"自由"派文学，那就是既肯定它的反封建、争民主，具有现实意义，它对生活的真诚热爱，对人性的多方探索，把人的自觉当作理想孜孜以求，是一份宝贵的精神财富；同时又应看到左翼文艺界对它的缺陷提出批评，是基于一种崇高的历史使命。这些批评前后综合起来，有一些颇中肯的意见，是中国马克思主义文艺思想的重要组成部分。当然，那时如能用更深远的眼光，从艺术规律出发采取实事求是的分析态度，无疑会产生更为积极的效果。

3. "自由"派文学艺术成就

"自由"派作家非常重视艺术自身的价值和它的独立地位，因而"自由"派文学的主要成就还在艺术方面。最引人注目的是它始终保持了一种开放型的文化气度，古今中外的优秀文化成果以不同的比例，在众多自由作家身上融合成各具特色的风格，其中尤以中西文化的融合为出色。散文方面，周作人那段有名的"在江村小屋里，靠着玻璃窗，烘着白炭火钵，喝清茶，同友人谈闲话"，颇能代表他这一路文章的情调。这里面有英国随笔的成分，也有中国晚明小品的笔意。前者，鲁迅翻译的厨川白村《出了象牙之塔》界说为"如果是冬天，便坐在暖炉旁边的安乐椅上，倘在夏天，便披浴衣，啜苦茶，随随便便，和好友任心闲话，将这些话照样地移在纸上的东西，就是 Essay（随笔）"。这首先是一种艺术化的人生态度，要具备闲适的心态、丰富的情趣、博学的智慧，能在任心闲话的语调里包含深刻的意味。周作人的话几乎是其翻版，他在《美文》中说的所谓"其实简明便好"，也是这种意思。至于晚明小品，周作人看中的是其"独抒性灵，不拘格套"，"信口信腕，皆成律度"。他推崇公安派的清澈流畅和竟陵派的奇僻艰涩，并认为张宗子集两者之大成。张岱的《陶庵梦忆》和《西湖梦寻》记风物、叙人情的那种平淡质朴又情趣盎然的笔调已经化在他的文章中。但周作人实在还是个现代的人。他用西方人文主义的观点重塑孔孟形象，突出他们的平易作风、自然人性和民本思想，剔除了后儒渲染太过的道学气。也是在人文主义思想指引下，他接近了反正统的、给了人们一点心灵自由的佛道之学，并标榜言志派文学的价值远在载道派之上。他自称是个中庸主义者，但又说："我所根据的不是孔子三世孙所做的哪一部书。"① 这最可表明他现代人的灵魂其实是活在士大夫的趣味里。周作人手段高明，把英国随笔、晚明小品和现代人的意识熔为一炉，创造了他所独有的朴素而耐读、清爽而含涩味的谈话风散文，奠定了他在新文学中的大家地位。林语堂折服这谈话风，特拈出"情调"两字来品评文章的优劣，他的散文自然也是属于这一路。而其所依凭的，当是他对

---

① 周作人：《谈虎集·后记》，北新书局 1928 年版。

西方文化的精通，又在周氏兄弟的影响下，由袁中郎及于苏东坡、陶潜，直至道家哲学，一路寻将过去，于心了然。他在自传中说："我的最长处是对外国人讲中国文化，而对中国人讲外国文化。"又在《四十自叙诗》中说："近来识得袁中郎，喜从中来乱狂呼。"他的国学根柢难与周作人相匹，可他陶醉于中西文化之中，把两者融和起来，写任心闲话的"絮语"散文而臻于炉火纯青，是有目共睹的。所不同的，按郁达夫的说法，是他喜说幽默，多了些牛油气。稍微晚出的梁实秋，有《雅舍小品》，笔调相似，成绩亦不在周、林之下。

"趣味"在京派作家群中是一个很关键的美学范畴。其要旨在不教训，只以明净的心去体悟大到宇宙小至苍蝇的万物，于平凡中捕捉灵性，自然中显出素雅来，求一个"真"字，并兼有一点"余情"。这要有渊博的学识、深厚的修养、谦虚和真诚的内美做根柢。趣味经周作人等提倡，到废名、沈从文的小说，借助风物的描绘和淡淡的情节，便转化为诗的意境。废名的小说，几乎由周作人包做序跋。在《竹林的故事·序》中，周作人写道："冯君从中外文学里涵养他的趣味，一面独自走他的路，这虽然寂寞一些，却是最确实的走法。"《竹林的故事》带点仙气，而《桃园》、《菱荡》等，在风俗画卷中展现心灵的美好。他的笔法简约质朴，就如他自称的："就表现的手法来说，我分明受了中国诗词的影响，我写小说同唐人写绝句一样，绝句二十个字，或二十八个字，成功一首诗，我的一篇小说，篇幅当然长得多，实是用写绝句的方法写的，不肯浪费语言。"又说《菱荡》"真有唐人绝句的特点"①。这话可信，无论竹林、茅舍、桃园、菱荡，他写来或渲染青春气象，或化出淡淡的忧愁，情景交融，真可当唐人绝句来读。沈从文小说的诗意不像废名的青涩，显得明净多了。如《边城》于清溪、翠岩、白塔、渡船之间，衍化出一个优美而悲凉的爱情故事。姑娘那么纯，小伙那么痴，老人那么慈祥，民风那么古朴，可最后一场风雨，白塔倒了，爷爷死了，丢下个翠翠孤零零去等那不知回不回来的傩送。结局说不上悲惨，可老让人觉得心里粘着块湿漉漉的面糊扯也扯不下。我想，可能是因为作家把故事和人写得太美了。这样的情调是富于东方特色的，所谓"乐而不淫，哀而不伤"便是，明净中含了点难以排遣的忧伤。不

---

① 废名：《废名小说选·序》，《冯文炳选集》，人民文学出版社1985年版，第394页。

过里面也有现代人的精神,他说:"我只想造希腊小庙","这神庙供奉的是'人性'"①。可见作为一个"对政治无信仰对生命极关心的乡下人"②,沈从文用人性的尺度写人状物抒情,把滥觞于五四的浪漫抒情小说推向一个新的诗化、散文化的阶段。

"孤岛"时期的才女张爱玲与京派少瓜葛,可她的好处也在能将传统与现代熔于一炉,而且是在现代人的意向中更多地化入了传统的笔致,构建了她鲜明的创作个性。《金锁记》开头是:"三十年前的上海,一个有月亮的晚上",结尾又说到"三十年前的月亮早已沉了下去,三十年前的人也死了,然而三十年前的故事还没有完——完不了。"尤其好在一个悲惨的故事后这轻轻道出让人心里猛地一紧的"完不了"。特别为人称道的是她的意象艺术,表明她对色彩和情绪非常敏感,能从平常的景物间领悟出微妙而新鲜的关联。至于学者型的作家钱钟书,众所周知,他的《围城》里的幽默和比喻是在中西文化的交会中迸溅出来的智慧的火花。

比较起来,左翼作家借鉴外国文学,主要为了增强反映生活的力度,而"自由"派作家则以表情达意的需要为准。外国文学的技巧与观念和中国的社会现实有不同的文化背景,作家即使掌握了,还有一个如何改造使之适用于反映生活的困难环节,而"自由"派作家只求外来因素与自己的性情谐和,写生活也只写自己熟悉的,允许感情到一切想象上去散步,这就占了便宜。所以,中西文化的融合,左翼作家也有出色的,且有巨著如《子夜》,但总的看不如上述"自由"派作家弄得圆熟,有了一种融两者为一体的"情调"。

同时,左翼文学受主题和题材的限制,偏重于吸收批判现实主义和苏联社会主义文学的成果,对于别的西方文学流派一般只偶尔取其技巧一用。"自由"派借鉴西方文学的范围则广泛得多。比如,现代派小说用意识流和日本新感觉派手法来表现十里洋场的生活快节奏,给人一种摇滚乐的声色刺激。虽不能说很成功,但它的探索丰富了新文学的表现技巧。施蛰存受弗洛伊德的影响,由于他善于用中国传统文学的素养加

---

① 沈从文:《从文小说习作选·代序》,《沈从文文集》第11卷,花城出版社1984年版,第42页。
② 沈从文:《水云集·水云》,《沈从文文集》第10卷,花城出版社1984年版,第294页。

以调和，所以比别的现代派小说家高出一筹。他的作品具有心理深度，有时带点魔幻的色彩，可不疯狂，大多数写得含蓄朦胧，有一种婉约的美。现代派诗艺术上的成就也不容忽视。它突破了传统的时空观和表现手法，前进到整体象征、观念的奇特联结、隐喻、时空颠倒、思维跳跃等等，由此突入人的意识深处，发掘刹那的直觉和联想，创造出一个新奇的诗的世界。这主要受法国象征派的影响，要读懂它，得首先了解它的特点，而且是对读者自己艺术素养、想象能力的一个考验。虽然也有一些太生硬的作品，但到戴望舒，基本上已把新月派的格律、象征派的技巧和中国传统婉约词的情韵综合起来，使现代派的诗艺达到了一个新的水平，并进而转向散文美的方向。话剧的成就以曹禺为最。他从古典主义转向表现主义再转向契诃夫，话剧这一舶来的艺术样式经他之手成了民族文学的一朵奇葩。这些表明，"自由"派向异域吸取营养是极其广泛的。

"自由"派文学以艺术为目的，这不是说作家不关心人生，而是指他们写作时首先考虑写得好，要灵动而不滞碍；至于作品对人生的影响，那是自然而然地发生，而且仅限于打动人心，让心灵净化或使人增加知识。这种为艺术而艺术但又不否定艺术中有人生的态度，给了他们创作时所必需的"余裕"，是其艺术上取得较高成就的重要条件，也是他们产生自觉的文体意识的一个缘由。重视文体，是现代文艺观念的重要标志。在古代，文体仅是达意的手段，没有独立的价值。而在现代人的眼中，文体本身就是美，是在内容和形式、情调和手法的和谐中呈现出来的作者的人格，是作家献身于艺术、刻意创新精神的自然流露。周作人赏识"涩味与简单味"，林语堂看好"情调"，废名把小说当诗来写，施蛰存引进心理分析的方法，都体现了自觉追求有个人特色的文体。而沈从文执意打破"理论"、"指南"、"作法"之类的框框，写出章法多变、故事不落俗套的小说，连佛经掌故到他手里也能翻出新意，使人"明白死去了的故事，如何可以变活的，简单的故事，又如何可以使它成为完全的"①。凭这个，他获得了"小说的魔术家"的称誉。换个说法，他就是尝试多种写法并各有所成的出色的文体家。

---

① 沈从文：《月下小景·题记》，《沈从文文集》第 5 卷，花城出版社 1984 年版，第 45 页。

"自由"派文学各式体裁中都有堪称典范的传世之作。人们也许有理由批评它们缺乏时代气息，但不能否认它们以自己的方式关心生命、热爱人生、憧憬未来，并以其艺术上的成就而超越了时代。

4. "自由"派文学的历史地位

"自由"派文学从主潮文学中分离出来，处于受冷落的边缘位置。但它作为一脉重要的支流，与代表文学主潮的左翼文学和20世纪40年代的解放区文学、国统区革命民主主义文学又始终保持着矛盾统一、共存互补的关系。

在"自由"派文学形成的初期，左翼文艺阵营通过与它的论争，促进了马克思主义文艺思想的广泛传播。"自由"派文学在它的文艺观点受到左翼批判的同时，反过来也以其对艺术特性的重视和追求艺术自身的价值促使左翼文艺批评家在一定程度上纠正了简单地把文艺当作"煽动的工具"和"政治的留声机"的偏颇，开始注意到艺术是一种特殊的意识形态，有它自己的规律。这客观上有利于中国马克思主义文艺思想的趋向成熟。

"自由"派文学疏远政治，不太关注时代的重大问题，可它在反封建、争民主方面与左翼文学取了同一步调，并以自己对人性的探索、自然美和风俗民情的生动表现，珍重生命，与左翼文学的重大题材相映成趣，拓展了新文学的艺术空间，丰富了新文学的内容。

"自由"派文学以一种比较宽泛的正义立场揭露黑暗，企盼光明，以真诚的愤怒和博大的爱心，经受了时间考验，到如今许多作品仍能赢得读者的普遍喜爱。这表明创作是作家思想、情感、审美趣味高度和谐的心智活动，必须给作家想象、幻想的自由和心理的余裕，不能用清规戒律束缚他的创造才能，不能强令他去表现自己不熟悉的题材，采用与他的情感和审美习惯不相适应的方法。只要是表达了真实的感情，写得生动真挚，哪怕是凡人琐事也能闪出艺术的光辉，成为不朽的珍品。"自由"派文学在这方面所取得的成就，有助于人们以它为鉴反思部分左翼文学作品艺术上的缺陷，如缺乏真情实感、概念化、脸谱化、形象不生动、没有艺术感染力，等等，并认真总结其中的教训。而左翼文学在展现广阔的生活画面、提出重大的社会问题等方面所取得的成就，同样可以作为一面镜子，反映出"自由"派文学时代气息不浓、作品格局一般偏于狭小的不足。

"自由"派文学的实践，说明在人生与艺术的统一中求美，这曾被瞿秋白嘲笑为"抽象的美，无所附丽的美"①，是艺术家的天职，绝非他的耻辱。优秀的艺术是时代的产儿，又是属于将来的，诚如列宁所说，托尔斯泰"宣传了世界上最混蛋的东西——宗教"，但"他的遗产之中也有并不曾过去的而是属于将来的东西"。部分左翼文艺批评家所犯的错误，就是以"真"和"善"取代"美"，否认"美"具有超功利、超时代的性质，并且把"真"理解为不含作者主观能动性的照相式的反映，把"善"解释为直接为某一项政治任务服务，结果连《阿Q正传》这样的名著也被判了死刑。"自由"派文学的经验可以纠正那种忽视甚而否认"美"的独立价值的片面之见。但另一方面，"自由"派文学又存在以"美"取代"善"的倾向，降低乃至否认文学的社会功能，即所谓"觉世的效力一点没有"。这种理论上的片面性原本也正有赖于吸收左翼文学自觉承担时代使命的优点来补救。不仅如此，"自由"派文学所营造的"美"，一般是阴柔之美，还必须与左翼文学的一些优秀之作所展示的阳刚之美配合起来，才能相对完整地勾画出新文学的丰富多彩的总体风貌。

不过事实是，"自由"派文学作为一种特殊的文学思潮，在很长的时期内没有引起人们应有的重视，甚至根本否认它独立地存在这样一个事实。其中的原因，当然是由于社会革命时代，阶级阵线分明，矛盾极为尖锐，革命阶级在政治上需要最大限度地争取中间力量来打击国民党独裁统治，一些革命者就反对中间派作为一支独立的力量游离于左右两翼之间，因而也不允许有"自由"派文学存在。但正是在这里，一些左翼文艺批评家暴露了受"左"倾思潮影响的简单化毛病，这就是思想方法上的形而上学，不是革命便是反革命，否认有中间状态；指导思想上超越了新民主主义阶段，把资产阶级、小资产阶级也当成了革命的对象。这种"左"的倾向影响殊为深远。可是主观愿望终究不能代替客观事实。事实正像张闻天所指出的那样，在两大对抗阶级之间的确有大批"第三种人"，在左翼文学和右翼御用文学之间也确实存在着"第三种文学"，问题仅仅是如何争取，使之成为革命阶级的同盟军。

---

① 瞿秋白：《文艺的自由和文学家的不自由》，《文学运动史料》第三册，上海教育出版社1979年版，第152页。

今天，当人们从一个更大的时间框架中来考察新文学的历史时，承认存在着一个"自由"派文学思潮大致已不成其为问题。重要的倒是应从它与左翼文学思潮的共存互补关系中得出一些经验教训，更为妥当地处理好文学的功利性和艺术性的关系，以推动文艺创作的繁荣与发展。

第一章　中国"自由"派文学的产生

谈论中国"自由"派文学，首先需对这一概念进行理论上的清理。这主要是因为中国"自由"派文学与西方自由主义思想存在不可分割的关系，从整体上言它是中国近现代西学东渐的产物，然而中国自由主义又不是西方自由主义的简单横向移植，而是在自身文化土壤的基础上和特定的历史境遇中生成、发展的。受这种"中国化"的自由主义思想影响的中国现代"自由"派文学，其实就是中国现代文学转型期的流派重组的一个产物。具体地说，它在五四时期酝酿，1927年大革命高潮后，在文学界左、右两大势力的夹缝中正式形成的一个不左不右的"中间派"文学思潮。基于此，论文将首先对西方自由主义的基本内涵、理论基础做一简单梳理，进而对中国"自由"派文学思潮的缘起进行论述，论述将集中在《语丝》杂志进入现代文学第二个十年期后的分化，以其中关键人物周作人的思想"转向"为核心。

第一节　自由主义的基本内涵

西方自由主义的思想源头可以追溯至古希腊罗马时代，但它从根本上说是一种现代现象，正如格雷所说："作为一种政治思潮和智识传统，作为一个在理论和实践上与众不同的流派，自由主义的出现不早于17世纪。"[①] 从早期自由主义思想家如霍布斯、斯宾诺莎，到奠基者洛克、孟德斯鸠、斯密，以及后来的密尔、边沁，直至当代的哈耶克、罗尔斯等，西方自由主义的发展经历了漫长的历史变迁过程。在这一过程中，

[①] ［英］约翰·格雷：《自由主义》，曹海军、刘训练译，吉林人民出版社2005年版，第1页。

自由主义内部不断发生变化和调整，不仅是各种流派层出不穷，各流派间的理论内涵纷繁复杂甚至互为对立，而且作为一个在西方历史实践中成长起来的思想流派，不同历史境遇里的自由主义也有着很大的差异。对于自由主义的这一复杂性，格雷在《自由主义》中有精彩的论述，他说："这种自由主义观念在欧洲文化中有着诸多不同的，甚至是相互冲突的来源，并且表现为多种具体的历史形式：它在某些方面可以归功于斯多葛主义和基督教；它从怀疑主义和对神启的信仰主义中汲取过灵感；它颂扬过理性的力量，但在另一些情况下也曾试图贬低理性的主张。其次，自由主义的传统也在截然不同的哲学中寻求依据与证明：自由主义的道德与政治主张曾经建立在天赋人权理论的基础之上，同时，它们也曾乞灵于一种功利主义的行动理论；它们既向科学，也向宗教寻求过支持。最后，同其他任何一种思潮一样，自由主义在不同的民族文化中形成了不同的风格，从而获得了持久的生命力。在自由主义的发展史上，法国的自由主义自始至终与英国的自由主义存在明显的区别，德国的自由主义总是面临一些独特的问题，而美国的自由主义虽然受惠于英国和法国的思想与实践甚多，但是它很快也获得了自己显著的特征。"[1] 如此看来，要为西方自由主义寻找一个确定的概念几乎是不可能的事情。不过，格雷在上述论说后继续说道："尽管自由主义并没有单一的、一成不变的性质或本质，但它却拥有一套独特的特征，这些特征显示了自由主义的现代性，同时也使自由主义与其他的现代智识传统以及与之相关的政治运动区分开来。"[2] 的确，自由主义拥有的是一个单一的传统，而不是两个或更多的传统，其内部尽管流派众多，具有极大的丰富性和复杂性，但仍具有内在一致性，这即是对个人自由的珍视。在这个意义上，自由主义也可以认为是关于个人自由的学说。

西方自由主义最初在论证个人自由的合理性时，主要诉诸两大理论基础，一是霍布斯、洛克论述的自然法与自然权力（天赋人权）论，一是边沁等强调的最大功利原则。两种自由学说的出发点不尽相同，但都强调个人自由、个人权利的正当性。自由主义的先驱者霍布豪斯从人

---

[1] ［英］约翰·格雷：《自由主义》，曹海军，刘训练译，吉林人民出版社2005年版，第3页。

[2] 同上书，第1—2页。

的自然状态出发,推导出一种与古代截然不同的个人主义思想,将古代从规范人行为的自然法转变为个人的自然权利,尽管他的结论是建立一个绝对君主制国家,但他的论述却为自由主义奠定了坚实的个人主义基础。霍布豪斯曾对这一自然秩序理论进行分析:"早期的自由主义必须对付教会和国家的极权统治。它必须为人身自由、公民自由及经济自由辩护,在这样做的时候,它立足于人的权利,同时因为它必须是建设性的,又不得不适当地立足于所谓的自然秩序的和谐。政府要求有超自然的制裁力和神圣的法令。自由主义的理论则答称人的权利是以自然法则为基础的,而政府的权利则以人的机构为基础。"① 后来的自由主义奠基者洛克同样是从自然状态出发论述自己的自由理念。他认为,人类原来处在一种完备无缺的自由状态,按照他们认为合适的办法,决定他们的行动和处理他们的财产和人身,而无须得到任何人的许可或者听命于任何人的意志。② "自然状态有一种为人人所应遵守的自然法对它起着支配作用;而理性,也就是自然法,教导着有意遵从理性的全人类:人们既然都是平等和独立的,任何人就不得侵害他人的生命、健康、自由或财产。"③ 这些基本权利不因人进入社会而丧失,政府的目的是在保障个人这些权利。天赋人权说在西方影响深远,法国大革命时期的《人权宣言》及美国的《独立宣言》④ 都把个人自由视为个人与生俱来、不可剥夺、不可让渡的权利,可以视作洛克学说的翻版。与自然法说相异的是后来的功利主义学说,边沁、密尔都属于功利主义派学者。19世纪英国的工业化程度得到高度发展,资本主义自由经济快速发展,自由主义思想家不再强调天赋人权说,而是转向了以个人利益为基础的功利主义,把这看作是判断道德、政治和法律的根本标准。⑤ 功利主义批评

---

① [英] 霍布豪斯:《自由主义》,朱曾汶译,商务印书馆1996年版,第26页。
② [英] 洛克:《论政府》(下篇),叶启芳、瞿菊农译,商务印书馆1964年版,第3页。
③ 同上书,第4页。
④ 钱满素在《美国自由主义的历史变迁》中称:《独立宣言》是一篇自由主义的宣言。"我们以为以下真理不言自明";1)人生而平等;2)造物主赋予他们若干不可让渡的权利;3)这些权利包括生命权、自由权和追求幸福的权利;4)为保障这些权利,人们建立政府,政府的正当权力来自被治者的同意;5)当任何形式的政府破坏了这些目的,人民有权,也有责任改变或推翻它,以便按照以上原则重新组建政府。钱满素:《美国自由主义的历史变迁》,生活·读书·新知三联书店2006年版,第19页。
⑤ 顾肃:《自由主义基本理念》,中央编译出版社2003年版,第345页。

自然权利说，它从人性的基本特征是追求快乐出发，得出"最大快乐原则"。功利主义学说集大成者边沁称："功利的原则是这样的原则，它对任何行为的认可或非难均根据该行为倾向于提升或降低行为所涉及者的幸福。"① 它追求的是最大多数人的最大的幸福，其立足点依旧是个人。密尔的自由理论同样以功利主义为出发点，他在《论自由》中直接说明："在这篇论文中，凡是可以从抽象权利的概念（作为脱离功利而独立的一个东西）引申出来而有利于我的论据的各点，我都一概弃置未用。的确，在一切道德问题上，我最后总是诉诸功利的"；不过与边沁过于强调个人的幸福和利益有别，密尔接着指出："这里的功利必须是最广义的，必须是把人当作前进的存在而以其永久利益为根据的。"② 密尔同样把追求个人利益、满足个人欲望奉为人生的最后目的和人类行为的最高准则。可见，功利主义尽管与自然权利说在理论出发点上全然不同，但结论却都是一致的，那就是强调个人利益，把个人作为一切理论的出发点。

从西方自由主义的基本内涵看，不论是政治上关注个人与国家，经济上从强调个人财产权利到提出经济自由主义（强调平等的福利政策），还是对个人思想自由的重视，也都是以个人自由为中心展开的。在政治上，自由主义以个人的自然权利为由，要求限制政府权力，认为国家的目的在于保障个人的自由和权利。"处在社会中的人的自由，就是除经人们同意在国家内所建立的立法权以外，不受其他任何立法权的支配；除了立法机关根据对它的委托所制定的法律外，不受任何意志的统辖或任何法律的约束。"③ 密尔也同样主张限制政府干涉，他认为不必要地增加政府的权力，会有很大的祸患。在这一点上，密尔将政府活动的好坏与其对个人的作用联系起来："国家的价值，从长远看来，归根结底还在组成它的全体个人的价值。"④ 自由主义在经济上则强调个人财产与自由的密切关系，比如洛克就特别重视人对财产具有一种天然

---

① Bentham, *An Introduction to the Principles of Morals and Legislation*, Wilfrid Harrisom ed., Oxford Basil Basil Blackwell, 1960, p. 126. 转引自李强《自由主义》，吉林出版集团有限责任公司 2007 年版，第 95 页。

② ［英］约翰·密尔：《论自由》，许宝骙译，商务印书馆 1959 年版，第 12 页。

③ ［英］洛克：《论政府》（下篇），叶启芳、瞿菊农译，商务印书馆 1964 年版，第 15 页。

④ ［英］约翰·密尔：《论自由》，许宝骙译，商务印书馆 1959 年版，第 131、137 页。

权利，并认为自然法的其他一切权利都以财产权为基础。斯密在《国富论》中也指出政府应该尽量少干涉市场。文化上，自由主义则主张宽容、开放和多元，这源于自由主义对个人思想自由的重视，主要表现在外部的言论、出版自由。密尔的《论自由》强调个人思想自由和个性发展，认为完全的个人自由和个性发展不仅是实现个人幸福而且是社会进步的主要因素之一。人类应当有自由去形成意见并且无保留地发表意见，这个自由若得不到承认，或者若无人不顾禁令而加以力主，那么在人的智性方面并从而也在人的德性方面便有毁灭性的后果。①

可以说，西方自由主义就是关于自由的学说，而这个自由主要是指个人的自由，它的核心和理论出发点都可以称作是个人主义的。如密尔在《论自由》中即声明他的自由原则是："人类之所以有理有权可以各别地或者集体地对其中任何分子的行动自由进行干涉，唯一的目的只是自我防卫。""任何人的行为，只有涉及他人的那部分才须对社会负责。在仅只涉及本人的那部分，他的独立性在权利上则是绝对的。对于本人自己，对于他自己的身和心，个人乃是最高主权者。"②霍布豪斯在论述自由主义时则将个人个性置于重要地位："自由主义是这样一种信念，即社会能够安全地建立在个性的这种自我指引力之上，只有在这个基础上，才能建立起一个真正的社会。"③后来的学者在总结自由主义基本原则时，也纷纷将个人自由作为自由主义的基本理念。如美国学者萨皮罗就称："自由主义在所有时代的典型特征是它坚定地相信自由对于实现任何一个值得追求的目标都是不可或缺的。对个人自由的深深关切激发自由主义反对一切绝对权力，不论这种权力来自国家、教会或政党。"④格雷在总结自由主义传统中各种变体的共同之处时，同样将"个人自由"置于首要地位，他说，自由主义"它是个人主义的（individualist），因为它主张个人对于任何社会集体之要求的道德优先性"⑤。近代自由主义思想家哈耶克在《个人主义与经济秩序》中则称他所主

---

① [英]约翰·密尔：《论自由》，程崇华译，商务印书馆1959年版，第59页。
② 同上书，第10页。
③ [英]霍布豪斯：《自由主义》，朱曾汶译，商务印书馆1996年版，第61页。
④ J. Salwyn Schapiro, *Liberalism: Its Meaning and History*, Princeton: D. Van Nostrand Co., 1958, p. 9. 转引自李强《自由主义》，吉林出版集团有限责任公司2007年版，第18页。
⑤ [英]约翰·格雷：《自由主义》，曹海军、刘训练译，吉林人民出版社2005年版，第2页。

张的"个人主义"可以与"自由主义"互换使用。① 可见,在众多西方自由主义学者眼里,自由主义即是以个人自由为核心展开的思想理论体系。

值得注意的是,当西方自由主义进入中国后,中国的自由主义理论家们也不约而同地将"个人自由"或者直接将"个人主义"视作西方自由主义的核心。严复将穆勒·密尔的《论自由》译为《群己分界论》,暗示出他把自由主义理解为一种阐释关于个人在群体中的自由的学说:"贵族之治,则民对贵族而争自繇;专制之治,则民对君上而争自繇;乃至立宪民主,其所对而争自繇者,非贵族非君上。贵族君上,于此之时,同束于法制之中,固无从肆虐。故所与争者乃在社会,乃在国群,乃在流俗。穆勒此篇,本为英民说法,故所重者,在小己国群之分界。然其所论,理通他制,使其事宜任小己之自繇,则无间君上贵族社会,皆不得干涉者也。"② 可见,严复在介绍西方自由主义时同样突出"小己之自繇",且这一"自繇"是在社会、国群中的自由。五四时期的胡适倡导"易卜生主义",其核心也在个性的自由发展,以至后来胡适直接将五四时期提倡的个人主义等同于自由主义。③ 另外,当代学者如李强在《自由主义》中也称:"自由主义的基础是个人主义。自由主义的基础与出发点是个人主义。当自由主义论及自由、民主或市场经济等观念时,其重点是强调个人的自由、个人的参与或个人的经济活动。"④ "自由主义发展从它最初出现时起,就没有将自己的视角局限于具体的政治、经济、社会问题,而是试图发展出一套关于个人、国家、社会的基本理论。这些理论构成自由主义的哲学基础。从霍布斯、洛克到今天的罗尔斯,自由主义者在很大程度上一直坚持个人主义的立场,坚持个人至上的观点。他们往往强调个人的价值与权利,强调个人由于其天生禀赋或潜能而具有某种超越万物的价值,强调个人应该得到最高

---

① 邓正来:《哈耶克方法论个人主义研究》,[英]哈耶克:《个人主义与经济秩序》,邓正来译,生活·读书·新知三联书店2003年版,第2页。
② [英]约翰·穆勒:《论自由》,严复译,生活·读书·新知三联书店2009年版,第3、4页。
③ 胡适:《个人自由与社会进步(再谈五四运动)》,《胡适文集》第11卷,北京大学出版社1998年版,第585页。
④ 李强:《自由主义》,吉林出版集团有限责任公司2007年版,第142页。

的尊重，应该享有某些基本权利。"① 徐友渔也认为："自由主义的核心就是对个人价值和尊严的肯定，对个人权利和利益的尊重和保护。对自由主义的深入理解，势必要与中国新旧传统中压抑个性、唯国家和集体的观念决裂，划清个人主义和为我主义、自私自利的界限。"② 顾肃在《自由主义基本理念》中也指出："自由主义理论的出发点是个人主义的。这里的个人主义是中性的，并不包含价值判断，它指以个人作为其立论和论证的基点，其他的政治哲学与伦理原则都从此推导出来。"③ 不过值得注意的是，自由主义虽然与个人主义一词紧密相关，但是这里的"个人主义"并非指个人至上。哈耶克在阐释"个人主义"时，不仅将"集体主义"作为它的对立面，而且也将"伪个人主义"与"真个人主义"进行了区分。④ 其中很重要的一点就是反对"原子论"个人主义，通过主张个人的社会性质和社会的个人互动性质而批判"伪个人主义"所主张的那种自足于社会的并且具有充分理性的孤立个人观。⑤ 在《通往奴役之路》中，哈耶克也强调了"个人主义"这一概念，他说："由基督教与古典哲学提供基本原则的个人主义，在文艺复兴时代第一次得到充分发展，此后逐渐成长和发展为我们所了解的西方文明。这种个人主义的基本特征，就是把个人当作人来尊重；就是在他自己的范围内承认他的看法和趣味是至高无上的。纵然这个范围可能被限制得很狭隘；也就是相信人应该发展自己的天赋和爱好。"⑥ 他后来进一步说道，个人主义哲学"并不像通常人们所断言的那样，假定人是或应该是利己的或自私的"。它所依据的基本事实是"任何人都只能考察有限的领域，认识有限需求的迫切性"，"由此，个人主义者得出结论说，在限定的范围内，应该允许个人遵循自己的而不是别人的价值和偏好，而且，在这些领域内，个人的目标体系应该至高无上而不屈从于他人的

---

① 李强：《自由主义》，吉林出版集团有限责任公司2007年版，第17页。
② 徐友渔：《重提自由主义》，《二十一世纪》第42期，1997年8月号。
③ 顾肃：《自由主义基本理念》，中央编译出版社2003年版，第4页。
④ [英]哈耶克：《个人主义：真与伪》，《个人主义与经济秩序》，邓正来译，生活·读书·新知三联书店2003年版，第2页。
⑤ 邓正来：《哈耶克方法论个人主义研究》，[英]哈耶克：《个人主义与经济秩序》，邓正来译，生活·读书·新知三联书店2003年版，第51页。
⑥ [英]哈耶克：《通往奴役之路》，王明毅、冯兴元等译，中国社会科学出版社1997年版，第21页。

指令"①。中国自由主义者胡适也曾对"个人主义"有详细辨析，他认为的"自由主义"是一种"健全的个人主义"，并强调此种个人主义与自私自利的个人主义以及"独善的个人主义"的区别。② 哈耶克与胡适都在个人意义上将自由主义与个人主义等同，尽管两者对"个人主义"一词的理解存在差异，但同时强调了在自由主义框架内，"个人主义"一词中的"个人"所具有的社会性。

之所以对自由主义基本内涵做一概述，其意并不在介绍这一学说，而是表明谈论中国自由主义文学，不能忽视"自由主义"一词最基本的含义。由此延伸出来的有两点：一是肯定中国"自由"派文学的发生与西方自由主义学说的关系，虽然这种关系不是直接对应的。它作为一种思潮的发生是在中国特殊的历史背景和语境中进行的，但其发生的思想渊源却不能不追溯到西方。从这点看，中国"自由"派文学尽管有着自身的发生语境，在具体表现特征上也不同于西方自由主义，但是其核心和背后的哲学基础应该是相通的。二是借对西方自由主义的理解，将自由主义与普通意义上的"自由"一词区分开来。一方面，自由主义中的"自由"绝不是指个人的为所欲为，霍布豪斯说得好："自由也不以个人的自作主张为基础。个人行为中有自由主义和非自由主义的广阔天地。"③ 从政治上说，自由主义一方面反对极权主义，但它也不支持无政府。自由主义重在个人权利的不受侵犯，理性、法治都是保障自由得以实施的重要手段。另一方面，自由主义又是一套关于国家、社会与个人的学说，很大程度上它看重的不是存在于主体内心的那种精神自由的实施，这正如密尔在《论自由》中首先辨析的："这篇论文的主题不是所谓意志自由，不是这个与那被误称为哲学必然性的教义不幸相反的东西。这里所要讨论的乃是公民自由或称社会自由，也就是探讨社会所能合法施于个人的权力的性质和限度。"④

---

① [英]哈耶克：《通往奴役之路》，王明毅、冯兴元等译，中国社会科学出版社1997年版，第61、62页。
② 胡适：《非个人主义的新生活》，《胡适文集》第2卷，北京大学出版社1998年版，第564—569页。
③ [英]霍布豪斯：《自由主义》，朱曾汶译，商务印书馆1996年版，第58页。
④ [英]约翰·密尔：《论自由》，许宝骙译，商务印书馆1959年版，第1页。

第二节 "语丝"分化与"自由"派文学形成

尽管自由主义是西方输入性概念，但中国现代"自由"派文学却有着鲜明的中国印记。西方自由主义尽管在政治上、经济上有着自己鲜明的立场，但很少出现文学自由主义一说，更少有一种可以称作自由主义文学思潮的出现。可以说，中国"自由"派文学虽然带有西方自由主义的精神色彩，但它又是在中国独特的语境中产生的一种文学思潮。自近代严复翻译密尔的《论自由》输入西方的"自繇"观念，到五四时期胡适等轰轰烈烈地倡导个性解放，自由主义的思想因子就已在中国渐渐传播开来。不过，在新文学的第一个十年，与自由主义紧密相关的个性解放、个人主义理念尽管为五四新文学提供了重要的理论支持，但它在总体性质上仍然是从传统文化中争取个人的权利，属于反封建的民主主义的思想范畴，还不是出于左右两极政治势力之间的中间派文学。这种情形，直到新文学第二个十年才发生。当然，这一情形并非在20世纪30年代突然发生，而是在第一个十年中就已经开始酝酿了。

五四运动落潮后，《新青年》时期铸成的新文化统一战线逐渐走向分化。鲁迅在《自选集·自序》中这样写道："后来《新青年》的团体散掉了，有的高升，有的隐退，有的前进，我又经验了一回同一战阵中的伙伴还是会这么变化，并且落得一个'作家'的头衔，依然在沙漠中走来走去。"[①]《新青年》团体的分裂，早在胡适与李大钊的"问题与主义"之争时就已露出端倪，不过尽管早期各自的思想背景不一，但这一差异被反对旧文学（文化）的共同任务以及"建立新文学"的统一目标所掩盖，甚至可以说来不及被彰显。在新文学逐渐取得胜利后，《新青年》成员之间的思想分歧也就日益明显。胡适开始"整理国故"，后与蔡元培等人发起"好政府主义"，办《努力周报》；以鲁迅、周作人为核心的《语丝》因女师大事件与《现代评论》展开了一场轰轰烈烈的争论，在这场争论中虽然有胡适和徐志摩扮演"和事老"的角色，但胡、徐两人与陈西滢的关系显然更为亲近，这一争论也暗示着双方在

[①] 鲁迅：《自选集·自序》，《鲁迅全集》第4卷，人民文学出版社2005年版，第469页。

思想上的重大分歧。后来的何凝（即瞿秋白）把新文化内部的这次分化说成是从近代到现代思想界的第二次"伟大的分裂"的前奏，他说："五四到五卅前后，中国思想界里逐步地准备着第二次的'伟大的分裂'。这一次已经不是国故和新文化的分别，而是新文化内部的分裂：一方面是工农民众的阵营，别方面是依附封建残余的资产阶级。这新的反动思想，已经披了欧化，或所谓五四化的新衣服。这个分裂直到一九二七年下半年方才完成，而在一九二五——一九二六的时候，却已经准备着；只要看当时段祺瑞、章士钊的走狗《现代评论》派，在一九二七年之后是怎样的得其所哉，就可以知道这其中的奥秘。而鲁迅当时的《语丝》，革命的小资产阶级的文艺思想和批评，正是针对这些未来的'官场学者'的。"① 不管瞿秋白的说法带有多么强烈的政治意味，但他所说的第一个十年里新文学就已经开始走向分化却是不争的事实，而将《语丝》和《现代评论》的论争视作两个阶级之间的斗争，显然是第二个十年左翼文学对自身与《新月》斗争定位的延续。不过，瞿文虽然注意到了《语丝》与《现代评论》派之间的分歧，但却忽视了后来进一步走向分化的《语丝》自身，如果说前者的争论还不能完全预示新文学后来的发展，那么《语丝》的分化，则进一步地改变了新文学第一个十年原有的格局。

《语丝》成立于1924年11月17日的北京，1927年10月杂志被张作霖查封，遂迁往上海，1930年3月停刊（5卷52期）。尽管鲁迅曾说《语丝》的特色是"任意而谈，无所顾忌"，但在承继五四精神、反对思想专制等方面却是一贯的，就像鲁迅接下来说的："要催促新的产生，对于有害的旧物，则竭力加以排击。"② 而另一位《语丝》主将周作人在发刊辞中写道："我们所想做的只是想冲破'一点'中国的生活和思想界的昏浊停滞的空气。我们个人的思想尽自不同，但对于一切专断与卑劣之反抗则没有差异。我们这个周刊的主张是提倡自由思想，独立判断，和美的生活。我们的力量弱小，或者不能有什么著实的表现，但我

---

① 瞿秋白：《鲁迅杂感选集序》，收入《乱弹及其他：瞿秋白遗著》，霞社1938年版，第372页。
② 鲁迅：《我和〈语丝〉的始终》，《鲁迅全集》第4卷，人民文学出版社2005年版，第171页。

们总是向这一方面努力。"①《语丝》思想的这种一致性，在后来与《现代评论》派的作战中表现得更明显。其时两位核心人物鲁迅和周作人在论争过程中表现出极大的默契。周作人在与陈西滢的论争中，其文字的辛辣和猛烈度不下于鲁迅，而另一位后来与鲁迅也分道扬镳的林语堂，此时则自称"土匪"，在与《现代评论》派的论争中充当着"急先锋"的角色。然而，《语丝》尽管有过共同作战的经历，但周作人所说的"我们个人的思想尽自不同"也非虚辞。不说鲁迅和林语堂在对待"费厄泼赖"问题上有差异，更重要的是，《语丝》主将周作人的思想这一期间也愈见其个人性。1927 年《语丝》即将被查封之前，周作人在致江绍原的信中写道："《语丝》殊无法维持，现在只做一天和尚撞一天钟，等出到一五六期再说。"这其中虽然有"小峰逗留不回，北新书局又不能负责"②的因素，但更为根本的恐怕还是周作人自己的思想已发生微妙变化。

周作人的思想变化始于五四落潮期。如果说《新青年》时期的周作人在推崇个人主义同时也是在倡导"思想革命"，这一"个人主义"还具有启蒙的意义，那么五四新文化运动退潮后，其身上的个人主义观念就愈加明显。一方面，周作人依旧坚持个人为根本的观念，他说："其实人类或社会本来是个人的总体，抽去了个人便空洞无物，个人也只在社会中才能安全的生活，离开了社会便难以存在，所以个人外的社会和社会外的个人都是不可想象的东西"，他把这用于文艺自由的论证上，指出："文艺是人生的，不是为人生的，是个人的，因此也是人类的；文艺的生命是自由而非平等，是分离而非合并。""文学以个人自己为本位，正是当然的事。"③ 收入《自己的园地》里的《文艺上的宽容》、《诗的效用》、《文艺的统一》等几篇文章，无不是在强调文学的个人性和独立性，他将个人视作文学的本位所在，强调文学"独立的艺术美与无形的功利"。另一方面，文艺的独立性，又是基于他对文学是"个人的"这一理解，他这样说道："艺术是独立的，却又原来是人性的，所

---

① 周作人：《语丝》发刊词，《语丝》第 1 期，1924 年 11 月 17 日。
② 信载《鲁迅研究资料》1991 年第 24 期，转引自陈离《在"我"与"世界"之间：语丝社研究》，东方出版社 2006 年版，第 269 页。
③ 周作人：《文艺的统一》，《周作人自编文集·自己的园地》，河北教育出版社 2002 年版，第 25、26 页。

以既不必使他隔离人生，又不必使他服侍人生，只任他成为浑然的人生的艺术便好了。"①《诗的效用》中则说得更为明白："我始终承认文学是个人的，但因'他能叫出人人所要说而苦于说不出的话'，所以我又说即是人类的。"② 正是基于这样的认识，周作人特别倡导"文艺上的宽容"，因为"文学是以自己表现为主体，以感染他人为作用，是个人的而亦为人类的"，而"各人的个性既然是各各不同（虽然在终极仍有相同之一点，即是人性），那么表现出来的文艺，当然是不相同"③。可见，周作人关于文艺独立的观念，根本上还是源于他对个人性的重视，文学是表现自我的，而个人又是各具个性的，因而必须提倡文学上的宽容。这与自由主义倡导宽容同出一辙，接下来他对"宽容"的限制性解释更证明了这一点："然而宽容决不是忍受。不滥用权威去阻遏他人的自由发展是宽容，任凭权威来阻遏自己的自由发展而不反抗是忍受。正当的规则是，但自己求自由发展时对于迫压的势力，不应取忍受的态度；但自己成了已成势力之后，对于他人的自由发展，不可不取宽容的态度。"④ 基于此，他尤为反对专制对思想的钳制和已成势力对新兴弱小势力的扼杀。周作人在《自己的园地》中，显示出较五四时期更为强烈的个人主义思想，在个人与社会与人类的关系上，他始终强调"个人"的根本性；在文艺思想上，他将个人置于文学的本体地位，重视文艺的个人性和独立性，尊重个人思想自由，提倡文艺的宽容，反对思想的专制。

周作人此期的"个人主义"思想如此浓厚，他反思五四时期的"平民文学"观念就是意料之中的事。《自己的园地》中还收入《贵族的与平民的》⑤一文，他坦诚自己现在有些怀疑之前的说法，即"大都以为平民的最好，贵族的是全坏的。我自己以前也是这样想，现在却觉

---

① 周作人：《自己的园地》，《周作人自编文集·自己的园地》，河北教育出版社2002年版，第7页。
② 周作人：《诗的效用》，《周作人自编文集·自己的园地》，河北教育出版社2002年版，第17页。
③ 周作人：《文艺上的宽容》，《周作人自编文集·自己的园地》，河北教育出版社2002年版，第8、9页。
④ 同上。
⑤ 周作人：《贵族的与平民的》，《周作人自编文集·自己的园地》，河北教育出版社2002年版，第14、15、16页。

得有些怀疑"。因为在他看来,"只就文艺上说,贵族的与平民的精神,都是人的表现,不能指定谁是谁非","拿了社会阶级上的贵族与平民这两个称号,照着本义移到文学上来,想划分两种阶级的作品,当然是不可能的事"。周作人的反思颇为彻底,他甚至说道:"如我先在《平民的文学》一篇文里,用普遍与真挚两个条件,去做区分平民的与贵族的文学的标准,也觉得不很妥当。"周的反思,一方面是基于上述个人主义思想的强烈,以致压倒了早期并行的"人道主义",但与此相关的另一面则是他此时对"平民味"的怀疑,以及思想中"贵族气"的蔓延。他说:"我们所不满足的,是这一代里平民文学的思想,太是现世的利禄的了,没有超越现代的精神;他们是人生,只是太乐天了,就是对于现状太满意了。"对于"贵族文学",他则有了新的看法,贵族文学具有平民文学不备的一种超越现实性,这种超越与他倡导文学无功用的思想其实是一致的。虽然在这篇文章里,周没有贬低平民文学抬高贵族文学,甚至提出"平民的贵族化"一词,即"以平民的精神为基调,再加以贵族的洗礼,这才能够造成真正的人的文学"。但不难看出,他看重的其实是贵族文学的现实超越性。这样,周作人以"贵族的与平民的精神,都是人的表现"来反思往日平民文学的提法就显得不那么纯粹了,这实际暗示了他后来对"十字街头"的拒绝。

1925年6月29日,正值五卅惨案发生后不久,周作人即发表《五四运动之功过》一文,其中说道:"五四运动是国民觉醒的起头,自有其相当之价值,但亦有极大的流弊,至今日而完全暴露。五四是一种群众运动,当然不免是感情用事,但旋即转向理知方面发展,致力于所谓新文化的提倡,至民国十年止,这是最有希望的一时期。然而自此以后感情又大占优势,从五四运动的往事中看出幻妄的教训,以为(1)有公理无强权,(2)群众运动可以成事……"① 1925年7月27日与友人信中,又称"这回爱国运动可以说是盛大极了",并直言"自己对于这些运动的冷淡一点都不轻减"②。在当时一派反帝国主义的呼声中,周作人此番言语多少显得有些不合时宜。但事实上,他的这番话早就有苗

---

① 周作人:《五四运动之功过》,《京报副刊》1925年6月29日。
② 周作人:《代快邮》,《周作人自编文集·周作人书信》,河北教育出版社2002年版,第47页。

头，1925年2月发表的《十字街头的塔》就表明了他的态度："我实在是想在喧闹里得安全地，……我在十字街头久混，到底还没有入他们的帮，挤在市民中间，有点不舒服，也有点危险（怕被他们挤坏我的眼镜），所以最好还是坐在角楼上，喝过两斤黄酒，望着马路吆喝几声，以出胸中闷声，不高兴时便关上楼窗，临写自己的《九成宫》，多么自由而且写意。"① 不过，周作人对"十字街头"的拒绝，不仅是因其"贵族气"导致他对群众缺乏理性感情用事的不满，最根本的还是源于他对国家、民众这类"群"的概念持怀疑态度，其根底还是在于他的个人主义思想："君师的统一思想，定于一尊，固然应该反对；民众的统一思想，定于一尊，也是应该反对的。在不背于营求全而善美的生活之道德的范围内，思想与行动不妨各各自由与分离。"② 在《与友人论国民文学书》（十四年六月一日）中，他更是明确地说道："提倡国民文学同时必须提倡个人主义。我见有些鼓吹国家主义的人对于个人主义竭力反对，不但国家失其根据，而且使得他们的主张有点宗教的气味，容易变成狂信。"③ 可见，周作人时时刻刻都在警惕个人性随时可能的丧失。

五四后的周作人不仅个人主义思想更为浓厚，其思想中的另一面即"贵族气"和"闲适气"也逐渐凸显。《自己的园地》集中不仅极为强调文学艺术的个人性和独立性，也特别指出"种蔷薇地丁"与"种果蔬药材""虽是种类不同而有同一的价值"④。"文学无用论"此时即已生发。至《雨天的书》集时，周作人更是"讲究人生的片刻的优游"，其中《北京的茶食》、《喝茶》、《苍蝇》等文章显示出周氏散文独有的"闲适"之风："喝茶当于瓦屋纸窗之下，清泉绿茶，用素雅的陶瓷茶具，同二三人共饮，得半日之闲，可抵十年的尘梦。喝茶之后，再去继续修各人的胜业，无论为名为利，都无不可，但偶然片刻的优游乃正亦

---

① 周作人：《十字街头的塔》，《周作人自编文集·雨天的书》，河北教育出版社2002年版，第71页。
② 周作人：《诗的效用》，《周作人自编文集·自己的园地》，河北教育出版社2002年版，第20页。
③ 周作人：《与沈启无君书二十五通》，《周作人自编文集·周作人书信》，河北教育出版社2002年版，第111页。
④ 周作人：《自己的园地》，《周作人自编文集·自己的园地》，河北教育出版社2002年版，第5页。

断不可少。"① 周作人的"闲适"自有其复杂的意味，不是"没落"一词可以解释的。除却个人气质、性情上的因素外，其身上浓厚的个人主义思想也不容忽视。而五卅之后至北伐时期、大革命失败这一段残酷的现实境遇，无疑促成其思想最终走入这一途。不过，《雨天的书》中尽管有"闲适"之文，但此时还是"两个鬼"驻足在他心头，《语丝》中那些锋芒毕露的文字也正作于这一时期。至20世纪二三十年代之交，他则开始完全朝另一途走去，《艺术与生活·自序二》中就明确谈道："我本来是无信仰的，不过以前还凭了少年的客气，有时候要高谈阔论地讲话，亦无非是自骗自罢了，近几年来却有了进步，知道自己的真相，由信仰而归于怀疑，这是我的'转变方向'了。"②

  1927年于新文学也是大变动的一年。北伐成功后，国民党实现形式上的全国统一，但随即而来的"清党"导致全国笼罩在白色恐怖中。鲁迅曾在《三闲集·序言》中说道："我是在二七年被血吓得目瞪口呆，离开广东的"，他早期的进化论也被血淋淋的现实轰毁："我在广东，就目睹了同是青年，而分成两大阵营，或则投书告密，或者助官捕人的事实！我是思路因此轰毁，不再无条件的敬畏了。"③ 鲁迅此时是寂寞的，原来的队伍"成了游勇，布不成阵"，他追问着"新的战友在哪里呢"？周作人此期并不比鲁迅乐观，历史循环论使他陷入极度的悲观中："我始终相信《二十四史》是一部好书，他很诚恳地告诉我们过去曾如此，现在是如此，将来要如此。历史所告诉我们的在表面的确只是过去，但现在与将来也就在这里面了：……浅学者流妄生分别，或以二十世纪，或以北伐成功，或以农军起事划分时期，以为从此是另一世界，将大有改变，与以前绝不相同，仿佛是旧人霎时死绝，新人自天落下……"悲观是悲观，然而，他那强烈的个人主义思想、对"群众"运动的怀疑以及带着文化贵族气的"闲适"，决定了他不可能如鲁迅般寻找"新的战友"，他选择了"闭户读书"："宜趁现在不甚适宜于说话

---

  ① 周作人：《喝茶》，《周作人自编文集·雨天的书》，河北教育出版社2002年版，第54页。
  ② 周作人：《艺术与生活·自序二》，《周作人自编文集·苦雨斋序跋文》，河北教育出版社2002年版，第46、47页。
  ③ 鲁迅：《三闲集·序言》，《鲁迅全集》第4卷，人民文学出版社2005年版，第4、5页。

做事的时候，闭起门来努力读书，翻开故纸，与活人对照，死书就变成活书，可以得道，可以养生，岂不懿欤？""至于时事到现在绝不谈了。"① 此话写在民国十七年十一月，新文学已进入第二个十年，周作人的思想与五四时期已经有明显隔阂，他后来与鲁迅思想上的分途自是必然之事；而他此期日益凸显的个人主义思想，则成了新文学下个十年出现的"自由"派文学中极为重要的一脉。

《语丝》迁往上海后，一段时期内还保留着过去同人的集合，像周作人就依旧为刊物写稿，但杂志影响力已大不如前，至鲁迅辞去主编一职，语丝社基本上就处于解体局面。随着《语丝》走向解体，早期《新青年》主要同人后来各自的阵营也渐渐浮出水面：胡适一派英美自由主义知识分子正以《新月》为新的阵地，力图在政治、文化、思想上有所开拓；《语丝》停刊不久，以周作人为核心，冯文炳、冯至等在北平办起《骆驼草》（1930年5月12日），早期"京派"的轮廓逐渐清晰，也多少隐现着后来《论语》的影子；寻找"新的战友"的鲁迅则在经历与左翼的一番恶斗后最终结成同盟。而这一版图的最终明晰，是待左翼文学兴起和国民党右翼文学出现，并伴随着因此发生的一系列论争之后的事了。也正是上述从五四新文化运动中分化出来的各个流派，以至后来各个作家在新的境遇中做出了各自不同的选择，才最终形成了一脉"自由"派文学思潮。

---

① 周作人：《闭户读书论》，《周作人自编文集·永日集》，河北教育出版社2002年版，第114、115页。

第二章 "新月派"①的文学自由论

第一节 《新月》的创刊

1927年国民党北伐基本成功，而北方依旧处在军阀统治下，新的政治社会环境导致文化中心南移，大批文化人在这一时期纷纷转往上海。1927年9月23日鲁迅与许广平离开广州，10月初抵达上海。同年10月下旬郭沫若、阳翰笙等经香港秘密抵达上海；年底，创造社留日成员李初梨、冯乃超、彭康等相继回国；茅盾、蒋光慈、钱杏邨、杨邨人等也从危机四伏的政治中心武汉潜来上海。随之而来的则是一系列社团和刊物的创刊：如1928年1月，蒋光慈、钱杏邨、杨邨人等组成太阳社，《太阳月刊》在上海创刊。同月，郭沫若、成仿吾等出版《文化批判》；2月成仿吾在《创造月刊》上发表《从文学革命到革命文学》，高举"革命文学"的旗帜。除此外，刘呐鸥从台湾回上海，戴望舒、施蛰存、杜衡则在上海与外县间来回。9月，刘呐鸥创办《无轨列车》。次年，刘呐鸥、施蛰存、戴望舒、徐霞村在上海创办《新文艺》。后来的《新月》同人也正是在这个时候聚集于上海。1926年间胡适游历欧美之时，就在与徐志摩的通信中慨叹国家政治的乱糟，出版界的荒芜："眼看见国家政治一天糟似一天，心里着实难过。去国时的政治，比起我九年前回国时，真如同隔世了。我们固然可以自己卸责，说这都是前人种的恶因，于我们无关，话虽如此，我们种的新因却在何处？满地是'新文艺'的定期刊，满地是浅薄无聊的文艺与政谈，这就是种新因了

---

① "新月派"这一说法，沿用了梁实秋在《忆新月》中提到的"办这杂志（即《新月》）的一伙人，常被人称作为'新月派'"的说法，主要指以《新月》杂志为阵地，以胡适为首的一批英美派自由主义知识分子。

吗？几个朋友办了一年多的《努力》，又几个朋友谈了几个月的反赤化，这又是新因了吗？……我想我们应该发愤振作一番，鼓起一点精神来担当大事，要严肃地做个人，认真地做点事，方才可以对得住我们现在的地位。"① 游历欧美结束后，胡适最终选择踏上上海的土地；此时徐志摩也从家乡转来上海；《新月》的另外两位重要人物梁实秋、余上沅则从南京东南大学到上海，以及原来待在北京的闻一多、饶孟侃也在此期南下。对此，梁实秋在《忆新月》中也有回忆："民国十六年春，国民革命军北伐到了南京近郊，当时局势很乱。我和余上沅都在东南大学教书，同住在学校对门巷四号……我们到上海，是受了内战之赐。""这时节北方还在所谓'军阀'的统治之下，北平的国立八校经常在闹'索薪'风潮……一般人生活非常狼狈，学校生活亦不正常，有些人开始逃荒，其中一部分逃到上海。徐志摩、丁西林、叶公超、闻一多、饶子离等都在这时候先后到了上海。胡适之先生也是这时候到了上海居住。"另外，从海外回来的"潘光旦、刘英士、张禹九等都在这时候卜居沪滨"②。《新月》的创刊，使这批暂时寄居在上海的一批有着英美留学背景的知识分子聚集起来。

不过，对于"新月派"这一称呼，梁实秋后来不以为然："不过办这杂志的一伙人，常被人称作为'新月派'，好像是一个有组织的团体，好像是有什么共同的主张，其实这不是事实……胡适之先生曾不止一次的述说：'狮子老虎永远是独来独往的，只有狐狸和狗才成群结伙！'办《新月》杂志的一伙人，不屑于变狐变狗。'新月派'这一顶帽子是自命为左派的人所制造的，后来也就常被其他的人所使用。"③在《忆新月》中，他还回忆了杂志创刊时的矛盾：

> 《新月》创刊之时，上沅又传出消息，说是刊物决定由胡适之任社长，徐志摩任编辑，我们在光旦家里集议提出了异议，觉得事情不应该这样的由一二人独断独行，应该更民主化，由大家商议，

---

① 胡适：《胡适全集·日记书信》第23卷，安徽教育出版社2003年版，第501页。
② 梁实秋：《忆新月》，收入方念仁编《新月派评论资料选》，华东师范大学出版社1993年版，第11—14页。
③ 参见梁实秋《忆新月》，收入方念仁编《新月派评论资料选》，华东师范大学出版社1993年版。

我们把这意见告诉了上沅。志摩是何等明达的人，他立刻接受了我们的意见。新月创刊时，编辑人是由五个人共同负责，胡先生不列名……胡先生事实上是领袖人物，但是他从不以领袖自居。

之后梁实秋更是称：

新月一伙人，除了共同愿意办一个刊物外，并没有多少相同的地方，相反的，各有各的思想路数，各有各的研究范围，各有各的生活方式，各有各的职业技能。彼此不需标榜，更没有依赖。

"我们的态度"一文，是志摩的手笔，好像是包括了我们的共同信仰，但是也很笼统，只举出了"健康与尊严"二义。以我个人而论，我当时的文艺思想是趋向于传统的稳健的一派……并不同情过度的浪漫的倾向……我批评普罗文学运动，我也批评了鲁迅，这些文字发表在《新月》上，但是这只是我个人的意见，我并不代表《新月》。我是独立作战，《新月》的朋友并没有一个人挺身出来支持我，《新月》上除了我写的文字之外没有一篇文字接触到普罗文学。①

的确，在《新月》创办之初，为出版之事有过矛盾，胡适甚至准备抽股，②后经徐志摩从中斡旋方平息；而其中各人的具体思想也可谓差异甚大。不过，梁实秋事后的追述似乎忽略了当时《新月》鲜明的政治、文化立场，《新月》杂志里的一伙人虽然各有各的主张，但他们当时在既反对国民党的文化独裁、思想钳制，又反对左翼将文学与政治捆绑的做法却是高度一致的，这点回到当时刊物出版时的历史情境中似乎可以更清晰地看到。

《新月》创刊近两年之时，即1929年9月10日——此时"人权与约法"论争和梁实秋与左翼的论争都已经在轰轰烈烈地展开，月刊刊出一篇《敬告读者》，其中声明：

---

① 参见梁实秋《忆新月》，收入方念仁编《新月派评论资料选》，华东师范大学出版社1993年版。

② 参见胡适民国十七年一月二十八日的书信，《胡适全集·日记书信》第23卷，安徽教育出版社2003年版，第550—551页。

我们办月刊的几个人，本来没有什么组织，一直到现在还是很散漫的几个朋友的集合，说不上什么团体，不过因为大家比较的志同道合，都不肯随波逐流，都想要一个发表文章机关，所以就邀和起来办这个刊物。创办的时候，兴趣倾向于文艺的人占大多数，所以新月月刊也就几乎成为一种纯文艺的杂志。可是我们并没有这样的规定，我们并没有固定的体例，我们是有什么人便登什么文章，有什么角色便唱什么戏……

我们办月刊的几个人的思想并不完全一致的，有的是信这个主义，有的是信那个主义，但是我们的根本精神和态度却有几点相同的地方。我们都信仰"思想自由"，我们都主张"言论出版自由"，我们都保持"容忍"的态度（除了"不容忍"的态度是我们所不能容忍以外），我们都喜欢稳健的合乎理性的学说。这几点是我们几个人都默认的……有几点要请注意：我们没有党，没有派，我们只是个人用真名真姓说我们的真话。我们几个人的话并不一定是一致的，因为我们没有约定要一致。我们的立论的态度希望能做到严正的地步，我们不攻击私人。实际政治我们由有那种能力的人去干，我们的工作是批评的工作。①

此期即为梁实秋主编，可见《新月》当时在"根本精神和态度"、政治立场上保持着相当的一致。梁实秋的回忆显然是取前段而忽略了后段，其实这一点也早为当时的鲁迅意识到："新月社的声明中，虽说并无什么组织，在论文里，也似乎痛恶无产阶级式的'组织'，'集团'这些话，但其实是有组织的，至少，关于政治的论文，这一本里都互相'照应'"，而对于梁实秋所言的"独立作战"，鲁迅也早揭示道："上节所引的梁先生的文字里，有两处都用着'我们'，颇有些'多数'和'集团'气味了。自然，作者虽单独执笔，气类则决不只一人。"② 鲁迅的话可谓一针见血。实际上，《新月》在创刊时就带有明显的集团性，

---

① 编者：《敬告读者》，《新月》第2卷6、7号合刊，1929年9月10日。此期正为梁实秋所编。

② 鲁迅：《"硬译"与"文学的阶级性"》，《鲁迅全集》第4卷，人民文学出版社2005年版，第199、201页。

不论其中人员之间的思想有多少差异，但在总的倾向上却是一致的。这点从《新月》发刊辞也可以看出。

《新月》发刊辞《我们的态度》一开始就引用了两句英文：And God said, Let there be light, and there was light——The Genesis; If winter comes, can the Spring be Far behind? ——Shelley。《新月》引用这两句，显出一副救世主的意味：文学界如今是"冬天"，《新月》在"冬天"中被迫出场，文学的"春天"似乎也不远了。果然，接下来就说："不幸我们正逢着一个荒歉的年头，收成的希望是枉然的。这又是个混乱的年头，一切价值的标准，是颠倒了的。"《新月》狂扫当时文坛，把当时文学市场的店铺划分为十三个派，一一进行批评。在这一现实下，《新月》给自己确定的任务是"要寻出荒歉的原因并且给它一个适当的补救，要收拾一个曾经大恐慌蹂躏过的市场，再进一步要扫除一切恶魔的势力，为要重见天日的清明，要浚治活力的来源，为要解放不可制止的创造的活力"，并提出自己"健康与尊严"的原则。不过，这里值得重视的并不在于《新月》对当时文坛的概括，甚至它所提出的"健康与尊严"的原则，显然，这篇出自徐志摩之手的文章虽然充满激情，却并不严密，将其看作一种宣泄或许更为合适，但这一横扫文坛的气势却恰恰暴露出《新月》的真正目的：为自己的杂志寻求在文坛的立足点。这正如当时兴起的"革命文学"，革命文学发端之时一方面猛烈抨击五四文学，攻击鲁迅、茅盾等文坛老将，一面则大声"叫卖"着自己的"革命文学"口号。这种"唯我独尊"的气势暗含的是新文学第二个十年文学地盘的重组与争夺。面对《新月》这种极具挑战意味的发刊词，已经在上海轰轰烈烈开展起来的"革命文学"自然是极敏感的，7月《创造月刊》上登出彭康的《什么是"健康"与"尊严"？——"新月的态度"的批评》，文章直指《新月的态度》一文，其中特别提到"小丑"徐志摩，"妥协的唯心论者"胡适，有意思的是，此时的创造社尚未与鲁迅合作，所以在攻击徐胡两人之前，彭文还不忘先来一句"先前使'醉眼'的鲁迅弄一大篇的'朦胧'出来"。彭康拿出唯物论的辩证法对抗《新月》提出的"健康与尊严"，但实际上彭的理论不甚清晰，再加上徐志摩的发刊辞也未对"健康与尊严"二词加以具体阐释，更没有明确提出一种文学主张，所以两人的文章并不如后来的鲁迅和梁实秋的论争有着实际的交锋，仅仅只是双方"态度"的表明。如果没有后来的"人权与约法"论争，没有梁实秋与鲁迅的文学论争，新月派的"态度"恐怕也很难通过《新月的态度》一文真正表露出来。不过，双方最开始就摆出剑拔弩张的架势，倒也为后来"新月派"与左翼文学的对峙拉开了序幕。当然，《新月》的发起，又不仅仅是对当时文坛情形的不满，背后还牵涉到更为广阔的社会思想。1929年的国民党基本完成统一，这对胡适派自由主义知识分子而言正是可以一显身手的好时机，而1927年后汹汹而来的社会主义思潮也引起部分自由主义者的不满，观胡适、徐志摩1926年通信期间关于"赤化"的激烈讨论，[①]都可以隐隐看出"新月派"后来的倾向。可以说，《新月》后来一度转向政治甚至谈政治比例超出文学，并非偶然。而人权约法论争虽然针对的是现实政治，但与《新月》所倡导的文艺（文化）思想实际上是一脉相承的，并且使得"新月派"文学的自由主义品质更为深厚。

第二节 新月派的"个人自由"

创刊后的《新月》可谓是左右开弓。紧跟在《新月的态度》后的是梁实秋的《文学的纪律》（《新月》1卷1号）。如果说徐志摩的发刊辞带有浓郁的诗人气质，那么梁实秋的《文学的纪律》就以文论形式阐明了好的"文学"应该是怎样的，提出文学的"外在的权威"与"内在的节制"。前者倡导文学精神的自由，即作家思想个性的自由，这无疑指向了当时左翼将文学与政治捆绑的做法；后者则是提倡古典节制的文学风格，间接传达出他对左翼文学浪漫激进风格的不满。接下来梁实秋更是连续发表《文人有行》（1卷2号）、《文学与革命》（1卷4号）等文，矛头直指左翼，并因此与鲁迅和左翼人士展开了激烈的论争。另一方面，与此相呼应的是《新月》对人权与自由的呼吁，并因此掀起了比与左翼论争更大的波澜。其实在2卷2号胡适发表《人权与约法》正式拉开与国民党当局的人权大战之前，《新月》就已开始或明或暗地讨论"自由"一题，1卷8、9号有后来在论争中大显身手的罗隆基的《美国未行考试制度以前之吏治》，11号又有梁实秋的《罗素论

---

① 参见胡适民国十七年一月二十八日的书信，胡适：《胡适全集·日记书信》第23卷，安徽教育出版社2003年版，第506页。

思想自由》，这些文章虽然没有直接针对国民党当局，但都流露出明显的自由主义精神色彩。直到胡适的《人权与约法》一文发表，《新月》可谓是与当局正式开战，不仅是胡适派自由主义知识分子在这场战斗中集体亮相，更是将其作为一个自由主义派别的政治、文化理念乃至精神气质表露无遗。表面看来，《新月》的左右开弓让人费解，但实际上却是基于同一的自由主义思想背景，更是自由主义历来受左右夹击处境的又一次显现。不管是梁实秋与左翼文学关于人性论与阶级论的争论，还是胡适、罗隆基等与国民党政权之间的人权论战，其核心问题都在于"个人自由"与国家、阶级这类集团的关系究竟如何。在这两场论争中，"新月派"始终强调个人的正当性和必要性。不论是与左翼在文学上的分歧，还是与国民党在政治上的分歧，其焦点都在于"个人自由"与集体的关系。究竟是个人自由优先，还是集体意识（国家意识、阶级意识）优先，应该说这是《新月》与"左""右"两方分歧的关键所在。就此言，下文不拟对论争的方方面面做评述，而是重在挖掘论争的核心问题："新月派"自由主义者对"自由"的理解，尤其是对个人自由与集体自由关系的辨析，并进一步从理论上理清其"个人自由"观念的哲学依据，同时，这也是基于"新月派"与"左""右"两方面论争背后共同的思想基础。在论述其作为自由主义文学派别的文学理念之前，论文将先讨论"新月派"与国民党当局的"人权与约法"论争，这不仅是因为人权论争与它和左翼的文学之争具有同一的思想背景，更在于从自由主义范畴言，后者实际上可以纳入前者之中进行考察。

一　胡适的"争自由"①

关于"人权与约法"这场论争，20世纪90年代以来已有不少学者撰文做了详细的阐述。② 此不再详述论争的具体经过，而是将重心移至论争所表现出的极其强烈的自由主义倾向，以及其核心"个人自由"的具体内涵，由此将同时进行的梁实秋与左翼的文学论争联系起来。这次论争虽然直接起于胡适对上海陈德徵提案的不满，但背后其实有着更深

---

① 胡适在给张元济的信中称"自由是争出来的"，这也表明他所指的"自由"指的是个人在社会中的自由，而非个人内心的自由。胡适：《胡适全集·日记书信》第24卷，安徽教育出版社2003年版，第13页。

② 参见章清《"胡适派学人群"与现代中国自由主义》，上海古籍出版社2004年版。

远的思想起因。五四之后，尽管胡适一再声明谈政治是无奈之举——"1919年接办《每周评论》，方才有不得不谈政治的感觉"，"中国的舆论界仍然使我大失望"，"我现在出来谈政治，虽是国内的腐败政治激出来的，其实大部分是这几年的'高谈主义而不研究问题'的'新舆论界'把我激出来的"，① 但他事实上已经打破《新青年》时期宣示的"二十年不谈政治的决心"。1922年他办《努力》，同年与蔡元培等共同发起"好政府主义"，已介入到实际政治中。参办《新月》时的他虽经历了前期"好政府主义"② 运动的流产，但其论政热情并未因此减退，加上此时一班有着英美留学背景的自由主义知识分子的聚合，也使他有机会再次实践他的自由主义理想。另一方面，作为一个典型的自由主义者，胡适始终倾向于一点一滴的改良渐进方式，而这要求必须有一个最低限度的社会、政治、文化秩序存在，只有在这一秩序内改良才有可能进行。对此胡适本人有着十分清醒的认知，他曾把中国之大病根归结为"我们的社会没有重心"，"我们中国这六七十年的历史所以一事无成，一切工作都成虚掷，都不能有永久性，依我看来，都只因为我们把六七十年的光阴掷在寻求建立一个社会重心而终不可得"③。重心不得，其改良也就失去施行的基础。到了《新月》时期，全国已基本完成形式上的统一，对此胡适后来这样说："民十五六年之间，全国多数人心的倾向中国国民党，真是六七十年来所没有的新气象。不幸这个新重心因为缺乏活的领袖，缺乏远大的政治眼光与计划，能唱高调而不能做实事，能破坏而不能建设，能钳制人民而不能收拾人心，这四五年来，又渐渐失去做社会重心的资格了。"④ "失去做社会重心的资格"，此是后话，而在当时胡适等自由主义者的眼中，国家实现了大致统一的社会政治环境无疑为他们提供了一个将自由主义的改良理想付诸实施的机会。

但出乎自由主义者意料的是，随着国民党在形式上完成了对中国的政治统一，也随之加强了对言论、思想等方面的控制。仅在1928年间

---

① 胡适：《我的歧路》，《胡适文集》第3卷，北京大学出版社1998年版，第363—365页。
② 参见胡适《好政府主义》，《胡适文集》第12卷，北京大学出版社1998年版，第714—719页。
③ 胡适：《惨痛的回忆与反省》，《胡适文集》第5卷，北京大学出版社1998年版，第381页。
④ 同上书，第381—382页。

国民党政府就连续颁布多项审查条例。① 这引起了胡适的不满。1928年12月14日,他应《大公报》之约,写了《新年的好梦》一文,公开说:"我们梦想今年大家有一点点自由。"② 其时胡适等《新月》中人正在筹议《平论》③ 一刊,胡适为这个刊物写了发刊辞《我们要我们的自由》,他同样将争"言论出版自由"作为当前之要务:"近两年来,国人都感觉舆论的不自由。在'训政'的旗帜之下,在'维持共信'的口号之下,一切言论自由和出版自由都得受种种的钳制。异己便是反动,批评便是反革命……我们是爱自由的人,我们要我们的思想自由,言论自由,出版自由。"④ 在写好发刊辞后的次日,胡适在日记中粘贴了陈德徵之提案,并作文进行斥问。然而,胡适的文章不但不被登出,陈德徵反击胡适的文章却先登了出来,其矛头直指胡适:"在以中国国民党治中国的今日,老实说,一切国家的最高根本法,都是根据于总理主要的遗教。违反总理遗教,便是违反法律,便要处以国法。这是一定的道理,不容胡说博士来胡说的。"⑤ 紧接着20日政府又颁布一则"国民政府命令",对此"命令",胡适在4月21日日记中有记载,并予以严厉的反驳:"这道命令奇怪之至!(一)'身体自由'怎讲?是'身

---

① 参见中国第二历史档案馆编《中华民国史档案资料汇编》(第五辑)(第一编)文化(一),江苏古籍出版社1999年版。

② 胡适:《新年的好梦》,《胡适文集》第11卷,北京大学出版社1998年版,第142页。

③ 胡适日记民国十八年三月二十六日贴《陈德徵之提案 严厉处置反革命分子》一文的前一天,即三月二十五日的日记中记到:"作《平论》周刊的发刊词,只有一千六七百字。《平论》是我们几个朋友想办的一个刊物。去年就想办此报,延搁到于今。《平论》的人员是志摩、梁实秋、罗隆基(努生)、叶公超、丁西林。"胡适:《胡适全集》第24卷,安徽教育出版社2003年版,第4、5页。《平论》本为胡适等人想办的一个政论性刊物,在《新月》第2卷1号的编辑后言中还作出预告:"这里只是站立在时代的低洼里的几个多少不合时宜的书生,他们的声音,即使偶尔听到,正如他们的思想,绝不是惊人的一道,无非是几句平正的话表示一个平正的观点,再没有别的——因此为便于发表我们偶尔想说的'平'话,我们几个朋友决定在这月刊之外(这里是专载长篇创作与论著的)提另出以周刊或旬刊取名'平论'(由平论社发行),不久即可与读者们相见。"不过《平论》终未刊出,于是胡适等就直接以《新月》为言说阵地。《新月》第2卷2号在发表《人权与约法》后又在"编辑后言"中说明:"上期预告的'平论周刊'一时仍不能出版……但此后的新月月刊,在平论未出时,想在思想及批评方面多发表一些文字……那我们当然是极愿意加紧一步向着争自由与自由的大道上走去。"

④ 胡适:《我们要我们的自由》,《胡适文集》第11卷,北京大学出版社1998年版,第143、144页。

⑤ 参见胡适日记民国十八年四月一日,胡适:《胡适全集·日记书信》第31卷,安徽教育出版社2003年版,第352页。

体'与'自由'呢？还是'身体之自由'呢？（二）此令但禁止'个人或团体'非法侵害人权，并不曾说政府或党部也应尊重人权。"[①] 而至5月6日，胡适"草成《人权与约法》一篇，送给《新月》发表"[②]。影响很大的"人权与约法"论争即由此展开。可以说，胡适等人此时高举人权旗帜，一方面是因为他们自身强烈的自由主义思想，另一方面也与当时国家政治环境给他们的正反两面暗示有关。前者注定这场论战是必然的，后者却不能不说胡适等人的理想是一相情愿的。

胡适在这场论争中发表了一系列文章，计有：《人权与约法》（《新月》2卷2号）、《我们什么时候才可以有宪法》（《新月》2卷4号）、《知难，行亦不易》（转载）（《新月》2卷4号）、《〈人权与约法〉的讨论》（《新月》2卷4号）、《新文化运动与国民党》（《新月》2卷6、7号）。[③] 在这些文章里，胡适一方面揭露国民政府治下"自由"的虚伪性，要求制定约法保障人权；更为重要的是，胡适清晰地意识到制定约法保障人权的关键在于规定政府权限。在批驳"国民政府命令"时，他一针见血地指出：命令"不曾提及政府机关。个人或团体固然不得以非法行为侵害他人身体自由及财产，但今日我们最感觉痛苦的是种种政府机关或假借政府与党部的机关侵害人民的身体自由及财产"。他认为，"没有相关法律保障人民的人权。关键在于没有法律对政府进行制约"。"法治只是要政府官吏的一切行为都不得逾越法律规定的权限。"在后来的《〈人权与约法〉的讨论》一文中，胡适进一步重申："我们要一个'规定人民的权利义务与政府的统治权'的约法，不但政府的权限要受到约法的制裁，党的权限也要受约法的制裁。""宪法的大功用不但在于规定人民的权利，更重要的是规定政府各机关的权限。立一个根本的大法，使政府的各机关不得逾越他们的法定权限，使他们不得侵犯人民的权利，——这才是民主政治的训练。"（《我们什么时候才可以有宪法　对于〈建国大纲〉的疑问》）胡适在这里将政府视作个人权利的最大威胁者，这一方面是针对当时国民党统治下人权无保障而言，另一

---

① 胡适：《胡适全集·日记书信》第31卷，安徽教育出版社2003年版，第368页。
② 同上书，第376页。
③ 收入《人权论集》中的文章还包括论争发起前的《名教》，此文发表在《新月》第1卷5号。以下所引《人权论集》中文字，均出自《胡适文集》第5卷中收录的《人权论集》，北京大学出版社1998年版。

方面也显示出他自身一贯的西方自由主义色彩。胡适在1933年还提出一种"无为的政治"："我们可以引用十九世纪后期哲人斯宾塞（Spencer）的话：要把政府的权力缩小到警察权。这就是无为政治的摩登说法。"①胡适这里所说的"无为政治"即是将国家视作一种维护个人权利的工具，与洛克在《论政府》中强调："政府目的是为了保障财产"同出一理。除了要求制裁政府权限外，胡适在这次论争中还提出民主制度以及宪法的重要性，两者对保障人权都是极为必要的。留学期间对美国政治制度的耳濡目染，使胡适一直认为"民主是幼稚园的政治"，他不满于国民党的"训政"，声称"中山先生对于一般民众参政能力，很有点怀疑……中山先生主张训政，只是因为他根本不信任中国人民参政的能力。"他认为："人民参政并不需多大的专门知识，他们需要的是参政的经验。民治主义的根本观念是承认普通民众的常识是根本可信任的。"（《我们什么时候才可以有宪法 对于〈建国大纲〉的疑问》）在几年后的"民主与独裁"之争中，胡适再次表明他的这一观点："我观察近几十年的世界政治，感觉到民主宪政只是一种幼稚的政治制度，最适宜于训练一个缺乏政治经验的民主。""只有民主宪政是最幼稚的政治学习，最适宜于收容我们这种幼稚阿斗。"②除上述两点，胡适在《新文化运动与国民党》中还特别提到国民党对于新文化运动的反动："他们天天摧残思想自由，压迫言论自由，妄想做到思想的统一。殊不知统一的思想只是思想的僵化，不是谋思想的变化。"胡适的上述观点，显然受西方自由主义观念影响颇深。同年所作的《我们对于政治的主张》更可谓照搬了美式民主政治，比如他主张"党""政"分开；几院独立（立法院独立、司法院独立、考试院绝对独立、监察机关绝对独立），不受党及行政机关的牵掣；甚至"主张联邦式的统一国家"③。

胡适激烈抨击国民党当局，倡导制定约法保障人权，虽是因国民党当局统治下"无自由"的现状引起，也与他深受美国式民主政治影响有关，

---

① 胡适：《从农村救济谈到无为的政治》，《胡适文集》第11卷，北京大学出版社1998年版，第330页。
② 胡适：《再论建国与专制》，《胡适文集》第11卷，北京大学出版社1998年版，第378页。
③ 胡适：《我们对于政治的主张》，《胡适文集》第11卷，北京大学出版社1998年版，第165、166页。

但最根本的源头还在于他一贯的个人主义思想。尽管在上述论争中，胡适一直在围绕"人权"与"约法"两题阐述其政治理念，并没有直接涉及"个人主义"这一核心问题，① 但问题的根本却不能不归结到他思想中的个人主义基础。胡适的个人主义思想由来已久，此时的个人主义只是对《新青年》时期他所宣扬的"易卜生主义"作了进一步修正和发挥，而且从多个层面充分解释了"个人自由"以及"个人"与群的关系。

早在《易卜生主义》中，胡适就阐明了他的"健全的个人主义"观念，其中主要包括两点：一是个人如何在社会中存在，他借易卜生的戏剧说："社会与个人互相损害；社会最爱专制，往往用强力摧折个人的个性，压制个人自由独立的精神；等到个人的个性都消灭了，等到自由独立的精神都完了，社会自身也没有生气了，也不会进步了。"这里强调的是少数的个人与腐朽社会之间的斗争。二是强调个性的重要性。个人要"充分发展自己的个性"，"社会是个人组成的，多救出一个人便是多备下一个再造新社会的分子……这种'为我主义'，其实是最有价值的利人主义。所以易卜生说，'你要想有益于社会，最好的法子莫如把你自己这块材料铸造成器'"②。很明显，胡适这里论说的"健全的个人主义"重在个性的自由发展，这也是五四时期高扬个性解放、反抗旧文化传统对个性压抑的主要内容。五四落潮后，胡适个人主义思想的重心则有所转移。不同于《新青年》时期他所强调的"个人"主要针对的是传统旧文化制度对"个人性"的压抑，他这时更为重视个人自由如何在社会中存在，以及个人自由与国家这一集团性权力之间的复杂关系。就此而言，胡适此时的个人主义思想较早年与西方自由主义的关系显然联系更为紧密，甚至可以说基本上是西方自由主义学说在中国的应用。一方面，胡适区分了"真假个人主义"，特别是将以老庄学派为代表的独善的个人主义剥离出他所说的"健全的个人主义"之外。在《非个人主义的新生活》③ 中，胡适首先引用杜威在《真的与假的个人主义》中的观点，对"个人主义"作了必要的辨析："个人主义有两

---

① 实际上制裁政府权限的要求已经包含了这一问题。
② 胡适：《易卜生主义》，《胡适文集》第 2 卷，北京大学出版社 1998 年版，第 481—486 页。
③ 胡适：《非个人主义的新生活》，《胡适文集》第 2 卷，北京大学出版社 1998 年版，第 564—569 页。

种：（1）假的个人主义——就是为我主义（Egoism），他的性质是自私自利：只顾自己的利益，不管群众的利益。（2）真的个人主义——就是个性主义（Individuality），他的特性有两种：一是独立思想，不肯把别人的耳朵当耳朵，不肯把别人的眼睛当眼睛，不肯把别人的脑力当脑力；二是个人对于自己思想信仰的结果要负完全责任，不怕权威，不怕监禁杀身，只认得真理，不认得个人的利害。"但更为重要的是，胡适在这里主要批评的还不是这一"自私自利的个人主义"，而是他说的第三派，即"独善的个人主义"。他认为，独善的个人主义，"他的共同性质是：不满于现社会，却又不可如何，只想跳出这个社会去寻找一种超出现社会的理想生活"。联系当时中国的情形，我们可以发现，胡适的这一观点不仅表达了他对当时周作人等人宣扬日本新村运动的不满，更是表明了他的个人主义观念中的"个人"本身所含社会性一义。胡适反对"新村"的理由正在于独善的个人主义"跳出这个社会"，不承认个人与社会的辩证关系。而一旦将个人剥离出社会，将个人视作"原子式"个体，自由就可能沦为自私自利的为我主义。他说："新村"认为"'改造社会，还要从改造个人做起'①是错误的"，"这个观念的根本错误在于把'改造个人'与'改造社会'分作两截；在于把个人看作是一个可以提到社会外去改造的东西"。在胡适眼里："个人是社会上无数势力造成的。改造社会须从改造这些造成社会，造成个人的种种势力做起。改造社会即是改造个人。""不站在这个社会里来做这种一点一滴的社会改造，却跳出这个社会去'完全发展自己个性'，这便是放弃现社会，认为不能改造；这便是独善的个人主义。"

胡适将个人与社会捆绑在一起，也是基于他的"大我"和"小我"（"社会不朽论"）理论。他在《不朽》②一文中对此有专门的论说：

---

① 此话即为周作人所言，《新村的精神》（1919年）："现在如将社会或世界等等作目标，仍不承认个人，只当他做材料，那有什么区别呢？所以改造社会还要从改造个人做起，新村之所以与别种社会运动不同的地方，大半就在这里。"《民国日报·觉悟》第23、24期，1919年11月。并且，周作人在当时也说："因此说新村是个人主义的生活。新村的人虽不曾说过他们是根据什么主义的，但照我个人的意见，却可以代他们答应一个'是'字。"《新村的理想与实际》，参见周作人《周作人自编文集·艺术与生活》，河北教育出版社2002年版，第216页。看来胡适此番话即是针对周作人所言的这一"个人主义"。此问题下章再做详述。

② 胡适：《不朽（我的宗教）》，《胡适文集》第2卷，北京大学出版社1998年版，第529—530页。

个人造成社会，社会造成个人；社会的生活全靠个人分工合作的生活，但个人的生活，无论如何不同，都脱不了社会的影响；若没有那样这样的社会，决不会有这样那样的我和你；若没有无数的我和你，社会也绝不是这个样子。

胡适进而说道："我这个'小我'不是独立存在的，是和无量数小我有直接或间接的交互关系的；是和社会的全体和世界的全体都有互为影响的关系的；是和社会世界的过去和未来都有因果关系的……这种过去的'小我'，和种种现在的'小我'，和种种将来无穷的'小我'，一代传一代，一点加一滴；一线相传，连绵不断；一水奔流，滔滔不绝：——这便是一个'大我'……这个'大我'是永远不朽的，故一切'小我'的事业，人格，一举一动，一言一行，一个念头，一场功劳，一桩罪过，也都永远不朽。这便是社会的不朽，'大我'的不朽。"胡适进一步补充说："这样说法，并不是推崇社会而抹煞个人。这正是极力抬高个人的重要。个人虽渺小，而他的一言一动都在社会上留下不朽的痕迹，芳不止流百世，臭也不止遗万年，这不是绝对承认个人的重要吗？"由此不难看到，胡适心目中的"个人"，本身即含有社会性。他虽强调个人、个性，但他所说的"个人"并非原子式的个人，而是有其丰富的社会性的一面。个人与社会的关系是辩证的，只有具有个人自由，社会进步才能保证；也只有将个人与社会联系，个人自由才不至于沦为上述"伪个人主义"[①]。在这一问题上，胡适的理解与哈耶克的关于"真""伪"个人主义上的辨析有相通之处。哈耶克认为，"伪个人主义"即是"那种认为个人主义乃是一种以孤立的或自足的个人的存在为预设的（或者是以这样一项假设为基础的）观点，而不是一种以人的整个性质和特征都取决于他们存在于社会之中这样一个事实作为出发点的观点"[②]。胡适与哈耶克所论的"个人主义"的背景和内涵当然不尽相同，但在强调个人不能独立于社会存在却是一致的。由此延伸

---

① 胡适：《个人自由与社会进步——再谈五四运动》，《胡适文集》第11卷，北京大学出版社1998年版，第584—585页。
② ［英］哈耶克：《个人主义：真与伪》，《个人主义与经济秩序》，邓正来译，生活·读书·新知三联书店2003年版，第11页。

而来的问题是，胡适所言的"个人自由"也不是指内心的自由，而是个人在社会中的自由，即个人在与社会的各种关系中享有的自由；个人不仅在社会中应具有基本的自由权利，同时，也需要为此自由负有社会责任。基于此，胡适在提倡思想自由时也认为应该反对传统"崇尚自然"的思想，包括老庄的无为、无治、高谈性理、无思无虑、不争不辩、知足，这些在他眼里都是阻碍思想自由的。① 胡适把道家追求一种"内心的自由"视作是对社会不负责任的表现，甚至把当时中国百病丛生的状态都归结于此点：政治上、思想上取"无为主义"：

> 道家的人生观名义上看重"自由"，但一面要自由，一面又不争不辩，故他们只好寻他们所谓"内心的自由"，消极的自由，而不希望实际的，政治的自由。结果只是一种出世的人生观，至多只成一种自了汉，终日自以为"众人皆醉我独醒"，其实也不过是白昼做梦而已。他们做的梦也许是政治的理想，但他们的政治理想必不是根据事实的具体计划，只是一些白昼做梦式的乌托邦理想而已，或者，一些一知半解的道听途说而已。（1929年）②

对于努力争人权争自由的胡适言，道家这一退而求"内心的自由"显然为他所不满。这点也正是承他对个人的社会性理解而来。

胡适这一时期个人主义思想的第二个重要方面，则是在他前期所强调"个性"、"个人"的基础上，提出个人相对于国家、集体的优先性。首先，他重申个人对于社会的重要意义，"为我"即是"为社会"，"把自己铸造成器，方才可以希望有益于社会。真实的为我，便是最有益的为人"。"这个个人主义的人生观一面叫我们学娜拉，要努力把自己铸造成个人；一面教我们学斯多铎医生，要特立独行，敢说老实话，敢向恶势力作战。"③ 其二，他警惕以国家名义压制或取消个人自由，他说：

---

① 胡适：《思想革命与思想自由》，《胡适文集》第11卷，北京大学出版社1998年版，第200页。
② 胡适：《从思想上看中国问题》，《胡适文集》第11卷，北京大学出版社1998年版，第158页。
③ 胡适：《介绍我自己的思想》，《胡适文集》第5卷，北京大学出版社1998年版，第511页。

"现在有人对你们说：'牺牲你们个人的自由，去求国家的自由！'我对你们说：'争你们个人的自由，便是为国家争自由！争你们自己的人格，便是为国家争人格！自由平等的国家不是一群奴才建造得起来的！'"①在《个人自由与社会进步——再谈五四运动》中，他引用张熙若的话，再次提出这一观点："个人主义自有它的优点：最基本的是它承认个人是一切社会组织的来源。他又指出个人主义的政治理论的神髓是承认个人的思想自由和言论自由。"他明确指出："张先生所谓的'个人主义'，其实就是'自由主义'（Liberalism）。"②胡适将个人置于优先地位、反对因"国家自由"牺牲"个人自由"、强调"争个人自由即是争国家自由"，即是源于个人本身所含的社会性，以及个人相对于集体组织的优先性和根本性。此点实际上也为西方自由主义的传统。不论是从天赋人权（自然人性）的角度，还是从功利主义角度言，个人于国家、政府都具有不可置疑的优先地位，这正如密尔所认为的，政府的活动的好坏与其对个人的作用联系紧密，"国家的价值，从长远看来，归根结底还在组成它的全体个人的价值"③。

胡适的政治理念以及其背后的个人主义思想，与其美国教育背景有深刻的关系。他在美国几年的生活，对美国政治制度的倾慕，以及后来为他一生思想指导的杜威实验主义，都是他日后自由主义思想形成的重要源头。比如他对民主制度的推崇，就直接源于他在美几年的生活学习，这在后来的胡适口述自传以及早年的《再谈谈宪政》中都有说明。他说：

> 我自己相信，上文说的僻见并不是笑话，乃是我在美国七年细心观察民主宪政实地施行的结果。我也曾学政治理论和制度，我的运气最好，我最得力的政治学先生是曾在 Ohio 做过多年实际政治改革的 Samuel p. Orth。例如他教我们"政党论"，从不用书本子；那年正当 1912 的大选年，他教我们每人每天看三个大党（那年罗

---

① 胡适：《介绍我自己的思想》，《胡适文集》第5卷，北京大学出版社1998年版，第511、512页。着重号为原文所有。

② 胡适：《个人自由与社会进步》，《胡适文集》第11卷，北京大学出版社1998年版，第585页。

③ [英]约翰·密尔：《论自由》，许宝骙译，商务印书馆1959年版，第137页。

斯福组织了进步党）的三种代表报纸，每周做报告；并且每人必须参加各党的竞选演说会场；此外，我们每人必须搜集四十八邦的"选举舞弊法"，作比较分析。我受了他的两年训练，至今看不起那些从教科书里学政治的人们。我对于民主宪政的信仰始终拥护，完全是因为我曾实地观察这种政治的施行，从实地观察上觉悟到这种政治并不是高不可及的理想制度，不过是一种有伸缩余地，可以逐渐改进，逐渐推广政权的常识政治。①

胡适的个人主义思想对于自由主义在中国的发展有着重要贡献。一方面他明确表明个人相对于国家等集体的优先性，并警惕以国家名义压制个人自由，这对于当时中国而言无疑具有重要意义，此点在罗隆基、梁实秋身上也有体现，可视作是新月派自由主义知识分子对个人自由的集体认同；另一方面，胡适强调个人性与社会的关系，既阻断了自由主义与自私自利的"个人主义"之间的联系，同时也避免了与传统文化中的"内心的自由"的混淆，表明其与传统中国文化中追求的那种心境自由具有本质的差异。

二　罗隆基的"论人权"

人权论争中，值得注意的还有罗隆基的言论。罗隆基早年从清华毕业，后入美国威斯康星大学（1921年），1925年获哲学博士学位。之后又入英国伦敦大学研究，曾受教于费边社②成员拉斯基门下，并深受其影响。人权论争开始前，罗隆基就在《新月》上发表文章介绍英美政治制度；待论争开始，他利用自己的专业政治理论知识大力抨击国民党，其专业知识与胡适敏锐的眼光可谓相得益彰。胡适抨击国民党治下无人权，罗隆基则紧接着发表《论人权》一文，详细阐释了什么是人权，人权与国家、与法律的关系，人权的时间性和空间性，以及中国现在具体需要什么样的人权。之后，他又连续发表《告压迫言论自由者》、《我们要什么样的政治制度》、《我对党务上的"尽情批评"》、《汪精卫论思想统一》、《我的被捕经过和反感》等文章，其批判涉及国

---

① 胡适：《再谈谈宪政》，《胡适文集》第11卷，北京大学出版社1998年版，第766页。
② 参见［英］柯尔（M. Cole）《费边社史》，杜安夏译，商务印书馆1984年版。

民党政治体制的方方面面，包括人权、独裁、党治、压制思想言论自由等。一方面，在要求保障人权、限制政府权限问题上，他与胡适表现出高度一致。在谈到人权与国家关系时，他同样认为："国家的功用，就在保障人权。""国家的威权是有限的。"他引用拉斯基的观点，认为人权不是法律的产物，是先法律而存在的东西，是法律最后的目的。另一方面，罗隆基对人权的理解和把握相对于胡适又更为专业，并表现出鲜明的自由主义功利派的色彩。首先，他对人权作了具体的解释：人权是做人的那些必需的条件，包括衣食住的权利，身体安全的保障，发展个性，但同时他也强调，人权不限于"成我至善之我"，而是要"达到人群最大多数的最大的幸福的目的"。这显然是自由主义功利说的移植。尽管之后他声称："我没有追溯十七世纪霍布斯的学说……我亦没有引证十八世纪卢梭的学说，认为人权是天赋的……我更不敢颂扬十九世纪边沁的学说，主张人权应依赖法律为根据。"但他将个人自由与最大多数人最大的幸福联系起来，实际上与边沁的功利学说基本无异，所以接下来他说："人权的意义，我完全以功用（function）二字为依据。"[①]值得注意的是，胡适虽然没有明确说明此点，但他与罗隆基一样也不主张"天赋人权"说，而是将个人与社会进步紧密联系起来，也流露出一定的功利主义色彩。很明显，罗隆基的政治观点具有鲜明的西方自由主义色彩。而值得注意的是，他以其人权思想为基础，特别强调了思想和言论自由的重要性。他说："取缔言论自由，所取缔的不止在言论，实在思想。不止在思想，实在个性与人格。取缔个性与人格，即系屠杀个人的生命，即系灭毁人群的生命。"[②] 他反对压迫言论自由，不仅起因于《新月》同人由于人权之争后来遭到当局的查封、被捕等，更是出于他们对"个人性"的珍视。不论是从天赋人权角度言，还是从罗隆基所说的"功用"角度出发，言论自由的根本即思想自由，而思想自由显然是人权的一个基本方面。因此，压制思想言论自由，无疑是侵犯了人的基本权利，不仅与人权说不合，而且从功利角度言，也阻碍了社会的进步。罗隆基后来在《告压迫言论自由者》、《汪精卫论思想统

---

① 罗隆基：《论人权》，《胡适文集·人权论集》第 5 卷，北京大学出版社 1998 年版，第 543—544 页。

② 同上书，第 544 页。另外，罗隆基（署名努生）还在《新月》第 3 卷第 8 号有《我们不主张天赋人权》一文。

一》等文中再次重申了这一观点。有意思的是，罗隆基的文章不仅道出了《新月》同人反对国民党钳制言论自由的理由，也表明了他们与左翼文学分歧的根本所在。这一点，在梁实秋那里表现得更明显。

三 梁实秋的"论思想自由"

在"新月派"众人中，梁实秋是唯一一个既反国民党的思想压制，同时又公开反左翼文学的人。当然，这并不意味着胡适、罗隆基等人在左翼文学上的立场与他有别，只不过是双方侧重点不同罢了。如果说胡适、罗隆基两人讨论人权主要集中在政治制度方面，那么梁实秋则更多集中在思想言论自由上，并由此将对国民党的批判与对当时左翼文学的批评联系起来。这里先讨论梁实秋关于"思想自由"的观点，此点同样可视作他反左翼革命文学的根本原因。

早在论争开始前，梁实秋就曾借罗素谈思想自由表明自己反对思想专制的观点。① 胡适的《人权与约法》发表后，他即发文支持，在2卷3号刊登《论思想统一》② 一文。文章开始就指出："思想这件东西，我以为是不能统一的，也是不必统一的。"一方面，"思想是独立的；随着潮流摇旗呐喊，那不是有思想的人，那是盲从的愚人。思想只对自己的理智负责，换言之，就是只对真理负责；所以武力可以杀害，刑法可以惩罚，金钱可以诱惑，但是却不能掠夺一个人的思想。别种自由可以被恶势力所剥夺净尽，惟有思想自由是永远光芒万丈的"。另一方面，梁实秋认为从国家立场看，思想也是不必统一的。而统一思想则可能产生极大的缺点，使得社会上剩下的只是投机分子和盲从的群众。文章最后呼吁：

> 我们现在要求的是：容忍！我们要思想自由，发表思想的自由，我们要法律给我们以自由的保障……我们愿意人人都有思想的自由，所以不能不主张自由的教育。
> 我们反对思想统一！
> 我们要求思想自由！

---

① 参见梁实秋《罗素论思想自由》，《新月》第1卷第11号，1929年1月10日。
② 梁实秋：《论思想统一》，《新月》第2卷第3号，1929年5月10日。

我们主张自由教育！

值得注意的是，上文排好后，看到报纸上国民党宣传三民主义文学，梁实秋又加上一段予以批评："很明显的，现在当局是要用'三民主义'来统一文艺作品。然而我就不知道'三民主义'与文艺作品有什么关系；我更不解宣传会议决议创造三民主义的文学，如何就真能产出三民主义的文学来"，文章接下来说："以任何文学批评上的主义来统一文艺，都是不可能的，何况是政治上的一种主义？由统一中国统一思想到统一文艺了，文艺这件东西恐怕不大容易统一罢？鼓吹阶级斗争的文艺作品，我是也不赞成的，实在讲，凡是宣传任何主义的作品，我都不以为有多少文艺价值的。文艺的价值，不在做某项的工具，文艺本身就是目的。"实际上，在此文前梁实秋已发表《文学与革命》反对左翼革命文学，而从这段话看，他反对的不仅是左翼文学的做法，右翼文学也是一样。左右翼文学在他眼里都压制了自由思想，将文学视作政治的工具，因此也无法产生出好的文艺作品。在后来的《思想自由》一文中，他同时对左右翼压制思想提出尖锐批评：

中国现在令人不满的现状之一，便是人民没有思想自由。妨碍人民思想自由的有两种人：一种是当局者，滥用威权，侵犯人民言论出版自由，不准人民批评，强迫人民信仰某一种主义；还有一种是热狂的宣传家，用谩骂的文字攻击异己，用诬蔑的手段陷害异己，夸大的宣扬自己的主张。两者都妨碍人的思想自由，因为都不是靠了理性来取人民的信仰，而是用了外力来强制人民的信仰，都是感情用事，而不是冷静地诉于人的理性。要有了思想自由，必先使人民有充分的安然的研究的机会。压力要不得，引诱也要不得。要把事实和理论清清楚楚的放在人民面前，要他们自己想，自己信——这才算得是思想自由。①

前者直接指向国民党当局对思想的钳制，后者则暗指左翼当时的做法。可见，梁实秋并非仅仅反"左"或反"右"，其关键是他对思想自

---

① 梁实秋：《思想自由》，《新月》第2卷第11号"零星"栏，1930年1月10日。

由的提倡，并因此反对借用各种名义对个人思想自由的侵犯。

除了反对左右翼压制思想、用"主义"统一文学外，梁实秋也对"个人自由"与"国家自由"做出了辨析。一是在《孙中山先生论自由》①中谈到孙中山先生先是提倡言论、思想自由的，后来他的自由观有所改变，认为个人的自由妨碍国家、团体自由。梁实秋对此表示不满，他提出几点：

> 第一，个人自由与团体自由并不是绝对不相容的。中国人一片散沙，并不见得完全是由于"中国人的自由很充分"。第二，中国人的自由是不是已经充分，是个疑问。第三，一个革命党对于党内要施行严格的纪律，便成为集团的力量，这是很对的，但是……来对待人民，这又是一个疑问。人民要求的是思想自由言论自由身体自由……并且个人自由牺牲后，不一定就有团体自由，十个奴隶加起来不是一个自由人。人（小）民把思想言论身体的自由完全牺牲掉，怎见得就能抵抗列强侵略呢？

第二是在3卷2号以子季为名发表的《两句不通的格言》②中，针对戴季陶的"要人人牺牲自由，然后国家才得自由"这句话进行批评，子季指出："个人的自由与国家的自由，并不是相冲突的……个人自由是件事，个人间的合作，互助，团结，另是一件事。有了个人的自由，就不能合作，互助，团结，这是不通。""个人自由，国家自由，明明白白的是两件事。"除了强调个人自由，反对利用国家名义侵害个人自由外，梁实秋还明确将个人自由的重要性置于国家之上，他指出："国家有自由，个人无自由，这国家是不值得爱护的。"在这里，他与胡适、罗隆基关于国家与个人自由的观念是一致的，他也提出"对内我们主张用法律来范围政府的行动，规定执政人员的职权，以保障并增加个人的自由"。梁实秋如此珍视个人自由，他上述重视个人思想言论的自由也就是题中之意了，而他对不管是右翼压制思想言论自由，还是左翼做法的尖锐批评，显然也都是出于他对个人自由的重视。

---

① 梁实秋：《孙中山先生论自由》，《新月》第2卷第9号，1929年11月10日。
② 子季：《两句不通的格言》，《新月》第3卷第2号，1930年4月10日。

实际上，不管是胡适的"健全的个人主义"，还是罗隆基对人权的阐释，以及梁实秋对思想自由的呼吁，其根本都在于他们对"个人自由"的重视，将"个人"置于国家等集体的优先地位。新月派的这一观念明显直承西方自由主义观点，而他们强调个人自由优先的观点一旦置于中国文化思想中，就具有不可忽视的重要意义和价值。从整体上言，中国传统思想文化中从未出现过西方自由主义式的"个人"。儒家强调道德主体性，走的是内圣外王的道路；道家所言的自由更多是一种内心的肆意；佛家以因果轮回为本，境由心造，境随心转，也重在个体修为。后来的自由主义者殷海光谈到中国自由主义"先天不足"时也说道："中国近代及现代所讲的自由主义，并非土生土长的思想，而是美雨欧风吹进来的。在中国文化里，跟自由主义能发生亲和作用的是佛老思想。可是，佛老思想只是一种人生境界和一种生活态度。它不是像孔教那样的制度。佛老思想所造成的境界和态度，可导致人采取退避不争的方式来缓和暴政的迫害借此'全生保真'，但不能鼓起人争自由的热情。"① 可以说，尽管在传统文化中不乏对个人主体的重视，但是对于如何保障人在社会中的自由既缺乏制度层面的设计，更无一种像西方自由主义拥有的天赋人权或功利主义这样强大的理论基础。即使历史中也曾出现类似的民本思想，但其目的多在君王而不在个人。在这种情势下，西方自由主义意义上个人必无出现之可能。近代以来自严复翻译《群己权界论》始从西方输入"自由"观念，不过从根本上说，严复这一代思想家也未能强调个人的优先地位，比如严复就认为应当先争国家自由，甚至可以为此牺牲个人自由："今之所急者，非自由也，而在人人减损自由，而以利国善群为职志。"② 这些话与西方自由主义精神显然背道而驰了。换言之，个人在这里往往不是作为根本性内容被彰显，人权仅仅被视作国家富强的一种手段，而不是直接将个人作为理论出发点和归宿，更无需说视国家为保障个人权利的工具。直至五四新文化运动，胡适、周作人等才正式将个人置于根本性地位，个人的自由和独立性地位才得以确立。然而，即使如此，五四在倡导人性解放的同时也包含着民族国家救亡的目的，李泽厚曾用"救亡"压倒"启蒙"一说解

---

① 殷海光：《中国文化的展望》，上海三联书店2002年版，第255页。
② 严复：《严复集》第2册，中华书局1986年版，第337页。

释五四后的现代思想变迁，实际上，在现代中国特殊的政治环境下，对于民族、国家复兴的迫切要求远远超出对个人自由的珍视。即使像孙中山这样早年重视民权的人，最终还是以国家为重，并认为可以因国家利益牺牲个人，以致后来的国民党政权、30 年代兴起的左翼，40 年代的延安文艺，也无不是以国家、阶级等名义压倒个人，"个人主义"甚至一度成为反动的代名词。由此来看，"新月派"自由主义者重视个人自由，思考个人自由与国家的关系，并明确将其置于国家等集体之上，可以视作是中国自由主义思想走向成熟的标志之一，更重要的是，也使得"新月派"的自由主义文学观念具有更深厚的思想根基。

第三节　新月派与左翼的文学之争

一　"个人性"与"阶级性"之争

"新月派"与左翼文学的争论，主要集中在梁实秋与左翼特别是与鲁迅的论争上。对于新文学史上这场著名的文学论争，学界讨论众多。不过，讨论多集中在双方文学观念本身，以及由此延伸的双方人格气质上，却很少将"新月派"的自由主义思想背景贯穿其中。虽然就文学而论文学也能道出双方分歧所在，但未必能看到论争的真正症结。比如，从最初明显的抑梁扬鲁，到后来讨论人性论与左翼阶级论之间的是非曲直，以至重申梁实秋文学观念的自由主义色彩，追溯其思想的中外因缘，始终都未能足够重视这场文学之争与其时同步进行的人权之争的思想联系，从而也不同程度地模糊了文学观念交锋背后双方文化政治理念的根本差异。在此，论文不拟对这场论争的方方面面予以评述，而是从自由主义理念出发，将"新月派"文学观念与其人权论争结合起来考察，探讨其与左翼文学分歧的根本依据，以及这一论争于中国现代自由主义文学的重大意义，进而关注中国自由主义文学与自由主义的文化政治理念之间层层叠叠、千丝万缕的联系。

梁实秋是"新月派"中最先也是唯一一位与左翼文坛进行论辩的人。早在人权论争之前、《新月》创刊之时，他就发表《文学的纪律》[①]详述其对文学的看法。此文虽不是专门针对左翼而发——即使当中未必

---

① 梁实秋：《文学的纪律》，《新月》第 1 卷第 1 号，1928 年 3 月 10 日。

不含有他对当时左翼文学所表现出的浪漫激进风格的不满，但却将他后来与左翼论争时所依据的几个基本观念都体现了出来。一是强调"理性"对于文学健康的作用，反对浪漫主义式情感在文学中不节制的宣泄，将其视作一种"病态"的文学；二是将"人性"作为文学的重要对象，提出"文学发于人性，基于人性，亦止于人性"。值得注意的是，在梁实秋这里，后者是基于对前者的考虑，"人性"是文学的根本，而人性又是很复杂的，在梁实秋看来，"唯因其复杂，所以才是有条理可说，情感想像都要向理性低首。在理性指导下的人生是健康的常态的普遍的；在这种状态下所表现出的人性亦是最标准的；在这种标准之下所创作出来的文学才是有永久价值的文学"。这里实际上是要求用"理性"指导文学表现"人性"。梁实秋在这里所提出的这两大观点，不仅是他后来与左翼论争的重要理论基础，而且与"新月派"的（政治）自由主义思想紧密相关。

在《文学的纪律》中，梁实秋对"理性"于文学的重要意义进行了详细阐释，他认为"健康的文学"需要有一种"内在的节制"，而节制的根本就在于"理性"："古典主义者所注重的是艺术的健康，健康是由于各个成分之合理的发展，不使任何成分呈畸形的现象，要做到这个地步，必须要有一个制裁的总枢纽，那便是理性。所以我屡次的说，古典主义者要注意理性，不是说把理性做为文学的唯一材料，而是说把理性做为最高的节制的机关。"基于对"理性"的重视，梁实秋反对无节制的情感，不过他也声明，文学并非不能表现情感，"情感不是一定该被诅咒的，伟人的文学者所该致力的是怎样把情感放在理性的缰绳之下……文学本身是模仿，不是主观的，所以在抒泄情感之际也自有一个相当的分寸，须不悖于常态的人生，须不反乎理性的节制。这样健康的文学，才能产出伦理的效果"。他认为："伟大的文学的力量，不藏在情感里面，而是藏在制裁情感的理性里面。"不仅情感需要理性来规范，梁实秋认为文学创作的重要因素之一想象也需要理性的指导，他说，文学需要想象，但想象"不能不有一个剪裁，节制，纪律。节制想象者，厥为理性"。正是出于对"理性"的重视，梁实秋对浪漫主义文学表示不满，浪漫主义在他眼里是强调情感的文学，"感情主义（emotionalism）是浪漫主义的精髓"。而这点也是他后来反对左翼文学的原因之一。因为在他眼里，革命与浪漫主义有很大的相似性。浪漫主义文学与革命有密切关系，两者都具有一种反抗精神。他说："浪漫运动根本的是一个感情的反抗，对于过分的礼教纪律条规传统等等之反动，这种反抗精神若在事实方面政治或社会的活动里表现出来，就是革命运动。浪漫运动与革命运动全是对于不合理的压抑的反抗，同时破坏的，同时重天才，同时因少数人的倡导而发生群众的激动。所以一般的人，往往就认定浪漫派的文学是革命的文学。我觉得这个比拟是很适当的。"他还说，革命文学对于文学的影响"不可避免地流于感情主义，以及过度的浪漫"。梁实秋重视文学中的理性作用，与他曾受诸多文化的影响有关，包括他幼时受教的传统儒家文化以及后来的白璧德古典主义文学观。

尽管文学观念、审美风格上的差异导致梁实秋对革命文学的不满，但他与左翼争论的焦点却是他著名的"人性论"。梁实秋认定"人性是测量文学的唯一的标准"，文学所表现的是固定的普遍的人性，并据此反对革命文学对"阶级性"的强调。在他眼里，文学表现人性，而人性是不分阶级的，一个资本家和一个劳动者，他们教育不同、经济环境等方面不同，但"他们的人性并没有两样"。而"文学就是表现这最基本的人性的艺术。……人生现象有许多方面都是超于阶级的"。同样是基于固定的普遍的人性，梁实秋还反对革命文学所表现的革命与文学的关系。他说："就在文学上讲，'革命的文学'这个名词根本的就不能成立。在文学上论文学，我们划分文学的种类派别是根据于最根本的性质与倾向，外在的事实如革命运动复辟运动都不能借用做衡量文学的标准。并且伟大的文学乃是其固定普遍的人性，从人心深处流出来的情思才是好的文学，文学难得的是忠实——忠于人性，至于与当时的时代潮流发生怎样的关系，是受时代的影响，还是影响到时代，是与革命理论相合，还是为传统思想所拘束，满不相干，对于文学的价值不发生关系。"[①] 梁实秋在那里，是基于普遍的人性而反对人性的时代性、特殊性。

"人性论"是梁实秋拿来对抗左翼的重要理论武器。他将人性中"不变"的部分视作人性的根本，认为"不变"的部分才是人性中真正有价值的部分所在，却一再忽略甚至否定人性的特殊性。据此，他提出不同的阶级可以有共同的人性，尽管表现不一致。然而，以生老病死、

---

① 梁实秋：《文学是有阶级性的吗》，《新月》第 2 卷第 6、7 号合刊，1929 年 9 月 10 日。

爱等这些普泛意义上的人性，来反对因时代和阶级而来的人性的差异性，其中的理论漏洞是显而易见的。他的这一说法遭到了鲁迅精妙的反驳，煤油大王与捡垃圾的老婆子、焦大与林妹妹，不同阶级的人实有着不同的人性。实际上，人性与阶级性并非对立关系，人性既包括梁实秋所言的普泛意义上的"人性"，但未尝就不能包括特殊时期特殊阶级的个别"人性"，人性本来就是一既有普遍性也有特殊性的概念。如果文学以表现"人性"为主，那文学表现阶级性也无可厚非，因为阶级性本是隶属于人性的一部分，虽然阶级性也并不能替代人性。文学究竟是应该以表现人性为主，还是以阶级性为主，其实不是两个对立的命题。利用普遍的人性取消阶级性实为不妥，但以阶级性否认人性的普遍性也不尽合适。在人权论争中，胡适、罗隆基等在对人权的阐释中，都曾不约而同地将"发展个性"视作人的基本权利，重视个人性的权利。同样作为一个珍视"个人自由"的自由主义者，梁实秋理应理解并重视个人个性中所具的特殊性，但是在论争中，因为要否认革命文学所提出的"阶级性"，他却因走向了另一极端而有失公允。

不过，梁实秋为何要将"人性"作为文学的根本内涵，并用此来反对革命文学的"阶级性"，却不仅仅是用他对普遍人性的重视可以解释的，其背后交织着更为复杂的因素。实际上，当梁实秋在用人性论反对阶级性时，不仅依据的是他的普遍人性理论，背后还有着深厚的自由主义思想背景。本章第二节在讨论胡适、罗隆基等人的人权观点时，曾指出"个人主义"是他们立论的出发点和根本，"新月"的自由主义者们明确地将"个人性"置于优先位置，并因此反对任何以集体名义（包括国家）对个人的压制。作为一个强调"健全的个人主义"的自由主义者，胡适势必认为文学也是"个人主义"的，他曾就文学发表过这样的看法："我们希望两个标准：第一个是人的文学；不是一种非人的文学；要够得上人味儿的文学。要有点儿人气，要有点儿人格，要有人味的，人的文学。第二，我们希望要有自由的文学。文学这东西不能由政府来指导。"[①] 胡适上述文学观显然是以他个人主义思想为基础，而这点也是中国"自由"派文学最重要的理论基础之一。表面看来，梁

---

① 胡适：《中国文艺复兴运动》，收入姜义华主编《胡适学术文集·新文学运动》，中华书局1993年版，第288页。

实秋在这里并没有将胡适的个人主义观点作为他理论的支撑,但他反对文学阶级论与此个人主义理论却有着根本的一致,而这点较之于他那"普遍的固定的人性"更为根本,也是他与左翼文学之间能够称得上是真正对立的地方。

如果说梁实秋用普遍人性反对阶级性在理论上并无足够说服力,那么他对革命文学"阶级性"的驳斥却有着一贯的学理性,与他在思想上重视"个人自由"一脉相承,而其核心正是与胡适等人一致的"个人性"。尽管他在论争中处处提到普遍人性,但很多时候他是将"个人性"与"普遍人性"糅杂在一处,从而呈现出一种论述的含混。一方面,从文学表现题材上言,梁实秋虽然反对革命文学,但并不否认革命作为文学的表现对象,他反对的是革命文学的"阶级性"对"个人性"的压抑。以"阶级意识"作为文学的表现主体,实际上是以"阶级"、"组织"这类集体性概念取消了人作为一个独特个体的个性。梁实秋曾说,革命文学"是把文学当做宣传品,当做一种阶级斗争的工具。我们不反对任何人利用文学来达到另外的目的,这与文学本身无害的,但是我们不能承认宣传式的文字便是文学。例如,集团的观念是无产阶级革命家所最宝贵的,无产阶级的暴动最注重的就是组织,没有组织就没有力量,所以号称无产文学者也就竭力宣传这一点,竭力抑止个人的情绪的表现,竭力的鼓吹整个阶级的意识。以文学的形式来做宣传的工具当然是再妙没有,但是,我们能承认这是文学吗?"① 在这段话中,梁实秋指出文学有宣传作用,但宣传式的文字不是文学,这与鲁迅的观点并无差异。然而,他反对革命文学的宣传,更是在于其"竭力的鼓吹整个阶级意识",而"抑止个人的情绪的表现",这一以阶级压制个人,与他曾经批驳的以"国家自由"压制"个人自由"并无二致,无疑都是以集体名义取消个人的合理性,将集体置于个人之上。梁实秋对此显然是反感的。

关于此点的论证,还可以联系梁在另一处对文学与政治关系的论述。在《所谓"文艺政策"者》中有这样一段话:"我并不说文艺和政治没有关系,政治也是生活中所不能少的一段经验,文艺也常常表现出政治生活的背景,但这是一种自然而然的步骤,不是人工勉强的。文艺

---

① 梁实秋:《文学是有阶级性的吗》,《新月》第 2 卷第 6、7 号合刊,1929 年 9 月 10 日。

作品是不能定做的，不是机械的产物。"① 这段话显然比他以普遍人性反对革命文学有更大的合理性，用政治规范文学，文学（文学家）就丧失了自身独立的个性，这明显与自由主义思想背道而驰。而一旦文学是依据自身的需要而不是根据政治指示进行创造，即使与革命有关也无妨，他曾说："革命前之'革命的文学'，才是人的心灵中的一滴清冽的甘露，那是最浓烈的，最真挚的，最自然的……文学家既不能脱离实际的人生而存在，革命的全部的时期中的生活对于文学家亦自然不无首先之适当之刺激。"② 梁实秋在这里对于"革命的文学"的认可正是基于他的"个人性"观点，因为在他看来，这里的"革命文学"虽然表现革命，但却是"最真挚的，最自然的"，是出自人的内心需求，而不是受到政治的指导——"从人心深处流出来的情思才是好的文学"。对此，他还有过类似的说法："并且我们还要承认，真的革命家的燃烧的热情渗入于文学里面，往往无意的形成极为感人的作品。不过，纯粹以文学为革命的工具，革命终结的时候，工具的效用也就截止。假如'革命的文学'解释做以文学为革命的工具，那便是小看了文学的价值。革命运动本是暂时的变态的，以文学的性质而限于'革命的'，是不以文学的固定的永久的价值缩减至暂时的变态的程度。"③ 前一段是表明他对基于"个人性"创作的革命文学的认可，但后一段当他对革命文学将文学视作工具的观点批评时，又不自觉地将理论支撑点移置"普遍人性"一面，梁实秋的含混可见一斑。可以说，梁实秋对革命文学将革命与文学联系起来的不满，表面上看是因为他的普遍人性理论，但实际上他的"个人性"（"个人主义"）观点才是与左翼阶级性的根本分歧。而之所以要将"个人性"与"普遍人性"剥离开来，一方面是因为他尽管一再提及普遍人性并以此反对左翼的阶级性，但实际上这两者并不能构成事实上的对立，而后，他与鲁迅都在其他地方有对彼此观点的承认，另一方面则是梁实秋尽管在与左翼文学论争时未能真正高举"个人性"来反抗"阶级性"，但他对"个人自由"的重视却是不言而喻的这一点在本章第二节中已有论述，并且还渗透在他关于革命文学的论述

---

① 梁实秋：《所谓"文艺政策"者》，《新月》第3卷第3号，1930年5月10日。
② 梁实秋：《文学与革命》，《新月》第1卷第4号，1928年6月10日。
③ 同上。

中，尽管这一观点总是与他的"普遍人性"论交杂在一处。而只有这一点，才是"自由"派文学与左翼文学真正的矛盾所在。

　　这里值得一提的是梁实秋的"个人性"观点（"个人主义"）与其"普遍人性"之间的关系。对"个人性"的重视显然是基于他的自由主义思想基础，即个人相对于国家、阶级这类集体概念具有的优先性，因此，自由主义文学应该表现"个人性"，而不是"阶级意识"。这个问题实际上有进一步辨析的必要。如果说梁实秋所说的"人性"也包含"个人性"，那么"个人性"并非与"革命"不相容，这也是他上述部分承认"革命文学"的原因所在。一个显明的事实是，梁实秋所承认的"革命文学"尽管与革命相关，但这一"革命"意识却是"个人"的，（比如他说是"自然"流露的，"革命家的热情燃烧在里面"）而不是缺乏"个人性"的单纯集体意识的显现。这实际上与第二节论述的"新月派"关于"个人自由"与"集体自由"的观点是一脉相承的。"新月派"秉承西方自由主义传统，重视个人自由，并反对任何借集体名义对个人自由的侵害；胡适说得好："争个人自由，就是争国家自由"，因为国家、集体是由个人组织而成的。换言之，在自由主义文学这里也是一样，文学所表现的只要是真正属于"个人"的，不论他与革命有关还是无关，不论是否含有阶级成分在内，都是"个人性"的文学。梁实秋所标举的"文学基于人性"，其意除了他所言的普遍人性外，更重要的是自由主义意义上的个体人，而不是以阶级、国家意识取消了"个人性"后的"集体人"。不过，梁实秋尽管对"个人自由"与"国家自由"也做过清晰的辨析，但却未能明确以此为重要理论依据来反对左翼的"阶级性"，这一点始终与他的"固定的普遍的人性"纠缠在一起。当他实际上是在以"个人自由"观念反对左翼以阶级性压抑个人时，总是生硬地搭上他的"普遍人性"，这无疑遮蔽了他这其中所含的个人主义思想。"普遍的固定的人性"虽然不同于阶级性，却不能证明阶级性存在的不合理。另一方面，自由主义所说的"个人性"与梁实秋的"固定人性"也是两个不同的概念，不可混为一谈。自由主义意义下的"个人性"是相对于集体比如国家、组织这类概念而言，是个人在社会中表现出的"个体性"，也是个体自由的表现，等同于胡适所说的"个人主义"（个人主义意义上的人性）；而梁实秋的"普遍人性"指的是人性中的恒常因素，相对于因时代、环境等而来的人性中的变化因素。这两个概念有着很大的差异,却被梁实秋始终含混地搅在一起。相应的是,当他以"普遍的固定的人性"为文学表现的具体内涵时,也很难说是自由主义文学的基本特征。此点应视作是梁实秋的个人观点,未必可视作是所有自由主义文学家的观点,比如周作人、沈从文等人对"人性"的理解就与之有很大不同。真正可以视作是自由主义文学基本原则的,其实是他一直贯穿在论争中却又始终未能明朗化的"个人性"观点。这点与胡适的"个人主义"理论基础一致,显然是中国"自由"派文学的核心所在。

自由主义文学主张文学应该表现"个人性"(也即后来所说的"人性"),而解决这一问题的关键最终还在作家主体创作的自由,文学上的"个人主义"实际上是作家创作的"个人主义"的体现。如果说梁实秋在以"个人性"反对"阶级性"时,始终与他的普遍人性夹杂在一起,并且未能真正凸显"个人"相对于"阶级"的本体性和优先性;那么他以此倡导作家创作的独立和自由就要清晰得多。不过他也经常是从普遍人性角度出发,再论及作家的独立性。比如在《文学与革命》中,他先来一句"文学家所代表的是那普遍的人性",然后再申明"所以文学家的创造并不受着什么外在的拘束,文学家的心目当中并不含有固定的阶级观念,更不含有为某一阶级谋利益的成见。文学家永远不失掉他的独立"。但随后他又举出托尔斯泰等人的例子用以说明阶级属性并不能取消普遍人性,这一论证显然很不充分,直接被鲁迅拿过来反击。实际上,他对文学家独立地位的强调,与其说与普遍人性有关,还不如说与文学家的思想自由紧密相关。文学家的独立之根本即为思想的独立,也是人之个性的重要表现,这即是他后来所指出:"文学家不接受任谁的命令,除了他自己内心的命令;文学家没有任何使命,除了他自己内心对于真善美的要求的使命……他还永远不失掉他的个性。"[①]梁实秋与其要拿"普遍人性"来论证作家独立的合理性,不如用文学是作家个性体现的观点来论证更为明智。

梁实秋提出文学家的自由,其实质是他对个人思想自由的重视,而这点也是文学独立的根本所在。梁实秋还把这一观点延伸到文学的读者上,这也是针对"革命文学家"提出的"大多数文学"而发。他从两

[①] 梁实秋:《文学与革命》,《新月》第1卷第4号,1928年6月10日。

个方面对此进行了驳斥：一是读者的艺术品位与阶级无关，并且文学往往是与大众无关的。他对郭沫若的"宁可抛弃文艺，不可脱离大众"、为了无产大众"通俗到不成文艺都可以"的观点进行批评，并指出："我以为大众是没有文学品味的，而比较有品位的是占少数。""我所谓的'大众'，并不专指无产大众。有产的人也尽有与文学无缘的。我所谓的'大众'与多数人，是以他们的文学品味之有无而分，并不是以他们的经济地位而分。"① 在《资本家与艺术品》② 等短文中，他还一再表明鉴赏与阶级、资产无关系。第二点则是基于上述他对文学家独立性的强调。文学家是无需顾及读者是大多数还是少数，文学家创作的时候也不能考虑读者是否大多数，"文学家要在理性范围之内自由的创造，要忠于他自己的理想与观察，他所企求的是真，是美，是善"③。对此，梁实秋还曾说："无论是文学，或是革命，其中心均是个人主义的，均是崇拜英雄的，均是尊重天才的，与所谓的'大多数'不发生若何关系。"④ 文学是"个人主义"的，所指的不仅是其内容应该以"个人"为主，更包含着作家创作时的"个人主义"。

20世纪30年代的作家独立之难很大程度是由于当时政治环境的关系。为此，梁实秋极为反感文学从属于政治。他在攻击鲁迅翻译苏联的《文艺政策》时就表明了这一点："'文艺'而可以有'政策'，这本身就是一个名辞上的矛盾。俄国共产党颁布的文艺政策，其内容是全然无理，里面并没有什么理论的根据，只是几种卑下的心理之显明的表现而已：一种是暴虐，以政治的手段来剥削作者的思想自由；一种是愚蠢，以政治的手段来求文艺的清一色。"梁实秋一直认为苏联是以思想压制闻名，对苏联文艺的反感由来已久，文中还这样攻击："俄国共产党的心理，大概是病态的……无论谈到什么，总忘不了'阶级'，总忘不了马克斯。"⑤ 在《主与奴》⑥ 一文中，他又讽刺左翼对马克思思想无条件的信服。梁实秋对苏俄文艺与左翼的批评显然夹杂着个人偏见，但他也

---

① 梁实秋：《文学与大众》，《新月》第2卷第12号，1930年2月10日。
② 梁实秋：《资本家与艺术品》，《新月》第3卷第3号，1930年5月10日。
③ 梁实秋：《文学与革命》，《新月》第1卷第4号，1928年6月10日。
④ 梁实秋：《文学与革命》，《新月》第1卷第4号，1928年6月10日，着重号为原文所加。
⑤ 梁实秋：《所谓"文艺政策"者》，《新月》第3卷第3号，1930年5月10日。
⑥ 梁实秋：《主与奴》，《新月》第3卷第3号，1930年5月10日。

并非有意与"左"为敌,他对左翼文学的批评,根本上针对的还是将文学与"主义"联系,拿文学当政治工具而忽略文学本身的做法。这在上述论及其"思想自由"观点时就已涉及,他批评的不只是左翼文学,也包括企图用政治包办文学的国民党当局。

可以说,梁实秋与左翼的这场文学论争的焦点在于"人性"与"阶级性",但人性与阶级性并不构成对立关系,因此简单地将人性与阶级性视作梁实秋与左翼分歧的根本并不确切。梁实秋反对左翼文学,其根基在于"个人"的人性,他反对阶级意识对个体意识的压制,追求文学表现的"个性",文学家创作的自由独立,反对政治对文学的干预,从而显示出鲜明的自由主义色彩。事实上,也只有"个人性",才能凸显出自由主义文学的基本精神,是自由主义文学区别于左翼文学的最重要特征。这既包括了上述创作内容上的"个人性"为主,也包括了上述创作家创作时的"个人性",即思想的独立和自由。换言之,自由主义文学的核心概念"人性"是以"个人性"为核心的"人性",而不是梁实秋一再持守的"普遍人性"。而之所以说"人性"以"个人性"为主,则是由自由主义重视"个人"决定的。自由主义即是关于"个人自由"的学说,"对个人自由的深深关切激发自由主义反对一切绝对权力,不论这种权力来自国家、教会或政党"。中国自由主义文学也同样立足于"个人自由",它与左翼文学的对立,简单地讲,就是文学是属于"个人"的还是"集体"(阶级)的对立。因此,笼统地将"人性"作为自由主义文学的基础其实并不准确,应该说,只有真正基于"个人性"的、本体意义上的"个人"的"人性",才是自由主义文学的基础。换句话说,"个人主义"不仅是胡适派自由主义者的理论基础,同时也是中国"自由"派文学的理论基础。作为最早明确提出"文学基于人性"观点的人,梁实秋对自由主义文学既有着莫大的贡献,但他对这个问题阐释的模糊和混乱又不能不说是一种缺憾。

二 共同的现代文学品质

梁实秋与左翼的文学论争在理论上双方都存在弊病,不说梁实秋本人经常将其古典主义文学观与自由主义文学观混淆在一起,左翼方面也存在诸多问题。所幸的是,这场夹带着政治因素和个人意气的论争尽管不可能和解,但也多少促使彼此对自身理论进行修正和反省。梁实秋的批评虽然不尽合理，但他对左翼文学某些极端做法的批评也是有益的。比如革命文学开始时把宣传作为文学的首要任务："一切的文学，都是宣传。普遍地，而且不可逃避的是宣传；有时无意识地，然而常时故意地是宣传。"（李初梨《怎样地建设革命文学》）又革命文学发起之时，郭沫若曾高喊"不要乱吹你们的喇叭，当一个留声机器罢！"（麦克昂《留声机器的回音》）左翼的这些极端观点显然完全抹杀了文学中的"个人性"，将文学视作表达集体（集团）意识的产物。另外，对于左翼文学二元对立的简单思维，梁实秋也曾指出："共产党人有一种简单的论理学：非赤即白，非友即敌，非革命即反革命；'普罗文学家'也抄袭了这样的方程式，非'普罗文学'即'资产阶级文学'或'绅士阶级文学'，非'马克斯主义文学'即'为艺术的艺术'的文学，非以文学为武器，即以文学为娱乐。其实问题没有这样简单。"① 这些批评对于左翼无疑都具有借鉴意义。而与梁实秋论争的重要代表鲁迅，后来在《看书琐记》中也对"普遍人性"有一定程度的承认，他说："文学有普遍性，但有界限；也有较为永久的，但因读者的社会体验而生变化。"② 虽然鲁迅在这里依旧是重在文学的特殊性，但也侧面承认了文学也有其普遍性和永久性。而梁实秋关于革命文学应在革命之前的观点，其实鲁迅几年前早就已经提出："我以为革命并不能和文学连在一块儿，虽然文学中也有文学革命。但做文学的人总得闲定一点，正在革命中，那有功夫做文学。"③ 即使是在双方论争白热化之时，在一些重要问题上也有着很大一致。

比如，虽然两者的政治立场有很大差别，但两者不仅在政治上都反对国民党压制思想自由，在文学观念上也都反对"为艺术而艺术"，皆认定文学是"有所为"的。"新月派"尽管重视个人自由，倡导文学的"个人性"与创作者的自由，但绝不主张把文学限于艺术之宫，相反，其对文学功用的强调丝毫不下于左翼。其实这一点从《新月》同人在人权论争上的表现也可见出。他们不入政党，但并不是不关心政治，相反却期待以独立身份在政治方面发挥更大的作用；他们反对政治对文学

---

① 梁实秋：《文学的严重性》，《新月》第3卷第4号，1930年6月10日。
② 鲁迅：《看书琐记》，《鲁迅全集》第5卷，人民文学出版社2005年版，第560页。
③ 鲁迅：《文艺与政治的歧途》，《鲁迅全集》第7卷，人民文学出版社2005年版，第119页。

的干涉，但并不认为文学与政治、社会无涉，相反却始终强调文学的社会功能。以胡适论，他虽然没有在此次文学论争中发言，但他的"健全的个人主义"观点就极力反对把个人与社会隔离，重视个人本身即含有社会性的一面。这点显然也是"新月派"文学的一个重要特色。梁实秋尽管一再反对左翼文学的"文学工具论"，但又一再声明他并不反对把文学作为工具。事实上，他反对的不过是左翼当时过于偏颇的"留声机"和"文学＝宣传"的观点。他曾提出文学应该是"有道德的"，反对斯宾塞的"艺术除了表现以外别无目的"，也即是重视文学于人生的重要意义。他说："我以为：伟大的文学是道德的，因为它有道德的目的；作者的态度是道德的，因为他要达到一个目的。文学不仅是表现而已，还有目的。"为此，他反对艺术至上论，强调文学与人生的密切关联："表现固然是艺术，但艺术不仅是表现而已。所表现出来的是什么东西，比表现得好与不好，是一个更重要的问题……人生就是有目的的，并且人生的活动是整个的。文学与人生有切不断隔不开的密切关系……文学自身不能脱离人生而存在，所以文学自身的价值也不能脱离了人生的关系。我不是说文学一定要宣传什么道德的社会的主张，文学成了宣传品之后就不能成为文学了。但是我亦绝不承认文学与道德无关。因为文学与人生的关系是如此之密切。"[1] 后来在《文学的严重性》中，梁实秋再次申明了他这一观点："艺术与人生是不可分的，在最早的时候，艺术就是生活的一部分。"其时左翼文学也正在反对向培良的"人类的艺术"，冯乃超在《人类的与阶级的——给向培良先生的"人类的艺术"的意见》中，就专门提出"我们要克服艺术至上的观点"。[2] 对于左翼文学的此点，梁实秋也表示赞同："'普罗文学家'攻击'为艺术的艺术'的思想，是很对的"；不过，他也认为："但是他们以为除了'普罗文学'便全是'为艺术的艺术'的文学，这态度是不对的。""严重的对付文学，不一定就要走到'普罗'一面去……认识文学与人生之关系的重要，并不自'普罗文学家'始。"[3] 文学是"为人生"的，这点自然不始于左翼，当然也不始于梁实秋，五四新文学即倡导"为人

---

[1] 梁实秋：《文学与道德》，《新月》第2卷第8号，1929年10月10日。
[2] （冯）乃超：《人类的与阶级的》，《萌芽》第1卷第2期，1930年2月1日。
[3] 梁实秋：《文学的严重性》，《新月》第3卷第4号，1930年6月10日。

生"而反对将文学当游戏的做法，重视文学的社会作用，左翼与"新月派"都承接了这一点，尽管两者在所为的"人生"内容上有着重大差异。

三　左翼文学与"新月派"的自由之辨

左翼与"新月派"在文学观点上尽管有相同之处，但并不意味着双方的立场可以调和。文学观念上的互补相容根本不能弥合他们在政治理念、社会构想上的巨大分歧。众所周知，"新月派"以改良为主，而改良意味着对现有政权的合法性的认可；左翼选择的是革命道路，由此要推翻现有不合理政权。在20世纪30年代左右翼激烈对抗时期，两者不同的政治立场也导致了两者在文学上始终以敌对姿态出现。比如，尽管双方同是在国民党当局统治下争"言论自由"，左翼却多次对"新月派"的争自由进行讽刺批评。这并非左翼简单的二元心理作祟，恰恰相反，这是双方对彼此政治立场了然于心的必然反应。很明显，胡适等虽然大肆批评国民党统治下无"人权"，但其目的并不是要推翻政府，相反，其批评是因为对政府抱有改良的希望，这即他自言的"做国家的诤臣"。对此，鲁迅是一眼洞穿其实质，他曾言《新月》的政治态度是"以硬自居，而实则其软如棉"[①]。主要原因就是鲁迅看到了"新月派"虽然批评政府，但其目的却是在维护政府的统治。左翼刊物《萌芽》也曾对《新月》"争自由"进行多次批评：如认为胡适有关人权的论争不过是延续了他前几年的"好政府主义"，"是真命天子主义，做主子的好好地做主子，做奴隶的好好地做奴隶。所以胡适主义的本质，不过是在维持奴隶制度，使奴隶制度的社会延长、安定而已"[②]。在左翼眼中，《新月》中人"不过是一个奴才，想讨好老爷，'老爷，你底衣服太脏了！'"[③]而针对梁实秋反唇相讥鲁迅加入"自由运动大同盟"，左翼即指出两者所争的自由是不同的：

"新月社"所要的是"新月社"底自由，和被压迫的广大的工

[①] 鲁迅：《"硬译"与"文学的阶级性"》，《鲁迅全集》第4卷，人民文学出版社2005年版，第200页。
[②] 连柱：《胡适主义之根柢》，《萌芽》第1卷第1期，1930年1月1日。
[③] 圭本：《关于"争自由"》，《萌芽》第1卷第5期，1930年5月1日。

农学等毫不相干。他们要言论和思想的自由，然而他们可曾想到过罢工，抗租，罢课，出版，结社等的自由呢？根本上，他们是站在资产阶级的立场上的，他们只能使中国的奴隶制度延长，他们一切都是为统治阶级着想的，并且还可以看看他们底实际，他们的自由也并没有丝毫的达到，在三跪九叩之后，他们便没有办法了……

这也可见他们的"自由"是和一般大众的争自由运动根本冲突的。真是走狗在要求走狗的自由。①

文章更是揭示出"新月派"批评政府的背后是以支持政府合法地位为基础的，这与左翼所取的革命反抗姿态是截然不同，甚至是相冲突的："表面上看去，好像他们也批评政府，也追求自由，然而骨子里，是暗暗地在做对于统治阶级的职务。他们号召的是所谓'欧美式的自由'"，"如果所要的是广大的中国民众的自由，便非根本地改换社会制度不可；而'新月社'所要的只是'新月社'底自由——至多是资产阶级的自由"②。尽管左翼的批评不无片面之处，但这一批评绝不是因为误解而生，而是基于双方政治立场的根本差异。当左翼看到了《新月》批评当局的目的实际是在维护其统治，"新月派"在左翼眼里就与当局无异了，不过是"主仆"（鲁迅说的焦大和贾府，《萌芽》说的奴才和老爷）关系而已。相关的是，"新月派"当时虽激烈批评国民党，但是在背后人事上却与国民党有着很深的往来③，这也是左翼对其诟病的一个原因。值得注意的是，"新月派"对当时政权的认可并不能简单视作其政治上的妥协或反动，相反，这是作为自由主义者的本色所在。自由主义天生倾向改良而反对革命暴力，对于胡适等言，当时是寄希望于国民党政府下实现其改良措施，但是，这一在西方并无不可的设想在中国却始终无法施行。对此，有论者分析道："维护政府合法权威，是自由主义的题中应有之义。在西方，它与自由主义所主张的社会变革并无结构性冲突，因为西方自由主义本身是宪法政治的历史产物，它可以在合法秩序范围内推行'社会改造渐进'工程。然而，中国的自由主

---

① 圭本：《关于"争自由"》，《萌芽》第1卷第5期，1930年5月1日。
② 同上。
③ 参见章清《"胡适派学人群"与现代中国自由主义》，社会科学文献出版社2008年版。

义所面对的却是一个没有宪法和法律制约的暴力政府以及一个匮乏基本共识的无序社会。在充满战争、混乱和革命的年代里，胡适所主张的社会改良便显得格外艰难，任何改良措施只有被整合进现存合法秩序之内，成为该秩序的一个有机部分，才能获得制度化的落实。但在中国既无形式理性的法治，又无稳定的政治系统，民间的自发性变革不能通过立法加以制度化，只能处于自生自灭的原始状态。"① 在这点上，林毓生也曾指出："自由主义渐进改革的途径预设着最低限度的社会、政治与文化秩序的存在；在这样的秩序之内以渐进和平的方式进行逐项改革才有其可能。但中国当时的政治、社会与文化秩序均已解体，它是处于深沉的政治、社会与文化三重危机之中。在这样的整体性危机之中的人们，渴望着整体性的解决。自由主义式渐进解决问题的方式，并不能适合当时许多人急迫的心态，也提不出立即达成整体性解决的办法。"② 自由主义者的理想在当时的中国注定难以成为现实，这点倒是为当时左翼给一语道出："我不明白，胡适先生可曾有一分钟想过，'怀疑'过，为什么我底主义，终于不能实现呢？"③

而左翼文学对"新月派"的自由理念充满嘲讽，也不仅仅是意识到这种"争自由"的背后是对国民党政权的认可，更根本的原因则在于自由主义者与马克思主义者在对待"自由"上具有本质的差别。马克思主义并非不要自由，革命的目的正是为着消灭不合理的阶级制度，以达到人类最大多数的解放和自由。但其所争的乃是阶级之自由，在反对一个阶级对另一个阶级的压迫中争取自由，而不是自由主义所言的个人自由。左翼之所以反对"新月派"的自由论，正在于他们认为"新月派"所言的"自由"无分阶级，是一种"抽象"的自由，即是马克思主义者所嘲讽的：资产阶级的自由意味着百万富翁与一文不名的乞丐都有在大桥下面过夜的权利，这种自由对于以阶级论为基础的左翼文坛而言显然也是一种"伪自由"。此外，不同于自由主义者从限制政府权力、社会干预等角度来维护个人自由，马克思主义则强调通过社会解放

---

① 许纪霖：《中国自由主义的乌托邦——胡适与"好政府主义"论战》，许纪霖编：《二十世纪中国思想史论》（上卷），东方出版中心2000年版，第312页。
② 林毓生：《"问题与主义"论辩的历史意义》，许纪霖编：《二十世纪中国思想史论》（上卷），东方出版中心2000年版，第296、297页。
③ 连柱：《胡适的受人尊敬》，《萌芽》第1卷第3期，1930年3月1日。

来实现自由。左翼文学重视文学的阶级性，其最终目的也是希图通过阶级斗争消灭不合理的阶级制度以获取更多人的自由。左翼因此更重视阶级的、集团的力量，这一方面是认为个人不能与社会分开，个人自由的解决需要借助整个社会的力量，如黄药眠在《非个人主义的文学》（1928年）中说："个人的自由究竟只是骗人的妄语"，"个人的痛苦并不是个人的问题，而只是社会的问题，这种求社会整个的解决的心，就蔚成为现代人的社会的自觉"。另一方面则是，20世纪30年代的左翼文坛认为"个人主义"、个性解放并不能实现真正的社会解放，只有借助一个阶级的共同力量才能够真正解决中国的问题。"从前潜伏在社会底层的人类的意志，已经抬起头来集合在一起，而为左右社会的伟大的群众力量。这种力量在伟大的破坏的进程中所冲激起来的情感的浪花，当然就是我们的集体化的文艺的新生命。"[1] 可以说，左翼文学崇尚的是阶级论，不仅是作家具有一种阶级意识，也包括在作品中对阶级斗争的描写，其本质是一种集体主义思想，自由主义文学所言的"个人性"必须让位于"阶级性"或者说一种集体意识。对此，李强在《自由主义》中谈及个人主义与集体主义的差异时指出："个人主义与集体主义代表了截然不同的两种方法论与价值观。在集体主义看来，集体的存在先于个体的存在，集体的属性决定个人的属性，集体利益高于个人利益，个人应该为集体服务……个人主义则相反，它认为个体的存在先于集体的存在，个体的性质决定集体的性质。个人的利益高于集体利益，任何集体最终都是为了服务于个人利益而发展起来的。"[2] 此点也可视作是左翼文学与自由主义文学的根本差异。然而，值得思考的是，自由主义者如"新月派"所言的"个人"并不是与社会无关。正如有论者言，自由主义者强调个人的优先性并不必然排斥、否定人的社会性，把一个个人当作是孤零零的鲁滨逊。自由主义者从不否认人是社会的人，也不忽视个人受集体的某些影响。自由主义者也并不排斥集体、社会乃至国家的价值，从个人主义并不必然得出排斥一切集体取向和选择的结论。[3] 与此相关的另一方面是，自由主义者强调个人而不是任何集体

---

[1] 黄药眠：《非个人主义的文学》，《流沙》（半月刊）第1期，1928年3月15日。
[2] 李强：《自由主义》，吉林出版集团有限责任公司2007年版，第142页。
[3] 参见顾肃《自由主义基本理念》，中央编译出版社2003年版。

和团体的自由是最基本的出发点,换言之,判断是否自由不能以国家、社会这样的集体为标准,集体的自由必须通过个人自由体现出来,否则这一"自由"便是一种伪自由。这正如"新月派"所言"国家有自由,个人无自由,这国家是不值得爱护的"。可以说,"新月派"的自由主义者们将个体自由视作一切的根本,这决定了他们与重视阶级论的左翼文坛走的是完全不同的道路,双方在政治、文化、社会立场上的差异也是由此而来,而文学立场上的差异仅仅只是其中的一角。

此外,尽管左翼对"新月派"始终不无敌意,但在"新月派"眼里,却很少将左翼视作敌对势力。比如梁实秋、胡适、罗隆基都认为应当"容忍""共产"的存在,并反对国民党采取武力措施(如罗隆基等)。甚至与左翼有过激烈论争的梁实秋,其后关于左翼的言论也更为冷静。比如1933年10月国民党政府申禁普罗书籍,梁实秋就对此说道:"这并非是示惠于人,亦非故作公正之态。凡赞成思想自由文艺自由的人,对于暴力(无论出自何方)是都要反对的。……普罗文学的理论,是有不健全的地方,……可是它的理论并非全盘错误,实在它的以唯物史观为基础的艺术论,有许多观点是颠扑不灭的真理,并且是文艺批评家所不容忽视的新贡献。即是反对普罗文学的人也该虚心的去了解它,然后才能有公正的判断。"① 另外,倾向于走改良道路的梁实秋虽不赞成左翼的阶级斗争观念,但对于"左倾青年"也主张平等对待,他说:"左倾并不是罪恶,等于右倾也不是罪恶……一个人之信仰某一种天经地义,是被他的环境、遗传、教育所决定的,所以我们大家信仰尽管不同,可是大家应该尊重彼此的真诚。"② 在这里,他对思想自由的信仰,以及自由主义者的"容忍"态度尽显。这一点可视作大多数自由主义者对左翼的态度,比如当时另一"自由"派作家沈从文对左翼做法也不认同,但这并不妨碍他在胡也频、丁玲遭难后为他们奔波,并谴责国民党当局。真正让"新月派"反感的其实还是左翼显示出的"不容忍"态度。左翼文学在初期,曾有过关门主义倾向,他们称"在

---

① 梁实秋:《文艺自由》,《梁实秋文集》第7卷,鹭江出版社2002年版,第223、224页。

② 梁实秋:《青年思想的问题》,《梁实秋文集》第7卷,鹭江出版社2002年版,第300页。

革命发展激烈化的过程中，不容许中间彷徨分子的存在，无论何人在理论和实际上不参加于支配阶级就要站在被支配阶级方面"，"取消革命的即为反革命"①。这点显然引起了"新月派"人的反感。胡适在晚年还说："民国十五六年的国民革命运动，苏俄输入的党纪律……苏俄输入的铁纪律含有绝大的'不容忍'（Intoleration）的态度，不容许异己的思想，这种态度是和我们在五四前后提倡的自由主义很相反的。"②晚年的胡适更认为容忍比自由更重要："容忍是一切自由的根本：没有容忍，就没有自由。"③另外，左翼对阶级性和阶级斗争的强调，也使得他们这群崇尚英美自由主义制度的知识分子觉得其下无"自由"可言，与其崇尚的改良思想更是格格不入。

　　重新审视"新月派"与左翼的文学之争，在差异中也有相通之处，绝非水火不容。然而，20世纪30年代政治环境咄咄逼人，在国共两党激烈斗争的时刻，双方在政治理念、社会构想方面的差异决定了他们不可能平心静气地就文学论文学，文学承载着太多非文学的内容。讨论文学观念绝不可能在文学的框架里解决，它不仅牵涉到个人思想上的不同，更与当时的政治大背景息息相关，甚至可以说，在这场论争中，双方政治观念的差异是导致彼此不能在文学领域中达到谅解的根本原因，一个是反对暴力革命，要维持现有政权的合法性，一个是以暴力革命为手段，实现对现有政权的瓦解，以重建一个新的政权。当这截然对立的政治态度波及文学论争时，就决定了他们无暇也不愿过多去理解对方的观点。而后来双方已脱离学理上的辩难而沦至"乏走狗"、"乏牛"、"某某党"的互相讥刺，甚至成了后人对他们人格品评的一个依据。其实，以鲁迅的眼光敏锐思想深刻，他绝不会看不到左翼文学的弊端，之前之后在论及左翼时都有涉及，梁实秋所说的文学可以宣传，但宣传不一定是文学，更是他深知的，甚至在人性与阶级性这一核心问题上，两人也不乏相通之处。然而，一旦联系到当时双方所处的政治环境及其历史处境，他们在这场论争中的是是非非，就远非几句鲁迅刻薄或梁实秋阴险之言可概括，也不是简单地否定政治干预文学可以解决。历史往往

---

　　① 思德：《"革命家"取消斗争》，《萌芽》第1卷第5期，1930年5月1日。
　　② 胡适：《个人自由与社会进步（再谈五四运动）》，《胡适文集》第11卷，北京大学出版社1998年版，第587页。
　　③ 胡适：《容忍与自由》，《胡适文集》第11卷，北京大学出版社1998年版，第823页。

比后来者看到的更为复杂，而人也无法逃脱历史之笼，鲁迅是，梁实秋更是。他们之间未能就这一问题更有效地深入探讨，与其说是双方理论素养或人格气质上的缺憾造成，还不如说是历史之失。

第三章　论语派的自由困境

这里所指的论语派，并非严格意义上的文学流派，主要指20世纪30年代中期以《论语》、《人间世》、《宇宙风》等杂志为阵地，追求文学自由，讲究创作"性灵"，并独立于左右派之间的一群具有自由主义倾向的作家。尽管这几个杂志上的作家创作风格乃至文学观点各异，但刊物的中心旨趣无疑是以林语堂的思想为核心，其倡导的自我表现文学观则与周作人有着密切关系。20世纪30年代的周作人远居北平，虽未参与筹办《论语》等，但实为论语派文学的精神领袖。京海之争时，鲁迅曾有过南北（京海）合流的说法，指的就是上海的林语堂与北方老京派周作人的精神合流。因此，尽管论语派与周作人思想并不完全一致，但周作人倡导的文学在自我表现等文艺自由观念，无疑是这一脉"自由"派文学强大的理论支撑。周作人在20世纪30年代提出的"言志载道"说，反"八股文"，回溯传统以寻找新文学的源流，甚至因他的五十自寿诗引起的风波等，都是《论语》以及后来的《人间世》、《宇宙风》极为重要的议题。论语派由此也呈现出不同于其他"自由"派文学的独特色彩。

第一节　20世纪30年代周作人的文学观

如前节所述，五四之后周作人即开始转向，《自己的园地》中表现出极为强烈的个人主义思想，他将个人置于文学的本体地位，重视文艺的个人性和独立性，提倡文艺的宽容；尊重个人思想自由，反对思想专制，并由此对国家、民众这类"群"的概念持怀疑态度。而至1927年后，国内政治环境急剧变化，新文学格局也因此发生进一步转变：1927年左翼文学突起，随之而来的有国民党发起的民族主义文艺运动，而1928年以胡适为精神领袖、以《新月》为阵地聚合的一批欧美派自由主义知识分子则一面向国民党当局争人权，一面与左翼文学进行论战。在此情势下，周作人早前的个人主义思想也得到进一步凸显。国民党当局对思想自由的钳制与左翼倡导的革命文学，显然都与他一向强调的思想自由以及文艺的宽容格格不入。一方面，周作人延续了前期重视文学的个人性的观点，并强调文学的无功用，此点依旧是他这一时期文学思想的根本所在。《谈虎集·后记》中也这么说："前后九年，似乎很有些变了，实在又不曾大变，不过年纪究竟略大了，浪漫气至少要减少了些罢。"[①] 不过因历史情势的转变，此期周作人在文学观念上又有了新的发展，并表现出与"新月派"等其他自由主义流派截然不同的一面：一是针对当时文学被工具化的做法，再三强调文学的目的只是讲自己的话而无关乎世道人心，显示出他对左右翼文学的不满及其独特的抵抗方式，这即是以文学自身的独立审美价值反对功利主义文学观；其二是自觉回溯至传统文学内部，指出中国文学传统里自古存在载道言志两派，其目的则在借历史影射现实，批评新文学中出现的"新八股"，并由此延伸出文学的"诚"与"不诚"两途。

一 "个人的"文学与"独立的艺术美"

20世纪30年代的周作人再三强调文学的目的在于表达个人。1932年在谈"中国新文学的源流"时，他首先就指出："我们所说的文学，只是以表达出作者的思想感情为满足的，此外再无目的之可言。"[②] 与此相关的另一观点则是他的文学无用论。周作人在20世纪30年代特别强调文学除表现自我外无其他目的。《夜读抄》（1934年）后记中说道："这些文章从表面看来或者与十年前略有不同，但实在我的态度还与写《自己的园地》时差不多是一样。我仍旧不觉得文字与人心世道有什么相关。"[③]《关于写文章 二》中也声明："我是不相信文章有用的，所以在原则上如写文章第一要把文章写的可以看得，此外的事情都

[①] 周作人：《周作人自编文集·谈虎集·后记》，河北教育出版社2002年版，第392页。
[②] 周作人：《中国新文学的源流》，《周作人自编文集·中国新文学的源流》，河北教育出版社2002年版，第15页。
[③] 周作人：《周作人自编文集·夜读抄·后记》，河北教育出版社2002年版，第201页。

是其次。"① 甚至《中国新文学的源流》开篇就说："文学是无用的东西"，"里面，没有多大鼓动的力量，也没有教训，只能令人聊以快意"。"欲使文学有用也可以，但那样已是变相的文学了。"② 文学无用论的实质还是对文学个人化的强调，其目的正在于对文学功利论的警惕和反拨。早年在《自己的园地·旧序》中，他就说："我们太要求不朽，想于社会有益，就太抹杀了自己；其实不朽决不是著作的目的，有益社会也并非著者的义务，只因为他是这样想，要这样说，这才是一切文艺存在的根据。我们的思想无论如何浅陋，文章如何平凡，但自己觉得要说时便可以大胆的说出来，因为文艺只是自己的表现，所以凡庸的文章正是凡庸的人的真表现，比讲高雅而虚伪的话要诚实的多了。"③ 可见，文学因过于强调"目的"而丧失真诚地表现自我，这显然为周作人所不取。

周作人在20世纪30年代不断重复文学的无用，除了强调文学的个人性的因由，还与当时左右翼都在极力倡导文学的社会功用有关。《草木虫鱼小引》中直言："但在我个人却的确是相信文学无用论的。我觉得文学好像是一个香炉，他的两旁边还有一对蜡烛台，左派和右派。无论哪一边是左是右，都没有什么关系，这总之有两位，即是禅宗和密宗……文学无用，而这左右两位是有用有能力的……我对于文学如此不敬，曾称之曰不革命，今又说它无用，真是太不应当了，不过我的批评全是好意的，我想文学的要素是诚与达，然而诚有障害，达不容易，那么留下来的，试问还有些什么？"④ 他说："我常想，文学即是不革命，能革命就不必需要文学及其他种种艺术或宗教，因为他已有了他的世界了；接着吻的嘴不再要唱歌，这理由正是一致。"（1928年11月22日）⑤

---

① 周作人：《关于写文章 二》，《周作人自编文集·苦茶随笔》，河北教育出版社2002年版，第173页。

② 周作人：《中国新文学的源流》，《周作人自编文集·中国新文学的源流》，河北教育出版社2002年版，第15、16页。

③ 周作人：《自己的园地·旧序》，《周作人自编文集·谈龙集》，河北教育出版社2002年版，第31—32页。

④ 周作人：《草木虫鱼小引》，《周作人自编文集·苦雨斋序跋文》，河北教育出版社2002年版，第64、65页。

⑤ 周作人：《燕知草跋》，《周作人自编文集·永日集》，河北教育出版社2002年版，第80页。

在周作人眼里，文学要诚与达，就必须只是单纯地表达自我而不能掺杂任何其他功利目的，文章要写得好，"（我想写好文章）第一须得不积极，不管他们卫道卫文的事，只看看天，想想人的命运，再来乱谈，或者可以好一点"①。周作人不承认文学具有教化功用，"文字在民俗上有极大神秘的威力，实际却无一点教训的效力，无论大家怎样希望文章去治国平天下，归根结蒂还是一种自慰"。他将文学归为"小摆设"与"祭器"两种，"祭器"看似有用，但"祭器这东西到底还是一种摆设"。他也声明"不想写祭器文学，因为不相信文章是有用的，但是总有愤慨，做文章说话知道不是画符念咒，会有一个霹雳打死妖怪的结果，不过说说也好，聊以出口闷气。这是毛病，这样写是无论如何写不好的"②。

一再言明文学的目的在表达自我而无关乎世道人心，不仅折射出周作人对当时左右翼文学将文学工具化的不满，其根本还是在于他对个人思想自由的重视，文学个人化的基点正在于作家思想的自由。周作人向来反对统一思想、将思想定于一尊，对集团、组织这类"群"总抱有怀疑警惕态度。周作人在《谈虎集》后记中称："我自己是不信仰群众的，与共产党无政府党不能做同道。我知道人类之不齐，思想之不能与不可统一，这是我所以主张宽容的理由。"他更慨叹早年的恐惧已经变为现实："近六年来差不多天天怕反动运动之到来，而今也终于到来了，殊有康圣人的'不幸而吾言中'之感。这反动是什么呢？不一定是守旧复古，凡统一思想的棒喝主义即是。北方的'讨赤'不必说了，即南方的'清党'也是我所怕的那种反动之一，因为它所问的并不都是行为罪而是思想罪——以思想杀人，这是我所觉得最可恐怖的。中国如想好起来，必须立刻停止这个杀人勾当，使政治经济宗教艺术上的各新派均得自由地思想与言论才好。"（民国十六年十一月二十五日）③他在另一处又声明："我很反对思想奴隶统一化。这统一化有时由于一时政

---

① 周作人：《关于十九篇·十一·关于写文章二》，《周作人自编文集·苦茶随笔》，河北教育出版社2002年版，第172页。

② 周作人：《关于十九篇·十·关于写文章》，《周作人自编文集·苦茶随笔》，河北教育出版社2002年版，第169—170页。

③ 周作人：《周作人自编文集·谈虎集·后记》，河北教育出版社2002年版，第393、394页。

治的作用，或由于民间习惯的流传，二者之中以后者为慢性的，难于治疗，最为可怕。"① 可见不管是左翼的主义，还是右翼的"清党"都与周作人的自由思想观不合。与此相关的是，此期周作人还重视发掘正统之外的"旁门异端"："我的偏见以为思想与文艺上的旁门往往要比正统更有意思，因为更有勇气和生命。"② 这与他向来反对思想定于一尊是一致的，正是有意借"旁门"以打破思想统治的沉闷局面。

20世纪30年代的周作人在倡导文学无目的的同时，更引人注意的是由此延伸来的"言志""载道"说，他将两者贯穿整个中国文学史，称"文学上永久有两种潮流，言志与载道"③。周倡言志而反载道，他说："言志派的文学，可以换一名称，叫做'即兴的文学'，载道派的文学，也可以换一名称叫做'赋得的文学'，古今来有名的文学，通是即兴的文学……总之这种有定制的文章，使得作者完全失去其自由，妨碍了真正文学的产生，也给了中国社会许多很坏的影响，至今还不能完全去掉。"④ 周作人的这一说法并不严密，事实上，在周的言志载道说出来不久，即有钱钟书撰文批评，但周作人的目的本不在严格地撰写文学史，更多是在借史论今，从幽远的历史直射到现实，从中所折射的恰恰是他的个人主义文学观。在周作人的思想视野里，这两者的区分其实并非如钱氏所言混淆不清，他所影射的实际是自己所认定的个人化文学与其时的工具化文学。周将新文学与晚明文学相比，王纲解钮时代和统一统制的时代往复循环，文学的发达自由往往处在王纲解钮之时，比如"小品文是文学发达的极致，它的兴盛必须在王纲解钮的时代"，因为此时思想不能统一，文学得以自由地表达个人思想；而至统一时代，统治者加强对思想的钳制，文学就多为"载道"的了。当时左翼文学兴起，这在周作人眼里正是"新八股"盛行，此时正与明末无异。而周作人反对载道文学而提倡言志派文学，其理由与上述他认为文学是个人

---

① 周作人：《再谈油炸鬼》，《周作人自编文集·瓜豆集》，河北教育出版社2002年版，第190页。
② 周作人：《梅花草堂笔谈等》，《周作人自编文集·风雨谈》，河北教育出版社2002年版，第134页。
③ 周作人：《草木虫鱼·金鱼》，《周作人自编文集·看云集》，河北教育出版社2002年版，第19页。
④ 周作人：《中国新文学的源流》，《周作人自编文集·中国新文学的源流》，河北教育出版社2002年版，第37页。

的而无关乎其他目的是一致的。他后来曾对这点有进一步阐释:"我这言志载道的分派本是一时便宜的说法,但是因为诗言志与文以载道的话,仿佛诗文混杂,又志与道的界限也有欠明了之处,容易引起缠夹,我曾追加地说明说:'言他人之志即是载道,载自己的道亦是言志。'这里所说的即兴与赋得,虽然说得较为游戏的,却很能分清这两者的性质。"① 个人的文学即是言自己之志的文学,载道文学则是言他人之志,而这"他人"更多是与个体相对立的集体,在为沈启无编选的明清时代的小品文作序时,周作人借机谈到艺术的集团性和个人性问题:

> 我想古今文艺的变迁曾有两个大时期,一是集团的,一是个人的……但如颠倒过来叫个人的艺术复归于集团的,也不是很对的事。对不对是别一件事,与有没有是不相干的,所以这两者情形直到现在还是并存,不,或者是对峙着……文学则更为不幸,授业的师傅让位于护法的君师,于是集团的"文以载道"与个人的"诗言志"两种口号成了敌对,在文学进了后期以后,这新旧势力还永远相搏,酿了过去的许多五花八门的文学运动。(民国十九年九月二十一日)②

周作人在这里将"载道"与"言志"的根本揭示出来,两者的对峙即是"集团的"与"个人的"对立,这显示出他文学观念中极强的个人主义思想,载道言志说的实质还在于文学上的个人主义。换言之,言志派文学其实就是他一再声明的以个人表现为目的的文学,而他之所以反对"载道"文学,则是因为这一派文学所载之"道"是集体的而非个人的,以集体意识压抑甚至取代个体思想,从而与他倡导的个人主义文学和思想自由背道而驰。《文学的未来》中又直接表明对文学集团化的不满:

> 老实说文学本来就没有浮起来过,他不曾爬得高……即使当初是站在十字街头的。我想文艺的变动始终是在个人化着,这个人里

---

① 止庵:《散文一集序》,《周作人自编文集·中国新文学的源流》,河北教育出版社2002年版,第3页。
② 周作人:《冰雪小品选序》,《周作人自编文集·看云集》,河北教育出版社2002年版,第104—105页。

自然仍含着多量的民族分子，但其作品总是国民的而不能是集团的了。有时候也可以有一种诚意的反动，想复归于集团的艺术，特别是在政治上想找文学去做帮手的时候，也更可以有一种非诚意的运动，想用艺术造成集团，结果都是不如意……一个文人如愿意为集团服务，可以一直跑到市场去，澌除一己的性癖，接受传统的手法与大众的情绪，大抵会得成功，但这种艺术差不多有人亡政熄之悲，他的名望只保得一生……文学既不被人利用去做工具，也不再被干涉，有了这种自由他的生命就该稳固一点了……①

周作人反对文学集团化，显然是针对当时的左右翼文学。左右翼都强调文学与政治结合，不仅与周作人的文学无用论背道而驰，更是以集体意识形态替代个人性思想，对此，周作人曾言："唯凡奉行文艺政策以文学作政治的手段，无论新派旧派，都是一类，则于我为隔教，其所说无论是扬是抑，不佞皆不介意焉。不佞不幸为少信的人，对于信教者只是敬而远之，况吃教者耶。"② 这显然出于他对保持自身思想独立自由的珍视，他曾说："对于一切东西，凡是我所能懂的，无论何种主义理想信仰以至迷信，我都想也大抵能领取其若干部分，但难以全部接受，因为总有其一部分与我的私见相左。"③ 而他对左翼文学的批评，其根本原因也在于左翼文学对个人思想自由的钳制。周作人将此类缺乏自身思想的文学称作"新八股文"。八股文最重要的一个特征就是没有自己的思想，以虚伪的陈词滥调代替个人的真挚情感：

> 我们再来一谈中国的奴隶性罢。几千年来的专制养成很顽固的服从与模仿根性，结果是弄得自己没有思想，没有话说，非等候上头的吩咐不能有所行动，这是一般的现象，而八股文就是这个现象的代表……在文章上叫做"代圣贤立言"，又可以称作"赋得"，换句话就是奉命说话。做"制艺"的人奉到题目，遵守"功令"，在应该说

---

① 周作人：《文学的未来》，《周作人自编文集·风雨谈》，河北教育出版社2002年版，第112—114页。
② 周作人：《苦竹杂记·后记》，上海良友复兴图书印刷公司印行1941年版，第310页。
③ 周作人：《重刊袁中郎集·序》，《周作人自编文集·苦茶随笔》，河北教育出版社2002年版，第62页。

什么与怎样说的范围之内,尽力地显出本领来……在这些八股做着的时候,大家还只是旧日的士大夫,虽然身上穿着洋服,嘴里咬着雪茄。要想打破一点这样的空气,反省是最有用的方法,赶紧去查考祖先的窗稿,拿来与自己的大作比较一下,看看土八股究竟死绝了没有,是不是死了之后还是夺舍投胎地复活在我们自己的心里。①

周作人对"八股文"的批评,明显是在影射20世纪30年代左右翼文学企图用文艺政策规范文学的做法。《关于焚书坑儒》中对此讽刺道:"我们读了此文,深知道治天下愚黔首的法子是考八股第一,读经次之,焚书坑儒最下。盖考八股则必读经,此外书之皆不复读,即不焚而自焚,又人人皆做八股以求功名,思想自然统一醇正,尚安事杀之坑之哉……破承起转那一套的八股为新党所推倒,现在的确已经没有了,但形式可灭而精神不死,此亦中国本位文化之一,可以夸示于世界者欤。新党推倒土八股,赶紧改做洋八股以及其他,其识时务之为俊杰耶,抑本能之自发,或国运之所趋耶。总之都是活该。"②《关于命运》中又说道:"我们现在且说写文章的。代圣贤立言,就题作文,各肖口吻,正如优孟衣冠,是八股时文的特色,现今有多少人不是这样的?功令以时文取士,岂非即文艺政策之一面,而又一面即是文章报国乎?读经是中国固有的老嗜好,却也并不与新人不相容,不读这一经也该读别一经的。"③"有些本来能够写写小说戏曲的,当初不要名利所以可以自由说话,后来把握住了一种主义,文艺的理论与政策弄得头头是道了,创作便永远再也写不出来,这是常见的事实,也是一个很可怕的教训。"④ 甚至在谈到儿童文学时,周作人也借机批评了左右翼文学将文学视为教化工具的做法:

---

① 周作人:《论八股文》,《周作人自编文集·看云集》,河北教育出版社2002年版,第80页。
② 周作人:《关于焚书坑儒》,《苦竹杂记》,上海良友复兴图书印刷公司印行1941年版,第32—33页。
③ 周作人:《关于命运》,《周作人自编文集·苦茶随笔》,河北教育出版社2002年版,第112页。
④ 周作人:《关于十九篇 十六 蛙的教训》,《周作人自编文集·苦茶随笔》,河北教育出版社2002年版,第186页。

在中国革新与复古总是循环的来,正如水车之翻转,读经的空气现在十分浓厚,童话是新东西,此刻自然要吃点苦,而且左右夹攻,更有难以招架之势。他们积极的方面是要叫童话去传道,一边想他鼓吹纲常名教,一边恨他不宣传阶级专政,消极的方面则齐声骂现今童话的落伍,只讲猫狗说话,不能羽翼经传。传道与不传道,这是相反的两面,我不是什么派的信徒,是主张不传道的,所以与传道派的朋友们是隔教,用不着辩论……①

周作人由"言志"与"载道",引申出"个人的"与"集团的"的对立,理论上言是他个人主义文学观的一贯显现,现实方面则是出于对当时左右翼文学的不满。这与"新月派"对个人性文学的重视和反对左翼文学政治化同出一理。但更重要的是,周作人在坚持文学个人主义的同时也强调文学的无用性,这不仅是因文学是表现个人而生,也在于个人化文学是真诚而非虚伪的,或者说,周作人的个人主义文学观不仅是从维护思想自由这一根基出发,同时也包含着对文学审美性的考虑,对文学工具论的反对的另一面即是对文学独立审美意义的坚持。他从文学自身审美角度出发,指出言志文学是真挚的:"公安派的人能够无视古文的正统,以抒情的态度作一切的文章,虽然后代批评家贬斥它为浅率空疏,实际却是真实的个性的表现,其价值在竟陵派之上。"②而"八股教人油腔滑调地去说理,论则教人胡说霸道地去论事,八股使人愚,论则会使人坏"。③周作人向来看重"本色"的文学,认为写文章要"本色",无"道学气",避免放言高论,④并屡屡讥刺左翼文学(右翼)的"八股气"、"方巾气"。⑤而面对左翼对他"没落"的批评,

---

① 周作人:《儿童故事序》,《周作人自编文集·苦茶随笔》,河北教育出版社2002年版,第78页。
② 周作人:《杂拌儿跋》,《周作人自编文集·永日集》,河北教育出版社2002年版,第76页。
③ 周作人:《钝吟杂录》,《周作人自编文集·风雨谈》,河北教育出版社2002年版,第33页。
④ 周作人:《本色》,《周作人自编文集·风雨谈》,河北教育出版社2002年版,第29、31页。
⑤ 参见周作人《谈策论》,《郁岗斋笔麈》,《周作人自编文集·风雨谈》,河北教育出版社2002年版。

他则称"甘心陷为轻薄子,大胆剥尽老头巾"。① 20世纪40年代他谈到载道与言志一说时,则进一步表明此即是文学"诚"与"不诚"之分:

> 从前我偶讲中国文学的变迁,说这里有言志载道两派,互为消长,后来觉得志与道的区分不易明显划定,遂加以说明云,载自己的道亦是言志,言他人之志即是载道,现在想起来,还不如直截了当的以诚与不诚分别,更为明了。本来文章中原只是思想感情两种分子,混合而成,个人所特别真切感到的事,愈是真切也就愈见得是人生共同的,到了这里志与道便无可分了,所可分别的只有诚与不诚一点,即是一个真切的感到,一个是学舌而已。②

在他眼里,只有是个人性的文学才显得真诚不虚伪。20世纪30年代的《文章的放荡》里还有这么一段话:

> 文人里边我最佩服这行谨重而言放荡的,即非圣人,亦君子也。其次是言行皆谨重或言行皆放荡的,虽属凡夫,却还是狂狷一流。再其次是言谨重而行放荡的,此乃是道地小人,远出谢灵运沈休文之下矣。谢沈的傲冶其实还不失为中等,而且在后世也就不可多得,言行不一致的一派可以说起于韩愈,则滔滔者天下皆是也,至今遂成为载道的正宗了。一般对于这问题有两种误解。其一以为文风与世道有关,他们把《乐记》里说的亡国之音那一句话歪曲了,相信哀愁的音会得危害国家,这种五行志的论调本来已过了时,何况倒因为果还是读了别字来的呢。其二以为文士之行可见,不但是文如其人,而且还会人如其文,写了这种文便非变成这种人不可,即是所谓放荡其文岂能谨重其行乎。这也未免说得有些神怪,事实倒还是在反面,放荡其文与谨重其行,其实乃不独不相反而且还相成呢。③

---

① 周作人:《陶筠厂论竟陵派》,《周作人自编文集·风雨谈》,河北教育出版社2002年版,第87页。

② 周作人:《汉文学的前途》,《周作人自编文集·药堂杂文》,河北教育出版社2002年版,第31页。

③ 周作人:《文章的放荡》,《苦竹杂记》,上海良友复兴图书印刷公司印行1941年版,第96—97页。

将文与人联系起来，认为言行皆谨重或言行皆放荡的比言谨重而行放荡的高明，其实还是在于前者是真诚的，后者则为虚饰。

20世纪30年代周作人的文学观，不论是强调文学在于表现自我无关世道，还是极力推崇言志派文学而反对载道派文学，究其根本还是早期的个人主义文学观。综观此期他谈文学，虽然始终影射当时文坛，但其思想根基与早期无二，他看重的依旧是个人思想的自由和独立，所重视的是文学的自我表现，文学地位的独立正是由此而来。相较于梁实秋的人性文学观，虽然两者同为重视个人性在文学中的本体地位，但由于周作人对文学无功用的强调，则显示出与"新月派"截然不同的文学取向。梁实秋在反对左翼将文学工具化时尽管也称"文学本身就是目的"，但他将文学与人生紧密相连，倡导"为人生"的文学，并提出文学的"道德性"、"严重性"，显然与周作人倡导的文学无用论是两途。因此，周作人以文学个人化为根本，不仅是试图以此获得文学自身独立地位，也包含着对文学独立审美意义的强调，对文学工具论反对的背后是对文学审美性本体地位的认可。

事实上，中国文学进入近现代以来，文学的功利性与非功利性（工具理性与审美理性）一直是个纠缠不清的话题。晚清时期既有梁启超以小说为"新民"工具，也有极力强调文学无用的王国维。梁启超重视小说的地位，其原因是他看中了小说的社会教化功用；王国维受叔本华和康德美学的影响倡导"纯文学观"，极力反对文学上的功利主义。这种"纯文学观"不仅与传统儒家文学中的文学功利观背道而驰，也与梁启超的功利文学观迥异。至五四文学革命时期，胡适、陈独秀、周作人等人一面反传统儒家文化，一面倡扬个性解放，极力建立以"人"为本的新文学。在这里，新文学倡导者们既大力批评儒家道统中的"文以载道"观，同时又将文学视作思想启蒙的工具。实际上，当时的五四文学是一面反封建文学（文化），一面反将文学当游戏消遣的鸳鸯蝴蝶派，比如后来的《小说月报》改版后即称："将文艺当做高兴时的游戏或失意时的消遣的时候，现在已经过去了。我们相信文学是一种工作，而且又是于人生很切要的一种工作。"前者是对新思想的强调，后者则提出了文学严肃性问题，实包含对文学工具性的期待。可以说，新文学家们从来就没有放弃（反对）文学的功利性，但在这方面与王国维和梁启超又都有明显的差异。在关于文学功用方面，五四文学显然是明确反对传统文学所载封建之"道",但在对待自身所载的"民主""科学"等新思想却持别样的态度。也正是从这里,延伸出新文学后来发展的两途:一方面,新文学肩负着启蒙的思想革命任务,尽管在当时是以倡导人性解放为主要目标,但就文学自身言,当这一任务不再为现实所需要时,文学也可能肩负其他社会任务,这实际为后来将文学视作社会政治工具的左翼所承接;另一方面则是,尽管新文学者们并未如王国维般倡导文学的非功利性,而是同时将文学视作思想革命的工具,但由于其目标是在建立"人"的文学,其目的是在倡导个性解放,并以西方人文主义为主要思想资源,这就注定当时文学必然含有极强的个人主义意味。这样,非功利派对文学审美本体功能的强调与功利派重文学社会功用在此点上可以达致统一,"个人"或者说"人性"平衡了两者之间的矛盾冲突。就此言,尽管五四时期也不免将文学视作启蒙工具,但由于其目的仍在于恢复被封建文化体制压抑下的"个体人",这就与梁启超的"新民说"以及后来左翼文学的文学工具论有了根本的差异。梁的"新民说"以"国民"替代"个人","民"还不是"个人主义"意义上的"个人",左翼的文学观念则以集体意识替代了个体人的思想,淹没了人作为个体的价值,在"人"的内容上他们与五四文学所提倡的人性解放都是有根本差别的。也正是在这里,新文学中强烈的"个人"概念,其实正是后来自由主义文学最为重要的内核,五四文学中蕴涵的强烈的个人主义思想,实际上成了后来自由主义文学最重要的精神资源。尽管五四注重文学的启蒙效用,但由此而来的对"人性"的强调,以及其中贯穿的强烈的个性主义精神,却是文学自由独立的根本依据。而至五四落潮后,周作人身上的"个人主义"思想愈发凸显,发端于1927 年后的革命文学也不再将"个性解放"、启蒙作为文学的目的,文学一度成为承载某一政治集团理念的工具,此时两者间的平衡点已不复存在,文学非功利派与功利派的分歧也就对立起来。

事实上,这一问题在新文学第一个十年期间"人生派"与"艺术派"之争中就已见端倪。两者与文学功利派和非功利派有近似之处,但并未造成后来如周作人与左右翼文学在文学功用问题上不可调和的局面,其原因就在于上述"艺术"与"人生",非功用与功用在五四文学那里通过其表现内容"人性解放"而得到调和。其时周作人对此也有过说明:

从来对于艺术的主张，大概可以分作两派：一是艺术派，一是人生派。艺术派的主张，是说艺术有独立的价值，不必与实用有关，可以超越一切功利而存在。艺术家的全心只在制作纯粹的艺术品上，不必顾及人世的种种问题：譬如做景泰蓝或雕玉的工人，能够做出最美丽精巧的美术品，他的职务便已尽了，于别人有什么用处，他可以不问了。这"为什么而什么"的态度，固然是许多学问进步的大原因；但在文艺上，重技工而轻情思，妨碍自己表现的目的，甚至于以人生为艺术而存在，所以觉得不甚妥当。人生派说艺术要与人生相关，不承认有与人生脱离关系的艺术。这派的流弊，是容易讲到功利里边去，以文艺为伦理的工具，变成一种坛上的说教。正当的解说，是仍以文艺为究极的目的；但这文艺应当通过了著者的情思，与人生有接触。换一句话说，便是著者应当用艺术的方法，表现他对于人生的情思，使读者能得艺术的享乐与人生的解释。这样说来，我们所要求的当然是人生的艺术派的文学。①

周作人在五四时期尽管也倡导"为人生"的文学，将文学视作改造社会人生的手段，但他对文学走向功利一途显然持警惕态度，这在五四新文学家中也并不多见。而在《自己的园地》中也有类似的一段话，但更为通达地表明他对文学具有"独立的艺术美"的强调：

"为艺术"派以个人为艺术的工匠，"为人生"派以艺术为人生的仆役；现在却以个人为主人，表现情思而成艺术，得到一种共鸣与感兴，使其精神生活充实而丰富，又即以为实生活的根本；这是人生的艺术的要点，有独立的艺术美与无形的功利。我所说的蔷薇地丁的种作，便是如此。有些人种花聊以消遣，有些人种花志在卖钱，真种花者以种花为其生活——而花亦未尝不美，未尝于人无益。②

---

① 周作人：《新文学的要求》，《周作人自编文集·艺术与生活》，河北教育出版社2002年版，第18—19页。

② 周作人：《自己的园地》，《周作人自编文集·自己的园地》，河北教育出版社2002年版，第7页。

周作人自身即为"以种花为其生活"的"真种花者",既无意将文学与人生隔离,但也不以人生为文学的目的。文学的功用在周看来是一种不以功利出之而自有其功用,即一种"无用之用",这与康德所言的"无目的的目的性"颇合。因此20世纪30年代的他极言文学无用,其实质正在于反对"将艺术当作改造生活的工具而非终极"[①],他并非真认为文学毫无用处,而是认为文学之根本在于自身独立的审美意义,这即他所言的"独立的艺术美"。而此点无疑也是他20世纪30年代文学观极为重要的一个方面:不仅是对文学中的个人主义的强调,也包含着对文学独立审美性的强调。

二 "消极"与"积极"的矛盾

值得进一步辨析的是,当周作人从其个人主义思想,延伸至他对思想定于一尊的反对,再到提倡文学的"个人化",否定文学的社会功用,其间在逻辑上似乎并不具有一种必然性,并与他的实践无可避免地产生一种悖论。而这一问题也直接牵涉这一脉自由主义文学在文学自由与个人主义思想之间的复杂关系。将周作人的文学"个人化"与文学无用论结合起来考察,可以理解为他所说的个人化文学的重心在于文学以表达自我为主,这一自我即为纯粹个人的思想及情感。表面看来,周作人的这一文学观似乎正应验了左翼文学等对他的批评,但实际上,周作人的文学无用论还有他的另一番解释,上述所引的艺术"有独立的艺术美与无形的功利"一段,暗含了周作人对"用"的独特理解,(1)"功用"不是有意为之,不是作家在创作之前预定的目的。(2)文学在读者那里自然而然地产生"功用",这即"著者应当用艺术的方法,表现他对于人生的情思,使读者能得艺术的享乐与人生的解释"。实际上,他所真正强调的还是"文学以个人自己为本位",倒不在于文学是否"有用",一切在"个人""自己"之外的观念都与之相背离,不论是左翼文学强调的革命意识形态,还是任何其他外在于自身的思想意识。这其实还是出于他对文学所体现出的个

---

① 周作人:《自己的园地》,《周作人自编文集·自己的园地》,河北教育出版社2002年版,第6页。

体独立思想的重视,而不在文学是否真正与"世道人心"有关还是无关。事实上,即如周作人自己此时的写作,不说他对左翼文学的冷嘲热讽,甚至是谈虫鱼鸟兽的文章,也都未能远离"世道人心",他曾说"文艺是人生的,不是为人生的"①,所指向的正是这"无形的功利",周作人很清楚文艺不可能与人生无关,当然也就不可能与社会与"世道人心"脱离关系,但他却反对文艺去有意识地"为人生",因为这一"为",恰恰暴露了背后个人意识的不纯粹。换言之,周作人未必承认文学与社会功用有直接关系,但他也不认为文学与社会功用毫无瓜葛,他在20世纪30年代对文学无用的强调,更多指向的是有意"为"之的创作取向,背后则是对其时文学政治化工具化趋势的抵抗。同时颇具悖论的是,这一抵抗的姿态,又恰恰背离了他所提倡的文学无用论;而他对一切"集团性"活动的拒绝,毋宁说是他另类政治态度的显现。

当左翼文坛一再以"没落"批评他时,周作人一方面以他的"文学无用论"为基础,指出亡国与文学无关,"音之不祥由于亡国,而亡国则由于别事,至少决不由于音之祥不祥耳"②。尤为值得重视的是,面对"消极"的指责,周作人却屡屡声明自己态度"过于积极"。比如他说:"去年除夕在某处茶话,有一位朋友责备我近来写文章不积极,无益于社会。我诚实的自白,从来我写文章就都写不好,到了现在也还不行,这毛病便在于太积极。"③ 又说:"近来常有朋友好意的来责备我消极,我自己不肯承认"④。《苦茶随笔》是周作人20世纪30年代较多地谈及现实的一部散文集,周作人在后记中更是不无反讽地说道:"讽刺牢骚的杂文却有三十篇以上,这实在太积极了,实在也是徒劳无用的事。"他又借俞平伯的话来表明自己态度的"积极":"平伯听了微笑对我说,他觉得我对于中国有些事情似乎比他还要热心,虽然年纪比他大,这个理由他想大约是因为我对于有些派从前有点认识,有过期

---

① 周作人:《文艺的统一》,《周作人自编文集·自己的园地》,河北教育出版社2002年版,第26页。
② 周作人:《重刊袁中郎集序》,《周作人自编文集·苦茶随笔》,河北教育出版社2002年版,第62页。
③ 周作人:《关于十九篇 十 关于写文章》,《周作人自编文集·苦茶随笔》,河北教育出版社2002年版,第169—170页。
④ 周作人:《周作人自编文集·夜读抄》,河北教育出版社2002年版,第201页。

待……我走的却一直是那第一路,不肯消极,不肯逃避现实,不肯心死,说这马死了——这真是'何尝非大错而特错'。"① 话虽委婉,实却隐含着他对自身境遇的清醒认知,之所以言自己积极,其原因正是他看似消极的文学主张,实质却是在积极抵抗当时文学的政治化习气,性格中的两个鬼看来仍驻扎在他心头。"消极"在这里因此也成了一种变相的积极态度的显现。在《新文学的两大潮流》中,周作人更是颇具意味地说道:"这在表面上是很颓废的,其精神却是极端现世的,或者说比革命文学家还要热烈地现世的也未始不可。"② 以看似消极的态度抵抗正统礼教,骨子里依旧是现世的和热烈的。他也曾借明人说"隐逸"其实也是一种政治态度:"这种感情在明季的人心里大抵是很普遍罢。有些闲适的表示实际上也是一种愤懑,即尚寐无吪的意思。外国的隐逸多是宗教的,在大漠或深山里积极的修他的胜业,中国的隐逸却是政治的,他们在山林或在城市一样的消极的度世。"③《论语小记》谈到"隐者"时更显现着此期自己的影子:"我对于这些隐者向来觉得喜欢,现在也仍是这样,他们所说的话大抵都不错……中国的隐逸都是社会或政治的,他有一肚子理想,却看得社会浑浊无可实施,便只安分去做个农工,不再来多管,见了那知其不可而为之的人,却是所谓惺惺惜惺惺,好汉惜好汉,想了方法要留住他。看上面各人的言动虽然冷热不同,全都是好意……对于自救灵魂我不敢赞一辞,若是不惜用强硬手段要去救人家的灵魂,那大可不必,反不如去荷蒉植杖之无害于人了。"④ 将周在20世纪30年代出现的大量"闲适"散文与他时而对文学现状和时事的暗嘲联系,不难看出,这"闲适"既透出乱世之时他"躲进自己的塔"实是刻意为之,暗含着他不欲与现世不同道者为伍的一面。《燕知草跋》中就这么说道:"现在中国情形又似乎正是明季的样子,手拿不动竹竿的文人只好避难到艺术世界里去,这原是

---

① 周作人:《后记》,《周作人自编文集·苦茶随笔》,河北教育出版社2002年版,第194—195页。

② 周作人:《新文学的两大潮流》,收入钟叔河编《周作人文类编·本色》,湖南文艺出版社1998年版,第92页。注:周作人自编文集中未收入此文。

③ 周作人:《重刊袁中郎集序》,《周作人自编文集·苦茶随笔》,河北教育出版社2002年版,第59、60页。

④ 周作人:《论语小记》,《周作人自编文集·苦茶随笔》,河北教育出版社2002年版,第18页。

无足怪的。"①另一方面，刻意"闲适"的背后又显示出他试图以此矫正已偏向功利一途的新文学，以"闲适"解构正经，以"文学无用"解构文学为政治工具的功利文学观。由此来看，周作人称自己"太积极"也不是毫无道理。极力倡导文学的无用论，又不断暗示此"消极"又是在积极抵抗外部非文学力量对文学本体的侵蚀，周作人的文学立场在这里实际上陷入了一自我解构的怪圈中，以至于他在《瓜豆集》题记中还在叹自己"太积极了！圣像破坏（eikonoclasma）与中庸（sophrosune），夹在一起，不知是怎么一回事。有好些性急的朋友意味我早该谈风月了，等之久久，心想：要谈了罢，要谈风月了吧！？好像'狂言'里的某一脚色所说，生怕不谈就有点违犯了公式。其实我自己也未尝不想谈，不料总是不够积极，在风吹月照之中还是要呵佛骂祖，这正是我的毛病，我也无可如何"。接着他又声明自己骂韩愈谈鬼"实在只是一种师爷笔法绅士态度，原来是与对了和尚骂秃驴没有多大的不同，盖我觉得现代新人物里不免有易卜生的'群鬼'，而读经卫道的朋友差不多就是韩文工的伙计也"②。这里直接表明"消闲"背后是对现世文坛的不满，他人眼中"消极"其实还是积极的。而这一看似矛盾的态度，实显示出周作人文学立场本身的复杂性，更与其独特的关于人的思想紧密相关，换言之，周作人持个人主义观念以获得文学的独立性和个人化，而个人化文学观的具体内涵则联系着他思想中对"人"的具体理解，毋宁说前者是后者在文学上的必然反映。

众所周知，周作人关于人的思想，实集结着众多思想资源：从古希腊的伦理思想，近代霭理斯的性心理学，到中国的儒家释家的重人情物理等等，③不过，其人性观虽然源头丰富驳杂，却有其一贯的理路，其核心正是他极为看重的"人情物理"，这即是以人的自然属性为基础的一种自然人性观，"即是由生物学通过之人生哲学"④。早年《人的文学》中曾说："我们所说的人，不是世间所谓'天地之性最贵'，或

---

① 周作人：《燕知草跋》，《周作人自编文集·永日集》，河北教育出版社2002年版，第80页。

② 周作人：《题记》，《周作人自编文集·瓜豆集》，河北教育出版社2002年版，第2—3页。

③ 参见周作人《我的杂学》，《周作人自编文集·苦口甘口》，河北教育出版社2002年版，第57—100页。

④ 同上书，第73页。

'圆颅方趾'的人。乃是说'从动物进化的人类'。其中有两个要点：（一）'从动物'进化的，（二）从动物'进化'的"①。可见人首先是从动物进化而来，因此不能违反人的自然性；其次，人又是已由动物进化而来，因此又有着比动物更高级的生存方式。此点实为周作人对人的根本理解："人类的生存的道德既然本是生物本能的崇高化或美化，我们当然不能再退缩回去，复归于禽道，但是同样的我们也须留意，不可太爬高走远，以至与自然违反。"故既要反对人性以下的兽性，但也不能不顾人的自然性追求高蹈的神性："我们应当根据了生物学人类学与文化史的知识，对于这类事情随时加以检讨，务要使得我们道德的理论与实际都保持水线上的位置，既不可不及，也不可过而反于自然，以致再落到淤泥下去。"② 正是出于此，周作人极为重视人性自然的一面，其个人主义正是以"人间本位"为根本。他又对霭理斯的性心理学极为重视，曾说："我不信世上有一部经典，可以千百年来当人类的教训的，只有记载生物的生活现象的 Biologie（生物学）才可供我们参考，定人类行为的标准。"③ 其目的正在于提醒世人人的自然属性的正当性和合理性："大家都做着人，却几乎都不知道自己是人；或者自以为是'万物之灵'的人，却忘记了自己仍是个生物。"④ 后来提出的"伦理之自然化"也是出于此点考虑："我个人却很看重所谓自然研究，觉得不但这本身的事情很有意思，而且动植物的生活状态也就是人生的基本，关于这方面有了充分的常识，则对于人生的意义与其途径自能更明确的了解认识。"⑤ 与此相关的则是他对伦理道德等压抑自然人性的反感："中国儒家重伦理，此原是很好的事，然持之太多，以至小羊老鸦皆明礼教，其意虽佳，事乃近诬，可谓自然之伦理化，今宜通物理，顺人情，本

---

① 周作人：《人的文学》，《周作人自编文集·艺术与生活》，河北教育出版社2002年版，第9页。
② 周作人：《梦想之一》，《周作人自编文集·苦口甘口》，河北教育出版社2002年版，第16页。
③ 周作人：《祖先崇拜》，《周作人自编文集·谈虎集》，河北教育出版社2002年版，第5页。
④ 周作人：《妇女运动与常识》，《周作人自编文集·谈虎集》，河北教育出版社2002年版，第261—262页。
⑤ 周作人：《梦想之一》，《周作人自编文集·苦口甘口》，河北教育出版社2002年版，第13、14页。

天地生物之心，推知人类生存之道，自更坚定足据，平实可行。"①

正是从他这一"个人主义的人间本位主义"出发，周作人始终坚持文学在自我表现，既反对文学的集团化，也反对文学的工具化。反文学的集团化固然出于其"个人主义"思想，而反对文学的工具化则在于这一脉文学在他眼里所载的往往是一种道德化伦理化意识，这即他说的"容易讲到功利里边去，以文艺为伦理的工具，变成一种坛上的说教"。他后来言自己平常有两种主张："其一为伦理之自然化，其二为道义之事功化。""第一点是反对过去的封建礼教，不合人情物理，甚至对于自然亦多歪曲，非得纠正不可。"② 他常说"最讨厌的是道学家"，正是在反对以礼法等道德伦理压抑自然人性："学焉而不得其通，任是圣经贤传记得烂熟，心性理气随口吐出，苟不懂得人情物理，实在与一窍不通无异。"③ 这使得他在文学中同样倡导这样一种自然人性观，而他之所以反对载道文学，根本则在于其非人性，他一再讥刺当时文学的"道学气"、"方巾气"也正在此："大抵言文学者多喜载道主义，又不能虚心体察，以至物理人情都不了解，只会闭目诵经，张目骂贼，以为卫道，亦复可笑也。欲言文学须知人生，而人生亦原以动物生活为基本，故如不于生物学文化史的常识上建筑起人生观，则其意见易流于一偏，而与载道说必相近矣。"④ 这一"人生的文学"在早年也有过解释："一、这文学是人性的；不是兽性的，也不是神性的。二、这文学是人类的，也是个人的；却不是种族的，国家的，乡土及家族的。"⑤ 前者是其"人间本位"的个人观的体现，后者却是由重视人的生物性而来，却不免忽视了具体人所含的社会属性，即他所说的"种族的，国家的，乡土及家族的"。

---

① 周作人：《论小说教育》，《周作人自编文集·苦口甘口》，河北教育出版社2002年版，第27页。

② 周作人：《反动老作家一》，《周作人自编文集·知堂回想录·下》，河北教育出版社2002年版，第651页。

③ 周作人：《朴丽子》，《周作人自编文集·秉烛谈》，河北教育出版社2002年版，第37页。

④ 周作人：《画蛇闲话》，《周作人自编文集·夜读抄》，河北教育出版社2002年版，第185—186页。

⑤ 周作人：《新文学的要求》，《周作人自编文集·艺术与生活》，河北教育出版社2002年版，第19页。

同是出于对人情物理的重视，周作人认为人的日常生活也不可轻视："我觉得睡觉或饮酒喝茶不是可以轻蔑的事，因为也是生活之一部分。"① 他对人的日常饮食、民俗礼仪、民间娱乐等凡俗的日常生活都极为关注，故乡的野菜、菱角、菜梗、荠菜、紫云英、乌篷船，北京的茶食、麻花摊都是他笔下常见的。而他对"闲适"人生的提倡也是以合乎人情物理为本的：人生"偶然片刻的优游"在他看来是不可少的，因为闲暇和游戏本是人生的一部分，人生在"有用"、功利之外，还得有非功利的一面："我们于日用必需的东西以外，必须还有一点无用的游戏与享乐，生活才觉得有意思。我们看夕阳，看秋河，看花，听雨，闻香，喝不求解渴的酒，吃不求饱的点心，都是生活上必要的——虽然是无用的装点，而且是愈精练愈好。"② 在谈骨董家时，他也说："真正玩骨董的人是爱那骨董本身，那不值钱，没有用，极平凡的东西。收藏家与考古家意外还有一种鉴赏家的态度，超越功利问题，只凭了趣味的判断，寻求享乐，这才是我所说的骨董家。"③ 从周作人对人的日常生活的看重，对"闲适"人生的喜爱，也不难看出他在文学中喜谈"草木虫鱼"，而不重文学的社会功用。

然而，当周作人以自然属性为本倡导这一合乎人情物理的人生观时，却不免忽视了人所具有的社会属性。他一再强调他所言的"人"既是个人的，同时也与人类相通。早年在解释"个人主义的人间本位主义"时即说："第一，人在人类中，正如森林中的一株树木。森林盛了，各树也都茂盛。但要森林盛，却仍非靠各树自茂盛不可。第二，个人爱人类，就只为人类中有了我，与我相关的缘故。"④ 推及文学方面，他则言文学是个人的也就是人类的，然而"却不是种族的，国家的，乡土及家族的"。木山英雄对此曾说，在周作人的思想深处相信"个人"和"人类"之间具有一种无媒介的一贯性，而不肯承认在生活层面上

---

① 周作人：《上下身》，《周作人自编文集·雨天的书》，河北教育出版社2002年版，第74页。
② 周作人：《喝茶》，《周作人自编文集·雨天的书》，河北教育出版社2002年版，第54页。
③ 周作人：《绿洲·玩具》，《周作人自编文集·自己的园地》，河北教育出版社2002年版，第105—106页。
④ 周作人：《人的文学》，《周作人自编文集·艺术与生活》，河北教育出版社2002年版，第11页。

填充着两个极端的人之关系的各个阶段——宗教、乡党乃至民族、国家。① 比较他与胡适在"个人"问题上的阐释也可见出,胡适念念不忘个人本身所内含社会性一面,周作人却很少谈及个人的具体社会属性,而始终重在人的自然性。此点则导致周作人在言及文学是自我表现时也强调文学无关乎世道人心,至少是无需有目的地为世道人心。这显然是将"个人"拘囿在与社会无关的一隅,剥离了个人的社会性一面。而他由反对文学的工具化进而对文学独立审美意义的强调,显然也与这一人性观相通。不过值得思考的是,人在具有人类共通的自然属性的同时也具有社会性一面,文学在表达自我时也难以与社会功用隔离,上述周作人在"消极"与"积极"之中的来回辩说即隐含着这一理论自身的悖论,其文学立场上的消极积极之矛盾实也出于他在个人观念上的偏颇。

周作人的文学观念所显示出的复杂姿态同样也出现在 20 世纪 30 年代的论语派上,或者说是这一脉自由主义者的必然命运:一方面反对文学思想的统一,提出文学的个人化以抵抗文学的集团化,另一方面因其绝对的"个人性"又反载道派文学,以倡导文学中审美独立性来反抗当时文学工具化日益突出的趋势。前者是自由主义文学的必然之义,后者却因处在 20 世纪 30 年代中国内忧外患的社会环境中,又不免遭致其他各文学流派的非议。更值得思考的是,周作人对自身在他人眼里的"消极"姿态并不认同,指出"消极"是因为不满而生,反过来强调其积极的一面。这显然是一极具矛盾的姿态:既标榜文学无用,又声明这一做法却是在积极地抵抗文学的政治化工具化,以维护文学的本体性(审美本体功能),然而当他过于强调"文学无用"论时,这一抵抗又不免显出他消极的一面。此点也在后来论语派倡导的"幽默"、闲适小品文上有同样体现。

第二节 论语派:"以自我为中心"

上述周作人的文学思想及立场在论语派中得到明显的回应,从强调文学重自我表现,反载道倡言志,到提倡小品文,重文学中性灵、真性情,反八股文、方巾气,以至文学题材上看重日常琐屑宇宙苍蝇,论语

---

① [日]木山英雄:《文学复古与文学革命》,北京大学出版社 2004 年版,第 87 页。

派处处浮现着周作人的影子。鉴于此，这里讨论论语派这一脉"自由"派文学，并不想主要论述其文学观念，而是着重其颇具悖论意味的文学姿态，这不仅可视作周作人文学立场的复杂性和悖论性的延伸，更重要的是，我们可以从这姿态中以窥察这一脉自由主义文学因其独特的文化理念所呈示出的复杂境遇与内在困境。

以《论语》为例。杂志一出场就带有浓重的"复调"色彩，《缘起》开篇即说："论语社同人，鉴于世道日微，人心日危，发了悲天悯人之念，办一刊物，聊抒愚见，以贡献于社会国家。"文章从吸烟琐事谈到办刊，并以闲谈笔调表示刊物既无主张、主义，也无人组织、出钱。如此叙说杂志发起之缘由，初步呈现了《论语》日后格调：表面看来，《论语》发刊既不似其时左翼大声叫卖其革命文学主张，也无《新月》出场时横扫文坛并高举自身旗帜的气概，颇为闲适的笔调将刊物的发起置于不经意间，也拉开了《论语》与其时文坛、社会现实的距离。然而，这一于乱世间的刻意闲适又恰恰将其另一面心态昭显于世：其意不在闲适，在政治话语充斥的文学场中，《论语》声明自身不涉政治，无关"高调""高义"的姿态，又将其意在解构当下文坛政治化及文学功利化的心态表露无遗。正是在此，论语派的姿态呈现出一种欲说还休、欲盖弥彰的复杂局面：既在《论语》及后来的《人间世》、《宇宙风》中多次表明"不谈政治"，却又在刊物中屡谈政治时事不止；既刻意倡导"幽默"、"闲适"笔调，强调刊物的趣味，但这也未妨碍刊物不时因对现实政治、社会不满而发极凌厉浮躁之声；既强调"言志"抒怀，反"道学气"、"方巾气"，不欲与"载道派"为伍，以幽默小品闲适文章为抵抗武器，却又屡屡表白自身并不游戏，也不消极。论语派文化立场实呈现出一游移不定的局面，所显示的正是这一脉自由主义文学流派的内在复杂性。

一　论语派的"谈政治"

20 世纪 30 年代正是政治与文学难解难分之时，论语派一方面有意反其道而行之，大打"不谈政治"的标语。比如《论语》的同人戒条第一点就声明"不反革命"[①]，2 期的"编辑后记"中也说道："自下期

---

①　编者：《论语同人戒条》，《论语》第 2 期，1932 年 10 月 1 日。

起我们拟恢复《论语》一栏……取材不妨自最高学府，赫赫文坛，东洋西洋，天上人间……可不要涉及党国，致干未便。"《人间世》、《宇宙风》则直接声明不谈政治。《人间世》1期"投稿约法"一条就是"涉及党派政治者不登"，22期《我们的希望》也再次声明"本刊以小品文为号召，已经屡次声明，专重在闲散自在的笔调，取舍多半即以此笔调为标准。凡投稿诸君，务请注意此点，至于内容，除不谈政治外，并无限制"。

不过，声明归声明，《论语》、《人间世》、《宇宙风》谈政治时事之文却未受此限制，不仅谈，且常是大谈；不仅是常将社会现实的荒谬化为幽默，且不缺毫无幽默感的愤激直言。仅以《论语》杂志为例：7期《脸与法治》讽刺国民党当局要脸而不要法治，8期《又来宪法》对国民党南京三中全会起草宪法的提案大加讽刺，8期《十大宏愿》以戏谑笔调讥刺政府诸般弊端，如"所以我们发愿，不应发得太大，如愿中国太平，愿民困复苏……等等都是大而无当……（三）愿诛反革命。因为被诛者，皆有反革命罪名。（四）愿吾政府集中贤才。因为已经集中者，便是贤才。（五）愿在野政客，皆主张扶植民权，武力抗日，在朝官僚，皆主张提倡党权，长期抵抗"。11期《变卖以后须搬场》则称中国的古物"初则变卖，继则搬场，好像做中国古物连一个安稳托身之地也没有了。由此我已深深地感觉中国将亡的征兆"。11期《等因抵抗歌》对政府的长期抵抗政策作了辛辣嘲讽，16期《长期不撰稿辨》（孙斯鸣）再次讽刺国民党的不抗日，"长期撰稿为不撰稿，长期抵抗即为不抵抗"；17期"半月要闻"一栏中《梳、篦、剃、剥及其他》（语）更称："此种虐政，惟有深中儒毒之百姓，始能忍受，亦惟有儒教根深之国家，始能发生。"27期"半月要闻"中的《论政治病》揭露政府官员的"病"背后的虚伪性；31期"半月要闻"中讥刺"汪精卫……以忍耐抵抗四字为宗旨"，又平伯《没有题目的诗》中称"外交非直接，抵抗是长期……文化车装去，空都骡马嘶"；78期林语堂《我的话——国事亟矣！》一文更是愤激直言："曰禁止言论自由之政策，是政府自杀之政策也。"80期《外交纠纷》不仅毫无幽默，且颇带火气，俨然回复到《语丝》时期的"土匪"风：

北平学生运动及各地学生运动，反对变相式的割地，而拥护中国土地的完整,各地当局以怕引起"外交纠纷"为辞,劝阻学生。是诚所谓笑话之至。

今日根本问题不是外交纠纷不纠纷,而是华北可以不可以分割。可以分割,则双手赠送他人亦可;不可分割,则外交之纠纷终不能免也。

若谓制止学生运动,以后遂可无外交纠纷,便是痴人说梦。

不难看出,论语派既不如自己所言般"闲适",也难得他人眼里的"超然",从古物南迁、抗日政策、国共相争,到言论乏自由,以致政府官员的装病、官样文章、一·二九学生运动等,《论语》无不加以讽刺或幽之一默。

周劭在《论语三周年》中总结得颇准确:

论语的格调不外乎两种,幽默和暴露……从幽默到暴露即是论语从虚浅到贴切人生之路,我并不反对幽默,不过对于为幽默而幽默的也不能表示同情,因为为幽默而幽默每易陷入尖酸油滑,不及老老实实说话而自见幽默来得有意思。论语最幽默的材料,往往不是专篇,而是半月要闻,古香斋,这一点可知道,幽默是要从实地上的来,空目说白话这种幽默是未足为训的……论语虽不以世道人心自命,然"现代教育专号"有关于世道人心实是不浅。①

周的总结看到了"幽默"背后暗含着对现实的不满,正如有读者谈及读《论语》的矛盾:"读论语笑欤?抑哭欤?",正是"其言之可笑,其事之可哭也"。② 不过,尽管两者道出了论语派在言语的故作幽默与其背后并不幽默的现实之间的矛盾,意在打破《论语》在世人心目中的"没落"形象,但因其所取的"幽默""小品"对抗方式,论语派还是遭致了20世纪30年代文坛的指责。相对于左翼人士单纯地指责论语派的"没落""消极",鲁迅显然触及了其更为本质的一面,尽管他对当时《论语》提倡的"幽默"并不赞同,却意识到"幽默"在中国复

---

① 周劭:《论语三周年》,《论语》第73期,1935年10月1日。
② 王元亨:《读论语笑欤?抑哭欤?》,《论语》第13期,1933年3月16日。

杂的现实境遇：

> 然而社会讽刺家究竟是危险的，尤其是在有些"文学家"明明暗暗的成了"王之爪牙"的时代。人们谁高兴做"文字狱"中的主角呢，但倘不死绝，肚子里总还有半口闷气，要借着笑的幌子，哈哈的吐他出来。笑笑既不至于得罪别人，现在的法律上也尚无国民必须哭丧着脸的规定，并非"非法"，尽可断言的。①

称《论语》的幽默是"借着笑的幌子"一吐心中闷气，虽然道出论语派对现实所采取的特殊反抗姿态，却也从另一面昭示出论语派的避世心态，这与周作人其时所言的"闭户读书"论并无二致。姚雪垠的《文人与装鳖——又名读论语》也是从这一角度论及《论语》："然而社会不许，社会要傻子装鳖。于是傻子就笑起来了。我看见，笑里边含着眼泪呢。原来想不装鳖，少罹祸，勉强另有一法，便是苦笑，眼泪汪汪的傻笑苦笑！"②《论幽默》中则将《论语》的幽默与世道联系起来，"世道衰，天下变乱，定多幽默之家"。③此点甚至也为《论语》自身所承认："在国亡无日之际，武人操政，文人卖身，何补实际？退而优孟衣冠，打诨笑谑，知我者谓我心忧，不知我者谓我胡求，强颜欢笑，曳我悲酸，其苦四也。"④《论语》的幽默在此成为"苦笑"，"常于笑中带泪，泪中带笑"⑤。

不过，上述观点虽然指出论语派于现实的复杂态度和心理，却忽略了其"良苦用心"——尽管多次声明来稿"不要涉及党国"，作为主编的林语堂等却多多涉及，且出言不逊，此点实是有意为之，其复杂的政治立场不仅出于面对现实政治的无奈，更在于它坚持以幽默小品的独特方式解构现实政治所表现出来的冠冕堂皇，这即是"以饶舌取得立场"⑥。实际上，论语派一开始就极为明确自身在其时文坛的位置，并

---

① 鲁迅：《从讽刺到幽默》，《论语》第13期，1933年3月16日。
② 姚雪垠：《文人与装鳖——又名读论语》，《论语》第52期，1934年11月1日。
③ 周谷城：《论幽默》，《论语》第25期，1933年9月16日。
④ 林语堂：《编辑滋味》，《论语》第15期，1933年4月16日。
⑤ 林语堂：《论幽默》，《论语》第33期，1934年1月16日。
⑥ 林语堂：《编辑后记》，《论语》第3期，1932年10月16日。

以一种反姿态有意标举自身立场。《论语》2 期《子不语》（怪力）中称："最近出版界，尤其是上海的……要是一时嗓子太低了，还不是一点唤不起大众的注意。就算是嗓子高的话，谁又能保得住没有一些意外横祸的飞来？"言语之中，既对左翼文坛高喊"唤起大众的注意"有异议，也对国民党当局的禁止言论自由有不满。《我们的态度》则更鲜明地表明《论语》出场正是缘于对其时文坛及社会风气的不满，其发刊意在"匡世"。《论语》眼里的"世"正是：

> 我们只觉得中国做社论的人太多，随便那一种刊物拿来，都有很正当高深的理论。近见《时事新报》中学生征文的成绩，也都成切中时弊，负有经世大才。所以这种文字之多，一是由于小学作文的教学失策……一是因为大学研究政治经济的人太多……两种之弊，都使中国学者尚空谈，失了独特的观察力。
> 所以我们不想再在文字国说空言，高谈阔论，只睁开眼睛，叙述现实。若说我们一定有何使命，是使青年读者，注重观察现实罢了。人生是这样的舞台，中国社会，政治，教育，时俗，尤其是一场的把戏，不过扮演的人，正正经经，不觉其滑稽而已。只须旁观者对自己肯忠实，就会见出其矛盾，说来肯坦白，自会称其幽默。所以幽默文字必须是写实主义的。我们抱这写实主义看这偌大国家扮春香闹学的把戏，难免好笑。我们不是攻击任何对象，只希望大家头脑清醒一点罢了。①

论语派的态度与周作人反"新八股"的论调一致，以幽默撕破虚伪，使其露出真实的一面。一方面，这是在暗中指涉当时文学与政治合流，对于其时左右翼将文学视为宣传政治或救国工具，论语派显然不屑为之，自称"本刊又不曾挂过主义的招牌，树过营寨旗帜，示人以救国之道——老实说，没有做过这种梦，不过在人生的路上，观察现实，看看自己，看看别人，说两句老实话而已"②。《论语何不停刊》再次说

---

① 编者：《我们的态度》，《论语》第 3 期，1932 年 10 月 16 日。
② 陶亢德：《答读者"消极"与"眼看一切没有救药"》，《论语》第 29 期，1933 年 11 月 16 日。

道:"打倒帝国主义,三民主义吾党所宗那样的党歌,论语是不唱的——这当然不是论语反革命看不起党,乃是唱打倒帝国主义的另有专使,不必我们越俎代庖。"① 虽不屑挂起"主义"的招牌,但论语派也非远离"世道人心",而是自有其立场,不欲与政治合流,却不能不对现实发声:"我们仍只要聚好友几人,作密室闲谈,全无道学气味,而所谈未尝不涉及天地间至理,全无油腔滑调,然亦未尝不嬉笑怒骂。使天下窃闻我辈纵谈者,能于微笑中有所悟有所觉,虽负亡国之罪,也尚对得起凡我同胞。"② 就此言,与其说论语派不欲谈政治,不如说是对20世纪30年代文学政治化氛围的自觉抵抗,以一种刻意的非政治化立场消解政治气在文学中的蔓延。《论语》15期的《编辑滋味》将论语派的这种矛盾心态表露无遗:"论语既未左倾,又未腐化,言论介乎革命与反革命之间,收稿亦如之。革命之稿,皆味同嚼蜡,反革命之稿,则锋发韵流,乃动辄触犯为政长者,留一弃十,心殊不甘,其苦三也。"然而,不论是指出论语派复杂的政治立场是出于其避世心态,还是出于对现实政治化的抵抗,都未能体察论语派的真正用心,在看似矛盾重重的政治态度背后,实有其独特的文化理念为支撑,其标举"不谈政治"也有着更深一层的目的:既反对左右翼将政治与文学捆绑的做法,也有意与20世纪30年代类似"新月派"的论政风保持一定的距离。对此,论语派以"幽默""小品"为武器,强调文学在"自我表现",既以此解构20世纪30年代文学中工具理性的日益突出,彰显文学自身独立的审美价值;同时也是以思想文化为本位,试图以此切入现实剖析社会,不欲以政治牵引文学,而是以文化思想为根本指涉政治现实。这在论语派主张的"以自我为中心"的文学观中得到淋漓尽致的显现。

二 "以自我为中心"(上)

论语派强调文学以表现自我为中心,以"闲适"为格调。前者是在反"载道派"文学,从文学的启蒙、政治工具等大用,转为强调文学仅为一己之表现,目的在否定文学的工具性,试图以文学的审美价值取代工具理性,回归文学的独立审美功能,这正是周作人所言的文学不是

---

① 陶亢德:《论语何不停刊》,《论语》第49期,1934年9月16日。
② 林语堂:《与陶亢德书》,《论语》第28期,1933年11月1日。

手段，本身即是目的。后者则以闲适消解严肃正统，提倡幽默、小品文笔调，重视文学的趣味性，此点暗含着其审美的内容：以"个人"为核心，而又重在人生的日常性、趣味性而非其社会性，重人情而非经世大用。这也可视作是周作人重人情物理的人生观在论语派中的延伸。

论语派以《论语》、《人间世》、《宇宙风》几个杂志为阵地，倡导幽默文学、闲适小品文，"以畅谈人生为主旨，以言必近情为戒约；幽默也好，小品也好，不拘定裁；议论则主通俗清新，记述则取夹叙夹议，希望办成以合于现代文化贴近人生的刊物"①。实际上，不管是幽默，还是小品，其根本都是在倡导一种自我表现的文学观。林语堂将性灵与幽默联系起来："提倡幽默，必先提倡解脱性灵，盖欲由性灵之解脱，有道理之参透，而求得幽默也。今人言思想自由，儒道释传统皆已打倒，而思想之不自由如故也。思想真自由，则不苟同，不苟同，过重岂能无幽默家乎？思想真自由，文章必放异彩，放异彩，又岂能无幽默乎？文章至此，乃一以性灵为主，不为格套所拘，不为章法所奴役。"②林语堂将文学自由的核心置于个体性灵的解放上，个人性灵的有无，与思想自由与否紧密相关。故文章"大半含有幽默意味"，"乃因其有求其在我的思想，自然有不袭成见的文章"。③ 有"自我"，"幽默"才能出之；有思想自由，个性才不会被压抑而得以自由抒发，幽默性灵也自此出。《会心的微笑》中又说："大概世事看得排脱的人，观览万象，总觉得人生太滑稽，不觉失声而笑。幽默不过是这么一回事而已。在此不管他是尖利，是洪亮，有无裨益于世道人心，听他便罢。因为这尖利，或宽洪，或浑朴，或机敏，是出于个人性灵，更加无可勉强的。"④不仅幽默如此，小品文之根本也在其"个人性灵"。《论小品文笔调》中说得很清楚：

> （西洋近代文学）惟另有一分法，即以笔调为主，如西人在散文中所分小品文（familiar essay）与学理文（treatise）是也。古人亦有"文""笔"之分，然实与此不同。大体上，小品文闲适，说

---

① 林语堂：《且说本刊》，《宇宙风》第 1 期，1935 年 9 月 16 日。
② 林语堂：《论文 下》，《论语》第 28 期，1933 年 11 月 1 日。
③ 林语堂：《新旧文学》，《论语》第 7 期，1932 年 12 月 16 日。
④ 林语堂：《会心的微笑》，《论语》第 7 期，1932 年 12 月 16 日。

理文庄严，小品文下笔随意，学理文起伏分明，小品文不妨夹入遐想及闲谈琐碎，学理文则为题材所限，不敢越雷池一步。此中分别，在中文可谓之"言志派"与"载道派"，亦可谓之"赤也派"与"点也派"。言志文系主观的，个人的，所言系个人思感，载道文系客观的，非个人的，所述系"天经地义"。故西人称小品笔调为"个人笔调"（personal style），又称之为 familiar style。

之后，林语堂更是一语道出关键："其与非小品文刊物，所不同者，在取较闲适之笔调语出性灵，无拘无碍而已。若非有感而作，陈言烂调，概弃不录。"①"性灵"依旧是小品文的核心所在。

不管是《论语》提倡"幽默"，还是《人间世》倡导小品文，其实质都在倡导以"自我"、"性灵"为核心的文学观。在林语堂那里，"性灵就是自我"，"文章者，个人性灵之表现"②。在《说自我》一文中，他说道："本文言'自我'，现只说到'我'字，然一人行文肯用一'我'字，私人笔调即随之而来，而大喜大怒，私见衷情，爱憎好恶，皆可呈笔墨中矣。至'以自我为中心'，乃个人笔调及性灵文学之命脉，亦整个现代文学与狭义的古典文学之区别。"③可见，性灵即是从自我即个人出发，只有发自"自我"的文章才具性灵。因此性灵又是个人个性的体现："一人有一人之个性，以此个性 personality 无拘无碍自由自在表之文学，便叫性灵。若谓性灵玄奥，则心理学之所谓'个性'，本来玄奥，而个性之确有，故不容疑惑也……在文学上主张发挥个性，向来称之为性灵，性灵即个性也。大抵主张自抒胸臆，发挥己见，有真喜，有真恶，有奇嗜，有奇志，悉数出之，即使瑕瑜并见，亦所不愿，即使为世俗所笑……此自己见到之景，自己心头之情，自己领会之事，信笔直书，便是文学，舍此皆非文学。"④林语堂将个人个性视作文学之根本命脉，为此他不仅从周作人所推崇的明代公安等传统文学中溯源，也由此追溯至西方近代文学。他称西洋近代文学是"趋近于抒情的，个人的：各抒己见，不复以古人为绳墨典型。一念一见之微，

---

① 林语堂：《论小品文笔调》，《人间世》第 6 期，1934 年 6 月 20 日。
② 林语堂：《有不为斋随笔》，《论语》第 15 期，1933 年 4 月 16 日。
③ 林语堂：《说自我》，《人间世》第 7 期，1934 年 7 月 5 日。
④ 林语堂：《记性灵》，《宇宙风》第 11 期，1936 年 2 月 16 日。

都是表示个人衷曲……近代文学作品所表的是自己的意,所说的是自己的话,不复为圣人立言,不代天宣教了……近代文学由载道而转入言志。"正是以性灵为准绳,他看到传统文学中的性灵一派与西方近代文学的相似,"证之以西方表现派文评,真如异曲同工,不觉惊喜"。"大凡此派主性灵,就是西方歌德以下近代文学普通立场,灵派性(疑排版错误,为性灵派——笔者注)之排斥学古,正也如西方浪漫文学之反对新古典主义,性灵派以个人性灵为立场,也如一切近代文学之个人主义。其中如三袁弟兄之排斥仿古文辞,与胡适之文学革命所言,正如出一辙。"① 很明显,林语堂倡导的文学在表自我、主性灵,与周作人的"个人主义"文学观是一致的,两者都在于强调"个人"、个性于文学的根本地位,上述林语堂所说的"性灵派以个人性灵为立场,也如一切近代文学之个人主义",道出了其文学观念的基础即在于"个人主义"。文学之所以要以"性灵""自我"为核心,其根本在于对"个人性""个性"的重视,也只有将"个人"提至根本地位,个性才得以被尊重,此点实为"自由"派文学最重要的内涵之一。

基于对文学中个人性灵的强调,论语派对周作人的言志载道说极力声援,不仅认为此说大合其心,且对批评者严加斥之:

  近读岂明先生《近代文学之源流》(北平人文书店出版),把现代散文溯源于明末之公安竟陵派,(同书店有沈启无编的近代散文钞,专选此派文字,可供参考),而将郑板桥,李立翁,金圣叹,金农,袁枚诸人归入一派系,认为现代散文之祖宗,不觉大喜。此数人作品之共通点,在于发挥性灵二字,与现代文学之注重个人之观感相同,其文字皆清新可喜,其思想皆超然独特,且类多主张不模仿古人,所说是自己的话,所表是自己的意,支持散文已是"言志的""抒情的",所以现代散文为继性灵派之遗绪,是恰当不过的话。②

之后他又以"说理"与"言情"区分"载道""言志":

---

① 林语堂:《有不为斋随笔》,《论语》第15期,1933年4月16日。
② 林语堂:《新旧文学》,《论语》第7期,1932年12月16日。

二大派之区别，依我们的见解，在于说理与言情。此二辞皆就广义讲。"言情"系包括喜怒哀乐爱恶欲七情，非言爱情而已。无论何名辞，总容易被人曲解附会。周作人用"载道"与"言志"，实同此意，但已经有人曲解附会，说言志派仍旧是"道"，而不知此中关键，全在笔调，并非内容，在表现的方法，并非在表现之对象。①

林语堂看到了周作人言志载道说的核心在于是否言自我之志，即文章是否从"自我"出发，在此点上，两者有着绝大的一致；同时林语堂也认为，只有真正根源于"个人"的文学才是真诚的文学，反之则是虚伪的道统文学。他指出文学之新旧并非白话文言之分，而全在于是否具有"性灵"："文学本无新旧之分，惟有真伪之别……文言白话，只是表现思想情感之工具……旧文学之病，在于所写不是忠孝节义的烂调，便是伤春悲秋的艳词，或是僧尼妖怪之谈屑，一则专学古人，少有清新气味，二则与我们情感相差太远，所以不得不旧。"②《论文 下》再次以沈启无编的《现代散文钞》二卷为由，指出"性灵派文学，主'真'字。发抒性灵，斯得其真，得其真，斯如源泉滚滚，不舍昼夜，莫能遏之……今日中国几万个作者，人人意见雷同，议论皆合圣道，诚为咄咄怪事。"③ 这与周作人后来所言的文学之载道言志即为"诚"与"不诚"也是同出一辙。

论语派倡导自我表现的文学观，强调文学在于言个人之志，可谓与20世纪30年代的周作人一南一北遥相呼应；而对幽默小品的提倡，试图以此手段实现其性灵文学观，又与20世纪30年代的文坛现实紧密相关，这即是对当时左翼文学工具化趋势的对抗与反击：以幽默消解正统，以闲适、日常叙事消解革命叙事。于此，论语派总是刻意摆出一副与载道派文学对抗的姿态，幽默与闲适都成了"道统"的反面，而道统文学也不屑且不容幽默出现。"因为正统文学不容幽默，所以中国人

---

① 林语堂：《小品文之遗绪》，《人间世》第22期，1933年8月1日。
② 林语堂：《新旧文学》，《论语》第7期，1932年12月16日。
③ 林语堂：《论文 下》，《论语》第28期，1933年11月1日。

对于幽默之本质及其作用没有了解。常人对于幽默滑稽,总是取鄙夷态度,道学先生甚至取嫉忌或恐惧态度,以为幽默之风一行,生活必失其严肃而道统必为诡辩所倾覆了。"① 与幽默一样,小品文在论语派眼中也是遭到载道派痛恨的。林语堂不仅指出正统派对小品文的批评,而且也表明提倡小品文正在于对"正统"文学的不满。《说小品文半月刊》也表明对"正统"的拒绝:"程朱载道,子瞻言志。小品文所以言志,与载道派异趣,故吾辈一闻文章'正宗'二字,则避之如牛鬼蛇神。"②《还是讲小品文之遗绪》中则说:"苟能人人各抒性灵,复出以闲散自在之笔,则行文甚易,而文章之奇变正无穷,何至于今日之沉寂空泛。至若等吃冷猪肉之辈,必欲吮毫濡墨,寻章摘句,'一吟成五个字,拈断数茎须',以自文其陋者,此又是载道派勾当,与吾辈无涉,到底应当如何摹仿前人,如何抑制自己,说也说不来,自有彼辈中人能道其奥妙,吾辈不便干涉也。"③ 这里对载道派已是不屑加挖苦了,以致《宇宙风》发刊之时更是直接声明"誓以此刊与新旧道学作战","若有新旧八股先生戴方巾阔步高谈而来,必先以冷猪肉招而诱之,而后痛打之"④。论语派与其眼中的"载道派"在这里呈现出势不两立的局面。

不过,尽管林语堂文中屡屡言及载道派、正统派,但很少如梁实秋般直指左翼文学,真正明确以左翼为靶子的是《今文八弊》一文。该文分上中下三篇分载于《人间世》27 期、28 期、29 期,从八个方面分析今日文学之弊,矛头主要针对当时的左翼文学,其最为重要的两个方面一是反对左翼文学将文学工具化的做法,二是对左翼文学强调文学的时代性进行批评。文中说道:"今日文坛正承普罗文学绝盛时代之余波末流","今人言宣传即文学,文学即宣传,名为摩登,实亦等吃冷猪肉者之变相而已。载道文人,必欲一颦一笑,尽合圣道,吃牛叭而思来相,闻蛙声而思插秧,世间岂有是理?揣其文人,必终日正襟危坐,一闻花香,便惧丧志,一听鸟语,便打寒噤,偶谈两句笑话,便虑其亡国,一读抒怀小品,便痛其消闲"。而左翼文学强调文学与时代的紧密性,不过是"赶时行热闹","即如文学是宣传宣传是文学一说,虽然

---

① 语堂:《论幽默》,《论语》第 33 期,1934 年 1 月 16 日。
② 语堂:《说小品文半月刊》,《人间世》第 4 期,1934 年 5 月 20 日。
③ 林语堂:《还是讲小品文之遗绪》,《论语》第 24 期,1933 年 9 月 1 日。
④ 林语堂:《且说本刊》,《宇宙风》第 1 期,1935 年 9 月 16 日。

是崭新苏俄的革命理论,其文学立场却和十九世纪中叶之法国文学一般二"。此外,林语堂还对其时文坛争论进行批评,20世纪30年代的文学斗争被他描述成"桃李门墙,丫头醋劲","文人之分门别户与政客之植党营私相同",这些批评也多以左翼文学为标本。比如他认为革命文学"以谩骂为革命",中国文学遂会变成"革命的","革命底"以至"革命地的"了,以致"烂调连篇,辞浮于理";而盲目崇尚西洋文学贬视传统则为"卖洋铁罐,西崽口吻",一味抱住传统不放的则是"破落富户,数伪家珍"。有意思的是,林语堂对左翼文学的批评,反过来也正是左翼不满论语派的地方。左翼当时对论语派有诸多批评。如《太白》杂志(1934年)多次针对载道言志说进行了批评,其中有周木斋的《论〈文以载道〉》[1],《关于"点也派"的故事》[2],《舞雩》[3],《"言志"和"载道"的遗绪》[4],还有署名卞正之的《"言志"与"载道"》[5]。不难看出,"点也派"、"舞雩"、"遗绪"都是在有意借用林语堂之语而加以讽刺批评,其中多指出"载道"与"言志""彼此原是一样,一样是'言志'"(《关于"点也派"的故事》)。如"由术赤的对话,是在朝的'载道',曾点是在野的'载道'"(《舞雩》)。"'志'与'道'原来并不绝对的界限可分。'志'中固然不能绝对无'道',而'道'中亦未必绝对无'志'。"这些说法与钱钟书当年对周作人的批评颇多相似,并无特别新意。《文章出气论》[6]则是专门针对周作人的《夜读抄》所发。此杂志甚至因此在当时被人指为与论语派对立的"宇宙派"。[7]另外,左翼还对论语派大打袁中郎、李笠翁、金圣叹等人的旗号表示不满,称"把一个现代的人变做过去的人,这也是《论语》的一点小小的功劳罢"[8]。胡风则对周作人谈霭理斯进行批评,认为周

---

[1] 周木斋:《论〈文以载道〉》,《太白》第1卷第2期,1934年10月5日。
[2] 周木斋:《关于"点也派"的故事》,《太白》第1卷第3期,1934年10月20日。
[3] 周木斋:《舞雩》,《太白》第1卷第5期,1934年11月20日。
[4] 周木斋:《"言志"和"载道"的遗绪》,《太白》第2卷第1期,1935年3月20日。
[5] 卞正之:《"言志"与"载道"》,《太白》第1卷第9期,1935年1月20日。
[6] 周木斋:《文章出气论》,《太白》第2卷第5期,1935年5月20日。
[7] 雏敬在《不关宇宙或苍蝇》中说道:"然而世人不甚深查,遂以为《人间世》专谈苍蝇,这已经是冤枉了人的谬论,不料最近又《太白》出版,一般人对照之下,哗然相告语曰:这是宇宙派来了!且看宇宙派和苍蝇派各显神通。"《申报·自由谈》1934年10月17日。
[8] 余一:《论语的功劳》,《太白》第1卷第5期,1934年11月20日。

作人在20世纪30年代已走向"没落",与时代脱节。对此,周作人则以《霭理斯的时代》反讥,称不知霭理斯还有这么一个时代。及至林语堂上文发表后,左翼方面唐弢遂发表《"今文八弊"补》,攻击论语派以"性灵"为膏药,打着袁中郎的招牌,又讽刺林语堂对英国的推崇是在"作假","幽默也会发火,闲适尤善骂人,这真像猢狲做戏,自喜是山林逸品,其实早已戴好面具,骑上羊背,在热闹场中奔走了"①。

在论语派与左翼纷争的背后,是两者对文学本质认识的根本差异。一如前述,20世纪30年代左翼文学兴起,强调文学是表达某一阶级意识的工具,重视文学的宣传功用,并将五四时期的文学启蒙功能转换为阶级斗争的武器;同时,国民党当局也推行以"三民主义"为指导思想的民族主义文学运动,以此与左翼对抗。两者尽管具体内容形式有别,但根本上都在强调文学为政治服务,文学成了为某一政治集团服务的工具,为表达某一集体、某一阶级意识的武器。而在此文学观背后,同是对集团、阶级意识的强调,当阶级以压倒性优势凌驾于个人之上,个体仅仅为整个阶级的一分子,绝对的个人也就不复存在,在此集体主义是根本。这一以集体主义为核心的文学观必然与以个人性灵、自我表现为基础和内涵的论语派文学观有着莫大的差距,在集体与个人孰为根本的问题上甚至背道而驰。不过值得注意的是,论语派尽管也以个人即"自我"为文学之根本命脉,但与同样重视个人性的"新月派"不同,他对左翼文学的批判,并不主要是从集体与个人两者之间的对抗出发,(尽管周作人也有明确的对文学是"集团的"还是"个人的"之分;林语堂也与胡适等一致,认为国家政府是妨碍个人自由的根本——后详述),而是着重在文学的本质究竟为何这一视角,其落脚点恰在文学自身。正是如此,当"新月派"认为左右翼文学压抑了"个人主义"意义上的个人,侵犯了个人思想自由的权利时,论语派却看到了在强调文学工具性的背后,是中国文化思想中千百年来的载道传统,普罗文学背后实含有强大的道统势力。

林语堂曾从传统儒道两家论中国幽默之源头。他认为,老庄为幽默始祖,而儒家则为正统派的天下:

---

① 唐弢:《"今文八弊"补》,《申报·自由谈》1935年6月19日。

儒与道在中国思想史上成了两大势力,代表道学派与幽默派。后来因为儒家有"尊王"之说,为帝王所利用,或者儒者与君王互相利用,压迫思想,而造成一统局面,天下腐儒遂出。然而幽默到底是一种人生观,一种对人生的批评,不能因君王道统之压迫,遂归消灭。而且道家思想之泉源浩大,老庄文章气魄,足使其效力厌世不能磨灭,所以中古以后的思想,表面上似是独尊儒家道统,实际上是儒道分治的。①

幽默在这里成了道统文学的对立面,提倡幽默也就是对道统文学的一种抵抗。他甚至认为:"中国文学,除了御用的应朝文学,都是得力于幽默派的道家思想。庙朝文学,都是假文学,就是经世之学,狭义言之,也算不得文学。所以真有性灵的文学,人人最深之吟咏诗文,都是归返自然,属于幽默派,超脱派,道家派的。"② 很明显,与梁实秋以文化古典主义及政治自由主义理念对抗左右翼文学不同,论语派更多回溯至中国文化传统,发觉此中深藏着根深蒂固的传统文化政治心理。他对文学与革命、政治合流的反对,根本上是对文学中"载道"一脉传统的拒绝,也是对文学工具化的绝对拒斥。也正是在这点上,论语派对"道统"的批评,不仅直指其时方兴未艾的左翼文学,同时也包括了对"新月派"甚至对五四文学的反思。

20世纪30年代左翼文学将文学的工具性推至极致,与此相关的是文学自身的审美性被极大削弱甚至忽视,代之而起的是对文学社会功能的极度强调,文学的价值在于它承担着革命、救国、实现阶级斗争的重任。与此相反,论语派重视文学中作为"个体"的自我的表现,并如周作人一样提倡"文学无用论",有意以此消解文学的工具性。面对左翼一再对其"消极"的指责,论语派中人屡次强调文学无关乎救国,"文学不必革命,亦不必不革命,只求教我认识人生而已"③。并将文学救国论称作"文化膏药,袍笏文章":

---

① 林语堂:《论幽默》,《论语》第33期,1934年1月16日。
② 同上。
③ 林语堂:《且说本刊》,《宇宙风》第1期,1935年9月16日。

> 吾人制牙膏必曰"提倡国货"……于是放风筝亦救国,挥老拳亦救国,穿草鞋亦救国,读经书亦救国,庸医自荐,各药乱投,如此救国,其国必亡,不亡于病,而亡于药……比方《论语》提倡幽默,于众文学要素之中,注重此一要素,不造谣,不脱期,为愿已足,最多希望于一大国中各种说官话之报之外有一说实话之报而已,与救国何关?《人间世》提倡小品文,也不过提倡小品文,于众笔调之中,看重一种笔调而已,何关救国?吾甚愿人人将手头小事办好,少喊救国,学江湖郎中卖文化膏药,国始有救。①

而周作人当时在为"性灵"声援时也特别指出文学与世道无关:"性灵被骂于今已是三次,这虽然与不佞无关,不过因为见闻多故而记忆真……在一切都讲正宗道统的时候,汩没性灵当然是最可崇尚的事,如袁君所说,殆是气运使然。我又相信文艺盛衰于世道升降了无关系,所以漠然视之。"②

也是基于对文学工具性的反对,论语派对于强调"有所为"的"新月派"也颇有微词。林语堂在论及小品文笔调时,曾举五四时期的现代评论派与语丝派为例。他认为两者文体显然有别,并称:"虽然现代派看来比语丝派多正人君子,关心世道,而语丝派多说苍蝇,然能'不说别人的话'已经难得,而其陶炼性情虞反深,两派文不同,故行亦不同,明眼人自会辨别也。"③ 此话虽未挑明,但已暗示出对后来新月社一班文人的异议,此期《小品文之遗绪》曾就两者笔调之差异做了详细分别,认为一为"说理"一为"言情",并有意将此纳入周作人的"言志""载道"说:

> 从前西滢说过,现代白话文体分二大派,一以胡适之为代表,一以周作人为代表……一人有一人之笔调,本难以分类。所谓两大派,亦只是就大体上分出而已。二者之中,也没有什么鸿沟。但此二大派之分法,却甚有意义,推之于古今中外之论文,皆可依此略

---

① 林语堂:《今文八弊》(中),《人间世》第28期,1935年5月20日。
② 周作人:《郁冈斋笔麈》,《周作人自编文集·风雨谈》,河北教育出版社2002年版,第71—72页。
③ 林语堂:《论小品文笔调》,《人间世》第6期,1934年6月20日。

分其派别出来。周作人不知在那里说过,适之似公安,平伯废名似竟陵,实在周作人才是公安,竟陵无异辞;公安竟陵皆须隶于一大派,而适之又应归入别一系统中。愚见如此。

二大派之区别,依我们的见解,在于说理与言情。此二辞皆就广义讲。"言情"系包括喜怒哀乐爱恶欲七情,非言爱情而已。无论何名辞,总容易被人曲解附会。周作人用"载道"与"言志",实同此意,但已经有人曲解附会,说言志派仍旧是"道",而不知此中关键,全在笔调,并非内容,在表现的方法,并非在表现之对象。

……适之文似大学教授演讲格调,他本攻哲学,回国后又多作小说考证,因此不觉中自然形成说理笔调。想当时若少作考证,多写随笔,亦未必如此。但此亦自成一体。在此体中又可依各人议论风采之不同,或沉着厚重,或爽利透辟,或魄力雄浑,只要文字优美,皆可成为艺术。不过此类文章大体上不免带忠厚老实气味耳。

小品文笔调与此派不同。吾最喜此种笔调,因读来如挚友对谈,推诚相与,易见衷曲;当其坐谈,亦无过瞎扯而已,乃至谈得精彩,锋芒焕发,亦多入神入意之作。或剖析至理,参透妙谛,或评论人世,谈言微中,三句半话,把一人个性形容得惟妙惟肖,或把一时政局形容得恰到好处,大家相视莫逆,意会神游,此种境界,又非说理文能达到。①

尽管这里并未直接表明胡适一派文人也属于"载道派",但两者之间的差异林语堂是了然于心。新月社人尽管表现出鲜明的自由主义精神,但在胡适、罗隆基身上同时也显示出强烈的传统文人的经世致用心态。此点在其文学观上也有着鲜明的反映。五四时期的胡适持启蒙文学观,文学的社会功用显然是他看重的,他提倡白话文学,介绍易卜生戏剧,都内含着对文学功用价值的考虑。而与左翼文学争论的主将梁实秋则直接表明他虽然不赞同文学沦为革命的工具,但文学在他眼里却是"有用的",他一再声明他并不反对文学为工具,并明确反对斯宾塞的"艺术除了表现以外别无目的"(《文学与道德》)。这等于是和林语堂所

---

① 林语堂:《小品文之遗绪》,《人间世》第22期,1935年2月20日。

持的文学仅在自我表现背向了。而林语堂至晚年还在说:"说来也怪,我不属于胡适之派,而属于语丝派。我们都认为胡适之那一派是士大夫派,他们是能写政论文章的人,并且适于做官的。我们的理想是各人说自己的话,而'不是说别人让你说的话'。(我们对他们有几分讽刺)对我很适宜。我们虽然并非必然是自由主义分子,但把《语丝》看做我们发表意见的自由园地,周氏兄弟在杂志上往往是打前锋的。"① 可以说,尽管两者之间并未有直接交锋,但出于对文学功利主义心态的反对,论语派对新月社的人自然是有异议的。

同是出于对载道文学的反对,林语堂对五四文学革命也有同样的反思。《语录体举例》一文中说道:"林琴南斥为引车卖浆之流之语,文学革命家大斥其谬,而作出文来,却仍旧满纸头巾气,学究气,不敢将引车卖浆之口吻语法放进去。吾始终未敢做白话短篇小说,盖自知所说蓝青官话,去白话境地甚远。"文中又说:"周作人先生提倡公安,吾从而和之,盖此种文字,不仅有现成风格足为模范;且能标举性灵,甚有实质,不如白话文学招牌之空泛也。"② 表面看来,林语堂是在批评五四文学革命在倡导白话文方面的不彻底,实际上却是在暗示五四文学革命只顾及语言形式上的变革,未能真正反对中国传统文学中的道统势力,故而"仍旧满纸头巾气,学究气"。因为在他看来,新旧文学之分别并不主要在于文言或白话,而在于是否具有"性灵",全在"笔调","文学革命之目标,也不仅在文字词章,是要使人的思想与人生较接近,而达到较诚实较近情的现代人生观而已"③。而近代文学与古代文学之差异也在于它是"由载道而转入言志"④。显然,论语派是将自身倡导幽默小品视作文学的新"解放",如果说五四文学革命的解放主要是"文字上"的,那么论语派的这一做法无疑是在"笔调"上即内容上的"一种解放"。谈及小品文时,林语堂曾说:"故余意在现代文中发扬此种文体,使其侵入通常议论文及报端社论之类,乃笔调上之一种解放,与白话文言之争为文字上之一种解放,同有意义也。"⑤ 显而易见,论

---

① 参见林语堂《八十自叙》的"第十章 三十年代",风云时代出版社1989年版。
② 林语堂:《语录体举例》,《论语》第40期,1934年5月1日。
③ 林语堂:《今文八弊》(中),《人间世》第28期,1935年5月20日。
④ 林语堂:《有不为斋随笔》,《论语》第15期,1933年4月16日。
⑤ 林语堂:《论小品文笔调》,《人间世》第6期,1934年6月20日。

语派倡幽默小品，正如他自己所言事实上是在倡导一种"笔调"，甚至他所归入的载道言志的"说理"与"抒情"也不是本质意义上的，因为"'宇宙之大，苍蝇之微'无一不可入我范围矣。此种小品文，可以说理，可以抒情，可以描绘人物，可以评论时事，凡方寸中一种心境，一点佳意，一股牢骚，一把幽情，皆可听其由笔端流露出来"①。此种"笔调"之根本实在于其自我表现的文学观，文学仅仅为个人个性之表达，它不必具有"革命"、"救国"之目的，简言之，工具性不是文学的本质，文学自有其独立的审美价值。在此，"以自我为中心"即是排斥功利性文学观，通过对个人主体的凸显，强调一种绝对的个人化写作；而当文学祛除其社会功利目的，（仅仅"无形的功利"）回归一种个人化写作时，文学本身即是目的，也就仅仅剩下自身所本有的审美功能。可以说，面对20世纪30年代文坛日益走向政治化工具化一途，论语派极力强调文学以表现自我为目的，以个人化文学反对"正统"文学，既是在强调文学中个人思想的必须自由——只有个人思想自由，性灵、自我才能入文学，幽默、小品文笔调也都出于此；同时也是在文学层面强调一种非功利性文学观，并试图以此肃清当时文坛中日盛的文学"武器"论，其根本是以审美理性抵抗或取代工具理性，强调文学自身的独立地位，文学具有独立的审美价值，无需承担任何社会功能。论语派的这一论说方式尽管与周作人不尽相同，但上述观念显然与周一脉相承。不过还需要进一步思考的是，当论语派在强调文学为"自我表现"之时，为何会必然反对文学中的功利主义和"道统"一途，它同时倡导的"闲适"和"趣味"的文学观是否与此相关？此点不仅联系着上述论语派对"自我"的重视，更深一层的原因则在此种文学观念背后独特的"个人主义"基础，与论语派所言的"自我"之内涵有着紧密关系。

三　"以自我为中心"（下）

作为20世纪30年代"自由"派文学中的一脉，论语派的文化（文学）立场同样与其背后的个人主义背景密切相关，其对"性灵""自我"的强调即显示出这一点，但更值得注意的是，基于其"个人"（自

---

① 林语堂：《论小品文笔调》，《人间世》第6期，1934年6月20日。

我）内涵的独特性，其文学观又不可避免地陷入一极具悖论的境地。如果说强调自我使论语派与"新月派"一样也呈现出鲜明的自由主义文学色彩，两者同是在对"个人"重视的基础上获取文学的独立和自由，那么，论语派对"自我"内涵的特殊规定则使其呈现出不同于其他自由主义文学流派的独特性，——上述它对功利性文学观的反对，对文学审美独立价值的强调实际上也都源于此。

论语派在强调文学以"自我"为根本的同时，也对"闲适"、"趣味"人生观有种强调，并有意忽略甚至以此消解人生"严肃"的一面：提倡幽默文学不仅希望能做到"开卷有益"，且能"掩卷有味"①，办杂志则强调"有刺也得有花"②。论语派提倡幽默小品，重文学的趣味性而不是教化性。尽管《论语》中的幽默每与讽刺接近，但它所希冀的"幽默"却是不带讽刺的"会心的微笑"，是对人生保持一种超脱心境的体现，而不是"流于愤世嫉俗的厌世主义，到了愤与嫉，就失了幽默温厚之旨"。"幽默是温厚的，超脱而同时加入悲天悯人之念。"幽默与讽刺在林语堂那里有着明显的区别：

> 其实幽默与讽刺极近，却不定以讽刺为目的。讽刺每趋于酸腐，去其酸辣，而达到冲淡心境，便成幽默，必先有深远之境，而带一点我佛慈悲之念头，然后文章火气不太盛，读者得淡然之味。幽默只是意味冷静超远的旁观者，常于笑中带泪，泪中带笑。③

"旁观者"一词将论语派所言"幽默"之中庸平和的态度表达无疑，它没有讽刺的激烈，对世事取一种远观、保持距离的态度。林语堂甚至认为讽刺有损幽默："幽默而强其讽刺，必流于寒酸，而失温柔敦厚之旨，这也是幽默文学在中国发展之一种障碍。必有人敢挨骂，做些幽深淡远无所谓的幽默文品，替幽默争个独立地位，然后可稍减道学派之声势。"④尽管林一再将幽默视作道统文学的反面，但处在20世纪30年代的中国现实环境下，要做一"冷静超远的旁观者"又谈何容易，

---

① 林语堂：《关于本刊》，《人间世》第14期，1934年10月20日。
② 林语堂：《无花的蔷薇》，《宇宙风》第1期，1935年9月16日。
③ 林语堂：《论幽默》，《论语》第33期，1934年1月16日。
④ 林语堂：《今文八弊》（中），《人间世》第28期，1935年5月20日。

纵观《论语》上的幽默能做到此点的也何其少。诸如"革命尚未努力，同志仍需成功"，"国家尚未分裂，同室仍需操戈"（8期"补白"栏）自然是暗中讥讽，但也如鲁迅所说其中也不缺少"为笑笑而笑笑"的幽默，甚至可以说，《论语》中的"幽默"总在流于讽刺或沦为滑稽的两途中摇摆。至于小品文则文体上灵活随意，随兴而谈，随兴而止："大体上，小品文闲适，说理文庄严，小品文下笔随意，学理文起伏分明，小品文不妨夹入遐想及闲谈琐碎，学理文则为题材所限，不敢越雷池一步。"[①] 在文学题材上，小品文更是"宇宙苍蝇"皆可入内，其意正在反当时左翼文学中流行的革命大叙事，而又重在谈日常琐屑。在论语派的杂志上，经常可以看到谈抽烟、买牙刷、喝茶以至午睡、女子的衣领、漫步等文章。正是在这里，论语派流露出一种特有的"闲适"之风，不仅是内容远离严肃的革命阶级这类叙事，且带有一种精神上的散漫闲适。

论语派倡导闲适和趣味的人生观，自然也遭到了左翼方面（批评者还包括当时同在上海的具有"第三种人"倾向的《现代》杂志，北京以沈从文为代表的京派文人——此点后论）的激烈批评。比如《人间世》第1期刊出周作人的巨幅照片，并附其《五十自寿诗》，中有"街头终日听谈鬼，窗下通年学画蛇。老去无端玩骨董，闲来随分种胡麻。"诗显示出其独有的带苦味的"闲适"。左翼文人对此立即做出回应，野容的《人间何世》不仅讥《人间世》刊登周作人大幅照片使其疑为"一本摩登讣闻"，更指《人间世》是"只见'苍蝇'，不见'宇宙'"，与《论语》一样，是"俏皮埋煞了正经，肉麻当作有趣"，"前者的'一笑'，与后者的'苍蝇'实在是二而一者也"。文章最后说道："个人的玩物丧志，轻描淡写，这就是小品文。西方文学有闲的自由的个人主义，和东方文学筋疲骨软，毫无气力的骚人名士主义，合而为小品文，合而为林语堂先生所提倡的小品文，所主编的《人间世》。"[②] 紧接着《申报·自由谈》4月16日、17日又连续登出胡风的《"过去的幽灵"》，借周作人的《五十自寿诗》批评周作人的落伍，并称"至于在十里洋场上出现的《人间世》，既不'吟风弄月'，也不'玩物丧志'，

---

① 林语堂：《论小品文笔调》，《人间世》第6期，1934年6月20日。
② 野容（廖沫沙）：《人间何世》，《申报·自由谈》1934年4月14日。

只是有点力求'精雅','谈狐说鬼'而已"①。阿英的《吃茶文学论》也指出吃茶是"有闲阶级"的,是属于"山人""名士"者流。② 有意思的是,对当时种种批评论语派觉得不胜委屈:

> 明明同一篇文章,用英文写就畅快,可以发挥淋漓,用中文写就拘束,战战兢兢,写了之后,英文读者都觉得入情入理,尚无大过;而在中国自以为并非"小市民"但也不见得是真"普罗"的批评家,便觉得消闲落伍,风月无边,虽然老老实实,我一则不曾谈风月,二则不曾谈女臀。事实上义务检查员既多,我被发觉的毛病自也不少,个人笔调也错,小品文也错,幽默也错,谈古书也错,甚至谈人生也错,虽然个人笔调,小品文,幽默,古书,大家都在跟我错里错。论语讽刺社会之黑暗,则曰,将军阀罪恶化为一笑了之;不讽刺,则又是消闲之幽默。并非不是小市民之假普罗说,你不应喜袁中郎,上海滩浪新文人说,你不应写小品文,我除了战战兢兢拜受明教以外,惟有点首称善,然而写中西文之不同是无可讳言的事实了。③

借中英文之别暗示中国思想中道统势力的强大时,却也有意忽略了自身不合时宜的"闲适"与"趣味"。不过,这番委屈之词倒也生动地表明论语派当时正深陷严肃文学论者的包围中。而论语派当时所采取的反批评策略也与周作人无二,一是声明文学于世道人心无关,文学不能救国,自然不负救国责任。另一方面,则是在批评对方"道学气"的同时强调文学应表现一种"近人情的人生观"。林语堂对此曾言:

> 东家是个普罗,西家是个法西,洒家则看不上这些玩意儿,一定要说什么主义,咱会说些想做人罢。做人并不容易,人情是怎么一回事,人又是什么动物,有谁晓得?……况且今日口沫喷人之徒,就不容人近情,拈个花,采个草,也都"碍道"。这样个世

---

① 胡风:《"过去的幽灵"》,《申报·自由谈》1934年4月16日、17日。
② 阿英:《吃茶文学论》,《申报·自由谈》1935年1月18日。
③ 语堂(林语堂):《写在中西文之别》,《宇宙风》第6期,1935年12月1日。

界，人还活得下去吗？总是见地不广，执之过激所致。孔夫子尚许点也风乎沂浴乎舞雩，让今日东家西家弟兄听见，还不把孔老夫子喷个满脸口沫吗？其实孔夫子那里曾说过，儒者终身只好风乎沂浴乎舞雩，国家的事全可不管了？也不过孔子知道人情，必使近情，然后得其常情之乐，得其常情之乐，然后活得下去，人既活得下去，天下乃可天平……

　　大凡今日中国社会变乱，思想凌夷，难免有人目眦时艰，救国心切，出为浅薄并见之论，也不必见怪，只要大家保存一个"诚"字，保存一个公道，不要自己陷了轻薄滑头，将来总有造出近情容忍的文化之一天。若说国势阽危，那容许你闲情别致，认识你自己，了解你自己，又非确论。难道国势阽危，就可以不吃饭撒尿了吗？难道一天哄哄哄口沫喷人始见得出志士仁人之面目吗？恐怕人不是这样一个动物吧……况且孔子之时，世风也不胜于今日，孔子尚且有闲人歌而乐必和之之闲情别致，你能说孔子亡周吗？[①]

《今文八弊》（中）中又说：

　　袁才子问得好，文王何以不恩太王王季而恩后妃？孔子何以不思鲁君而思狂简小子？识得此理，便知子才文学观念比现代革命文人近情多了。此种载道观念，在往时足使文人抹杀小说之文学价值，视为稗官小道，难登大雅之堂。其在现代，足使人抹杀幽默小品之价值，或贬幽默在讽刺之下。[②]

　　林语堂在这里虽未直接表明何为"近情"的人生观，但通过他"东家""西家"的反击不难看出，他极为强调属于个体人的日常生活，认为人在负有国家社会等大责同时也得有私己的生活，两者并无矛盾，人生有闲情是正当的也是必需的。《宇宙风》1期《且说本刊》中，林语堂还借曾国藩家信中问及儿女生活琐碎之事，说明在心系国家大事外也不妨关心人生琐事，并认为不敢谈个人私事只讲报国大业之文章是虚

[①] 林语堂：《有不为斋丛书序》，《论语》第48期，1934年9月1日。
[②] 林语堂：《今文八弊》（中），《人间世》第28期，1935年5月20日。

伪不近人情的：

> 今人抒论立言文章报国者滔滔皆是，独于眼前人生做鞋养猪诸事皆不敢谈，或不屑谈，或有谈之者，必詈之为不革命，为避开现实，结果文调愈高，而文学离人生愈远，理论愈阔，眼前做人道理愈不懂。这是今日不新不旧不东不西不近人情的虚伪社会所发生的虚伪文学现象。

《论语三周年》也曾为《论语》谈日常琐屑辩护：

> 一张一弛，正是圣人之道，大英雄可以马上杀贼，也可以下马狎妓，并不因此而失去民族英雄的资格……不尚空谈而切贴人生，这几点并没有对不起中华民国国民的地方。只有一张一弛，方合中庸之道。读者之中，如有猪肉气或方巾气其人，我先要问他，一个老爷，整天在党部革命，革命，你能禁止他回家时一手持茶一手持烟，向沙发上一躺么？倘然不能，那还是人情，论语还就可读。①

论语派以私人化自我反对载道一途，以个人生活之琐屑对抗革命大叙事，根本在于认为文学在表现人生，而人生之琐屑闲情同样也是不可或缺的一部分，正是"潇洒情趣并不和革命思想如冰炭之不相容，上马杀贼下马看看小品文刊物也并不是反革命者；反之，若是坐在家里一天到晚的读革命诗文，那倒不免有种神经衰弱头脑糊涂的危险，一个人生来不是一天到晚读革命文章的，无论活在什么时候的国家，以及贵庚几何"②。《言志篇》③ 中林语堂更是列举自己之志，中有诸如"我要一间自己的书房，可以安心工作"之类，所涉及的全是无关世道的私人生活，论语派所言个人之"志"内涵于此可见一斑。这里值得一提的是，当论语派强调一种闲适的趣味的人生观，认为此点实为人生不可缺的一部分时，背后始终显现着周作人的身影，周作人不仅在小品文创作方面

---

① 周劭：《论语三周年》，《论语》第73期，1935年10月1日。
② 陶亢德：《二十岁读者的读物》，《宇宙风》第1期，1935年9月16日。
③ 林语堂：《言志篇》，《论语》第42期，1934年6月1日。

被论语派奉为领袖,且他倡导"趣味"、"闲适"时的底子,即看重人情物理的人生观也极为林语堂所认同。林语堂曾将西方人的人生观与中国儒家统治下的人生观作比较:"因为西方现代文化是有自然活泼的人生观,是经过十九世纪浪漫潮流解放过,所以现代西洋文化是比较容忍比较近情的……二千年来方巾气仍旧把二十世纪的白话文人压得不能喘气。结果文学上也只听见嗡嗡而已。"他继而指出,西洋自然活泼的人生观认为游玩是自然的,中国儒塾却禁止小孩游玩,而不能游戏则是"心灵不健全"的表现;西人并不因为看草裙舞而忘了爱国,"中国人却不能容忍草裙舞,板起道学面孔,然而中国并不因生活之严肃道德高尚国家富强起来。全国布满了一种阴森发霉虚伪迂腐之气而已"①。这样,论语派对日常琐屑的提倡、反对文学中的道学气,实际上也就是在批判道学对人性中自然一面的压抑和扭曲,倡导一种以自然人情为基础的"现代人生观":"现代人生观是诚实的,怀疑的,自由的,宽容的,自然主义的。现代中国的人生观,承理学道统之遗毒,仍是虚伪的,武断的,残酷的,道学的,坐禅式的,真有朱子'一开钟声便觉此心把握不住'之慨"②。

颇具意味的是,当论语派一方面以其"近人情"人生观证明闲适人生有合理的一面,另一方面却又指出自身并非真正的"闲适"。这不仅是源于它本有将此点视作是反抗道统文学的手段,更重要的是,它在倡导闲适、趣味同时又在不断消解自己的闲适,或刻意表现出异于闲适的严肃一面,或表明自身的闲适其实并不闲适。事实上,从《论语》提倡幽默始,论语派就始终不肯承认自己为游戏文章,并多次强调"幽默"所含的严肃意味。针对一位读者来信中所说的"以我个人读论语的态度而论,无论如何放大胆子,总不敢像论语漫画指示给吾们的方法那样安闲自在,躺在软椅上,吸着烟,捧着论语,颇有治乱与我何有哉的态度",《论语》辩明道:

> 本刊提倡幽默与昔人游戏文字所不同者,在于游戏文字必装出丑角面孔,专说谎话,幽默则专说实话,要寓庄于谐,打破庄谐之

---

① 林语堂:《方巾气研究》,《申报·自由谈》1934年5月3日。
② 林语堂:《且说本刊》,《宇宙风》第1期,1935年9月16日。

界限。所以幽默并不是不讲正经话，乃不肯讲陈腐话而已。①

论语派此种辩解并不少见，不仅否认自身走入"游戏"一途，而且要表明自身骨子里的严肃性，幽默和闲适都是不得已而为之。25期《论语》周年中有诗歌《论语周年秋兴有感》，诗既无闲适，也不幽默，相反却充满对世事的无奈与心酸，比如"半月论语治天下，天下不治可奈何？愿把满腹辛酸泪，化作秋蝉唱秋歌。""老马嘶，老夫默，啼笑皆非语何益？袋中尚有几文烟，烟杆持来细细吸，此中意味有谁识？""啼笑皆非"一直是《论语》给自身的画像，这也恰恰表明了其欲幽默却始终难以做到真正的幽默，它的幽默、闲适不过是看尽世事的辛酸悲凉后，将头扭向一边的"梦里唱秧歌"："老夫梦，梦如何？春满庭前觉太和，儿孙堂下笑呵呵，田陌行人齐上坡；池中花动知鱼过。秧里风吹见田螺；远道牧童吹箫去，壮丁村妇应声和，音彻云汉贯银河，老夫乐，梦里唱秧歌。"其实此点也可从林语堂为周作人的辩护中见出，他认为周作人的人生态度并不是简单的闲适，而是"寄沉痛于幽闲"②。事实上，论语派也远未做到真正的"闲适"。论语派尽管倡导闲适之风，却屡屡对社会时事大发愤激之言，尽管倡谈日常琐屑，也常有讥讽社会现实之语。这点从上节《论语》中谈政治时事之文就可见一斑，另外在《人间世》、《宇宙风》上此类文字也占有相当部分。比如，一·二九学生运动爆发，林语堂以及陶亢德都发表文章谴责国民党政府，其中说道："二三十年前中国国土丧却几许？今日中国国土丧却几许，尔时可'吁'，此时何独不可'吁'？国土将丧，国民总可以'吁'一'吁'，'呼'一'呼'。若于华北断送之时，国民'吁'一声'呼'一声亦不会，是中国之元气已经丧尽，不但华北可灭，全中华灭亡亦且不远。"③ 言语之犀利不下于《语丝》时期。

正是在这里，论语派的"自我表现"文学观陷入一尴尬境地，其文学立场也显得极不确定。一方面，它倡导闲适、幽默，不断以此消解正经，并一度沦入游戏消遣之道；与此矛盾的另一面是，对于"玩物丧

---

① 编者：《答平凡先生》，《论语》第35期，1934年2月16日。
② 林语堂：《周作人诗读法》，《申报·自由谈》1934年4月26日。
③ 林语堂：《关于北平学生一·二九运动》，《宇宙风》第8期，1936年1月1日。

志"之批评,论语派又不断为自己辩解,指出倡导"幽默"的本意在于说真话,是"寄沉痛于幽闲",复又摆出严肃的一面。既极力倡导文学独立审美功能,认为文学无关世道人心,与政治无涉,又忍不住发议论,对当局及社会现实极尽讽刺。可以说,论语派不欲入"滑稽"之途,却因其倡导幽默不免流入滑稽休闲之境;不欲摆正经面孔,又不时露出正经之态。《论语》中所言的"啼笑皆非"一词恰道出论语派的尴尬境地:努力建构中国式幽默闲适话语,又不断以其实际行为消解这一努力。更具意味的是,论语派的这一立场既显示出与周作人相通的悖论性,同时它与周作人的差异性也在此显露出来。

一方面,论语派虽然认定"闲适"是人生重要的一面,并看到批评背后深藏的"道学气",但它并未因此将"自我"的社会化一面完全摒除,在承认闲适人生的必要性的同时,它并不完全反对文学与社会的关系。林语堂针对《人间世》办刊曾讲过这样一段话:"本刊……其目标仍是使人'开卷有益,掩卷有味'八个大字。要达到这八个大字的目标,非走上西洋杂志之路不可。西洋杂志好的就是叫人开卷有益掩卷有味。中国的杂志文字,轻者过轻,重者过重,内容有益便无味,有味便无益。"西洋杂志在他眼里是"反映社会,批评社会,推进人生,改良人生的,读了必然增加智识,增加生趣。中国杂志是文人在亭子间制造出来的玩意,是读书人互相慰藉无聊的消遣品而已"[1]。可见,它并不认同仅仅为玩玩而作出的消遣文章,杂志在"有味"同时也需要于社会、人生"有益"。推及林语堂《语丝》时期的文学思想,20 世纪 30 年代的他虽然讲究文学的闲适趣味,但同时也始终未能做到真正的不问世事。论语派尽管屡屡批评载道派文学的道学气,但"治天下"的理想并未完全泯灭,谈幽默时是"提倡潇洒,伟大,雄浑,含蓄,优美,爽利,深沉,慷慨,健全的嬉笑,勿陷入浮浅,纤巧,哀郁,卑劣,俏皮,刻薄,尖酸,衰弱的呻吟"[2]。谈小品文时尽管重视日常琐事,但"小者须含有意思,合乎'深入浅出''由迩及远'之义,由小小题目,谈入人生精义,或写出魂灵深处"。而对"近间市上所谓流行小品,谈

---

[1] 林语堂:《关于本刊》,《人间世》第 14 期,1934 年 10 月 20 日。
[2] 《编辑罪言》,《论语》第 6 期,1932 年 12 月 1 日。

花弄草，品茶叙酒，是狭义的小品，使读者毫无所得，不取"①。对幽默、小品文的规定，暗含着论语派在倡导闲适趣味同时包含着对文学严肃性的要求。然而，这一"有味"又"有益"的要求即使在论语派的几个杂志上也难以平衡，而极力倡导闲适趣味与背后隐含的严肃性要求，又使得论语派的"闲适"文学主张和实践都显得极为矛盾。也正是在这里，以林语堂为主将的论语派与同样倡导闲适人生观的周作人之间有了微妙的差异。尽管论语派处处都奉周为精神领袖——不管是对自我性灵的重视，对幽默、闲适的提倡，还是反对文学工具化，重视文学的独立审美功能等，但在周那里，自我表现的文学观与重人情物理的人生观实是二而一的，其根本都在于周作人对自然人性的重视，这不仅是个人主义的，同时这"个人"又是以"人间本位"为基础的。正是如此，周作人不仅重视文学的独立性和个人性，同时也强调文学所表现的人生无关世道人心，认可闲适和游戏的重要意义，这依旧是以他的自然人性为底子。因此，尽管周的闲适中也带着苦味，他的文学也未必真与世道人心无关，但他对他所言的"闲适""趣味"的重视却是不带任何疑虑的，因为在他看来这正是重人情物理的表现；与之有差别的是，林语堂虽然指出"闲适"是一种健全人生观的体现，然而一旦遭遇指责之时，论语派一方面缺乏周作人那样深厚的人生哲学底子，相反却以自身并非真正"闲适"进行辩解，这自然与其对"闲适"的倡导形成矛盾，而其对文学"有益"的要求更是与周作人拉开了距离。

然而，尽管论语派的文学观也包含着对文学"有益"的要求，但它在"自我"观念上的矛盾性却未因此有所减弱，对自身"消极""积极"之辩的实质又与周作人无异，暗示着因其"自我"内涵的绝对个人化而遭到现实的困境。与周作人一致，当论语派在反对 20 世纪 30 年代工具理性凸显的文学态势，是以对个体化自我的强调作为对立面，而一旦将个人仅仅困守在"自我""性灵"一隅，无视个体作为一个社会人应有的责任，这样的文学就难脱狭小的局面。纵观论语派的创作，尽管一再倡导"健全的笑"、"有益的"小品文，但其中不少作品也多给人一种浅浮、纤弱的印象。有论者谈到这一点时就指出："可惜平庸琐

---

① 编者：《我们的希望》，《人间世》第 22 期，1935 年 2 月 20 日。

碎的世俗化人生，对于真正进入精神的自由状态产生了极大限制。"①
而真正使得论语派在"积极"与"消极"间往复摇摆，未必是其在出世与在世间的矛盾心态，也不见得是由于对闲适琐碎人生的看重，其实质还在于固守在其心目中的"自我"观念的内在悖论。当周作人与论语派都以一种绝对个人化文学反对"集团的"文学时，却忽略了个人作为社会存在的这一性质，甚至有意通过对非社会化"私我"的强调而反对文学的工具化倾向。然而，正如胡适所强调，个人本身即有社会性一义。因此，在强调个人化的同时也不意味着必然要反对个人本身所含的社会性，文学即如论语派所言是自我性灵的表现，但也未必就能脱离与社会的关联，同时也难以逃脱有意或无意的功利一途。即使如论语派如此强调文学无关社会责任，也不免强调自身立场并非消极，其中虽含有反对当时工具化文学的原因，但也暴露出自身也无法避免与世道人心的关联。更重要的是，正如自由主义者所警惕的，一旦将个人自由完全架空，将个人视作"原子式个人"，一种孤立的自足性的个体，自由要么沦为个人利己主义的幌子，要么走向一种隐遁主义，真正的自由也将难以成就。

第三节　论语派与新月派文学观的异同

同为20世纪30年代"自由"派文学，论语派与"新月派"尽管风格迥异，但在"文学自由"这一基本问题上却是一致的。这主要表现在以下两个方面：

一是两者都在个人主义基础上强调文学的独立和自由。其根本是对个人自由的珍视，以及由此而来的坚持一种"个人的"文学，这既包括文学创作的独立性，也有文学内涵的"个人性"（个人人性）。如上所述，"新月派"同人具有鲜明的自由主义精神，不管是对"人权"的重视，还是对文学的"个人性"的强调，都是以个人主义为基础；论语派尽管未如"新月派"般向当局争人权，但其重视"自我"、"性灵"的文学观，以及对闲适、趣味的倡导，也无不体现着对个人思想自由的

---

① 吕若涵：《"论语派"论》，上海三联书店2002年版，第145页。

要求，即如《论语》上所言"不敢有自己的主张者便是奴才"①。正是因为对"个体"的重视，两者对左右翼文学都持反对态度，显示出鲜明的中间派文学特征。

　　二是尽管论语派并未如"新月派"明确地向国民党当局"争人权"，但在国家与个人自由之间，也看到了当时"官"与"民"的对立、国家对个人自由的压抑。实际上，林语堂20世纪30年代曾为"民权保障同盟"中一员，尽管其时他喜谈幽默小品，但也多次提到"民权"这一话题。虽然他未必同意"新月派"在人权上的具体观点，但在倡导言论自由等人的基本权利上却是一致的。如他在《又来宪法》中讽刺国民党南京三中全会起草宪法的提案，指出"须知宪法第一要义，在于保障民权……凡谈民治之人，须认清民权有二种。一种是积极的，如选举，复决，罢免等。一种是消极的，即人民生命，财产，言论结社出版自由之保障。中国今日所需要的，非积极的而系消极的民权"。更值得重视的是，与胡适等人一致，林也认为在当时中国妨碍人民自由的正在国民政府："保障人民性命财产自由之权，乃真正的民权。此种民权，所以难于实现，非民不愿意，乃官不愿意。盖民权与官势，暗中成为正面冲突。百姓多享一种权利，则官僚剥夺一种自由……故民自由则官不自由，官自由则民不自由。故今日中国民治之真正障碍，官也，非民也。"②《谈言论自由》中更是明确地说道："我们须明白，百姓自由，官便不自由，官自由，百姓便不自由。百姓言论可以自由，官僚便不能自由封闭报馆，百姓生命可自由，官僚便不能自由逮捕扣留人民。所以民的自由与官的自由成正面的冲突。民权保障同盟提倡民权必为官僚所讨厌，而且民权保障愈认真，讨厌之程度愈大。"③论语派虽声明不谈政治，但并未做到置身于政治之外，在这点上，与其说它是不谈政治，不如说是与任何政党集团保持距离，他虽不像"新月派"那样直接涉及实际政治，但他对个人自由也同样重视。他强调文学中的个人性灵，其背后是对绝对个体的坚持，同时也包含了对以"集体主义"为内核的道统文学的反抗。不过，尽管两者在文学自由及其根本即"个人

---

① 《论语》第45期"封题"，1934年7月16日。
② 林语堂：《又来宪法》，《论语》第8期，1933年1月1日。
③ 林语堂：《谈言论自由》，《论语》第13期，1933年3月16日。

主义"基础上有着一致，但他们之间的差异也是不言而喻的：不仅是在文学观念及表现风格上有着明显的差别甚至是有所冲突；更重要的是，其理论基石"个人主义"的内涵有着很大的不同，此点不仅直接关涉两者在文学上乃至人生观上的各种表现，也显示出中国"自由派"文学内部的丰富性和复杂性。

如果仅从外在表现言，论语派与"新月派"的风格差异是显明的：

其一，论语派对现实有意取冷嘲（超然）态度，而"新月派"则是热烈的。《论语》倡导"幽默"的另一面，即是对世事的一种有距离的观照，《新月》则是现世的"热烈"的，如徐志摩《新月的态度》的热切激昂，罗隆基论政时的慷慨陈词，梁实秋批评左翼时的针锋相对。论语派有意取超然世事的态度，即使是对现实的批评，也始终是带有距离的冷嘲，而它在乱世之中刻意的闲适幽默也暗示出他们欲抽离出这乱世的心态，甚至有意以此消解"新月派"那样的严肃正经。也许是由于语丝时期林语堂与现代评论派成员有过恶战，20世纪30年代的他尽管已"转向"，但依旧多次谈及论语派与"新月派"的区别，其中特别区别了两者对自我社会功能角色的不同认定。《论语》14期《中国究竟有臭虫否》一文以幽默口吻，展示中国各派别对待现实的不同立场态度，其中对"胡适之及自由主义者"及"论语派中人"的描述更是惟妙惟肖：

第九类：（胡适之及自由主义者）："捉臭虫！再看有没有？"西方自由主义者也齐声附和唱道："是的，有臭虫，就得捉，不论国籍，性别，宗教，信仰。"

第十类：（论语派中人）："你看这里一只硕大肥美的臭虫，你看它养得多好！太太，昨夜它吮的是不是你的血？我们大家来捉臭虫，捉到大的，肥的，把它撮死，真好玩！"

胡适派"大喊捉臭虫"的姿态，显示出积极入世的社会心态，而论语派中人的"赏玩臭虫"则是一种仿佛置身于世外的游戏心态。事实上，这点从论语派强调幽默是一种超然的观点中也可见出，论语派看重闲适趣味，否定文学功利主义，而胡适等"新月派"人则有一种"铁肩担道义"的入世心态，希图以文学改良社会人生，而这正是强调文学纯粹审美功能的论语派有意消解的。另外，论语派尽管忍不住发声，但又一面又不断消解正经，矛盾心态跃然纸上，这种两难的立场也使他不可能如"新月派"那样表现出一种对社会理直气壮的担当精神。

其二，"新月派"采取的言语方式是"直言"，而论语派则为"饶舌"。同是倡导思想自由，反对文学的政治化趋向，"新月派"都是采取直接抨击的方式，鲜明地表达自身的政治文学思想。这在胡适、罗隆基对人权的倡导及批评国民党当局的文章中表现得都很明显，而论语派则言自己是"以饶舌取得立场"，以一种"弯曲"的方式表明自己的政治态度和文化立场。它对现实的批评多以"幽默"为底子，喜在"哈哈一笑"中婉曲地吐出自己的不满。在与左翼的对垒中，梁实秋与鲁迅等人可谓是唇枪舌剑，在"人性"、"阶级性"、"文学与革命"等问题上有着直接的交锋；而论语派与左翼的论争尽管也不少，但多为小打小闹，这一点虽然与左翼对论语派和"新月派"的不同定位有关系，但也与论语派很少从正面对左翼文学观念进行批评、多是暗中讥刺有关。

其三，在文学风格上，"新月派"中如梁实秋趋向于有节制地表现个人，论语派则因重个人性灵之表现而倾向浪漫主义。《新月》在创刊词中曾提出文学"健康和尊严"的原则，其中就包含着对五四以来无节制的浪漫风格的反思。而梁实秋则承接白璧德的古典人文主义精神，直接倡导文学的"纪律"和"节制"。相比较，论语派以个人性灵为内核，强调作文随兴而谈，尽兴而止，也自然对讲究"纪律"的古典主义文学观不甚认同。对此，林语堂在《有不为斋随笔·论文》中写过这样一段话：

> 然文学之生命实寄托于此。故言性灵之文人必排古。因为学古不但可以不必，实亦不可能。言性灵之文人，亦必排斥格套，因已寻到文学之命脉，意之所之，自成佳境，决不会为格套定律所拘束。所以文学解放论者，必与文章纪律论者冲突，中外皆然。后者在中文称之为笔法、句法、段法，在西洋称为文章纪律。这就是现代美国哈佛教授白璧德教授的"人文主义"与其反对者争论之焦点。白璧德教授的遗毒，已由哈佛生徒而转入中国。纪律主义，就是反对自我主义，两者冰炭不相容。[①]

---

① 林语堂：《有不为斋随笔》，《论语》第15期，1933年4月16日。

其后，林语堂又用"金圣叹代答白璧德"，将两者各自强调的"性灵"与"纪律"对峙，实际上是对当时中国梁实秋等人倡导古典主义文学观表示不满："中国的白璧德信徒每袭白氏座中语，谓古文之所以足为典型，盖能攫住人类之通性，因攫住通性，故能万古常新，浪漫文学以个人为指归，趋于巧，趋于偏，支流曼衍，必至一发不可收拾。殊不知文无新旧之分，惟有真伪之别，凡出于个人之真知灼见，亲感至诚，皆可传不朽。因为人类情感，有所同然，诚于己者，自能引动他人，金圣叹尤能解释此理，与西方歌德所言吻合。"对林语堂的此番言论，梁实秋不久即发表《说文》予以反驳。事实上，在对文学表现"自我"这一问题上，两者都取同一态度，不过在文学风格上两者倾向有别。

上述几点不过是论语派与"新月派"外在表征的比较，其根本则在于同为两者理论基础的"个人主义"在内涵上的巨大差异。也正是这一差异，使得两者在文学观、人生观乃至各自社会角色认同上都有着绝大的不同。这在两派的精神领袖人物——胡适与周作人身上表现得异常显明。两人在五四时期为同一阵营的战友，有过共同的目标和合作，胡适的"易卜生主义"与周作人的"个人主义的人间本位主义"都曾作为人性解放的重要理论武器。应该说，在这一时期尽管双方理念有别，但弥合大于差异，或者说，当两者都在为"启蒙"思想革命提供资源时，差异来不及被彰显。但至20世纪30年代，五四时期的"传统"与"现代"之争已不再是最紧迫的时代课题，"革命"叫嚣着要取代"启蒙"，以改良思想文化为起点的做法也已显得不合时宜，现实政治极大地冲击着文学的独立地位。在这一新的历史情境下，胡适与周作人一方面坚守五四时期的"个人"观念，同对五四以后文学的"集团化"、政治化不满，比如周作人对群众化运动持保守态度，胡适则多次表示对五四群众运动打破新文化运动的进程不满，而两人在这个问题上的态度一致，是取决于两人都极为重视"个体自由"，这也是两者同处20世纪30年代"自由派"文学阵营内的根本原因；但另一方面，当双方观念在新的现实中得以进一步阐发，其分歧和差异因此也彰显无疑。"易卜生主义"与"个人主义的人间本位主义"尽管都可视作宽泛的"个人主义"，但背后不同的思想资源以及对"个人"及"个人自由"内涵的不同理解，决定了两人在 20 世纪 30 年代以不同面貌出现。

早在 20 世纪 20 年代，胡适在谈及"个人主义"时就暗示了他与周作人的差异。在《非个人主义的新生活》中，他特别对当时流行的日本新村运动进行了批评，此批评正是针对周作人的。周作人当时对日本新村运动有过一番积极的倡导（后来他对此有所反思），并将新村称作"个人主义的生活"。尽管周作人在其中一再强调新村重视"精神的自由"，"总之尊重个性，使他自由发展，在共同生活中，原是不相抵触的，因为这样才真能使人'各尽所能'，不仅是为个人的自由，实在也是为的是人类的利益"①。尽管此点也是胡适所指的个人主义的内涵之一，但强调个人即含社会性的他立即对此进行批驳，他所警惕的正是这一将个人与社会隔离的"个人主义"有可能走上隐遁或自利的一端。这是因为，当认为改造社会还要从改造个人做起时，实际上暗示着个人是可以与社会分离的，一旦发觉这一"社会改造"的路难以实行，便可能退入个人改造之一隅而放弃社会改造。此点即为后来的周作人证明，在《艺术与生活·自序》中他说：

> 一个人在某一时期大抵要成为理想派，对于文艺与人生抱着一种什么主义。我以前是梦想过乌托邦的，对于新村有极大的憧憬，在文学上也有相当的主张。我至今还是尊敬日本新村的朋友，但觉得这种生活在满足自己的趣味之外恐怕没有多大的觉世的效力，人道主义的文学也正是如此，虽然满足自己的趣味，这便已尽有意思，足为经营这些生活或艺术的理由。以前我所爱好的艺术与生活之某种相，现在我大抵仍是爱好，不过目的稍有转移，以前我似乎多喜欢那边所隐现的主义，现在所爱的乃是在那艺术与生活自身罢了。

周作人的人生观和文学观的转变在此段话中可以清晰地见到。由通过改造个人进而改造社会退居到仅仅只求"满足自己的趣味"，由人道主义的文学转到仅仅只是"艺术与生活罢了"，其中原因却不仅仅是他

---

① 参见周作人《新村的理想与实际》，《周作人自编文集·艺术与生活》，河北教育出版社 2002 年版，第 213—220 页。

所谈及的"没有多大的觉世的效力",更在于其思想内部本身即含有通向这一途的路径。从早先的启蒙、人道主义走向绝对自我的完善,正是其个人观中缺乏社会一义的必然显现。这与胡适所言的改造个人即是改造社会实有着本质的差别。在胡适这里,个人是社会的基石,社会是由个人组成,个人本身即含有社会一义。如果说在周作人那里个人与社会是并列关系,那么在胡适这里两者即是一体。前者可分,后者不可分;前者因此有了退向个体趣味一途的可能,后者却从一开始就切断了此路。

上节所引的胡适的话如:"新村"认为"'改造社会,还要从改造个人做起'是错误的";"不站在这个社会里来做这种一点一滴的社会改造,却跳出这个社会去'完全发展自己个性',这便是放弃现社会,认为不能改造;这便是独善的个人主义"。处处都是针对周作人对新村所言而发。事实上,周作人在此文中也谈及新村也可能"真成了隐逸的生活,不过是独善其身罢了"。更值得重视的是,周作人在此时(1919年)尚未倡导一种非功利的文学观和人生观,但其对"个人主义"的理解却暗含着通向这一途的必然,而由胡适所指出的这点也正是两者在个人观念问题上的重要差异,日后周作人的思想发展也应验了他当时的判断。周作人当时倡导新村,在尊重个性与崇尚改良上都与胡适一致,但胡适却发现新村与其个人主义思想的根本差异,即忽略了个人本身所含社会义,其个人观念是重在个体意义上的"人"及人类意义上的"人",而社会的人却是空缺的。不难看出,此点正是周作人个人观念的一个极为明显的特点,他一再强调人的自然属性于人性的重要意义,但对人的社会属性却涉及甚少;重视人的闲适与游戏,却不喜谈人的社会责任。周作人五四时期曾将自己的个人观念表述为"个人主义的人间本位主义",其意是很明显的:既是个人主义的,重视个人的,但这个人主义又是以"人间"为本位的,其所理解的"人性"既非高蹈的神性,也非低下的兽性,而是建立在人的自然属性上合乎人情物理的。换言之,周作人重视的是作为单独的个体人的"善",而不关涉"个人权利和行为的社会实践限制及其对于社会共同体价值目的所承诺的责任"。[①] 这显然与胡适的人生观差异甚大,不论是早期的"易卜生主

---

① [英]哈耶克:《个人主义与经济秩序》,邓正来译,生活·读书·新知三联书店2003年版,第17、18页。

义",还是后来的"小我大我"论,胡适不仅重视个性意义上的人,同时也将社会性作为人的基本属性,人既是个体的,但也是社会的。正是如此,他不仅认为个人在社会中要有发挥自己的个性的自由,也认为人必须要对社会负责,两者都是个人自由的根本。可以比较胡适与论语派对道家文化的不同态度。林语堂曾奉老庄为幽默始祖,是基于老庄懂得超然与豁达,而这一豁达则是以消极的社会责任感与超脱世事为基础的;并且周作人与林语堂同对古代隐士态度有所认取。而这两点恰恰是胡适对道家极为不满的地方,认为这正是对社会"不负责"的表现,而他所取的道家"无为之治",并不是指个人的"无为",而是用在政府身上,政府的"无为"换来的是个体自由的保障。可以说,尽管两人都重视"个人自由",但由于对"个人"内涵的理解不同,由此所开出的"个人自由"以至自由文学观念也差异甚大。

如果说"新月派"与论语派在对作为个体的人的坚持上都受益于西方人文主义的个人主义传统,那么在如何保障这一个体自由的实施上两者却走上不同的道路。周作人从人的自身出发谈及个体自由,并未涉及个人自由如何在具体的社会现实中实现的问题,其个人思想类似于由个体人性之完善,渐而影响并扩大到外在人类,而个人主体性如何在具体的社会制度中实现,或者说,一种社会制度对个人性的保证,却不是他思考的范围。相反,对于胡适而言,在实现个人自由问题上,他是将个人置于社会中,试图设计一种制度、体制以保障个人自由的实现,其个人观点带有鲜明的西方自由主义色彩,所重视的是在一种怎样的体制下才能保障个人人权的不被侵犯。如果说胡适坚持的是一种社会人性观,那么周作人坚持的就是一种自然人性观。而因对人性不同层面的侧重,两者在关于文学自由的理解上也自然不同。其中最为突出的一点就是,尽管两者都强调文学的独立自由,但"新月派"眼中的文学是"有所为"的,基于个人与社会的紧密联系,胡适等必然重视文学的社会功能,在此点上,"新月派"承继了五四文学革命中文学的启蒙工具性。文学在这里既以个人自由为核心,以自我思想的独立为出发点;同时又是优先于政治和经济的一种文化策略。胡适等"新月派"文人尽管关注时政,但又不同于传统知识分子的政治实践,而是走以文化为依托,以自我为核心的文化政治主义道路,在此知识分子的独立自主精神与其文化政治心态合二为一。两相比较,以周作人为核心的论语派却由于对人的社会性的忽略甚至消解，从而很自然地将文学的社会功能剥离开来，并表现出一种彻底的非社会化的个人主义精神和独立自主的文学意识，审美取代文学的工具价值，成了文学唯一的目的。但有意思的是，由于论语派在个人观念内涵上的困境，其自身并未做到真正与世道无关，相反却始终有一种隐含的启蒙态度。在这点上，他与"新月派"又有着暗中的相通。如前所述，论语派对现实政治的批评采取婉曲的方式，很少直接从政治谈政治，而是从文化角度批评社会现实，其原因则在于他认为政治弊病的根源还在于文化自身，文学（文化）而不是政治成了本体意义上的存在。《论语》28期《今文八弊》（中）在批评革命道统文学的"方巾作祟，猪肉熏人"时，特地指出虚伪的社会和政治源于虚伪的文学："有虚伪的社会，必有虚伪的文学；有虚伪的文学，也必有虚伪的社会……政治之虚伪，实发源于文学之虚伪，这就是所谓'载道派'之遗赐。原来文学之使命无他，只叫人真切的认识人生而已，你说这'人生'就是'道'也无不可，但持此'载道'招牌，必至连文学也懵懂起来。"[①] 就此言，论语派言文化之弊病走的依旧是五四文化启蒙的道路。作为一坚定的文学审美主义者，论语派尽管不欲承认文学对社会、政治的功用，但另一方面，当其将社会政治问题归结为文化问题时，毋宁说也是在走一条启蒙式道路。也正是在这里，论语派与周作人的文学自由观并非如其所说是真正做到了无关世道人心，他们对文学个人化的要求与对文学独立审美性的要求之间也由此显得矛盾重重。

[①] 林语堂：《今文八弊》（中），《人间世》第28期，1935年5月20日。

第四章 "第三种人":文学的自由与阶级性

1932年,文坛上又爆发了一次关于文学自由的论争,论争主要在"自由人"(胡秋原)、"第三种人"①(苏汶)和左翼文学之间展开。两者论辩的焦点依旧集中在文学与政治、文学的阶级性等方面。"第三种人"强调"文学至死是自由的",既反对国民党的"民族主义文艺运动",又对左翼文学将文学政治化的做法不满。表面看来,这些观点与"新月派"、论语派并无差别,但实际上他们与左翼之间的关系却要复杂得多。首先,尽管论语派和"新月派"在个人主义内涵上颇有差异,但在坚持"个人"的优先性上却是相通的,两者都是坚定的个人主义者,而"第三种人"虽然强调文学的自由,但他们也与左翼一样承认阶级性,并从未将个人置于任一阶级之上。就此点而言,他们与左翼文学并没有根本的冲突,他们所反对的是左翼过于以政治规范文学、置文学的审美性于不顾的做法,应该说这是一种"纠偏",与"新月派"和论语派与左翼文学在这个问题上的水火不容有着本质的区别;其次,左翼与"第三种人"的论争,尽管看似针锋相对,但在背后却是互通往来,更像朋友,而非"敌我"。据施蛰存回忆,双方都将论争文字先过目再发表,此点也在当时苏汶和周扬的论争文字中

---

① "第三种人"最早是苏汶的自称,这一称呼是立在胡秋原和左翼之外的。但胡秋原后来也把自己界定为"第三种人":"我之所谓自由主义态度与唯物史观方法的意见,实际上只是一种第三种人的意见而已。"并且把"第三种人"界定为"既非南京的'民族文学家',又非普罗作家的'中间群'"。这与苏汶的"作家之群"有一定的区别。事实上,苏汶之所以将胡秋原放在第三种人之外,是看到了胡秋原的文艺自由理论是在马克思主义文学理论体系之内的。两人的具体态度有所区别。论争将近尾声时,苏汶又指出"第三种人"只是针对左翼文艺提出来的,实际上在现实中是没有"第三种人"的。在这里,论文为论述方便,用"第三种人"指称苏汶,也包括胡秋原,即指在这场文艺论争中,不满左翼文学和民族主义文学,具有一定自由主义文学色彩的文学理论家和作家。

有所表明。① 人事上，施蛰存（尽管施未参与论争，但是双方论争文章大部分发表在他主编的《现代》上，他实际上支持苏汶观点）与冯雪峰是好友，苏汶曾是左联成员，两人还曾参加过共青团组织；此外，胡秋原与苏汶尽管批评左翼，但胡秋原的批评理论却同是源于苏联。以上几点不难看出，"第三种人"与左翼之间有着比"新月派"和论语派更为错综复杂的关系，一方面，他们坚持文学的自由、创作的自由，重视文学的"艺术性"，另一方面，他们也认为文学具有阶级性，文学应该承担"武器"的功用。对此，施蛰存曾说是"政治上左翼，文艺上自由主义"。辅以胡秋原的话，则是："在与左翼论辩及其前后，我在思想上有两个情人，一是自由主义，二是唯物史观。"② 当事人的解释看似符合历史事实，但问题是，"第三种人"的"阶级性"等观点与左翼之间的异同何在？在承认文学的阶级性和"武器"功能的前提下，文学的自由又能否实现？换言之，在政治上对"阶级性"认同和自由主义文学的"个人性"之间如何谋取一种平衡。就此，本章不拟详述这场论争的始末，而是主要从"自由"派文学这一基点出发，探讨"第三种人"有关"文学自由"的具体内涵及其复杂的理论及历史境遇。

需要说明的是，关于这场论争的具体情形，学界已有不少论述。从早期（20世纪80年代前）以"敌我斗争"界定论争性质、向左翼方面"一边倒"，到新时期的"重新评价"：反思批判左翼的"关门主义"以及过度以政治意识压制文学自由，并在此基础上肯定苏汶、胡秋原关于文学自由的观点，对这场论争的评价可谓带有鲜明的时代印记。逐渐从更为复杂的历史境遇中看待这场论争，则在20世纪80年代后。学界不

---

① 施蛰存曾回忆说："当年参加这场论辩的几位主要人物，都是彼此有了解的，双方的文章措辞，尽管有非常尖刻的地方，但还是作为一种文艺思想的讨论。许多重要文章，都是先经对方看过，然后送到我里来。鲁迅最初没有公开表示意见，可是几乎每一篇文章，他都在印出以前看过。最后他写了总结性的《论"第三种人"》，也是先给苏汶看过，由苏汶交给我的。"施蛰存：《〈现代〉杂忆·（一）》，《新文学史料》1981年第1期。苏汶在《现代》2卷5期上发表的《批评之理论与实践》中也这样说过："最近周起应先生赠阅《文学月报》第五、六期合刊一册，里面有一篇批评《现代》第一卷上所发表的创作的论文，叫做《粉饰，歪曲，铁一般的事实》，作者谷非先生因为我曾经以'现实'，'真实'，'事实'为创作的理想，便拿这些来作准绳批评《现代》上的创作（虽然他对'现实'有和我不同的解释法）而得到差不多所有这些作品都是粉饰，是歪曲，是非现实的那结论。又承起应好意，时常问起我对这篇文章的意见。我就发表意见如次。"

② 转引自刘心皇《现代中国文学史话》，台湾正中书局1982年版，第551页。

仅意识到在这场论争中左翼内部的种种差异，包括论争双方背后的复杂关系、苏汶与胡秋原的不同、鲁迅对"第三种人"态度的转变等等都得到详细的探讨。不过，有两点似乎依旧没有得到足够的重视，一是苏汶与胡秋原的"文学自由"观的内在矛盾，以及与左翼文学在论争中的错位；与此相关的是，如果将"第三种人"纳入20世纪30年代"自由"派文学中，它所言的"自由"与当时的"新月派"、论语派之间存在着差异和隔阂。而这两点，都与20世纪30年代"自由"派文学紧密相关。

第一节　矛盾的自由与错位的论争

这场论争由胡秋原起。1931年12月25日，胡秋原主编的《文化评论》创刊，发刊词《真理之橄》中宣称："我们是自由的知识阶层，完全站在客观的立场，说明一切批评一切。我们没有一定的党见，如果有，那便是爱护真理的信心。"同期胡秋原还发表了《阿狗文艺论——民族文艺理论之谬误》，文章直指倡导"民族主义文艺运动"的国民党杂志《前锋》①，称其"是特权者文化上的'前锋'，是最丑陋的警犬，他巡逻思想上的异端，摧残思想的自由，阻碍了文艺之自由的创造"。胡秋原批判民族主义文学，是以他的文学自由观为基础的，用他的话说，是"文学与艺术，至死也是自由的，民主的"，"艺术虽然不是'至上'，然而也决不是'至下'的东西。将艺术堕落到一种政治的留声机，那是艺术的叛徒。"胡秋原的这篇文章本是针对当时国民党发起的"民族主义文学运动"，但由于其中涉及了文学与政治的关系，遂引起左翼的注目和攻击。不过，从另一方面言，一旦处在"文学自由"的立场上反对右翼文学，必然也暗含着对左翼方面将文学政治化的不认同。这正如"新月派"和论语派一样，基于对文艺政策的反感，左右翼文学显然都与之不和。左翼方面由谭四海先发难，文章称胡秋原无视文学的"阶级性"，虽然"打起好好的反民族主义文学，反法西文化的旗帜"，其实是想"找第三个'安身地'，结果是'为虎作伥'！"②为

---

① 参见《民族主义文艺运动宣言》，《前锋》第1期，1930年10月10日。
② 胡秋原：《"自由智识阶级"与"文化"理论》，收入苏汶编《文艺自由论辩集》，现代书局1933年版，第14—16页。

此，胡秋原又写下《是谁为虎作伥？——答谭四海君》，他强调自己是"站在自由人的立场"，"我们无党无派，我们的方法是唯物史观，我们的态度是自由人立场"。之后，胡秋原在《勿侵略文艺》中进而说道，他并没有否定民族文艺，也不否定普罗文艺，批评是基于他的"自由人"身份，"我并不想站在政治立场赞否民族文艺或普罗文艺，因为我是一个于政治外行的人"。在文学上，"我并不能主张只准某种艺术存在而排斥其他艺术，因为我是一个自由人"。值得注意的是，尽管胡秋原高举"自由人"旗帜，但他对谭四海称其无视文学的阶级性却不认同，一方面，他认为"对于文学持比较自由的态度，是与否认'阶级性'毫不相干的"，在他倡导文学自由的同时是对文学阶级性的认同；另一方面，他对"文学自由"也做了特定的解释："我说文艺是自由的，是创作之自由"，并表明这"自由"是"针对警犬的民族文艺派的"。在此，胡秋原关于文学自由观念的驳杂已见端倪。不久，原为左联成员的苏汶发表《关于〈文新〉与胡秋原的文艺论辩》[①]加入这场论战。苏汶在文中自称是在"智识阶级的自由人"和"'不自由''有党派'阶级"这两种人之外的"第三种人"。他以"作家之群"身份发言，指出左翼文学"是一种目前主义"，创作随政治策略的改变而改变，只要革命不要文学。苏汶显然对左翼文学将文学政治化、工具化有所不满，他说："最初，在根本还没有什么阶级文学的观念打到作者脑筋里去的时候，作者还在梦想文学是个纯洁的处女。但不久，有人告诉他说，她不但不是一个处女，甚至是一个人尽可夫的淫卖妇，她可以今天卖给资产阶级，明天又卖给无产阶级。""终于，文学不再是文学了，变为连环图书之类；而作者也不再是作者了，变为煽动家之类。"而他则是"死抱住文学不肯放手的"。值得一提的是，尽管苏汶与胡秋原一样持文学自由的观念，但他对胡秋原的"马克思式"的自由主义也不满意，他称胡秋原"也不是一个彻底的自由主义者。他猛烈地攻击那种有目的意识的文学：照这看来，你还是不允许作者有整个的自由的。万一胡先生叫人不准备碰艺术的态度是这样：你们不要碰，让我来：那可不是同样的不自由"？尽管苏汶不满于胡秋原在马克思理论框架下的

[①] 苏汶：《关于〈文新〉与胡秋原的文艺论辩》，收入苏汶编《文艺自由论辩集》，现代书局1933年版，第62—76页。

"文学自由",但这也并不妨碍他对左翼文学的一些重要观念的认同,这在后面的论争中得到证实,在这点上,他与胡秋原其实是有着很大的一致。

论争开展后,双方一来一去发表大量文章进行论辩,在对这些问题的讨论中,各自观点都得到进一步展开,苏胡两人在文学自由的问题上的"两面性"也日渐凸显。首先,在文艺的阶级性问题上,与早前的"新月派"和论语派大相径庭,"第三种人"并不以对文学自由的倡导而反对文学的阶级性。一如前述,阶级性与人性一直是自由主义文学与左翼文学(也包括右翼文学)分歧的核心。左翼方面始终将文学的阶级意识置于首位,作家个体意识被阶级意识所规范甚至被泯灭。但由于自由主义将作为个体的人置于首要位置,文学就成了个人思想(情思)的表达,不论是"新月派"强调文学的"个性",还是论语派的"说自己的话"都是这一个人化文学观的体现。双方在这个问题上,始终是以一种对抗的姿态出现,阶级性与个人性的孰重孰轻,集体与个人孰先孰后,双方也都有着明确的选择。正是如此,将"第三种人"对文学自由的倡导与对"阶级性"认同联系起来就颇具意味。胡秋原在驳谭四海时曾称"我是从朴列汗诺夫、佛理采、马查出发,研究文艺的人",以表明他并不反对文学阶级性。后来在《关于文艺之阶级性》[①] 中他又根据普列汉诺夫的理论,具体阐述文艺家阶级意识的必然性:"艺术家不是超人,他是社会阶级之子,他生长熏陶于其阶级意识形态之中,将他的阶级之思想、情绪、趣味、欲求,带进于其艺术之中,是必然的事实。"不过,胡秋原这里所言的"阶级性"又是复杂的:"研究意识形态固不可忽略阶级性,然而亦不可将阶级性之反映看成简单之公式,不可忽略阶级性因种种阶级心理之错综的推动,由社会传统及他国阶级文化传统之影响,通过种种三棱镜和媒体而发生曲折。"因此,胡秋原虽然承认文学的阶级性,但又与左翼文学以"阶级性"置于"艺术性"以上不同,他认为文学不能"以为艺术价值完全由政治价值决定或根本只是政治价值",因为"艺术的特质就是因为有艺术价值,这是文学艺术之根本"。

与胡秋原一样,苏汶也承认文学的"阶级性"存在,在《"第三种

---

① 胡秋原:《关于文艺之阶级性》,《读书月刊》第3卷第5期,1932年12月20日。

人"的出路》① 中，他先称"文学是有阶级性的"："在天罗地网的阶级社会里，谁也摆脱不了阶级的牢笼，这是当然的。因此，作家也便有意无意地露出某一阶级的意识形态。文学有阶级性者，盖在于此。"但苏汶所说的"阶级性"与左翼也有差异。为此，他提出了三个相关问题："（A）所谓阶级性是否单指那种有目的的意识的斗争作用？（B）反映某一阶级的生活的文学是否必然是赞助某一阶级的斗争？（C）是否一切非无产阶级的文学即是拥护资产阶级的文学？"对于第一个问题，他紧接着说："然而我们不能进一步说，泄露某一阶级的意识形态，就包含一种有目的意识的斗争作用。意识形态是多方面的，有些方面是离阶级利益很远的。顾了这面，会顾不了那一面，即使是一部攻击资产阶级的作品，都很可能在自身上泄露了资产阶级或小资产阶级的特征或偏见（在十九世纪后的文学上可以找到很多例子），但是，我们却不能因此就说这是一部为资产阶级服务的作品。假定说，阶级性必然是那种有目的意识的斗争作用，那我便大胆地说：不是一切文字都是有阶级性的。"可见，苏汶所指的"阶级性"是作家本身自然流露出的一种阶级意识，而不必然具有某种阶级斗争目的。第二个问题实际上与第一个问题相联系，苏汶认为反映某一阶级生活的文学也并非就一定要拥护某一阶级的斗争，两者"毫无关系"。最后一个问题则是对左翼"非此即彼"思维方式的批判，不满他们"把所有非无产阶级的文学都认为是拥护资产阶级的文学了"，强调文学可以"中立"，他说"我们认识文学的阶级性不是这样单纯的，不要以为不能做十足的无产阶级的作家，便一定是资产阶级作家了"。"（左翼）指导理论家们却要把所有和他们自己不大相同的人都错认为资产阶级的辩护人"，"这都是对文艺阶级性的过度的认识害了他们"；"在狭义的阶级文学的理论下，作家是失去了创造即使不能严格地站在无产阶级的立场上，但至少也不是为资产阶级服务的那一种作品的自由了"。

从上述材料不难看出，胡苏两人虽然都不反对文学的"阶级性"，但他们所理解的"阶级性"与左翼方面存在很大的差异。值得注意的是，此点不仅是他们不满左翼文学的一个原因，同时也是左翼方面一再

---

① 苏汶：《"第三种人"的出路》，收入苏汶编《文艺自由论辩集》，现代书局1933年版，第112—136页。

认定他们拒绝阶级性的重要原因。一方面，左翼批评家都认为胡苏两人对文学自由的强调是无视文学的阶级性。洛扬（冯雪峰）在《致〈文艺新闻〉的一封信》①中指出："胡秋原的主义，是文学的自由，是反对文学的阶级性的强调，是文学的阶级的任务之取消。这是一切问题的中心。"易嘉（瞿秋白）在《文艺的自由和文学家的不自由》②中也称胡秋原的文艺理论是"反对阶级文学的理论"，是"百分之一百的资产阶级的自由主义"；周起应（周扬）则直接称"第三种人"文艺为自由主义文艺，"是要文艺脱离无产阶级而自由"，"把自己裹在'自由主义'的外套里面，戴着艺术至上的王冠，资产阶级的作家们是怎样巧妙地而又拙劣地隐藏着他们对于他们自己的阶级的服务"。"苏汶先生的目的就是要使文学脱离无产阶级而自由。换句话说，就是要在意识形态上解除无产阶级的武装。"③ 表面看来，左翼一再强调"第三种人"反阶级性、并将其归入资产阶级阵营存在偏颇，但实际上，与其说是左翼简单的二元对立思维导致他们对"第三种人"的误解，不如说是左翼方面看到了"第三种人"对阶级性的理解与自己出入颇大。很明显，左翼方面认为提倡文学的自由就是取消文学的阶级性，文学的自由与阶级性并不能如胡苏所想的毫无关系，并行不悖。舒月就曾这样批判胡秋原："一个自名马克思主义者，要同马克思主义文艺团体讨论确定他（马克思主义者）自由人（小资产阶级性）的存在。不是大笑话么？"这表明在左翼那里，马克思主义与自由人立场之间的不相容。为什么这样说呢，因为"马克思主义的文学，主要是从阶级立场建立批判的出发，他自己首先失去了无产阶级的立场，进行了小资产阶级自由人的辩护，在他'文艺至死是自由的民主的'一句话里，他已经抹杀了文学阶级性的事实，这正和资产阶级明明坐在阶级的宝座上，还不肯承认有阶级这件事情一样"④。舒月的话很明显：马克思主义的文学"是从阶

---

① 洛扬：《致〈文艺新闻〉的一封信》，收入苏汶编《文艺自由论辩集》，现代书局1933年版，第56—61页。
② 易嘉：《文艺的自由与文学家的不自由》，收入苏汶编《文艺自由论辩集》，现代书局1933年版，第77—99页。
③ 周起应：《到底是谁不要真理，不要文艺？》，收入苏汶编《文艺自由论辩集》，现代书局1933年版，第105页。
④ 舒月：《从第三种人说到左联》，收入苏汶编《文艺自由论辩集》，现代书局1933年版，第140、141页。

级立场"出发，这必然就失去胡秋原所说的文艺自由。瞿秋白在《文艺的自由和文学家的不自由》中也分析了这一点，尽管其中他说"胡秋原的确没有一次肯定文艺的阶级性"并不准确，但他同样认为胡秋原的自由是"要文学脱离无产阶级而自由，脱离广大的群众而自由"。因为在左翼眼中，"有阶级的社会里，没有真正的实在的自由。当无产阶级公开的要求文艺的斗争工具的时候，谁要出来大叫'勿侵略文艺'，谁就无意之中作了伪善的资产阶级的艺术至上派的'留声机'"。显然，左翼不认可胡秋原在文学"阶级性"和"文学自由"上的折中态度。相较于胡秋原，"第三种人"苏汶对他所认定的"阶级性"有更详细的阐述，但同样与左翼方面存在明显抵牾。尽管之前左翼屡屡批驳苏汶的阶级性理论，但仅仅是指责其反阶级性倾向，这在面对苏汶一再强调自己对阶级性的承认时却显得无力。真正表明左翼的阶级性观点不容苏汶是冯雪峰的论争总结性长文《关于"第三种文学"的倾向与理论》①。冯文先总结苏汶的"阶级性"观点："虽然一切文艺都有阶级性，但第一，文艺——至少其中的一部分能够脱离阶级的任务，脱离它的实践——做阶级的武器的。第二，反映生活是能够超阶级的，能够脱离阶级的斗争的。"据此，冯雪峰指出："照苏汶先生的解释，则所谓阶级性，依然是一个抽象的名词。"苏汶所指的阶级性并不是指某个确定的阶级意识，而在左翼方面，"阶级性，主要地却表现在文艺作品（文艺批判亦如此）之阶级的任务，之做阶级斗争的武器的意义上"。可见，左翼对"阶级性"的强调，并不仅仅是作家或作品本身自然地流露出的一种阶级意识，更重要的是，文学作为阶级斗争的武器，作家有着为自身阶级服务的意识。

就此而言，在阶级性问题上，"第三种人"与左翼之间存在着一种论争的错位，两者论争的分歧不在于是否承认阶级性，也不在阶级性对于个人性的优先性，而在于文学自由与阶级性的关系。在苏胡看来，"阶级性"与文学自由是可以并存的，而在左翼眼中两者是水火不容的，其本质正在于"第三种人"所理解的阶级性与左翼不同。左翼所指出的阶级性，不仅是文学自身表现出来的某种阶级特征，更重要的

---

① 何丹仁：《关于"第三种文学"的倾向与理论》，收入苏汶编《文艺自由论辩集》，现代书局1933年版，第267—289页。

是，作家本身具有明确的阶级意识，有意识地为本阶级的目的进行写作，是"普罗文学，是负着在阶级的觉悟，集团的力量上去教育，去慰藉，去推进和鼓励无产阶级前进的文化组织者的任务的"，这实际上是将具体政党的斗争任务与作家创作的联合，与苏汶所指的抽象的、并无具体方向的"阶级性"有着很大不同。因此，在批判苏汶时，舒月指出："他所倡的中立文学""乃是人生的真实表现，没有阶级的觉悟，斗争的立场的，那么以没有阶级觉悟没有斗争性的文学，会得表示出反某阶级来，是我们所不能想象的，实际也是不可能的，不会的"[①]。从这个角度言，"第三种人"面对左翼的批评一再剖明心声，显然是一种理解错位，背后则是自身理论的矛盾性。尽管"第三种人"在要文学自由的同时也声称承认阶级性存在，但他们所说的阶级性是以不干扰创作自由为条件的，创作的自由是文学的根本，这样左翼所言的阶级性在这里就形同虚设。而从这点讲，左翼对他们的批驳也不无理由。

与阶级性问题相关的是双方在文学功用上的论争。苏胡两人也都承认文学的"武器"功用，但对左翼文学的"留声机"理论又有不满。胡秋原认为"留声机"理论损害文学的艺术价值，在《浪费的论争》中他说："一个艺术家一定要做政治的留声机，我无论如何总是觉得不大够味儿的。无论那一家的片子，因为一个艺术家，他没有锐利的眼光，观察生动的现实，只有做政治的留声机的本领，就是刀锯在前我也要说他是一个比较低能的艺术家。"[②] 苏汶也并不否认文学的武器作用，但他的承认显得很是勉强，他说："我不是说文学绝对没有武器的作用：纸灯笼也是件东西，不能说是没有东西。可是这作用是有限的，不能整个包括文学的涵意。"他认为"武器"并不是文学的唯一功能，文学作为"阶级斗争武器"只是它众多功用中的一个，他反感"左翼文坛在目前显然拿文艺只当作一种武器而接受；而他们之所以要艺术价值，也无非是为了使这种武器作用加强而已：因为定要是好的文艺才是好的武器（实际上应当说，好的武器才是好的文艺）。除此之外，他们便无所要求于文艺。这无疑是说，除了武器文学之外，其他的文学便什么都不

---

① 舒月：《从第三种人说到左联》，收入苏汶编《文艺自由论辩集》，现代书局1933年版，第145页。
② 胡秋原：《浪费的论争》，收入苏汶编《文艺自由论辩集》，现代书局1933年版，第206页。

要"。苏汶认为文学除了武器功用以外，还有更为重要的任务，左翼"太热忱于目前的某种政治目的的原故，而把文学的更永久的任务完全忽略了。"——这更永久的任务就在"真实"——"只要作者是表现了社会的真实，没有粉饰的真实，那便即使毫无煽动的意义也都决不会是对于新兴阶级的发展有害的，它必然地呈现了旧社会的矛盾的状态，而且必然地暗示了解决这矛盾的出路在于旧社会的毁灭，因为这才是唯一的真实。"不过，苏汶一方面认为文学更永久的任务在表现真实，但同时也认为武器的文学是目前最需要的，他说："我们知道文学的任务不尽在武器，武器的文学虽然是现在最需要的东西，但如担当不起的话，那便可以担任次要的工作。"与其说苏汶是在以"表现真实"来对抗文学的武器功用，毋宁说他不承认"武器"为文学的唯一任务，这实际上也是在争取作家创作的自由。因此在他眼里，左翼理论家"如果能够不把文学的意义看得那么局部，或者说，不把武器的作用看得那么夸张，那还有什么话说！"但他们"不但不肯承认即使非武器的文学也有它消极的作用（例如表现生活的文学，只要所表现的是真实的人生），甚至还要'肃清'非武器的文学"①。此点才是苏汶不满和反对的。而就此言，苏汶是在承认左翼将文学作为武器的前提下，争取文学"表达真实"的功用。

苏汶的这一观点在他后来的《论文学上的干涉主义》②中也表现出来。文章重点讨论了文学是否应该作为政治的留声机。一方面，他同样以"真实"论来反对文学留声机理论："如果我们认定文学的永久任务是表暴社会的真相以指示出它的矛盾来之所在，那么我们一定会断然地反对那种无条件的当政治的留声机的文学理论，反对干涉主义，要是这种干涉会损坏了文学的真实性的话。我们要求真实的文学更甚于那种旨在目前对于某种政治目的的有利的文学，因为我们要求文学能够永远保持着它的对人生的任务。"（着重号为原文所有）在这里，苏汶更为清晰地表明，他之所以强调"真实"，是因为文学无条件地作为政治留声机会损害文学的真实性；同时，文艺成为政治的留声机后，文学的自由

---

① 此段中文字均引自苏汶《"第三种人"的出路——论作家的不自由并答复易嘉先生》，收入苏汶编《文艺自由论辩集》，现代书局1933年版，第112—136页。

② 苏汶：《论文学上的干涉主义》，收入苏汶编《文艺自由论辩集》，现代书局1933年版，第179—195页。

和作家的自由都将丧失:"每当文艺做成了某种政治势力的留声机的时候,它便根本失去做时代的监督那种效能了。"他还认为:"文学会自愿地去当政治的留声机吗?有时候可能,这就是在那种政治是整个地贤明的时候。然而天下没有整个地贤明的政治,那么文学之当政治的留声机,便多少要带点'不由自主'的意味。""在这样的时代,作家是没有自由的;也许在一种有力的麻醉下,他是忘记了自己的不自由,可是他总不是自由的。"不过,苏汶的理论在这里同样显得摇摆不定,他反对文学无条件地做政治的留声机,但并不妨碍他有条件地承认政治干涉文学,文学作为留声机有时也是必要的:"我也觉得,干涉在某一个时候也是必要的,这就是在前进的政治势力或阶级的敌人也利用了文学来做留声机的时候。做前进的政治势力的留声机的文学,纵然未必能完成文学的永久的任务,然而多少还有它存在的必要。""至于那种做反动的政治势力的留声机的文学",不论是站在政治的立场,还是文学的立场都是必须反对的。苏汶在这里显示出与"新月派"、论语派迥异的立场,《新月》和论语派在反对文学作为政治工具时,是将左翼和右翼文学一同视之,背后是对文学自由的坚持,而苏汶在一定条件下承认左翼的留声机文学,同时又反对"反动的政治势力的留声机的文字"。显然,此点与"第三种人"在政治上始终倾斜同情左翼有关。

与苏胡两人在阶级性问题遭遇的"尴尬"一致,左翼方面也不承认他们对文学武器功能的认同,在《文艺的自由与文学家的不自由》中,易嘉批评胡秋原的艺术理论是"变相的艺术至上论","他认为艺术只应当有高尚的情思,而不应当做政治的'留声机'"[1]。刘微尘则称:"苏汶是担当不起当前的武器文学才退了军的,要求革命的马克思主义批评家,容许'第三种人'的存在,让他自由地真实地创造一些关于将来的东西。"[2] 左翼不认同"第三种人"对武器文学的部分承认,关键也在两者在这个问题上的理解差异。易嘉(瞿秋白)在《文艺的自由和文学家的不自由》一文中认为:"文艺——广泛的说起来——都是煽动和宣传,有意无意的都是宣传。文艺永远是,到处是政治的'留声

---

[1] 易嘉:《文艺的自由和文学家的不自由》,收入苏汶编《文艺自由论辩集》,现代书局1933年版,第80页。

[2] 刘微尘:《"第三种人"与"武器文学"》,收入苏汶编《文艺自由论辩集》,现代书局1933年版,第163页。

机'。问题是在于做哪一个阶级的'留声机'。并且做得巧妙不巧妙。总之,文艺只是煽动之中的一种,而并不是煽动都是文艺。"① 而针对"第三种人"认为文学作为政治留声机有损艺术价值,左翼方面批驳道:"苏汶先生故意把文学和革命机械地对立起来。好像文学和革命是势不两立的。好像为革命就不能为文学,要革命就不能再要文学了!不幸的是,革命不但不妨碍文学,而且提高了文学。"② 左翼认为,只有无产阶级才掌握了真理,文学只有与革命结合才能够得到提高。之后,周扬更是对"文学真实性"进行专门论述,表明文学的真实性与阶级性是不可分的。③ 而"第三种人"则认为做政治的留声机必然损害文学的审美价值,他们对武器文学的承认是基于对左翼革命的同情,而不是从文学自身出发的。值得一提的是,在最后的总结性长文《关于"第三种文学"的倾向与理论》中,冯雪峰虽然部分承认了苏汶的观点,即"标语口号式的宣传鼓动文学,决负不起伟大的斗争武器的任务。而非狭义的宣传鼓动文学,它越能真实地全面地反映了现实,越能把握住客观的真理,则它越是伟大的斗争的武器"。但值得注意的是,冯雪峰的观点并不是从文学自由这一角度出发的,他虽然承认了苏汶所说的"非狭义的宣传鼓动文学"存在的合法性,但这一合法性却是因为他更能充当其斗争的武器,同时,他也强调这点"只有站在无产阶级的阶级立场上才能做到"。不难看出,双方在这个问题上同样存在一种理解的错位,"第三种人"尽管希冀文学能有自己的自由,希望非武器的文学能被承认,但又表明不完全反对左翼的武器文学理论,甚至认为在一定条件下文学可以作为斗争的武器,不过这一承认与左翼仍有区别,支持并不代表苏汶不认为文学充当武器有损审美价值,而是表明为了特定的现实政治利益可以牺牲文学的审美价值和文学的自由,从这点言,"第三种人"在文学"武器"论问题上又再次陷入矛盾境地。

不论是文学的阶级性问题,还是文学的武器功用问题,"第三

---

① 易嘉:《文艺的自由和文学家的不自由》,收入苏汶编《文艺自由论辩集》,现代书局1933年版,第94页。

② 周起应:《是谁不要真理,不要文艺?》,收入苏汶编《文艺自由论辩集》,现代书局1933年版,第107—108页。

③ 周起应:《文学的真实性》,《现代》第3卷第1期,1933年5月特大号。

人"与左翼的分歧的核心其实还是在于文学与政治的关系。与上述在阶级性、文学功用上的矛盾一致,"第三种人"在文学与政治关系的理解上也显得矛盾重重。胡秋原在《浪费的论争》①中面对左翼的批评曾说:"我绝不是'立定主意反对一切'利用艺术的政治手段,而对于利用艺术为革命的政治手段,并不反对。为什么呢?因为革命是最高利益,不能为艺术障碍革命。为革命牺牲一切,谁也无反对之理由。不过且让我顽强地说一句:即在那之际,那补助革命的艺术,不限定是真正值得称为艺术的东西而已。我所要求保留的就只有这一点。"他甚至强调,他反对政治干涉文艺并不是针对左翼:"至于我说'勿侵略文艺'与说'艺术非至下',老实说,是对所谓民X文学,民Y文学而言,在反对这种比较低下的东西,我从古典文学理论中,就是取一点'艺术至上论'的武器,但绝不妨碍普罗文学的尊严。"胡秋原一再表明并不反对普罗文学,是基于他认为自己是正宗的马克思主义者,所持的是唯物史观理论,但他忽视了一点,那就是当他在批判右翼利用政治侵略文艺同时,其实也是对左翼的批判,左右翼文学尽管服务的阶级对象不同,具体政治目标不一样,但要求文学服从于政治却是一致。这样看来,胡秋原对于左翼的批判虽觉得委屈,但也间接表明了左右翼同质的事实:"在我反对下流的政派侵略强奸文学的时候,左翼诸理论家还要来仗义执言,唯恐取消了文艺之政治义务。呜呼,难道一切功利论者都非'联合起来,打倒艺术至上主义者'不可么?我如果有罪,那只有一个就是没有主张普罗文学应该独占文坛。"不过,胡秋原在表明不反对左翼将文学与革命联合的同时也指出:"我所谓'自由人'者,是指一种态度而言,即是在文艺或哲学的领域。根据马克斯主义的理论来研究,但不一定在政党的领导之下,根据党的当前实际政纲和迫切的需求来判断一切。"这里的"政治"就如同冯雪峰批评苏汶的"阶级性"一样,也带有一种"抽象"意味,与左翼文学的明确的政党性不在一个层面。

与胡秋原一样,苏汶也不否认文学与政治的关系,他认为"文学受政治干涉,是当然的现象"。在《文学的干涉主义》中,他说:"每一

---

① 胡秋原:《浪费的论争》,收入苏汶编《文艺自由论辩集》,现代书局1933年版,第207—208页。着重号为原文所有。

种政治势力,为着它的代表的阶级的利益之稳固起见……它必须要在文化上造起一座牢靠的万里长城来……在文化上,它会用和打破过去的偏见同样的勇气来制造一些自己的偏见。"不过,苏汶认为"干涉未必要取最直接的形态",如文字狱、出版检查等。他反对政治直接控制文学,"一些官方的批评家(official critics)讨论着文学创作的问题,根据极精细的政治观点来决定着创作的路径,又规定着一些像'指导大纲'一类的东西"。这样一来,"文学作品是不再由作者自己在他的工作室里单独地决定了,而变做要在官方批评家们的会议席上决定的"。苏汶认为"这样以纯政治的立场来指导文学,是会损坏了文学的对真实的把握的"。同时值得注意的是,苏汶在认可政治干涉文学时,并不以丧失作家自身个性为条件,他说道:

> 我当然并不反对文学作品有政治目的,但我反对因为这政治目的而牺牲真实。更重要的是,这政治目的要出于作者自身的对生活的认识和体验,这些作品不是由政治的干涉主义来塑定的;即使政治毫不干涉文学,他们也照样地会产生。
> 构成优秀的艺术品的条件是作者和作品的整个融合,而不是作者和政治的融合。因此,这些作品与其说是政治的留声机,倒还不如说是作者自己的留声机。
> 作家,即使他同时也是一个阶级的战士,但当他写作的时候,他是不能抹杀他的艺术家的良心的。[①]

很明显,苏汶虽声称不反对政治与文学结合,但这一"政治目的"须是源于作家自身,文学依旧是作家个人的表达,是"作者自己的留声机",这是典型的文学个人化以及文学自律观点,与梁实秋在反对文学与革命关系时的论说如出一辙。

苏胡两人尽管承认文学与革命的关系,但他们有条件的承认显然不为左翼认同。左翼认为文艺价值完全从属于现实政治,这点在冯雪峰《关于"第三种文学"的倾向与理论》中说得很清楚:"艺术价值不是

[①] 苏汶:《文学的干涉主义》,收入苏汶编《文艺自由论辩集》,现代书局1933年版,第189页。

独立的存在，而是政治的，社会的价值"，"艺术价值就不能和政治的价值并列起来；归根结底，它是一个政治的价值"。文学艺术价值的附属性在这里表露无遗，这与苏胡两人试图在政治控制的缝隙中为文学寻得相对独立的位置完全不同。因此，左翼并不承认"第三种人"对普罗文学的部分认同，而是一再强调"第三种人""把政治问题从文学领域里排挤出去，由各阶级自由地去反映各式各样的生活，这却是替普罗文学解除了武装的良好办法"。"在资产阶级高压统治之下企图在文学里排除出'政治价值'，不论谁都是直接或间接地加厚了资产阶级的势力。"① 在最后带有和解性质的长文《关于"第三种文学"的倾向与理论》中，冯雪峰依旧论定："苏汶先生认为艺术价值是独立的，并且艺术一为政治服务则必定损害艺术的价值，于是斤斤于艺术价值的人都要脱离政治而自由，这是由于苏汶先生不了解艺术行动是政治行动所决定的，同时对于政治行动的评价就没有正确的概念的缘故。"文章再次重申左翼将文学依附于实际政治的观点："一切时代的一切阶级的艺术行动，不过是直接间接地由当时的政治行动所决定的东西；它的客观价值的构成，就看它帮助了那当时的为现在同时也为未来的政治行动多少"。很明显，对于"第三种人"与左翼的差异，左翼方面极为清醒，易嘉（瞿秋白）批判胡秋原的话——"所谓'自由人'的立场不容许他成为真正的马克思主义者"② 代表了左翼的基本立场。

总的来看，这场论争所触及的核心问题，与之前"新月派"与论语派和左翼的论争并无差异，文学创作是个体的自由表达还是代表某个阶级、集团的意识依旧是双方争论的关键。③ "新月派"与论语派持文学独立自由观念，背后的理念是文学应该是作为个体的个人的表达，是"个人主义"理论基础的体现；而左翼方面始终将阶级意识置于个体之上，文学是集体意识的表达而不是个人的抒发。在与"第三种人"论争中，左翼方面秉承了他们一贯的理论，在论辩过程中理论上并无内在

---

① 刘微尘：《"第三种人"与"武器文学"》，收入苏汶编《文艺自由论辩集》，现代书局1933年版，第165页。

② 易嘉：《文艺的自由和文学家的不自由》，收入苏汶编《文艺自由论辩集》，现代书局1933年版，第79页。着重号为原文所有。

③ 对此，李何林在《近二十年中国文艺思潮论》中也说：1932年的文艺创作自由论辩，所讨论的几个主要问题如文艺的阶级性，文艺的武器作用"本来在一九二八年已经讨论过了"。参见李何林编著《近二十年中国文艺思潮论》（第三篇，第一章），生活书店1948年版。

矛盾，其对"第三种人"的批判尽管存在偏颇甚至错误，却往往同时指出了"第三种人"摇摆的实质。真正复杂的是"第三种人"的文学理论，他们既想维护文学的自由和独立，又认同左翼文学的阶级性理论等，试图在这两者之间寻找平衡，并认为能够从政治的缝隙中获得文学的自由。胡秋原在反驳左翼时曾说的"对于文学持比较自由的态度，是与否认'阶级性'毫不相干的"代表了"第三种人"在这个问题上的态度。"第三种人"努力将文学的自由与政治上的"左"倾区分开来，与此相关的是，他们在"文学自由"问题上也就显得"犹抱琵琶半遮面"，创作的"自由"需要，但并不认可"个人主义"基础上的"自由"，文学不能无条件地作为政治的留声机，但在某种条件下也可以作为留声机。在文学自由问题上，"第三种人"始终没有如"新月派"和论语派那样坚决地以"个人"为根本。谈及"自由主义"时，胡秋原曾这样向左翼解释道："所谓'自由'二字，革命家很怕提起，这自然是当然的，因为它被一班伪善者所强奸。然而真正的自由主义，不仅是我们不必害怕，而正是我们所追求的东西。自由主义是革命期的资产阶级反抗封建独裁的武器，然而社会主义者亦不必拒绝它作为反对资产阶级独裁的武器。"[①] 胡在这里并没有指出"个人"在自由主义中的重要意义，他所关注的是"反资产阶级独裁"这一与左翼的共同目的。此点在苏汶的理论中也曾出现，在提倡真实论时，苏汶也曾着眼于真实地反映生活可以起到比"留声机"更大的效用。显然，"第三种人"在倡导文学自由同时，是努力地与左翼保持一种政治目标上的一致。换言之，尽管"第三种人"在倡导文学自由时，是以尊重作家独立个性和文学的自由为基础，但由于同时顾及到现实政治斗争，又不得不认可在一定程度上牺牲文学自由和个体独立。

有意思的是，在"第三种人"看来，他们并不认为这两种立场之间有何冲突。胡秋原曾在回答苏汶指责他在马克思主义里谈自由时说道，苏汶先生"不喜欢我站在自由人立场高擎马克斯主义，容我声辩一句，即我也并非以为这毫无矛盾"，"这只是我自己个人的态度，所以亦不愿意强人；也许，这只是一个'半截观音'，但我不能增一分，也如我

[①] 胡秋原：《浪费的论争》，收入苏汶编《文艺自由论辩集》，现代书局1933年版，第202页。

不能再少一分一样"①。施蛰存先生晚年说的"我们自己觉得我们是左派，但是左翼作家不承认我们。我们几个人，是把政治和文学分开的。文学上我们是自由主义。所以杜衡后来和左翼作家吵架，就是自由主义文学论。我们标举的是，政治上左翼，文艺上自由主义。"②也很能代表"第三种人"的处境和立场。"第三种人"深感左翼不承认自身的偏执，却始终未能明白对于左翼言政治与文学根本不能分开，而在"第三种人"这里，政治上的左翼是否真能与文艺的自由主义结合，其实也是一个未能解决的问题。

"第三种人"的双重立场，明显与之前的"新月派"和论语派不同。后两者不存在政治和文学立场的分离："新月派"政治上向国民党政府争人权与在文学上批评左右翼将文学政治化，都是基于同一自由主义理论背景；论语派虽未与左右翼发生激烈论争，但其政治立场和文学观念也是一致的，有其统一的人生哲学为基础。"第三种人"则有意将政治立场与文学自由观隔绝，仅仅将自由限于文艺领域，而政治上的阶级观念导致其文学自由的不彻底，同时文学上的自由观念又导致左翼的无法认同。一方面，尽管"第三种人"声称"只有自由主义才是文学发展的绝对而且唯一的保障"③。但显然，对于"新月派"那样极为重视"个人"的价值，将个人自由视作根本的自由主义者，"第三种人"并不认同；同时，论语派倡导的个人化文学以及反文学功利主义，无疑也与"第三种人"的文学理论不合。比如，《人间世》刊载周作人的大幅照片和其《五十自寿诗》时，施蛰存、苏汶就称为"斗方名士式的'倡合'"。《现代》编者（施蛰存和苏汶）借比较《语丝》和《人间世》，也传达出对后者的不满，这即是论语派极力表现的对于"正统"的拒绝和批判，文中称《人间世》"开始即以向正式文学挑战的姿态出现"，"以为小品文与正式文学不能共存"。"正式文学倘若一洗空疏浅妄之旧习，那么小品文也将陷入没落。这，不但是无理地侮辱了正式文

---

① 胡秋原：《浪费的论争》，收入苏汶编《文艺自由论辩集》，现代书局1933年版，第238页。他曾在《胡秋原日记》中说："我的思想的出发点是马克思—普列汉诺夫—列宁主义，但我也不否认自己有浓厚的自由主义与无政府主义倾向。"马克思主义、自由主义、无政府主义，三者有着明确的界限。将三者融合一起，也可见胡秋原理论之复杂。
② 施蛰存：《为中国文坛擦亮"现代"的火花——答新加坡作家刘慧娟问》，《沙上的脚迹》，辽宁教育出版社1995年版，第181页。
③ 编者：《现代美国文学专号导言》，《现代》第5卷第6期，1934年10月1日。

学,实际上也就无意地侮辱了小品文本身。"①《现代》上批评论语派的幽默和小品文的文章也是屡屡可见。② 不过从上番话看,施蛰存等显然也未能完全了解论语派反对"正式文学"的衷曲。

另一方面,"第三种人"与左翼也始终难以达到真正的和解。这场论争从开始时的针锋相对,到双方发文结束论战,表面看来是经过讨论后对彼此观点的吸收,但实际上却并非如此,毋宁说是人为调整后的一种结果。这种调整,在左翼方,更多的是根据党的政治指示对之前观点的修正,③ 同时值得注意的是,左翼文学与"第三种人"在文学自由问题上的隔阂依然存在,左翼也并未将其视作同一阵营内的成员。冯雪峰尽管承认了"第三种人"作为同路人而不是敌人的存在,但对苏汶的评价并未发生根本改变,苏汶依旧被认定为"非政治主义者,反干涉主义者,超阶级艺术论者,一切'为文艺而文艺'论者";尽管承认"第三种人"不是反动势力的帮凶,但依旧对其不能投入左翼阵营不满:"苏汶先生的非政治主义或反干涉主义,是不但反对地主阶级的政治势力来利用文艺,并且也反对群众的革命的政治势力来利用文艺的,因为他也未能满意这一种政治势力。"更值得注意的是,"第三种人"对文学的阶级性、文学与政治的部分认同也始终未被左翼承认,左翼眼中的"第三种文学",依旧是"要超阶级斗争的,超政治的文学",冯雪峰并

---

① 编者:《文坛展望》,《现代》第5卷第3期,1934年7月1日。
② 如徐应祥:《"幽默"的危险》,《现代》第4卷第3期,1934年1月1日;桀犬:《忧郁解放与幽默文学》,《现代》第4卷第5期,1934年3月1日;郑重:《幽默与时髦》,《现代》第4卷第6期,1934年4月1日;少问:《走入"牛角尖"的"幽默"》,《现代》第6卷第2期,1935年3月1日等。《走入"牛角尖"的"幽默"》一文说道:"在沉闷的时代中,一部分敏感却近视的知识分子,对于现实虽深感不满,但因为看不到前途的光明,他们却又没有勇气正视现实,为真理而奋斗。于是,有的抱着'怀古的幽情',有的追求'幽默'的趣味,以图离开现实,而遁入无人统制的世界中去。"这可代表《现代》上一批人对幽默小品文的看法。
③ 在关于"第三种人"的论争正趋激烈时,在上海的中共中央常委张闻天感到了问题的严重性,他以歌特的笔名在《斗争》第30期上发表了题为《文艺战线上的关门主义》一文,其中说道:"使左翼文艺运动始终停留在狭窄的秘密范围内的最大障碍物,却是'左'的关门主义。"认为其中的一种即"表现在'第三种人'与'第三种文学'的否认。我们的几个领导同志,认为文学只能是资产阶级的或是无产阶级的,一切不是无产阶级的文学,一定是资产阶级的文学,其中不能有中间,即所谓第三种文学"。文章发表后,左翼方面开始改变对"第三种人"的态度。因此,与其说是在论争中左翼吸收了"第三种人"的文学观念,还不如说是根据政治目的的一种策略调整。

据此论断:"要在地主资产阶级反革命文学和普罗革命文学之间或之外存在的超革命也超反革命的文学,那么这种文学实际上也早已不是真的中立的,真的第三种文学。"[1]

而在"第三种人"那里,"矛盾"也依然存在甚至进一步凸显,并没有因此解决。"第三种人"在倡导文学自由时,由于顾及文学的现实政治性,既对左翼文学观念持保守的认同,也始终未能如"新月派"和论语派那样明确地将个人主义视作文学自由的核心,这使其文学独立和"第三种人"的中立立场也显得格外脆弱。苏汶在《一九三二年的文艺论辩之清算》中总结了在这场论争中与左翼达成的"共识":创作自由的被承认;中立的作家不一定就是资产阶级作家;武器文学论被纠正,文学的价值得到承认。不过从实际看,这却是苏汶单方面对左翼的误解:左翼的文学自由依旧是在阶级性中的自由——更何况冯雪峰的观点后来被认为是修正主义;不是普罗作家的不一定就是反革命资产阶级作家被认可,但中立并不被承认——事实上,苏汶自己在其后也表明这一称谓的不成立:"在客观上绝对的中立文学本来是不存在的;有之,则是那种绝对内容空虚的作品,即虽有而等于无的作品。"并称"每一个忠实的艺术家"都"决不能自安于不进不退的中立,更不会故意严守中立",这等于是在承认左翼所说的不存在"第三种人"了;而他自己则说是"从来没有主张过这种中立的文学;即所谓'第三种人'也者,坦白地说,实在是一个被'左倾宗派主义'的铁门弹出来的一个名词,他本来就没有成立的必要,和可能"。甚至他认为:"现在时过境迁,这种徒增纠纷的名词实在还不如取消为是。"表面看来,苏汶这番话简直是放弃"第三种人"立场而投奔左翼,但实际上却是他取冯雪峰观点的另一面,而忽视了冯的观点背后依旧是传统的左翼观念。在中立文学问题上,他否认或者说回避了作品本身的倾向性,将重点移到"作家"的主观上。在这里,苏汶依旧坚持"自由"的观念,那就是作家创作时"不必定要有,或者没有利害的观念",甚至对于"目前利害观念",他认为"往往可以引诱作家们去塑造一些事实来迁就短见的'正确'"。这与当初胡秋原表明"自由"是指"作家创作的自由"并

---

[1] 何丹仁:《关于"第三种文学"的倾向与理论》,收入苏汶编《文艺自由论辩集》,现代书局1933年版,第270、271页。

无不同，同时也是在对普罗文学的一种间接批评。

从上述几点看，"第三种人"与左翼的论争，很大程度就是源于一种"错位"，"错位"并不是左翼无视"第三种人"与自己的共性而大加批判，相反，恰恰是"第三种人"始终未能正视自身与左翼的分歧，而这一分歧决定了左翼始终未能与"第三种人"达成真正的和解。此外，在强调"第三种人"的双重性同时，需要注意的是在这场论争中"第三种人"的重点是在倡导文艺的自由。如果说认同左翼文学的阶级性，武器文学论等，是基于现实政治上的同情和支持，那么对文艺自由的倡导则是基于"第三种人"内心对文学独立价值的认同。他们尽管认可普罗文学的一些观点，但更多是力图为文学争取自由的空间，尽管这一争取在认同阶级性等情形下又充满矛盾。在双方论战正酣之时，《现代》主编施蛰存翻译了英国评论家阿尔杜思·赫克斯莱（AldousHuxley）的《新的浪漫主义》一文，文中把浪漫主义分成"旧浪漫主义"和"近代浪漫主义"（"新的浪漫主义"），"旧浪漫主义"主张"最高的政治价值便是个人的自由"，"个人主义与自由便是他们所追求的最后的福利"。与此相对，布尔什维克主张的"集团主义"则是一种"新的浪漫主义"。"革命的自由主义者不承认人除了个人的灵魂之外，同时还是一个社会的动物，所以他们是浪漫的。布尔什维克则不承认人是有甚于一个社会的动物的地方，只想以一定的训练工夫把他们变成一架完善的机器，这也不免是浪漫的。所以说这两种思想都是过度和偏执的。"文章进而说道："我个人对这两种浪漫主义都不大满意"，"如果要我自己的路，我决不在这两者之中拣取一种；我是主张在这两者之中采取一个中庸之道的，可以有永久价值的唯一的人生哲学是一种包含一切事实的哲学——心灵的事实和物质的事实，本能的事实和智慧的事实，个人主义的事实和社会的事实。"有意思的是，文章还指出："如果有绝对的必需要我在两者之间拣定一种，则我是宁可拣取旧的那一种的，夸张了灵魂及个人的意义，而牺牲了事实，社会，机器和组合体，在我看来是一种方向准确的夸张。那新的浪漫主义，据我看来，是在一直走向死的路上去。"在"译者后记"中，施蛰存颇有深意地指出："我觉得在这两种纷争的浪漫主义同样地在中国彼此冲突着的时候，这篇文章对于读者能尽一个公道的指导的。"[1] 施蛰存并未参与

---

[1] 施蛰存：《译者后记》，《现代》第1卷第5期，1932年9月1日。

这场论争，但他的立场实际上是同于"第三种人"的，而他所说的这番话，其实也是"第三种人"的夫子自道，代表了他们在两者之间的矛盾和选择。

第二节 "第三种人"的发展及现实境遇

从理论上说，"第三种人"的文学自由观念不及"新月派"和论语派那样有着深厚的哲学基础，更像是苏汶所说的被左翼逼出来的，但从现实上说，"第三种人"却有着更为复杂的历史处境。"第三种人"从出现到消失，从与左翼带商榷性质的论争到双方和解，再到日后被鲁迅怒斥，从中显示的正是他们的文学自由论遭遇现实时的尴尬处境，同时也从一个侧面显示出"第三种人"与之前的"新月派"和论语派的现实差异。

胡秋原最开始虽然是将矛头指向民族主义文学，但之后胡苏两人论争的主要对象还是左翼文坛，两人均表示不满左翼文学过分以革命、阶级性等政治意识压制甚至取代文学自律性。这一做法类似梁实秋与左翼的论争，但值得注意的是，"新月派"在与左翼论争时，是以其强大的自由主义理论为背景，并且当时其主要战场应该不在文学这块，而是在与国民党当局的人权之争。梁实秋与左翼进行论争时，一部分基于他的自由主义理念，一部分也是基于他个人白璧德式的古典文学趣味。这也进一步说明，"新月派"当时"争自由"，尤其是像胡适这样的主将，主要是向当时的国民党政府"争自由"；而争文学自由则是他们自由主义理念的"副产品"，甚至对于"新月派"而言，他们也并没有将左翼文坛作为一个主要论争对手。如此说并不是要否认《新月》同人与左翼在文学问题上的差异，而是认为，"新月派"之所以将国民党当局作为主要对手，是基于国民党当时是作为执政党的现实情形。这点在论语派身上也是如此。因为在个性、具体文学理论上与"新月派"的差别，论语派并没有如《新月》那样与左右翼爆发大规模论战，但在《论语》、《人间世》、《宇宙风》几个杂志上，对国民党当局的讥讽是远远多过对左翼文坛的牢骚。从上节对论语派的论述中还可见出的一点是，论语派杂志对国民党的批评，往往是直接明快的嘲讽，而对左翼的批评更多是一种回应，一种针对左翼批评而做出的反批评。如果从这点讲,"第三种人"向左翼文坛争自由就显得有些暧昧不清。对此,舒月在《从第三种人说到左联》中提醒"第三种人"注意当时情境:"现在左翼文坛不是在'不许存在'的势压之下么?而胡先生和苏先生等反要向左翼文坛要求他们的存在,不是笑话么?左翼向谁去要求存在呢?"① 言下之意,左翼现在也正处在"不自由"中,胡苏两人向左翼要求"存在"从现实情形看的确显得有些不通情理。这点在鲁迅后来所作的《中国文坛上的鬼魅》中也有批判:"至于对于政府的禁止刊物,杀戮作家呢,他们不谈,因为这是属于政治的。"② 鲁迅此话是在看到某些"第三种人"投向国民党的怀抱后所发。不过在"第三种人"方面,他们对左翼文学理论的部分认同似乎反而因此可以理解,原因是"第三种人"并未将自己视作左翼的反对方,而是出于善意地纠正左翼过左的做法,并努力试图在政治的左翼与文艺的自由中保持一种平衡。

另外,与关注当时的"新月派"、论语派一样,鲁迅对于"第三种人"与左翼的论辩也有发言。尽管这三方都是在倡导文学自由,但显然各自理论背景、现实身份都有很大差异,这使得鲁迅对于三者也有着完全不同的态度。前面论述鲁迅与"新月派"的论争,不难看出两者的针锋相对,即使在观点上未必完全对立,但由于现实立场和政治理念、远景目标的差异,始终处于不能和解的局面;相比较,鲁迅对论语派的态度更为复杂,前与周作人、林语堂为《语丝》时期战友,周、林转向后,尽管鲁迅直言不喜欢林语堂的"幽默",但始终有一种同情式的理解在,比如他认为《论语》"哈哈一笑"背后是对当局的不满;对《论语》出萧伯纳专号的肯定;以及当《人间世》因刊出周作人《五十自寿诗》引出一片骂声时,鲁迅却保持了对周作人的理解,从这些细微处也能见出他对论语派的态度是很不同于对《新月》中人的。而对于"第三种人",鲁迅则表现出一种有意味的"转变",值得注意的是,鲁迅的"转变"不是自身立场的转变,而是随着"第三种人"现实情形的变化而变化的。

---

① 舒月:《从第三种人说到左联》,收入苏汶编《文艺自由论辩集》,现代书局1933年版,第141页。
② 鲁迅:《中国文坛上的鬼魅》,《鲁迅全集》第6卷,人民文学出版社2005年版,第160页。

鲁迅在这场论争中最先发表的文章是《论"第三种人"》①，此时距论争开始已有一段时间，这与之前他对"新月派"的批判颇有不同。事实上，左翼方面刚开始时对"第三种人"的批判鲁迅并不全部认同。比如当《文学月报》刊登芸生的诗《汉奸的自供状》（1932 年 11 月出版 1 卷 4 期），其中有对胡秋原的人身攻击，鲁迅对此很是不满，曾发表《辱骂和恐吓决不是战斗》一文予以批评。在《论"第三种人"》中，鲁迅也否认了"第三种人"有关阶级性、文学的政治性的观点，鲁迅与左翼一样看法，即"第三种人"倡导的文学是一种超阶级、超政治的文学。鲁迅因此批评道："生在有阶级的社会里而要做超阶级的作家，生在战斗的时代而要离开战斗而独立，生在现在而要做给予将来的作品，这样的人，实在也是一个心造的幻影，在现实世界是没有的。"这就"恰如用自己的手拔着头发，要离开地球一样。他离不开，焦躁着，然而并非因为有人摇了摇头，使他不敢拔了的缘故"。显然，鲁迅在这里与左翼方面一致，并不承认"第三种人"对阶级性的有限认同，而着重于"第三种人"有意对阶级性的偏离。后来在因戴望舒的《法国通信》② 引发的《又论"第三种人"》③ 中，鲁迅也再次否认"第三种人"在文学与政治关系上的观点。对于戴望舒将纪德视作"第三种人"他并不认可，这是因为"只要看纪德的演讲，就知道他并不超然于政治之外，决不能贸贸然称之为'第三种人'"。可见在鲁迅眼中，中国的"第三种人"就是试图超然于政治之外的一群。就此言，在论争的核心问题上，鲁迅的立场与左翼方面保持了一致。另一方面，尽管不同意"第三种人"的观点，但鲁迅依旧肯定了"第三种人"与左翼

---

① 鲁迅：《论"第三种人"》，《鲁迅全集》第 4 卷，人民文学出版社 2005 年版，第 450—456 页。

② 文章主要是介绍 1933 年 3 月 21 日法国 A. EA. R（革命文艺家协会）召集的反德国法西斯蒂暴行的集会，其中着重介绍了在会上做长篇发言的纪德。戴望舒把纪德称作法国文坛上的"第三种人"，"一个始终忠实于自己的艺术的作者"，并且不无影射地说："忠实于自己的艺术的作者，不一定就是资产阶级的'帮闲者'，法国的革命作家没有这种愚蒙的见解。（或再不如说是精明的策略吧），因此，在热烈的欢迎之中，纪德便在群众之间发言了。"文章结尾又说："我不知道我国对于德国法西斯蒂的暴行有没有什么表示。正如我们的军阀一样，我们的文艺者也是勇于内战的。在法国的革命作家们和纪德携手的时候，我们的左翼作家还是在把'第三种人'当作唯一的敌手吧！"《现代》第 3 卷第 2 期，1933 年 6 月 1 日。

③ 鲁迅：《又论"第三种人"》，《鲁迅全集》第 4 卷，人民文学出版社 2005 年版，第 546—551 页。

合作的可能。之前说道:"左翼作家并不是从天上掉下来的神兵,或国外杀进来的仇敌,他不但要那同走几步的'同路人',还要招诱那些站在路旁看看的看客也来同走呢。"在这里也暗含着他对左翼文坛中存在的关门主义倾向的批评。这点在后续论争中左翼已经得到纠正。因此之后在回戴望舒的文字中鲁迅又提到:"刊物上也久不见什么'把所谓"第三种人"当做唯一敌手'的文章,不再内战,没有军阀气味了。戴先生的豫料,是落了空的。"①

上述鲁迅对"第三种人"的论述,可视作是他对前期"第三种人"的一个总态度。但值得注意的是,鲁迅对"第三种人"看法的深刻性不在他对"第三种人"理论的驳斥,而在于他对"第三种人"的复杂现实性的估计和警惕。先是在《论"第三种人"》中针对苏汶所说的"不敢创作",指出其实这不是因为左翼的批评,实际是"第三种人"做不成。又在《又论"第三种人"》中对此做了进一步的论说:"文艺上的'第三种人'也一样,即使好象不偏不倚罢,其实是总有些偏向的,平时有意的或无意的遮掩起来,而一遇切要的事故,它便会分明的显现……所以在这混杂的一群中,有的能和革命前进,共鸣;有的也能乘机将革命中伤,软化,曲解。左翼理论家是有着加以分析的任务的。"在这里鲁迅预见了"第三种人"日后的复杂,而事实也证明了鲁迅这种预测的准确。首先是论争结束后,原为左翼成员的杨邨人发表《揭起小资产阶级革命文学之旗》一文。文章打起"第三种人"的旗号,声称:"我认识自己是一个小资产阶级知识分子,受不了蹲在政党生活的战壕里头的内心上的矛盾交战的痛苦,我自重地自动地恢复了我的自由。"并且号召"揭起小资产阶级革命文学之旗","无产阶级已经树起无产阶级文学之旗,而且已经有了巩固的营垒,我们为了这广大的小市民和革命文学之旗,号召同志,整齐队伍,也来扎住我们的阵营"②。尽管同是从革命营垒中退出,但杨邨人与苏汶、施蛰存有着明显的不同,如上述苏汶等人奉行的是"政治上左翼,文艺上自由主义",政治上与左翼是亲近的,文艺上尽管有

---

① 鲁迅:《又论"第三种人"》,《鲁迅全集》第4卷,人民文学出版社2005年版,第549页。
② 杨邨人:《揭起小资产阶级革命文学之旗》,《现代》第2卷第4期,1933年2月1日。

差别，但也无意与左翼对抗，这与要"扎住我们的阵营"，摆出与左翼对峙态度的杨邨人显然有别。因此，《现代》编者（施蛰存）在这篇文章后特地加上一段："读者千万不要误会，以为我们是完全同意于作者的态度与倾向"，考虑到这"是一位作家的自白，所以斗胆给发表了。"而在左翼方面，老马的《揭破杨邨人的革命文学之旗》①也强调杨邨人是在利用"第三种人"的招牌走到"敌对的营垒里去了"。文章继续指出了"第三种人"的错误："'第三种人'是一种赞同无产阶级革命，而要求作家的自由，想保持着中立地位的人，这见解自然是错误的。"但同时又表明"他们还可以算是小资产阶级的革命文学家，他们的文学对于整个的革命是有利的"。这就与杨邨人有了很大的差别："杨邨人先生所揭起的小资产阶级革命文学，并不是这种赞同无产阶级革命，'第三种人'的文学，只是恶劣地利用了'第三种人'的幌子而已。"文章指出，杨邨人揭起小资产阶级革命文学之旗，"是在号召一个和无产阶级文学对立的组织，是在向无产阶级的革命运动进攻"。显然，在这里左翼是将杨邨人列在之前苏汶所言的"第三种人"之外的。在《答杨邨人先生公开信的公开信》中，鲁迅也表达了同样的意见。文中称杨为"革命场中的一位小贩"，"竭力要化为'第三种人'"，"既从革命阵线上退回来，为辩护自己，做稳'第三种人'起见，总得有一点零星的忏悔，对于统治者，其实是颇有些益处的"。鲁迅在这里揭示出杨邨人对革命的背叛，可见出与他之前对苏汶态度的差别。然而，"第三种人"日后的走向却引起鲁迅的愤怒。这就是当与"第三种人"关系紧密的穆时英成了国民党中央图书杂志审查委员，后又传言苏汶也当了国民党的书报检查官（苏汶后来表示没有）时，鲁迅于是一反之前的善意批评，极严厉地批评道："时光是不留情面的，所谓'第三种人'，尤其是施蛰存和杜衡即苏汶，到今年就各自露出他本来的嘴脸来了"②，"反对文学和政治相关的'第三种人'们，也都坐上了检查官的椅子。他们是很熟悉文坛情形的；……于是那成绩，听说是非常之好了。""于是出版家的资本安全了，'第三种人'的旗子不见

---

① 老马：《揭破杨邨人的革命文学之旗》，《文学杂志》第1卷第1期，1932年5月1日。
② 鲁迅：《〈准风月谈〉后记》，《鲁迅全集》第5卷，人民文学出版社2005年版，第412页。

了，他们也在暗地里使劲地拉那上了绞架的同业的脚，而没有一种刊物可以描出他们的原形，因为他们正握着涂抹的笔尖，生杀的权力。"① 之后又在《"题未定"草（六至九）》中说道："数年前的文坛上所谓'第三种人'杜衡辈，标榜超然，实为群丑，不久即本相毕露。知耻者皆羞称之，无待这里多说了。"②鲁迅态度的转变，是因"第三种人"现实身份的变化，同时也印证了他之前关于"第三种人"不能"中立"的判断。

"第三种人"本身并非一个文学组织，它既不像"新月派"那样有着共同的理论基石、政治态度和立场；也不像论语派在文化立场、趣味上有着鲜明的倾向，"第三种人"的界限也因此显得相对模糊。③可以说，相对于前两者都是坚定的文化自由主义者，"第三种人"尽管倡导文学的自由，但背后却缺乏有力的理论支撑，再加上在现实政治立场上与左翼的亲近，这就使得他们始终处于一种极为尴尬的境地，不管是之前胡苏表明与左翼的亲近，还是后来如穆时英等投向国民党，都只是进一步证实了"第三种人"不能中立地存在。不过从根本上看，则是理论上的缺陷导致其没能做到中立的现实处境，"第三种人"尽管要文学自由，却在理论上始终未能解决如何在政治上"左"倾和文艺上自由主义的统一。他们追求文学的自由，是在认同文学阶级性的合理存在基础上进行的，因此他们在倡导"文学自由"时，并没有如"新月派"和论语派以"个人自由"为核心，而认为在特殊现实革命条件下，文学的独立和自由可以一定程度地牺牲。从这个角度言，"第三种人"的

---

① 鲁迅：《中国文坛上的鬼魅》，《鲁迅全集》第6卷，人民文学出版社2005年版，第161、162页。
② 鲁迅：《"题未定"草（六至九）》，《鲁迅全集》第6卷，人民文学出版社2005年版，第447页。
③ "第三种人"虽然多在《现代》上发表文章，主编施蛰存也与苏汶有着密切关系（后来苏汶也任《现代》主编），但《现代》不是同人杂志。当时左翼如谷非（胡风）曾将《现代》视作"第三种人"的同人杂志，施蛰存立即表示反对。不仅是发刊词中即有明确的表示，后来在论争开始时又只刊登双方文字却不表明态度，并称："我要《现代》成为中国现代作家的大集合，这是我的私愿。"（《编辑座谈》，《现代》第1卷第6期，1932年10月1日）。不过同时施蛰存又说自己与苏汶意见无原则上的歧异（参见《社中日记》，《现代》第2卷第4期，1933年2月1日），而因为谷非批评《现代》创作，苏汶遂作《批评之理论与实践》作答。由于文章是将巴金、穆时英也一并视作"第三种人"，而巴、穆两人表明对于苏汶的回答不满意，巴金并写下《我的自辩》（《现代》第2卷第5期，1933年3月1日）声明自己并非"第三种人"。

现实困境就不主要是文学自由主义如何与政治上的左翼调和，而成了文艺自由与现实革命何者优先的问题。而一旦触碰到现实，其立场的摇摆和转换也就难免。

第五章 沈从文的文学经典论

在讨论沈从文及20世纪30年代京派文学之前，有必要对此进行一番说明。众所周知，京派文学是以周作人为鼻祖，20世纪30年代初以周作人、废名、俞平伯等为主的《骆驼草》即可视作是京派的早期刊物。然而，至1933年沈从文重回北平执掌《大公报·文艺副刊》，后与朱光潜主编的《文学杂志》（1937年创刊）一起成为北平一批文人的新集合地后，此时京派文学无疑有了微妙变化。尽管周作人多次参与《大公报·文艺副刊》的茶会，前后京派文学在文学理念等方面也有紧密联系，但是，周作人在20世纪30年代的文学理念更多为上海的论语派所承继，两者之间有着更大的弥合点，而不是后来返京的沈从文和朱光潜。更值得注意的是，在沈从文掀起京海派之争的同时，他是将当时的论语派置放在"海派"中，对其有着明确的反思与批评。可以说，除却两者对文学的独立性和自由的共同诉求外，在文学与社会、与人生等重大问题上，沈从文为首的新京派与20世纪20年代后以周作人为首的老京派确实有着不小的差异。正是出于这种考虑，本书将周作人纳入论语派一脉进行考察，而将沈从文及朱光潜等后来的京派文人归至一处。当然，本书如此分别，也是基于对"自由"派文学理念这一核心问题的考量，而非对周作人等其他作家的流派归属问题的论定。

第一节 "独断"与作为经典的文学

沈从文虽是在北平开始走上创作道路，但是直到1928年到上海后其创作才日益成熟。他最初的文学观念也是发端于这一时期。沈从文转到上海并非因为他对洋场文化有何向往，而是作为新文学"最早的职业作家"不得已而为之的结果。1927年，因国内政治形势的变化，北京的北新书局、《现代评论》等也相继迁往上海。对于作为职业作家的沈从文来说，这一变化无疑至关重要。他曾明确地说："因中国的南方革命已进展到了南京，出版物的盈虚消息已显然有由北而南的趋势……并且在上海一方面，则正是一些新书业发轫的时节，《小说月报》因为编辑部方面负责者换了一人，作品取舍的标准不同了一些，在北平汉园公寓写成了《柏子》等作，已经给了我一个登载的机会，另一登载我作品的《现代评论》，编辑部又已迁过上海，北新书局与新月书店皆为我印行了一本新书。"① 与20世纪20年代新文化发源地北京不同的是，上海逐渐成熟的出版业主要是以商业为目的，与之前北京的刊物多为同人性质有别。上海与北京截然不同的文化氛围显然对现代知识分子产生巨大的影响，这点也在沈从文身上有所反映。1931年的《论中国创作小说》中沈从文说道："从十三年后，中国新文学的势力，由北平转到上海以后，一个不可避免的变迁，是在出版业中，为新出版物起了一种商业的竞卖。一切趣味的俯就，使中国新的文学，与为时稍前低级趣味的海派文学，有了许多混淆的机会。因此，影响创作方向与创作态度非常之大。从这混淆的结果看来，创作的精神，是完全堕落了的。"② 他将这类作家称为与旧礼拜六派"大同小异"的"新礼拜六派"。③ 上海时期的沈从文已经明显流露出对"海派"风气的不满。

对沈从文而言，除了作为一个职业作家所感受到上海文化空间强烈的商业气息外，更为重要的是新文学逐渐明显的政治化倾向。前者与他息息相关；而后者，则是他以旁观者的身份，在目睹上海1928—1930年间无休止的文坛论争中所感受到的。1928年，转向后的创造社、太阳社发起"革命文学"，并由此展开频繁的文学论争。首先是创造与太阳争夺发明权，继而是革命文学派对五四一代著名的文学家鲁迅、茅盾等人发起攻击。1930年，国民党针对左翼文学发起民族主义文学运动。之后，左翼文学、民族文学运动以及"新月派"之间的论争也是此起彼伏。不久，在胡秋原、苏汶与左翼之间又发生论争。这些论争都具有

---

① 沈从文：《记丁玲》，《沈从文全集》第13卷，北岳文艺出版社2002年版，第102页。
② 沈从文：《论中国创作小说》，《沈从文全集》第16卷，北岳文艺出版社2002年版，第196页。
③ 沈从文：《上海作家》，《沈从文全集》第17卷，北岳文艺出版社2002年版，第43页。

极强的政治性。尽管沈从文都置身其外，但这并不意味着他立场的超然。在《记胡也频》和《记丁玲》、《记丁玲续编》以及当时一些文论如《现代中国文学的小感想》、《上海作家》中，他都表示出对当时上海文坛政治化的不满。如对于创造社与鲁迅、《新月》与左翼的论争，沈从文这样说道："那时正是新的创造社派在上海方面酝酿到'文学为斗争的工具之一'的主张时代，对立而作意气抗辩的为《奔流》一流人物，《新月》有梁实秋《骂人艺术》是一本销路最好的书。为了方便起见，出版界译了许多新书出印，上海方面还有几个讲'都市文学'的作家，也俨然能造作一种空气。"在沈从文眼中，作家需要作品来说话，文学的政治化和商业化只"在摧残中国文学的健康萌芽"。对于当时普罗文学与民族文学运动之争，沈从文一并批评道："两方面的作家与作品呢，作者名字那么多，且仿佛有许多人的名字还极其为年青人所熟习，至于作品却没有一个人能从记忆里屈指数得出他的数目。因为依上海风气，这些作家们照例是先成作家后写作品的，还常常使远地读者刚来得及知道他们的派别时，他们自己又早已新起炉灶成为另一种人了。"[①] 其时沈从文并未与左翼文学发生直接冲突，但是他对左翼文学将文学政治化的做法显然是不满的。这点在他的《记胡也频》、《记丁玲》中有很真实的反映，甚至在他这一时期的很多小说中也多有对左翼革命文学的讥讽。后来，他将这几年的文坛情形总结为"一种新的腐败已传染到这个部门，一切如戏，点缀政治"[②]。值得注意的是，与"新月派"和论语派都不一样的是，沈从文将当时文学的政治化看作是文学商业化的一种结果，在他看来，文学政治化的本质还是商业化："一时节普罗文学的兴起，反手间民族文学的成立，不知者还以为一则不外乎同政府对立，一则不外乎为政府捧场，故现象推迁，有此结果。其实不要这个，欢迎那个，还是几个眼尖手快的商人所作的事。作家不过是一个商店的雇员，作品等于一种货物。"[③]

　　沈从文最初关于文学独立的观点，正是在与当时上海文坛商业化和

[①] 沈从文:《记胡也频》、《记丁玲》,《沈从文全集》第13卷,北岳文艺出版社2002年版,第31、32、118、119页。

[②] 沈从文:《从现实学习》,《沈从文全集》第13卷,北岳文艺出版社2002年版,第382页。

[③] 沈从文:《记丁玲》,《沈从文全集》第13卷,北岳文艺出版社2002年版,第32页。

政治化的疏离中得以实现的。换言之，对上海文坛的商业气和政治气的厌恶，沈从文才格外强调文学的独立性，其旨在文学不受商业和政治的控制。他这一时期在谈文学时，就颇为强调自身创作的"个人性"和"独立性"。1928年10月的《阿黑小史·序》中，沈从文有意将自己的创作与其时方兴未艾的革命文学区分开，他说，这本书的读者应是"厌倦了热闹城市，厌倦了眼泪与血，厌倦了体面绅士的古典主义，厌倦了假扮志士的革命文学"的人。① 《阿丽思中国游记》第二卷的"序"中，他则表示自己是"把文学当成一种个人抒写，不拘于主义，时代，与事物论理的东西，故在通常标准与规则外，写成了几本书"。话语中透露出他对当时文坛风气的不满："文学应怎样算对，怎样就不对，文学的定则又是怎样，这个我全不能明白的。不读什么书与学问事业无缘的我，只知道想写的就写，全无所谓主义，也不是为我感觉以外的某种灵机来帮谁说话，这非自谦也不是自饰，希望有人相信。"② 不过，上海时期的沈从文对文学政治化的批判并没有引起文坛的特别注目，直至1933年重回北平执掌《大公报·文艺副刊》后他又重提此事，这次则导致文学史上著名的京海派之争。在此次论争中，沈从文重申了他反对文学商业化和政治化、维护文学独立性的立场。此后，他批评文坛"差不多"现象、批评作家从政等，都是这一立场的延伸。与此同时，沈从文也提出了他心目中的理想作家类型。在1936年的《习作选集代序》中，沈从文这样说道："我除了用文字捕捉感觉与事象以外，俨然与外界绝缘，不相粘附。我以为应当如此，必须如此。一切作品都需要个性，都必须浸透作者人格和感情，想达到这个目的，写作时要独断，要彻底地独断！"③

如此强烈地反对文学的政治化商业化倾向，强调文学的"独断"地位，很容易让人以为沈从文是在坚守一种摒弃政治的纯文学观，认为文学家应与政治相隔绝。然而，事实并非如此。沈从文从未像论语派那样

---

① 沈从文：《阿黑小史·序》，《沈从文全集》第7卷，北岳文艺出版社2002年版，第231页。
② 沈从文：《阿丽思中国游记·第二卷的序》，《沈从文全集》第3卷，北岳文艺出版社2002年版，第145页。
③ 沈从文：《习作选集代序》，《沈从文全集》第9卷，北岳文艺出版社2002年版，第2页。

刻意否认文学的功用性，相反，他对文学的功用性有着独特的思考，这即是在强调文学独立性的同时提倡文学的"经典性"。沈从文所说的文学"经典"功能，具有极其复杂的意味，它包含了两个层面的内涵：一是文学作为经典重造的工具，一是文学作为重造的根本，即文学为其他重造（如政治重造、社会重造）提供新的思想和指导方针。还在1932年的《上海作家》一文中，他就称文学应该"对于这个民族的健康上给它一分注意"，"提示这个民族发生向上自尊的感觉"，"提倡新的人生观，一种在个人生活民族存亡上皆应独立强硬努力活下去的人生观"，"奖励征求能使国民性增强强悍结实的一切文学作品"。[①] 他一面批评部分作家是记着"时代"忘了"艺术"，作品成了"新式八股"，一面提出"作者需要有一种觉悟，明白如果希望作品成为经典，就不宜将它媚悦流俗，一切伟大作品都有它的特点或个性，努力来创造这个特点或个性，是作者的责任和权利"[②]。在沈从文看来，文学成为"经典"首先需要文学自身具有独立的个性，而这根本则是作家能独立思想，因为"一个具有独立思想的作家，能够追究这个民族一切症结的所在"[③]。

将文学视作经典的工具，是在于沈从文认为它是重造国民精神的工具，承担着重造新的民族精神人类精神的重任。他曾说："我们还可以希望作家各自努力来制作那种经典，真的对于大多数人有益，引导人向健康，勇敢，集群合作而去追求人类光明的经典。同时尚留下一点点机会，许可另外一种经典也能够产生，就是那类增加人类的智慧，增加人类的爱，提高这个民族的精神，丰饶这民族感情的作品产生。"[④] 沈从文的这一文学观与他有意识地承接五四文学革命关系颇深。沈从文对五四文学革命的向往是一个极显明的事实。他一生都在强调接触五四余波是他人生的一个重要转机，而五四文学革命对他的影响更是多次谈及。在1947年的《从现实学习》中，他强调当年接触到五四刊物"所提出

[①] 沈从文：《上海作家》，《沈从文全集》第17卷，北岳文艺出版社2002年版，第44页。

[②] 沈从文：《作家间需要一种新运动》，《沈从文全集》第17卷，北岳文艺出版社2002年版，第107页。

[③] 沈从文：《废邮存底八　元旦日致〈文艺〉读者》，《沈从文全集》第17卷，北岳文艺出版社2002年版，第204页。

[④] 沈从文：《文学联合战线所有的意义》，《沈从文全集》第17卷，北岳文艺出版社2002年版，第112页。

的文学运动社会运动原则意见"对他的巨大影响,特别是新文学对于社会重造及民族重造的重要责任:"以为社会必须重造,这工作得由文学重造起始。"① 他所理解的五四文学革命是"一是健全纯洁新的语言文字;二是把它用来动摇旧社会观念基础"②。五四文学革命是"工具"的重新运用,而工具重用是社会重造的"主要动力"。③ 而自20世纪30年代沈从文提出的文学"经典"始,其中很重要的一个目的就是希望能够重燃五四精神,实现"工具重用",并以此重建"有形社会和无形观念",重新借助文学的力量对民族、社会进行重造。换言之,沈从文所说的文学的经典性,很重要的一个方面就是承继五四文学革命"以文字为工具重造社会"的理想。他曾说:"试从近二十年过去国家社会的变迁看看,就会发现一件事情,即文学革命。且会承认一件事情,即文学革命后,用文字作工具,用得其法,对社会改造有多大贡献,对民族自信心和自尊心的恢复增加,又有多大贡献。"④ 他将五四以来的一切进步都归于"文字"运用得法,而之后的"文运的堕落"、工具的滥用和误用则导致社会各个层面的堕落。因此,他认为要全面重造社会,也只能寄希望于文字的重新运用。20世纪40年代沈从文多次倡导"文运的重建",他说:"看看二十年来用文字作工具,使这个民族自信心的生长,有了多少成就。从成就上说,便使我相信,经典的重造,不是不可能的。经典的重造,在体裁上更觉得用小说形式为便利。"⑤ "一切经典的制作,不离乎文字,新的经典的形式,照近二十年来的社会习惯,又如何适宜于放在一个文学作品中,以便在广大读者群中唤起那个民族自尊心与自信心,并粘合这点精神于民族发展某种设计上。"⑥ 他又说:"国家设计一部门,'国民道德的重铸'实需要文学作品处理,也惟有

---

① 沈从文:《云南看云集·新废邮存底十三 明日的文学作家》,《沈从文全集》第13卷,北岳文艺出版社2002年版,第357页。
② 沈从文:《沈从文自传》,《沈从文全集》第27卷,北岳文艺出版社2002年版,第145页。
③ 沈从文:《"五四"二十一年》,《沈从文全集》第14卷,北岳文艺出版社2002年版,第133页。
④ 沈从文:《变变作风》,《沈从文全集》第14卷,北岳文艺出版社2002年版,第159页。
⑤ 沈从文:《长庚》,《沈从文全集》第12卷,北岳文艺出版社2002年版,第40页。
⑥ 沈从文:《"文艺政策"检讨》,《沈从文全集》第17卷,北岳文艺出版社2002年版,第282页。

伟大文学作家，始克胜此伟大任务。"①

然而，值得注意的是，沈从文所说的文学经典，不仅仅是承担"国民道德的重铸"重任的工具，同时又是一切重造的根本，必须能为其他"重造"提供思想原则指导。在沈从文眼里，文学"记录这个国家重造过程，为重造提供新的人生观、思想"②。"相信一切由庸俗腐败小气自私市侩人生观建筑的有形社会和无形观念，都可以用文字作为工具，去摧毁重建。"③ 文学在这里不仅是工具，同时还是一切重造的思想基础。沈从文曾说：

> 高尚原则的重造，既无可望于当前思想家，原则的善为运用，又无可望于当前的政治家，一个文学作家若能将工作奠基于对这种原则的理解以及综合，即可供给这些指导者一种最好参考，或重造一些原则，且可作后来指导者的指导。新的经典之所以为经典，即从这种工作任务的重新认识，与工作态度的明确，以及对于"习惯"的否定而定。④

政治家和思想家不能胜任"高尚原则的重造"，却应由文学家来担当。在反对作家与政治结合时，与"新月派"和论语派等重在关注作家思想自由丧失不同，沈从文注重的却是因此而来的文学地位的转变："作家被政治看中，作品成为政策工具后，很明显的变动是，表面上作品能支配政治，改造社会，教育群众，事实上不过是政客从此可以蓄养作家，来作打手，这种打手产生的文学作品，可作政治点缀物罢了。作品由'表现真理'转成'解释政策'、'宣传政策'，便宜了一群投机者与莫明其妙的作家。"⑤ 他批评文学与政治的合流，不仅在于文学丧失

---

① 沈从文：《一种新的文学观》，《沈从文全集》第17卷，北岳文艺出版社2002年版，第172、173页。

② 沈从文：《云南看云集·新废邮存底十三 明日的文学作家》，《沈从文全集》第17卷，北岳文艺出版社2002年版，第357页。

③ 沈从文：《长庚》，《沈从文全集》第12卷，北岳文艺出版社2002年版，第39页。

④ 沈从文：《一种新的文学观》，《沈从文全集》第17卷，北岳文艺出版社2002年版，第171页。

⑤ 沈从文：《新的文学运动与新的文学观》，《沈从文全集》第12卷，北岳文艺出版社2002年版，第47、48页。

其独立性，更在于文学因此失去了承担"重造"根本原则的地位，他说："文学运动已失去了应有的意义，作家便再不是思想家的原则解释者，与诗人理想的追求者或实证者，更不像是真正多数生命哀乐爱憎的说明者，倒是在'庶务'、'副官'、'书记'三种职务上供养差遣听使唤的一个公务员了。"① 对此情形，沈从文不无遗憾地称："文学运动十年虽已成为'政策点缀物'，却尚不曾更庄严一点成为'国家设计之一部门'。"② 作家也从"'说教者'、'经典制作者'、'思想家'身分，变而为'白相人'和'小打手'、'清客'和'混混'。"③ 在《政治与文学》一文中，他更称"文学作家归入宣传部作职员，这是现代政治的悲剧"④。显然，在沈从文这里，文学在政治之上，他将文学作为重造政治的根本："明日的中国，不仅仅是一群指导者，设计者，对于民族前途的憧憬，能善于运用文字作工具，来帮助政治，实现政治家的理想为了事。尚有许多未来政治家与专家，就还比任何人更需要受伟大的文学作品所表示的人生优美原则与人性渊博知识所指导，来运用政治作工具，追求并实现文学作品所表现的理想，政治也才会有它更深更远的意义。"⑤ 以文学为指导，而政治为实现文学所提出的人生原则的工具，实显出沈从文文学观念的特殊性。更由此可见出的一点是，他极力反对文学与政治合流，并非是要文学家弃绝政治，而是基于他对文学地位的独特思考，即不是文学受政治支配，相反文学还要为重造政治提供指导方针；作家不是政治的点缀，而应是能提出指导原则的思想家。

也正是因为将文学置于重造的根本，沈从文还明确提出作家应具有双重身份，即文学家应当同时也是个思想家，由此文学才能为重造提供必要的思想："明日真正的思想家，应当是个艺术家，不一定是政治家。

---

① 沈从文：《一种新的文学观》，《沈从文全集》第17卷，北岳文艺出版社2002年版，第169页。

② 沈从文：《给一个作者》，《沈从文全集》第17卷，北岳文艺出版社2002年版，第425页。

③ 沈从文：《新废邮存底九 职业与事业》，《沈从文全集》第17卷，北岳文艺出版社2002年版，第336页。

④ 沈从文：《政治与文学》，《沈从文全集》第14卷，北岳文艺出版社2002年版，第253页。

⑤ 沈从文：《作家间需要一种新运动》，《沈从文全集》第17卷，北岳文艺出版社2002年版，第286、287页。

政治家的能否伟大,也许全得看他能否从艺术家方面学习认识'人'为准。这也就是明日真正的思想家,应当是个艺术家,不一定是政治家的原因。"① 他还说:"诗人不只是个'工作员',还必需是个'思想家'。我们需要的就正是这么一群思想家。这种诗人不是为'装点政治'而出现,必需是'重造政治'而写诗。"② "我以为思想家对于这个国家有重新认识的必要。这点认识是需要从一个生命相对原则上起始,由爱出发,来慢慢完成的,政治家不能做到这一点,一个文学家或一个艺术家必需去好好努力。"③ 可见,沈从文强调文学家具有"严肃"的态度,并非是要保持文学家弃绝政治的"纯洁性",其根本是源于他对文学家身份的双重要求,这一要求即倡导文学家具有独立思索的能力,努力超越现有意识形态的限制,并能够提出普遍的人生原则,以此来指导政治重造和社会重造。这也是沈从文反对文学政治化的根本所在:文学不受制于政治,不仅在于维护文学不受政治支配的独立性,更在于维护文学的本体地位。在这里,沈从文明确将文学置于政治之上,将之作为重造政治的基础。就此言,沈从文强调文学的独立性,其根本目的则是为了维护文学的经典地位。而他之所以赋予文学以经典功能,是在于他认为文学承担了重造人生原则的重任,由此也是社会重造、政治重造的基础。在这个意义上,文学的经典性实际是将文学的位置提至思想的本体地位。也正是在这个层面上,文学的"独断"地位与文学的经典功能才是统一的。换言之,只有文学"彻底地独断",不为政治、商业等其他所拘囿,才能真正独立地表达自身的思想,承担起重造思想、政治等其他的重任,也才能称之为经典。这是沈从文的"文学作为经典"的根本内涵,文学在他那里成了本体意义上的存在。在此,与其说沈从文是重在文学的"彻底地独断",不如说"独断"是为了"经典"的形成。前者是手段,后者才是真正的目的。而就此言,沈从文对文学与政治关系的批评,也就不仅仅是坚持文学的独立地位,更是基于他对文学经典性的考虑。他之所以反对文学与政治合流,一方面是基于他对文学

---

① 沈从文:《"诚实的自白"与"精巧的说谎"》,《沈从文全集》第17卷,北岳文艺出版社2002年版,第391页。
② 沈从文:《谈现代诗》,《沈从文全集》第17卷,北岳文艺出版社2002年版,第479页。
③ 沈从文:《虹桥》,《沈从文全集》第10卷,北岳文艺出版社2002年版,第393、394页。

的独立和作家思想自由的重视,另一方面则与他明确将文学置于文化思想的本体地位相关。前者体现出鲜明的自由主义文学精神;后者则关联着他个人极为独特的文学理念和生命观念。

值得注意的是,当文学作为其他一切重造的根本,文学的功能又显然已经逾越了启蒙的范畴,因为就启蒙而言,文学只是一种工具,并不一定是坚定的个人主义表达,文学的"绝对独断"也难以真正实践。当沈从文提出文学的"经典"功能时,实际上是走上文学(文化)本体化建构道路,其中根本原因就在于他那著名的"人性论":这便是他在20世纪30年代就已确立的"建造希腊小庙""供奉人性"。而他说的文学经典的重要内核即是这"人性"。他说:"人性的种种纠纷,与人生向上的憧憬,原可依赖文学来诠释启发的。这单纯信仰是每一个作家不可缺少的东西,是每个大作品产生必需的东西。"[①] 也唯有文学才能承担重造人性的重任:"这种激发生命离开一个动物人生观,向抽象发展与追求的欲望或意志,恰恰是人类一切进步的象征,这工作自然也就是人类最艰难伟大的工作。我认为推动或执行这个工作,文学作品实在比较别的东西更其相宜。而且说得夸大一点,到近代,这件事别的工具都已办不了时,惟有小说还能相当。"[②] 由此,沈从文反对文学与商业和政治合流,而倡导文学对人性的表达:

> 作品受"商品"或政策"工具"的利诱威胁,对个人言有所得,对国家必有所失。从商品与政策推挽中,伟大作品不易产生,写作的动力,还有待于作者从两者以外选一条新路,即由人类求生的庄严景象出发,因所见甚广,所知甚多,对人生具有深厚同情与悲悯,对个人生命与工作又看的异常庄严,来用作宏愿与坚信,完成这种艰难工作……用文字故事来给人生作一种说明,说明中表现人类向崇高光明的向往,以及在努力中必然遭遇的挫折。[③]

[①] 沈从文:《给志在写作者》,《沈从文全集》第17卷,北岳文艺出版社2002年版,第412、413页。

[②] 沈从文:《小说作者和读者》,《沈从文全集》第12卷,北岳文艺出版社2002年版,第66、67页。

[③] 沈从文:《白话文问题——过去、当前和未来检视》,《沈从文全集》第12卷,北岳文艺出版社2002年版,第62、63页。

另外值得注意的是，沈从文之所以将文学置于政治之上，也有从人性层面的考虑。他认为，文学虽与政治一样都具有征服人心的作用，但文学又不同于政治、宗教的具体性、强迫性，而具有一种永恒性、普遍性："因为唯有它能在宗教和政治以外，把在不同时间和空间生长的生命，以及生命的不同式样，发展不同趋赴相同的目的，作更有效的粘合与连接！"① 它显然比政治、宗教更为合理，更适合为其重造的根本："宗教和政治都要求人类公平与和平，两者所用方式却带来过无数战争，尤以两者新的混合所形成的偏执情绪和强大武力，战争的完全结束更无可望。过去艺术必须宗教和政治的实力扶育，方能和人民对面，因之当前欲挣扎于政治点缀性外亦若不可能。然而明日的艺术，却必将带来一个更新的庄严课题。将宗教政治的'强迫''统制''专横''阴狠'种种不健全情绪，加以完全的净化廓清，而成为一种更强有力光明的人生观的基础。"② 可以说，在沈从文视野里，文学之所以能作为经典，归根结蒂还是在于文学对于人性的表达。他曾解释他心目中的"新的文学观"："从消极言，是作者一反当前附庸依赖精神，不甘心成为贪财商人的流行货，与狡猾政客的装饰品。从积极言，一定要在作品中输入一个健康雄强的人生观，人物性格必对一个中国人的基本态度与信念，'有所为有所不为'，取予之际异常谨严认真。他必热爱人生，坚实朴厚，坦白诚实，勇于牺牲。"③ 显然，对于沈从文言，文学首先要做到自身独立，但更重要的还在于对于一种新型"人性"的表达。就此而言，沈从文的文学观可以表述为：人性是内核——文学是表达人性的手段和工具，是人性的载体——通过承载着新的人性观的文学，进而重造民族精神和人类精神——最后达到社会、民族、人类的全面重造。

沈从文对文学的思考，还联系着他个人的生命体验。他对于文学本体位置的认识，部分也是基于文学对生命的重要意义。对于沈从文言，

---

① 沈从文：《一个边疆故事的讨论》，《沈从文全集》第17卷，北岳文艺出版社2002年版，第467页。

② 沈从文：《废邮存底十三 给一个读者》，《沈从文全集》第12卷，北岳文艺出版社2002年版，第231、232页。

③ 沈从文：《新的文学运动与新的文学观》，《沈从文全集》第12卷，北岳文艺出版社2002年版，第50页。

文学是他根本的存在方式，是实现他生命价值的重要方式。一方面，文学可以超越生命的有限存在，是生命得以延续的重要途径："在一切有生陆续失去意义，本身亦因死亡毫无意义时"，唯有文字能"使生命之光，熠熠照人，如烛如金"①。他说：

> 生命在发展中，变化是常态，矛盾是常态，毁灭是常态。生命本身不能凝固，凝固即近于死亡或真正死亡。惟转化为文字，为形象，为音符，为节奏，可望将生命某一种形式，某一种状态，凝固下来，形成生命另外一种存在和延续，通过长长的时间，通过遥遥的空间，让另外一时另一地生存的人，彼此生命流注，无有阻隔。文学艺术的可贵在此。文学艺术的形成，本身也可说即充满了一种生命延长扩大的愿望。②

沈从文还把写作看作是"一种违反动物原则的行为"，这是因为作家的创作动力，是源于"另外一种比食和性本能更强烈的永生愿望"，这即是"将生命的理想从肉体分离，用一种更坚固材料和一种更完美形式保留下来。生命个体虽不免死亡，保留下来的东西却可望百年长青（这永生愿望，本不是作家所独具，一切伟大艺术品就无不由同一动力而产生）……他的不断写作，且俨然非写不可，就为的是从工作的完成就已得到生命重造的快乐"③。而更重要的是，对于沈从文而言，生命存在的意义只在文学中才能获取。在《小说作者和读者》中，沈从文谈到文学与生命的另一层关系：

> 试从中国历史上几个著名不朽文学作家遗留下的作品加以检查，就可明白《离骚》或《历史》，杜工部诗或曹雪芹小说，情形大都相去不远。我们若透过这些作品的表面形式，从更深处加以注意，便自然会理解作者那点为人生而痛苦的情形。这痛苦可说是惟

---

① 沈从文：《烛虚》，《沈从文全集》第12卷，北岳文艺出版社2002年版，第10页。
② 沈从文：《抽象的抒情》，《沈从文全集》第16卷，北岳文艺出版社2002年版，第527页。
③ 沈从文：《小说作者和读者》，《沈从文全集》第12卷，北岳文艺出版社2002年版，第71页。

有写作，方能消除。①

　　文学是生命的必需，生命的意义方通过写作才能达到。这正是沈从文所说的文学中的"生命投资"："这么写作一支笔常常不免把作者带入了宗教信徒和思想家领域里去，每到搁笔时衰弱的心中必常常若有一种悲悯情绪流注，正如一个宗教信徒或一个思想家临死前所感到的沉静严肃。并且我明白，也幸而是写小说，无节制的大规模浪费，方能把储蓄积压的观念经验，慢慢耗尽，生命取得平衡。"② 这段话无疑是沈从文自身的创作体验。直至解放后放弃文学创作，他仍以为："生命在滞塞中，什么都作不好的。但是生命在滞塞中，也只有从写作里方能畅其源流，得到中和与平衡。"③ 就此言，在沈从文视野中，文学与生命的关系不是单向的，文学既是生命表达的工具，同时也是生命存在的方式，是使生命达至平衡的行为，这两者的关系实是相依相存，互为根本。在现代文学史上，像沈从文这样将文学的意义提到生命本体地位的作家并不多见。也只有在这个意义上，文学才是本体意义上的存在，生命不仅为文学提供内涵，文学也为生命存在提供意义，文学在这个意义上是作为生命的一种本体行为方式。至此，上述沈从文眼中的文学、生命、重造的关系又可以进一步表述为：文学为生命存在的根本，又是生命观念的表达工具。只有具有"生命投资"的文学，才是经典的文学，才能承担起重造一切的使命→通过文学与生命的互为作用，民族精神乃至人类普遍人性得以重造→社会、民族、国家、人类得以重造，也即：文学→←生命→←文学→民族精神重造和人性重造→国家重造和人类重造。

第二节　沈从文与论语派、新月派的比较

　　将沈从文的文学观与之前的"新月派"和论语派比较，不难看出他

---

　　① 沈从文：《小说作者和读者》，《沈从文全集》第12卷，北岳文艺出版社2002年版，第72页。
　　② 沈从文：《谈文学的生命投资》，《沈从文全集》第17卷，北岳文艺出版社2002年版，第459页。
　　③ 沈从文：《1952年1月24日　致张兆和》，《沈从文全集》第19卷，北岳文艺出版社2002年版，第313页。

们的同异所在。一致的是，三者都是坚定的个人主义者，沈从文对文学独立性的强调，根本是在对作家主体独立思考的重视；与此相关的是，三者都认为文学的内涵是"个人"的，尽管梁实秋强调的文学表现普遍人性、论语派认为文学是个人的表达，以及沈从文的人性论这三者的具体内涵并不相同。沈从文与"新月派"的弥合点还在于两者都认定文学的社会功能，与论语派的差异也正在此。但从根本上看，沈从文对文学独立自由的强调，背后是他对文学经典功用的考虑。这一设想在理论上超出了启蒙范畴，与中国现代文学的整体历史处境也有着很大差距。这里借讨论沈从文与"新月派"、论语派之间错综复杂的关系来说明这一点：沈从文与"新月派"人事上关系密切，思想上也有承继，但由于个体思想的独特性，他与秉承西方自由主义精神的"新月派"又有着很大的间隔；两者在文学（文化）立场上都是鲜明的功利主义者，但又有着各自的取向和路径，"新月派"如梁实秋提倡文学的"道德性"，走的是与五四文学启蒙一脉的道路，沈从文却试图将文学本体化，文学成了一切的根本；在与论语派关系上，沈从文受周作人的影响颇深，但对于20世纪30年代论语派的闲适风和趣味主义则表示明确反对；更值得重视的是，沈从文与论语派在文学上都极为重视个体生命的情感体验，都具有文学（文化）审美主义倾向，但论语派仅止于此，无意将文学自身的审美性与文学之外的社会功用联系起来，甚至对文学审美独立性的强调是以反文学的"正统化"、"功利化"为支撑的。而沈从文（京派）在这点上有着明确的追求，"工具重用"即是试图将文学的审美性与政治性（社会性）融合。

沈从文受益"新月派"颇多。他与徐志摩、胡适的关系无须多说，在思想上也受其影响，其中最重要的一点就是他们的自由主义精神。在倡民主、反独裁，倾向改良、反对革命以及倡导专家治国等观点上，沈从文与以胡适为代表的一派自由主义知识分子有着很大的一致。在1956年的《沈从文自传》中，沈从文谈及两者的关系时说道：

> 一九二八年到了学校教书后，生活逐渐成了一个半知识分子。其时学校中改良主义者的民主自由思想占较大比重。这些知识分子，平时虽不和国民党妥协，但是也不对于人民革命有何认识，只觉得当前不对，内战是国家不上轨道，降低国际地位的消耗，而倾

心于英美式个人民主自由。我在这种环境中熏陶下去，和新的社会现实于是日益隔开了。以为争个人用笔写作自由，极其重要。意识倾向不自觉也逐渐走上改良主义的道路。①

在谈到"人的影响时"，他又说：

> 一九二五——一九二六……前后又接近了些教授阶层人物，如《现代评论》的丁西林、陈源，新月的罗隆基、潘光旦、叶公超、闻一多，彼此人员相熟了，基本上还是两路。由于过去教育不同，当前社会地位不同，写作目标更有显明差距。大革命到来时，知识分子有了新的分化……我所熟的教授阶层，也有分化，妥协的作了官，受英美民主自由思想熏陶较久的，就留在学校里，进行改良主义的活动。②

> 有几个人在我生活上思想上，是有一定程度影响的：……其次是胡适，他的哲学思想我并不觉得如何高明，政治活动也不怎么知道，所提倡的全盘西化崇美思想，我更少同感。但……总还是够得上叫做自由主义者的知识分子，至少比一些贪污狼藉反复无常的职业官僚政客正派一些。③

虽是谈"影响"，但沈从文并没有讲具体的影响，倒是反过来重在与之不同之处，这需要考虑到写作此文时的现实政治环境。但从中依旧可以见出，从沈从文最初进入文坛，到1928年在上海一段时间，他更多是受到了胡适这派自由主义知识分子的影响。沈从文在这里所说的这一时期也正是"新月派"在政治上极为活跃的一段，即1929年倡导"人权运动"时期。沈从文当时正在中国公学和上海之间奔波，这段时期他的作品也多发表在《新月》上。作为徐志摩、胡适的朋友，沈从文对于他们的活动应该是知道的。同一时期，他还曾请胡适营救胡也频。他后来所说的："和胡适之相熟，私谊好，不谈政治。那时候和胡

---

① 沈从文：《沈从文自传》，《沈从文全集》第27卷，北岳文艺出版社2002年版，第143页。
② 同上书，第146页。
③ 同上书，第152页。

谈政治，反对南京政府的有罗隆基、潘光旦、王造时，他们谈英美民权，和我的空想社会相隔实远。"① 所指的也是这段历史。可见，沈从文虽然当时未参与"新月派"的活动，但对于"新月派"的自由主义理念多少有认同。他在文学上的自由主义色彩多少也与此有关，新中国成立后他还曾表示："过去二十年来，个人即不曾透彻文字的本质，因此涉及文学艺术和政治关系时，就始终用的是一个旧知识分子的自由主义观点立场，认为文学从属于政治为不可能，不必要，不应该。"②

不过，上述沈从文所说的"不同"又非虚话，也是事实。在一些重要问题上，他与胡适一派自由主义者又有着根本的不同。他曾多次表示他不与胡适谈政治："和胡相熟是这时（指在中国公学教书时期——论者注），私谊好，不谈政治。当时新月谈政治的是罗隆基、王造时等人，另是一起。"③ "同时他（指胡适——论者注）搞政治，我也不懂。"④ 沈从文与以胡适为首的自由主义者在政治理念上有着很大的区别，其中一方面固然是由于两者的生活、教育背景有着很大的不同。胡适、罗隆基等人受英美政治熏陶，带有浓厚的西方自由主义色彩。沈从文对胡适、罗隆基等人的政治观点"不懂"是自然的。另外，沈从文虽然也向往民主政治，但对他而言这更像是一种精神信仰，是在五四以来的思想浪潮的裹挟中形成的，他的政治观念更多的与他个人的生活背景相关。比如民主在他眼里很少作为具体的施政方案提出，往往是作为对强权政治的对立面出现。这使得20世纪30年代的沈从文与"新月派"在具体政治立场上也颇有差异。如前所述，胡适等在人权论争中虽然对国民党政权有过激烈的批评，但他们对政府始终寄予一定希望，他们所提出的政治改造方案是在现有政府能接受的限度内实现改良，而非彻底推翻现有政府。而在沈从文这里，倾向改良并不意味着他维护和认同当时国民党政权的合法性。与胡适派自由主义知识分子寄希望于现有政府基础上的改良，试图造一个"好政府"不同，沈从文的态度明显要激进

---

① 沈从文：《总结·思想部分》，《沈从文全集》第27卷，北岳文艺出版社2002年版，第104页。

② 沈从文：《我的学习》，《沈从文全集》第12卷，北岳文艺出版社2002年版，第361页。

③ 沈从文：《总结·传记部分》，《沈从文全集》第27卷，北岳文艺出版社2002年版，第84页。

④ 王亚蓉编：《沈从文晚年口述》，陕西师范大学出版社2003年版，第126页。

很多。他对国民党政权极不信任。在不少地方，他都有过这样的讥讽："这就是政治！""这就是政术！"在小说《若墨医生》中，他曾借故事中人物表明"我"对掌舵的，即统治者持根本怀疑的态度。"我"认为中国"一切中毒太深，一切太腐烂，太不适用"，"先信仰那个旧的完全不可靠，得换一个新的，从新的基础上，建设新的信仰，一切才有办法——这是我的信仰！"这在很大程度上即是沈从文的夫子自道。而到了20世纪40年代，沈从文已对当前"一切有形秩序和无形观念"彻底失望，对现实政治则"完全绝望"，由此他大声呼吁来一场"清洁运动"，提倡对政治进行"全面重造"。就此看沈从文对现实政治的态度，既不是取革命暴力手段，但也不能简单地称作改良，改良毋宁说是一种方式，其目的却和革命是一致的，即全面重造，重建一幅新的政治图景。

更值得重视的是，沈从文在文学（文化）理念上与"新月派"既有承继，但在具体走向上却大相径庭。"新月派"从自由主义理念出发，强调文学不依附任何政治集团的独立性，但同时他们也强调文学于人生、于社会的意义。这同样是基于其自由主义背景，包括对个性的尊重与对人的社会性的强调。因此，不管是胡适还是梁实秋、徐志摩等，他们都看重文学的社会功用，但这一功用又是建立在文学独立和作家主体自由的基础上的，与左右翼强调文学的政治依附性有着显明的差异。换言之，"新月派"所说的文学的"道德性"基于创作的自由，文学承担的也就是一种抽象的使命，与实际政治活动并无联系。"新月派"的这一点明显承继了五四时期的启蒙文学观，其中领袖人物胡适此期思想与五四时期并无根本改变，显示出现代自由主义知识分子的独立品格。对于沈从文而言，"新月派"的文学自由主义观以及重视文学的社会功用都是他认同的，这从上述他对五四文学革命的论说和有意承继中也可以看到。但由于他将文学作为一切重造的根本，这就使得他与"新月派"在文化（政治）立场上有了很大的差别。在沈从文与"新月派"对"专家治国"的不同规划中可以很明显地看到这点。

"新月派"以及一批欧美自由主义知识分子很多都是专家政治论的支持者。罗隆基很早就有《专家政治》[①]一文，罗认为应该"只问行政，不问主义"，行政科学化即是使用专家治国。20世纪30年代"民

[①] 罗隆基：《专家政治》，《新月》第2卷第2号，1929年4月10日。

主与独裁"之争中，提出"新式独裁"的丁文江也曾倡导专家治国。有意思的是，沈从文也一直将"专家政治"作为一种理想的政治形式，①但他所说的"专家政治"却又有其独特处。在《苏格拉底谈北平所需》中，他构想一幅未来理想政治图景：

> 余意北平首宜有一治哲学，习历史，懂美术，爱音乐之全能市长。此全能市长如不易得，退而求其次，亦宜将市政机构全部重造，且辅助以若干专门委员会，始能称职……警察局长最好为一戏剧导演或音乐指挥。其次则为一第一流园艺专家，不必属于党系人物。警察受训，所学宜以社会服务，公共卫生，及园艺学为主课……保甲则多兼公共卫生之医生……公务局长宜为一美术设计家……教育局长则为一工艺美术家……为促进辅助此文化城各部门工作进行，美术专科学校已改变制度，作两院制，分纯艺术和应用美术两部门。主校事者一哲学家兼著名诗人，平时不甚问校事，然其人格光辉，实不仅照耀及此学校，其于艺术与诗崭新见解，对东方美学新发展热烈讨论，且影响及世界。②

可以看出，沈从文提出的专家治国方案，主要是以艺术家、哲学家为主，而不仅仅是各行业的科学家，其目的是重在从道德和智识上改造政治，用他的话说则是"美育重造政治"，"用'美育'与'诗教'重造政治头脑之真正进步理想政治"③。沈从文的这一观点与他的文学经典论一脉相承，根基还在于他将文学（文化艺术）视作本体层面的，即以文学艺术为工具和核心，进而达到政治层面的重造。也是在这里，他与"新月派"这类自由主义者的专家治国论可谓形似而神异。传统

---

① 尤其是在第二次国内战争时期，沈从文一提到反对战争，总是将专家治国作为一种积极理想的政治方案提出。参见《北平通信·致子平》，《沈从文全集》第14卷，北岳文艺出版社2002年版，第338页；《解放一年——学习一年》，《沈从文全集》第27卷，北岳文艺出版社2002年版，第56页；《总结·传记部分》，《沈从文全集》第27卷，北岳文艺出版社2002年版，第90、91页。

② 沈从文：《苏格拉底谈北平所需》，《沈从文全集》第14卷，北岳文艺出版社2002年版，第371—373页。

③ 沈从文：《试谈艺术与文化——北平通讯之四》，《沈从文全集》第14卷，北岳文艺出版社2002年版，第384页。

的专家治国论应属现代政治内的应有之义，而沈从文所理想的"美育政治"，显然不是普通意义上的现代政治范畴，文学（文化艺术）在这里既是手段，也是目的，用他的话说这是一"超政治理想"①。可以说，在"新月派"那里，文学的功用并不意味着将文学本体化，而在沈从文这里，文学的功用性与本体性是合二而一的。这应该是两者在文学观念上的最大差别。

相对于与"新月派"的胡适、徐志摩的密切交往，沈从文与论语派的关系似乎要疏远很多。但实际上，沈从文对于周作人思想的很多方面都颇为倾心。据笔者所掌握的资料，沈从文与周作人交往最多的一段应是在他主编《大公报·文艺副刊》时期，当时副刊有定期聚会，周作人时有参加。②更重要的是，在沈从文关于人性、宗教的论述中，可以经常看到周作人的影子。20世纪40年代沈从文在西南联大授课，曾举周作人散文为例谈"学习抒情"③，他极为欣赏周作人对"人"的论述，特别引用了《伟大的捕风》一文，其中一段后来成了沈从文的散文集《烛虚》的题词，可见他对周作人的认同。他称周作人"在写对一问题的看法，近人情而合道理"，也道出周氏一贯重"人情物理"的特点。作为一个有着自身独特思考的人性论者，沈从文对周作人的欣赏绝不是简单的附和，而是出于他在这方面的切身感受。沈从文后来主张从性心理学角度思考人性，并多次提及蔼理斯的性心理学，源头应该也在周作人那里。另外，在文学与宗教关系上，沈从文的思考与周也颇为接近。谈及周作人的文学观念，即周在《自己的园地》中谈"文艺的宽容"，沈从文认为周"谈文艺的宽容，正可代表'五四'以来自由主义者对于'文学上的自由'一种看法"，并认为"在《自己的园地》一文中，对于人与艺术，作品与社会，尤有极好的见地"。尤其是周作人在论及"为人生派"与"为艺术派"时，即谈到文学"以个人为主人，表现情思而成艺术，即为其生活之一部，初不为福利他人而作；而他人接触这

---

① 沈从文：《谈英雄崇拜》，《沈从文全集》第14卷，北岳文艺出版社2002年版，第142页。

② 参见吴世勇编《沈从文年谱》，天津人民出版社2006年版。沈从文对于周作人的思想一直有较高评价，且高于鲁迅。另外，在新中国成立后的一次谈话中，提及与周作人"很熟，外头都知道"。参见王亚蓉编《沈从文晚年口述》，陕西师范大学出版社2003年版。

③ 沈从文：《从周作人鲁迅作品学习抒情》，《沈从文全集》第16卷，北岳文艺出版社2002年版，第259—266页，以下所引沈从文谈周作人的文字均出于此文，不一一注明。

艺术，得到一种共鸣与感兴，使其精神生活充实而丰富，又即以为实生活的基本"时，沈从文将此总结为"人生派非功利而功利自见"，此点更与他自己的文学观有相合一面。沈从文同样重视文学中的个人情思，他曾说文学是一种"情绪的体操"①，生命情感在他的文学中占有核心地位，而他对文学功用的强调，也正是建立在这种精神影响之上的。然而，沈从文尽管倾心周作人的思想，但对于周作人20世纪30年代日渐走向"隐士"的做法却并不认同，他在上文中不无遗憾地说道："然而这种激进思想，似因年龄堆积，体力衰弱，很自然转而成为消沉，易与隐逸相近，所以曹聚仁对于周作人的意见，是'由孔融到陶潜'。意即从愤激到隐逸，从多言到沉默，从有为到无为。"其后谈到周的附逆，更是说道："二十六年北平沦陷后，尚留故都，即说明年龄在一个思想家所生的影响，如何可怕。"②

实际上，20世纪30年代的沈从文就曾对论语派当时倡谈幽默、小品文表示反感。他有对《论语》、《人间世》的直接批评，并将这两刊物归入他所认为的"海派"中。最早的《窄而霉斋闲话》中涉及趣味文学时就说道："'京样'的人生文学"的结束，一面也是"由于人生文学提倡者同时即是'趣味主义'讲究者"，并称"讽刺与诙谐，在原则上说来，当初原不悖于人生文学，但这趣味使人生文学不能端重，失去严肃，琐碎小巧，转入泥里"③，此时《论语》虽未创刊，但也可见沈从文对"趣味"并不看好。后来在《谈谈上海的刊物》中也就表明："至于《论语》，编者的努力，似乎只在给读者以幽默，作者存心扮小丑，随事打趣，读者却用游戏心情去看它。它目的在给人幽默，相去一间就是恶趣。"④ 接着谈到《人间世》，则是"它的好处是把文章发展出一条新路，在体制方面放宽的一点，坏处是编者个人的兴味同态度，要

---

① 沈从文：《废邮存底十一 情绪的体操》，《沈从文全集》第17卷，北岳文艺出版社2002年版，第216页。
② 将周作人思想的变动视为"年龄"的结果，或是沈从文对周的一种辩护。昆明时期沈从文也曾与友人提及周作人的附逆，也说道"老年真是可怕"。参见沈从文《1941年2月3日复施蛰存》，《沈从文全集》第18卷，北岳文艺出版社2002年版，第391页。
③ 沈从文：《窄而霉斋闲话》，《沈从文全集》第17卷，北岳文艺出版社2002年版，第38页。
④ 沈从文：《谈谈上海的刊物》，《沈从文全集》第17卷，北岳文艺出版社2002年版，第93页。

人迷信'性灵',尊重'袁郎中',且承认小品文比任何东西还重要"。沈从文对此显然不满,他说"真是个幽默的打算!编者的兴味'窄',因此所登载的文章,慢慢的便会转入'游戏'方面去。作者'性灵'虽存在,试想想,二十来岁的读者,活到目前这个国家里,那里还能有这种潇洒情趣,那里还宜于培养这种情趣?"[1]《风雅与俗气》则对幽默小品文的"风雅"表示不满:"这方面幽默一下,那方面幽默一下,且就证实了这也是反抗,这也是否认,落伍不用担心了。另一方面又有意无意主张把注意点与当前实际社会拖开一点,或是给青年人翻印些小品文籍,或作点与此事相差不多的工作,便又显得并不完全与传统观念分道扬镳。因此一来,作者既常常是个有志之士,同时也就是个风流潇洒的文人。谁不乐意作个既风雅又前进的文人?"[2]与当时大多对论语派社会责任感薄弱的批评不同,沈从文重在从文人心理论及,在他眼里,"幽默刊物综合作成的效果,却将使作家与读者不拘老幼皆学成貌若十分世故,仿佛各人皆很聪明,很从容,对一切恶势力恶习气抱着袖手旁观的神气。在黑暗中他们或许也会向所谓敌人抓一把捏一把,且知道很敏捷的逃避躲开,不至吃亏。但人人都无个性,无热情,无胡涂希望与冒险企图,无气魄与傻劲。照这样混下去,这民族还能混个几年?"[3]

沈从文对论语派的批评,其中一个很重要的原因就在于他虽然重视文学的审美性,但同时也是个文学功利主义者,他从文学独立审美价值出发,其目的却是在"工具重造"。对于论语派表现出来的"游戏"、"性灵"之所以不满,也正在于违背了沈从文这种对于文学的"严肃"要求,这一"严肃"即是指文学对于民族精神、生命道德应是有所为的。他希望作家能明白"从这种作品上,方能把自己力量渗入社会里去"!他也"相信文学可以修正这个社会制度的错误,纠正这个民族若干人的生活观念的错误,使独善其身的绅士知耻,使一切迷信不再存在"[4]。尽管论语派并非完全不问世事,以周作人言,在强调文学为自

---

[1] 沈从文:《谈谈上海的刊物》,《沈从文全集》第17卷,北岳文艺出版社2002年版,第93页。

[2] 沈从文:《废邮存底·十·风雅与俗气》,《沈从文全集》第17卷,北岳文艺出版社2002年版,第213—214页。

[3] 同上书,第214—215页。

[4] 沈从文:《废邮存底·八·元旦日致〈文艺〉读者》,《沈从文全集》第17卷,北岳文艺出版社2002年版,第205页。

我表现同时，也包含着对文学"无形的功利"的认可，但同时他也认为"文学家虽希望民众能了解自己的艺术，却不必强将自己的艺术去迁就民众；因为据我的意见，文艺本是著者感情生活的表现，感人乃其自然的效用，现在倘若舍己从人，去求大多数的了解，结果最好也只是'通俗文学'的标本，不是他真的自己的表现了"①。这是周作人早年的话，即透露出对文学功用的消极要求，他实是将文学视作"终极"而非"工具"，早年在谈论"为人生的艺术"时就说："以艺术附属于人生，将艺术当作改造生活的工具而非终极，也何尝不把艺术与人生分离呢？"② 这与沈从文有意识地强调文学的大功用显然有别。而至 20 世纪 30 年代，论语派更是彰显"性灵"为文学根本，声称文学只关自我，无关世道人心，将文学的无功利一面发挥到极致，并以此来对抗当时文学中日益凸显的工具理性，此点显然更不为持严肃文学观的沈从文认取。

在沈从文这里，文学的审美性与功利性是合一的，换言之，他对文学艺术性的要求，是与他对文学作为重造的手段和基础的观念紧密相连的。这与马尔库塞关于艺术与实践关系的观点颇具一致性。马尔库塞认为，艺术的社会作用与它的审美形式功能始终保持着辩证的关联："文学的革命性，只有在文学关心它自身的问题，只有把它的内容转化成为形式时，才是富有意义的。因此，艺术的政治潜能仅仅存在于它自身的审美之维。艺术同实践的关系毋庸置疑是间接的，存在中介以及充满曲折的。"③ 文学的审美性与工具性在这里具有统一的可能，其工具性被自然地包含在审美性里。换言之，如果说 20 世纪 30 年代的论语派是努力将文学的审美性从工具化一途中隔离开来，试图用前者取代后者，那么到了沈从文这里，则是努力将两者进行融合，文学的经典性即是审美性与功利性的结合。沈从文毫不讳言只有优秀的作品才能承载思想，才能够承担重造经典的重任。而当论语派将审美性置于文学的根本时，也

---

① 周作人：《诗的效用》，《周作人自编文集·自己的园地》，河北教育出版社 2002 年版，第 20 页。
② 周作人：《自己的园地》，《周作人自编文集·自己的园地》，河北教育出版社 2002 年版，第 6 页。
③ ［德］马尔库塞：《审美之维：马尔库塞美学论著集》，李小兵译，生活·读书·新知三联书店 1989 年版，第 206 页。

未尝不具备周作人所言的"无形的功利",但问题在于,当论语派在强调文学审美性的同时,是有意识地将文学的社会功利性置于对立面,对"道统"、"正统"文学反对的背后是对文学工具化的明确拒绝。就此言,20世纪30年代的周作人及论语派并不是有意识地强调文学那种"无形的功利",再加上他们一再以闲适、趣味消解文学的教化功能,这就与具有明确重造意识的沈从文走到完全相悖的一面了。

第六章　20世纪40年代的压力与挑战

在抗战爆发前夕创办，在古都北平沦陷后停刊的《文学杂志》，对中国"自由"派文学具有文化症候的意义。尽管当时只出版了四期，却聚集了包括胡适、周作人、沈从文、朱光潜等一批有着重要影响的"自由"派作家。

创刊号上面，一篇朱光潜的《我对于本刊的希望》，表面上是关于如何办刊的个人表白，但在文中以"我们"自居的口气，暗示着这是一个群体的共识，毋宁说也是他们对文学的自由和自由的文学的理念的阐释。朱光潜主张让各种不同的思想学派存在发展，使其相互交锋。在激烈的交锋中，遵守应有的原则："公平交易"与君子风度。即你要自由，也应该尊重别人的自由。"我们对于文化思想运动的基本态度，用八个字概括起来，就是'自由生发，自由讨论'。""自由生发，自由讨论"正是一种宽容异己，平等待人的自由主义思想。在文艺上，他主张应该"多探险，多尝试，不希望某一种特殊趣味或风格成为'正统'"，应使文艺"有多方面的调和的自由发展"。即使是与自己不同的风格与趣味也应该持一种包容的态度，"互相观摩，互相启发，互相匡正"。因此，他将《文学杂志》的风格定位于"宽大自由严肃"①。

战前出版的《文学杂志》，既是"自由"派作家重整队伍的努力，也是他们试图建设健康、纯正与热诚的中国新文艺——自由主义文学——的实践。这种努力与实践却因为抗战的爆发而被迫终止。聚集在其周围的作家在战争的冲击下风流云散。如果说《文学杂志》的创刊，是"自由"派文学在抗战之前的一次集结号，一次颇有高潮意味的大会演，那么其在抗战爆发之后的停刊，也意味着一个高潮的突然终结，

---

① 朱光潜：《我对于本刊的希望》，《文学杂志》第1卷第1期，1937年5月1日。

并预示了另一个时代的开始,即"自由"派文学进入与战争密不可分的20世纪40年代。问题是,对于"自由"派文学和"自由"派作家而言,40年代究竟意味着什么?长达八年的抗日战争,给"自由"派作家和文学究竟带来怎样的影响?本章将试图勾勒出"自由"派文学所处的历史语境,以便更好地了解它在抗战大环境中所面临的压力和挑战。

第一节 现实与政治

布尔迪厄将作家与现实环境的关系理解为一个文学场域,一个作家所身处的文学空间。作家被周遭的现实网络所缠绕成为文学空间中的一个"点"。这个"点"实际上即是作家在现实环境/文学空间/文学场域中所占据的位置。研究者找到了作家的这个"点",也就意味着找到了一个介入文学空间的视角,从而可以"理解和感觉这个位置和占据这个位置的人的独特性及不同寻常的努力"[①]。这就意味着,进入20世纪40年代的自由主义,首先要寻找到它所身处的那个"点"。而确定作家在文学空间的那个"点",首先是要确定他/她周遭的现实环境。现实环境不仅影响着文学空间/文学场域的形成,而且也影响到了他/她所要占据的位置。因此,进入40年代的"自由"派文学,首先也要进入40年代的现实环境。或许可以追问,抗战的大环境对"自由"派文学到底意味着什么?它们共同形成了一个怎样的文学空间/文学场域?它给"自由"派作家带来的究竟是创作上的新的契机,还是更大的压力和挑战?抑或是两者兼而有之?要想回答这一切,首先要进入抗战的历史语境中。

一 民族主义

抗战的全面爆发,使中国人出现了前所未有的凝聚力和向心力。"国家至上,民族至上","抗战压倒一切",成为包括国共两党在内的不同群体与阶层的共识。为了建立抗日统一战线,中国共产党发表共赴

[①] [法]布尔迪厄:《艺术的法则:文学场的生成和结构》,刘晖译,中央编译出版社2011年版,第5页。

国难的宣言，不仅承认三民主义为战时所共同信奉的主义，而且承认了国民党政府的领导权。用蒋介石的话说，这也是"民族意识胜过一切之例证"①。这种民族意识即是民族主义。正如杜赞奇所言，在一个共同的敌人面前，民族主义再次发挥了它包容差异的强大功能，将诸如宗教、种族、语言、阶级、性别等的差异"融合到一个更大的认同之中"②。这个更大的认同无疑是"民族—国家"。

在战争的现实环境中，民族主义具体的表现是个人与集体/国家之间关系的调整。人们在总结抗战的教训时认为，"个人利益和国家利益是绝对不可分的，国家要不能自由独立，则一切个人的财产企业都是一双'泥脚'"。也只有在民族危亡之际，人们才更深刻地认识到，"没有了国家，就没有个人，一切个人的利害要不建筑在国家的基础上，结果决免不掉时代的冲刺"③。郁达夫就认为，即使你身为富翁，钱存的是外国银行，当国家亡了，"你能一个人托庇于外人，仍做你的亡国富翁么？""总之，是先必须有了国，才可以有家。"④沈从文站在一个湘西人的立场，力劝湘西军人在国家危亡时刻，能够突破乡土意识、地方观念，意识到身为中国国民的责任，奋起保家卫国。⑤甚至连国民党的胡汉民也说："如果要我们站在太阳旗下做奴隶，我们是宁愿站在红旗下面做一个中国人的。"⑥个人与集体/国家的关系成为皮和毛的关系。集体/国家是基础，如果没有这个基础，个体是不能生存的。

在个体和国族之间的关系上，郭沫若也主张："应把有限的个体生命融化进无限的民族生命里去。"⑦"要建设自由的中国，须得每一个中国人牺牲掉自己的自由。每一个中国人把自己的一切都献给祖国的解放。中国得到自由，则每一个中国人也就得到自由了。"⑧国族的利益

---

① 也芙编：《蒋委员长抗战言论集》，民族解放社1938年版，第31页。
② 杜赞奇：《从民族国家拯救历史：民族主义话语与中国现代史研究》，王宪明译，江苏人民出版社2008年版，第6、8页。
③ 铸成：《抗战与复兴》，《国闻周报》第14卷第47期，1937年12月6日。
④ 郁达夫：《假使做了亡国奴的话》，收入《郁达夫全集·第8卷·杂文（上）》，浙江大学出版社2007年版，第281页。
⑤ 沈从文：《莫错过这千载难逢的报国机会——给湘西几个在乡军人》。此文没有收入《全集》，参见《沈从文文集·第12卷·文论》，花城出版社1984年版，第361—369页。
⑥ 转引自尚文《中国人自己的事》，《文汇报·世纪风》第8版，1938年3月11日。
⑦ 郭沫若：《文艺与宣传》，生活书店1938年版，第36—44页。
⑧ 郭沫若：《要建设自由的中国（题词）》，《自由中国》创刊号，1938年4月1日。

重于个人的利益,为了前者,后者必须做出牺牲。牺牲的合法性与合理性是不容怀疑的。如果说在郁达夫、沈从文、郭沫若等人的意识中,国族的解放正是为了个体的解放,所以个体既是手段也是目的,那么在"战国策"派的知识分子那里,个体仅仅只是手段,是义不容辞为国族献身的微末分子。

"战国策派"三剑客之一的陈铨认为,抗日战争爆发之后,"中国最有意义,最切合事实的口号,莫过于'军事第一,胜利第一','国家至上,民族至上','意志集中,力量集中'"。他不是一般意义上的肯定国族至上的理念,而是将中国与世界联系起来。在他看来,处于战争中的世界呈现出的是"民族生存的竞争已经到了尖锐化的战国时代","民族主义至少是这个时代的金科玉律,'国家至上,民族至上'的口号,确是一针见血"。而"意志集中,力量集中"的目的是为了求得民族生存,并非什么"世界大同"、"正义和平"、"阶级斗争"、"个人自由"[1]。个体献身于国族,仅仅是为了成就国族。献身的目的也只是为了国族而已,与自我的解放没有必然的关系。国族所代表的集体永远是高居在个体之上的"上帝"、"英雄"或者主宰。他/她只需要臣服,不需要质疑,也不需要反抗。个体只是工具。陈铨实际上是将民族主义的思想置换为弱肉强食的唯力政治,对强势的"英雄崇拜"。他的思想暴露出严重的反个人主义倾向。在《指环与正义》一文中,他强调,一国之内,应该讲正义,但国与国之间应该讲"指环",这指环代表的就是力量,说得更通俗一点就是军事实力。在民族主义的时代,指环的意义远远大于正义的意义。[2] 显然,民族主义在陈铨眼中变成了充满铁血色彩的丛林法则。战争的目的主要是为了在弱肉强食的竞争中胜出,与正义、自由、民主无关。

同时,陈铨还以民族主义的立场对五四运动展开批判,通过批判五四来批判个人主义。他认为,五四新文化运动的一个重要的错误是,把集体主义的时代理解成了个体主义的时代。进入 20 世纪以来,集体主义成为世界政治的主潮。"大家第一的要求是民族自由,不是个人自由,

---

[1] 陈铨:《政治理想与理想政治》,《大公报·战国》(渝)第 9 期,第 4 版,1942 年 1 月 28 日。

[2] 陈铨:《指环与正义》,《大公报·战国》(渝)第 3 期,第 4 版,1941 年 12 月 17 日。

是全体解放，不是个人解放，在必要的时候，个人必须要牺牲小我，顾全大我，不然就同归于尽。"而"五四"所倡导的个性解放恰恰是逆时代潮流而行。反抗父权、夫权等的流弊就是国人缺乏爱国热情，只有小我的观念，而无大我的体认。"五四"的另外一个错误是将非理智主义的时代视作理智主义的时代。反观西欧的文化发展史，进入18世纪以后，欧洲已经是非理智主义的时代。而"五四"却将西欧的理智主义引入中国。尽管后者对中国还是新的，但是在时间上已经滞后西方200年。而作为20世纪主潮的民族主义更是一种非理智主义，其民族意识"是一种感情，一种意志，不是科学"。其他的诸如战斗精神、英雄崇拜、美术欣赏、道德情操等，都是需要依靠"意志、感情和直观"来把握的。所以，他提倡所谓的狂飙运动，一个"是感情的，不是理智的，是民族的，不是个人的，是战争的，不是和平的"运动。反观"五四"，它却因为没有认清时代的性质，"在民族主义高涨之下，他们不提倡战争意识，集体主义，感情和意志，反而提倡一些相反的理论"①。"战国策"派的另一位战将林同济也将矛头直接指向追求个性解放的自由主义。他认为，正是因为英美自由主义过于重视个体的价值，造成了无序的现象，甚至引发了希特勒的独裁专制。②尽管他一再声称自己并不反对自由主义，但是，显然大有将自由主义污名化之嫌。貌似直陈自由主义的弊端，实际上是打着红旗反红旗。

如果说在郭沫若、郁达夫、沈从文那里，"国族至上"的民族主义更多的是爱国主义，个体在国族面前既是手段/工具也是最终的目的的话，那么在"战国策"派这里，民族主义成为个体绝对臣服的"上帝"或者"英雄"，他们用"国族至上"的名义将个体试图变成一个被规训的客体。在陈铨眼中，个人主义或者自由主义成了民族主义的对立面。"战国策"派的思想不仅是反自由主义的，他们的思想方式也是反自由主义的。

二 复古主义

抗日战争期间，国民党政府也极力提倡"国家至上，民族至上"的

---

① 编者（陈铨）：《五四运动与狂飙运动》，《民族文学》第1卷第3期，1943年9月7日。
② 林同济：《关于自由主义（通信）》，《自由论坛》第1卷第4期，1943年5月15日。

思想。不过他们大有借民族主义的旗号建设中国"本位文化"的企图。1938年3月31日，国民党提出了战时文化建设原则纲领。它重申，抗战时期的最高原则为"民族至上，国家至上"。战时的学校教育也应遵循以民族国家为本位。[①] 纲领规定，在战争期间文化工作的"中心设施"是建设以"民族国家为本位"的文化："一为发扬我国固有之文化，一为文化工作应为民族国家而努力，一为抵御不适合国情之文化侵略。""忠孝仁爱信义和平"与"礼义廉耻"成为首要提倡的文化建设目标之一，也被作为培养理想国民的生活、道德的主要目标。显然，尽管这份战时的文化建设纲领所依托的仍然是民族主义，但其所大力要回归固有文化——"忠孝仁爱信义和平"、"礼义廉耻"——的倾向，却暴露出它的保守性。如果说它的重心是要重新回归传统，那么它指出的应当抵御的"不适合国情之文化"究竟指的是什么文化？

1942年5月1日，国民党的军事委员会在致教育部的密电中，对中国固有文化作了更为具体的说明，也触及了所谓的"不适合国情之文化"。除了再次重申固有文化为以伦理哲学为基础的中国固有之哲学之外，英美自由主义与苏俄社会主义被视作对固有文化造成打击的"外来思想"[②]。这个信息暗示，"不适合国情之文化"应当指的是英美的自由主义与苏俄的社会主义。

1943年9月8日，国民党又通过了《文化运动纲领案》。这个文化建设的方案，建构了以"仁爱"为思想基础的民生哲学以及以民生哲学为基础的文化哲学。在伦理建设的规划中，三民主义的教义被提到了神话的地位，成为一种救国救世的信仰。"国家至上，民族至上"为建国的基本目标"，"忠孝仁爱信义和平"和"礼义廉耻"被作为"律定群己关系的共同标准"，并积极倡导"中华民族以诚为本、以公为极的智仁勇的精神"。个人主义被视作自私自利的代名词而受到批判，并被视为革命建设的障碍。[③] 在国民党所极力推行的文化建设中，民族主义非但没有展现出爱国主义的激情与冲动，反而成为其推行复古主义的一个幌子。在民族主义的大旗下，国民党将传统伦理道德再次作为规范

[①] 《中华民国史档案资料汇编·第五辑·第二编·文化（一）》，江苏古籍出版社1998年版，第1—2页。

[②] 同上书，第15—16页。

[③] 同上书，第28—29页。

个体与群体关系的规则，毋宁说也是试图将个体纳入一个纲常伦理为基础的社会秩序之中。它所暴露出来的问题，不仅仅是文化上的复古主义，还有反个人主义与反自由主义的强烈倾向。它所要达到的不是个体的再解放，而是个体的臣服与规范。

将国民党的复古主义推向极致的，是战时中国的最高领袖蒋介石的《中国之命运》。在这本书中，国父的革命史被演绎为一个关于中华民国的开国神话。在蒋介石眼中，饱受外强蹂躏的中国近代史成为"文明的冲突"：西方列强的入侵造成了中国固有的伦理道德价值的失序："上下相蒙，左右相欺……视骨肉如路人，视同胞如敌寇。甚至可以认贼作父，觍颜事仇，逆伦反常，而不自知其非。"① 其实，蒋氏真正所要抨击的目标不在不平等条约，而是伴随西方入侵而来的西方的思想文化。于是，自由主义与共产主义被点名批判。在蒋氏看来，自由主义与共产主义对中国文化都有隔膜之感，它们不能真正代表西方文化，只是西方文化的皮毛而已，同时又并未给中国的发展带来益处。因此，"这些学说和政论，不仅不切于中国的国计民生，违反了中国固有的文化精神，而且根本上忘记了他是一个中国人，失去了要为中国而学亦要为中国而用的立场。其结果……使中国的文化陷溺于支离破碎的风气。在这种风气之下，帝国主义文化者文化侵略几易于实施"②。将西学东渐的过程描述为战争意义上的"（文化）侵略"，此间暴露出的是一种根深蒂固的文化保守主义。蒋氏认为中国未来的民主制度，"决不以欧美十九世纪个人主义与阶级观念为民主制度模型"。他将矛头对准自由主义，批评"天赋人权"之说，认为其不符合中国历史的事实。因为按照国父的说法，中国人不是不自由，而是自由太多了，所以才会一盘散沙，缺乏凝聚力，无法抵抗帝国主义的侵略。因此，要使中国人团结成一股力量，就必须打破"个人的自由"③。这样一种说法在民族危机时刻颇有市场。对中国人来说，一盘散沙，缺乏凝聚力，是自由太多的表现。这样的观点实际上是对自由主义的一种误读。用倪伟的话说，中国人太多的"自由"并不是西方民主政治中的现代"自由"，"指的还是传统

---

① 蒋中正：《中国之命运》，正中书局1943年版，第67页。
② 同上书，第73页。
③ 同上书，第182—183页。

中国人的化外之民式的自在",而"现代意义上的自由是在履行国民的基本责任的前提下由制度加以保护的个人选择和行动的自决权"[①]。

作为国民党的领袖,蒋氏大力倡导"忠孝仁爱信义和平"八德和"礼义廉耻"四维。忠孝是八德和四维的根本,个体要为国家尽忠,为民族尽孝。国家是个体的依托,因此,"国家政府的命令,应引为个人自主自动的意志。国家民族的要求,且应成为个人自主自动的要求"[②]。国族至上所代表的民族主义的思想,本身还意味着个体既是手段又是目的。但是在蒋介石这里,民族主义被置换为规约个体绝对臣服于国家的传统道德价值规范。

民族主义在国民党手中成为一张复古主义的牌,也成为反对个人主义、自由主义的借口。在这一点上,蒋介石领导的国民党政府表现出对"五四"新文化运动的反动。他们所倡导的以民族国家为本位的文化,与其说是民族主义的表征,毋宁说是一种复古主义与保守主义的表现。这背后潜藏的还是对"一个政府,一个党,一个领袖"的独裁理论的推销。尽管国民党政府一直表示从训政转变为宪政,但从他们对个人主义和自由主义的敌视态度来看,他们仍然摆脱不了独裁专制的本质。

三 民主与独裁

颇有意味的是,在民族危机时刻,在一部分知识分子中间也引发了关于政治体制的讨论。早在20世纪30年代,随着中日矛盾日益突出,在胡适、蒋廷黻、钱端升等人之间曾经引发过一场关于民主与独裁的争论。蒋廷黻、钱端升等人认为,当下的中国更适合走极权专制的道路。政治上的极权不仅可以提高政治效率,而且可以使国家在政治上更有凝聚力。只有这样一种政治体制,才可以改变中国目前国势微弱的地位。胡适则站在自由主义的立场,反对实行专制政治。

抗战期间,民主与独裁的争论在知识分子中间再次出现。在整个世界反法西斯战争中,德、意法西斯集团在军事上一度占据优势地位的形势,使一部分知识分子倾心独裁专制。在他们看来,德、意的强势与

[①] 倪伟:《"民族"想象与国家统制:1928—1948年南京政府的文艺政策及文学运动》,上海教育出版社2003年版,第32页。

[②] 蒋中正:《中国之命运》,正中书局1943年版,第134页。

英、法的弱势，正代表了它们各自政治制度的优劣。有的人干脆得出结论：独裁专制战胜了自由民主。在这样的国际背景中，中国如想更快地变成一个强势的国家，应该取法德、意，而非英、法。

战前主张中国走独裁专制道路的钱端升也旧调重提。他重申，大敌当前，中国的政治体制更应该采用一党专政的极权主义，而不是多党制。前者可以更好地将权力集中到一个中心点上，可以动用国家的力量来改造社会的生产制度和改善人民的经济生活。"今后的国家，如欲使社会进步，人民平等，则必须握有大权。"今日中国的现实环境则决定了不宜实行多党制。如果实行多党制的话，反而会因为太多的政党之间的纠纷消耗国家的力量。与钱端升主张极权专制相似，在政治效率问题上，有人就主张中国的政治效率过低，根本原因在于政治体制上权力过于分散。提高政治效率的最佳方式是采用权力高度集中的独裁政治。

但是，钱端升又不是一般意义上的支持独裁专制。他同时强调，国民党必须进行改革，真正实行三民主义，保障人民的言论自由等。他试图将独裁专制式的政治和民主政治调和起来。① 在他看来，尽管随着历史的发展，个人的私有财产权变得有些不合时宜，但是诸如言论自由、出版自由、集会自由、结社自由等是不会随着社会的变化而改变的。这些也是必须被保护的最基本的自由。他批评一些国民党人，将自由主义误解为放任，借以批判放任而否定自由主义的价值与意义。他们将个人自由与民族自由放置于水火不容的位置上，在抗战的大环境中，借助民族自由的名义而否定个人自由的重要性。② 钱端升还反对国民党打着抗战的旗号，实行思想上的统一。他认为，统一并非就等于一致，即使为了一致也不一定必须采用强制的方式。思想上的一致不仅违背了思想自由，而且事实上也根本做不到。中国素有书生上书言事发表不同政见的传统，尤其是现代知识分子是不会做应声虫的。思想自由乃是自由中最为重要的，民族的思想文化能够有长远的进步，也取决于个人的思想自由。因此，政府不应当用强迫的方法来取得思想的一致，相反，"思想自由与意见自由也是真正统一的必要条件"③。

---

① 钱端升：《一党与多党》，《今日评论》第4卷第16期，1940年10月20日。
② 钱端升：《论自由》，《今日评论》第4卷第17期，1940年10月27日。
③ 钱端升：《统一与一致》，《今日评论》第1卷第1期，1939年1月1日。

显然，在钱端升的身上表现出试图将独裁专制与自由主义的民主政治相互融合的倾向。这也是民族主义与自由主义在知识分子思想上的交锋。站在民族主义的立场上，他们希望国家能够更快地强势起来，即使采用独裁专制。同时，他们又试图保有个体最基本的权利。

一些站在自由主义立场的知识分子纷纷对独裁专制的主张做出了回应。罗隆基就强调，民主政治与多党制是无法分离的。多党制即意味着执政党不能用自己的权力去干涉在野党，其一切行动都应在法律限制之内。执政党也应当是由投票选出来的。一党制就是独裁专制，它是不允许党外有党的。自由民主政治主要体现在四个方面：一是政党获取政权的工具是人民选举的，而非依靠武力。在民主国家，军队属于国家，政党不能拥有军队。二是政党依靠政治纲领和政治政策来争取政权，而非分裂国家行政。三是党应当由党员来抚养，而非由国家来养党。国家的财政归国家共有。四是所有的政党在法律面前一律平等。

在罗隆基看来，钱端升所提倡的独裁专制与民主政治的并存或结合实际上是企图在二者中间走中庸之道。[①] 对于将政治效率的提高和独裁专制挂钩的做法，他认为它之所以是错误的就在于，效率被误解为迅速敏捷。政治效率的测量标准不是时间、精力、物质等，而是社会福利。"政治上某一事件，社会以较少量的牺牲，换取较多量的福利，那是效率优良"，反之的话，就是效率低下。如果只是依靠大量的牺牲而换取了较少量的福利，更是效率低下的表现。这种错误的理论折射出"权力通神"的观念，以为只要有了权力就什么都可以做通。罗隆基认为，政治权力不是政治效率的唯一条件，即使有了政治权力也不一定就意味着可以提高效率。具体到中国来说，缺乏效率的原因不在于政治权力不集中。中国的现行政体乃是独裁专制，所以中国的政治权力实际上已经达到了"增无从再增"的地步。政治的对象是人，无论使用什么样的政治体制，最关键的还是要让人民满意。罗隆基呼吁国人切不可只看眼前，以为希特勒的德国法西斯暂时处于优势地位，就误认为独裁专制可以提高政治效率。解决问题的关键还是要健全政治机构，集中人才

---

① 罗隆基：《中国目前的政党问题（上）》，《今日评论》第4卷第24期，1940年12月15日。罗隆基：《中国目前的政党问题（下）》，《今日评论》第4卷第25期，1940年12月22日。

等。① 至于欧战中德、意的军事势力暂时压倒英、法，是不是就意味着独裁战胜了民主？罗隆基持否定态度。他认为，法西斯主义的核心思想是战争至上，是"唯力的政治"，或者唯意志论。以强凌弱或者弱肉强食绝非历史的进步。人类社会的进步依赖的是理智的指导。唯力政治即独裁政治。在这种独裁政治中，人只是战争的工具，是必须为法西斯主义穷兵黩武的胜利而牺牲生命的，国家才是目的。民主主义则认为国家才是发展每一个人成为"至善之我"的工具，"至善之我"是目的。罗隆基认为，从辛亥革命胜利之后，中国就没有实行过民主，不是旧军阀独裁就是党治，都是独裁。在这一点上，中国可以说是德国法西斯的老师。但是中国的独裁并没有像德国的独裁那样在战争中获得绝对的优势地位，这说明了独裁并非什么灵丹妙药。为了民族的复兴，中国要学的不是德、意的法西斯独裁，而是德国的科学进步、发达的工业以及廉洁的吏治系统。中国选择民主主义的道路，进步可能会显得缓慢，但更安全更为妥当。②

对于钱端升的政治上的"中庸之道"，罗隆基也有自己的看法。在他看来，民主包括政治民主和经济民主。将追求经济平等的经济民主和共产主义相等同是不正确的。在英美，也有很多人信仰经济民主，而且他们也采取了很多方式来实现经济民主。比如美国总统罗斯福采取的一些经济措施，英国的拉斯基教授的经济主张，都是为了实现经济民主。所以，"经济的民主，是财富分配比较平均的社会，是人民的生活权利与工作权利有保障，是人民有经济的自由平等，因为有了这些自由平等，那末（么）政治上的自由平等，才有实质，才有意义。这样人民才真能管理国家，而国家才能是大多数人民的工具"③。当下的中国是既缺乏政治民主，也缺乏经济民主。

有的学者认为，英法（包括美国）所代表的自由主义乃是欧洲主要的政治思潮。它的要义"是以'人'为目的，而不以'人'为手段，其尊重人格的结果，是坚决发挥个性的充分自由"。只有个人有了充分的自由，才能引发生命的内潜的价值，人类才能够谋求进步和发展。自

---

① 罗隆基：《权力与效率》，《今日评论》第4卷第9期，1940年9月1日。
② 罗隆基：《欧战与民主主义的前途》，《今日评论》第4卷第1期，1940年7月7日。
③ 罗隆基：《政治的民主与经济的民主》，《民主周刊》第1卷第2期，1944年12月16日。

由主义是民主政治的题中应有之义。所以,反对后者就意味着反对前者。当下的英、法和德、意的对峙,既是民主政治与独裁专制的对峙,也是自由主义与反自由主义的对峙。尽管法西斯主义和共产主义有很多方面的不同,但是它们都是将个人视作工具而非目的,它们都无限地扩大国家的权力,而抑制个人的自由。因此,它们在反对自由主义这一点上是相同的。民主政治不只是多数的政治,"其要义是在尊重个人自由"。只有民主政治才是讲求自由的,而且自由或者自由主义正是民主政治的精髓。在民主政治下,个人的人格得到保护,个性获得全面合理的发展,个人才有自己的尊严。人人在平等的基础上贡献于国家社会。相反,独裁专制则将人作为工具,既不承认人人都有平等的价值和地位,又常常钳制人的思想,压抑人的个性。[①] 在这一点上,自由主义的民主政治和独裁专制政治的差异立见分明。在这位学者看来,英法美现在在战争中所做的就是如何将自由主义的民主政治的理念坚守下去。因此,英美的反法西斯战争无疑带有捍卫自由主义的积极意义。

罗隆基也以个人主义的立场来理解自由与民主。他也同意,民主的首要的也是最基本的原则是"人是目的,不是工具"。每一个人都是为了自己作为一个人而生存的。为了生存,他/她要发挥自己人性中的一切优点,以求获得快乐、幸福和美满的生活。"我本身就是目的"。同时,他/她也承认别人的生存是为了人之所以为人的目的,而并非是"我"生存的工具。民主还要承认人是平等的,要把人当作人来看,承认人的价值与尊严,使人的个性得到充分而全面的发展。罗隆基认为,民主政治不过是人类实现整个民主生活目的的众多手段中的一种。像宪政、法治、选举、议会,执政者向人民负责,政府是民有、民享、民治,主权在民等,都是民主政治的条件,也是民主在政治上实施的许多方案而已。[②]

吴文藻认为,只有民主政治才具有永久历史价值。独裁貌新实旧,是开历史倒车,也是复古和陈旧的。而民主政治与自由思想是一回事。"自由是民主的精髓,是保障一切主义的条件。"法西斯主义是公开反对自由与民主的,所以民主(自由)与独裁是对立的。人们往往对民

[①] 王赣愚:《今日的自由主义》,《今日评论》第4卷第25期,1940年12月22日。
[②] 罗隆基:《民主的意义》,《民主周刊》第1卷第1期,1944年12月9日。

主的一个最大的误解就是将民主政治视作多数政治,即多数统治少数,少数服从多数的政治,又被称为大众政治或者群众政治。实际上,民主政治的多数主要体现在代议制下的多数取决原则。一切思想在实行之前,先经过自由讨论,遵从多数取决的原则来做出最后的选择。虽然少数人的意见暂时未被采用,但是在一个时代是少数,在另一个时代可能就是多数。在独裁专制政治下,也实行少数服从多数的方式,但是这里根本不存在自由讨论的可能,是少数绝对地服从多数。群众政治或者大众政治,也不是民主政治。因为大众或者群众如果只是盲从,没有自己的主见的话,这样的政治与自由相距甚远。所以,在吴文藻看来,民主政治的真谛在于,它必须有实实在在的宪政法治,人民的自由与权利受到法律的保障,政府无权废止人民的自由与权利。同时,它还鼓励或者保护相反的意见,使其自由发展。[①] 无疑,吴文藻眼中的民主政治的意义,也在于其内在的自由主义的思想与理念。民主与自由是一枚硬币的两面,是不可分割的。最可贵的是,他将民主政治与多数政治进一步区分,指出民主政治是多数政治,但多数政治并不就是民主政治。

　　这场争论的重要意义在于,即使在抗战的大环境中,当"国族至上"的思想成为压倒性的主流思想,个人主义、自由主义遭到包括国民党政府在内的各方面批判的时候,罗隆基、吴文藻等人,依然试图在自由主义的立场上,维护个体最基本的权利,为个体争取最基本的生存空间。也是在反对独裁专制的过程中,以个人主义为核心思想的自由主义的政治理念再次得到宣扬。在"国族至上"、"抗战压倒一切"的特殊环境中,维护个体的生命尊严和价值显得弥足珍贵。但是这样的声音,在战时的特殊环境中却显得较为微弱。

　　在"国族至上"、"抗战高于一切"的主流思想中,个人主义不仅显得不合时宜,还成为被批判的对象。处于这样的环境,自由主义知识分子所遭受的压力是可想而知的。但是,罗隆基、吴文藻等人对自由主义的民主政治的申辩也说明,对于一部分自由主义知识分子而言,无论在什么情况下,个体的自由仍然是最重要的。

[①] 吴文藻:《民主的意义》,《今日评论》第4卷第8期,1940年8月25日。

第二节　文艺的统制

一　国民党的文艺政策

除了积极推行带有复古主义和保守主义的民族本位文化之外，国民党还加强了在文化出版与文艺创作方面的统制。1938年成立的中央与地方图书杂志审查委员会，目的是为了"适应战时需要，齐一国民思想"①。"齐一国民思想"说明它的真正目的还是要加强战时的思想统制。通过对图书杂志的严格审查，实际上也加强了对文学艺术的掌控。无论是自由主义作家沈从文，还是左翼作家胡风，他们的作品都遭到过严格的"审查"。除了设立专门的机构加强统制之外，国民党的文化部门还试图推行所谓的"文艺政策"，企图对战时的文学创作进行规约与掌控。

国民党在中宣部下面成立了中央文化运动委员会，由张道藩出任主任委员。不久，中央文化运动委员会支持下的《文化先锋》和《文艺先锋》先后创刊。一场关于"文艺政策"的讨论也在这两份刊物上展开。

张道藩在《文化先锋》的创刊号上发表了《我们所需要的文艺政策》。在这篇文章中，他较为系统地提出了建设三民主义文艺的设想。张氏认为，在当下，文艺应当与抗战建国发生密切的关联。也就是要求文学为政治服务，用文学来宣扬国民党的三民主义的教义。从对象来说，"三民主义是图全国人民的生存，所以我们的文艺要以全民为对象"。以全体人民为对象，就意味着要跨越阶级。张道藩以三民主义文艺的全民性来否定左翼文学的阶级性。他强调作家不仅要坚持以"仁爱为民生的重心"，还要将三民主义与国族至上联系起来。这意味着，在抗战时期，文学宣传三民主义就是宣传国族至上的理念，同时也要文学服从国族至上的最高原则。

张道藩的"文艺政策"主要包括"六不"与"五要"。"六不"有"不专写黑暗"，"不挑拨阶级的仇恨"，"不带悲观色彩"，"不表现浪漫的情调"，"不写无意义的作品"，"不表现不正确的意识"等。不正确

---

① 《中央组织图书杂志审查委员会》，（香港）《申报》第2版，1938年8月6日、7日。

的意识主要包括落伍意识、极左倾和极右倾意识三种。这样的文学作品似乎更多的要以歌颂为主,以表现正面为主。随后,张氏又强调文艺应该表现"我们的民族意识",具体为所谓的八德"忠孝仁爱信义和平"。这实际上也是作品的内容。"五要"主要是"要创造我们的民族文艺","要为最痛苦的平民而写作","要以民族的立场而写作","要从理智里产作品","要用现实的形式"。张道藩的这份"文艺政策"显得有些自相矛盾。"六不"中强调了不触动阶级仇恨,"五要"中又强调要关注大众的疾苦,写到大众的疾苦肯定会涉及社会生活的黑暗,这显然与前面已经强调的不专写黑暗有抵触。甚至他还主张要写大地主、大资本家,不是为了表现他们的奢华生活,而是写这些人如何翻然悔悟,痛改前非。他们如何意识到自我的罪责,主动为农工阶层谋求利益。就是将一个剥削者的形象转化成一个散发仁爱光辉的慈善者的形象,将阶级斗争视野中剥削与被剥削的关系转化成相互协作、互助互惠的其乐融融的关系。换言之,就是用国民党所提倡的传统的伦理道德来化解阶级矛盾,并以文学创作的形式表现出来。在强调要站在民族立场而写作时,张道藩主张将小我融于大我之中,这样"个人主义,个人自由,思想自由等个人主义社会的特质,自可消灭,而民族自由,民族意志始可显现"[①]。张道藩的"文艺政策"所建构的三民主义文艺,将个人与国族对立起来,将个人主义、自由主义视作国族的对立面而加以否定,带有明确的反自由主义的色彩。

张氏文章一出即引发讨论,但大多数都是附和之作,甚至将张氏的某些观点进一步引申。有人在"钦佩"张氏的观点时,倒是一针见血地点出了张氏所站的本党——国民党——的立场,并建议应该将作家创作的立场明确为三民主义的立场。[②]有人建议干脆直接将"我们的文艺"叫做"三民主义的文艺"或"三民主义文艺"。作家"要以'国家至上'的立场而写作","要以'祖国至上'的立场而写作"。在抗战建国的现实政治面前,"只有民族国家的自由,没有个人团体

[①] 张道藩:《我们所需要的文艺政策》,收入《文艺论战》,正中书局出版(出版日期不详),第1—45页。

[②] 赵友培:《我们需要"文艺政策"——兼评张梁两先生关于根本问题的意见》,收入《文艺论战》,正中书局出版(出版日期不详),第60页。

的自由"①。用陈铨的话说,在民族生死存亡之秋,个人还谈什么自由！"只要有利于集体,就得鼓励,有害于集体,就得取消……人民的一举一动,衣食住行,无不遭政府严格的管束。"在陈铨眼里,自由主义在这个时代简直就是一个倒霉蛋,不是生不逢时,而是原本就不该出生在这个时代。② 从这里也可以看出,陈铨的民族文学运动与张道藩等设想的三民主义文艺在"国族至上"、反对自由主义等方面是相同或者相通的。毋宁说张道藩等人的"文艺政策"所建构的三民主义文艺,实际上是另一个版本的民族文艺运动。既未换汤又未换药,只不过加了一些作料而已。

当梁实秋对这个"文艺政策"表示出质疑时,张道藩认为,作家在当下一致被认为是一个战士。既然是战士,就要遵守严格的纪律。所以,倡导"文艺政策"就是企图抛砖引玉,希望文艺界的同人共同商定出纪律以便适应现实的需要。"三民主义为建国的最高原则,根据三民主义定义文艺的规律（此处的"规律"即指"纪律"——笔者注）,这是最自然的逻辑。"尽管一再强调他们所倡导的"文艺政策"并非政府的文艺政策,但是张道藩还是反复地说明,最后的目的是希望能够形成"全国一致的文艺政策"。既然是全国一致,那就意味着这样的文艺政策带有强烈的统制性。作家需要遵守,文学创作显然要受到束缚和管制。

针对梁实秋以莎翁剧作来说明人性的永恒性,张道藩反问道,中国人理解的莎剧和英国人理解的莎剧是否一样？今天的英国人和莎翁时代的英国人理解莎剧的程度是否一样？在张氏看来,语言、文字、思想、知识等的不同都会影响到人们对莎剧的理解。而语言、文字、思想、知识等又被生活意识所决定。一时代有一时代的生活意识。文艺是用来宣扬生活意识的,自然文艺的趣味也会随着生活意识的改变而改变,而人性也会因时因地而不同了。③

作为国民党政府文化部门的领导者,张道藩的"文艺政策"必然代

---

① 易君左:《我们所需要的文艺原则纲要》,收入《文艺论战》,正中书局出版（出版日期不详）,第131—132页。
② 陈铨:《柏拉图的文艺政策》,收入《文艺论战》,正中书局出版（出版日期不详）,第224页。
③ 张道藩:《关于文艺政策的答辩》,《文化先锋》第1卷第8期,1942年10月20日。

表了国民党政府对文艺政策的立场。从这一政策中,我们可以看到,国民党貌似赋予了文学以较高的地位,实际上还是强调文学必须服务与服从于政治。在政治面前,文学仍然处于从属地位。他们看中的不是文学的艺术性,而是文学的工具性。而且,这份"文艺政策"显示出反"自由"派文学的色彩。

二 民族文学运动

"战国策"派发起的"民族文学运动"也显示出反"自由"派文学的倾向。陈铨对文学提出了新的期待,"新文学一定要代表一个新时代"。在他看来,新文学家的工作就是要破坏、提倡、促进,使这个新时代迅速实现。他左右开弓,既批评那些抱残守缺的"老先生们",又批评那些接受了英美自由主义的"绅士们",还有那些熏染了苏联阶级斗争思想的"青年志士"。如果这些人仍旧抱着他们所信奉的陈腐观念,来应对目前的新局面的话,除了惨败之外别无结果。在这个他所谓的"战国时代",他提出了11条新理想,并认为凡是不符合这11条新理想的观念统统要摧毁。这11条新理想,实际上也是他认为作家和文学所必须表现的内容。而这11条所谓的新理想实质是其赤裸裸的唯力政治与个体绝对服从国族的思想。比如,第五条理想为,自由是民族的,不是个人的。第七,理想的政治是军队组织,不是个别独立。第八,理想的经济是富国,不是民享。第九,理想的教育是训练服从,不是发展个性。第十,理想的社会是民族至上,不是阶级斗争。①

一位批评者尖锐地指出,这11条新理想,乍一看,"怕会认做希特勒手订的法律"。这11条理想就是为"新文学"创作立下的铁规定律,凡是不符合的统统要打倒。陈铨的"理想的教育"完全是一种开历史倒车的表现,目的在于用一套陈腐刻板的道德知识灌输给学生。这完全是一种愚民政策。学生都变成了应声虫,个性被压抑,天才被泯灭,这样培养出来的学生哪里还可以创作什么好的新文学?支持抗战并不意味着就要放弃自由主义的理念。具体到文学,作家将文学创作和抗战联系起来也是极自然的事情,自由地创作,自由地表达爱国思想,情感也显得真挚自然。"文学作品的思想,不能用倡导或任何方法来统制,新文

---

① 陈铨:《论新文学》,《今日评论》第4卷第12期,1940年9月22日。

学在自由的空气中，才能继续存在，历亿万年，日日新而又日新。"①在这位批评家看来，陈铨的 11 条新理想显然是反自由主义和反"自由"派文学的。

陈铨认为，文学受制于时间和空间。"时间就是时代精神，空间就是民族的性格。"因此，文学的性质与发展也被时代精神和民族性格所决定。他将"五四"以来的中国文化发展史划分为三个阶段。第一个阶段是"五四"时期，此时的时代精神是个人主义。文学也以表现个人主义为主，但大多模仿西方。第二个阶段是社会主义阶段，文学主要是模仿苏俄。社会主义阶段的时代精神是阶级斗争。第三个阶段，"中国思想界不以个人为中心，不以阶级为中心，而以全民族为中心，中华民族是一个整个的集团"。为了这个集团的生存和发展，个人主义和社会主义，都要听它支配。"我们可以不要个人自由，但是我们一定要民族自由"。正如笔者在前面已经提及的，这显然是一种极端民族主义的思想。陈铨将民族看作一个组织严密的大政治集团。作家只是这大集团中的一分子。作家的思想意识完全受制于民族的思想意识，也就是政治意识。在陈铨这里，作家或者他所谓的新作家再次成为一个听命于民族意识或政治意识的规训的客体。文学的本质就是为民族或者政治服务。于是，民族文学被他视为文学发展的最高阶段。"没有民族意识，也根本没有民族文学"的表述，表明文学与政治的关系成为毛与皮的关系，后者决定了前者的生存和发展。他提出的 11 条新理想无疑也属于"民族文学"的题中应有之义。陈铨的"民族文学"完全否定了文学的独立与自由，文学本身的艺术特质也被抹杀。按照他的逻辑，文学之所以成为文学，不是因为它自身，而是取决于政治。所以，陈铨所倡导的"民族文学运动"本质上是反自由主义和反"自由"派文学的运动。

陈铨还通过具体的文学创作，来实践他的民族文学的主张。代表作当属四幕话剧《野玫瑰》。故事的地点发生在沦陷后的北平。国民党特工人员刘云樵按照指令前往北平从事地下工作。他的姑丈王立民跻身于北平伪政权的最高职位。刘云樵通过与表妹，也是王立民唯一的女儿曼丽之间的关系，从王立民处获得许多机密情报。后来刘的身份暴露，正

---

① 欧阳采薇：《论所谓新文学与新理想》，《今日评论》第 4 卷第 19 期，1940 年 11 月 10 日。

在千钧一发之际,曼丽的后母夏艳华将刘和曼丽送出虎口。而夏艳华不仅是刘云樵以前的恋人,上海滩曾红极一时的舞女,而且还是刘云樵的上级。

在这出间谍故事中,引起争议遭到批评的是关于两个主人公的塑造。首先是汉奸王立民。在这个人物身上被寄予了陈铨所主张的生的意志和权力的意志。剧中的王立民置民族国家大义于不顾,宁肯做汉奸,当奸雄。他坚信自己有铁一般的意志,要靠自己的赤手空拳打下一个天下,世界上的力量可以摧毁他的身体,却不能摧毁他的意志。他对女儿曼丽又有着浓厚的父爱。正是因为塑造了这样一个与众不同的大汉奸形象,所以左翼文学界批评《野玫瑰》歌颂汉奸,将汉奸写成了英雄,为汉奸们寻找背叛祖国的理论根据。《野玫瑰》"不仅是抗战以后最坏的一部剧本,也可以说是最有毒的一部剧本"[①]。另外一个被批评的角色是女主人公夏艳华。这是一个类似于赛金花式的人物,大有以女性的身体献身于国体的意味。这实际上重复了男性霸权主义的老调。当时就有批评者指出,似乎赛金花、夏艳华之类的妓女、舞女,因为已经失身于若干人,现在再用身体去获得情报也没什么值得可惜的,"但当国家危急存亡的时候,又要这些人能力挽乾坤,不费中华民国一滴血,一颗枪弹而使寇奸死无瞧类('瞧类'似乎有误,原文如此——笔者注),这真是太便宜了。我们身为中华民族的儿女便光是以欢呼鼓掌来享受这一种便宜"[②]。

无独有偶,《野玫瑰》也得到了国民党的支持。1942年,陈铨的《野玫瑰》与曹禺的《北京人》同获教育部颁发的本年度学术奖三等奖。针对左翼文学界的批评,国民党方面却认为《北京人》的意识有问题,而《野玫瑰》不仅不应该被禁演,反而应当大力推广。国民党对《野玫瑰》的支持,在很大程度上说明了陈铨所提倡的民族文学运动与国民党所倡导的"文艺政策"的趋近性。这种趋近性也表现出他们反自由主义和反"自由"派文学的本质。

三 反文艺领域里的个人主义

抗战期间,尽管共产党坚持文化上的统一战线政策,但是左翼文学

[①] 谷虹:《有毒的〈野玫瑰〉》,《现代文艺》第5卷第3期,1942年6月25日。
[②] 葆民:《从〈野玫瑰〉说到民族气节》,《民教导报》第4期,1944年12月2日。

界并没有放弃对"自由"派文学的批判。他们也常常从"国族至上"、"抗战第一"的立场上，将仍然试图保有自身的独立性和坚持文学的艺术特质的"自由"派作家，指斥为不团结抗战的个人主义者。这一点在批评梁实秋的"与抗战无关论"上可以很明显地看出。对梁实秋批判得最激烈的正是左翼作家。

集中而系统地对"自由"派作家展开批判的是巴人（王任叔）的名为《展开文艺领域中反个人主义斗争》的文章。在抗战进入所谓"第二个阶段"（巴人语）的时候，他试图对抗战爆发后依然弥漫在文艺领域内的个人主义思想进行逐个清算，以期正本清源。首先被他点名批判的是年轻的"自由"派作家徐訏。巴人在文章的开题完整地引录了徐訏写于上海孤岛的一首诗。巴人以类似于杰姆逊的政治无意识的方法，在这首名为《私事》的诗中读出了一种"意识形态"，一种潜藏在诗中的"非常有毒的足以消灭千千万万的革命者的斗志的瓦斯弹"。尽管名为"私事"，但是在这首诗中，"街头葫芦里卖的药"，"流行文章里说的人事"，很容易让人想起抗战爆发之后的作家走到了"十字街头"、"文章下乡，文章入伍"等流行一时的词语。从这样的角度来解读的话，很明显感觉到这首诗对当下现实的批判性。在巴人看来，在大众共赴国难，甚至献出自己生命的时候，徐訏的批判正像诅咒——"对于坚决地主张抗战到底的人们的言论的诅咒"。这不过是"不值一分钱的伪人道主义者的心情"，"露骨的虚无主义的私生子——个人主义的倾向"①。

对文艺领域里这股"有毒"的个人主义思潮，巴人将其内在的历史根源发掘为"半殖民地半封建社会中国机构里奴隶哲学与买办哲学的交媾"。其在思想上的具体表现就是虚无主义、自私自利主义和奴隶哲学的综合。② 这样的立场显然是从左翼的政治立场出发，对自由主义的误读。

巴人更是将矛头指向曾经是"自由"派文学的积极倡导者的周作人。巴人认为，周作人因为以老庄思想为基础，所以"今日的言志派文

---

① 巴人：《展开文艺领域中反个人主义斗争》，《文艺阵地》第3卷第1期，1939年4月16日。

② 同上。

学家——有时也是京派的小丑——就这样的成为一个透底的虚无主义的乏虫了"。一个虚无主义者，无法避免生活之累，又不愿用斗争的形式获得生活的来源，就只好为了生活而成为奴隶。同时，又要表现出高超的姿态，以自由者的面目示人，反对集团主义的阵营。在巴人眼中，这不过是一种深入骨髓的自私自利主义者了罢了。①

巴人将沈从文的"反差不多"的主张，视作"基本上是打击集团主义的文艺思想的；但主要打击彼时甚嚣尘上的国防文学——为反抗日本帝国主义而揭起的文学活动"。同时，巴人将抗战看成一项必需的集团主义行动，而像沈从文之类批判抗战文艺中的抗战八股的人，"他们要消灭的不是'抗战八股'而是抗战"。即使是八股，对于抗战仍是有用的。② 其实，左翼作家诸如周扬、胡风、茅盾等也对"抗战八股"持批判态度。所以巴人对沈从文的批判重点不在"抗战八股"，而在沈从文所坚持的自由主义的文学理念。

梁实秋因为"与抗战无关论"也成为巴人批判的对象。在巴人看来，"活在抗战时代，要叫人作无关抗战的文字，除非他不是中国人"。在民族战争的特殊环境下，左翼作家将普通的文学批评上升到民族国家的高度进行解读。按照他们的思路，国族是衡量一切的标准。因此，在巴人看来，梁实秋大有"要使我们的作者，从战壕，从前线，从农村，从游击区，拖回到研究室去"的"政治阴谋"。而上海孤岛上为梁实秋的"与抗战无关论"辩解的陶亢德，远在昆明的被认为是响应"与抗战无关论"的沈从文的"一般或特殊"，均被视作与梁实秋相似的论调。尤其是沈从文的"一般或特殊"，更被巴人认为是超过梁实秋以上的"阴险的毒计"③。显然，在文学的批评标准上，巴人采用了与陈铨的"民族文学"相同的标准，都是将国族放在了绝对的地位。所以，梁实秋、沈从文等被批判，主要还是他们试图从国族叙述的主轴中偏离出来，站在个人的立场和视角来谈问题。在要求个体绝对服从国族的环境中，在左翼作家看来，这样的个体显然是一个不听话的个体。

巴人特意将李健吾和何其芳作为个人随着社会改变的典型。前者在

---

① 巴人：《展开文艺领域中反个人主义斗争》，《文艺阵地》第 3 卷第 1 期，1939 年 4 月 16 日。

② 同上。

③ 同上。

上海孤岛积极参与剧运工作,后者则从"画梦录"回到现实。尤其是何其芳的转变,应归功于"集团主义的力量"。言外之意,沈从文等人正是游离于集体之外,所以才被视为需要斗争的对象。所以,他强调作家要加入到集团中去,为抗战服务。"集思然后广益。我们大原则下,决不侵犯个人的思想自由。但必须是'集'思,向一个中心目标的集思。"显然,中心目标的集思是个人必须服从的大原则,也只有在服从而不违反这个大原则的前提下,个人的思想自由才会得到保障。问题是当二者发生冲突的时候,要做出牺牲的必须是个人的自由思想。巴人强调,"个人除非参加文艺运动——与政治动员相配合的文艺运动——即不能本质地把握这剧动的现实"。这种决绝的口气实际上否定了作家把握现实的路径的多样性。至于如何才能克服文艺领域中的个人主义,巴人认为是"集体主义的伟大作品本身"[1]。这里包含了两层含义,要么是作家站在集体主义的立场创作的伟大作品,这样的作品本身就是集体主义思想的反映,要么是作家以集体的形式产生的作品。无论是哪一种含义,都是对"自由"派文学的反动。

巴人对"自由"派作家的批判实际上代表了战时左翼文学界的主流声音。也是从 20 世纪 40 年代开始,延安解放区开始的知识分子的思想改造,以及毛泽东对"党的文艺政策"的建构,都试图将文学和作家从相对独立和自由的地位纳入革命的规范与秩序之中。丁玲等人在延安文艺座谈会前后的经历就是很好的证明。

尽管共产党领导下的左翼作家和国民党文人以及陈铨等在政治立场上有着很大的差别,他们所代表的阶级利益甚至针锋相对,未来的前途也迥然有别,但是在抗战的大环境中,他们都认同"国族至上"的最高原则。不管其"国族"的想象如何不同,一旦站在国族的立场上,他们就将个人与国族的关系简化为前者绝对地服从后者。对于那些仍然试图保持个体的相对独立性的"自由"派作家,他们均持批判态度。在这一点上,他们共同构成了抗战时期文学场域中反自由主义或反"自由"派文学的声音。对于"自由"派文学而言,这些反对的声音正构成了一种文学统制。

---

[1] 巴人:《展开文艺领域中反个人主义斗争》,《文艺阵地》第 3 卷第 1 期,1939 年 4 月 16 日。

第三节 文学的位置

对抗日战争时期的"自由"派作家来说，现实政治中反自由主义的声音和文学中反"自由"派文学的声音，都会对他们造成压力和挑战。但是，在压力和挑战面前，他们并没有妥协。他们仍然试图在抗战的大环境中寻找到一个属于作家的位置，也是让文学回到文学的位置。毋宁说这是他们对压力和挑战的回应，也是他们对自我/作家、文学在这个时代的定位，也是他们所理解的作家和战争、个体与集体、文学与战争之间的关系。

一 大众化与特殊化

抗日战争爆发以后，充分发挥文学的宣传功能，使文学为抗战服务，成为大多数作家的共识。郁达夫就认为，作家要充分发挥其特长，"以文艺为武器，去作宣传……鼓励民众"①。周扬也认为："文学必须成为在抗战中教育群众的武器，就是她必须反映出民族自卫战争的现实，把民族革命的精神灌输给广大的读者。"②用刘心皇的话说就是要"以文艺唤醒国魂"③。真正要发挥文学的宣传功能，则文学必须大众化。作为接受者的大众能够理解作品，理解作品所宣扬的抗战思想。

甚至一些论者认为，在"抗战第一"的原则面前，假如文学对抗战有所妨碍的话，"我们宁愿叫文学受点委屈，服从抗战"。大众化的目的就是为了政治上的宣传效果。④ 用夏衍的话说，如果你同意文艺作为宣传工具的话，你就可以更好地使文艺为抗战服务，否则的话当会变成众人眼中的汉奸。⑤ 此类激进的观点暗示，在文学大众化的背后，还是文学与政治的关系问题。文学的大众化强调的是文学应该为政治服务，为了政治，它可以牺牲自身的价值。这也意味着文学之所以成为文学的

---

① 郁达夫：《战时的文艺作家》，《自由中国》第2号，1938年5月10日。
② 周扬：《抗战时期的文学》，《自由中国》第1号，1938年4月1日。
③ 刘心皇编著：《抗战时期的文学》，国立编译馆1995年版，第26、27页。
④ 参见胡风主持的关于"宣传·文学·旧形式的利用"座谈会上吴组缃和奚如的发言。胡风、聂绀弩、吴组缃等：《宣传·文学·旧形式的利用——座谈会记录》，《七月》第3集第1期，1938年5月1日。
⑤ 夏衍：《抗战以来文艺的展望》，《自由中国》第2号，1938年5月10日。

特殊性被抹去了，它由人类精神活动的特殊结晶变成一般意义上的宣传品。它的相对独立性也被弱化或者消失。

"自由"派作家显然不能接受这样的观点。在抗战的特殊环境中，"自由"派作家并不反对文学为抗战的现实政治服务。文学可以宣传抗日，但是宣传不是文学唯一的功能。甚至在文学的众多功能中，宣传也不是必须占据主导地位的功能。换言之，文学之所以为文学并不是因为它可以宣传，而是它的艺术性。用沈从文的话说就是除了一般化/大众化之外，文学还是特殊的。在利用文学宣传之前，你只有了解了文学的特殊性，才能更好地发挥文学的宣传功能。

施蛰存就认为，将旧形式的利用作为文学大众化的康庄大道是错误的。"新酒虽然可以装在旧瓶子里，但若是酒好，则定做一种新瓶子来装似乎更妥当些。"如果真正要想文学大众化，也应该是：第一，首先提高文学的趣味，不能为了大众化而降低文学的趣味。第二，应该从新文学自身来寻找大众可以接受的形式，而非借用旧形式。换言之，文学的大众化"是要'大众'抛弃了旧形式的俗文学而接受一种新形式的俗文学"。所以，在他看来，那些为了抗战而借用旧形式的作家，是在为抗战而牺牲，而不是为了文学在奋斗。言外之意，他们的文学大众化不是一种有价值的文学创作。① 实际上，施蛰存坚持的是以文学为本位的立场。大众化不能为了大众而失去文学，而应该是为了文学而大众化的。在另一篇同样谈文学的旧形式利用的文章中，施蛰存明确地指出，文学终究只是文学，它有教育作用，但取代不了教科书；文学可以帮政治的忙，但不能取代政治的信条。文学大众化是有条件的大众化："一方面是能够为大众接受的文学，但同时，另一方面亦得是能够接受文学的大众。"在抗战的特殊环境中，为了宣传抗战而借用旧形式，只是一种"政治的应急手段"。所以，没有必要要求所有的作家都去利用旧形式。一部分作家可以为了发挥文学的宣传功能而大众化，一部分作家可以仍然按照自己熟悉的方法来反映当下的现实。② 对"旧瓶装新酒"式的大众化的批评，一方面反映出施蛰存对相对独立的文学主体性的坚

---

① 施蛰存：《新文学与旧形式》，收入《待旦录》，怀正文化社1947年版，第34页。
② 施蛰存：《再谈新文学与旧形式》，收入《待旦录》，怀正文化社1947年版，第38、40页。

持,一方面又试图打破将一种文学模式定为一尊的文坛上的话语霸权,保持文学多元化的尝试。显然,这也是一种"自由"派的文学观。

沈从文也是从特殊化的角度来理解文学和文学的宣传功能的。在他眼中,文学的特殊性是它具有"令文字'平铺成为湖泊,凝聚成为渊潭'"的"惊人之处"。他将这"惊人之处"称作"调配文字的技巧"。实际上也就是文学的艺术性。对文学的这个"惊人之处"有更好的了解,才可以充分地发挥文学的宣传功能。而且,也并不是人人都能够懂得并可以掌控文学的这一"惊人之处",这样一种关于文学的特殊知识,是需要学习的。沈从文通过强调文学的特殊性,将文学与一般的宣传品区别开来。这种区别不是否定文学的宣传功能,而是试图摆正文学的位置。在沈从文看来,文学即使要宣传政治,也不是赤裸裸的政治理念的直接宣示,而应该是通过文学的"惊人之处",将其化作一种文学的形象展现出来。同时又不同于左翼作家的政治文学化的做法,他反对那种功利主义的做法——为了抗战而文学,文学关注的目标就是战争的胜败。他主张作家从更长远的眼光来考虑整个民族"如何挣扎图存"的问题,他们"更抱负一种雄心与大愿,向历史和科学中追究分析这个民族的过去和当前种种因果"。也就是要求作家不仅仅只是一个宣传员,还应当是一个具有特殊知识的专家。他们能够从知识分子的立场出发,在深入战争的过程中,用他们特殊的知识——文学——来对"中华民族的优劣,作更深的探讨,更亲切的体认",从而形成不同于宣传的小册子那样的作品。[1] 沈从文将文学视作特殊的知识,将作家视作掌握特殊知识的专门家,真正的目的还是坚持文学为本位,强调文学的相对独立性和作家的相对独立性。

梁实秋也持相似的观点。1938 年 12 月 1 日,梁实秋在其主编的《中央日报·平明》副刊的创刊号上发表了一则《编者的话》。这篇文章原本是编者对自己的编辑方针的阐述与说明。不过,他也顺带批评了当下为了抗战而文学的极端倾向。在左翼批评家看来,对抗战文学(的缺点)的批判,就是否定文学与抗战的结合。所以,左翼批评家将梁实秋的批评命名为"与抗战无关论"。这场"与抗战无关或有关"的争论,表面上是在谈文学的题材问题,实际上涉及文学的功能问题。在支

---

[1] 沈从文:《一般或特殊》,《今日评论》第 1 卷第 4 期,1939 年 1 月 22 日。

持文学大众化的作家看来,文学的大众化是要发挥文学宣传抗战的功能,这就意味着文学应当反映抗战,以抗战为题材。除了抗战之外,其他的题材都没有什么意义。用郁达夫的话说,当战争成为人们日常的茶饭琐事时,"一点点小感情的起伏,自然是再也挑不起人的同情和感叹来"①。言外之意是,相对于战争而言,个体一己的感情意义不是很大。文学宣传抗战的作用要远远大于书写个体的私人感情的作用。文学写什么的问题实质上还是文学的功能问题。

梁实秋主张与抗战无关的文章,只要是真实流畅的,仍然是好文章。② 也就是说,文学不一定非要拘泥于宣传抗战。而且,在他看来,好文章是不容易写出来的。那种"只知依附于某一种风气而撷拾一些名词敷衍成篇的'抗战八股',以及不负责任的攻击别人的说几句自以为俏皮的杂感",容易写,却不是什么好文章。③ 显然,与沈从文相似,梁实秋也主张的是文学的特殊性和作家的特殊性。单纯的宣传并不是文学或者优秀的文学,文学还要讲究意境和音调。④ 这就要求作家有特殊的知识。梁实秋明确地提出,文学的功能主要是表达现实生活背后的永恒而普遍的感情,即人性。这才是文学所要关注的"现实"。

在"自由"派作家看来,文学大众化表现出强烈的功利性。文学是为大众而存在,是为宣传而存在,是为政治而存在,偏偏不是为自己而存在。这一点是他们所不能接受的。用朱光潜的话说,文学是"为我自己而艺术"⑤。所以文学大众化是要求文学以政治为本位或者是以宣传、以工具为本位,而"自由"派作家所坚持的文学的特殊化是坚持以文学为本位或者艺术为本位。这才是文学大众化与文学特殊化的关键分歧所在。

二 文学与政策

在文学与政策的关系上,"自由"派作家也表达出不同的声音。对

---

① 郁达夫:《战时的小说》,《自由中国》第3号,1938年6月11日。
② 梁实秋:《编者的话》,《中央日报·平明》(渝)第4版,1938年12月1日。
③ 梁实秋:《"与抗战无关论"》,《中央日报·平明》(渝)第4版,1938年12月6日。
④ 梁实秋:《两种文学观》,《星期评论》第4期,1940年12月6日。
⑤ 朱光潜:《文艺心理学》,收入《朱光潜全集·第1卷》,安徽教育出版社1987年版,第323页。

他们来说，给文学制定政策，无异于给文学套上枷锁。文学被规范在政策之内，失去应有的自由。因此，张道藩抛出的以"六不"、"五要"为核心的文艺政策成为"自由"派作家首先批判的对象。

早在新月时期，梁实秋就发表文章对所谓的"文艺政策"表示质疑。对梁实秋来说，首先应该弄清楚，到底是谁的文艺政策。也就是说，文艺政策到底体现的是何方神圣的思想与意志。如果作家只是唯命是从地将"文艺政策"当作圣旨，不管它是否与自己的实际情况相符合，这未必是一件好事。针对张道藩以"六不"、"五要"构筑的"文艺政策"，梁实秋延续了自己在20世纪30年代的"自由"派文学的立场。他认为，纯粹站在文艺的立场观之，世界上的文艺只有两种类型。一种是英美式的"由着文艺自由发展"，一种是如苏德意等"用鲜明的政策统制着文艺的活动"。对文艺自由发生最为直接影响的，"与其说是经济，毋宁说是政治"。针对张道藩文章中对浪漫主义的批判，梁实秋认为，不宜将"文艺政策"所代表的政治思想方面的主义与文学上的浪漫主义、古典主义中的"主义"等同。对后者来说，它只是一些文学同道者的相似或相同的文学理想，并非独占文坛的"意德沃盗基"（Ideology），所以它也没有什么鲜明的条条框框来对文学进行限制。而前者则不同，它一定是"配合着一种政治主张、经济主张而建立的，必然要有明确的条文，必然要有缜密的步骤，以求其实现"。这也意味着"文艺政策"总是站在文艺之外的立场来管制、利用文艺，而浪漫主义、古典主义等的"主义"显然是谋求在文艺的领域之内来发展文艺。甚至后者的多个主义可以同处于一个时代，一个地域之内，形成相互杂陈相互竞争乃至彼此斗争的局面，这反而是文艺自由的表现。前者则注定了它的排他性、独占性、甚至强迫性。在一个时代，一个国家，如果要有文艺政策的话，也只能有一种统制性的文艺政策。他仍然坚持，无论提倡什么样的政策，还是要先有良好的作品，否则一切只能成为空谈，会重蹈"空头文学家"的覆辙。

针对张道藩以文艺的"全民性"来反对左翼文学的"阶级性"，梁实秋也发表了不同的看法。与其说文学的描写对象是全民，不如说是"人性"。作为人类所同有的基本情感和普遍性格的"人性"，是超越阶级而存在的，也真正体现出了所谓的"全民性"。这无疑是梁实秋早前的"人性论"老调的重唱。张道藩在文章中，以文学要宣扬"我们的民族意识"——"忠孝仁爱信义和平"——而否定了新文学对西方文学的借镜。欧美文学非但没有促进新文学的更好发展,反而对新文学的发展形成了一种束缚。对此,梁实秋则表现出一种包容的态度。他批判了象征主义、唯美主义、印象主义,认为尽管它们给新文学带来了负面的影响,却并未束缚新文学的发展。"大致讲来,西洋文学对新文艺只是好的影响,没有恶的影响。"非但不应该排斥西方文学,还应当大力地推进对西方文学的介绍,因为我们对西方文学的认识还远远不够。相对于张道藩的保守立场,梁实秋显然以一种开放的视野,将新文学的发展置入世界文学的场域之中,追求新文学发展的多样性,反对将新文学的发展固定于某一个确定的目标或者方向。

在梁实秋看来,文学要的不是束缚其自由发展的政策,而是支持和帮助。比如保障作家最基本的物质生活,为他们的文学创作和作品的出版发表提供必要的奖励与支持。同时政府应该尊重作家。他还暗示,那种以审查为手段的"政策"只会给文学创作带来打击,而不会促使文学更自由地发展。像张道藩的"文艺政策"中对文学写什么的具体规定,实际上也是对文学的一种束缚。文学的题材是多样的,不应该仅仅限于写某几种题材。①

沈从文则直接提出自己所理想的文艺政策。在他看来,过去,当政者在文艺政策上大多采取消极防御的方式,最主要的目的就是希望作家不要"捣乱"。对文艺的重视程度不仅不够,而且也从未从较为长远的打算来设计规划文艺政策。如果要改变这种文艺政策失效的局面,必须改变态度,重新认识文艺政策的作用,再采用比较合理的办法来实行文艺政策。

按照沈从文的设想,第一,要彻底改变观念。传统的观念是把作家、文学当作文艺政策的装饰品,常常将作家划归政治部或者宣传部,也因此培养了一大批以标语口号为生的"文化人"。而一种新的观念是要将作家作为"专家"来看待。把他们的文学创作当作国防设计的一个部门。比如,可以将真正埋头苦干的作家单独组成一个组织,由国家设立专门的基金支持扶助,促使伟大作品的产生。更准确地说,就是将文学创作当作一种"学术","于一种广泛限度内,超越普通功利得失,

---

① 梁实秋:《关于"文艺政策"》,《文化先锋》第1卷第8期,1942年10月20日。

听这种作者在自由思索自由批评方式下作各种发展","它近于国家向全国优秀脑子与高尚情感投资,它的意义是成就这种脑子并推广这种情感"。实际上,沈从文还希望将文学和作家从特殊化的角度进行考虑。同时,他在强调国家/政府的支持时,还不忘凸显作家的创作、批评的自由性。说白了,沈氏的文艺政策是,国家大力支持作家的创作,但是不要干涉作家的创作,作家的创作应当是自由的,文学不应受命于文艺政策。在这一点上,沈从文与梁实秋都坚持自由主义的立场。第二,在文学的审查政策上,不同于以往的官员主持文艺政策,沈从文认为现在最好由一个或一群"专家"来主持文艺政策。要改变原有的审查制度,审查员首先接受文学的审查,看看你是不是真正懂得文学。沈从文的目的无疑是希望文艺的审查真正是从文学的立场的审查,而不是从文学之外的立场来审查文学。审查的标准是文学艺术上的优劣,而不是用政治的标准来判断文学表现观念的对错。

在沈从文的理想的"文学政策"中,文学被赋予了更重要的功能。它不是受制于政治,相反,它可以来改造政治。用他的话说就是:"尚有许多未来政治家与专家,就还比任何人更需要伟大的文学作品所表示的人生优美原则与人性渊博知识所指导,来运用政治作工具,追求并实现文学作品所表现的理想,政治也才会有它更深更远的意义。"[1] 正因为着眼于未来,沈从文将文学与政治的关系又反转为,文学对理想的美与爱的想象,为政治家提供了充分而完满的政治想象,使其将文学的想象变作现实,从而也使政治具有了深远的意义。

显然,对"自由"派作家来说文学既不需要政策来规范,也不需要原则来指导。文学自有文学"自己的园地"。他们所坚持的仍然是文学为本位的立场。

三 英雄崇拜与自由民主

抗战期间,陈铨提出了"英雄崇拜"的主张。在他看来,推动历史发展的动力既不单纯是人,也不单纯是物,而是代表人类意志的英雄。英雄既是群众意志的代表,也是群众意志的先知。如果没有了英雄,群

---

[1] 上官碧(沈从文):《"文艺政策"探讨》,《文艺先锋》第2卷第1期,1943年1月20日。收入全集时改名为《"文艺政策"检讨》。

众就是没有牧人的羊群。群众应当无条件地崇拜英雄，忘记自我。同时，他将批判的矛头对准"五四"，认为中国现在缺乏英雄崇拜，是因为"五四"的科学与民主引发了极端的个人主义和极端的自由主义。①正是因为个人主义和自由主义的盛行，造成了中国人集体意识的淡薄，也造成了中国知识分子阶层的腐化堕落。②尽管陈铨一直强调的是群众对"英雄"的绝对服从，但是从他反对个人主义和自由主义的倾向来看，个体也是被视作要绝对服从"英雄"的。他所谓的那个代表群众意识的"英雄"也并非只是一个个体，更多她指代一种绝对的权力或者权威。这也意味着，在陈铨的"崇拜英雄"的背后，实际上表现出的是个体与集体之间的关系。

在个体与国族所代表的集体之间的关系上，朱光潜同意，如果民族国家没有出路的话，则个人也没有出路，"要替个人谋出路，必须先替国家民族谋出路"。但是，不同于陈铨所说的个体要无条件地崇拜那个代表集体的"英雄"，朱光潜则强调个体的价值是不应当被漠视的。如果个人不能成为一个坚强有力的分子，那么个人没有出路，国家也不会有出路。在这一点上，朱光潜将个人的重要性放置在与国家平等的地位。③他也不同意那种将中国人的不团结、缺乏凝聚力归结为个人主义的主张。在他看来，中国人一盘散沙恰恰与中国的专制体制有关。中国历史上一直就是封建专制政体，统治者包办了老百姓的一切事务，使老百姓失去了参与共同的政治活动的机会，也无法形成一种公共的政治意识。而民主政治恰恰是鼓励大众积极参与公共的政治活动，因此也较为容易培养大众的公共政治理想，也就容易培养群的政治意识。因此，"民主国家人民易成群，而专制国家人民不易成群"④。要真正培养中国人的群意识，一方面要倚重于教育，一方面还应当寄希望于民主政治。⑤

---

① 陈铨：《论英雄崇拜》，《战国策》第4期，1940年5月15日。
② 陈铨：《再论英雄崇拜》，《大公报·战国》（渝）第21期，第4版，1942年4月21日。
③ 朱光潜：《一番语重心长的话——给现代中国青年》，收入《朱光潜全集·第4卷》，安徽教育出版社1988年版，第11—12页。
④ 朱光潜：《谈处群（中）——我们不善处群的病因》，收入《朱光潜全集·第4卷》，安徽教育出版社1988年版，第50页。
⑤ 朱光潜：《谈处群（下）——处群的训练》，收入《朱光潜全集·第4卷》，安徽教育出版社1988年版，第61页。

显然，朱光潜要捍卫的是个体的价值和自由主民主政治。

沈从文则直接在"战国策"派的大本营《战国策》上发表了回应性的文章，对陈铨的"英雄崇拜论"展开反批评。

沈从文首先点明，陈铨所说的英雄实际上是"武力与武器的使用者"。尽管真的英雄就是"真的领袖"，却并非万能法师。尤其是置身于20世纪，更不宜将英雄视作高高在上的神灵而顶礼膜拜。那个被陈铨看作力与意志之代表的英雄，对沈从文来说只不过一个人而已。"与我们相差处并非'头脑万能'，不过'有权据势'。"沈从文可谓一笔戳破了英雄的本质。陈铨的"英雄"实际上就是权势的代表。具体到战争时期，这样的领袖式的英雄或者英雄式的领袖，完全是靠他手中掌握的权力或者他所拥有的军事实力建构起来的。在他看来，要想维持领袖的威权、衬托英雄的伟大，单单靠群众崇拜是不行的，最关键的"靠的倒是中层分子各方面的热诚合作！"在消解英雄的同时，沈从文也将英雄崇拜消解掉。既然知道了英雄的实质，崇拜不崇拜都变得无所谓了。

针对陈铨认为英雄崇拜是抗战建国的一个必要条件的说法，沈从文也表示不能苟同。对于抗战来说，攻守进退靠的完全是知识，仅仅依靠个人的热情勇敢与崇拜英雄是无济于事的。而关于建国，如果也用英雄崇拜来实行，估计还是不会成功的，需要的还是知识。如果非要在这样一个神之解体的时代，将这种英雄崇拜的群众宗教情绪与传奇幻想化解或归纳在政治设计上，还不如采用分散法与泛神法，"从群众中造偶像，将各种思想观念手足劳动上有特殊成就的，都赋予一种由尊敬产生的神性，不必集中到一个'伟人'身上"。如果真的号召大众五体投地地膜拜在一个英雄式领袖的脚下，也与国家的现代化相违背。

而对于陈铨批评"五四"以来形成的"民治主义"和"科学精神"（实际上就是"民主"与"科学"），知识分子的腐化堕落等，沈从文也表示无法认同。陈铨将知识分子的腐化堕落，尤其是对英雄崇拜不感冒，都归咎于"五四"的民主与科学。沈从文则指出，知识分子不崇拜英雄原因很多，与科学与民主无涉。即使在战争的特殊时期，想要歌颂军人的武德武功，国家需要集中力量对付外强的侵略而变为一个集权式的政权，也没有必要歪曲历史，尤其是"五四"及其以后的历史。"五四"的白话文代替文言文的工具改造的成功，随之产生的新文学的重要作家作品都赋予了国族以崭新的内涵与意义，这对于今天的抗战是有功而无过的。具体说到知识分子的堕落腐化，这些陈铨口中的知识分子倒不是"五四"及其以后成长起来的知识分子，而是那些晚清以降的遗老遗少们而已。倒是那些经过"五四"脱胎换骨的知识分子反而成为此后推动中国历史发展的中坚力量。即使"五四"之后，在知识分子中间确实存在一些不良的风气，也不在于"五四"科学与民主的罪责，更重要的原因还是中国历史形成的政党政争问题。在政党政争中，民主精神反而被无端地漠视乃至压抑。抗战爆发之后，人人保家卫国的斗志与热情实在正是"五四"以来民主与科学精神在教育普及中的作用。大众抱有的不再是传统的忠君报国思想，不是对于英雄的崇拜（即对最高领袖的膜拜），而是自身作为一个中国国民的意识，意识到自己就是这个国家中的一员。

至于在第二次世界大战中，因为英法两国在欧洲战场上处于劣势，进而否定英法的民主自由制度，反而为集权政治大唱赞歌的调子，沈从文也作出了回应。沈从文的观点是，英法在欧战中处于劣势，并不能就此说五四的科学与民主就不宜提倡。即使在战时，国家需要集权，科学与民主才更要大力地宣扬。因为对外言，"战争人人有份"这句话，想要发生普遍作用，要从民主方式教育上做起。对内而言，民主在政治上则可以抵抗无知识的垄断主义，以及与迷信不可分的英雄主义，更重要的是抵抗封建化以性关系为中心的外戚人情主义。在教育上民主可以抵抗宗教功利化、思想凝固化以及装潢化。在文学艺术运动上则可以抵抗不聪明的统治与限制，在一般文化事业上则可望专家分工，不致为少数妄人引入歧途。至若科学精神的应用，尤不可少。国家要现代化，就无一事不需要条理明确、实事求是的科学精神！

沈从文捍卫的不仅是"五四"科学与民主的精神传统，还是在坚守一种自由主义的传统。他所言及的那些政治上、教育思想上、文学艺术上、一般文化事业上的重新洗牌，无疑都是理想中的民主自由的形态。他的用意无非是在借助"五四"的科学与民主的精神将"五四"未能完成的改造任务继续进行下去，用民主、自由、科学的精神将中国彻底改造为一个民主、自由、科学的国度。

为此，沈从文重提他的"特殊化"的理念，将自由民主的精神与专家分工的方式结合起来，代替政治上的独断专行，将权力崇拜转化成

"理性抬头的'知识尊重'",在教育中普及科学与民主的精神,培养具有民主与科学精神的新公民,以此来形成真正的民主政治。① 与左翼作家将陈铨等"战国策"派的理论定性为法西斯主义不同,在回应陈铨的"英雄崇拜"时,沈从文以立足当下,展望未来的姿态,将最终的落脚点放在对未来中国的自由民主政治的期许上,不仅昭示着他所坚守的自由主义的立场,更凸显了他关于自由主义的设计方案。在抗战建国的思路上,当国民党试图倡导新生活而回归传统的礼义廉耻的立国理念时,当中国共产党倡导一种有中国作风与中国气派的新民主主义文化时,沈从文对未来中国的想象,显示出"自由"派作家甚或说是自由主义知识分子继续坚持走自由民主道路的尝试与努力。

---

① 沈从文:《读英雄崇拜》,《战国策》第 5 期,1940 年 6 月 1 日。

第七章 国统区:"旧调"与"新声"

在经历过抗战初期的颠沛流离生活后,一批"自由"派作家在大后方的国统区暂时安居下来。在经历了胡适、林语堂等的赴美,周作人的附逆,何其芳的投奔延安之后,国统区的"自由"派作家的队伍在战争的冲击下仍然保持了应有的实力。除了沈从文、朱光潜、梁实秋、冯至之外,像徐訏、无名氏等年轻的"自由"派作家也为国统区的"自由"派文学注入了新鲜的血液。

尽管"自由"派作家同普通人一样要面对生活上的巨大压力,但从北京、上海这样的文化中心逃亡到大后方的生活经历,以及诸如昆明、重庆、成都等的生活环境,也给他们提供了前所未有的生命经验。在相对稳定的生活环境中,他们仍然坚持着自己的文学理想。在抗战的大环境中,他们依然试图站在自由主义的立场,通过文学的方式来建立自己与时代、社会、战争乃至国族之间的关系。在他们的文学实践中,我们既可以看到20世纪30年代的"自由"派文学的"老调子",比如梁实秋的人性论,也可以看到战争带给他们的一种新的生命体验。这种新的生命体验在文学中成为那个时代的别样的声音。

第一节 发现文学的"弊"与"病"

一 朱光潜:文学之流弊

"自由"派作家就像医生一样,在当下的文学创作中发现了"病"。尽管在病症的描述和病因的判断上,他们的看法并不一致。

朱光潜将文学创作中流行的时弊先是总结为三弊,后来又归纳出十弊,展开了对文学的诊断工作。在一篇名为《流行文学三弊》的文章中,朱光潜的用意其实并非像题目中所说的是针对"流行文学",更多的是对文学中流行的三弊进行诊断与解剖。在展开正式的诊断之前，朱光潜先谈了自己所认为的文学之所以成为文学的条件：一是因为作者有话要说，而且必须要说出来，故形成了文字。二是作者将心中要说的话形成文字时还能有一个适当的方式，这样才成了文学。概括起来即内容充实（有话要说）和形式完美（话说得恰到好处）。用更为学术性的话说是思想感情通过文字融入意象之中，"情趣与意象欣合无间，自成一新境界"。情趣与意象缺少一方，或者二者没有达到完美的结合，都会导致文学出现问题，即病症。

朱光潜认为，"流行文学三弊"第一弊是陈腐。比如在当时的文学中，不仅诸如"善书"、"太上感应篇"之类的东西还阴魂不散，传统文学中的陈旧迂腐的思想仍旧在延续着。而且一些新式的标语口号之作，将标语口号等概念化的东西铺延而成所谓的"小说"、"戏剧"之类，实质上还是"著'善书'，说'圣谕'，以及写八股文的精神和方法"，这才是新文学可能堕入的危险之途。真正好的文学创作，不仅要有独到新鲜的境界，还要有真正的创造性，"用适当的语言表现出一个具体的境界和亲切的情趣"。在朱氏看来，"五四"时期文坛即弥漫感伤无聊的浪漫派，稍后又有人贩卖起写实主义、象征主义、大众化"种种空阔的名词"，表面上非常热闹，实际上缺少那种肯踏踏实实认认真真的作家去摸索开拓出一条属于自己的创作道路，"创造出思想体裁内容都度越流俗值得一读的作品"。形成这种只知道模仿乃至抄袭现象的根本原因在于作家本身的修养资禀不够，心中抱的是急功近利的观念，将文学当作敲开商业和政治两扇大门的敲门砖。

朱光潜对文学中流行的"陈腐"之病进行的诊断，实际上向我们透露了两个比较重要的信息。第一个是他所谓的"陈腐"之气，暗示含着对抗战时期将文学当作宣传工具的流行观念的不满，暗指这也是一种缺乏独创性的陈腐之作，犹如"善书"、"太上感应篇"等的说教。第二个是在批评新文学的历史问题时，他实际上也暗指诸如象征主义、浪漫派等也是造成新文学病症的病根所在。中国新文学不仅食古不化，而且还食洋不化。

第二个流行文学之弊是"虚伪"。作者并非有话要说而不说不可，只是为了说而说，所以就显得空有形式，而缺少了内容。文章只是在形式上铺陈堆砌，辞藻显得极为浮华，只不过是个空架子。朱光潜特别以法国的象征主义诗歌和英美现代派诗歌为例，指出它们都是走向幽微深僻之处，处理不好就会陷入晦涩难懂之途。而偏偏就有中国人学习这种方式，走入了歧途。

第三个文学之弊是油滑。朱光潜认为作家的立场应是超然的，他俯视众生，表现出对万事万物的悲悯，无论是喜是忧，目的都是让读者对人生世相有较深的认识和隽永的回味。"文艺是最高度的幽默与最高度的严肃超过冲突而达到的调和。"如果一味地幽默而不严肃就会使文学陷入油滑的地步。如果骨子里并没有讽刺偏要扮起讽刺的面孔，那就会变成谑浪调笑的小丑。更重要的是在批判油滑倾向时，朱氏并未否定幽默小品本身的价值。虽然曾遭到过鲁迅的批评，但他还是对鲁迅在文学上的讽刺风格予以肯定。[①] 这也充分显示了"自由"派作家理性和宽容的自由主义精髓。

稍后，朱氏又从文学的内容和作家的态度两大方面对文学展开了病理学的诊断。他称之为文学上的低级趣味，即文学十弊。从内容上来说有五大弊。第一种是侦探故事。将侦探故事弄成文学的噱头，仅仅依靠奇异的故事情节来支撑作品，作品纯粹为了满足读者的好奇心。这样的文学作品不问情致意境，不但不能感动读者的心灵，反而会喂养读者的低级趣味。造成再好的作品放在面前，他们也读不出丰富的味道来。其次是色情的描写。那些无法使爱情升华的描写，只停留在肉身的写作，无非是为了刺激读者对两性的欲望，完全堕入了低级趣味。再次是黑幕的描写。只是为了暴露而暴露，采取一种隔岸观火的态度来看待这些黑幕，不能将黑幕进行提升，也只能成为满足读者好奇心理的噱头。第四种是风花雪月的滥调。产生这个弊病的原因在于，将题材的美误作文学的美，结果只能是空洞乏味。第五种是口号教条。

尽管朱氏没有明指是什么样的口号教条，但是联系到抗战时期，大量宣传抗日救国建国的作品的公式化、概念化，就不难明白朱氏的所指何在。尤其是在反对口号教条的文学之弊时，朱氏再次重申自由主义色彩的文学立场。在他看来，文学的创作和欣赏都是"一种独立自足的境界"，"它自有它的生存理由，不是任何其他活动的奴隶，除掉创造一种合理慰情的意象世界叫做'作品'的东西外，它没有其他的，其他

[①] 朱光潜：《流行文学三弊》，《战国策》第7期，1940年7月10日。

目的如果闯入，那是与艺术本身无关的"。这自然会让我们想到朱光潜在《文艺心理学》中所阐释的文艺观，"艺术的活动全是无所为而为，是环境不需要人活动而人自己高兴去活动。在有所为而为时，人是环境需要的奴隶；在无所为而为时，人是自己心灵的主宰"[①]。他强调的是文学的超功利性，文学本身相对的独立自足性。文学创作本身就是一种自由的美感活动，而标语口号式的创作因采取教训人的态度，故只能是一种道德的或者实用的目的。

站在这样一种"自由"派的文学立场，朱光潜终于将矛头直接对准了以文学为宣传工具的观念。就像一人无法同时骑两匹马那样，文学也不能既是宣传又是艺术。如果将文学用作宣传说教的工具，结果可能不仅让人厌恶这种宣传式的作品，还可能让人厌恶作品所宣传的主义。如果新文学想要有一个伟大的前途的话，就必须摆脱这种弊病。对作家而言，他们必须忠实于文学自身，忠实于自己的体验与感受，能够"感觉到自己的尊严，艺术的尊严以至于读者的尊严"。针对内容上的五种弊病，朱氏认为主要的病根在于"离开艺术单讲内容"。将自然或者现实当作了文学本身，将题材误作文学，还应该站在一个制高点上将它们雕琢打磨一番，变成超自然、超越现实的意象世界。也就是说，文学表现现实，不是镜子式的表现，而是通过一个特殊的过程，将现实艺术化，形成文学中的"现实"。这也意味着，相对于现实，文学本身是独立的。

在创作者的态度上，也存在五种弊病。一是无病呻吟，装腔作势。一是憨皮臭脸，油腔滑调。这一点与《流行文学三弊》中的油滑相似。一是摇旗呐喊，党同伐异。在文坛上竖起一面大旗，召集一些门徒喽啰，大有江湖帮派的恶习。这是在批评文坛上的集团主义。一是道学冬烘，说教劝善。最后是涂脂抹粉，摇首弄姿。主要表现为三个卖弄，一是卖弄辞藻，通篇没有什么具体内容，完全是华丽浮夸的辞藻的堆砌，形容词套形容词。二是卖弄学识。不管什么东西一箩筐全塞进文学作品中来，显得自己上知天文下知地理，殊不知这一切完全与文学无关。三

[①] 朱光潜：《文艺心理学》，收入《朱光潜全集·第1卷》，安徽教育出版社1987年版，第324页。

是卖弄才气。故意耍些技巧，实质上变成了噱头。①

对当下文学的"三弊"和"十弊"的诊断与解剖，仍然是朱光潜在20—30年代逐渐形成的"自由"派文学立场的延续。正如他在《文学杂志》创刊号上的《我对于本刊的希望》中所说，他所希望的理想的文学是"宽大自由严肃"的文学。②他希望读者能够"养成一种纯正的文学趣味"③。也如同他在战后复刊后的《文学杂志》上所要倡导的"一个健康的纯正的文学风气"④。从他对文学十弊的批评中，我们不难发现，朱光潜一直试图捍卫的是文学应当拥有"自己的园地"。换言之，在批判文学上的弊病的背后，朱光潜是在借着清理文学的肌体上的病菌，来更好地维护文学的主体性。这又与他的"文艺心理学"的思想有着密切关联。

朱光潜以意大利美学家克罗齐的"艺术即直觉"，英国心理学家布洛的"心理的距离"，以及德国心理学家立普斯等人的"移情"说，建构起其文艺心理学思想中的最为核心也是最为关键的概念"美感经验"。按照克罗齐的"艺术即直觉"的观点，在艺术的创作过程和欣赏过程中，直觉是唯一的活动。即，"在美感经验中，心所以接物者只是直觉而不是知觉和概念；物所以呈现于心者只是它的形象本身，而不是与它有关系的事项，如实质、成因、效用、价值等等意义"。更通俗地说，就是在文学创作和欣赏的过程中——也就是美感经验的形成过程中，人感触对象和对象对人心理的反作用是一个与外在孤绝而独立自足的过程。在这一过程中，人的心将对象化为超越对象本身实体存在的意象，并将自我的情趣等融入这一意象之中，上升到一种意境或者境界，从而形成文学作品。在这个过程中，我们感知的只是一种美，而非实用为目的的价值判断，比如道德的、科学的、政治的等。这也就是康德意义上的无功利性的审美，无所为而为的创造和欣赏。在很大程度上，这种依靠直觉形成美感经验的过程是一个"极端的聚精会神的心理状态"，人的整个精神完全投入到一个对象上面，忘记了除此之外的世界

---

① 朱光潜：《文学的低级趣味》，《时与潮文艺》第3卷第5期，1944年7月15日。
② 朱光潜：《我对于本刊的希望》，《文学杂志》第1卷第1期，1937年5月1日。
③ 朱光潜：《谈文学·序》，收入《朱光潜全集·第4卷》，安徽教育出版社1988年版，第155页。
④ 编者：《复刊卷头语》，《文学杂志》第2卷第1期，1947年6月1日。

的存在，达到了一种物我两忘、物我同一的境界。朱光潜借助叔本华的理论，认为人在现实世界，要受到意志的种种束缚，思想、感情等均处于一种不自由的状态。而通过直觉，在美感经验的过程中，人由意志世界进入到意象世界。而意象世界又是一个独立自足的世界，因此人也就在意象世界中摆脱了现实的种种束缚，获得了自由。在这里，"情感自由与思想自由一样，是不应受压迫而且也不能受压迫的"[1]。正是对艺术活动中美感经验的重视，使他提出了"为我自己而表现"的文艺观。人在美感经验中的自由，正体现出了文学的自由、思想的自由、情感的自由。

在这样的立场上，反观当下的文学，发现所谓的"三弊"和"十弊"当在情理之中。"流行文学三弊"与低级趣味中的"十弊"，都没有能够体现出文学的美感经验的过程，因此也就没有达到一种文学的自由的境界。它们是有文学活动，但是其中的美感经验却是不成功的。

二 施蛰存：文学之贫困

施蛰存站在对现代文学重估的立场上来看待当下文学创作。在他眼中，当下文学创作路子越走越窄，整体上陷入相当贫困的境地。尤为重要的是，施蛰存对"五四"以来所形成的现代文学体制进行了某种解构性的质疑。从"五四"开始，到《中国新文学大系》的产生，中国现代文学史的第一个十年里，一个最为重要的体制性建构是将现代西方的文学概念引入中国，开始对中国新文学进行明确的门类划分。中国新文学开始被规划在小说、诗歌、戏剧、散文这样的现代性装置之内。它常常以貌似合情合理的姿态践行着带有暴力倾向的排斥机制。这种排斥机制主要体现在对不符合小说、诗歌、戏剧、散文标准的作品实行裁决，将其判定为"非文学"，逐出文学的理想国。相对而言，在中国的历史传统中，虽然也存在着对文学的种种认识，甚至也出现了关于文学的自觉的历史时刻，但更多的时候，文学是一个包罗万象的存在，就像一个大杂烩，里面什么东西都有。而当现代性的装置将文学分为小说、诗歌、戏剧、散文四个门类时，不仅意味着要拿西方的鞋来套中国的

---

[1] 朱光潜：《文艺心理学》，《朱光潜全集》第 1 卷，安徽教育出版社 1987 年版，第 205—367 页。

脚，会有削足适履之嫌，而且那些不符合这四个门类的作品被排斥在文学的大门之外。文学的范围变得越来越窄，而且文学创作的路径也越走越窄。这是施蛰存的文学贫困的第一个表现。

相对于中国古代的文人而言，今天的文学家只是一个限于纯文学领域之内的知识者，缺乏古代知识阶层所拥有的深广的文化涵养。新文学作家变成了"上不能恢宏学术，下不堪为参军记室；就其与社会之关系而言，亦既不能裨益政教，又不能表率人伦。至多是能制造基本印刷物出来，在三年五载之中，为有闲阶级之书斋清玩，或为无产阶级发泄牢骚之工具而已"[①]。作家的职能、文学的意义变得越来越狭窄。这是文学贫困的第二个表现。

对抗战期间的文学创作，施蛰存也抱有一种批评的态度。用他的话说："即使在这个贫困的纯文学圈子里，也还显现着一种贫困之贫困的现象。抗战以来，我们到底有了多少纯文学作品？你也许会说：我们至少有不少的诗歌和剧本。是的，我也读过了不少的诗歌和剧本，但是如果我们把田间先生式的诗歌和文明戏式的话剧算作是抗战文学的收获，纵然数量不少，也还是贫困得可怜的。"[②]联系到当时左翼文学界乃至闻一多对田间诗歌的高度评价，以及左翼文学界对戏剧在抗战救亡中作用的重视与肯定，就不难发现，施蛰存这番话显然与当时大后方的主流文学思想拉开了距离。

施蛰存对现代文学体制的批评，敏锐地指出了文学的"现代性"这个装置，在带给中国文学前所未有的发展机遇的同时，也给中国文学带来了束缚。文学被规约在现代性的体制之内，失去了原有的开阔度。正是因为小说、诗歌、戏剧、散文这样的文类的明确化，使得作家在创作时，会有意识或无意识地按照这些不同的文体的不同要求来规范自己的写作。在这个意义上，文学创作失去了应有的自由性。施蛰存批评文学的贫困化，实际上正是希望文学能够突破日益体制化的条条框框以获得更丰富的生机和活力。这也正反映出他的"自由"派文学立场。

施蛰存强调文学家的修养不应局限在文学的小天地之内，也并非要用历史、哲学、政治等来取代文学。他的目的还是一种文学的立场，其

---

① 施蛰存：《文学之贫困》，《文艺先锋》第1卷第3期，1942年11月10日。
② 同上。

中有他对创作出伟大作品的一种热切的期许和无法掩饰的焦虑。对施蛰存而言，文学始终是第一位的。

这一观点在他的另一篇批评文章中也可以表现出来。在一篇针对文学青年的文章中，施蛰存将爱好文学与文学创作区别开来。在他看来，一个喜欢文学的青年不一定能够创作出文学作品来。即使像语言的运用这样的技巧，也不是仅仅凭模仿就可以掌控的。文学的真正价值体现在它的创造性，而非模仿性。施蛰存暗示，那些仅仅凭着爱好或者依靠模仿的年轻人，创作出来的作品也是一种"贫困的文学"。原因就在于他们没有意识到，文学也是专门的工作，也需要深厚的文化积淀和丰富的人生阅历。[①]

显然，在施蛰存看来，文学贫困的最大的原因在于文学本身被一种体制化或者创作模式所规范和束缚，作家创作模式的僵化，他们观察生活的视角和对于人生的体验，都被局限于一个狭小的范围之内。这些都是对文学的束缚，而不是对文学的解放。文学要想真正地摆脱当下贫困的现状，首先要使文学从各种规范和束缚中解放出来。作家的思想和意识也获得解放，能够以更开阔的视野关注现实人生，以开放的心胸广泛吸收不同的文化营养。于是，文学摆脱贫困，实际上即是文学真正地实现自由。

三　梁实秋：文学之堕落

抗战期间，梁实秋也发出了"文学堕落"的警告。他对文学的堕落的批判根源于其人性论为核心的文学思想。他认为文学的核心概念是人性。所以文学的题材也应当以人性为中心。"所谓'人性'，所谓'人的基本情感'，都是永久不变的。"文学也就没有必要在奇异之处来寻求刺激。"过度的发展个性，从偏僻处取材，以期震世骇俗，这就是使文学堕落的一个原因。"[②]

早在20世纪20年代末，他就强调创作者的态度的严肃性，反对浪漫主义、印象主义等文学流派的求异的趋向。在他看来，文学的目的是

[①] 施蛰存：《爱好文学》，《待旦录》，怀正文化社1947年版，第7—12页。

[②] 梁实秋：《文学的堕落》，《中央周报》第4卷第24期，1942年1月19日。收入《梁实秋全集·第7卷》，鹭江出版社2002年版，第540—541页。

要揭示人生万象背后的普遍的人性。这样的人性并不存在于什么高山深谷里面,因此也没有必要像探险者一样去发现什么奇异。"这人生的精髓就在我们的心里,纯正的人性在理性的生活里就可以实现。"① 梁实秋推崇的是古典主义的以理性驾驭情感,以理性节制想象的"节制的力量",即"文学的纪律"。对他来说,新古典主义的标准、秩序、节制等只是文学的"外在的权威",而非"内在的制裁"。推翻前者正是为了使文学获得自由,而如果推翻后者的话,文学就会陷入混乱的局面。因此,古典主义的"内在的制裁"是必要的,它的真正目的在于"表现之合度"。说白了就是一种理性的力量在文学中的作用。"在理性指导下的人生是健康的常态的普遍的,在这种状态下所表现出的人性才是有永久价值的文学。"② 文学离不开自由的想象。但是想象的自由不是极端的自由,而是在一定秩序内的合理的自由。而这个秩序本身是要维护文学或者人性的健康和尊严的。所以,在这个秩序内的自由才是真正的自由。在这一点上,梁实秋的文学思想反映出"自由"派文学与自由主义政治理念在精神上的一致性。

浪漫主义文学和唯美主义文学的堕落正是因为过于放纵了情感,而失去了一种内在的节制,使文学失去了应有的"表现之合度"的美。它们使文学获得解放的同时,也使文学陷入了不应有的混乱之中。梁实秋的这种思想近似于中国传统儒家的乐而不淫、哀而不伤的中庸的诗学主张。当然这也是他受到白璧德的新人文主义影响的结果。

正因为抱有这样的立场,梁实秋就将文学堕落的第一个表现归总为"感官享乐的过度放纵"。法国象征派诗人波德莱尔、兰波,英国唯美主义作家王尔德等,都是在感官方面过度放纵的典型代表。沉溺于感官快乐是人性中变态的状态。梁实秋理想中的文学精神是英国文学传统中的"道德的诚挚"。这不仅表现在创作者的严肃的态度,而且还在于作者力图展现的人生的常态。文学不是不可以表现人性中变态的一面,更重要的是如何站在常态的位置来处理变态。在这一点上,梁实秋的观点有些类似于朱光潜所赞赏的"距离说"。作家在表现人性中变态的一面

---

① 梁实秋:《文学的纪律》,《新月》第 1 卷第 1 期,1928 年 3 月 10 日。
② 同上。

时,"他能不自己卷入这罪恶的漩涡,保持一个冷静的态度"①。对梁实秋来说,文学重要的不是题材的问题,而是作家的态度和作品的质地问题。

在梁氏看来,第二个表现出文学堕落的是晦涩。早在20世纪30年代,他就发表文章,批评象征派诗歌的晦涩难懂是"堕落的文学风气"②。梁实秋特别以法国象征主义诗歌为例,力证这一流派的文学创作在逃离现实的同时,偏向畸形发展,过于注重挖掘人的灵魂深处的幽微莫测的情绪,结果就陷入了"神秘不可解"的地步。这还是其中的上品。至于那些只学得象征派的皮毛的下品,更是一些"错乱不通"的东西。这样发展下去,文学的路子只会越来越窄。真正伟大的文学作品,都是"明白清楚"的。"'明白清楚'是文学的基本条件,同时也是文学的最高理想。"像象征派这样的有意识有目的的晦涩的创作风格,只能是一种不健全的心理的反映,大有故弄玄虚之意。其流毒的影响也较为深远。乔伊斯的《尤利西斯》就是受到象征派影响的一例。

需要指出的是,与左翼作家站在诗歌大众化的立场批评诗歌的晦涩难懂不同,梁实秋要求诗歌的明白清楚,不在于要诗歌发挥宣传的功能,毋宁说他是要维护诗歌的艺术价值。只不过对他来说,明白清楚代表了一种健康的文学风气和健康的人性。晦涩难懂已经跃出了"文学的纪律",所以要将其拉回到文学的位置上。

与高尔基等将文学的堕落与阶级相联系的做法不同,梁实秋认为文学的堕落与阶级无涉。作家出身于布尔乔亚阶级却不一定就专作出"堕落"的文学,更主要的还是跟作家本人的观念和态度有关。并非所有的文学都带有"堕落"的趋势,主流还是好的、健康的、积极的、严肃的、认真的。③

在梁实秋对"文学的堕落"的批评中,我们可以发现,他是既反对作家臣服于文学的流行趣味,也反对作家听命于"外在的权威"。文学

---

① 梁实秋:《文学的纪律》,《新月》第1卷第1期,1928年3月10日。
② 梁实秋:《我也谈谈"胡适之体"的诗》,《自由评论》第12期,1936年2月21日。灵雨(梁实秋):《诗的意境与文字》,《自由评论》第16期,1936年3月20日。絮如(梁实秋):《看不懂的新文艺》,《独立评论》第238号,1937年6月13日。
③ 梁实秋:《文学的堕落》,《中央周报》第4卷第24期,1942年1月19日。收入《梁实秋全集·第7卷》,鹭江出版社2002年版,第543—544页。

只是表现纯正的、固定而普遍的人性。人性就在每个人心里。这也意味着，文学或者人性，对梁实秋来说，既是人类的普遍的感情的反映，又是一种属于个体的独特性的表现。或者说文学也是一种反映普遍人性的个人主义的产物。只不过这个个人主义不是无政府主义的个人主义，而是胡适所说的真的个人主义——个性主义或健全的个人主义。这样的个人主义坚持独立思想，在有益于社会的前提下，养成自己"忠诚勇敢的人格"[①]。也就是梁实秋意义上的理性指导下的健全的人性的表现。按照胡适的说法，这样的个人主义即是自由主义。所以，从这个角度来说，梁实秋对"文学堕落"的批评仍然是一种"自由"派文学观。

无论是朱光潜批判"文学的低级趣味"，施蛰存批评"文学的贫困"，还是梁实秋批评"文学的堕落"，"自由"派作家在20世纪40年代对文学的病症的研判与解剖，在表达出对文学现状的不满和失望的同时，也寄予了对文学的美好期待，毋宁说那也是一种关于"自由"派文学的理想的想象。尽管他们自己之间的立场存在着差异，比如梁实秋和朱光潜之间，前者就反对文学是自我的表现，而后者就坚持认为文学是一种为我自己的表现，前者就认为文学具有道德的价值，而后者就反对将道德价值视为文学的最重要的价值。但是他们还是持有相似的立场。比如他们都将文学的价值放在了未来，而非当下。他们与抗战时期强化文学的工具性的文坛主流思想保持了距离。文学如何摆脱时代的种种束缚与羁绊，如何获得更为自由的发展，是"自由"派作家诊断文学之弊病的最终的落脚点。这背后也表现出"自由"派作家对一个时代的文化风气的期许。这种文化是马修·阿诺德意义上的文化，"研习完美的文化，它引导我们构想的真正的人类完美，应是人性所有方面都得到发展的和谐的完美，是社会各个部分都得到发展的普遍的完美"[②]。对完美文化的近似于乌托邦式的期许，也使得"自由"派作家超越了抗战建国、文学即宣传等功利主义的文学观，使他们以别样的视角进入当下现实，形塑一个不同于抗战文艺主流模式的"现实生活"。

---

① 胡适：《个人自由与社会进步——再谈五四运动》，《独立评论》第150号，1935年5月12日。

② [英]马修·阿诺德：《文化与无政府状态：政治与社会批评》，韩敏中译，生活·读书·新知三联书店2002年版，第232页。

第二节 "自由"派文学运动的重造

抗战爆发之后，文学服务于抗战的思想成为大后方文学创作的主潮。"抗日救亡已经转化为文学的自觉要求，已经转化为文学的实践活动。"① 当大多数作家将"为时代而写作"作为一种内在的自觉要求时，"自由"派作家却表达出了不同的意见。用梁实秋的话来说，"文学的性质并不拘定"，文学可以描写抗战，也可以与抗战无关。没有必要将抗战硬塞进文学，造成空洞的"抗战八股"②。"我相信人生中有许多材料可写，而那些材料不必限于'与抗战有关'的。"③ 显然，以梁实秋为代表的"自由"派作家反对将抗战时期的文学等同于抗战文学。前者的外延要远远大于后者的外延。即使抗战在每一个人的生活中占据较大的比重，也并不意味着抗战就是生活的全部。衣食住行还是每一个人必须面对的最直接的生活问题，而爱情、婚姻、家庭等也同样构成了生活中不可缺少的部分。"自由"派作家坚持的是生活的多元化和文学的多元化。在如何书写抗战题材的文学作品的问题上，"自由"派作家也认为并非只存在个人如何为国族献身或者敌我对峙这样一种模式。"自由"派作家所关注的不是抗战文学中歌颂还是暴露的问题，而是作家如何观察这场席卷中国的民族战争，如何在民族、国家、抗战、文学之间建立起独特的关联。因此，在 20 世纪 40 年代的国统区，在战争的生与死、血与火之外，"自由"派作家关注日常生活中的诗意，力图在人生的常态中寻找永恒的人性。他们也关注在大时代中个体的"天路历程"：一个人如何在"革命"、"爱情"、"罪孽"、"宗教"、"宇宙"等种种世相之"重"中寻找一种属于个体的生命之"轻"。或者他们如何在爱情中建构关于至纯至美至善的人性，又如何在这人性的极境之中发现自我的迷失而重新寻找"自己的世界"。当国族叙述成为时代的主轴，"自由"派文学却力图重建起个体、个人主义的价值与意义。20 世纪 40 年代的"自由"派文学固然不是写在家国之外的另一世界，却企

---

① 苏光文：《抗战文学概论》，西南师范大学出版社 1985 年版，第 7 页。
② 梁实秋：《编者的话》，《中央日报·平明》（渝）第 4 版，1938 年 12 月 1 日。
③ 梁实秋：《"与抗战无关"》，《中央日报·平明》（渝）第 4 版，1938 年 12 月 6 日。

图以日常生活、山水风物、人性、个人主义等呈现出家国之间的"这一"世界的无限诗意来。

一 日常生活的意义

当"国族至上"成为最高原则时，文坛出现了漠视日常生活的趋向。郁达夫就认为，战争已变成了日常的茶饭琐事，所以"一点点小感情的起伏，自然是再也挑不起人的同情和感叹来"[1]。但是梁实秋却不这样认为。按照法国哲学家列菲伏尔的说法，"'日常'是每个人的事"。与其将日常生活视作非哲学的、平庸的、没有意义的、必须抛弃的东西，不如以非平庸的视角来关照平庸之事物。[2] 20 世纪 40 年代的梁实秋也大有从非平庸的视角来审视平庸的日常生活，将日常生活变成艺术品的倾向。尤其是在重庆北碚的"雅舍"里创作出来的一系列"雅舍小品"。在很多时候，梁实秋的"雅舍小品"已经不再单指那些在"雅舍"中创作出来的小品文，更多地指代一种创作方式与审美风格。经历了主编重庆《中央日报·平明》副刊所引发的"与抗战无关论"的风波之后，"雅舍小品"系列似乎更凸显了梁实秋有意为之的企图。用当年一位同住在"雅舍"的邻居的话说是，"'与抗战有关的'他不会写，也不需要他来写，他用笔名一连写了十篇，即名为'雅舍小品'"[3]。在这一系列"雅舍小品"中，梁实秋不谈家国大事，只是谈一些诸如孩子、女人、男人、音乐、握手、下棋、写字、匿名信、结婚典礼等人生百态。这些几乎构成了每一个人的日常生活。在梁实秋的笔下，这些琐碎、庸俗乃至在民族国家危亡之际被视作毫无意义、常常被人忽略掉的东西，化作了一个相对自足的审美世界，变成了梁实秋所谓的人性的常态（或者变态），以所谓的"小摆设"的小品文呈现于世人面前。

以小品文这样一种"小摆设"来审视"与抗战无关"的日常生活，既反映出梁实秋对抗战文艺的有意的疏离姿态，也表现了梁实秋在文学

---

[1] 郁达夫：《战时的小说》，《自由中国》第 3 号，1938 年 6 月 11 日。
[2] 陈学明、吴松、远东编：《让日常生活成为艺术品——列菲伏尔和赫勒论日常生活》，云南人民出版社 1998 年版，第 35 页。
[3] （龚）业雅：《雅舍小品·序》，收入《梁实秋文集》第 2 卷，鹭江出版社 2002 年版，第 205 页。

创作中的自由主义姿态。早在30年代鲁迅批评小品文渐渐堕落成幽默、性灵的"小摆设"时，梁实秋就发表了对小品文的看法。一方面，他承认鲁迅批评小品文流入不严肃的油滑之途是有道理的，文学创作的态度应当是严肃的；另一方面，他又强调"文无定律"，没有必要将文章搞成清一色的战斗的匕首，"还是随着各人性情为是"。而且文学的范围是广大的，"漂亮的小品文诚然是无补于经国济民之大事业，就是'小摆设'也似乎没有什么绝对要不得的"。他以一种宽容的态度来看待文学创作，认为文坛上的革命文学和趣味文学都有存在的合理性。"除了作为武器的革命文学和麻痹青年的'小摆设'文学，似乎还有第三种文学的存在吧？"[①] 而"雅舍小品"系列似乎正是这样一种既非革命文学又非麻痹青年的"第三种文学"。而且这种文学也正是在国族的宏大叙事之外，在日常生活中寻找人生趣味或者将平庸与日常变成诗意的尝试与努力。这也是一种"自由"派的文学实践。

正像笔者在前面已经提到的，在20世纪40年代，梁实秋仍然坚持一种人性论的文学观。在一篇关于冯友兰的《新世训》的书评中，梁实秋说："我个人就一向强调一种观点，以为'人性'是普遍固定的，喜怒哀乐之情，仁义礼智信的美德，不分古今，无问中外，永远是不变的……人性不变，所以人的生活方法亦应该是不变的。"[②] 在《关于"文艺政策"》一文中，梁实秋强调文学描写的对象是人性，"亦即是人类所同有的基本感情与普遍性格"。人性是不分阶级的。[③]

在"雅舍小品"系列中，梁实秋笔下的日常生活常常是那些在变动不居的生活中保持不变的人性：基本感情与普遍性格。比如对女人的种种性格的概括，女人的善变、善哭、善笑、善说，以及胆小、聪明等，都不是针对某一个具体女人而言的，带有普遍性。梁实秋有点接近于鲁迅的国民性的立场。他也试图在一些庸常的生活习俗和惯例中发现一些我们这个老大民族或者整个人类所共有的品性来。比如"谦让"这一传统美德表面上似乎是谦谦君子、礼仪之邦的表现，但实际上正反映了一种"我"与他人的利益较量。只是相较于鲁迅强烈的批判姿态，梁

---

① 振甫（梁实秋）：《小品文》，《益世报·文学周刊》（津）第47期，1933年10月21日。收入《梁实秋文集》第2卷，鹭江出版社2002年版，第215—217页。
② 梁实秋：《新世训》，《星期评论》第18期，1941年4月4日。
③ 梁实秋：《关于"文艺政策"》，《文化先锋》第1卷第8期，1942年10月20日。

实秋更多的是批判中的理解与包容。这也是一种悲悯的情怀。

"雅舍小品"常常表现出在日常生活中发现的一些人生的情趣或趣味。《雅舍》中的"雅舍"本是一座极普通极简陋的蜗居之所，"它是不能避风雨，因为有窗无玻璃，风来则洞若冷亭，有瓦而空隙不少，雨来则渗如滴漏"，夜里老鼠猖狂，夏天聚蚊如雷，甚至房间内的地势还不平。但是，梁实秋偏偏在这间陋居中发现了别样的东西，那就是"'雅舍'还自有它的个性"，而"有个性就可爱"。月夜，人可在房中"看山头吐月，红盘乍涌，一霎间，清光四射，天空皎洁，四野无声，微闻犬吠，坐客无不悄然！舍前有两株梨树，等到月升中天，清光从树间筛洒而下，地上阴影斑斓，此时尤为幽绝"①。从陋室变为"雅舍"，这也正是"雅舍"值得人怜爱之处。人到中年充满了诸多尴尬与无奈，但也意味着生活的开始。"中年的妙趣，在于认识人生，认识自己，从而做自己所能做的事，享受自己所能享受的生活。科班的童伶宜于唱全本的大武戏，中年的演员才能提得起大出的轴子戏，只因他到中年才能真懂得戏的内容。"② 光阴流逝青春不在之际，却也是人生登上一个高峰之际。梁实秋的中年人生是充满辩证法的人生。诸如像《乞丐》、《穷》这样原本被左翼作家视作贫富分化、阶级斗争的题材，在梁实秋看来也自有人生的情趣。乞讨亦是一种技巧，能够让人信服，讨要到钱财或者食物，也需要人的智慧。这反倒见识出了乞丐的聪敏来。穷困潦倒反而能显示出人的真正本色。正因为人穷，所以来找他谋事说情的人就没有，"他的时间是他自己的"。因为穷，所以人与人之间没有什么隔阂。穷人有时反倒显得较为大方慷慨，也有一股豁出去的勇气和胆量，"一股浩然之气火辣辣的从丹田升起，腰板自然挺直，胸膛自然凸出，徘徊啸傲，无往不宜"③。这就叫人穷志不短。

在摹写人生百态的同时，梁实秋还试图分析或者解释日常生活现象背后更深层的心理机制。比如谦让；在我们这个素有礼仪之邦的国家里，表面上似乎是一种传统美德，实际上却是另外一回事。在梁实秋看来，之所以盛行大家拼命地让座的现象，主要有两大原因：一是不管怎

---

① 梁实秋：《雅舍》，收入《梁实秋文集》第 2 卷，鹭江出版社 2002 年版，第 206、207 页。
② 梁实秋：《中年》，《世纪评论》第 1 卷第 1 期，1947 年 1 月 4 日。
③ 梁实秋：《穷》，《世纪评论》第 2 卷第 24 期，1947 年 12 月 13 日。

么让来让去，最后总是每个人都有一个位置，所以在让别人时，倒不用担心自己没有一席之地；就是因为不用担心自己没有位置，所以才谦让得更加热烈。二是但凡有自己的座位，大家的待遇都是均等的，不存在位置决定了客人的宴饮的权利的事情。也就是说你不管坐在哪一个位置上，都不妨碍你酒足饭饱。说白了就是大家的利益是均等的，让让座位也减损不了自己的利益，那又何乐而不为呢？反之，在买车票的地方就看不到谦让的现象，拥挤是一种最常见的现象。原因就在于这牵涉到每个人的利益。因此，像谦让这样一种所谓的传统美德反倒显示出了国人的虚伪。美德的背后更是隐藏了一种中国人最实际、最功利的处事原则："可以无需让的时候，则无妨谦让一番，于人无利，于己无损；在该让的时候，则不谦让，以免损己；在应该不让的时候，则必定谦让，于己有利，于人无损。"① 让与不让都取决于利益之争。自我与他人之间的交际网络重心所在还是自我，符合我的利益，我即可以表现出谦让的美德来，反之则撕破谦让的美德变成赤裸裸的争抢。美德的背后反映出的是利益之争和自私自利的阴暗心理。

在一篇关于火灾的小品文中，梁实秋描写了一个"示众"般的场景。远处某户人家发生火灾，街上顿时涌现出一股观看的人流来："其中有穿长袍的，有短打的，有拖着拖鞋的，有抱着吃奶的孩子的，有扶着拐杖的，有的是呼朋引友，有的是全家出发，七姑姑八姨姨，扶老携弱、有说有笑的向着一个方向急行。"人们抢占不同的位置来观看火灾，小孩子爬上旁边的大树，屋顶上也站了人，被踩了脚的女人还喷口而出"国骂"，旁边的一家茶叶店特意搬出几条凳子来招待观看的亲友。火灾变成了一场视觉大宴。"一面是表演，一面是观众，壁垒森严。观众是在欣赏，在喝彩。"② 这也是一个看与被看的场景。其中自然也有讽刺的味道。

如果说鲁迅在批判国民的劣根性的时候，实带有强烈的自我批判和反省意识，他将自己视作阿Q们中的一员的话，那么梁实秋是一个旁观者，一个局外人，他以旁观的姿态来审视这人性中的"常（态）"与

---

① 梁实秋：《谦让》，收入《梁实秋文集》第2卷，鹭江出版社2002年版，第230页。
② 李敬远（梁实秋）：《火》，《益世报·星期小品》（津）第11期，第6版，1947年9月28日。

"变（态）"。但他并未将自己置于判官的位置之上，他的目的既不在于改造，也不在于审判，只是如同医生一般的分析，分析中包含了应有的理性与冷静。但不可否认的是，即使是一种冷眼旁观，一种理性和冷静的分析，也还是包含了一份悲悯之情。比如在他看来，对人力车夫拼命地讲价就表现出人性残忍的一面来。

对梁实秋来说，将日常生活变成"雅舍"里面"且志因缘、不拘篇章、随想随写"的自遣的写作行为，不仅是要在日常生活的变与不变中发现普遍的人性，更在于通过这样一种将日常生活审美化的写作行为，来达到"逼近"人生与现实的目的。在他看来，相对于那些追求意境高远的艺术家而言，这更代表了一种文学的正则，这才是真正的"写实主义者"[①]。当然，在人生百态的描摹中，他尝试着发现那些永恒的人性。所以，"雅舍小品"实际上也是他对自己的人性论的积极实践。

二 新个性主义

被后来的研究者称为"新浪漫派"的徐訏和无名氏，无疑是20世纪40年代国统区"自由"派作家中的新生代。他们的作品在20世纪40年代的国统区一纸风行，赢得了相当多的读者，却也遭受了相似的指责，即所谓的"与抗战无关"或者格调不高、低级趣味等。但是不可否认的是，他们的文学观、文学创作却很好地体现出对"自由"派文学传统的承继。徐訏与无名氏的文学创作体现了"自由"派文学在20世纪40年代的新环境中极为有益的探索，"自由"派文学的内涵被大大地拓宽与加深。

徐訏和无名氏都坚持一种自由主义的立场。两个人都曾经走过他们的"马克思主义时代"。徐訏在北大求学期间，一度成为一个"马克思主义的信徒"。无名氏坦承自己中学时代思想已经"左"倾，其中一个重要的原因是读了三巨册的《马克思传》，在北京求学期间阅读的上千本书籍中就有马列一派的书籍。[②] 在巴黎大学留学时，徐訏因为读到了斯大林清算托洛茨基的综合报告以及法国作家纪德的《从苏联归来》

[①] 梁实秋：《两种文学观》，《星期评论》第4期，1940年12月6日。
[②] 汪应果、赵江滨：《无名氏传奇》，上海文艺出版社1998年版，第29页。

等书，思想受到很大的震动，开始对自己的信仰发生动摇，最终放弃了马克思主义。"我的马克思主义时代就是这样结束，而且一去不复返了。"①无名氏在抗战期间有机会接触到了20世纪30年代苏联大整肃的材料，他的思想也受到极大的震撼。用他自己的话说，此前自己思想里是左派色彩和自由主义色彩平分秋色，此后，自由主义的思想占据上风，尽管感情上对中国共产党持同情态度，理智上却极反感苏联，"这也是我政治思想大转变的开始"②。走过各自的"马克思主义时代"后，两个人都站到了以个人主义为基础的自由主义的立场。徐訏明确地表示自己的自由主义思想直接取法于西方的自由民主，以洛克的人性论和亚当·斯密的经济学理论为骨干。③他强调"个人人格的尊严"，认为"只有每个人自己有人格尊严的觉醒而同时尊敬别人的人格尊严"，才是一个社会的民主精神的真正体现。徐訏进一步解释他所谓的"个体的独立的人格尊严"，"就是他有个人的独立的思想情感信仰的自由。他对于自己的所由来的历史与地理的传统以及工作与岗位有他的责任感与自尊。他对于别人的工作与岗位有认识与尊敬"④。无名氏强调将来的世界必定是"每个人都有独立人格，谁也不奴役谁，个人做自己应分做的事"⑤。他还特别强调超越党派的中间分子的作用，认为不管在什么样的时代，中间分子都扮演着文化保姆的角色，"假如有一个时代不容中间分子存在了，这就是文化倒退的时代"⑥。无名氏的"中间分子"实际上即是沈从文所呼吁的从事特殊工作的自由主义知识分子。徐訏和无名氏都坚持一种个人主义为基础的自由主义。

徐訏将建立在个体独立与人格尊严基础上的文艺称为"新个性主义的文艺"。在他看来，文学不仅要反映出个体独立与人格尊严，而且文艺本身也具有独立的"人格"，它是一种自由的创作。⑦这其实就是一种自由主义色彩的文学观。毋宁说，徐訏和无名氏在抗战时期（甚至包

---

① 徐訏：《现代中国文学过眼录》，时报文化出版企业有限公司1991年版，第380页。
② 汪应果、赵江滨：《无名氏传奇》，上海文艺出版社1998年版，第35页。
③ 徐訏：《个人的觉醒与民主自由》，传记文学出版社1979年版，第62页。
④ 徐訏：《现代中国文学过眼录》，时报文化出版企业有限公司1991年版，第269、274页。
⑤ 无名氏：《淡水鱼的冥思》，花城出版社1995年版，第117页。
⑥ 同上书，第134页。
⑦ 徐訏：《现代中国文学过眼录》，时报文化出版企业有限公司1991年版，第269页。

括抗战胜利之后）的文学创作都是这样一种追求人格独立与尊严的"新个性主义文学"。这使得他们在抗战这样一个为时代而写作的大环境中，以一种别样的风格，另类的特质，与主流的抗战文艺拉开了一定的距离。他们的文学世界常常会溢出时代的共名之外，用当时的一些批评者的话说，他们的小说不仅歪曲了现实，而且在作品中表现出来的梦幻、浪漫情调正是"逃避、麻醉、出世、宿命与投降"，甚至色情，还不如张恨水所写的鸳鸯蝴蝶类作品更接近现实。[①] 反过来解读的话，这倒是他们的文学的特色。

他们的小说尤其是在国统区的小说，常常以男女之间的私情为组织情节的关键，即使在有关抗战题材的作品中，男女之间的情感纠葛也常常压倒了抗战而成为小说的重心。相对于民族国家的宏大叙事，爱情显然属于个人化的一己生命体验。用一位研究者的话说，当文学成为为抗战进行精神总动员的最重要的手段的时候，徐訏和无名氏却"力图用文学帮助个人确立一个真正属于私人的领域……（用）文学帮助个人在私人领域中确立起自我意识，使个人意识到自己是私人领域的主人，个人应当有自己的主体性"[②]。其实这即是一种个体的人格独立的表现。毋宁说正是通过对一己的儿女私情的追求和坚守，才表现出人试图从种种外在的束缚中解放出来，寻找人性的解放和自由。这也是个体的人格觉醒的表现。在《北极风情画》中，同是天涯沦落人的韩国军人林和波兰少女奥蕾莉亚，在一个俄罗斯的小城发生了恋情。在寒冷的西伯利亚，他们的爱却显得无比的炽烈和勇敢。当这对恋人被迫分离后，奥蕾莉亚只能以死来表现对这段爱情的坚守，对恋人的忠贞。《塔里的女人》中罗圣提与黎薇相爱，却因为前者已为人夫与人父而无法与后者共筑爱情的小巢。等到横亘在两个人之间的一切障碍都消失的时候，有情人试图再次牵手，当年的妙龄少女却已在憔悴枯槁中精神恍惚迷离。她只能告诉恋人（罗圣提）太迟了，一切都回不去了。如果说在纯美的爱情中，生命的尊严和价值得到了充分的体现，那么，当爱情演变成悲剧的时候，它恰恰说明个体要想保有生命的尊严和价值的艰难。

[①] 孟超等：《蝴蝶·梦·徐訏》，《大公报·大公园地》（津）第335期，第4版，1948年12月16日。

[②] 耿传明：《轻逸与沉重之间："现代性"问题视野中的"新浪漫派"文学》，南开大学出版社2004年版，第91页。

有研究者指出，在爱情故事背后，实际上徐訏还触碰了一个相当哲学化的命题，那就是"自己的世界"①。而笔者认为，在这个关于"自己的世界"的哲学化的命题背后，仍然是徐訏所提倡的"新个性主义"的表现。在《风萧萧》这样一个相当"主旋律"的长篇小说中，徐訏并非只是为了写一段中美间谍联手抗日的传奇故事，也并非只是为了宣扬小我为了大我而献身的爱国激情。他还"试图探讨个体在时代（战争）洪流中如何自处，以及如何寻找未来路途的问题"。

小说中男主人公"我"所坚守的独身主义，"实为探讨个体的自我确立、以及自我价值的实现路径等问题"的表征。② 在间谍故事的背后，实际上还蕴藏了一个关于个体如何迷失在他人的世界中和如何寻找、回归甚至重建"自己的世界"的奥德赛之旅。小说中男主人公"我"深陷在上海这座孤岛之上，原本计划从事哲学研究，结果却卷入中外间谍的网络之中。上海孤岛完全沦陷后，"我"最终被说服加入到盟军的间谍工作中。由此，"我"离开"自己的世界"进入一个"他人的世界"。当"我"为这是一个怎样的世界疑惑时，身为美国间谍的梅瀛子毫不迟疑地告诉"我"，"（这世界）是香粉甜酒与血的结晶"。在这个"他人的世界"中，"我"亲眼目睹最单纯的美国姑娘海伦也被梅瀛子所利用，被包装成交际场上的新星，试图依靠色相从日本军人那里获取情报，却险遭日军的强暴。而重庆方面的间谍白苹更是以百乐门高级舞女的身份周旋于日军的高级军官中间，最后为了执行任务而英勇牺牲。无论这样的工作拥有多么神圣而崇高的名义，都意味着个体、自我只能成为时代的小小的注脚。因此，"我"对这项工作表示出某种怀疑。用小说中的话说是，尽管"你们的世界"光芒万丈——因为秉承抗日的崇高之名——对"我"有着巨大的吸引力，却与"我"的世界——企图用美与善建构的世界——存在着巨大的差异。"我"被光芒吸引进"你们的世界"，"最后我相信我会迷途，于是我再也摸不回来，

---

① 袁坚在对徐訏小说的细读中发现，像《风萧萧》这样以中外间谍故事为题材的非常符合国民党政府联美抗日、联共抗日政策的"主旋律"作品，竟然提出了一个徐訏式的概念"自己的世界"。参见袁坚的博士论文《论徐訏30—40年代的小说创作》，复旦大学图书馆馆藏，第146页。

② 袁坚：《论徐訏30—40年代的小说创作》（博士论文），复旦大学图书馆馆藏，第146页。

我就只好流落在你们的世界中做你们善良的人民"。当个体从"自己的世界"进入到"他人的世界"——"你们的世界"——中时,个体人格的独立和尊严显然受到了一定的损害。"自己的世界"与"你们的世界"的对照,也正表示出"我"甚至是徐訏本人,对假以抗战的圣神名义而召唤个体绝对臣服的主流思想的质疑。个体的生命价值是否只能依靠为国家、为民族献身才能实现?一个人能否通过拥有或者建构一个"自己的世界"而实现个体的价值与意义呢?小说的结尾,"我"并没有带海伦一起走,而是只身一人奔赴大后方。这似乎也暗示出坚持"独身主义"的"我"重新寻找一个最安静、最甜美,如同故乡的"自己的世界"。重新出发,仍然是在路上。奥德赛的旅程并未结束。

无名氏也试图在文学的世界中重建个体的人格的觉醒。尤其是在浩大的《无名书稿》中,他通过主人公印蒂的生命履历,试图展现一个知识分子如何穿越不同的场域、跨越不同的界限,追寻个体的独立与生命的尊严。[1]《野兽·野兽·野兽》主要写印蒂的第一段生命之旅,一段关于如何跨越"革命"的生命之旅。1920年的初夏,在从师范学校毕业的前夕,印蒂给父亲留下一封信走了。在信中,他说:"我整个灵魂目前只有一个要求:'必须去找,找,找!'……找一个东西!这个'东西'是什么?我不知道。正因为不知道,我才必须去找。我只是盲目的感觉:这是生命中最可宝贵的一个'东西',甚至比生命还重要的'东西'。"[2]离家5年,他一直流浪在北方。他读有关马克思、十月革命的书。5年之后,他认为自己懂得了生命之谜。这个谜就是"信仰":改造世界,改造人类,改造国家与社会。怀抱着改造的理想,印蒂南下当时的"革命圣地"广州,并参加了北伐战争。随着国共两党分裂,他因为参加了中共的地下组织而被捕入狱,被判10年徒刑。在牢狱之中,他仍未放弃自己的信仰。在父亲将其营救出狱之后,他仍试图重返党的怀抱。但迎接他的却是怀疑。他被认为是写了自白书才放出来的,

---

[1] 无名氏的《无名书稿》共分6卷。第1卷为《野兽·野兽·野兽》,1945年创作于重庆,1946年在上海出版;第2卷为《海艳》,1946—1947年创作于杭州,1948年在上海出版;第3卷为《金色的蛇夜》,上册于1949年在上海出版,下册1950年已经完成,但没有出版;第4卷《死的岩层》,第5卷《开花在星云以外》,第6卷《创世纪大菩提》,分别完稿于1957年、1958年和1960年,当时并未出版。本书主要论述其20世纪40年代出版的1、2卷和第3卷的上册。

[2] 无名氏:《野兽·野兽·野兽》,中国文联出版公司1989年版,第17页。

因此必须进行忏悔,并厘清自己以前同情托派的思想。以党组织的身份出现的左狮直接告诉他:"你在革命的裁判席上,只有党的公平,没有个人的公平。任何个人公平,必须和党的公平联系在一起,才能立脚。在绝对的党的公平下,个人必须牺牲,无条件无考虑的牺牲。"① 左狮的话暗示着,在革命的集体中,个体非但不能保全人格的独立,反而必须成为绝对臣服的客体。印蒂以自身的切肤之痛宣告,他试图通过投身革命来实现个体的生命价值的尝试失败。无名氏笔下的奥德赛之旅也并没有因此结束,印蒂再次踏上寻找的路。在小说的结尾,他决定接受友人的邀约去南洋一起办报。

在《海艳》中,印蒂又开始了生命中的另一段旅程,一段爱情之旅。在南洋因为思想"左"倾,他被驱逐出境。在返国的轮船上,他偶遇一位具有神秘魅力的女子,但两人之间却未能深入发展。后来在杭州的西子湖畔,他和这位女子再次重逢,后者竟然是他的姨表妹瞿萦。一段浪漫而炽烈的爱情在这对青年男女之间展开。印蒂开始讴歌这世间最伟大的爱,最纯洁的美。从这里,他又找到了人生的新的信仰。同时,他又产生一种隐忧,感觉到爱情毕竟是两个人的世界。当独自一人时,自我就是一切,自我可以独立地反映这地球上的光、色、香。但在恋爱中,自我的世界中就多了一个生命,"渐渐的,自我沉下去了,他体像(浮)萍潜伏在我的四周"。即使是亲密的爱人,参加到自我的空间中来,也会造成自我的完全沉没。爱情带来生命的甜蜜与愉悦的时候,印蒂却敏感地觉察到,个体可能深陷在感情编织的网络之中,迷失自我。于是,他选择了离开,踏上了奔赴东北的战场。"九一八"事变似乎成为一个逃离的契机和借口。问题是原本已经宣告了以改造为目的的革命并不能成就一个圆满的"自己的世界",那么在民族战争的革命中,就有可能寻找到一个"自己的世界"吗?在印蒂无果而终的爱情之旅中,我们可以窥测到个体尤其是男性个体追寻人格独立和生命尊严的矛盾情绪。一方面,现实告诉他们,在国族这个大的集体面前,个体很难保有自我的独立。一方面,他们又屡屡有试图打通个体和集体之间的横隔的冲动。他们企图寻找到集体和个体之间的最为理想的关系模型。从集体无意识的角度来说,"天下兴亡,匹夫有责"的文人传统提

---

① 无名氏:《野兽·野兽·野兽》,中国文联出版公司1989年版,第313页。

醒他们承担着为国族献身的使命。同时，现代思想又告诫他们，知识分子的个体价值是一切集体价值的起点。

在《金色的蛇夜》的上册，印蒂从东北战场溃败后到了上海。在上海，他纵情于声色，经历了人生命旅程中"魔鬼主义"加炼狱精神组合成的"负的哲学"。他沉到生命的最低和最底。纵情于感官的快乐之中只能证明他将永远的失去自我。这也注定了此一阶段的印蒂只能成为"过客"，生命的旅程仍将继续。

如果说印蒂的故事表征了"一个知识分子在一个民族大动乱里的个人悲剧"，同时也是"一个理想主义者在一个残酷黑暗的现实里对一种更高更完美的存在的追寻与幻灭"的悲剧,[1] 那么这同样也是一个关于个人主义的悲剧。只不过，印蒂身上的个人主义的悲剧并不是以生命的沉沦与毁灭为结局，而是一种永远在路上的追寻，体现出一种个体的"灵魂的绝对的自由"[2]。

显然，在徐訏和无名氏的"新个性主义的文学"中，个体呈现出永远在路上的生命状态。毋宁说这也是一种精神上的流浪。在路上或者流浪，意味着个体对秩序的拒绝。对这些印蒂们来说，被他们拒绝的秩序，不仅不能保有个体的人格的独立和生命的尊严，反而成为一种束缚，一种取消人格独立和自由的桎梏。于是，永远地在路上或者流浪，成为个体始终坚持人格独立和自由的表征。

三 完整的人

当梁实秋在重庆北碚的"雅舍"里试图从日常生活中寻找人生趣味时，一位与他同时代的诗人却在昆明近郊的茅屋中试图在日常生活中发现精微的"哲理"；当徐訏与无名氏不间断地寻找"自己的世界"时，这位身在昆明的诗人也试图将"二千年前的一段逃亡故事变成一个含有现代色彩的'奥地赛'"[3]，一个现代奥德赛的逃亡之旅。这位诗人就是

---

[1] 丛甦：《印蒂的追寻：无名氏论》，收入卜少夫、区展才主编《现代心灵的探索：无名氏作品研究》，黎明文化事业公司1989年版，第8页。

[2] 鸣奇：《读〈野兽·野兽·野兽〉书后》（续），《大公报·出版界》（沪）第16期，第12版，1947年1月26日。

[3] 冯至：《〈伍子胥〉后记》，收入《冯至全集·第3卷》，河北教育出版社1999年版，第427页。

冯至。

用冯至夫人姚可崑的话说,此时的冯至 "思想也并不怎么进步,还是处在一种彷徨的状态":即使在诗歌中表达出对"新的眺望"的等待,但是究竟要眺望的是什么,却"很抽象,不大清楚"①。因此,在一些研究者看来,此时的冯至,从政治立场判断,既不属于倾向于国民党的右派,又不是倾向于共产党的左派,"而是有独立见解的中间偏左派"②。

"独立见解"和"中间偏左"实际上暗示出了,抗战时期的冯至坚持的是自由主义的立场。与陈铨等借用尼采等人的思想大力宣传"战国时代"与"力的政治"不同,冯至眼中的尼采不是让大众视自己为导师,视自己的思想为真理,而是让大家信仰一句话:"认识自己的路。"他眼中的尼采反对大众的盲从思想:"他不但让我们走自己的路,而且教我们在读尼采的时候处处要防备他:'我要唤起对我最深的猜疑。'"尼采反对大众将自己视作圣者,在倡导重估一切价值时,仍旧坚守一种基本的道德:正直。他期望人们以正直的眼光来观察和研判这个世界。在冯至看来,"尼采是一片奇异的'山水',一夜的风雨,启发我们,惊醒我们,而不是一条道路引我们到圣地"③。在冯至对尼采的解读中,我们可以感觉到,他对个体的独立性的高度重视。当有人以集体主义名义攻击个人主义的时候,冯至积极地作出了回应。他反对将个人主义等同于利己主义。如果将二者混同为一,反倒不容易展开对自私自利之心的批判,很容易使其借着个人主义的替身溜之大吉。在中国,特立独行的真正的个人主义不仅比较少见,而且即使存在一种被冠之以"个人主义"的个人主义也并非什么罪恶,反倒有名副其实之意。在冯至看来,当下的这种个人主义,主要表现为"不肯随声附和,自己埋头于个人的工作,或是另外有一些自己的见解"。冯至所理解的个人主义更突出地强调了自我的独立性。同时,不容忽视的是,冯至对个人主义的理解并没有停留在抽象的观念层面上,更多的是呈现为一种具体的形象:"在

---

① 姚可崑:《我与冯至》,广西教育出版社1994年版,第123、126、127页。
② 陆耀东:《冯至传》,十月文艺出版社2003年版,第142页。
③ 冯至:《谈读尼采(一封信)》,《今日评论》第1卷第7期,1939年2月12日。对尼采的不同解读,可参看林同济的文章《我看尼采》,《自由论坛》(月刊)第2卷第4期,1944年4月1日。

冷静中从事自己的工作，同时也是为了人类而努力。"冯至不仅对个人主义进行了正名，而且更准确地道出了个人在社会、时代中的定位与地位："不外乎忠实于自己的工作，忠实于自己的见解：这工作也许与狭义的时代需要相参差，这见解也许与时代精神相凿枘，但为人类的进化设想，是应该被容纳的。"① 对与时代的主流话语相背离的思想意识保持应有的包容之心，这显然是自由主义精神的题中应有之义。在一篇介绍丹麦哲学家凯尔克郭尔的文章中，冯至更是借这位丹麦哲人之口，明确地表达了他对现代社会中个人主义的隐忧。在一个嫉贤妒能的社会里，"平均主义"成为压倒性的思想。在"平均主义"里又很容易制造出"一个精神，一个非常的抽象，一个包罗万有，而又是虚无的事物，一座蜃楼——这个幻象就是群众"，"群众把一切的'个人'溶在一起，成为一个整体，但是这个盛理（'盛理'疑为'整体'，《全集》中为'整体'，且此段文字中的'群众'在《全集》中被改为'公众'——笔者注）是最靠不住，最不负责的，因此它什么也不是"。如果平均主义代表了平庸，那么群众则是被鼓吹为神圣的"大众"、"人民"等集体概念的指代。"无论什么人投到这群众的海里，便具体的化为抽象的，实的化为虚的了。"② 在群众中，个体的独立性不仅被泯灭，而且个体所应有的对生命的热情、责任与义务也化作一种冷漠，一种随波逐流，一种自甘于平均主义的妥协。当个体失去自己的独立性、失去对生命应有的担当时，自由和自由主义早已变成了一种虚无，甚至是一种虚妄。冯至对个体的独立性的坚守，对不同思想意识的包容与宽容态度，正显现出其思想意识中的自由主义本色。

对个体价值的重视，使冯至的文学世界呈现出"一曲'人的高歌'"③。冯至在20世纪40年代文学创作中，并没有跟随抗战文艺的主潮而动，去书写大时代的血与泪、爱与死，而是以一己之小来体验宇宙之大，坚持自我对时代的独立认识与思考，书写个体的独特的生命体验。20世纪40年代前半期，在昆明，冯至创作出了文学生涯中最重要

---

① 冯至：《论个人的地位》，《自由论坛》1945年第18期。收入《冯至全集》第8卷，河北教育出版社1999年版，第287—288页。
② 冯至：《一个对于时代的批评》，《战国策》第17期，1942年7月20日。
③ 马逢华：《伍子胥》，《大公报·星期文艺》（津）第11期，第6版，1946年12月22日。

的作品：诗集《十四行集》、散文集《山水》和中篇小说《伍子胥》。这些作品大多"与抗战无关"。当下之琳借助十四行体来讴歌国共两党的领袖时，冯至却试图在十四行的限制中寻找到一种表达的自由，通过十四行体在日常生活中发现精微的哲理，① 在山水等自然事物中发现生命的平凡与卑微，而在平凡与卑微中寻找永恒与伟大。即使在《伍子胥》这样原本具有史诗性的复仇故事中，复仇并未成为小说的主调，他放弃了在小说中叙写那"弓弦似的筋肉毕露的人生，真实的丑恶又崇高的美"②，放弃如郭沫若的《屈原》的古为今用的写法，没有在这个具有复仇主题的故事上附着当下中国人的国仇家恨，反而以散文诗的笔调展现个体在选择面前的决断，一个写在家国之间的现代奥德赛的故事，"一曲'人的高歌'"。这样一种远离主旋律的写作姿态，在当代的一位诗人看来，显出了重要的意义："他（冯至——笔者注）在日趋强大的压力下依然忠实于自己的艺术，并能从个人的坚定信念对抗集体主义的神话。"③

如果说梁实秋的"雅舍小品"系列以一种非平庸的眼光来审视平庸的日常生活，在将生活艺术化的同时，也试图在些微琐事中把玩永恒的人性的话，冯至却试图在日常生活或者自然风物中发现人生的哲理。他的哲理并非是多么宏大的人生观、价值观，更不是什么复杂高深的哲学系统。他只不过是以一己之体验，来探寻关于个体在时代中的位置、个体与宇宙万物的关联，"一种个体的生存态度"，"一种联接个体与世界的方式"④。这实际上即是冯至在20世纪40年代的文学创作中想要表现的关于个体的生存哲学，也是关于人的哲学。

而冯至试图表现的关于个体的生存哲学受到德语文学与杜甫等的影响，已经成为一个公认的事实。早在德国留学期间，他就给国内的友人写信，表示自己读里尔克、歌德等人作品的体会。尤其是前者，冯至声

---

① 朱自清：《新诗杂话》，作家书屋1947年版，第35页。
② 唐湜在肯定《伍子胥》是庄严而高贵的诗篇的同时，批评冯至散文诗的写法反而造成了小说的缺陷，缺失了复仇这一主题应有的史诗般磅礴而宏大的气势。参见唐湜《冯至的"伍子胥"》，《文艺复兴》第3卷第1期，1947年3月1日。
③ 王家新：《冯至与我们这一代人》，收入冯姚平编《冯至与他的世界》，河北教育出版社1999年版，第201页。
④ 贺桂梅：《转折的年代：40—50年代作家研究》，山东教育出版社2003年版，第155页。

称自己是完全沉浸在里尔克的世界之中而不能自拔，① 以至于他决定要"重新建筑我的庙堂"②。不同于沈从文要建筑供奉人性的希腊小庙，冯至在重新建筑的庙堂里放置的是从里尔克、歌德、尼采等人那里获得的关于个人的感悟。也就是在翻译里尔克的《给一个青年诗人的十封信》的时候，冯至感触到里尔克"伟大而美的灵魂"，使他感到这个寂寞与忍耐的个体同时又是一个不伏枥于因袭的传统和习俗的"完整的'人'"，一个大人者并不失其赤子之心，尼采所谓的"在真正的男子中隐藏着孩童，他要游戏的人"③。一个具有赤子之心或者童心的成人，一个在忍耐寂寞并坚持工作的人，这正是冯至重新建筑的庙堂中所要供奉的"完整的人"。这个完整的人，是一个脱离了传统与习俗对自己身心的束缚，一个尼采意义上的抛开了种族、民族与所谓的教养的人。④ 他/她以一颗真诚而纯洁的心来面对世界，以原始的眼光来看待万物，不仅众生平等，而且芸芸众生与他（人）也是平等的。在唐代诗人杜甫那里，冯至看到了个体所应具有的担当。这种担当不仅仅是个体应当肩负起自己的责任和义务，也是歌德意义上的"自己决断"：当个体面对不同的道路的选择时，"既不盲目，也不依靠神卜，他要自己决断"。作出了决断，勇敢地走上一条道路时，个体才能体会出生命的光彩与生命的崇高意义。⑤ 也就是说，对冯至而言，一个完整的人，不仅是独立而勇于坚持独立精神的人，还是一个敢于决断，勇于担当的个体。在这种情况下，个体不仅是一个完整的人，连大地——万物的寄生之所——也是完整的。这也正是尼采所谓的"整个的大地"⑥。毋宁说，正是因为个体以一个完整的人的姿态立于大地之上，用一种赤子之心来看万物众生，与万物众生之间形成了平等共存乃至彼此关联的时空，因此这个大地（宇宙）才显得更为完整。用他的话说就是，当个人作出决断之

---

① 冯至在1930年、1931年写给杨晦的多封信中，都提到里尔克，并称其为可爱的诗人，对里尔克的喜爱溢于言表。参见《冯至全集》第12卷，河北教育出版社1999年版。
② 冯至：《致杨晦·19310410》，收入《冯至全集》第12卷，河北教育出版社1999年版，第121页。
③ 同上书，第125页。
④ 同上书，第130页。
⑤ 冯至：《决断》，《文学杂志》第2卷第3期，1947年8月。
⑥ 冯至：《致杨晦·19311013》，收入《冯至全集》第12卷，河北教育出版社1999年版，第130页。

后，便"从长期的生活与内心的冲突里一跃而跃入晴朗的谐和的境界"。在完整的大地之上，完整的人真正显示出了"人的高歌"。

在冯至的眼中，诗人里尔克无疑代表了他理想意义上的完整人。里尔克"怀着纯洁的爱观看宇宙间的万物"，玫瑰花瓣与罂粟花，红鹤与黑猫，囚犯、病妇、老妇、娼妓、疯人、乞丐与盲人。他怀着纯洁的爱静听他们的沉默，体悟他们的生命，随后便把"他所把握住的这一些自有生以来，从未被注意到的事物在文字里表现出来"[①]。这就是诗。这自然也成为冯至的创作方式。

在1941年昆明郊外杨家山林场的山径上，田埂间，冯至因天空中飞过的几架飞机，想到古人的鹏鸟梦，并随口赋出一首有韵的十四行诗。从此，那些带给他启示的无名的村童农妇，山中的飞虫小草，个人的切身经历，凡是与诗人发生深切关联的，都被写入他的十四行诗中。[②] 用赤子之心的原始的眼光，"我"走进大地的万物之中去感触或者发现万物生命中的幽秘之处。诗人在山谷中婉转流淌的溪水中发现了"一个消逝了的山村"的秘密。历史早已成为被人遗忘的过往，只有这传下来的地名，以及遍山的草木中还隐藏了一小段历史兴衰的余韵。尽管时移事往，诗人却提醒我们，也许今天的我们同已经消逝的村民们共同饮过这潺潺的溪水，共吃过同一棵树上的果实，反而在生命深处有了互通款曲的地方（《山水·一个消逝了的山村》）。风中萧萧的尤加利树，犹如耳边的音乐，诱使"我"小心翼翼地走入那严肃的声乐的庙堂。它的高耸天空的姿态，在褪旧变新中显示出的生命力，都成为"我"的引导。于是"我"甘愿"化身为你根下的泥土"（《十四行集·三》）。那甘愿过渺小生活的白茸茸的鼠曲草，仍旧不失高贵和洁白。它用静默抵挡喧哗与荣耀，在对异己之物的否定中显示出人生的骄傲（《十四行集·四》）。林场中放牛的老人，在与山中生物的耳鬓厮磨中，变成了万物中普通的一个。他宛如一棵老树，与草木、牛等形成了这山间的一个"完整的大地"。只有被迫离开这一切时，他才如同被从这"完整的大地"上连根拔起，失去了应有的生命力（《山水·一棵老树》）。当诗人/个体进入到万物中间时，他并未成为主宰或者中心，他

[①] 冯至：《里尔克——为十周年祭日作》，《新诗》第1卷第3期，1936年12月10日。
[②] 冯至：《〈十四行集〉再版序》，《中国新诗》第3集《收获期》，1948年8月16日。

只是去倾听万物的声音，感知万物的存在，甚至去体验万物本身的存在方式。冯至在诗歌中传达出个体所体验到的一种生命的经验，诗人/个体"像是佛家弟子，化身万物，尝遍众生的苦恼一般"①。于是，道路、山水、风云都成为彼此关联彼此呼应的有机生命。"我们走过的城市，山川/都化成了我们的生命。"我们生命中的忧愁哀乐就如同那山坡上的一棵松树，城市上空的一片云雾，而我们自己也会在风吹水流中，"化成平原上交错的蹊径，/化成蹊径上行人的生命"。大地之上，万物之间的生命的彼此相通，也构成了一个完整的大地。完整的人与完整的大地，共同构成了冯至关于生命抑或是关于个体生存的精微的哲理。在一个变动不居的大时代里，尤其是在一个时时刻刻都能感受到生命会遭受惘惘威胁的战争环境里，完整的人表现出了个体如何在混乱中安置自我、如何在宇宙的大秩序中寻找自我的位置的努力。套用一位研究者的话说，在冯至这里，当个体以完整的人出现的时候，才更体现出了生命个体的更为本真的生存方式，"个体的生存在'深邃的自然规律下'都获得了生存的正当性，并因此能够以'个体'包容'世界'"②。

在《伍子胥》中，冯至放弃了对复仇主题的渲染，而专注于个体的逃亡之旅。伍子胥在逃亡的过程中不断地经历着生命中的决断。一方面是为父兄复仇的决心，一方面却要面对各种人事的"诱惑"。林泽中的青年人楚狂，原本是楚国读书的士子，只因看不惯楚国的现实政治，而偕妻子自愿隐居在这幽深之所，在雉鸡麋鹿之中自享人生的乐趣。他劝伍子胥用雉鸡麋鹿来消融内心的仇恨。但后者没有为之所动，反而对楚狂洁身自好的行为充满了怀疑："你们这样洁身自好，可是来日方长，这里就会容你们终老吗？"权贵们终究有一天要将这山林变成他们的狩猎场，楚狂们也有可能被视作贱民来驱使。因此，目前的一切，对伍子胥来说，只不过是"一片美好的梦境"，"终会幻灭的"。而他自己还是要肩负起复仇的重担。在子产墓前，对已逝的贤人，伍子胥也生出"向哪里走呢"的犹疑。在苍茫暮色中，他还是决定了自己的去向：奔向吴国。在昭关，楚地的风物又将他拉回少年时代政治清明的记忆之中。对

---

① 冯至：《里尔克——为十周年祭日作》，《新诗》第1卷第3期，1936年12月10日。
② 贺桂梅：《转折的年代：40—50年代作家研究》，山东教育出版社2003年版，第155页。

比今日混浊不堪的现实，他生出究竟是自己变了还是大家变了的惶惑。最终他还是下了决断，"把旧日的一切脱去，以一个再生的身体走出昭关"。延陵，放弃吴国王位的季札隐居之地。这个快乐而新鲜的世界，勾起了伍子胥对季札所代表的淡泊名利生活的认同和向往。尽管内心激起拜访季札的冲动，但他还是清醒地意识到，继续往前走。这是一次断念，"对于他生命里一件最为宝贵的事物的断念"。于是，他迈开大步走向吴市。伍子胥从城父到吴市的逃亡之旅，一个被诗人加入现代中国人的痛苦经验的中国版奥德赛的故事，与其说展示的是脱旧换新的"蜕变"，一个新人的生成过程，不如说是一个个体在下定了决心之后，在向目标奔去的过程中，不断经受考验，不断面对内心的矛盾、困惑和挣扎之后，仍旧坚守最初决定的故事。这也是关于个体一次次地做出决断的故事。

但是，问题也随之而来。当伍子胥对楚狂夫妇自享山林之乐的生活表示怀疑时，是不是正与诗人此前在《十四行集》、《山水》中所表现出来的以赤子之心平等地与万物相处的思想相矛盾呢？尤其是在小说的结尾，伍子胥以畸人的形象立于吴市的中心。这是不是也与冯至的完整的人的形象相背离呢？与其说这是一种自我矛盾，不如说再次反映出了诗人的个人主义思想。正如他在《论个人的地位》中所特别强调的，一个平均主义的时代对特立独行的真正的个人主义的压抑，这种压抑常常表现为制造出所谓的"群众"的幻象，来召唤个体融入这个集体之中。从而，个体失去担当，不在对生命负应有的责任，也变成平均主义中的一员。而畸人[①]，正是一个超尘脱俗的异人，正代表了他拒绝对庸众的盲从，他拒绝变成平均主义中的一分子，他要保有身为个体的独立性。他在拒绝与乌合之众的同流合污中保有一颗纯洁与真诚之心。这也是一个完整的人的题中应有之义。以赤子之心与万物平等相处，是因为万物本身显现出一种朴素与纯真，它们并不压抑个体。而以畸人的形象处身社会，恰是因为社会对个体与万物欲组成的完整的大地形成了威胁。在一定程度上说，畸人的形象，一个敢于决断，勇于担当的个体，

[①] 在冯至看来，陀思妥耶夫斯基、尼采与凯尔克郭尔三个欧洲 19 世纪重要的人物，被当时的人们称为畸人。实际上，他们却深具慧眼，"透视一切，挖掘人的灵魂到了最深密的地方，使一切现成的事物产生不安，发生动摇"。参见冯至《一个对于时代的批评》，《战国策》第 17 期，1941 年 7 月 20 日。

他的坚持也正是试图"从长期的生活与内心的冲突里一跃而跃入晴朗的谐和的境界"①。这与怀有赤子之心的个体与万物构成完整的大地的境界是相同的。这都是在坚持个体的独立与自由,充分体现了冯至身上所具有的"自由"派文学的特质。

第三节 向远景凝眸:20世纪40年代的沈从文

在20世纪40年代的"自由"派作家中,沈从文是尤为特别的一位。如果说大后方的主流意识更多强调发挥文学的工具性,以便直接服务于抗战的话,那么沈从文关注的是如何将文学与战争背后的一个更为庄严与伟大的事业,即民族重造、国家重造紧密联系起来,使前者更好地为后者服务。主流意识的目标是当下战争的胜负问题,他瞩目的却是国族的"明天"或者人类的未来。因此他被认为是与梁实秋唱同调的"与抗战无关论"者。又因为在"战国策"派主编的《战国策》与《大公报·战国》副刊上发表数篇文章,就被视为"战国策"派的同路人。实际上他对"战国策"派的主将陈铨的"英雄崇拜论"进行了较为严厉的批判。②而对张道藩等国民党文人所高蹈的"文艺政策",他也表示出了相当大的质疑,明确主张文学创作的自由。③沈从文站在自由主义知识分子的中间立场上,与国民党政府的"抗战建国"的宏伟构图,与"战国策"派力主的"战国时代",与左翼文学界以笔为枪的思想,均保持了应有的距离。

沈从文常常立足于现实,以凝眸远景(或虚空)的姿态,在批判当下的同时,又试图探索超越当下的方式。于是,20世纪40年代的沈从文逐渐偏离了此前的牧歌风格,在文体与文字上进行实验,试图在"实际"(现实)与"抽象"(抽象的原则,关于生命的抑或人性的)的战争中杀出一条路来。毋宁说这也是试图将"自由"派文学深化的尝试。

一 对个人主义的误读

在抗战时期的一系列文章中,国族一直是沈从文关注的重心。只是

---

① 冯至:《决断》,《文学杂志》第2卷第3期,1947年8月。
② 沈从文:《读英雄崇拜》,《战国策》第5期,1940年6月1日。
③ 沈从文:《"文艺政策"探讨》,《文艺先锋》第2卷第1期,1943年1月20日。

与主流意识不同的是，他是从个人主义的立场来看国族问题的。他突破了主流意识中个人与国族对立的窠臼，试图建立从个人主义出发而上达国族重建的道路。不过，在沈从文这里，个人主义显得相当的吊诡。一方面，他并没有严格按照西方政治学的意义来阐述个人主义，也就是说，他的个人主义立场是无意识的。另一方面，他又往往将某种被批判的现象命名为个人主义，这显示出他对个人主义的某种误读。

沈从文的个人主义立场充分地表现在他对陈铨的"英雄崇拜论"的批判上。陈铨的"英雄崇拜论"的一个主调，即是反对知识分子思想中的个人主义为核心的自由主义，与否定"五四"的传统——民主与科学精神。沈从文一针见血地指出，陈铨的"英雄"实质上就是领袖。这样一来，所谓的"英雄崇拜"也就是领袖崇拜。尽管沈从文没有作出进一步的分析，但是在第二次世界大战的大环境中，这很容易让人与希特勒的领袖崇拜联系起来。在这一点上，沈从文对"英雄崇拜"的批判，实际上带有相当大的反对独裁专制的倾向。在沈从文看来，陈铨所谓的"英雄"既非"万能法师"，也非人人都必须尊崇迷信的大神，只不过是一个"人"而已。"英雄"之所以成为英雄，主要是因为所占据的权势地位，依凭的还是手中的武力或者武器。倘若像陈铨所主张的那样，知识分子必须无条件地拜倒在该"英雄"或领袖的脚下，反倒与国家现代化的精神相违背。言外之意，这种盲目的崇拜只能是一种反现代或者非现代的专制。他坚决捍卫"五四"的科学与民主传统，以及个人主义为核心的自由主义。在他看来，支持全民族抗战的信心与勇气的不是"英雄崇拜"，而是"个人做'人'的自尊心的觉醒"[①]。最后这一点凸显出了沈从文的个人主义的自由主义立场。

在沈从文看来，个体应该在民主与科学精神的烛照下，意识到自己身为一个人的主体性与能动性。在此基础上，个体再以民主与科学精神为依托，参与到社会的政治现实进程之中，从而将民主与科学精神贯彻到国家的现代化之中，或者以民主与科学精神为抽象原则来改造民族与国家。他以个人主义为根基，试图建立从个人主义而上溯到社会、国家的国族主义蓝图。而这个蓝图的主调正是自由主义的民主政治——宪政和以理性、知识为武装的个人主义。也是在反对"英雄崇拜"的过程

---

① 沈从文：《读英雄崇拜》，《战国策》第5期，1940年6月1日。

中再次显示出了沈从文反对独裁专制的思想。

从个人主义的立场出发，上达国族重造的宏伟蓝图的一个关键中介是文学。更通俗地说，沈从文试图借助文学这一工具来实现国族重造的计划。[①] 在这一点上，作家尤其是脱离于集团之外的作家——一个个人主义意义上的自由、能动的个体——的作用显得前所未有的重要。沈从文将个人/作家/知识分子、文学、国族的重造紧密地联系起来，这也是他在20世纪40年代一直不断地试图建构的一个思想体系。

沈从文对个人主义的误读主要表现在，他将自己所批判的现象命名为个人主义。在一篇谈保守的文章中，沈从文批判了中国人因为保守思想而形成的"自私为己的精神"。"这种自私为己精神用积极方式出现，则表现于公务人员纳贿贪赃作为上，用消极方式出现，则表现于知识分子独善其身苟全乱世生活的态度上。"沈从文将这种"自私为己"的精神命名为"无可救药的个人主义"。之所以出现这样的"无可救药的个人主义"，主要是源于中国人尤其是知识分子阶层不去怀疑甚至不敢怀疑的麻木心态。因为不"疑"，故养成了一种顺天委命的人生观。愚昧与自私，甚至麻木与逃避成为人们思想中根深蒂固的意识。要根除这一弊病，求得社会的进步与发展，势必要从促进人的意识的觉醒做起。在年轻人的思想中，"注入较多的理性，指明社会上此可怀疑，彼可怀疑，养成其'疑'。用明智而产生的疑，来代替由愚昧而保有的信。因疑则问题齐来，因搜求问题分析问题即接近真理。人类进步由此而来"[②]。沈从文积极提倡的勇于怀疑的精神，正是为了将个体从迷信与依附他人或他物中解放出来，保有个体的独立性、自主性与能动性。这种个体意识的觉醒并不仅仅指向自我，它的最终目的还是突破小我的封闭圈子，为社会的发展与人类的进步作出贡献。这样的个人或者个体显然不是要从社会中剥离而去的个人或个体，而是要在保有个体的独立性、自主性的同时，勇于承担社会责任的个人或个体。在沈从文的思想中，并没有将个体与社会绝对对立起来，对个人意识的强调也并不是要完全瓦解社会的秩序，而是要重造一种符合理想人性的新的社会秩序。这才是一种真正的个人主义。

---

① 上官碧：《昆明冬景》，《大公报·文艺》（港）第522期，1939年2月6日。
② 沈从文：《谈保守》，《新动向》第1卷第2期，1938年7月1日。

在另一篇批评抗战时期的知识分子的文章中，沈从文同样将所批判的现象误读为"个人主义"。他批判一部分知识分子虽然希望民主政治，但缺乏实际的行动。在专制制度下，"只要专制者并不限制他们的言论，并不断绝他们的供给"，即使他们赞成那些可促进真正的民主政治的计划，也并不会去实践。他们常常是"以自我为中心出发，发展自己稳定自己的人生观"。而一些政客恰恰看透了这类知识分子的本质，给他们表面较为尊敬的地位，给予相当的津贴供养着。一方面利用他们点缀政治，一方面使知识分子在这种幻象中，"某一时无形中且会成为专制的'拥护者'，甚至于阿谀"。这样的知识分子被沈从文命名为"真正的'个人主义者'"①。这同样也是一种被沈从文误读为个人主义的非个人主义。

将安于现状、缺乏能动性的个体判定为"真正的个人主义者"，恰恰说明了沈从文对于个人主义认识的盲点。同大多数中国知识分子一样，他将个人主义理解为自私自利或者完全以自我为中心的自我主义。但是，我们会发现，在沈从文批判"个人主义"的背后，他本身所站的立场，却是一种真正的个人主义。他所希望的个体是一个能够拥有自己的独立性和能动性的主体。这样的个体也是一个在理性的指导下，积极主动地去改造社会、改造国家的主体。也就是他/她要在秩序内通过合理的手段来改变不合理的秩序，而不是听命于现有的秩序。这其实就是一种自由主义的立场。

在沈从文甚至一部分中国知识分子身上出现关于"个人主义"的吊诡，其中一个较为浅显的原因可能在于，他们对西方的个人主义思想缺乏系统的了解。另一个更重要的原因可能在于，这一部分中国知识分子的个人主义思想不完全是西方意义上的个人主义，而是有着复杂的脉络。就沈从文来说，他的个人主义思想的形成是唯心论与唯物论、科学与玄学、佛教与诸子学等等的拼盘，是以个人为中心的纪德、尼采等一些短片印象感想、弗洛伊德、乔伊斯等的作品与个人情感的结合。② 同时，他的个人主义的思想更多的还来自"五四"新文化和新文学的传

---

① 沈从文：《读书人的赌博》，收入《沈从文全集·第17卷》，北岳文艺出版社2002年版，第370—371页。

② 沈从文：《我的学习》，《光明日报》第3版，1951年11月11日。

统。尤其是以周作人的个人主义的人间本位主义以及周作人倡导的从个人主义出发的"自由"派文学思想。① 而正如笔者在前面已经提到的，沈从文所怀抱的文学理想是希望通过作家的文学创作，来实现国族重造（包括政治重造、社会重造甚至个人重造）。所以，一方面，他认同周作人的超功利的文学观，另一方面却又在周氏的田园诗人的抒情中看到了退隐与消极的人生态度。也是这种从个人主义出发上达国族重造的文学理想，很容易使沈从文对仅仅停留在一己范围之内的生活状态，批判性地将其命名为所谓的"个人主义"。

二 对文学与政治的解读

如果说，20世纪40年代的沈从文站在个人主义的立场，试图建立从个人上达国族重造的构想，而文学被其视作是实现这一构想的关键所在的话，那么，这其中牵涉到一个至关重要的问题，即文学与政治。毋宁说，在"个人主义—文学—国族重造"的线路图的背后潜藏的正是文学与政治的关系问题。文学与政治，构成了沈从文20世纪40年代思想体系中的核心问题。

用沈从文自己的话说，他对文学和政治的认识，不是来自书本知识，而是他从现实生活中学习的。② 因此，政治对他来说，不是什么抽象的概念，而是清晰的记忆与鲜活的现实。早年的军旅生活所经历的杀戮，鲜血淋漓的人头，高级军官视万物为刍狗的骄横与愚蠢，正是这最真切最直接的政治现实，使他看到了现实政治的腐败与堕落，萌发了弃武从文，要"读好书救救国家"的理想。而"五四"新文化运动与新文学运动更使他清晰地认识到，要想救国家势必要依赖文学："社会必须重造，这工作得由文学重造开始。"③ 在他看来，"五四"新文学运动即是欲借助文学运动的重造而达到社会重造的一场伟大的运动。白话文取代文言文，是工具重造。通过工具重造最终达到社会重造。只是由于新文学在此后的发展中，一方面受到商业的巨大影响，变成大老板手中

---

① 沈从文：《习作举例·二 从周作人鲁迅作品学习抒情》，《国文月刊》第1卷第2期，1940年9月16日。
② 沈从文：《从现实学习》（一），《大公报·星期文艺》（津）第4期，第6版，1946年11月3日。
③ 同上。

的商品。另一方面,文学又与政治联姻。在朝在野都逐渐认识到文学的工具功能,纷纷将其作为或巩固政权或夺取政权的工具。作家遂变成政党的清客或者小伙计。非敌即友、非左即右的政争中,不仅作家受限于凝固的观念的限制与束缚,连文学也成为宣传的工具。① 最终,文学原本的庄严性也逐渐地消失。在全民抗战的大环境中,沈从文仍旧倡导通过文学重造而达到社会重造的传统。

由文学的重造而达到社会的重造,从本质上来说,是要通过文学来改造政治。沈从文将文学称作改造社会的工具,但是这种文学的工具论又不同于左翼作家的文学工具论。后者强调的是文学从属于政治,文学要听命于政治,政治的大原则决定了文学的创作方向、主题思想乃至审美风格。而前者在主张把文学作为工具来实现改造社会的目标的时候,更强调的是文学自身的相对独立性。在沈从文眼里,文学与政治是平等的。文学不需要接受自身之外的诸如政治等的统辖与管理。如果说左翼作家是站在政治的或者阶级的立场来审视文学,那么沈从文则是站在文学的立场(也是个人主义的立场)来反观政治。前者的思路是通过政治来改造文学,是将文学政治化,而后者则欲借助文学来改造政治,带有将政治文学化的倾向。实际上,在左翼作家那里,文学与政治始终处于一种对立与斗争的权力关系之中,它们之间的紧张关系在于对支配权的争夺。而在沈从文这里,尽管他也要面临政治试图俘获文学的处境,但是沈从文却欲超越一种支配与被支配的权力关系,将文学与政治放置于彼此平等的位置之上,以前者来改造后者从而建立二者之间的关联。用他的话说,诗人不是为了"装点"政治而写诗,而是"为'重造政治'而写诗"②。

用沈从文自己的话说,在文学与政治的关系这个问题上,他始终坚守的是"自由"派的文学立场。③ 在抗战爆发前的"反差不多"的主张中,沈从文已经非常清晰地表达了他的"自由"派的文学立场。沈从

---

① 沈从文:《文学运动的重造》,《文艺先锋》第1卷第2期,1942年10月25日。表达类似观点的文章还有《新的文学运动与新的文学观》、《一种新的文学观》、《"文艺政策"探讨》、《为什么写,有什么意义——新废邮存底廿五》(收入《全集》时改名为《给一个作家》)等。

② 沈从文:《新废邮存底·三五七——谈现代新诗》,《益世报·文艺周刊》(津)第74期,第6版,1948年1月17日。编入《全集》时改名为《谈现代新诗》。

③ 沈从文:《我的学习》,《光明日报》第3版,1951年11月11日。

文认为之所以出现"差不多",主要在于作者"缺乏独立的见识……在作品上把自己完全失去了"①。作家独立性的缺失,即意味着"自由"派文学的根基个人主义的缺失。沈从文积极地提倡文学上的自由主义:"我赞同文艺的自由发展……它需要从政府的裁判和另一种'一尊独占'的趋势里解放出来,它才能够向各方面滋长,繁荣。拘束越少,可实验的路也越多。"② 新文学要想在今日和明天取得更好更大的成绩,必须在民主式的自由下发展,少受一些凝固的观念与时髦风气的影响。尤其是在"朝野都有人想利用作家来夺取政权巩固政权的情势中,作家若欲免去帮忙帮闲之讥,想选一条路,必选条限制最少自由最多的路"③。这种自由主义色彩的文学立场延续到了抗战爆发之后的20世纪40年代。

当文学被视作要附属于抗战建国的大原则,作家们自觉地承认"文艺思潮被范围在'国防'概念的领域内"④,左翼作家将文学服从于政治视作是"驱逐日本帝国主义、建立自由平等的新中国"的必要前提时,⑤ 沈从文仍然坚守"自由"派文学传统。他强调文学的自由与民主,主张文学上的宽容与自由竞争的原则。在他看来,文学上的自由与民主是"一面应容许相异、不同,而又能以个人为单位,竞争表现,在运动规则内争表现"。沈从文眼中的运动规则,不是什么条条框框的关于写什么和怎么写的成规与惯例,而是自由平等的竞争规则。作家不是以集团的形式出现,而是以个体为本位,以自己的独特性来与他人的独特性相互争艳。因为是以个人主义为基础,所以作家既要摆脱党派的偏见,又要摆脱政党的清客或者伙计的依附角色,保有自身的独立性与自主性。只有这样,他/她——一个无党派的自由人——才可以从客观与中立的视角——超党派的视角——来认识社会现实,"他也有权利和一切党派游离,如大多数专门家一样,把他的工作贡献于人民。他更……

---

① 炯之:《作家间需要一种新运动》,《大公报·文艺》(津)第237期,第11版,1936年10月25日。
② 炯之:《一封信》,《大公报·文艺·讨论:反差不多运动》(津)第301期,第11版,1937年2月21日。
③ 炯之:《再谈差不多》,《文学杂志》第1卷第4期,1937年8月1日。
④ 赵清阁:《今日文艺新思潮》,《文讯》第1卷第1期,1946年5月1日。
⑤ 周扬:《王实味的文艺观与我们的文艺观》,《解放日报》第4版,1942年7月28日—29日。

需要，与政治家所用的政争手段不一致，来爱这个国家，爱这些人民"①。

沈从文尤其推崇周作人与胡适所代表的自由主义色彩的文学精神。即使周作人已经在北平附逆，他依然重提周作人所代表的文学传统，"一个近于静静的独白"，"一个充满人情温暖的爱，理性明莹虚廓，如秋天，如秋水，于事不隔"。沈从文认为周氏文章中所谈的文艺的宽容，"正可代表'五四'以来自由主义者对于'文学上的自由'的看法"②。对于当年任中国公学校长的胡适准允自己这个乡下人进入大学任教，沈从文认为这一行为本身即是自由主义精神的体现。不仅仅是他自己受到这一自由主义精神的影响，就是国内的同道者也深受影响，最终促使了"'自由主义'在文学运动中的健康发展"③。

正是因为从"自由"派的文学立场来谈文学与政治之间的关系，沈从文常常采用一种超越性的姿态。这也使得他通过文学的重造而达到社会（政治重造）的文学理想与"五四"新文学中的启蒙主义显示出了微妙的差异。"五四"启蒙主义文学固然坚持通过文学来改造社会，但更多的是将诸如思想解放、个性解放等观念性的东西注入文学作品之中。而且启蒙文学本身已经预设了诸多理念，比如进步与落后，文明与愚昧，启蒙与被启蒙等。但是，在沈从文这里，文学被作为一种表现生命优美原则的有意义的形式。④用沈从文自己的话说就是，读者从一个好的文学作品中"接触了另外一种人生，从这种人生景象中有所启示，对'生命'能作更深一层的理解"⑤，是使少之又少的读者"对于'人生'或生命，看得宽一点，懂得多一点，体会得深刻一点"⑥。这更深一层的理解是生命的庄严、虔敬，诸如神、爱、美、合作等抽象却崇高

---

① 沈从文：《文学与政治》，收入《沈从文全集·第14卷》，北岳文艺出版社2002年版，第254—257页。
② 沈从文：《习作举例·二 从周作人鲁迅作品学习抒情》，《国文月刊》第1卷第2期，1940年9月16日。
③ 沈从文：《从现实学习（二）》，《大公报·星期文艺》（津）第5期，第6版，1946年11月10日。
④ 孙歌：《试论抽象——读沈从文四十年代论说文》，《吉首大学学报》1995年第3期。
⑤ 沈从文：《短篇小说（五月二日在西南联大国文学会讲）》，《国文月刊》第18期，1942年12月16日。
⑥ 沈从文：《为什么写，有什么意义——新废邮存底廿五》，《文学创作》第1卷第2期，1942年10月15日。

而优美的生命原则。如果说在启蒙文学那里,作家要逼近现实人生,那么,在沈从文这里,他却脚踏大地而将目光转向远方。20世纪40年代的沈从文更多的是一个向远景凝眸、向虚空凝眸的形象。① 他在关注现实人生的同时,思考的是如何超越当下的现实人生,将最终的落脚点放在"远处",放在"高处",放在国族的"明天"或者人类的未来。

如果说在启蒙主义文学那里,作家看到的是社会与个人之间的紧张与对峙,个体如何从社会的羁绊与束缚中解放出来是他们所思考的重点的话,那么在沈从文这里,他更关注的是社会中人的常与变,是在社会的堕落中人本身的堕落。比如,阉宦似的阴性人格,"以阿谀作政术,相互竞争",知识分子坐以待毙的麻木,将知识当作讨食的工具。"这些人……观念的凝固,无形中即助长恶势力的伸张,与投机小人的行险侥幸。"② 人之所以如此的急功近利、麻木与得过且过,正是因为人性中诸如向善、向美、向爱等神性原则的缺失。于是,人的重造显示出了极为重要的意义。正如一些学者所说,在通过文学的重造而实现国族重造的路线图上,人的重造是一个必经的中介。③ 因此,沈从文的重造路线图可以被描述为:(个人主义)作家→文学重造→人的重造→社会重造(政治重造、国族重造)。只是沈从文的人的重造,不同于彼时延安解放区已经开始的人的重造。后者是要将小资产阶级的知识分子改造成工农兵中的一分子,要将小我改造成大我——集体——中的一员,个体被集体或秩序所接纳。而沈从文则是要从人性的角度对人进行改造,重塑人性中的神性。个体最终也要回归到秩序之内,不过这个秩序已经被改造。改造后的秩序能够更好地保障个体的独立与自由。政治也好,社会也好,国族也好,个人也好,重造的目的都是要达到它们的最理想的状态。显然,沈从文的重造蓝图带有乌托邦的色彩。沈从文重造的超越

---

① 在《昆明冬景》中,沈从文描述了一个在晒台上拍手,向虚空凝眸的人。这个人带有自指性,很大程度上指的就是他自己。而在《云南看云》与《续废邮存底·二 给一个青年作家》(收入全集时改名为《给一个青年作家》)中沈从文两次用到"向远景凝眸"这一术语。三篇文章均收入《沈从文全集·第17卷》,北岳文艺出版社2002年版。

② 沈从文:《长庚》,收入《沈从文全集·第12卷》,北岳文艺出版社2002年版,第39—40页。

③ 赵学勇:《现代文化建构的一个重要命题:从"人的重造"看沈从文的文化观》,《吉首大学学报》1989年第1期;罗宗宇:《论沈从文的"重造"思想家族成员及其关系图景》,《社会科学辑刊》2009年第3期。

性与乌托邦色彩，使得他在20世纪40年代标举出一个向远景凝眸、向虚空凝眸的形象。

在重造的理想中，沈从文对作家和文学寄予着极大的希望。他希望在充分的自由中，作家可以"有计划的来将这个民族哀乐与历史得失加以表现。且在作品中铸造一种博大坚实富于生气的人格，使异世读者还可从作品中取得一点做人的信心和热忱。使文学作品价值，从普通宣传品而变为民族百年立国的经典"①。作家又肩负着指导者、设计者的功能，他们通过创作的"民族百年立国的经典"，"来帮助政治，实现政治家的理想"。对政治家来说，他们正可以通过"伟大的文学作品所表示的人生优美原则与人性渊博知识"的指导，"来运用政治作工具，追求并实现文学作品所表现的理想"，从而将沉陷于政党之间的权力斗争甚至因暴力而引发战争的政治，重造为充满爱与合作的自由民主政治。②由此，在保有作家与文学的相对独立性的基础上，通过文学的重造达到人的重造，最终实现社会的重造、政治的重造乃至国族的重造。

三 "神在我们生命里"的"奇书"

20世纪40年代，被沈从文称作是自己文学创作的生命旅程中的第四个阶段。在这个阶段，沈从文不断地呼吁一种新的文学经典——民族百年立国的经典——的产生。也是在20世纪40年代，沈从文试图超越此前的创作模式，超越从《边城》开始创立的一种牧歌情调的抒情诗的审美风格，而走入一种化具体为抽象，以文学来表现抽象原则的实验之中。

如果说在《长河》、《湘西》当中，沈从文还试图保留"一点牧歌的谐趣"，"取得人事上的调和"③，那么，在《烛虚》、《潜渊》、《长庚》、《生命》、"七色魇"以及《看虹录》、《摘星录》等一系列作品中，沈从文更多的是将叙事的功能减弱，融入大量的议论、独白，用华丽的文字来表现个体的玄思。诸如《潜渊》等篇更带有夫子自道的味道。在《潜渊》的开篇，独坐在小蒲团上的"我"，即由眼前极美丽悦

---

① 沈从文：《文学运动的重造》，《文艺先锋》第1卷第2期，1942年10月25日。
② 沈从文：《"文艺政策"探讨》，《文艺先锋》第2卷第1期，1943年1月20日。
③ 沈从文：《长河题记》，《大公报·战线》（渝）第971号，第5版，1943年4月21日。

人的黄昏风景联想到几千里之外的欧战，由此感慨此间充满的反讽：用双手创造出世界文明的人类，又用双手毁掉这文明。在明媚温润的阳光中读书，陡然生发出一种战败后受伤的武士心有余而力不从的茫然感，"如有所悟，亦如有所惑"。即使在《芸庐纪事》、《摘星录》这样的小说中，也常常会出现大段大段的议论性的文字。在《芸庐纪事》的"我动，我存在；我思，我明白一切存在"一节中，大先生早晨起床后，先发了一大段带有呓语性的独白，由从战场上回家的小兄弟想到当下的战争，那些为国捐躯的军人。随后又从大先生的角度，对当前的战争发了一番议论。这番议论中夹杂民族战争必胜的信念，对近现代国族历史的梳理，还有对国民党历史发展的经验与教训的总结，对"五四"文学革命的发展与变异的描述，以及对知识分子在国族历史中的作用的分析。此时，偏于一隅的大先生俨然成了一个大思想家。

《摘星录》宛若一个女孩子的"情感发炎的记录本"。但小说并不细腻地叙述青年男女之间的感情纠葛，更多的是以书信以及独语、内心独白等形式表现出来的论说文字。与一般性的论说不同的是，沈从文笔下的这些议论，常常超越具体的问题，引向一些带有哲理性的问题。比如《摘星录》中这个为爱情所困的女孩子，她的困惑与苦恼表面上是究竟应该爱谁，选择哪一个男子做自己的爱人的问题，实质上却是身处"无章无韵的散文"与"优美的纯诗"、"古典的美丽与优雅"（理想）与"现代的风尚与时髦"（实际）的矛盾中如何选择的问题。即表面上风光时髦内质里却平庸乏味的生活与充满神奇光影、美丽庄严的生命的冲突问题。她明明意识到"当前所谓具体，却正在把生命中一切属于'诗'的部分，尽其可能加以摧毁。要挣扎反抗，还得依赖一种别的力量"。尽管"她所思所想虽抽象而不具体，生命竟似乎当真重新得到了一种稳定，恢复了已失去作人信心，感到生活有向上需要。只因为向上，方能使那古典的素朴友谊与有分际有节制的爱，见出新的光和热"[①]。但是在小说的结尾，这个女孩子似乎又陷入矛盾中，"生活"的诱惑力又把她拉了回去。人的重造实际上是这一小说所潜藏的一个非常重要的主题。

尤其是小说《看虹录》，在有的研究者看来，不仅显得相当驳杂，

[①] 沈从文：《摘星录》，《新文学》（桂林）第1卷第2期，1944年1月1日。

小说中充满隐喻、转喻、暗示、潜对话、同构故事、书写补续等，还极富实验色彩，将心理过程外化为戏剧性动作等。① 午夜回家的路上，"我"突然因皎洁的月光下空阔寂静的空间把内心一股无形无质的"感情"变成一种有分量的东西。"我"被从现实引入一个"空虚"之中。一个充溢炉火温润的房间，"我"翻开一本题词"神在我们生命里"的"奇书"。之后，作者将第一人称的限知叙事转化为全知全能的第三人称叙事。进入房间的客人——他和房间的主人——她，展开了一场充满暗示、复调与双声的对话。在小说的最后又回归第一人称叙事，"我"从"空虚"中回到现实。在整个结构上，小说宛如俄罗斯套娃，现实的故事套入一个"空虚"的故事，而又在"空虚"的故事中引入一个关于鹿的故事。层层叠加的故事却不以故事性取胜，而是将故事变成抽象的思考。在最后部分，小说以第一人称的角度，再次变成夫子自道的论说。"我"从"空虚"中回到现实，不仅完满了小说的结构，更成为对如何写作的思考。这就又带有了元小说的味道。"我"跳出了故事、故事中的故事，变成写这个俄罗斯套娃般的故事的小说家。"我"在思考如何通过一个小说的形式，来展现一个人24小时内的生命形式，如何通过小说来追究"生命"的意义。如果说生命的最高形式是"神"，亦即爱与美，② 那么如何通过小说来展现与挖掘这生命中的"神"，使小说变成"神在我们生命里"的"奇书"，成为小说中的"我"与小说家的沈从文所共同面对与思考的问题。"奇书"实际上即是沈从文所谓的民族百年立国的经典。

对沈从文来说，显然新的经典的主题已经命定，那就是生命的最高形式，"神"，亦即爱与美。但是，"神"又如何在生命中展现出来呢？在沈从文看来，那是"一些符号，一片形，一把线，一种无声的音乐，无文字的诗歌"，"我看到生命一种最完整的形式，这一切都在抽象中好好存在，在事实前反而消灭"③。既然"神"或者生命的最完整的形式在抽象中保存完好，那也就意味着追求"神"，试图表现生命的最完

---

① 贺桂梅：《〈看虹录〉的追求与命运》，收入钱理群主讲《对话与漫游：四十年代小说研究》，上海文艺出版社1999年版，第139页。
② 沈从文：《美与爱》，收入《沈从文全集》第17卷，北岳文艺出版社2002年版，第362页。
③ 雍羽：《生命》，《大公报·文艺》（港）第905期，第2版，1940年8月17日。

整的形式的人，必须脱离开眼前的事实，也进入抽象之中。无疑，向虚空凝眸、向远景凝眸正是一种试图脱离眼前的事实而进入抽象之中的表征。在小说《看虹录》的最后部分，"我"不得不承认，对于那个"抽象"——"神"——的热爱与固执，成为"我"体会到"生存"的唯一事情，"我完全生活在一种观念中，并非生活在实际世界中。我似乎在用抽象虐待自己肉体和灵魂，虽痛苦同时也是享受"[1]。为追求生命的最完整的形式，为了体验"神在我们的生命里"，沈从文必须由现实进入抽象的观念世界，在这个世界里，个体才可以解脱掉一切外在的束缚，充分地认识到生命的最高形式。这其实意味着生命自由的极境。

"因为追究生命'意义'时，即不可免与一切习惯秩序冲突。"[2] 这种冲突不仅体现在沈从文在20世纪40年代的文学观念以及文学创作因为被误读而遭受一次比一次严厉的批判，比如《看虹录》在许杰看来就充满了色情意味，[3] 到新中国成立前更是被郭沫若定性为桃红色作家，更体现在沈从文自身内部存在的斗争，即究竟该用什么样的形式来表现这生命的最高形式，这关于爱与美的新的宗教。《水云》中那两个相互质疑、相互否定的"我"正是这一斗争的表现。《看虹录》、《摘星录》、《虹桥》等也成为沈从文的文体实验，一种关于如何表现生命的完整形式抑或是究竟用什么样的形式表现"神"的积极探索与尝试。因为在他看来，文学作品尤其是小说正是能够"激发生命离开一个动物的人生观，向抽象发展与追求的欲望或意志"的最为适宜的方式，"小说既以人事作为经纬，举凡机智的说教，梦幻的抒情，都无一不可把它综合组织到一个故事发展中"[4]。在小说《虹桥》中，三个美术出身的年轻人，面对云南碧空那美丽的彩虹，却都感觉到难以用颜色与线条将其具体地表现在画布之上。那种美的极境，是无法复制的，只能够由世界上的第一流的音乐家，用音符与旋律来捕捉。小说实际上也暗含着对反映论的现实主义创作方式的否定。对生命中的"神"——爱与美的新宗教——而言，镜子般的现实主义是无法表现出来的。

---

[1] 上官碧：《看虹录》，《新文学》（桂林）第1卷第1期，1943年8月11日再版。
[2] 雍羽：《生命》，沈从文：《生命》，《大公报·文艺》（港）第905期，第2版，1940年8月17日。
[3] 许杰：《现代小说过眼录》，永安（福建）立达书店1945年版，第10页。
[4] 沈从文：《小说作者和读者》，《战国策》第10期，1940年8月15日。

因此，《看虹录》、《摘星录》、《虹桥》，还是《烛虚》、《潜渊》、《长庚》无论是，包括"七色魇"中的篇章，都成为沈从文一种脱离原有的牧歌情调，带有抽象色彩与实验色彩的大胆尝试与探索。沈从文自己将这种探索与尝试描述为"一种'用人心人事作曲'的大胆尝试"，"用作曲方法为这晦涩名词重作诠释"①。从本质上来说，音乐仍旧是一种难以用文字表述的艺术形式。对于大多数人来说，音乐只可意会而不可言传。从这个角度说，沈从文实际上是试图用一种较为抽象的方式来表现抽象的主题。这似乎正是沈从文后来所说的"抽象的抒情"，抑或是他在20世纪30年代所命名的"情绪的体操"，"一种使情感'凝聚成为渊潭，平铺成为湖泊'的体操。一种'扭曲文字实验它的韧性，重摔文字实验它的硬性'的体操"②。

在沈从文的文学实验的背后，实际上也表现出他试图突破写作上的一切成规与惯例，充分发挥文学的自由性或者文学创作的自由而表现生命自由的积极尝试。套用一位研究者的话说，沈从文的实验也反映出了一个一直纠结于中国知识分子的"情意结"，即如何处理"文"、"体"与"魂"之间的关系。③说得更为通俗一点，就是如何用一种充分自由的形式——文学之"体"——来表现国族之"魂"。只是，与"抗战建国"的国魂不同的是，沈从文的"魂"是抽象的生命原则。他希望表现自己的"魂"的"体"是如同音乐一样的流动的，自由的，而非凝固的。这也使得沈从文在"文"、"体"与"魂"上，与大后方的主流文艺呈现出巨大的差异。

在一定程度上说，20世纪40年代的沈从文所做的一切构成了20世纪40年代"自由"派文学的重镇。他的大胆尝试与探索也代表了"自由"派文学在20世纪40年代试图不断超越自我、开拓新的文学想象空间的有益探索。

---

① 徇（从）文：《看虹摘星录后记》（未完），《大公报·综合》（津）第5期，第4版，1945年12月8日。
② 沈从文：《情绪的体操》，《水星》第1卷第2期，1934年11月10日。
③ 黄锦树：《文与魂与体：论现代中国性》，城邦文化事业股份有限公司2006年版。

第八章 沦陷区:在"言"与"不言"间

在中国现代文学史上,沦陷区文学是一个"意识形态上的瘴疠之地"①。这倒不意味着它仍旧是文学史那"热带丛林的黑暗一角",一个中国现代文学研究中的盲点。20 世纪 90 年代以来,沦陷区文学史著述逐渐增多,沦陷区文学的史料挖掘与整理工作也逐步展开。但是,关于沦陷区文学的研究,始终无法绕开国族叙事的主轴。沦陷区作家的国族立场与作品的政治倾向,都是在研究的过程中无法绕开的问题。② 以是否具有民族意识来评判沦陷区文学的政治正确性,往往成为研究者首先考量的问题。在这个意义上,沦陷区文学确实是一个"意识形态上的瘴疠之地"。问题是,国族的立场是不是研究沦陷区文学的唯一或者最重要的立场?如果能够溢出国族叙述的主轴,我们又将会看到什么?在 20 世纪 40 年代的政治现实中,国族的立场固然重要,但是我们能否在坚持国族立场的前提下,寻找到进入"历史"的另外一条途径?生活在"国破山河在"的大环境中的作家,他们如何在自我与现实(战争、侵略者、殖民统治)之间建立起一种文学的联系?这也是本章思考沦陷区文学中的"自由"派文学的一个起点。

第一节 在夹缝中生存

一 沦陷区的政治环境

从地理政治学来说,中国的沦陷区可以分为三大块:台湾、东北的

---

① 黄锦树将始终被"广义的中原地区学术界长期以来不可能理解甚至不想去理解的"马华文学称为"意识形态上的瘴疠之地"。参见黄锦树《文与魂与体:论现代中国性》,城邦文化事业股份有限公司 2006 年版,第 6 页。
② 张泉:《沦陷区周作人思想研究的一种新思路——以耿德华的〈被冷落的缪斯〉为中心》,《现代中文学刊》2010 年第 3 期。

"伪满洲国"与关内的各个沦陷区。① 关内的各个沦陷区又包括了以北京为中心的华北沦陷区、以张家口为中心的"蒙疆"沦陷区、以南京为中心的华中沦陷区，以及先后沦陷的武汉、广州、长沙、桂林等地，还有"孤岛"沦陷后的上海。汪精卫在南京成立伪"国民政府"之后，华北沦陷区等表面上统一在汪伪政权的统治之下，实际上却各自为政，形成了相互独立的区域。仅就台湾、"伪满洲国"与关内的沦陷区相比，日本对中国台湾的殖民统治最为严酷。抗战爆发前后，日本殖民统治者在中国台湾大力推行皇民化运动，不仅废除中文，将日语定为"国语"，强迫台湾人学习日语，并且规定在日常生活中也要使用日语，同时还强迫台湾人加入日本国籍，将台湾人变成所谓的"日本人"。在文学创作方面，作家用母语写作的权利被强行剥夺。许多作家被迫用日语进行文学创作。1932年成立的"伪满洲国"，被日本视作一个独立的国家。尽管作家的创作环境比台湾作家要相对宽松一些，比如至少可以用中文写作，但是相对于关内沦陷区的作家来说，环境则显得更为艰险。"伪满洲国"不仅在文化出版方面实行严格的管制，② 还成立专门的机构来监管作家，甚至对作家直接镇压。在这样的环境中，袁犀、山丁等一批作家纷纷离开关外进入关内。

关内各个沦陷区的环境更为复杂一些。一方面，华中、华北等各个沦陷区在名义上仍旧归属于"中国"，中华文化本身还有相对的独立性。③ 就连日本人也认为在对待关内各个沦陷区的文化控制与文化殖民上，要谨慎，要从长远来考虑。④ 在华北沦陷区的中心北京，身为高级伪吏的周作人既可以为了呼应日伪的"大东亚同盟的大东亚精神"，将中国新文学的复兴归结为保卫东亚、复兴中国的殖民行动，⑤ 也可以大谈中国文学上为君主与为人民的两种思想，并认为在文学中"复兴的应

---

① 张泉：《中国沦陷区文学的内容与性质之辩：试析几篇"商榷"文章中的史实差错》，收入《抗日战争时期沦陷区史料与研究》第一辑，百花洲文艺出版社2007年版，第304页。
② 封世辉主编：《中国沦陷区文学大系·史料选》，广西教育出版社2000年版，第30页。
③ 张泉：《抗日战争时期中国沦陷区的言说环境：以北京上海文学为中心》，《抗日战争研究》2001年第1期。
④ [日]山本实彦：《对华文化工作的检讨》，《华文大阪每日》第1卷第2期，1938年11月15日。
⑤ 周作人：《新中国文学复兴之途径》，《中国文学》第1卷第1期，1944年1月20日。

该是那一切为人民为天下的思想","不但这是中国人固有的思想,一直也就是中国文学的基调"①。针对日本人志智嘉批评袁犀、梅娘、陈绵等人的小说有逃避现实的缺陷,上官蓉就表达了不同的意见。他认为逃避现实并不意味着毫无意义,"因为恶劣的现实环境,若不是使作者充耳不闻,就是使他们把眼光注视于别的地方。所以在这个意义上看,沉默也不失为一个极严肃的态度,只要这沉默是深刻的彻底的话"。如果不只是将现实简单理解为飞机火炮的话,袁犀等人的小说中"所反映的社会和青年,却正是现实的一部分的写照"②。这也反映出了沦陷后的北京环境的确相对宽松。

一方面,尽管与台湾和"伪满洲国"相比,诸如北京和上海这样的沦陷区的中心城市的现实环境显得宽松一些,但是这种宽松仍然是相对的。仅以"孤岛"沦陷后的上海为例。太平洋战争爆发之后,日军进驻租界。日伪政权加大了对沦陷后上海的文化出版的监管。"孤岛"时期的一批相当活跃的报纸被日伪当局先后接收。在战前和"孤岛"时期具有独立性的《申报》被改造为由汉奸掌控的报纸。1941年底,中华、商务等八家书局被日军查封,其全部财产也被没收。日伪当局还试图将这八家书局改造成一个直接服务于日伪政权的联合组织。同时,日军还将魔爪伸向一批滞留上海的文化工作者。许广平、夏丏尊、柯灵、李健吾、孔另境等都先后被日军逮捕,并遭受酷刑。作家陆蠡为此献出了生命。连留在上海的杨绛也遭到日军的传讯。一些作家因不愿依附日伪当局,日常生活遇到了前所未有的艰难。作家谭正璧在"孤岛"沦陷后的上海以卖文为生,在生活的重压之下,妻子发疯,一个幼小的孩子因失乳被活活饿死,两个孩子被迫送人,他自己也身染多种疾病。③在日伪的威吓下,"孤岛""鲁迅风"时期的作家文载道(金性尧),《宇宙风》时期的作家陶亢德等被迫下水附逆。因此,我们在强调诸如北京、上海沦陷后相对宽松的现实环境时,不应将这种宽松的环境过于理想化,还应该看到这些地方现实环境的严酷性。

---

① 周作人:《中国文学上的两种思想》,《药堂杂文》,新民印书馆1944年版,第26页。
② 上官蓉:《诚挚的关怀——答志智嘉先生》,《中国文学》第1卷第3期,1944年3月20日。
③ 徐迺翔、黄万华:《中国抗战时期沦陷区文学史》,福建教育出版社1995年版,第534页。

同时，作为沦陷区的文化中心，北京和上海成为不同的政治势力相互交错的地方。除了日伪政治势力之外，国共两党的地下工作人员也以更隐蔽的方式潜藏在这两个城市的文化出版机构甚至日伪政权之中。不同的政治势力常常处于你中有我我中有你的网络之中。穆时英和刘呐鸥的死正是不同政治势力犬牙交错的结果。一些中共地下党员成功打入汪伪的文化机关之中。最典型的例子就是关露。1939年，身为中共地下党员的关露接受组织委派，打入上海的汪伪组织内部。1942年，她又成功进入由日本女作家田村俊子主编的《女声》杂志，成为该杂志文艺栏目和剧评栏目的编辑。关露以《女声》杂志编辑的身份为党组织获取情报工作。中共情报史上的传奇人物袁殊更是以中统、军统、青洪帮、日伪等多重身份为中共地下党组织获取情报。他出任社长的《新中国报》因与日本驻上海领事馆的特殊关系而被称为"汉奸报纸"，这也为他的工作披上了一层保护色。"孤岛"沦陷后再次复刊的《杂志》也属于袁殊所领导的"新中国报"系统。《杂志》的新任主编吴诚之是中共地下党员。因为与《新中国报》的特殊关系，《杂志》也被当时一些不知道内情的作家视为"汉奸刊物"。实际情况恰恰是，《杂志》的复刊工作即是在中共地下党组织的领导下，意欲与汪伪争夺文化空间的行为。[①] 汪伪宣传部的《中华日报》在刊出"我们写什么"的讨论中，大肆宣扬所谓的"和平文学"。《杂志》则以召集座谈会的方式讨论"我们该写什么"，带有针锋相对的倾向。上海和北京各种政治势力彼此纠结的复杂局面，是台湾和"伪满洲国"所没有的。这种复杂的现实环境，给作家施加巨大的压力的同时，也为他们在政治夹缝中的生存提供了某种机遇。张爱玲、苏青等后起之秀正是崛起于这样的环境之中，而钱钟书也是在这样的环境中创作出长篇小说《围城》，杨绛更是以独具特色的风俗喜剧创作成为"中国现代喜剧的第二道纪程碑"[②]。师陀创作出了小说集《果园城记》中的7篇和长篇小说《荒野》、《结婚》、《马兰》以及戏剧《夜店》（与柯灵合写）等。所以，"孤岛"沦陷后的上海同样是中国现代文学史上不容忽视的一座重镇。

[①] 李相银：《上海沦陷时期文学期刊研究》，华东师范大学图书馆馆藏，第79页。
[②] 李健吾将丁西林比作中国现代喜剧的第一道里程碑，而创作出《弄假成真》的杨绛则是第二道里程碑。参见孟度《关于杨绛的话》，《杂志》第15卷第2期，1945年5月10日。

二 文学与战争

除了对文化出版采取较为严密的控制之外，沦陷区的日伪政权也采取一些"积极"的行动，试图将文学创作纳入日本的侵略战争中来，使文学直接服务于这场侵略战争。一方面，日伪政权试图通过文学来宣扬侵略战争的"中心思想"，实现殖民化与奴化的目的，以便有效地推动战争的进展；一方面，他们也希冀通过文学将这场侵略战争美化，不仅为侵略战争的合法性提供意识形态上的依据，更是为日伪政权本身的合法性提供理论基点。为了美化侵略战争，日本提出复兴亚洲、建立大东亚联盟的口号，将自己的侵略行径美化为把亚洲弱小民族从欧美帝国主义压迫下解放出来的"解放战争"[1]。

在北京沦陷区，日伪政权积极召唤作家投身到这场战争中来。尤其是在"肃正思想方面"，作家应当起到重要的作用。首先，作家应当充分意识到文学的"报国"的功能。作家应通过文学作品在大众中普及"大东亚战争"的思想，[2] 使普通大众意识到英美自由主义与苏俄共产主义思想是如何的不适宜于当下的中国。[3] 时任华北政务委员会委员兼教育督办的周作人积极响应大东亚战争的口号，认为"因为大东亚战争是东亚民族谋求解放的一种必经途径，所以在大东亚……人人都有他应尽的使命。华北是东亚土地上的一部分，华北文化人是东亚民族的一部分，所以不应例外。据本人的见解，现在要紧的是养成青年学生以及一般知识阶级的中心思想以协力于大东亚战争。所谓中心思想，即是大东亚主义的思想"[4]。一些日伪政权的御用文人也极力美化日本的侵略战争，认为它"不但是想要从政治经济上消灭英美的侵略势力，并且打算在文化上扫除英美的麻醉色彩，回到伟大的东方文化的怀抱里，去复兴固有东方的文化精神"。侵略战争被美化成一场所谓复兴东方文化的战争。中国文学作为大东亚文学中的一分子，应当发挥其积极的作用，

---

[1] 《东亚联盟协会宣言》，收入《东亚联盟论文选辑》，东亚联盟中国总会上海分会1942年版。
[2] 柳龙光：《文学报国》（代创刊词），《中国文学》第1卷第1期，1944年1月20日。
[3] 李孔：《文化人参战的路线》，《中国文艺》第7卷第6期，1943年2月5日。
[4] 参见周作人在《华北教育家笔上座谈》中的观点。《华北教育家笔上座谈》，《中国文艺》第6卷第4期，1942年6月5日。

"作为复兴东方文化的一个战斗员,以中国文学的天然立场去协助大东亚战争","这是今日中国文学的唯一使命"①。文学被纳入侵略战争的轨道中,作为直接服务于战争的工具。这种论调与周作人的论调几乎如出一辙。在有的人看来,正是战争——被美化为东亚复兴的侵略战争——成为了孕育文学的母胎,战争裹挟而来的破坏作用,可以将原本就苟且、草率的文学精神,"驱入于萎缩和死灭",催生更有生机的文学精神的复兴。② 在谈到"中国文艺复兴的途径"这一问题时,周作人也是将中国文艺的复兴与"新中国"的复兴合二为一。"新中国"的复兴就是在保卫东亚的基础上来复兴中国。由此,他认为文学的发展道路与政治是同一的。显然,周作人所要复兴的中国文艺是宣扬日本的大东亚战争的文艺,而复兴的中国自然也是日伪政权统治下的中国。周作人的观点暗示出文学服务于战争的结果就是文学从属于政治。只不过这里的政治是日伪政权的政治而已。所以,华北沦陷区的御用文人赤裸裸地强调,"文学不能离开政治,它是永远在政治的影响之下前进着的"③。政治的革新促成了文学的革新,然后文学的革新再来推动政治的革新。这样文学自然也成为政治的一翼。④ 有的御用文人认为在战争成为时代的主宰的环境中,"政治成了战争的机关,经济成了战争的算盘,生活成了战争的基础,文化也成了战争的宗教了","此时此地,文学之不得不走上了政治的路"。将政治与文学捆绑在一起,文学的相对独立性荡然无存。文学不再是个人的,而是时代的,集团的。"今后的文运,必须脱离开个人的抽象的不健康的圈子而成为握得历史底必然的民族的文学集团"⑤。"握得历史底必然的民族的文学集团"不过是听命于日伪政权,宣扬所谓的反英灭美、复兴东亚的汉奸文学而已。有的汉奸文人则更进一步地强调政治本身就是内在于文学之中的。所以不应当将政治看作"外部侵入的东西",也不应当只是以文学

---

① 邱一凡:《大东亚战争与中国文学》,《中国文学》第 1 卷第 3 期,1944 年 3 月 20 日。
② 陈鲁风:《战争与文学》,《中国文学》第 1 卷第 2 期,1944 年 2 月 20 日。
③ 邱一凡:《大东亚战争与中国文学》,《中国文学》第 1 卷第 3 期,1944 年 3 月 20 日。
④ 参见徐白林在华北作家协会主办的"新中国文学的进路"广播座谈会上的发言。《新中国文学的进路》,《中国文学》第 1 卷第 3 期,1944 年 3 月 20 日。
⑤ 吕奇:《今日的中国文艺与华北文艺运动》,《中国文学》第 1 卷第 1 期,1944 年 1 月 20 日。

的价值来判断作品。①言外之意即是文学要天然地服务于政治,并且以政治的标准来评定文学作品本身的优劣。用一位对文学服务于大东亚战争的极力鼓吹者的话说就是"文艺的使命,要歌颂政治,发扬政治,为政治效力"②。

在上海,汪伪掌控的报纸杂志,为了配合汪伪政权"亲日、反共、和平、建国"的纲领,也极力鼓吹"和平文艺"。在汪伪政权的御用文人看来,"和平文艺"是配合"政府"的"和平运动"的一项积极而必要的工作。综合起来说,"和平文艺是革命的,它负着历史的使命,要把握着现实,以大众化的姿态,与其他工作配合,进行文化建设"③。说白了,"和平文艺"就是为"和平运动"服务的。其建设性主要体现在通过"和平文学"向大众指示出应走的途径,"替和平运动奠定更良好的根基——建立百年大计,东亚的永久和平"。但是究竟什么样的文艺作品才是"和平文艺"呢?在这位鼓吹者看来,"和平文艺""既不是浪漫派的吟风弄月,也不是颓废派的无病呻吟,更不是所谓抗战派的浮嚣浅薄",它是经过三四年来血的教训与血的锻炼的,"所以和平文艺是时代的呼号,血与泪的交织品"!有意思的是,这位论者极力强调"和平文学"的现实性,认为它的题材是现实的,而非闭门造车想象出来的,"而现实的题材呢,无非是一片血与泪的症结"④。问题是,如果和平文艺要反映血与泪交织的现实,那么这种现实显然正是战争的表征之一,这无疑是和平的反面。这样一来的话,"和平文艺"极可能变成所谓的反战文学。表面上看起来,这似乎是自相矛盾的。但问题是,"和平文学"所倡导的"和平"正是要大众接受日伪统治,放弃反抗,甘做顺民与臣服者的"和平"。战争带来的血与泪的现实,罪责不在日本侵略者,而在于国共两党的反抗者。正是后者的反抗造成了生灵涂炭的危局。这无疑是一种极为荒谬的汉奸理论。有的论者干脆明确指出,"和平文艺"必须以"和平运动"的理论为最高指导原则,并积极表现

---

① 龚持平:《关于新文学运动》,《华文大阪每日》第9卷第10期,1942年11月15日。
② 黄默君:《论文学的阶级性:驳普罗文学的口号性》,《中国文艺》第4卷第6期,1941年8月5日。
③ 林蓬:《建立和平文艺》,《中华日报·文艺周刊》(沪)第31期,第7版,1940年2月4日。
④ 林蓬:《和平文艺的写作》,《中华日报·文艺周刊》(沪)第34期,第7版,1940年2月25日。

"和平建国"的主题。① 一位鼓吹者更是认为,是"和平运动"催生了"和平文艺",所以完全应当以汪精卫的"和平宣言"为"和平文艺"工作者的指南与方向。② 这倒是一针见血地指出了"和平文艺"的实质。更有甚者,直接将"和平文艺"命名为"汪精卫主义文学"③。

北京文坛与上海汪伪政权的御用文人都极力强化文学的宣传功能,并将文学与大东亚战争捆绑在一起。"文学表现时代,亦领导时代,它是时代的鼓吹者,亦是时代的推进者。严格的说起来,文学作品当然不是宣传品,然而在鼓吹时代,推进时代的一点上说,文学却脱不了宣传的作用。"④ 发表在袁殊所领导的《新中国报》上的一篇文章一针见血地指出:"抗战文学和和平文学的范畴虽根本不同,但都可名之曰政治文学,并确实可以成为政治文学。"尤其是二者中间八股之风的盛行,使得两者都不再是文学了。前者以抗战建国之类的口号构成,后者以"和平反共建国"一类的口号为基础。⑤ 将文学视作政治宣传的工具,大后方的国统区的部分作家和沦陷区日伪政权的文化人之间有着惊人的相似性。

在反英灭美的旗帜下,英美自由主义与个人主义成为被批判的对象。尤其是那些鼓吹文学服务于大东亚战争的人,将文学上的个人主义视作洪水猛兽,大肆攻击和否定。有论者就认为"新中国文学"在服务于大东亚战争时,"首先应当抛弃一切陈旧的自由主义、个人主义的文学思想"⑥。同样是关于"新中国文学"的讨论,另一位论者也指出,在大东亚战争的环境中,作家不应再有自由主义的文学态度,应当走文学集团的道路。言外之意是要求作家服膺于集体的要求——大东亚战

---

① 黎岚:《关于和平文艺诸问题》,《中华日报·文艺》(沪)第11期,第6版,1941年1月31日。相似的观点见曹翰《和平文学》,《新中国报·中日文化》(沪)第8期,第8版,1941年8月20日。
② 裘印:《和平宣言给予文坛的影响》,《中华日报·文艺周刊》(沪)第38期,第7版,1940年3月24日。
③ 李亚芝:《关于汪精卫主义文学》,《新中国报·中日文化》(沪)第369期,第7版,1942年3月14日。
④ 社评:《创造大东亚的文学》,《中华日报》(沪),第1张第1页,1942年11月7日。
⑤ 陈超:《抗战文学·和平文学·八股文学》,《新中国报·学艺》(沪)第20期,第6版,1940年12月5日。
⑥ 参见徐白林在华北作家协会主办的"新中国文学的进路"广播座谈会上的发言。《新中国文学的进路》,《中国文学》第1卷第3期,1944年3月20日。

争。一位论者在谈到作家在当下的使命时，批评"过去大家藏在自由主义、个人主义的氛围中，坐在象牙塔里，咀嚼文学，拨弄些'未来主义'、'象征主义'、'自然主义'，乃至什么'色情主义'，不求探讨人生主务，接近现实社会"①。在积极响应日伪的"新国民运动"而发起的"国民文学"的讨论中，有论者更是明确地将自由主义文学定位于"国民文学"的对立面，称前者是"抽象的轻浮的"，而后者则"始终是积极的能动的集体的高级的近代文学"②。一位出席大东亚文学者大会的中国代表在向国统区进行劝诱式的广播时，也明确地指出，要主动抛弃"五四"新文学所感染的欧美文化的不良成分的自由主义、个人主义、唯物主义的文学。③上海汪伪政权宣传重镇《中华日报》也以清算上海文坛的姿态，对"自由"派文学大加挞伐。署名立斋的文章以诊断文坛病症的方式，将当下文坛沉寂的病原归结为自由主义的暗中作祟。他总结说，占据战前上海文坛第一把交椅的是左翼作家，而占据第二把交椅的就是"自由"派作家。今天仍旧在暗影中闪烁的"自由"派文学已经不是真正的自由主义文学，而是伪"自由"派文学，是文坛上的市侩主义者、机会主义者、唯肉主义者和善良风俗破坏者等。④在他的意识中，"自由"派文学实际上正是汪伪政权所扶植的"和平文学"的头号敌人。

尽管沦陷区日伪政权的御用文人所倡导的文学运动仅仅只停留在理论层面，实际上并没有什么效果，但是它背后所隐藏的思维方式，比如文学的政治化，文学服务于政治，反对"自由"派文学等，与大后方的抗战文艺有着惊人的相似，尽管二者的根本出发点是不同的。从这一个角度来说，抗战时期的"自由"派文学，在沦陷区和大后方都遇到了巨大的阻力。尤其是在沦陷区复杂的现实环境中，它的生存显得更为艰难。对于沦陷区的作家来说，险恶的环境也是一个挑战，这就是：当我们无法公开地呼吁文学的自由和自由的文学的时候，我们究竟应该用

---

① 黄道明：《我们的使命》，《华北作家月报》第1卷第1期，1942年9月。
② 邱一凡：《现阶段的"国民文学"性格》，《中国文学》第1卷第5期，1944年5月20日。
③ 柳龙光：《告在重庆方面的文学界的朋友们》（"第二届大东亚文学者大会中国华北代表言论鳞爪集"），《中国文学》第1卷第1期，1944年1月20日。
④ 立斋：《文化的投机主义者及其他》，《中华日报》（沪），第1张第1页，1943年9月5日。

什么样的方式坚守文学的相对独立性,坚持自我言说的相对独立性。

三 言与不言

孤岛时期,上海《文汇报》上曾经发表一篇署名金戈的文章,题目是《孤岛写些什么文章?》。作者说:"虽然为着环境的不允许,我们不能够再写更有意义一些的文章。可是相反的,我们也不能写上那些尽没有意思的文章,我们要在没有办法中想办法,我们要充分地利用到环境所允许我们的至极地步。"接着作者问道:"我们写文章的人,究竟写些什么样的文章呢?……我们……不要忘记本身的责任,尽环境允许我们的至极地步,为孤岛上的人们,写一些有意义的文章出来。这文章是他们所需要的精神食粮,我们写文章的人,再不能放弃这最后的岗位。"[①] 这"有意义的文章"应当是鼓舞大家抗战意识或者宣传抗战的文章。稍后的一篇文章也提出了相类似的问题。上海战事爆发之后,"可怜的是文化人,许多是逃跑了,留着的似乎许多,是不声不响了。留着的人们,当然有许多苦衷,而的确环境也不许可他们随便说话。然而,我想,我们不应当完全不声不响"。"我不能安于缄默,决定要继续说话。我不相信有谁能扼住我的喉舌,使我不能发声。"对保持沉默的人们施以同情式的理解的同时,作者更期待的是文化人应当发出自己的声音。问题是在环境不允许的情况下,人们应该怎样发出自己的声音?最后作者还是将文章的意图落在宣传抗日上,鼓励留在"孤岛"的人们继续保持原有的勇气,为抗战鼓与呼。[②]"孤岛"所保有的相对自由的空间,允许作家尽可能地写一些与抗战有关的文章。但是对于不能做苏武的人,或者不愿做苏武的人,是不是就一定意味着只能做李陵呢?尤其是在"孤岛"沦陷之后,在所有与抗战有关的文字均被禁止发表的情况下,是不是就意味着留在上海的文化人都成了李陵呢?如果问题并非这么简单,那么在沦陷区的复杂的现实环境中,除了李陵和苏武之外,文化人尤其是中国作家是否还可以保有另外一种身份?抑或说在既不做李陵又无法做到苏武的时候,他们是否还能够继续自己的言说?

---

① 金戈:《孤岛写些什么文章?》,《文汇报·文会》(沪)第4版,1938年1月30日。
② 夷之:《匪夷室随笔·二·说话》,《文汇报·文会》(沪)第4版,1938年2月2日。

第八章 沦陷区:在"言"与"不言"间

"伪满洲国"作家季疯的一段话道出了一个既不愿做李陵又无法做苏武的沦陷区中国作家的苦衷:

> 一个人,应该说的话,一定要说,能够说的话,一定要说;可是应该说的话,"有时却不能够说,这其中的甘苦,决非'无言'之士所能领略其万一"!
>
> ……
>
> 所以,言之者,自有他"言"之道理,"不言"之者,也自有他"不言"苦在。倘若他"言"而无何道理,"不言"而无何苦衷,这种失掉了语言的人类,就名之为"哑巴",也不为形容过甚。倘若,世间能容得真理在——至少能容得一部分的真理在,有话不妨公开说,然而那可必得有"道理",若是没有道理之"言",纵然公开于若干群众之前,也徒浪费群众的精神而不知其所以。世界上有的是显明的事,不必烦言,甚至可以不言。[①]

这份"言与不言"的甘苦,真实地反映了沦陷区作家进退维谷的历史困境。在沦陷区严酷的现实环境中,通过文学作品曲折地表现对民族国家的隐忧,固然是苏武的表现,但是能够顶住巨大的压力而不去说自己不愿意言说的话,也实属不易。跳脱开具体的历史语境,强迫所有的中国作家都必须在李陵和苏武之间作出选择,不仅是强人所难,也有违历史主义的原则。用钱理群先生的话说,沦陷区的作家要具体地考虑,"在异族统治的特殊环境下,什么是自己想说而又不能说的话,什么是别人(当局)要自己说,自己又不想说的话?什么是自己想说,而又能够说的话?以及以什么样的方式去说"[②]。这无疑指出了沦陷区大多数作家要面对的真正问题。

"孤岛"沦陷后,中共地下党员、《杂志》的主编吴诚之以哲非的笔名,向当时滞留在上海的文化人也提出一个关于"言与不言"的问题,即"文化人何时说话?"他呼吁在战时的艰苦境遇中,文化人仍然

[①] 季疯:《言与不言》,收入谢茂松、叶彤选编《中国沦陷区文学大系·散文卷》,广西教育出版社1998年版,第583页。

[②] 钱理群:《总序》,收入《中国沦陷区文学大系》,广西教育出版社1998年版,第4页。

要担负起文化建设的任务，做这个时代的发言人。在他看来，"就文化事业经营而言，逃避现实的反面，就等于接受现实的压力。如果今天的文化人想以避免发言的方式而逃避现实，结果无异自行取消他的发言权"。针对"孤岛"沦陷后的上海到底还有没有发言权的疑问，他明确地回答不仅有发言权，而且"我们能够发言与应该发言的机会应该说太多了"。只是当下的发言方式过于机械，发言的内容过于贫乏而已。①吴诚之希望文化人能够从沉默中寻找到发言的机会。至于如何发言，他似乎表述不明。但是，从文章中来看，他暗示文化人应当从文化的角度发言。尤其是他特意强调对战争，文化仍应当有自己的相对独立性。这样的观点明显区别于为大东亚战争鼓吹的日伪政权御用文人的观点。当文化人从文化的角度来发言，以保有文化的独立性的时候，作为文化人之一员的作家自然也应当从作家和文学的角度来发言。从这一个角度来说，作家依然可以成为时代的发言人。只不过这个时代，可能既不是热血抗战的时代，也不是作家为了大东亚战争而决胜的时代。沦陷区的作家在李陵与苏武、言与不言之间，同样可以找到一种身份，一种言说的方式，一种言说的内容。在历史的困境的束缚之中，他们仍旧可以破茧而出。唯其如此，沦陷区的文学史才能从附逆/抵抗的模式中摆脱出来，才不再被视为一片空白。在政治的夹缝中，沦陷区文学也才找到了一种不同的言说方式，言说这个时代中不同的内容。

四 "永远的东西"

尽管力主文化的相对独立性，但是吴诚之还是特别强调文学创作的社会性。在《关于文艺批评》一文中，他对那些致力于写身边琐事，拘泥于一己情感的文学作品提出了批评。并特别强调不能将作品或者作家的个性等同于个人主义。② 从这一点上来看，吴诚之的立场还是左翼的立场。

不过此前，留在"孤岛"上的李健吾则站在"自由"派文学的立场上，为个人主义正名，为"自由"派文学辩护。他将普通人所理解的个人主义分为两大类，一是关于日常生活的，一是表现在文学里面的

---

① 哲非：《文化人何处去》，《杂志》第9卷第5期，1942年8月10日。
② 哲非：《关于文艺批评》，《杂志》第11卷第5期，1943年8月10日。

情感思想，"二者合一的个人主义，初期是浪漫主义的一个例证"。强调作家对日常生活的重视和对自我感情的表现，这既是对个人主义的肯定，也是对个人主义的正名。他极力维护文学自身的独立性，文学就是文学"我们必须从它的本身推求它的价值"。而文学与个人主义的结合首先体现为一个作家的独立性，即他/她能不能坚持从个人主义的立场出发，然后将个人主义的立场贯彻到文学当中来。"只要一个人不谄媚他当前的权势（个人，社会，政府，制度，等等），只要他为人类共有的高尚的理想活着，我们便把自由创造的权利给他……既然清醒，他应当有为而为；既然独立，他就不甘受人利用。时代和他有密切的关系，可是他不依附时代；群众和他有密切的关系，可是他不巴结群众……他为人类的幸福活着。这是真正的个人主义，也就不复是个人主义了。"①李健吾的"真正的个人主义，也就不复是个人主义了"，倒不是在肯定个人主义的同时又否定了个人主义，而是说这样坚定地坚持自我立场的个人主义也就不是一般人所认为的"离群索居"意义上的"个人主义"了。在左翼文学一致要求文艺大众化，更好地为抗战宣传时，在汪伪御用文人极力提倡"和平文艺"，试图使文学服务于"和平运动"时，李健吾坚持文学的独立性与作家的独立性，并将此独立性归结到个人主义这一支点之上，这无疑是"自由"派文学在沦陷前的"孤岛"上的最鲜明的表现。而这样的观点实际上代表了一批作家的立场，他们在"孤岛"尤其是"孤岛"沦陷后的上海的创作正体现出了李健吾所阐释的"自由"派文学特色。比如张爱玲、杨绛、钱钟书、师陀等。她们/他们不依附于任何政治势力，从个人主义的立场出发，坚持着文学创作的独立与自由。这些人的文学创作真正地构成了沦陷区的"自由"派文学。对这些人的文学创作的分析，笔者将放在后面具体展开。

活跃于华北沦陷区文坛的一位批评家李景慈，也鲜明地提出了文学自由的观点。针对华北文坛叫嚣文学直接服务大东亚大决战的声浪，他旗帜鲜明地反对文学从属于政治，主张"文学是一种独立的和自由的艺术，不跟随在政治后面的"。文学应当超越时代，即使在战争中，它也不应当为某一势力所支配。只有"自由的，独立的，真实的文学"，才

---

① 李健吾：《个人主义的面面观观》，《文汇报·世纪风》（沪）第12版，1938年11月9日。

会成为永远的东西。① 强调文学的自由和表现思想的自由，以及文学的超越性和永恒性，使得李景慈的文学批评带有了浓厚的自由主义色彩。从"伪满洲国"逃到北京的作家山丁也呼吁，"创作'永远的东西'是作家的事。在文学的世界，没有市侩和政治家，没有商人与出版家，更没有蓝皮阿五与小名小利之徒，有的只是精神与作品，这精神与作品必须是'永远的东西'"②。摆脱政治、商业的羁绊，使文学变成"永远的东西"，同样也是对"自由"派文学的美好的期许。问题是，怎样才能够保证文学的自由，以及如何使文学具有超越性和永恒性呢？在这一问题，上海的一份名为《大众》的刊物倒是作出了回答。

在政治低气压中创刊的《大众》，其《发刊献辞》即表明，作为一个人是无时无刻不要发言的，即便是一声叹息也是人之所以为人的发言。而他们所要言说的既不是政治，"因为政治是一种专门的学问，自有专家来谈，以我们的浅陋，实觉无从谈起"；也不是风月，"因为遍地烽烟，万方多难，以我们的鲁钝，亦觉不忍再谈"。此间的话无疑既是自谦，也是无奈，同时还是对现实环境的清醒体认。不是不懂政治，而是无法谈自己想要谈的政治，也不愿谈自己不愿谈的政治。于是他们将目光转向了另外的地方，用他们的话说就是，"我们愿意在政治和风月以外，谈一点适合于永久人性的东西，谈一点有益于日常生活的东西"③。抑或说，这永久的人性和有益于日常生活的东西正是山丁所说的作家所要创作的"永远的东西"。超越政治与风月之外，通过文学寻找永久的人性，抑或说在日常生活中发现诗意，这正是沦陷区文学，尤其是沦陷区"自由"派文学的一大特色。之所以这样说是因为，正是对永久的人性的追求，使得在沦陷区夹缝中生存的文学成为超越性和永恒性的存在。也是在日常生活的诗意中，身处沦陷区"言与不言"的历史困境中的作家摆脱了政治的束缚，使他们和这个生不逢时的时代建立起密切的关联，他们寻找到了切入时代的契合点，从而建构起了相对自由而独立的言说世界。也正是在永久的人性和日常生活之中，

---

① 楚天阔（李景慈）：《谈现在文学的形式和内容》，《中国公论》第 5 卷第 1 期，1941 年 4 月 1 日。收入封世辉选编《中国沦陷区文学大系·评论卷》，广西教育出版社 1998 年版，第 15、16 页。
② 山丁：《创作"永远的东西"》，《中国文学》第 1 卷第 3 期，1944 年 3 月 20 日。
③ 《发刊献辞》，《大众》第 1 卷第 1 期，1942 年 11 月 1 日初版，同年 11 月 5 日再版。

国族叙述的大故事——中国人抗战建国的悲情叙事与日伪政权的大东亚、"新中国"的神话——才被成功地置于文学之外,个人与个人主义终于找到了一个暂时的立足之地。这也正是"自由"派文学的根基所在。

按照钱理群先生的话说,"永久的人性"和"日常生活"是沦陷区作家劫后余生的生命体验,在战争对生命的"惘惘的威胁"中,人们"发现正是这个人的琐细的日常生活构成了最基本、最稳定,也更持久永恒的生存基础"①。所以在沦陷区作家的文学世界中,男女主角不是英雄人物,只是普通人的普通生活。就像苏青所说:"所以我对于一个女作家写的什么:'男女平等呀!一起上疆场呀!'就没有好感,要是她们肯老实谈谈月经期内行军的苦处,听来倒是入情入理的。"②饮食男女,也构成了苏青文学世界的主调。苏青自称"是不学无术的人,初不知高深哲理为何物,亦不知圣贤性情为何物",所以只以"常人地位说常人的话",生活的甘苦,名利的得失,爱情的变化,事业的成败,都可以成为言说的内容。只要谈得有味道,均可侃侃而谈。而且,她还认为,人的地位身份可以不同,但是人性中总有相同的部分。比如大总统和挑粪工都喜欢漂亮的女人。③ 生活化与世俗化,成为苏青自觉的追求。从世俗生活中见出相通的人性,也是苏青围绕饮食男女而作的目的。她常常从一个女人的切身体验出发,拨开婚姻、家庭、工作等日常生活的表面,写出身为女人——母亲、妻子、职业女性等——所遭遇到的种种不公与成见。从一个女人的立场出发,苏青指出所谓"红颜薄命"这一古训背后,实际上潜藏着自古到今随处可见的男权主义。红颜之所以薄命完全取决于一个有身份有地位的男人。是他发现了她的美丽,所以她才能成为红颜。"美人没有帝王、将相、英雄、才子之类的提拔,就说美到不可开交,也是没有多少人能知道她的。"而红颜之所以薄命也是因为那个发现了她、"提拔了"她的男人没有将其当作人对待,不是将其送人就是视作自己泄欲的工具。另一个原因还在于女性自

---

① 钱理群:《总序》,收入《中国沦陷区文学大系》,广西教育出版社1998年版,第5页。
② 苏青:《我国的女子教育》,收入《苏青散文精编》,浙江文艺出版社1998年版,第139页。
③ 《〈天地〉发刊词》,《天地》创刊号,1943年10月10日。

己的思想陷在男性中心主义的牢笼之中，甘愿以红颜献身或者依附于一个男人。在苏青看来，女人要想真正走出"红颜薄命"的宿命，应当从自己做起，将美做到人格上，内心里。① 至于生活中常听到的男人抱怨妻子爱吃醋，根本原因也不在女人的心胸狭小，而是根源于性别歧视。男人好色没有关系，女人吃醋却不被世俗所容忍，历史上就将妒列为女性被休的七个条件之一，河东狮吼也常用来形容吃醋的妒妇。男权主义早就规定了戒律来惩戒女人的吃醋，可见女人的吃醋也不是很容易就可以吃的。而男人则不同了，只要他想吃醋，马上断了女人的经济来源即可展现吃醋的威力。② 在丈夫的好色和妻子的吃醋这样的日常生活中，苏青看到的是男女之间真正的不平等。她谈作为妻子的女人遭遇到家庭生活的种种不公：公婆的冷眼，丈夫的外遇，也谈作为母亲的女人生儿育女的心身之痛，作为一个职业女性意欲独立自足时遭遇到的世俗的种种成见。这几乎都是她的一份切肤之痛。但是苏青却并非由此而要求女性革命，套用北京文坛女作家梅娘的话说，她也许正是通过文字来疏泄"一种女人的郁结"③。她要点破那层世俗的窗户纸，也仅仅是点破而已。这也从一个侧面说明了苏青写作立场的平民化。她只是将自己当作了日常女子中的一个而已。长篇小说《结婚十年》、《续结婚十年》，被称为是"自传中的自传"④。尽管是写琐碎的家庭婚姻生活，但在苏青笔下却还显得平实可爱。她坚守了以常人的地位说常人话的风格。小说里中西合璧亦新亦旧的婚礼，姑嫂、婆媳之间的矛盾纠结，夫妻之间的小小隔阂，虽然没有什么高深的人生理想，但也正是普通人生活中的共性。她也常常谈吃，坦承自己既爱吃也爱睡，这正是自己的日常生活享受。吃的也不是高档肴馔，而是一碗薄粥。只不过这粥是用家乡宁波的方法做成，也别有一番地方风味（《吃与睡》）。幼时外婆家煮熟的南瓜，父亲喜欢吃的几样小菜，消夏时乡人自制的饮料，仍然呈现出小型人家的温润饱满（《夏天的吃》）。用张爱玲的话说，苏青的俗中

---

① 冯和仪：《论红颜薄命》，《古今》第 26 期，1943 年 7 月 1 日。
② 苏青：《好色与吃醋》，《杂志》第 12 卷第 1 期，1943 年 10 月 10 日。
③ 梅娘：《几句话》，《华文大阪每日》第 7 卷第 4 期，1941 年 8 月 15 日。
④ ［美］黄心村：《乱世书写：张爱玲与沦陷时期上海文学及通俗文化》，胡静译，上海三联书店 2010 年版，第 202 页。

仍带有"无意的隽逸"①。在胡兰成看来,苏青带给人的是生活的活力与热意,"没有威吓,不阴暗,也不特别明亮,就是平平实实的"②。这自然也是苏青的文字世界所形成的美学风格。

经历了日军进攻香港的"十八天围城"之战的张爱玲,对战争的生命体验是一份清晨四点钟难挨的感觉:"寒噤的黎明,什么都是模糊,瑟缩,靠不住。回不了家,等回去了,也许家已经不存在了。房子可以毁掉,钱转眼可以成废纸,人可以死,自己更是朝不保暮……人们受不了这个,急于攀住一点踏实的东西……"③然后在战争结束的一刹那,突然发现了"吃"的喜悦。也是张爱玲小说中白流苏的切身感受,"在这动荡的世界里,钱财、地产、天长地久的一切,万不可靠了。靠得住的只有她腔子里的这口气,还有睡在她身边的这个人","在这兵荒马乱的时代,个人主义者是无处容身的,可总是有地方容得下一对平凡的夫妻"④。在战争的参照下,人们身边琐细的日常生活显出了重要的意义。当钱财、地产、天长地久的一切都可能在眨眼之间消失的时候,只有最凡常的生活,才让人变得可以把握,可以触摸,才成为人生中最真切的存在。也是在日常生活中,人才体验抑或发现了永久的人性。所以张爱玲深有感触地说自己也要"从柴米油盐、肥皂、水与太阳之中去寻找实际的人生"⑤。但是将日常生活变成一种艺术追求或者说是一种审美风格,却是张爱玲一种高度自觉的追求。就像她的自我辩白,她要通过文学来表现那易被忽视的人生安稳的一面,和谐的一面,因为这一面常常有着永恒的意味,"它存在于一切时代","它是人的神性"。她所关注的也往往是些不彻底的人物,一些软弱的凡人。在她看来,这些不彻底的软弱的凡人,才是"这时代的广大的负荷者",他们对人生的态度到底还是认真的。

1943年,芦焚开始以"师陀"的笔名发表长篇小说《荒野》。根据师陀事后对"师陀"等笔名的解释,钱理群认为名字的改变也反映出了作家一种自觉的体认,即"经历了战乱的作者此刻所要'师'[法]

---

① 张爱玲:《我看苏青》,《天地》第19期,1945年4月。
② 胡兰成:《谈谈苏青》,《小天地》创刊号,1944年8月10日。
③ 张爱玲:《烬余录》,《天地》第5期,1944年2月10日。
④ 张爱玲:《倾城之恋》,《杂志》第12卷第1期,1943年10月10日。
⑤ 张爱玲:《必也正名乎》,《杂志》第12卷第4期,1944年1月10日。

的是普通人的平凡人生"①。师陀本人也坦承自己只是一个小人物，一个平常人，所谓的"名作家"的头衔只会徒增自己的苦恼。"游息于万众之间，我是万众之一。"② 师陀在审视他笔下的人物时，不是采用一种高高在上的审判的眼光，也不是采用仰视的视角，而是将人物视作与自己一样的常人，有"和自己一样平凡的生命"。由此，师陀自觉地进入到那些凡常人的生命内部，去认识和了解他们的生命体验，同时也将自己的生命体验融入其中，最终形成的是作家师陀和小说中的人物"共同追寻生命的意义与价值"③。所以他一再强调自己讲的故事都是"平常的故事"④。果园城里贫寒的说书人（《说书人》），20岁时卖掉全部家当远走他乡而后又悄然返回，却发觉早已是物是人非的孟安卿（《狩猎》），都是普通小城中的普通子民。在小说《一吻》中，师陀写了一个准张爱玲式的故事。在张爱玲的《爱》中，她用极为简洁的文字讲述了一个"真实的故事"。一个春天的晚上，一个情窦初开的少女和住在对门的少年相遇，他只是走过来轻轻地说了声"噢，你也在这里吗？"两个人就各自走开。很多年后，已经老了的她还不断地提起那个春风沉醉的夜晚，那个少年。在故事的结尾，张爱玲别有韵味地写道："于千万人之中，遇见你所遇见的人，于千万年之中，时间的无涯的荒野里，没有早一步，也没有晚一步，刚巧赶上了，那也没有别的话可说，惟有轻轻的问一声：'噢，你也在这里吗？'"⑤ 一个邂逅的时刻并未成就荡气回肠的爱情，只变成了记忆中不断回味的面影。在这个关于"爱"的故事背后，是个体在"时间的无涯的荒野"中无可逃遁的宿命与被这"时间的无涯的荒野"拨弄的无奈。而师陀的关于"爱"的故事发生在他的果园城里。在17岁的季节，锡匠店的学徒虎头鱼和摆摊子的少女大刘姐懵懂之中有了甜蜜的一吻。可是她听从了母亲的安排嫁给一位师爷做了姨太太。随后她和全家离开小城。多年后，她再次重返小城，想寻找一份多年放不下的牵挂。可是一切都变了。锡匠店的学

---

① 钱理群：《〈万象〉杂志中师陀的长篇小说〈荒野〉》，《中国现代文学研究丛刊》2005年第3期。

② 芦焚：《华寨村的来信》，《万象》第3年第1期，1943年7月1日。

③ 钱理群：《〈万象〉杂志中师陀的长篇小说〈荒野〉》，《中国现代文学研究丛刊》2005年第3期。

④ 芦焚：《狩猎》，《万象》第3年第1期，1943年7月1日。

⑤ 张爱玲：《爱》，《杂志》第13卷第1期，1944年4月10日。

徒娶妻生子，成了拉她的人力车夫。他没有认出她，她却从他的话中知道了眼前人即梦中人。于是，她转身踏上了离开的火车。过去的时代终究过去了。套用张爱玲的话说"我们"回不去了。什么叫沧海桑田？就是你想留都留不住的匆忙而过永不回头的时间。所以，师陀也在他的小说中感慨："人们无忧无虑的吵着，嚷着，哭着，笑着，满腹机械的计划着，等到他们忽然睁开了眼睛，发觉他们面临着那个铁面无私的时间，他们多么空虚可怜，他们自己多无力呀！"① 个体依然敌不过"时间的无涯的荒野"。在我们无法掌控的时间和无法驾驭的命运面前，再纯真的感情也只能被宣告为尘封中的记忆。师陀的"爱"的故事在人生宿命的感慨背后还有人超越现实而不得的苦楚。

在现实的"荒野"中，师陀试图建构起另一个"江湖世界"②。在长篇小说《荒野》中，师陀并未将这样一个颇富侠肝义胆与儿女情长的题材写成一个浪漫的传奇故事。如同钱理群先生指出的，师陀"也正是以'万众之一'的一个'平常人'的眼光去看待他的人物"，于是在男主人公顾二顺，这个土匪头子的男人身上，保留着一个普通农民的品性。③ 他和女主人公娇姐都是这荒野中的"寻梦人"。他们最大的梦想是在这纷扰不平的年代能够安安稳稳地做个普通的农夫与农妇，过寻常百姓家柴米油盐的日常生活。毋宁说这种理想也是男女主人公试图对现实生活的超越。只是他们悲剧性的结局，再次宣告了人无法超越现实、无法超越自己所处身的时代的困境。

在钱理群先生看来，对日常生活的重新发现，对软弱的凡人的历史价值的肯定，不仅是对新文学中占据主流地位的理想主义、浪漫主义、英雄主义传统的一个"历史的反拨"，更形成了一种"新的文学追求"④。毋宁说这正是沦陷区尤其是"孤岛"沦陷后的上海的"自由"派文学的最大特色。

---

① 康了斋：《一吻》，《万象》第4年第1期，1944年7月1日。
② 钱理群：《〈万象〉杂志中师陀的长篇小说〈荒野〉》，《中国现代文学研究丛刊》2005年第3期。
③ 同上。
④ 钱理群：《总序》，收入《中国沦陷区文学大系》，广西教育出版社1998年版，第6页。

第二节　张爱玲：自己的文章与时间的荒野

一　一个个人主义者

人们谈到"孤岛"沦陷后的张爱玲时，常常认为此一阶段的她对政治是相当疏离的。与胡兰成的婚恋，并没有使她投身到为日伪鼓吹的御用文学之中，而且她还拒绝参加在南京举行的"第三届大东亚文学者代表大会"。当然，"在一个低气压的时代，水土特别不相宜的地方"[①]，我们也并不需要存在张爱玲创作抗战文学的幻想。张爱玲自己说："（'孤岛'沦陷后）我所写的文章从来也没有涉及政治，也没有拿过任何津贴。"[②]后一句话倒是真的，前一句话则需要稍加修正。从"孤岛"沦陷到抗战胜利，张爱玲的文学创作虽然没有直接的关涉现实政治，却并非完全与政治无涉。用胡兰成的话说，张爱玲没有从政治的角度来描写政治，将文学变成政治侦探小说。相反，她是"从一般人日常生活的角度去描写政治"，像处理恋爱题材一样，来处理现实政治。她的着眼点是"人性的抑制与解放，感染于小事物小动作，亦即人们日常生活的全面的情调"[③]。一方面是因为众所周知的现实环境的原因，不允许张爱玲直接通过文学来表现政治现实，一方面则如同胡兰成所言，张爱玲从日常生活的角度来表现政治，实际上是将文学视作文学的高度自觉的表现，而这种自觉也与她所坚守的政治立场相关。

1944年11月创作的短篇小说《等》，是张爱玲试图从日常生活的角度来触及现实政治的一个典型例子。推拿医生庞松龄的诊所成为故事现场。在这个小小的诊所之内发生的，也不过是波澜不惊的琐碎的生活故事，医生与病人、病人与病人之间家长里短的闲言碎语。张爱玲却通过这些貌似波澜不惊的闲聊，于不经意之间透露出现实政治的一角。庞松龄一边进行推拿，一边讲起诊所外边的现实。他原本是为了向做推拿的客人/病人展示自己与高官要人们的熟络，而借以自夸与自耀——每天都坐朱姓"公馆"里的车，却于不经意之间对现实政治做了一个评

[①] 迅雨：《论张爱玲的小说》，《万象》第3年第11期，1944年5月1日。
[②] 张爱玲：《有几句话同读者说》，收入《传奇》（增订本），山河图书公司1946年版，即该版的序言。
[③] 胡兰成：《随笔六则》，《天地》第10期，第14页，1944年7月1日。

判:"现在真坏!三轮车过桥,警察一概都要收十块钱,不给啊?不给他请你到行里去一趟……就是后来……放他出来了,他也吃亏不起,所以十块就十块,你不给,后来给的还要多。"① 现实政治是日伪统治下的警察对三轮车夫之类的普通人的压榨。这其中也间接地传达出作者对日伪统治的不满。张爱玲也通过一位候诊的奚太太的身世之感传达出对国民党政府的批判。奚太太的丈夫被国民党政府召到大后方服务抗战,结果竟然有了新欢。按照这位年过半百的奚太太的说法,"上面下了命令,叫他们讨呀,因为战争的缘故,中国的人口损失太多,要奖励生育,格咾下了命令,太太不在身边两年,就可以重新讨……都为了公务员身边没有人照应,怕他们办事不专心——要他们讨呀"②。通过一个被丈夫暂时遗弃的妇人之口,张爱玲揭开了大后方"抗战建国"神话背后的隐情。原本被视作封建陋习的纳妾竟然获得政府的公开支持,并被"升华"为一项有利于民族国家的合理而合法的行为。在弃妇的身世之感的背后实际是国民党政府开历史倒车的荒唐行径。张爱玲对这一荒唐行径的讥讽,融化在了暂时被丈夫遗弃的奚太太无助、无奈却不乏阿Q式的自我安慰的盲目等待之中,等待丈夫有一天仍旧回来找她,也许他会意识到自己是对不住她的。只是等他回来的时间既不要太晚——毕竟她已经红颜不再,也不要太早——不然她脱发的病还没有治好。在这样的等待中,"生命自顾自过去了"。如果说奚太太的无可奈何、将无望变作希望的等待——一种虚妄,一种生命的无意义的消耗,是小说的红叶的话,那么不经意之间流露出的现实政治却成为小说中的绿叶。尽管是现实政治,但仍旧属于小说中日常生活的一部分。

1944年创作的散文《打人》,真实地记叙了张爱玲在上海外滩看到警察打人的观感。看到一个警察没有缘故地抽打一个十五六岁的男孩子,自称向来很少正义感的张爱玲也不由得"气塞胸膛"。她甚至狠狠地盯住那打人的警察,试图表现出如同"对于一个麻风病患者的憎怖"。她坦承:"大约因为我的思想没受过训练之故,这时候我并不想起阶级革命,一气之下,只想去做官,或是做主席夫人,可以走上前给

---

① 张爱玲:《等》,《杂志》第14卷第3期,第40页,1944年12月10日。
② 同上书,第42页。

那警察两个耳刮子。"① 显然，张爱玲表现出对左翼政治或者左翼文学的不认同或者不感冒。她既不想接受所谓的"思想上的训练"，也不想将一切不公的现象归结为阶级的问题。对左翼政治的微妙批判，仅仅只是通过对日常所见的打人事件的观感表现出来。这可能正是张爱玲式的表现方式，没有氛围的渲染与情绪的夸大，仅仅将其视作所谓的"小事物小动作"，以一己最直接的感受，于不经意间流露的方式自然而然地表达出来。

从这两个文本中，我们看到，张爱玲对日伪政权，对大后方的国民党政府，乃至对左翼政治均抱有一定程度的批判。在这个意义上，张爱玲表现出对于彼时彼地的党派政治乃至国族政治的超越。毋宁说在她的身上更多地体现出一个个人主义者的特质来。她拒绝听命于任何政治的律令或者思想指导，完全站在一个个人主义者的立场来进行自我的言说。她承认，"在今日的中国，新旧思想交流，西方个人主义的影响颇占优势"②。在一篇谈音乐的文章中，她将大规模的交响乐比作浩浩荡荡的"五四"运动，个体的声音被融入到浩大的交响乐之中，个体自己的声音反而迷失在交响乐里面，我们"不大知道是自己说的还是人家说的"。对小我融入大我之中从而迷失自我的现象，她表示"模糊的恐怖"③。在一篇《谈跳舞》的文章中，对舞蹈乃至现实生活中过于讲求整齐划一而失去自我个性的做法，她自称"从个人主义者的立场来看这种环境，我是不赞成的"④。在同一篇文章中，张爱玲还特意提到萧伯纳的名为《长生》（*Back to Methuselah*，中译《回复到密福沙勒的时代》或《千岁人》——笔者注）的科幻戏剧。在萧伯纳笔下，未来的人们从出生伊始就是成熟人，生命可延续千万年之久，但他们仅仅只是被称为"古人的男人"和"古人的女人"，彼此之间没有什么不同。张爱玲将一位印度女舞者的舞蹈与此相比，认为这样失去个性的舞蹈不能给人带来美的享受，只能让人感觉"冷冷的恐怖之感"⑤。在张爱玲的身上更多地体现出美国历史学家巴尔仁（Jacques Barzun，大陆译为雅克·巴

---

① 张爱玲：《打人》，《天地》第9期，第7页，1944年6月1日。
② 张爱玲：《借银灯》，《太平》第3卷第1期，1944年1月。
③ 张爱玲：《谈音乐》，《苦竹》第1期，1944年10月。
④ 张爱玲：《谈跳舞》，《天地》第14期，1944年11月1日。
⑤ 同上。

尔赞——笔者注）所谓的知识分子的特质：他们——知识分子——虽无时无刻不具有独立思考的品性，但"未必具有抗议抗暴的胆识与勇气"[①]。如果正如笔者一再强调的，在沦陷区险恶的政治环境中，要求中国作家表现反抗日伪统治的爱国精神，实在是强人所难的话，那么张爱玲所保有的这份站在超越各派政治势力立场上的个人主义，正是知识分子试图独立思考、独立发声的表现。在集团的声音越来越占据主导地位的20世纪40年代，这样一种个人主义的立场显得尤为珍贵。

如果我们将视野稍稍放宽到张爱玲20世纪40年代末、20世纪50年代初的创作，将带有左翼倾向的《十八春》、《小艾》与带有"反共倾向"的《秧歌》、《赤地之恋》进行参差对照，不难发现，用"亲共"与"反共"的标签来标识张爱玲的政治立场，显得相对的简单化或者过于粗糙化。台湾学者高全之通过对这些小说的分析发现，尽管这些小说带有相对较强的政治性，但并不意味着此时的张爱玲，就完全是站在亲共或者反共的立场上来创作小说。他特意以《赤地之恋》中的男主人公刘荃为例进行说明。在朝鲜战场上，以中国人民志愿军身份被俘虏的刘荃，声称"我是中国人"，"可我不是共产党"。他对中共表示不认同的时候，仍旧强调自己身为中国人的身份。由此，高全之认为张爱玲的政治观是"党"与"国"并非同体。她试图将政党与中国分离开来。无论是国民党也好，还是共产党也好，都不能够完全代表中国。"所以全面或局部地批评这两个政党，并不表示否定它们所隶属的中国。"[②] 无论是从1949年前后创作的带有左翼色彩的《十八春》、《小艾》，还是20世纪50年代初赴港之后创作的向右转的《秧歌》与《赤地之恋》，从更宏观的角度来看，张爱玲始终不变的政治立场即是保有"个人针砭政党的基本权利"[③]。这种立场也是个人主义的政治立场。这些小说也表现出了张爱玲对于大我——国家和小我——个体——之间关系的认识。高全之将其总结为两点，即张爱玲认为：第一，国家对个人

[①] 转引自高全之《〈赤地之恋〉的外缘困扰与女性论述》，收入《张爱玲学：批评·考证·钩沉》，一方出版有限公司2003年版，第235页。

[②] 高全之：《张爱玲的政治观：兼论〈秧歌〉的结构与政治意义》，收入《张爱玲学：批评·考证·钩沉》，一方出版有限公司2003年版，第167页。

[③] 高全之：《大我与小我：〈十八春〉、〈半生缘〉的对比与定位》，收入《张爱玲学：批评·考证·钩沉》，一方出版有限公司2003年版，第284页。

的控驭"必须适可而止"。第二,"国家必须提供个人参与政事、发表异议的管道"①。显然,在高全之的分析里,个人主义者的张爱玲呈现出一个自由主义者的面影来。

按照高全之的分析,我们反观上海完全沦陷后的张爱玲,就不难发现,正是站在个人主义的立场之上,张爱玲对日伪政权、大后方的国民党政府、共产党所代表的左翼政治均持微妙的批判姿态。在沦陷区,她同样试图将政党或者政治与国家分离开来。无论是美化侵略战争的日伪政权也好,还是坚持抗战建国的国共两党也好,对于她而言,都不能代表一个整体意义上的中国。即使在沦陷区复杂的政治环境中,她也试图保有一个个体对各派政治势力的批判能力。尽管在沦陷区特殊的政治环境中批判并不能够直接而充分地表现出来。高全之提醒我们,只要将张爱玲评价美国作家爱默森的一段话中的"他"换成"她","就刚好描述了张爱玲政治思想的基调"②。在《爱默森的生平与著作》一文中,张爱玲这样描述爱默森:"他并不希望拥有信徒,因为他的目的并非领导人们走向他,而是领导人们走向他们自己,发现他们自己。他认为……每一个人都应当自己思想。他不信任团体,因为在团体中,思想是一致的。如果他保有任何主义的话,那是一种健康的个人主义……"③与她所喜爱的爱默森相似,张爱玲无疑也是一个坚持思想独立与自由的作家。而胡兰成早在20世纪40年代前半期,就将张爱玲定位为个人主义者,并将她与鲁迅并举。在胡兰成看来,鲁迅是以讽刺与谴责的文学尖锐地直面政治,张爱玲是把文学从政治拉回日常生活之中,"时代在解体,她寻求的是自由,真实而安稳的人生"。与其他的个人主义者不同,"张爱玲的个人主义是柔和、明净的"④。站在个人主义的立场上,通过文学来追寻一种"自由、真实、安稳的人生",使张爱玲对她笔下的人事少了一份冷嘲热讽,多了一份悲悯,一份同情的理解,一份对于人事的哀矜。这也正是张爱玲的"自由"派文学创作的显著特色。

---

① 高全之:《张爱玲的政治观:兼论〈秧歌〉的结构与政治意义》,收入《张爱玲学:批评·考证·钩沉》,一方出版有限公司2003年版,第182、183页。
② 同上书,第185页。
③ 张爱玲:《爱默森的生平与著作》,收入《张爱玲全集·重访边城》,十月文艺出版社2009年版,第5—6页。
④ 胡兰成:《评张爱玲》(续),《杂志》第13卷第3期,1944年6月10日。

二 自己的文章

在沦陷区作家中，张爱玲无疑是一位有高度自觉的作家。这不仅表现在她在文学创作上形成了特有的美学风格，而且在关于写什么和怎么写的问题上，她也构建了属于自己的"理论体系"。

首先，张爱玲反对作家的创作服膺于任何文学理论，强调作家要写出属于"自己的文章"。她将文学理论和文学作品比作拉同一辆车的两匹马，二者的地位是平等的，它们相互推进，共同向前发展。"理论并非高高坐在上面，手执鞭子的御者。"① 她坦言自己的兴趣爱好乃至生活品位属于小市民、小资产阶级行列，② 所以无产阶级的故事，她是写不出来的。为了创作而刻意地到某地去搜集创作的素材或者体验生活的做法，在她看来对创作的作用不大。因为这样一来作家内心已经先抱有了一个指导思想，是为了写什么而写什么。真正的创作是作家本身就在自己的生活中，然后在有意无意中将自己对生活的感触自然地转化为文学的世界。所以对作家来说，"只须老老实实生活着"，如果他想履行作家这一功能时，"他自然会把他想到的一切写出来。他写所能够写的，无所谓应当"③。如此创作出来的文章也才是真正意义上的"自己的文章"。显然，张爱玲坚持保有作家的独立性和创作的自由度。

在作家和读者/大众的关系上，张爱玲表现出对左翼文学的不满。左翼文学仍旧停留在代大众说话的层面上。就如同某一时期的文人雅士纷纷谈道参禅，表面看起来谈得不亦乐乎，实际上未必真正懂得其中的精髓与真义。左翼作家表面上以大众代言人的身份出现，好像是在为大众申冤诉苦，内心未必真正懂得老百姓生活的苦楚。虽然身为代言人，但左翼作家仍然将自己放置在比大众较高的位置之上。他们和大众之间自然仍有相当的距离。至于作家"要说人家所要听的"，则不一定就是为了迎合大众而故意制造色情趣味。张爱玲特意强调大众喜欢的所谓"低级趣味"并不等同于色情趣味。前者更多地指代大众所喜欢的"那温婉，感伤，小市民道德的爱情故事"。"所以秽亵不秽亵这一层倒是

---

① 张爱玲：《自己的文章》，《苦竹》第2期，1944年11月。
② 张爱玲：《童言无忌》，《天地》第7、8期合刊，1944年5月1日。
③ 张爱玲：《我们该写什么特辑·张爱玲》，《杂志》第13卷第5期，1944年8月10日。

不成问题的。"张爱玲也不赞成故意迎合大众趣味的做法。如果作家故意迎合大众的趣味，只能说明他/他们依然将自己放在大众之上，将自我与大众隔离开一定的距离。这样的作品，从骨子里就缺乏一种真挚，显得相当浅薄。要想真正创作出符合大众趣味的作品，作家"非得从（大众）里面打出来"。作家应当将自己本身归入大众中间去，这样就可以真正体会到大众需要什么。"要什么，就给他们什么，此外再多给他们一点别的……"由此，作家和大众/读者之间形成彼此平等民主的关系。但是也并不就意味着作家的写作完全受制于大众的需要，张爱玲特意强调作家"此外再多给他们一点别的"，并且"作者尽量给他所能给的"，实际上即是突出了作家本身的能动性。也意味着在写出大众趣味的同时，作家仍需要写出"自己的文章"，用张爱玲的话说是要写出"文字的韵味来"①。强调作家置身大众中间而为大众写作，也使张爱玲将作家置身大众之间而为大众的写作和"为帝王"/为统治阶级的写作区别开来。相对于后者受制于"天威莫测"的统辖，前者显示出了它应有的自由。②所以就像笔者在前面提到的，张爱玲主动将自己归入小市民的行列之中，称自己是一个"自食其力的小市民"，"每一次看到'小市民'的字样我就局促地想到自己，仿佛胸前佩着这样的红绸子"③。所以她也特别的喜欢上海的小报，觉得它们有一种亲切感。④在遭受轰炸听天由命的夜晚，手握当日出版的小报，张爱玲还是感觉"亲切、伤恸"⑤。

　　正是因为将作家置身于大众中间而为大众写作的姿态，使得张爱玲在关照现实人生时，更注重"人生安稳的一面"。相对于轰轰烈烈的革命、斗争等人生飞扬的一面，"人生安稳的一面"更具有永恒的意味。前者常常会属于一个特定的时代。后者则"存在于一切时代"，"它是人的神性，也可以说是妇人性"。优秀的作品正是"以人生的安稳做底子来描写人生的飞扬"⑥。问题是，张爱玲所谓"人生安稳的一面"究

---

① 张爱玲：《论写作》，《杂志》第 13 卷第 1 期，1944 年 4 月 10 日。
② 张爱玲：《童言无忌》，《天地》第 7、8 期合刊，1944 年 5 月 1 日。
③ 同上。
④ 张爱玲：《特辑：女作家书简·张爱玲》，《春秋》第 2 年第 2 期，1944 年 12 月 28 日。收入止庵编的《张爱玲全集》时题目改正为《致力报编者》。
⑤ 张爱玲：《我看苏青》，《天地》第 19 期，1945 年 4 月。
⑥ 张爱玲：《自己的文章》，《苦竹》第 2 期，1944 年 11 月。

竟指代什么？相对于革命、斗争等人生飞扬的一面，究竟什么才能够代表具有永恒意味的"人生安稳的一面"？张爱玲亲身经历了太平洋战争爆发后，日军进攻香港的 18 天围城之战。但是事后回忆这场战争经历时，张爱玲却说："然而香港之战予我的印象几乎完全限于一些不相干的事。"张爱玲的"不相干的事"是大战爆发后女同学想到的"没有适当的衣服可穿"，炎樱照样去电影院看电影，回宿舍后在流弹打碎了玻璃窗的浴室里唱着歌洗澡；是战争中人们急于抓住点什么，"因而结婚了"。也是战争结束后大家忙于吃的"喜悦"，置身于伤兵的痛苦的呻吟与死亡之中，"我们这些自私的人若无其事的活了下去"。显然，"不相干的事"是对日常生活的回归：身上穿的衣物，切身的饮食，生活所不能够或缺的享受，哪怕是诸如看场电影，洗个澡之类的小小的享受。用张爱玲的话说："清坚决绝的宇宙观，不论是政治上的还是哲学上的，总未免使人嫌烦。人生的所谓'生趣'全在那些不相干的事。"但是，为什么会是这些与战争不相干的事才成为"人生的'生趣'"呢？尽管张爱玲没有说明，答案似乎也可以从同一篇文章中找到。张爱玲特意提到两个直接参与战争的人事，一个是他们的英籍历史老师佛朗士的死。他身为英国人而应征入伍，最后不是死在战场上，而是在返回军营时被自己人误杀，"最无名目的死"。另一个是侨生乔纳生，在九龙参战时，亲眼目睹英军不顾大学生的生命危险，强命两个大学生到战壕外抬一个受伤的英国兵。在两个与战争直接相关的事件中，张爱玲看到的不是战争所标榜的正义与非正义，侵略与抵抗的春秋大义，也不是投身战争所应有的价值与意义，而是个体生命在战争面前无意义、无价值的损耗。死亡变成了一种"最无名目的死"。亲眼目睹伤兵所经受的生命中难以忍受的煎熬与痛苦，张爱玲更加体会到了战争的残酷与生命，尤其是一份安稳的生活的重要。当战争撕去了一切文明的浮文之后，世界裸露出来的也只有饮食男女两项而已。[①] 显然，战争的这段亲身经历带给张爱玲的影响是巨大的。她所谓的生命中的"惘惘的威胁"最根本最直接的来源就是战争。没有理性的战争宛如咆哮饥饿寻食的巨兽，急于要吞噬/吞食一切。转瞬间，一座城市变成断壁颓垣，成千上万的人死去。

[①] 张爱玲：《烬余录》，《天地》第 5 期，1945 年 2 月 10 日。

"（一切）已经在破坏中，还有更大的破坏要来。"①

在大破坏中，原有的一切秩序都遭到破坏，"人们只是感觉日常的一切都有点儿不对，不对到恐怖的程度"，人所生活的这个时代"却在影子似地沉没下去，人觉得自己是（将要）被抛弃了"②。宛如世界末日将要来临。而人所要急于抓住的最真实的与最基本的东西，且能够证实自己存在的也只能是饮食男女而已。当原有的熟悉的一切都行将崩毁或者已经遭到毁灭的时候，即使是身边最微末的东西也显得弥足珍贵。在张爱玲的视野中，当下的时代和社会呈现出的是颓败与解体的征兆。而未来呢？她显然也并不充满希望。即使有一个所谓的"理想国"，即使她能够看到，也终究享受不到那份升平盛世的丰足与明丽了，到底那"是下一代的世界了"。当对当下充满悲观、对未来充满犹疑的时候，对张爱玲来说，与其自伤自怜，不如"各人就近求得自己的平安"③。于是，吃饭、穿衣、儿女私情，这些与战争不相干的事情，变成了人生中最有生趣的事情。她自诩要从"柴米油盐，肥皂，水与太阳之中去找寻实际的人生"④。在长长的磨难面前，向公寓里彼此居住的小小空间瞅一眼也变成了人生中的片刻的享受。⑤这倒不是窥探别人隐私而获得的喜悦，只不过是在别人的生活中看到了人生而已。在那些琐碎的家常起居生活中，是呼之欲出的人，虽然普通却真切、熟悉而又无比的鲜活。所以胡兰成称张爱玲是人与物的发现者。这显然也影响到了张爱玲所理解的作家置身大众之中而为大众写作的"文学理想"。

战争带给张爱玲的影响与她所坚持的"说大众所想要听的"写作姿态，使得她文学世界中的人物既非惊天地泣鬼神的英雄，也非不食人间烟火的文人雅士，而大都是一些不彻底的软弱的凡人，一群"这时代的广大的负荷者"。"他们虽然不彻底，但究竟是认真的。"⑥她坦言，身为写小说的人，即使原来抱着一份憎恶之心，在将人事明了之后，也早

---

① 张爱玲：《〈传奇〉再版的话》，收入《流言》，五洲书报社1944年版，第156页。
② 张爱玲：《自己的文章》，《苦竹》第2期，1944年11月。
③ 张爱玲：《我看苏青》，《天地》第19期，1945年4月。
④ 张爱玲：《必也正名乎》，《杂志》第12卷第4期，1944年1月10日。
⑤ 张爱玲：《公寓生活记趣》，《天地》第3期，1943年12月10日。
⑥ 张爱玲：《自己的文章》，《苦竹》第2期，1944年11月。

将憎恶变成了哀矜。因为哀矜，所以她不是站在高处俯视笔下那些不彻底的软弱的凡人，而是就站在他们中间，甚至就是他们所站的位置，将自己变成他们中的一个，从而对他们的人生充满了理解。用张爱玲的话说："他们有什么不好我都能够原谅，有时候（对他们）还有喜爱，就因为他们存在，他们是真的。"她能够充分理解他们活在这世上的不易。在这让人感到恐怖的乱世中，"要继续活下去而且活得称心，真是难，就像'双手擘开生死路'那样的艰难巨大的事"[1]。即使他们有种种的缺陷也是应当的，也是可以原谅的。所以当傅雷批评《连环套》时，张爱玲却表示她感动于女主人公霓喜"对于物质生活的单纯的爱"。她理解"对于这个世界她要爱而爱不进去的"的女人，"她究竟是个健康的女人"，她的生命境遇"到底是悲怆的"[2]。

至于如何写这些不彻底的软弱的凡人，张爱玲认为最为适宜的是一种"参差对照"的写法。她特意以衣服上的颜色搭配来作说明。如果说大红配大绿是一种过于直率的对照，缺乏应有的回味，那么宝蓝搭苹果绿，松花色对大红，葱绿配上桃红，便是一种理想的"参差对照"[3]。它们的搭配既不会让人感觉冲突倾轧，也不会只是带给人一种刺激。具体到文学创作上，就是拒绝用"善与恶，灵与肉的斩钉截铁的冲突的那种古典的写法"，"不把虚伪与真实写成强烈的对照，却是用参差的对照的手法写出现代人的虚伪之中有真实，浮华之中有素朴"，"从描写现代人的机智与装饰中去衬出人生的素朴的底子"。如果说悲壮正如大红配大绿式的强烈的对照，那么葱绿搭桃红的参差对照就是一种苍凉。相对于前者的刺激，后者能够给予大众/读者的是更为深长的回味。因此，张爱玲并不想通过文学讲述一个关于斗争的人生飞扬的故事，通过这个故事传达某种政治理念或者说教，她只是想用那素朴为底子，写出对人生安稳的渴望与向往，从而"给予周围的现实一个启示"，给予大众/读者一份更深长的人生回味。[4] 这正是属于张爱玲的"自己的文章"。

---

[1] 张爱玲：《我看苏青》，《天地》第19期，1945年4月。
[2] 张爱玲：《自己的文章》，《苦竹》第2期，1944年11月。
[3] 张爱玲：《童言无忌》，《天地》第7、8合期，1944年5月1日。
[4] 张爱玲：《自己的文章》，《苦竹》第2期，1944年11月。

三 时间的荒野

战争带给张爱玲的还有一种时空错乱之感。用胡兰成的话说："无年无月的世界战争与已在到来的无边无际的混乱，对于平常人，这是一个大的巫魇，惘惘的，不清不楚……"① 对张爱玲来说是当下已经在破坏中，还有更大的破坏将要到来，文明终究要成为过去。张爱玲放眼望去，未来呈现出的是一片断瓦颓垣里的荒原。② 生活在这个乱世中的人，为了证实自己的存在，"不能不求助于古老的记忆"，试图去抓住"人类在一切时代中生活过的记忆"，因为"这比瞭望将来要更明晰、亲切"。求助于"古老的记忆"又让人产生一种奇异的感觉，"疑心这是个荒唐的，古代的世界，阴暗而明亮"。于是，古老的记忆与当下的现实常常发生"尴尬的不和谐"③。所以，小说《沉香屑 第一炉香》中的梁太太——葛薇龙半老徐娘的姑妈——为了证实自己的存在，也拼命地试图抓住一点最基本的东西。对她而言，这最基本的东西似乎是来自年轻男子的情爱。于是，她"一手挽住了时代的巨轮，在自己的小天地里，留住了满清末年的淫逸空气，关起门来做小型慈禧太后"。小说开始即写到葛薇龙——香港南英中学的女生——第一次看到姑妈梁太太在山上的豪宅时，陡然而生的"一种眩晕的不真实的感觉"：不调和的地方背景和时代气氛，掺糅在一起，"造成一种奇幻的境界"。类似摩登电影院的房子又盖着仿古的琉璃瓦，四周的围廊带有美国南部早期建筑的风格。室内既有立体化的西式布置，同时也有中国摆设。真可谓是亦中亦西、亦古亦今。等到晚上薇龙走下山再回头看时，倒觉得这豪宅又像古代的皇陵，而自己恍若是《聊斋志异》里的书生。④ 薇龙恍若隔世的感觉正是张爱玲古老的记忆与当下现实之间发生的"尴尬的不和谐"。

张爱玲也常常在她的文学世界中，用参差对照的手法写到"现实生活里有历史的印记，而历史事件又有它的现代翻版"。现实与历史的错

---

① 胡览乘（原文如此，实为胡兰成）：《张爱玲与左派》，《天地》第21期，1945年6月。收入胡兰成《中国文学史话》，上海社会科学院出版社2004年版，第196页。
② 张爱玲：《〈传奇〉再版序》，收入《流言》，五洲书报社1944年版，第205页。
③ 张爱玲：《自己的文章》，《苦竹》第2期，1944年11月。
④ 张爱玲：《沉香屑 第一炉香》（上），《紫罗兰》第2期，1943年5月。

位也出现在《倾城之恋》里面恍若"神仙洞府"的白公馆。"这里忽忽悠悠过了一天,世上已经过了一千年。可是这里过了一千年,也同一天差不多,因为每天都是一样的单调无聊。"当外边的生活已经是十一点钟时,他们仍旧是十点钟,他们自称用的是老钟。这是一个滞后于现实世界的相对自足的小世界,一个仍旧停留在他们的老时钟里的自足的空间。古老的记忆更是由那咿咿呀呀的胡琴唤起,一些辽远的忠孝节义的故事油然而生。尽管流苏认为这些忠孝节义的故事与她无关,可抑扬顿挫的胡琴仍旧唤起了她关于古代传奇的佳人的记忆。"流苏不由得偏着头,微微飞了个眼风,做了个手势。她对着镜子这一表演,那胡琴便不是胡琴,而是笙箫琴瑟奏着幽沉的庙堂舞曲。她向左走了几步,又向右走了几步,她走一步路都仿佛合着失了传的古代音乐的节拍。"① 对流苏而言,古老的记忆正是那古传奇里倾国倾城的佳人。而《金锁记》里"那三十年前的上海,三十年前的月亮"也并不仅仅只是关于曹七巧,戴着黄金的枷锁,在三十年里劈杀他人也套牢自己的悲剧故事。在缠脚、鸦片、姨奶奶等建构的"古中国"的碎片里,还有"天地玄黄,宇宙洪荒"的古老记忆。未来的蛮荒的世界里,是七巧,像蹦蹦戏里的花旦这样的女人,才能够夷然地活下去。②

如果古老的记忆/历史代表的是一种人类过往的生活方式,更具体地说是白公馆、是曹七巧生活的姜家大家庭和她主导的小家庭,是梁太太营造的宛似清末的"小朝廷",是有着《红楼梦》中的丫鬟与服饰,是女人的小脚和小脚的女人,是吞云吐雾的鸦片,是姨奶奶等"古代的遗风"的话,那么张爱玲对这些被"五四"宣判为死刑的风物,显然不是持一种简单的批判与否定,而是拥有一份难以言说的复杂情感。就如同在那个防空的夜晚,当她从公寓的楼上俯视黑压压沉默的上海,竟生出古战场之感。再次用古老的记忆来求证现实的存在时,在她貌似蔑视的眼光中,还有一份"难言的恋慕"③。

在自传体散文《私语》中,张爱玲写到自己曾经截然地将母亲、姑姑的家与父亲的家划分成光明与黑暗、善与恶、神与魔两个世界。而父

---

① 张爱玲:《倾城之恋》,《杂志》第11卷第6期,1943年9月10日。
② 张爱玲:《〈传奇〉再版序》,收入《流言》,五洲书报社1944年版,第205页。
③ 张爱玲《"卷首玉照"及其他》,《天地》第17期,1945年2月。

亲的家统统属于不好的世界。但是她不得不承认，父亲的家，那个令自己"心碎的屋"，充斥太多回忆/记忆，"像重重叠叠复印的照片"，自己仍有某种归属感：她喜欢父亲房间里的鸦片的云雾，"雾一样的阳光"，摊开的小报，看着小报和寂寞的父亲谈谈亲戚间流传的笑话，那个时候父亲是喜欢她的，而她内心也是喜欢父亲的，喜欢父亲这个家的，尽管坐久了就会慢慢地沉下去，沉下去。① 对张爱玲而言，古老的记忆/历史好像樟脑的芳香，"甜而稳妥"，"像记得分明的快乐，甜而怅惘，像忘却了的忧愁"。过去的世界常常是我们无法想象中的"迂缓，安静而又整齐"②。

张爱玲在时间层面上的参差对照，使得她的文学世界对"历史"产生了某种张力。"这种张力抗拒那不朽的感情结构的诱惑，为我们提供了另一种处理历史的方法。"③ 正是张爱玲用参差对照的手法来处理历史与现实，使得我们对历史与现实的认识溢出"五四"的线性历史的大传统（这种大传统被此后的左翼所继承和发展）。在线性的历史观里，历史与现实分别代表了反动/落后/黑暗与进步/先进/光明。它所代表的大叙事最通俗的表述模式是今胜于古，通过一种革命——现实造历史的反——来实现历史的向前发展。但是在张爱玲的参差对照中，现实和历史并不一定就意味着新与旧的判然分明。历史并不是铁板一块的只写着"吃人"两字的天书一部。张爱玲反对将个体所遭受的种种迫害与不幸一股脑儿地推给历史。历史与个体之间的关系断然不是吃/被吃、压迫/被压迫那么简单。在复杂的历史境遇中，个体的悲剧或悲情故事，很多时候还与自己有关。

葛薇龙的故事就是这方面的一个典型。小说中不断地暗示我们，薇龙始终是清醒的，她大有飞蛾扑火的决绝。她知道自己是姑妈用来诱惑青年男子的诱饵，知道乔琪乔并不是一个可以和自己厮守终生的伴侣。她曾经下定决心要离开香港返回上海，重新做一个人，一个新人，最终还是主动地留了下来，自愿地接受梁太太的忠告，彻底地沉下去，沉到最低，也沉到最底。张爱玲并没有将薇龙的堕落完全归结到梁太太等人

---

① 张爱玲：《私语》，《天地》第 10 期，1944 年 7 月 1 日。
② 张爱玲：《更衣记》，《古今》第 36 期，1943 年 12 月 1 日。
③ 周蕾：《妇女与中国现代性：东西方之间阅读记》，麦田出版公司 1995 年版，第 229 页。

身上。薇龙本身的清醒说明她"具有省察自己行径、评估（自己）生涯规划得失的能力"①。如果我们不简单地将薇龙的堕落归结于外部环境，那么问题显然出在她自身。

小说中多次写到薇龙房间中的那个衣橱。第一次打开衣橱，当薇龙明白那些合身而又精致的衣服是姑妈为自己量身定做的时候，她忽然感觉自己跟妓女又有什么区别呢？当晚上在半睡半醒之间还做着自己换穿衣服的迷梦的时候，她开始安慰自己"看看也好"。从最初内心的稍微抗拒到自我的安慰，显示出了薇龙内心发生的微妙变化。第二天再次打开衣橱时，里面丁香末子的香味已经使她有点发晕。"那里面还是悠久的过去的空气，温雅、幽闲、无所谓时间。衣橱里可没有……那肮脏、复杂、不可理喻的现实。"于是，对于衣橱，薇龙不再是抗拒，不再只是"看看也好"的自我安慰，而是主动地投入进去："薇龙在衣橱里一混就混了三个月……"薇龙对衣橱/衣服的微妙变化，不只是表明一个涉世未深的女孩子在虚荣心的驱使下如何接受诱惑的过程。问题并没有这么简单。如果对于梁太太而言，衣橱是她设下的诱饵的话，那么薇龙不是不知道这是一个诱饵，最关键的是她充分地利用了这个诱饵，试图将这个利用自己的诱饵也为自我所用——用它来隔离"那肮脏、复杂、不可理喻的现实"。小说在写薇龙开始完全接受衣橱里的衣服时，还提醒我们此时的她依然是清醒的，她不过是将这份诱惑看成了"炫弄衣服的机会罢了"，"她暗自庆幸，梁太太只是拿她当个幌子，吸引一般青年人……"如果衣橱正是历史/古老的记忆的表征的话，薇龙投身其中正预示了个体对于历史的倾心。张爱玲用"无所谓时间"提醒我们这悠久的过去所具有的永恒的意味。它不同于文明的日子，后者是"一分一秒划分清楚的"，而它更像是"蛮荒的日夜"，"没有钟，只是悠悠地日以继夜，夜以继日，日子过得像钧窑的淡青底子上的紫晕，那倒也好"②。"日子过得像钧窑的淡青底子上的紫晕"与"温雅、幽闲"暗示出这永恒的历史本身所散发出来的魅惑。问题是，个体有主动投身这历史/古老记忆的勇气，却并不意味着就拥有了可以抽身而出的能力。葛

---

① 高全之：《飞蛾投火的盲目与清醒》，收入《张爱玲学：批评·考证·钩沉》，一方出版有限公司2003年版，第81页。

② 张爱玲：《我看苏青》，《天地》第19期，1945年4月。

薇龙的问题就出在这里。如果梁太太的豪宅以及薇龙房间里的衣橱所暗指的历史/古老的记忆，实际上指涉的是一种古老的生活方式的话，那么薇龙以清醒而决绝的姿态投身而入，却并不能保证她就具有抽身而出的能力。随着故事的进展，这一点恰恰被坐实。所以，葛薇龙，一个上海女孩在香港的故事，恰恰反映出了一种人生的困顿。在日以继夜、夜以继日的蛮荒的历史/古老的记忆面前，那个主动投身历史的个体貌似强大实际上仍然不过是一个软弱的凡人。

与线性历史观在审判历史的同时肯定现实不同，身处乱世中的张爱玲看来，现实是个体无法把握的。于是，在张爱玲的小说中，某一个特殊的历史时刻被高度地凝聚，成为生命中最铭心刻骨的情感体验。多少年后，它还足以供他/她时时回味，甚至牢记终生。在《金锁记》中是嫁入姜家多年后，七巧想起的"从前的事"。她在麻油店里的那个时刻，肉铺里的朝禄赶着她叫曹大姑娘。记忆与现实的参差对照中，年过半百的七巧陡然生出了困惑，"归根究底，什么是真的？什么是假的？"① 在《爱》中，那历史/记忆是青春懵懂之际，少男少女的不经意的相遇，春风沉醉的夜晚，桃树下，他轻轻的一声"噢，你也在这里吗"的问候。仅仅如此而已，却成为她生命中最美的时刻。与此后她所经历的无数的惊险的风波——被拐，被卖作妾，"又几次三番地被转卖"——相比，那个春风沉醉的夜晚的相遇，却成为永恒的记忆，一次情感的巅峰体验，生命戏剧中的高潮。直到她老了的时候，还念念不忘"在那春天的晚上，在后门口的桃树下，那年轻人"②。这一被高度凝聚的时刻成为个体不断回味的历史记忆。也是在不断的回忆与回味之中，那一瞬间、那一时刻带有了永恒的意味。它又被无限放大，放大到日以继夜、夜以继日的蛮荒的历史之中，变成个体踽踽独行于时间的无涯的荒野里，与另一个生命的偶遇与巧遇。你/我/他/她遇见我们生命中所要遇见的那个人，也只有轻轻地问候一声"噢，你也在这里吗？"而已。除此之外，我们还能够怎样呢？各自走开，各奔东西。当这相遇的时刻变成生命中弥足珍贵的记忆，不断地被我们咀嚼回味时，却再一次证明了在蛮荒的历史面前，我们只不过是软弱的凡人而已。因为即使碰

---

① 张爱玲：《金锁记》（续），《杂志》第 12 卷第 3 期，1943 年 12 月 10 日。
② 张爱玲：《爱》，《杂志》第 13 卷第 1 期，1944 年 4 月 10 日。

见了生命中那个最重要的人,我们未必携手同行。

张爱玲在现实与"古老的记忆"之间的参差对照,反映出的不仅是个体在时代的沧桑巨变之中无所适从的惶惑,更有个体在历史亦是现实面前无从摆脱的软弱凡人的人生困境。坐在轰轰然往前开的时代的列车上,我们在那些熟悉的橱窗里看到我们自己的苍白与渺小,自私与空虚,恬不知耻的愚蠢,"谁都像我们一样,然而我们每人都是孤独的"①。乱世中的孤独的个体,这是乱世中的张爱玲对人生的"苍凉"和苍凉的"人生"的最为彻骨的体验。这也是张爱玲的文学世界给予20世纪40年代"自由"派文学的别具特色的贡献。

第三节 钱钟书:忧愤之书与潜在写作

一 潜在写作

从"孤岛"沦陷到抗战胜利,钱钟书一直滞留于上海。根据相关资料,我们可以推定,抗战胜利后出版的小说集《人·兽·鬼》(上海开明书店1946年初版)、长篇小说《围城》(上海晨光出版公司1947年初版)以及文论《谈艺录》(上海开明书店1948年初版)中的部分篇章均创作于此一阶段。可以说,从"孤岛"沦陷到抗战胜利的三年多的时间,在钱钟书的文学生涯中,占有相当重的分量。②同样置身于沦陷区特殊的政治环境中,钱钟书倒没有张爱玲"出名要趁早"的焦虑感。在日伪统治下"海水群飞,淞滨鱼烂"的环境中,他认为自己/个体(与家庭)也只能是如"危幕之燕巢,枯槐之蚁聚"般"偷生"而已。在"忧天将压,避地无之"的特殊时空之中,个体毕竟是卑微而怯懦的,"虽欲出门西向笑而不敢也",所以只能"销仇舒愤,述往思来","托无能之词,遣有涯之日","麓藏阁置,以待贞元"③。对钱钟书而言,写作——无论是文学想象还是学术研究——变成了知识分子在

---

① 张爱玲:《烬余录》,《天地》第5期,1945年2月10日。
② 更准确地说,广义上的20世纪40年代是钱钟书文学生涯中最为重要的阶段。尽管早在20世纪30年代,他就以书评的形式初涉文坛,但是诸如散文集《写在人生边上》、小说集《人·兽·鬼》、长篇小说《围城》、文艺批评《谈艺录》等均创作于1938年返国之后。
③ 钱钟书:《〈谈艺录〉序》,收入田蕙兰等编《钱钟书 杨绛研究资料》,知识产权出版社2010年版,第88页。在这段序言中,钱钟书点明了写作这篇序言的时间为"壬午中元日",即1942年7月15日。

政治低气压下的一种自我寄托。这种自我寄托并非像某些论者所严厉批判的那样，是对于抗战这一大时代有意识的规避，而是在一个不能直抒爱国情怀的时空中仍旧寄寓了一个/代知识分子家国之痛的"忧愤之书"①，是并未失却创作热情的"忧乱伤生"之作，② 也是抗战八年当中的"潜幽韬晦"之作。③ 钱钟书选择的"麓藏阁置，以待贞元"，使得他此一阶段的写作/创作实际上是一种准"抽屉文学"的写作，更准确地说是一种所谓的"潜在写作"。

在一个作家/知识者无法完全自由言说的环境中，钱钟书"依然保持着对文学的挚爱和创作的热情"，并创作出诸如《围城》与《谈艺录》这样高水平的文学作品与学术论著。而《围城》、《人·鬼·兽》中的《猫》、《纪念》等"实际上标志了一个时代的真正的文学水平"，并与张爱玲等公开发表的文学作品一起构成了沦陷区尤其是"孤岛"沦陷后的上海的"文学的整体"④。所以，尽管诸如小说集《人·鬼·兽》与长篇小说《围城》真正公开发表和出版的时间在抗战胜利之后，但是如果从"潜在写作"的角度来看的话，它们仍然构成了沦陷区文学的重要组成部分。它们也显现出在沦陷区特殊的环境中，作家创作方式的多样性以及沦陷区文学所具有的丰富性。尤其是，当钱钟书从个人主义的自由主义立场上来构建他的文学世界（包括文学批评世界）时，也反映出了沦陷区"自由"派文学对人性、自我的世界的探索。在这样的意义上，笔者试图将钱钟书放置于沦陷区特殊的政治环境中来谈，以便反映出沦陷区文学尤其是"自由"派文学的真实风貌。

二 政治立场

与张爱玲相似，钱钟书也常常被认为是有意识地远离政治的作家。在其1949年之前的文章中，我们很少看到他直接触碰政治议题的文字。但是这并不意味着钱钟书没有自己的政治立场。当然，仅仅只是以不谈政治本身就是一种政治来描述钱钟书的政治立场似乎显得过于笼统，有

---

① 钱钟书：《〈谈艺录〉序》，收入田蕙兰等编《钱钟书 杨绛研究资料》，知识产权出版社2010年版，第88页。
② 钱钟书：《围城·序》，晨光出版公司1947年版，第1页。
③ 《发刊旨趣》，《新语》第1期，1945年10月1日。
④ 陈思和：《中国当代文学史教程·前言》，复旦大学出版社1999年版，第12页。

大而不当之嫌。随之而来的问题是，如果我们承认钱钟书拥有政治立场的话，他究竟拥有什么样的政治立场呢？台湾学者高全之对张爱玲的"政治观"的精彩而到位的分析提醒我们，对张爱玲、钱钟书这样貌似与政治无涉的作家，仍应当回到他们所建构的文字世界甚至文学世界，通过对他们形诸于文字的作品的分析，来研判其政治立场。

在分析钱钟书的政治观时，我们不妨将时间范围扩大到20世纪30年代，以便更好或者更准确地进行界定。在1935年发表的一篇短小书评中，我们知道钱钟书在1934年已经读过一本英文版的《马克思传》。他认为这本传记写得"颇有兴味"，"妙在不是一本拍马的书"①。对马克思的思想，钱钟书并未发表看法。但是，旁观者的姿态似乎透露出钱钟书对马克思主义持理性的态度。有意思的是，当年与钱钟书处于热恋中的杨绛，也曾经翻译过一篇名为《共产主义是不可避免的么》的文章，与钱钟书的书评《近代散文文钞》发表在同一期的《新月》月刊上。这篇文章的作者 F. S. Marvin（中译马尔文，提倡新实在主义的美国哲学家——笔者注）对于将来世界是不是就一定进入共产主义社会，持否定态度。②很难说这一观点就是杨绛甚至是钱钟书的观点。而在小说《围城》中，陆子潇在方鸿渐住处看到一本名为《共产主义论》的英文书〔拉斯基（Laski）著〕，这本书是赵辛楣去重庆时留下的。尽管在钱钟书的笔下几次涉及马克思主义，但都没有或狂热追捧或明确否定。有论者指出，从这些文章中的细节来看，钱钟书对于在20世纪30年代极为流行的马克思主义等左翼政治思想是较为"警惕"的态度，这恰恰反映出了他的"独立性格"③。

在《围城》中，钱钟书通过对三闾大学的描写，将批评的矛头指向了国民党的教育体制。尤其是小说中以叙述人的角度所发的一些议论，比如在中国学理科出身的人极容易走上政治仕途，尤其是出任大学校长，这是其政治生涯的开始。当赵辛楣告诉方鸿渐，诗人曹元朗与苏文

---

① 《一九三四我所爱读的书籍·钱钟书·马克斯传》，《人间世》第19期，1935年1月5日。

② F. S. Marvin 著，杨季康译：《共产主义是不可避免的么》，《新月》第4卷第7期，1933年6月1日。

③ 谢泳：《钱钟书研究四题》，收入谢泳主编《钱钟书和他的时代》，上海辞书出版社2009年版，第140—141页。

纨结婚后，依靠老丈人的关系在"战时物资委员会"谋得一个小官（"晨光版"中说的是科长，"三联版"为处长——笔者注）时，方鸿渐不无愤慨地说："国家，国家，国即是家！"① 这也是对当时国民党的政治体制的一种嘲讽与批判。在方鸿渐讲给赵辛楣的牢骚中，更是泄露了钱钟书对国共两党在内的一切现实政治的强烈批判："从前愚民政策是不许人民受教育，现代愚民政策是只许人民受某一种教育。不受教育的人，因为不识字，上人的当，受教育的人，因为识了字，上印刷品的当，像你们的报纸宣传品、训练干部讲义之类。"② 显然，钱钟书对国共两党所代表的政治均抱有较为理性的批判态度。我们也不难推测，他所坚持的正是一种超越左右政治之外，知识分子所特有的独立性和批判性。

正是这种知识分子的独立性和批判性，使得钱钟书对一切"革命"抱有与众不同的态度。在一篇关于周作人的书评中，尽管谈的主要是文学，但他顺带表达出了对"革命"的独特见解。钱钟书眼中的"革命"——无论是文学革命，还是政治革命——都意味着一种"霸权"："所以要'革'人家的'命'，就因为人家不肯'尊'自己的'命'。'革命尚未成功'，乃须继续革命；等到革命成功了，便要人家遵命。这不仅文学上为然，一切社会政治上的革命，亦何独不然。"所以他宣告，革命在实践中的成功即意味着在理论上的失败。③ 与左翼将革命视作推动历史发展的动力不同，钱钟书在革命中看到的是独断甚至专制。革命——无论是革命前、革命中还是革命胜利后——都意味着对领导权的争夺。领导权的争夺实就是要获得对他人的支配权。支配权的形成意味着个体自由的消失。在对革命的"洞见"中，我们似乎可以看到坚持独立性和批判性的钱钟书思想深处并未言明的自由主义色彩。

据曾经在1939年就读于西南联大的学生回忆，当年钱钟书在英语课堂上讲过"自由与民主"的相关论题。"如五月十五日（钱钟书）讲《大学教育的社会价值》，说到大学教育的目的是'知人'，使我更了解西方的'民主'；五月二十二日讲《自由与纪律》，大意是说：人只有做好事的自由，如果做了坏事，就要受到纪律的制裁，这使我对于'自

---

① 钱钟书：《围城》，晨光出版公司1947年版，第188页。
② 同上书，第177页。
③ 中书君：《中国新文学的源流》，《新月》第4卷第4期，1932年11月1日。

由'的了解，又更深入一步。"① 通过历史亲历者的回忆，我们不难发现，钱钟书不仅熟悉西方的自由民主思想，而且也试图将这种思想带入大学的课堂中。尤其是他将自由与纪律并置，实际上表明了他对自由主义的深刻理解。钱钟书这里的纪律相当于法律或者秩序。所谓"做好事的自由"显然是指，在法律或秩序许可的范围之内个体所应享有的一切权利。强调纪律/法律对于"坏事"的制裁，实际上突出了秩序尤其是一个良好而健全的制度的重要性。这正是自由主义的真谛所在。这再次证明，钱钟书所坚持的独立性和批判性的知识分子立场，正是自由主义的立场。

小说《围城》中，政治学出身的赵辛楣将整个三闾大学内部的人事纠纷，称为准政治斗争。方鸿渐左右失措而不被容于三闾大学的结局，反映出了个体在一种人人都要被纳入权力之中去的制度建构过程中，如何保持自我的相对独立性而不得的困境。从这个层面上而言，钱钟书笔下的三闾大学的一幕幕正反映出了一种制度性的缺失，即保障个体的独立与自由的自由民主制度的缺失。杨绛的话也许多多少少代表了钱钟书的观点，"我是脱离实际的后知后觉或无知无觉，只凭抽象的了解，觉得救国救民是很复杂的事，推翻一个政权并不解决问题，还得争求一个好的制度，保障一个好的政府"②。这一点也说明了钱钟书为何会在革命中看到以权力践行的霸权机制。在他这里，拥有一个好的制度，比一场轰轰烈烈的革命更重要。前者能够保障个体的自由与民主。在这个意义上来说，钱钟书表现出的对充分保障个体自由的政治制度的期待，正反映出了钱钟书（甚至杨绛）是一个坚持个人主义的自由主义者。

三 文学批评

从20世纪30年代开始的文学批评之中，我们也可以发现一个坚持个人主义的自由主义者的钱钟书。他不畏惧名家大家，敢于从自己的立场出发对文坛的名家大家进行批判，而这种批判更多的是从作家、从文学或者文学批评的角度展开。钱钟书将自己的文学批评命名为"随

---

① 许渊冲：《追忆逝水年华：从西南联大到巴黎大学》，生活·读书·新知三联书店1996年版，第53页。

② 杨绛：《回忆我的父亲》，《杨绛文集·第二卷》，中国社会科学出版社1993年版，第67页。

笔"，并明确地将其定位于自由的言说，而且是出于内心的真实想法，并非虚辞，即"下笔不拘"，"皆纪实也"①。

在批判文学欣赏的色盲——钱氏将其命名为"文盲"——时，钱钟书特别强调了个体作为主体的一面。在他看来，人类与低级动物的区别在于人有一个"超自我"的存在。这个"超自我"主要表现为人/个体能够将"是非真伪与一己的利害分开，把善恶好丑跟一己的爱恶分开"，"他并不跟日常生活粘合，而能跳出自己的凡躯俗骨来批判自己"②。也就是说，个体能够超越自身的局限而具有研判事物的能力。这实际上是一种人类/个体所具有的理性批判的能力，也是个体的独立性的表现。那些文学上的价值盲，一方面对文学作品缺乏欣赏能力，认识不到文学作品的美感；一方面是仅凭自己的好恶来欣赏作品，自己喜欢的就认为是美的，否则就是丑的。这样一种文学上的"文盲"正是个体缺乏独立性的表现。

他还讥讽当下作家因为强烈的功利心而随波逐流的劣性。作家可以去作政论，甚至自任民众的导师，就是不愿老老实实地待在文学的园地里，尽一个作家应尽的职责。只要有改变职业的机会，他们就会立刻抛弃文学，另谋他路。他特别将中西作家进行对比："在白朗宁的理想世界里，面包师会做诗，杀猪屠户能绘画；在我们的理想世界里，文艺无人过问，诗人改而烤面包，画家变而杀猪——假使有比屠户和面包师更名利双收的有用职业；当然愈加配合脾胃。"③ 钱钟书强调作家的独立性。作家应当坚守"自己的园地"，作家本身的职责是文学创作，而不是其他。钱钟书实际上也暗示文学本身的自主性，不能够以一种纯粹的实用的功利观来考量文学/作家的功能。

钱钟书还批评文学上的说教。那种文学上义正词严的说教，正是"文学创造力衰退的掩饰"。因为无法创作出具有审美情趣的作品，所以只好干巴巴地大发一番教训人的长论。常常会有一种人，他之所以教

---

① 钱钟书：《冷屋随笔之一》，《今日评论》第 1 卷第 3 期，1939 年 1 月 15 日。收入散文集《写在人生边上》时改名为《论文人》。
② 钱钟书：《冷屋随笔之二》，《今日评论》第 1 卷第 6 期，1939 年 2 月 5 日。收入散文集《写在人生边上》时改名为《释文盲》。
③ 钱钟书：《冷屋随笔之一》，《今日评论》第 1 卷第 3 期，1939 年 1 月 15 日。收入散文集《写在人生边上》时改名为《论文人》。

训别人,并非因为他比别人更有道德,恰恰是他并没有什么道德。这种人的说教文章显得更加虚伪。"道德教训的产生也许正是文学创作的死亡。"①

即使对于文坛上已经成名的作家,钱钟书也敢于自由地发表不同观感。在评价周作人的《新文学的源流》时,钱钟书就认为以"载道"与"言志"来划分文学与非文学是不科学的,因为中国古代并没有现代西方意义上的"文学"这个概念。"文以载道"中的"文"指的是"古文",也即现代意义上的散文,它并不能够涵盖一切现代意义上的文学。即使提倡言志的"性灵文学",本身也是一种反自由主义的文学。因为"在一个提倡'抒写性灵'的文学运动里面,往往所抒写的'性灵'固定成为单一的模型(Pattern)"。这种"性灵文学"的提倡也有唯吾独尊的排他性。②钱钟书所难以认同的还在于,尽管周作人坚持的是文学的"自己的园地",但他谈"载道"与"言志"之分,实际上仍旧未摆脱从成王败寇的政治逻辑来谈文学的思维模式。所以在一些论者看来,钱钟书对周作人的批评才是真正地在坚持"文学自主论"的立场。③

他对"幽默文学"也展开批评。在他看来,笑并不意味着幽默。有些人常常是没有幽默而笑,是在借笑来掩饰自己的没有幽默。这样一来,不仅笑本身的真义消失了,连幽默也逐渐变得空洞乏味。在一片跟风潮中,浅薄的模仿使幽默与笑都变得职业化与机械化,反而失却了幽默文学应具有的个性与独特性。"真正的幽默是能反躬自笑的,它不但对于人生是幽默的看法,它对于幽默本身也是幽默的看法。"④钱钟书强调的还是创作幽默文学的作家的独立性问题。作家能够站在一己的角度,真正地体会到人生中幽默的真谛,这种体会才具有永恒性,在另外的时空中,其他个体才会感同身受。作家也应当跳出自我的局限,能够对幽默本身进行理性的审视,从而将自己对于幽默的体验对象化,在体

---

① 钱钟书:《谈说教》,收入《写在人生边上·写在人生边上的边上·石语》,生活·读书·新知三联书店2002年版,第39页。
② 中书君:《新文学的源流》,《新月》第4卷第4期,1932年11月1日。
③ [美]胡志德:《钱钟书》,张晨译,中国广播电视出版社1990年版,第22页。
④ 钱钟书:《冷屋随笔之四》,《今日评论》第1卷第22期,1939年5月28日。收入散文集《写在人生边上》时改名为《说笑》。

会自己对于幽默的体会之中,体会到这种双重审视的幽默情趣。

在批评郭绍虞的《中国文学批评史》一书时,钱钟书认为"文学革命"与"文学复古"并非截然对立,二者常常彼此交融。有时候"文学革命"恰恰带有复古的意味,只不过他复的"古"可能不是本国的"古"而已。他强调中国古代文学中的古文家所追求的美是一种"永久不变的美"①。针对俞平伯将明末清初的散文区分为"说自己话"的小品文与"说人家话"的正统文,钱钟书也不以为然。因为一些小品文也有说他人话的。所以小品文与正统文的真正区别不在于内容或者题材,而在于形式或者格调。前者区别于后者的正是它在形式或者格调上的自由性,不骈不文,亦骈亦文,从而与"蟒袍玉带踱着方步"的正统文迥然有别。②

在政治与文学的关系上,钱钟书强调二者的彼此平等与相互独立。③在1942年已经写就的《谈艺录》中,尽管谈的主要是中国古体诗词,但是在一些论者看来,钱钟书在这部文论中试图"使文学从历史的或意识形态的功利观念中,取得独立地位",以便确认"文学是什么?更重要的是,好的文学是什么?传统的趣味规范是怎样促使这个问题明了(或混淆)的"?④ 显然,钱钟书试图从文学的角度来谈与文学有关的问题,他所坚守的仍旧是文学的自主性。从这个层面上来说,钱钟书的文学批评真正体现出了自由主义精神。

四 自我的分裂与迷失

作为一个个人主义者的钱钟书,对于个体有着清醒的体认。一方面,正如笔者在前面已经提及的,他理想中的个体应当是拥有"超自我"的个体。也就是说,他/她能够超越一己的好恶,"能跳出自己的凡躯俗骨来批判自己"。这也是人与兽的区分。但是,另一方面,他又认识到个体"生来是个人",也"具有无毛两足动物的基本根性"⑤,所

---

① 中书君:《论复古》,《大公报·文艺副刊》(津)第111期,第12版,1934年10月17日。
② 中书君:《近代散文钞》,《新月》第4卷第7期,1933年6月1日。
③ 中书君:《旁观者》,《大公报·学界思潮》(津)第29期,第11版,1933年3月16日。
④ [美]胡志德:《钱钟书》,张晨译,中国广播电视出版社1990年版,第61页。
⑤ 钱钟书:《围城·序》,晨光出版公司1947年版,第1页。

以也会"做几桩傻事错事,吃不该吃的果子,爱不值得爱的女人","但是心上自有权衡,不肯颠倒是非,抹杀好坏来为自己辩护。他了解该做的事未必就是爱做的事"。对于后一种情况中的个体,钱钟书认为即是一种自我的分裂,知行的歧出,"紧张时产生了悲剧,松散时变成了讽刺"①。并非像某些论者所言,钱钟书是以上帝的位置来俯视人性,而是对于普通个体人性中的缺点充满了同情与理解。与其说是他在讽刺那些虚伪的人,不如说正是因为他展现了个体的自我分裂与知行分歧,使得后者自身造成了讽刺的效果。在他的小说世界中,形成了一系列这种自我分裂、知行分歧的人物。尽管他们有时候对于周遭的世界和自身有着清醒的认识,但是却常常缺乏那个躬身自问的"超自我"的存在。所以从某种程度上来说,个体的自我分裂实际上也意味着自我的迷失。

小说《猫》中的爱默,迷失在以自己为中心而建构起来的"太太的客厅"之中。在陆伯麟等男性知识分子的簇拥下,她很容易为自己制造一个心的幻影,将自我的魅力夸大,误以为诸位男性皆是自己的倾慕者。她认为可以将丈夫李健侯掌控在自己的范围之内。当丈夫最终带着情人南下,爱默试图让年轻的颐谷爱自己的愿望落空之后,她似乎才真的从迷梦中清醒过来。小说写道:"她(爱默——笔者注)忽然觉得老了,仿佛身体要塌下来似的衰老,风头、地位和排场都像一副副重担,自己疲乏得再挑不起。她只愿有个逃避的地方,在那里她可以忘掉骄傲,不必见现在这些朋友,不必打扮,不必铺张,不必为任何人长得美丽,看得年轻。"②这种彻底的清醒,实际上正印证了此前的迷失。

在另一篇被论者高度称赞的小说《纪念》中,钱钟书更为细腻地讲述了一个家庭主妇欲"醒着做梦"的故事。曼倩与丈夫才叔的平淡生活,因为飞行员、才叔的表弟天健的到来而产生了涟漪。钱钟书不断地在小说中提醒我们,这段婚外恋并不是真正的爱情故事。他在小说中暗示天健另有女人,而且不止一个。对于天健来说,曼倩只不过是又一桩恋爱而已。而曼倩,与其说她爱的是天健,不如说她需要一份带点浪漫色彩的柏拉图的精神之恋,给其平庸单调的日常生活增加些微的趣味与

---

① 钱钟书:《冷屋随笔之二》,《今日评论》第1卷第6期,1939年2月5日。
② 钱钟书:《猫》,收入《人·兽·鬼》,生活·读书·新知三联书店2002年版,第68页。

调剂。"她只是希望跟天健有一种细腻、隐约、柔弱的情感关系,点满了曲折,充满了猜测,不落言筌,不着痕迹,只用触须轻迅地拂探彼此的灵魂。对于曼倩般的女人,这是最有趣的消遣,同时也是最安全的;放着自己的丈夫是个现成的缓冲,防止彼此有过火的举动。"① 在这场婚外恋中,曼倩是清醒的,她知道自己想要什么,她有自己的底线,也试图将事态控制在自己所能够掌控的范围之内。但是意想不到的结果还是发生了,天健为了要证明这场恋爱的成功,还是用尽了办法和她发生了关系。最讽刺的是,当事情发生之后,当事双方都感到了一阵空虚。天健觉得恋爱成功了,也结束了,和曼倩也就此了断了。曼倩则在事后更清醒地意识到自己真的不爱天健。于是,真的应了钱钟书所说,"在做以前,它(指理想——笔者注)是美丽的对象,在做成以后,它变为残酷的对照"②。原本以为随着天健的为国捐躯,这场婚外恋成为了永远的秘密,可曼倩却发现自己怀上了天健的孩子。真的是"做成之后,变为了残酷的对照"。"醒着做梦"的结果再次证明了知行歧出的自我分裂,在某一时刻正是对于自我的最好讽刺。

　　如果正如顾彬所说,"五四"的个性解放宛如自我冲出自我束缚的牢笼,而20世纪30年代漂泊的年轻人将自我装入革命和集体的笼子里③,那么,钱钟书笔下的"围城",这一题目本身正寓意了在20世纪40年代自我又一次深陷牢笼之中而不可自拔。只不过钱钟书笔下的笼子/"围城"与革命、国族无涉,它更多的指代人类所面临的普遍困境,比如爱情、婚姻以及你我他/她之间错综复杂的人际关系网络。个体在这些与自己最为切身的网络之中逐渐失去了自我。小说主人公方鸿渐同样属于钱钟书所说的知行分歧与自我分裂的家族中的一员。同样的假文凭,韩学愈不以此为耻,反而凭借它爬上了三闾大学历史系主任的位置。而方鸿渐则将这张假文凭视作自己人生中的污点。他不屑与李梅亭、顾尔谦、曹元朗之流为伍。他是一个清醒的人,对周遭文人的虚伪与丑陋有着清醒的认识。在经历了与唐晓芙、苏文纨的三角恋的纠葛,

---

① 钱钟书:《纪念》,收入《人·兽·鬼》,生活·读书·新知三联书店2002年版,第111页。
② 钱钟书:《围城·序》,晨光出版公司1947年版,第1页。
③ [德]顾彬:《二十世纪中国文学史》,范劲等译,华东师范大学出版社2008年版,第209页。

在一路上目睹了李梅亭、顾尔谦的做作与虚伪之后，他对于爱情甚至人生有了洞烛幽微的感悟，尽管这些感悟显得有些悲观，但仍不失一种对人事的透彻和清醒。在与赵辛楣谈到苏文纨与曹元朗的婚事时，他将人对爱情和婚姻的追求比作狗追求水里肉骨头的影子。理想的情人或者爱情、婚姻，抑或是自己想要的情感，只不过是个幻影罢了。即使"跟爱人如愿以偿地结了婚，恐怕那时候肉骨头下肚，倒要对水怅惜这不可再见的影子了"①。方鸿渐的领悟如同米兰·昆德拉所说的人永远想生活在别处。即将到达三闾大学时住过的一个小饭铺后的破门，在他看来也象征着某种人生意味。"（火铺屋后的破门）好像个进口，背后藏着深宫大厦，引导人进去了，原来什么也没有，一无可进的进口，一无可去的去处。'撇下一切希望，你们这些进来的人。'虽然这么说，（人们）按捺不下的好奇心和希冀像火炉上烧滚的水，勃勃地掀动壶盖。"② 尽管对于爱情、人生有如此透彻的领悟，但是在方鸿渐身上仍旧缺乏一个"超自我"。他并不能够完全躬身自问，展开自我批判。抑或说他缺乏的正是对自我进行反思的能力。比如在赴三闾大学的途中，他主动征询赵辛楣对他的评价。当后者说"你不讨厌，可是全无用处"时，他不但没有接受批评，反而显得有些生气。尤其是在小说的最后部分，与孙柔嘉的婚姻出现矛盾纠纷时，他总是将原因归结在他人，而完全没有自我反省的意识。问题的症结正在于此。方鸿渐自身并不是没有问题，一方面他是个思想大于行动的人，即所谓的"多余人"。辞去报社的工作固然表现出了中国人的气节，但是事先没有与妻子商量也为后面再起纷争埋下了祸根。正像孙柔嘉所说，依靠赵辛楣获得工作与依靠姑妈获得工作的性质是一样的，同样证实了方鸿渐能力上的缺失。是不是在重庆就一定可以找到一份适当的工作，也并不在方鸿渐的掌控之内。到重庆去找赵辛楣，对方鸿渐来说，只不过是想象中更好的选择而已。另一方面，他也缺乏化解危机的能力。在很多时候，问题并不严重，都是家常范围之内的矛盾。但是方鸿渐却常常为此勃然大怒，将问题升级，与妻子之间擦枪走火。也正是自我反思意识的缺乏，造成了方鸿渐时时深陷"围城"之中的困境。如果说陷入"围城"之中而不能自拔，即意味着

---

① 钱钟书：《围城》，晨光出版公司1947年版，第188页。
② 同上书，第255页。

一种自我的迷失，自我找不到前行的方向，那么，当个体缺乏自我批判、自我反省的意识与能力的时候，实际上也意味着自我的丧失，即个体的独立性与理性批判的丧失。自我的分裂与自我的丧失，可能正是钱钟书用文学的方式对于个人主义的一种想象性诠释。

第九章　命运抉择:自由主义与中间路线

随着抗战的胜利,一个真正和平与民主的政治环境并没有在中国出现。外患消失了,内忧反而凸显出来。一度由民盟等第三方介入的国共和谈以失败告终。当第二次国内战争爆发之后,知识分子面临着一个"历史性的主题"。这个主题不仅关系到中国往何处去,"中国文艺往哪里走",同时也关系到中国知识分子如何选择自身的道路。甚至连以美国总统特使的身份调节国共纷争的马歇尔也发表声明,号召中国的自由主义知识分子,在历史巨变之际担负起他们的责任。在这样的政治背景中,知识分子开始纷纷"介入"现实政治。这种"介入"不是直接参与政党政治,更多地体现在他们站在知识分子的立场上,对包括国共两党在内的现实政治展开批评。尤其是针对中国的历史走向、知识分子的道路选择、中国文学的发展方向,在1946年到1949年之间,在知识分子中间出现了激烈的争论。一批带有自由主义思想的知识分子/作家,他们试图在一个历史行将巨变的时刻,在一个非杨即墨的时代,试图在国共两党政治道路之外,寻找到第三条道路。毋宁说,他们所谓的第三条道路是如何将自由主义的理念贯彻到现实政治乃至文学之中。在这样一个政治问题日益尖锐的"转折年代",一批怀抱"自由"派文学理想的作家,他们仍然试图在保持作家/文学的独立性的基础上,重建自由主义的文学理念。无疑,无论是从中国思想史的角度,还是从中国现代文学史的角度,这样的尝试与实践都有着极为重要的意义。

第一节　文人议政与"自由"的政治

一　知识分子的任务

1946年之后,一大批知识分子随着复员的队伍从大后方重新回到北京、上海这样的文化中心。国民党的腐败统治带来的是高通货膨胀，物价飞涨，即使身处大学校园的知识分子们也直接面临着生活上的压力。国民党政治上的独裁专制的本性再次暴露无遗。闻一多在昆明被国民党特务暗杀，各地风起云涌的学生民主运动也遭到镇压。尤其是国共两党之间再次引爆的战争，它们之间此消彼长的政治力量的变化，都使得刚刚还沉浸在抗战胜利当中的知识分子有一种"大局在变"的历史感。用闻家驷的话说，在承平年代，知识分子还可以依照自己的兴趣，"选择自己的工作，各自埋头苦干，忠实于自己的工作"；而当"今天时代发生剧烈的变化，整个社会的基础都动摇了"的时候，知识分子非但失去了埋头苦干的环境，在精神上/心理上都受到了巨大冲击。① 在"大局在变，亦不必讳言在变"的时候，他们可能会出现更多的困惑、疑问："现在要问的问题是从哪里变起，是怎样变，变到什么方向去？"② 在这巨变的历史中，知识分子究竟应当采取什么样的立场，他们该如何面对或者迎接历史巨变？于是关于"知识分子今天应该做些什么"也成为了他们思考、讨论的主题。

　　对于知识分子究竟是仍然保持自我的独立（尤其是独立于国共两党的党派政治之外），还是在两种政治力量中作出选择，郭沫若的观点颇能代表中国共产党在这一问题上对于知识分子的"历史要求"。郭沫若提出所谓的"尾巴主义"，就是要求知识分子毫无选择地做人民的尾巴，"反过来也就是要人民做知识分子的头子"。有人提出即使是做人民的尾巴，可能也有知识分子被（人民）支配和束缚的嫌疑。一方面，"尾巴主义"似乎暗示了知识分子还与人民有别。让知识分子做人民的尾巴，好像还是出自于一种外在的指令，"你只须做尾巴就好了，何必多问？"，一方面，是不是知识分子就只能或者只应该做人民的尾巴呢？对于知识分子的要求应该根据他们自身的不同情况展开，这样一刀切地要求他们都去做尾巴，带有"只此一味"、"必须看齐"的关门主义的倾向。知识分子固然不应该做人民的领导者，但也并非一定要听命于人民。最好还是首先保障知识分子的独立和自由，让其能够自己认识问

---

① 张东荪、许德珩、费孝通等：《知识分子今天的任务——本刊座谈记录》，《中建》第3卷第5期（实际上为北京版的第1卷第1期），1948年8月5日。
② 陈林：《大局在变》，《中建》第3卷第5期，1948年8月5日。

题，自己思考问题。即使是要做人民的尾巴，也是他们通过自己的认识与思考而作出的选择，而非受制于一种外来的思想或者压力。实际上在这种反对的意见看来，尾巴主义是不能成立的。知识分子可以投身于人民之中，但是最重要的还是保有他们的独立与自由。这明显是一种自由主义的观点。针对反对意见，郭沫若认为，无论是做人民的尾巴，还是保持独立和自由，都是有条件的。这个条件就是当面对（国民党的）独裁专制的时候，不投身人民可能就要被独裁专制或者投身独裁专制。[1] 显然，郭沫若是从二元对立的思维来看待知识分子的选择问题的。在他的理解中，知识分子不是趋向人民就是俯身于独裁专制（自身被独裁专制或者做独裁专制的同谋者），他们自身的独立性是不存在的。郭沫若的观点与毛泽东将人民与知识分子比作皮和毛的关系是非常相似的。

必须指出，左翼政治尤其是毛泽东话语要求知识分子与人民相结合，从20世纪40年代开始对知识分子的影响越来越大。这一点在闻一多和朱自清身上表现得尤为明显。在生前，当有人请闻一多预测抗战胜利后的文艺发展方向时，他就特别强调应当从社会发展史的角度，尤其是阶级斗争的历史来看文学。他批评当下的知识分子只是追求个体的自由，与人民离得越来越远。他暗示作家/知识分子与人民结合或者与人民并肩作战已经成为"历史的法则"。如果还有要逃避这法则的人，"（就应该）消灭它（他），服从历史"[2]。朱自清的表现没有闻一多这么激烈。艾思奇的《大众哲学》和时下流行的《知识分子及其改造》也获得他的好评。对前者的看法是"甚有说服力"，对后者的看法是"它的论点鲜明，使人耳目一新，知识分子的改造的确很重要"[3]。在知识分子的道路上，他也认为有两条：一是帮闲帮凶，一是"向下"（走向人民）。所以知识分子不是一个（独立的）阶级，只是阶层。[4] 在这

---

[1] 金焰、郭沫若:《关于尾巴的讨论》,《国讯》（港）新第1卷第6期,1947年1月3日。

[2] 闻一多:《战后文艺的道路》,收入文汇丛刊第四辑《人民至上主义的文艺》,上海文汇报馆1947年9月版,第18页。

[3] 朱自清:《朱自清全集·第10卷·日记编·下》,江苏教育出版社1998年版,第500、515页。

[4] 张东荪、许德珩、费孝通等:《知识分子今天的任务——本刊座谈记录》,《中建》第3卷第5期（实际上为北京版的第1卷第1期）,1948年8月5日。

一点上，显然他已经接受了左翼政治的看法。需要注意的是，朱自清并没有完全与左翼政治保持一致，他对知识分子可上可下的描述，实际上暗含了知识分子不属于"上"也不属于"下"的地位，毋宁说这样的地位恰恰是知识分子的相对独立性的表现。

朱自清的思想在当时的知识分子中间有很大的代表性。许多知识分子都认识到应该丢掉知识分子的优越感（袁翰青），应该为多数人着想（容肇祖），要参加组织，加入到民众的集体生活中去，要帮大众的忙（许德珩、章友江）。① 这也意味着很多知识分子的思想已经向左转。但是，向左转并不意味着知识分子已经完全认同于共产党。比如上面反对郭沫若的"尾巴主义"的意见中，这位反对者同意知识分子与人民结合。但是结合并不意味着知识分子就听命于人民，由人民来领导知识分子。

反对"尾巴主义"的意见实际上代表了一批自由主义知识分子在面对历史巨变时的立场：可以认同人民，但不要失去自我。比如俞平伯就认为知识分子应该为人民服务，问题是究竟应该怎么去服务。为人民服务的知识分子不应该像依附于统治阶级那样依附于人民。他也强调知识分子要检讨自己，要改造自己，但是还要认识到哪些东西是应该保留下来的。② 尽管没有进行具体分析，但是从他的发言中可以感觉到，至少知识分子的独立和自由是应当被保留的。在楼邦彦看来，不是有了知识就可以叫做知识分子的，知识分子的"知识"指代的是"理性"。所以知识分子就是以理性为准则去行事的人。在今天，他/她/他们的任务是"把全国的人都变成'都能凭理性去行事的人'"。这种理性还包含一种对于社会的责任感。③ 理性更通俗的说法应该指知识分子能够独立、自由地思考，同时独立、自由地行动。即使在这个变动的时代里，知识分子不是如何领导或者听命于人民去革命，而是培养人民能够独立和自由地思想与行动。显然，拥有"理性"的人民，在党派政治中首先是保持独立的，他们根据自己的理性来判断、分析然后作出选择或者结论。楼邦彦对知识分子的理解实际上也是在肯定知识分子的独立和自由的时

---

① 张东荪、许德珩、费孝通等：《知识分子今天的任务——本刊座谈记录》，《中建》第3卷第5期，1948年8月5日。

② 同上。

③ 同上。

候，将知识分子视作了国共两党政治之外的一个特殊的群体，即所谓的"中间分子"。将知识分子定位于"中间"位置，这表明知识分子可以站在自己的立场上对不同的政治势力展开批评。用朱光潜的话说，这样的位置正说明了（自由主义的）知识分子不属于任何一个政党或者政治集团，所以他/她不是专门以某一政党的反对者的形式存在的，他/她只是在党与党之间的政争中保持一个中立的超然的态度。超然不是说他们没有政治立场，只是说他们的政治立场是依靠自己的独立思考与分析形成的。他/她只是就事论事，"无须为庇护某一条党纲或某一政策而去对某一件事情作偏袒底赞助或抨击"，因此他/她的意见常常就能将各方面的意见考虑进去，而显得"大公无私，稳健纯正"①。这也正是知识分子的身上所具有的"理性"的表现。正是因为他的"大公无私，稳健纯正"，所以，知识分子常常能够与人民站在一起，也往往能够代表人民的利益和意见。在朱光潜看来，这样一种不偏不倚、不群不党的中间位置，在一个因变动而发生混乱的社会里正可以发挥重要的作用，即，可以在朝野两党之间的纷争中起到一种平衡作用，充当一个调停人的角色，帮助双方找到一个折中的方案，不至于使局面陷入到无法解决的境地。在朱光潜看来，自由主义知识分子在当下中国的变动中原本是可以担负起重要的作用的。而这种重要的作用正是知识分子独立与自由的地位所赋予的。

沈从文返回北平后，有记者采访他，问他今后的打算。他强调自己不怕被人称为保守，仍愿意将文学当作一种事业，与几位同好共同努力，埋头干下去。② 冯至在肯定这已经是一个"集体主义"的时代的时候，仍然认为那种不肯随声附和，埋头自己的工作，或者有不同于主流的声音的"个人主义者"实在是无损于集体主义的。按照他的理解，忠实于自己的工作与忠实于自己的见解，从长远的眼光看是会对人类的社会进化作出贡献的，所以也是应当被容纳的。③ 同样，胡适呼吁学术独立也是在通过强调知识分子的岗位，而保有知识分子的独立。

保持知识分子的独立与自由实际上也就是保持个体的独立和自由。

---

① 朱光潜：《自由分子与民主政治》，《益世报》（津）第1版，1947年12月21日。
② 姚卿详：《学者在北大（一）沈从文》，《益世报》（津）第4版，1946年10月23日。
③ 冯至：《论个人的地位》，《新生报》（北平）第1版，1946年12月15日。

这是自由主义的核心思想。所以与提倡尾巴主义的郭沫若相反，持自由主义思想的知识分子恰恰要求在面对历史巨变时，仍然通过各种方式保有自我的独立与自由。这也是他们对知识分子乃至对自我在变动的时代中的定位。无论是胡适重新提倡学术的独立性，还是沈从文要求作家坚守文学的事业，都有意或者无意地采取了一种相类似的方式：试图将一个在变动中行将崩裂的社会重新整合。这并不意味着他们要保有原有的政治体制不变，要保持既得利益者的利益不变，而是他们试图站在自由主义的立场，用自由主义的政治方式来重新改变这个社会。在这个意义上，他们并不保守，即使像胡适那样依然拥护国民党政权。只不过与左翼政治通过暴力革命的方式打碎整个国家机器的方式来变革社会不同，他们希望的是，如何更和缓、平稳或者民主地，在照顾到社会的各个阶层的适当利益的基础上实现他们心目中的自由主义政治理想。就像张东荪的社会民主主义所设想的，要改变的是剥削关系，而不是说要将生活比较富裕的阶层的人们一下子拉到贫民窟里，他们正当的、合理的利益还是要保护的。这也是他们和左翼政治的不同之处。

二 自由主义的理念

自由主义对现实政治的介入，并不是直接参与到政治中，而是试图以"中间"的立场，对现实政治尤其是正处在变动中的社会和社会的变动发表自己的看法。因此，20世纪40年代后期，一批带有自由主义色彩的刊物和社团纷纷创办和成立。从总体上来说，这些刊物与社团，并没有强烈的形成"流派"或者严密的组织、团体的倾向，更多的是依靠他们信奉的自由主义的信仰粘合起来的。同时，它们也发挥着一种"公共空间"的作用，成为自由主义知识分子对现实政治展开批评的主要阵地。

首先要提到的是以胡适为首的"独立时论社"。1946年7月29日，刚刚从美国回国不久的胡适飞抵北京（当时为北平），出任北京大学校长。在下午举行的记者招待会上，当有记者问他对李公朴、闻一多被暗杀的看法的时候，胡适说："我一向主张思想言论自由，故而对因思想言论而受害者，甚为愤慨。"他暗示今后北大将以老校长蔡元培所提倡的兼容并包思想与自由的精神作为办学精神。自由主义中较为重要的元素是容忍，就是要对不同的态度都有容忍的雅量。自由都是双面的，既要保有自己的自由,同时也要尊重别人的自由。胡适认为自由主义是欧美的传统思想。[①] 1947年5月,他出面组织成立了"独立时论社"。参加者有40多人,大多是北大、清华与南开三所高校倾向于自由主义或者具有自由主义思想的教授,包括沈从文、朱光潜、冯至等人。按照胡适的设想是希望通过这样一个相对松散的组织,激发三所高校的教授关注现实,并对国内国际的政治、经济、军事、文化等发表自己的看法,然后将这些教授撰写的文章发给全国25个城市的38家日报发表,以便给予社会以影响。这样一种文人议政的方法也是一种自由主义的政治。很快便有在文章末尾署名"独"字的时评文章在各大报刊上出现。比如胡适自己写的《两种根本不同的政党》、《我们必须选择我们的方向》,朱光潜的《自由分子与民主政治》、《挽回人心》、《世界的出路就是中国的出路》,沈从文的《一种新的希望》,樊际昌、朱光潜等16人的《中国的出路》等一大批文章纷纷在京津等地的《大公报》、《益世报》、《经世日报》、《平明日报》、《世界日报》等大小报纸上发表。这些文章均站在自由主义的立场,对中国当下的国共两党纷争、中国的出路、自由主义知识分子的选择与时代使命等问题发表自己的看法。

从思想上来看,胡适是一个完全倾向欧美自由主义思想的知识分子。除了刚到北京就向记者明确表明自己主张宽容的自由主义精神之外,在20世纪40年代后期中国历史发生剧烈变动的时候,他仍旧不遗余力地宣扬自由主义的信仰。仅在1948年的8、9、10三个月内,他就不断通过现场演讲、广播、书面文章等形式,来阐述对自由主义的理解以及希望中国选择自由主义的政治理想。1948年8月1日写就的《自由主义是什么》中,他再次重申自由主义的含义。自由主义的政治即是民主政治。民主政治又意味着多数人统治少数人的政治。但是这种统治的一个最重要的前提是保障少数人的基本权利——自由。这才是自由主义的"精髓"。同时,他强调作为自由主义的政治还要容许反对党的存在。他又以英国的民主政治体制为例,说明自由主义政治不是依靠流血与暴力的途径实现的,而是采取和平渐进的方式。[②] 1948年的9月4

---

① 子建:《"我一向主张思想自由":胡适谈片——容忍就是对不同的见解有容忍的雅量》,《经世日报》(北平)第3版,1946年7月29日。
② 《胡适论自由主义》(大公报转载时改名,原名为《自由主义是什么?》),《大公报》(津)第2版,1948年8月14日。

日，他在北平电台发表了《自由主义》的广播词。再次重申自由主义所应具有"自由、民主、容忍、和平渐进改革"的基本内涵。并着重解释了"和平渐进改革"在政治上的具体表现："和平的转移政权"，"用立法的方法一步一步地做具体的改革，一点一滴地求进步"。9月27日在上海公余学校演讲中国文化问题时，再次提到他所衷心信仰的"自由主义"，并强调自由主义的核心是"言论自由与容忍异己"。同时他专门批评了喜欢极权暴力的人们主张的"辩证法"①。显然，他的矛头针对的是在国共战争中已经取得主导地位的中国共产党。1948年10月4日和5日，他又分别在武汉大学和对武昌公教人员的两次演讲中提到自由主义。尤其是第二天的演讲题目即为《自由主义与中国》，并再次标榜英国的自由主义政治体制，重申自由主义政治最为"可贵的地方"，是将容忍反对党变成一种制度。②

从这短短三个月的密集的对自由主义的论述中，我们可以看到自由主义已经在胡适思想中占据了最为重要的地位。但不能否认的是，自由主义又在这位中国自由主义最坚定的信徒身上呈现出颇为吊诡的一面。一方面，他主张容忍异己，尤其是在政治上应当容忍反对党的存在；另一方面，他又在国共两党的政争中，以暴力革命与自由主义相违背的方式强烈批评以反对党的形式存在的共产党。当国民党大肆镇压北京、上海等地学潮时，他不是不知道国民党正在用暴力流血的方式面对青年学生，同时也在限制言论自由。但是，在20世纪40年代后期他却明显地表现出对于国民党政府的亲近。显然，自由主义的政治在胡适身上呈现出了复杂性。笔者认为之所以在胡适身上出现这样的吊诡现象，尤其是当大多数知识分子思想均不同程度地向左转，国共之争呈现出一面倒的趋势时，他仍然亲近国民党而疏远共产党，根源还在于他的自由主义信仰。就像他说的，他是主张反对暴力革命的，主张通过和平渐进的改革而实现民主政治的。正像朱光潜对自由主义知识分子在时代中的定位那样，知识分子不是以反对党的形式出现。胡适所希望的自由主义的政治也不是反对政府的政治。他是希望能够通过对政府施加影响促使政府改变的方式来和平地过渡到民主政治体制。这样的思想代表了大多数自由

---

① 胡适：《当前中国文化问题》，《自由与进步》第1卷第10期，1948年10月16日。
② 《胡适在汉讲演"自由主义与中国"》，《大公报》（津）第5版，1948年10月7日。

主义知识分子的思想。这样的思想可能与自由主义知识分子对于自己的历史定位有关。就像朱光潜在《自由分子与民主政治》中强调的，自由主义知识分子是要化解社会矛盾，寻找折中方案。用朱光潜的话说就是自由分子反对的是国家/政府的政策或行为，"在任何时候都决不会反对国家"，因为他们还有国家的立场。①

同样，在有着自由主义传统并声称"同人信奉自由主义"的《大公报》上面，也出现了诸多自由主义的文章。当时在上海版的《大公报》工作的萧乾专门针对当下的现实写了两篇谈自由主义的文章。两篇文章以社论的形式先后刊出，表明这不仅是萧乾对于自由主义的理解，还是《大公报》的主要立场。在1948年1月10日的社论中，自由主义被解读为一种人的思想和人生态度。因为它在政治文化上尊重个人，所以带有强烈的个人主义色彩。萧乾也强调自由主义的包容性、公平、理性与尊重大众等。自由主义的中间路线不是两面倒，而是"左的右的长处兼收并容，左右的弊病都想除掉"。同时他也主张适应时代的要求，将民主政治与经济平等并举，反对经济上的剥削与压迫。自由主义的政治应当以大多数人的幸福为前提。②稍后的另一篇社论中，自由主义的理念再次被强化。这篇名为《政党·和平·填土工作——论自由主义者的时代使命》显示出较强烈的现实针对性。一个自由主义者为了保持其独立的立场，保持其拥有独立与自由的发言权，应当始终站在政党之外。③两篇社论都暗示，真正的自由主义者不是要在左右政治势力中进行选择，也不是试图将国共两党的理念加以调和，而是按照自己的政治理想，对当下的国家与社会做些更务实的工作，即填土工作。萧乾不主张自由主义的政治变成自由主义知识分子直接参与政党政治的形式实现。他希望凸显自由主义知识分子的超党派性，要自由主义知识分子做永远的反对派，始终在政党之外，以知识分子的立场对现实政治展开批判。说白了，就是文人议政。

除了胡适的"独立时论社"之外，另外一个自由主义的大本营当属

---

① 朱光潜：《自由分子与民主政治》，《益世报》（津）第1版，1947年12月21日。
② 《自由主义者的信念——辟妥协·骑墙·中间路线》，《大公报》（津）第2、3版，1948年1月10日。
③ 《政党·和平·填土工作——自由主义者的信念》，《大公报》（津）第2版，1948年2月9日。

储安平主编的《观察》（周刊）。1946年9月1日，《观察》周刊在上海正式创刊。在创刊号的封面上特意标明了《观察》周刊所特约的78位撰稿人。其中包括了冯友兰、傅斯年、卞之琳、李广田、冯至、梁实秋、曹禺、宗白华、杨绛、钱钟书、萧乾等各个大学的教授、知名作家以及文化界的知名人士。从这份庞大的名单中我们可以看到《观察》的包容性，它试图将不同倾向的知识分子聚集到旗下，展开自由的讨论。这一点在创刊词《我们的志趣和态度》中也可以感觉出来。在这篇署名编者的文章中，刊物被明确地定为时事性的刊物，主要面向当下的现实政治。"这个刊物确实是一个表现政治的刊物，然而决不是一个政治斗争的刊物。"尽管是要针对国事发言，但是他们将自己的立场明确地定位为自由主义的政治立场，而且强调是"一般自由思想分子"，即自由主义的知识分子，没有什么党派等政治势力作为依托。他们也采取一种"中间"的位置，对政府、执政党与反对党等展开批评。这种批评不是为了颠覆政府或者获得权力，只是"公开的陈述和公开的批评"而已，最终的目的是为了获得国家的进步和民生的改变。所以，刊物同人的共同信仰是：民主——反对独裁，保障人民的权利；自由——用法律保障人民的自由，人人在法律面前平等；进步——国家的现代化；理性——用理性解决问题。"我们的态度是公平的、独立的、建设的、客观的。"① 这样的思想在第3卷第11期中被再次明确。在"本刊传统"中特意声明"只要无背于本刊发刊辞所陈民主、自由、进步、理性四个基本原则，本刊将容纳各种不同意见。我们尊重各人独立发言，自负文责"②。

《观察》的文章更多地是从他们所标榜的自由主义的立场，对包括国共两党在内的政治对象展开批评。身为主编的储安平就发文，一方面批评国民党的统治是造成今日政治混乱的主要原因，一方面又批评共产党将知识分子纳入"小资产阶级"的做法，认为这不符合国情。因为当时的知识分子大多也陷入生活的窘困之中，早已置身于无产阶级的行列了。他更尖锐地指出，共产党虽然主张民主，但在实质上是一个反民主的政党。它之所以高喊民主，是希望争取到更多的支持者，从而在当

---

① 编者：《我们的志趣和态度》，《观察》第1卷第1期，1946年9月1日。
② 《观察》第3卷第11期，1947年11月8日。

下的政争中获得群众的支持来共同反对国民党这个"党主"。它自己本身也是"党主"而非"民主"。在他看来，国民党执政，自由是多少的问题，共产党执政是有无的问题。最后，他将希望寄托在自由主义知识分子身上，认为这些人既能够动摇国民党也可以抗拒共产党。[1] 这样的批评立场正反映了他自己的政治主张，即走国共两党之外的第三条道路，这条道路是由自由主义知识分子所主导的，也就是自由主义的民主政治体制。

《观察》上面也有许多关于自由主义的讨论。杨人楩在《自由主义者往何处去?》一文中对于自由主义的政治进行了详细的探讨。他认为自由主义知识分子为了追求进步，需要不断地改变不合理的现状。但是自由主义知识分子反对暴力干涉。这一点与胡适是相同的。他还强调，自由主义知识分子不一定要通过掌握政权来谋求民主政治，可以走议会政治的道路，因为他们更适合做永远的反对派。[2] 在另外一篇文章中，杨人楩强调自由主义的动力是个人主义，但是目标却应当是社会整体。那种强调经济上自由竞争的自由主义已经过时。自由主义的要义在于追求进步，一个自由主义者不一定要在国共之间选择，他/她是可以保持自己的独立性的。自由主义者虽然有自己的政治活动，但他们的目的不在取得一种政治上的霸权。[3] 显然，与朱光潜、胡适等不主张知识分子直接参与政治的主张不同，杨人楩并不否定知识分子为了实现自己的政治理想而参与政治。杨人楩主张走议会民主制的道路与胡适推崇英国的代议制是相似的。张东荪则将自由主义分为政治的与文化的。他认为政治的自由主义在今天已经过时，而文化上的自由主义只是一种"态度"[4]。张东荪坚持的社会民主主义，更侧重于从经济的角度来谈如何促进社会迈向民主政治的时代。

除了《观察》之外，1947年1月4日在南京创刊的《世纪评论》（张纯明主编）周刊也表现出鲜明的自由主义色彩。创刊号上的《发刊词（辞）》，对自由主义的政治有着精彩的阐述。文章开头即强调自己

---

[1] 储安平：《中国的政局》，《观察》第2卷第19期，1947年7月19日。
[2] 杨人楩：《自由主义者往何处去?》，《观察》第2卷第11期，1947年5月10日。
[3] 杨人楩：《再论自由主义的途径》，《观察》第5卷第8期，1948年10月16日。
[4] 张东荪：《政治上的自由主义与文化上的自由主义》，《观察》第4卷第1期，1948年2月28日。

将以超然于党派政争的姿态出现。超然的意义主要体现在没有党派背景与秉持不偏不倚的精神"从事于现实问题的检讨"。随后则谨慎地申明刊物同人的思想接近自由主义。最精彩的要数接下来对自由主义的解释,这也代表了一批自由主义知识分子对自由主义政治的理解。"自由主义,与其说它是一种主义,不如说它是一种态度,一种观点。这种态度的特点是广大的同情心,有接受新潮的雅量,本著(着)理智的知识,使政治经济能负起现代的使命。"将自由主义理解成一种态度和观点,其实是将自由主义的内涵与外延扩大。在他们看来,自由主义是中国现代化的一种表征。他们也强调自由主义的个人性,并将其理解为一种流动不居的、现实的、创造的东西。"它的对象是现实,不专恃威权,不依赖传统,而是以智理(理智)去审查现实的要求。"这种理解将自由主义从一种理论变成一种直接针对现实的东西,并凸显自由主义的开放性。他们将自由主义的基本态度概括为反抗顽固、褊狭、保守、专横及一切反动的倾向和势力。自由主义在政治上的理想即民主政治,"民主的前提是自由,平等"。最后,包容性被定义为自由主义的基本精神。[①] 这样一个自由主义色彩的刊物也更多的是关于时事性的评论。

《新路》周刊是另一个带有自由主义色彩的刊物。这份由中国社会经济研究会主办的刊物于1948年5月15日在北京创刊。中国社会经济研究会带有英国费边社的色彩,参加者有吴景超、萧乾、楼邦彦等人。《新路》主要针对现实政治进行评论。最能体现他们对自由主义政治的理解的是,中国社会经济研究会(3月1日成立)于1948年3月2日第一次会员大会上发表的《中国社会经济研究会的初步主张》。它从政治、外交、经济、社会等四个方面对自己的政治理想进行了充分阐述。这份包括32项主张在内的文件代表了一批自由主义知识分子试图在历史巨变中,将政治理想转化为现实图景的倾向。因为其中很多项谈到关于自由主义中国的具体构想,所以笔者将在下面再详细论述。

同时,一些其他的综合性的报刊上也不断出现关于自由主义的讨论。比如发表在《国闻周报》上署名黄炳坤的文章就重点探讨了自由主义是否会没落的问题。在这篇文章中,作者首先认为自由主义思想即个人主义思想,这一点实际上继承了胡适在20世纪30年代的主张。但

---

① 《发刊词》,《世纪评论》第1卷第1期,1947年1月14日。

与胡适不同的是，他认为自由主义会由个人到集体，从小我到大我，最后追求整个人类的自由、进步与幸福，但最核心的目标仍是个人的，即个人的心灵或心理的自由。他认为要想避免个人主义的没落，应当将其包含的私有财产以及带有自我为中心的传统改掉，否则没落无法避免。[①] 显然，这样的主张也受到了20世纪40年代走向集体、走向人民的左翼思潮的影响。类似的主张在上海的《时与文》周刊中也能体现出来。比如《时与文》创刊号上发表的施复亮的《中间的政治路线》，就希望能够将自由主义与社会主义各自的优势结合起来，形成一种良好的民主政治。从根本上说，这仍然是一种自由主义的立场，因为他特别强调自由主义知识分子的中间路线在与左翼政治结合的时候，仍应当保持自己在政治上的独立。[②] 一篇署名冯契的文章在充分强调自由主义的中间性的时候，也试图将自由主义与当下的历史发展相呼应。作者认为，自由主义的最基本的精神是不偏不倚，始终抱有一种包容性的态度。它在政治上的意义主要表现为对个人的生存等基本权利的追求。但是，在当下，也应当注意与社会发展保持一致，应该在社会解放的基础上，再来获得个体的自由，即自由主义应与集体主义相结合。[③] 这也反映出当时相当多知识分子在思想上对左翼政治的某种认同，他们走的是一种试图将自由主义与社会主义相互调和的路线。

无论"独立时论社"，还是《观察》、《世纪评论》、《新路》、《时与文》、《大公报》等，尽管他们对于自由主义的理解有差别，但是他们始终将自我定位于"中间"的位置，其政治理想都带有自由主义色彩。他们或它们对自由主义的讨论，无疑为自由主义在中国的传播与发展起到了无形的推广作用，同时也深化了人们对自由主义的理解。同时，它们也给20世纪40年代后期的"自由"派文学提供了一个温床，一个浓厚的文化氛围或者说是一种历史语境，在一定程度上也深化了包括朱光潜、沈从文、杨振声等在内的一批"自由"派作家对"自由"派文学的理解。

三 中国：出路与方向

20世纪40年代后期，在历史的变动中，几乎很多人都感觉到一种

---

① 黄炳坤：《自由主义是否没落?》，《国闻周报》第44卷第4号，1948年4月。
② 施复亮：《中间的政治路线》，《时与文》第1卷第1期，1947年3月14日。
③ 冯契：《论自由主义的本质与方向》，《时与文》第2卷第1期，1948年2月6日。

转变将要发生。连美国的《纽约日报》也注意到中国的变动,称"中国在转变中"①。翻翻当年的报刊,我们很容易发现这样的字眼:"中国的出路"、"中国往哪里走/去"。这一方面可能反映了当时知识分子在历史变动中的某种困惑或迷茫,同时也是他们以探讨问题的方式试图对中国的出路与方向作出自己的"想象",也是他们介入现实政治的一种方式。在这些关于中国的方向与出路的设想背后,潜藏的是他们自己的政治立场或者思想意识。

到底往哪一个方向变动,出路在哪里,不同的观察者有不同的看法。但是,他们在思考中国问题时,大都倾向于将中国的未来放在世界大局中来理解。这个大局就是第二次世界大战后以美苏为代表的两种社会制度。他们要么是在其中进行选择,要么是试图将其相互协调,要么对其中的某一种制度的合理部分加以发展,然后来设计未来的中国政治体制。但是不能否认的是,在这些不同的设想中几乎有一个相似的理想,就是那个未来的中国应当是一个真正民主的中国。问题是真正的民主政治究竟是什么样的,在知识分子中间又有不同的理解。而笔者主要关注的是其中的一批希冀走中间路线的自由主义知识分子或者带有自由主义倾向的知识分子在这个问题上的不同理解。他们对中国的出路与方向的设想,牵涉的不仅是一个小我对于大我的期许,还有他们在诸如小我如何在大我中放置自己的位置、个体与历史的关系、知识分子与人民的关系等问题上的理解。这背后闪现出的更是他们对于自由主义的理解与追求。

在社会变动之中,胡适发出"我们必须选择我们的方向"的呼吁。他将世界的潮流分为主流和逆流。代表前者的是民主自由的思潮,代表后者的是反民主、反自由的集体专制。前者显然代表了整个世界发展的大趋势。所以必须作出的选择就是走自由民主的道路。尤其是,"只有自由可以解放我们的民族精神,只有民主政治可以团结全民族的力量来解决全民族的困难"②。同毛泽东指出从新民主主义到社会主义的"历史必由之路"相似,这也是胡适所指出的一条"历史必由之路"。而选择民主更具体的表现是对两种不同的政党的选择。一类是英美西欧式的

---

① 转引自楼邦彦《中国在转变中》,《大公报》(津)第3版,1948年2月9日。
② 胡适:《我们必须选择我们的方向》,《益世报》(津)第1版,1947年8月24日。

政党。这样的政党，人人可以自由加入也可以自由地退出，党员投票也是无记名的，且尊重少数党的存在。更重要的是，政权的更迭是通过选举和平交接的。这样的政党即胡适所理想的代表自由主义的政党，也是他所谓的代表世界历史发展趋势的进步的政党。而另一类显然是被他视作逆流的苏德意式的政党。这类政党的组织严密，纪律性强，个人从属于政党。而且是一党专政，不允许反对党存在。这样的善/恶/主流/逆流的划分，反映出一种二元对立思维。将苏联共产党视作与德意法西斯党性质相同的政党，充分暴露了胡适意识深处业已形成的冷战思维。这两类政党所代表的是：自由/不自由，独立/不独立，容忍/不容忍。显然，选择前者成为一种符合历史发展的必然。而在他看来，当下的国民党政府是属于后者的，但是它已经开始向前者转变。① 需要指出的是，胡适将苏联与德意放在同一阵营，实际上与他将自由主义理解为"健康的个人主义"有着很大的关系。他的一个最基本的立足点是个人的独立与自由，所设想的民主政治也是以保有个人的独立与自由为目的的。所以，对于要求个人服从集体/党的苏联的社会主义体制，他不甚感冒，甚至直接将其视作专制也就在所难免了。但是胡适的二元思维可能隐含着一个危险的观点：两害相权取其轻。在国共两党的纷争中，他选择支持国民党就是这样的思维的表现。这可能正是胡适这样的自由主义者应引起我们深思的地方。如果考虑到也是在20世纪40年代梁漱溟大声疾呼"我们的问题出在哪里？""我们的问题就在文化上的极严重地失调"，并主张充分重视中国传统文化的时候，我们就会发现，在胡适坚持欧美自由主义的背后，还是他始终所保持的一种普罗米修斯式的态度：希望中国的现代化进程能够积极吸取西方现代文明的优秀成果。他保持的是一种开放的心态。

同样是持自由主义的政治立场，另外一部分知识分子则寄希望于国共两党政治之外，重新设想未来的中国。比如《新路》为代表的中国社会经济研究会的知识分子们。他们也明确地将自己的目的定为："为中国的出路建立思想基础"，"为中国寻求一条新路，根据全民需要，试画一幅建设新中国的蓝图"②。他们对未来中国的走向作出的设想，

---

① 胡适：《两种根本不同的政党》，《益世报》（津）第4版，1947年7月20日。
② 《研究中国出路》，《益世报》（津）第4版，1948年2月28日。

主要体现在《中国社会经济研究会的初步主张》中。有意思的是，这份主张在《大公报》上发表时名为《中国前途之主张》。名字上也充分显示了这份从政治、外交、经济、社会等方面包括32项建议的《初步主张》有着极强的现实针对性。毋宁说这正是他们对"建设新中国的蓝图"的构想。在政治上，他们主张民主政治，即"政治制度化，制度民主化，民主社会化"。他们更强调制度上的建设，淡化人为的因素。法律在整个的制度化中发挥重要的作用。行政机关不完全受控于政党，能够更充分地体现人民的意愿。军队也应当属于国家，军人不应当干涉国家的政事。同时，他们也强调政治上的包容性，要允许反对党的存在。在体制上有一种政治上的监督批评互相制衡的力量。政权的转移也要依靠选举来进行。总之，在政治上要充分地保障人民的基本自由与权利。此外，在经济上，他们也吸收了社会主义的做法，主张将土地、银行、交通等收归国有。此外，还包括教育、医疗卫生等方面的规划。①

从整体上看，这份主张的基点是构想一个在制度上较为完善，同时又能够照顾到大多数人的利益的民主政治。其中明显受到了英国拉斯基主义的影响，也是试图将政治上的民主、经济上的公平/平等、公民的福利最大化有机地组合到一起。在32项具体的主张中，我们并没有看到要求个体融入集体或者服从集体的思想。所以，他们的最基本的出发点还是如何更好地保障个体的独立与自由。在这一点上，他们和胡适的最终落脚点是相同的。将民主政治制度化，也是对于一种合理的秩序的强调。这反映了相当一部分自由主义知识分子的立场。他们都希望社会的重心应当保持最基本的稳定状态，包括政党的更替。

与中国社会经济研究会等人的主张相类似，一批知识分子直接主张将英美式的民主制度与苏联式的社会主义制度相互融合，各去其短，各取其长，然后结合到一起。他们将这样的政治理想命名为"中间政治路线"。施复亮就认为中国的出路在于一种"新民主主义的政治"。在政治上实行英美的民主政治，但是要防止成为少数人的政治。他的英美式的民主政治，实际上更接近于社会主义的人民民主专政，就是让这种民主政治能体现出多数民众的意愿。在经济上采取资本主义经济制度的优

---

① 《中国社会经济研究会的初步主张》，《新路》第1卷第1期，1948年5月15日。文章最早刊登在1948年3月4日的《大公报》（津）的第2版，名为《中国前途之主张》。

点，来促进国民生产力的发展。在阶级上，知识分子与工农合作，共同来反抗官僚资本家与大地主。在党派上，与左翼政党/共产党合作，共同制止右翼政党的反动政策。但是要指出的是，施复亮特别强调，知识分子"不可无原则地附和左翼党派的主张"①。所以，他的一个不能忽视的立足点是保持知识分子/个体的独立和自由。

类似的主张在当时的很多知识分子当中比较普遍。比如朱光潜就从为目前的僵局寻一个出路的目的出发来看美苏问题。在他看来，美国在政治上代表了民主，经济上却代表了资本主义。苏联则是经济上是共产主义，政治上是集权专制。美国的经济制度中的人与人的不平等，苏联政治制度上的集权专制，可谓是它们各自的缺点。整个世界目前处于混乱之中，就是这种经济和政治的错误结合所致。所以，"世界的唯一底出路就在纠正这种错乱地结合"。也就是将美国式的民主政治与苏联式的经济制度结合到一起。"这是世界的出路，也就是中国的出路。"② 杨振声也有相同的观点。他批评苏联在剥夺个人自由上有些偏激，而美国的自由民主又属于资本主义制度。"如果把他们（它们）两个溶合起来，取其长，舍其短，那不是一个更完美的社会制度？"但是，他又特别强调无论怎样选择，都不应放弃个人的自由。③ 显然，个人的独立和自由是他们必须坚守的基点。所以，他们仍然是个人主义者。

主张未来的中国是一个融合苏美的民主政治共同体，正反映了一批知识分子将中国的出路放置于世界背景中时，对于世界政治文化思潮的借鉴。同时也应该看到，在20世纪40年代后期，中国共产党所代表的政治理念已经给中国的自由主义知识分子以强烈的冲击。融合美苏的民主政治理想，实际上也反映出了一批自由主义知识分子在历史巨变中，对于自己立场的调节。通过调节自己的立场来适应变动的时代和社会，从而在现实中仍然找到一个安放自我的位置。

无论是胡适所坚守的英美式的自由主义政治，还是中国社会经济研究会关于中国之出路的"蓝图设计"，都反映出了一批知识分子试图从

---

① 施复亮：《中间的政治路线》，《时与文》第1卷第1期，1947年3月14日。
② 朱光潜：《世界的出路——也就是中国的出路》，《益世报》（津）第6版，1948年11月2日。
③ 姚卿详：《学者在北大（三）：杨振生》，《益世报》（津）第4版，1946年10月27日。

中间的立场，在国共两党政治之外，寻求一种突破/超越当下现实政治的努力。关于中国的出路与方向的想象，既是对于自由主义政治的一种探索，本身也是一种自由主义政治的积极实践。

第二节 作家的"变"与"不变"

在20世纪40年代后期，一个不容忽视的现象是，"自由"派作家也面临着一个选择的问题。左翼文学不断扩大自己的影响力，一方面积极地将《在延安文艺座谈会上的讲话》精神演绎为一个"文艺的新方向"，召唤大家迎接这个方向，一方面又直接针对"自由"派作家展开批判。对于"自由"派作家来说，这些不仅构成了自己所身处的现实环境，还是有形或者无形的压力。变，还是不变，对于他们都成为一个需要思考的问题。一方面，笔者希望，将20世纪40年代的历史语境具体化。即试图追问，"自由"派作家到底生活在一个什么样的文学环境之中？如果他们面临压力和选择，这个压力和选择又是什么？另一方面，笔者希望考察"自由"派作家是如何面对这样的环境或者压力的：仍然坚持自己方向的作家，怎样回应"新的方向"；走向"新的方向"的作家，如何调节自我，改变自己的立场；选择"变"的作家，他们又是怎样理解"新的方向"的。在这些正在转变的"自由"派作家身上表现出来的，可能不仅仅是知识分子如何与人民结合，如何进行自我思想改造，也不仅仅是个体如何进入集体，更有他们如何试图将自我安放于时代之中，如何想象自我在时代尤其是一个行将到来的"新时代"的位置的。后者的意义并不亚于前者的意义。

一 右翼："中国文艺再革命"的"希望"

历史有时候并不像我们想象的那么简单。比如我们常常认为，在20世纪40年代后期，当国民党政权在国共对峙中逐渐处于劣势，走向崩溃的时候，他们在文学上不会有什么积极的举动。历史表明这种认识是不正确的。在20世纪40年代后期，国民党政权的文化界领导人仍然试图在文学上给予影响，尽管这种影响力相当微弱。他们也试图在文学上提出"新的方向"。

与毛泽东的《讲话》精神有着惊人相似的是，站在国民党立场上的作家也开始在题材上，要求作家以歌颂为主。他们批评那种总是暴露社会黑暗的作家。虽然暴露黑暗不算错，但反映出作家的短见："把自己拘囿在一个比较狭隘的道路上，不肯走向平坦宽阔的境地。"现实不是只有阴暗面或者反面，同时还存在着不容忽视也不应忽视的正面或光明面。所以，作家应该积极地关注现实中的正面或者光明面。也就是要通过文学去表现现实中"进步的力量"。什么是现实中"进步的力量"呢？在这位论者看来，"凡是有利于国家自由统一、民族生存发展的，就是现实进步的力量；凡是有害于国家自由统一、民族生存发展的，就是反现实反进步的力量"①。这篇文章的后面还专门配上了"编者按"，进一步说明这一篇文章的重要性以及文章提到问题的重要性。编者按语指出，他们非常同意文章作者的观点。在作者的文章中没有被点破的问题，在编者的按语中也被点破。他们认为，之所以形成当下只暴露黑暗或者以暴露黑暗为主的倾向，罪魁祸首在左翼文学。新文艺在经过20世纪20年代末的左翼文学的暴露黑暗之后，就陷入了"暴露"与"否定"的小圈子。"这是文艺的厄运！"

而要结束这厄运，就要在文学创作的题材和主题上充分表现"肯定"，要多去描写"积极"，表彰"正（面）的人物"，"刻画'进步'的典型"。至于如何更具体地实现这种"刻画'进步'典型"的文学理想，编者还详细地举例说明。比如要写一个农民，表现他积极的一面就应当写出"他把愿望寄托在国家的和平与安定上"；写一个正面形象的士兵，就应当突出他意识上的觉醒，"终于懂得了以国家民族利益为基准"；写一个家庭主妇的光明形象就应当是"一个为国家民族抚育下一代的主妇"。编者按语的主要目的就是要求作家以歌颂为主。而歌颂，就是要求歌颂国家至上、民族至上的思想意识。那些代表光明的、积极的、正面的农民、士兵、家庭主妇，他们之所以光明、积极、正面就是因为完全服膺于国家、民族。这显然是抗战时期的"国家至上、民族至上"思想的延续。只不过，在抗战时期，国族至上的要求还带有积极的意义，而现在，则成了直接为国民党的统治服务。这实际上还是将文学当作了宣传的工具。

稍后国民党政府的文化领导人张道藩明确表示，作家要对当前的时

---

① 钱明健：《取不尽的题材》，《文艺先锋》第10卷第6期，1947年6月30日。

代有"应有的认识"和"努力"。他首先批判了自由主义的文学理想。他认为在今天,只有为文艺而文艺的思想是不够的,还要在文学中表现"善"。那么什么是他所谓的"善"呢?用张道藩的话说就是"中国古时代的忠孝节义,和国父所说的忠孝仁爱信义和平,以及蒋主席提倡的礼义廉耻"。这些都是文艺工作者写作的最好的"准则"。"我们如果能够把写作归纳到发挥这些要义的正面,自然能写出对于民族国家有益的作品。"① 张道藩强调的是文学为国民党的政治统治服务,也是要求文学以歌颂正面为主。也是抗战时期他所提出的"文艺政策"思想的延续。呼应张道藩的要求,一位叫红萍的作者直接提出了"文学再革命"的口号。再革命后的"新文艺","就是纯以国家民族利益为出发点的三民主义文艺"。而文学的再革命也主要表现在,作家站在国家民族的立场上来写作。作者从象牙塔、"牛角尖"、"金丝笼"、"古井"、"脂粉堆里"走出来,"大踏步地走进农村里去,走进广大的民众里去,走到沙场上去,走进大都市的每一角落,每一阶层里去,紧握住'暴露主义'的笔,大胆而真实的暴露出它们的善与恶,真与伪,是与非,光明与黑暗!指引出人生的意义,生活的真理和正义!"② 仅仅从后面这一段话来看,我们很容易将其当作左翼文学的主张。他所谓的再革命后的"新文艺"说白了就是直接服务于国民党政权,为其统治的合法性提供证明的歌颂文学而已。这同样也是将文学和作家视作宣传的工具。这种思想发展到极致的表现是一份《文学再革命纲领》草案的出炉。在这份草案中将文学再革命的论题从各个方面充分展开,主要是要求文学为国民党的对"敌"斗争服务。但是我们从这份草案中发现很多熟悉的话语,比如"文学是现实社会生活反映,文学之必须大众化,通俗化,社会化,已是最不容易忽视的一件大事"。孤立地看这样的文字,也很容易将其误认为是左翼文学发出的召唤。稍后更有明确提出为了配合国民党的"戡乱"的"戡乱文学"③。

国民党文化界的领导人及其御用作家所积极倡导的文学,总的来说

---

① 张道藩:《文艺作家对当前大时代应有的认识和努力》,《文艺先锋》第 11 卷第 2 期,1947 年 6 月 30 日。

② 红萍:《简谈中国文艺再革命》,《文艺先锋》第 11 卷第 5 期,1947 年 11 月 30 日。

③ 余公敢:《我们需要戡乱文学》,《文艺先锋》第 12 卷第 3、4 期合刊,1948 年 4 月 25 日。

就是文学直接服务于国民党的政治,作家的创作主要以支持、宣传国民党的统治为最终目的。他们也极力主张文学的通俗化、大众化,作家走进生活,走进民众,无非是希望通过文学的方式向民众灌输反共剿匪的思想。尤其是他们强调文学以歌颂为主,以所谓的国族为本位,实际上还是强调政治标准第一,文学标准第二,也就是文学的工具论。在这一点上,他们的思维模式与毛泽东话语所代表的左翼文学的主流思想是相似的。而且他们批评的文学上的个人主义,也就是"自由"派文学。从本质上来说,国民党所支持的"文学的再革命",不仅是反对左翼文学的,也是反对"自由"派文学的。尽管他们也一再强调文学的独立和自由,实际上在他们的主张中,文学的独立和自由是根本不存在的。相对于左翼文学越来越大的影响,国民党所支持的"再革命"的"文艺新方向"几乎没有多大的影响。笔者之所以将其引入进来,并作介绍,主要是想说明,20世纪40年代后期的文学环境中,反"自由"派文学的声音不仅仅来自左翼文学,还有国民党支持的文学。同时,笔者也想表明,同自由主义知识分子在政治上的"中间"位置一样,"自由"派作家在文学上的立场也是一种"中间"位置。

二 左翼:"文艺的新方向"的"召唤"

与国民党提出的"文学再革命"的"文艺新方向"影响微弱相比,左翼文学提出的"新的文艺方向"的影响则要大得多。从抗战后期,延安革命政权已经开始加强对国统区的文化宣传。在胡风的回忆中,当年何其芳、刘白羽就曾经被派到重庆,向左翼文化界来宣讲毛泽东的《讲话》精神。随着抗战胜利的结束,国共两党之间的矛盾日益突出,中国共产党更是加强了在国统区的文化宣传。在复元后的国统区,左翼文学也开始通过各种形式来宣传他们的文学主张。

与国民党的御用文人从时代来要求作家一样,左翼作家也是在分析时代的变化的基础上要求作家转变,迎接"文艺的新方向"。1946年,郭沫若发表文章认为,"历史在大转变",今天已经是一个人民的世纪,所以作家要迎接一个"新的文艺方向",即"人民的文艺"[①]。将20世

[①] 郭沫若:《人民的文艺》,《文汇报·世纪风》(沪)"五四文艺节特辑",第6版,1946年5月4日。

纪40年代后期命名为人民的世纪或者人民的时代，几乎成了一种主流思想。在1945年7月创刊的一个小的文艺刊物上，创刊词就明确地提出"二十世纪是人民的世纪"，人民拥有着巨大无比的力量。① 在一些知识分子看来，当下的时代作为人民的时代即是对"人民的发现"。发现人民是国家的主人，人民是政治的主人，人民应该当家作主。② 也就是以人民为本位。穆旦在《给战士》一诗中也大声疾呼"人民的世纪，大家终于起来"。身为左翼作家的茅盾则预言即将到来的20世纪50年代是一个"人民的世纪"。所以作家应当展开自我检讨，看自己是不是站在了人民之外或者人民之上的非人民的立场，要思考自己如何才能更接近人民，如何向人民更好地学习。③ 言外之意就是作家/知识分子要进行思想改造。

需要指出的是，左翼作家的人民和一些自由主义知识分子所谓的人民是有区别的。前者意义上的人民主要指的是毛泽东话语中那个被崇高化的以工农兵为主的主体，而像自由主义知识分子这样的人在没有进行改造之前是不被包括在这个主体之内的。后者包括的是全体民众，跨越各个阶层或者各个阶级的人民。所以，虽然同样认为这是一个人民的时代，但是在人民的具体含义上是不同的。同样需要指出的是，相对于国民党的作家的民族本位，自由主义知识分子的人民本位思想在立场上更接近于左翼作家的人民本位思想。他们的人民本位中均包含了对于普通人的尊重，希冀普通人能够获得真正的解放。从这里我们也可以看到，抱有人民本位思想的自由主义知识分子在感情上更容易接近左翼作家的主张。

郭沫若的"人民的文艺"有时候又被称为"人民的文学"。他认为中国文学史发展的主流原本就是人民的文艺。所以现在应当是恢复这个主流的时代了。"人民的文艺"首先要求作家以人民为本位。他们要改变轻视人民的态度，主动地向人民学习。同时，作家也应该接受一种思想的指导。他特意将指导思想比作旅行时用的地图。根据地图旅行不是什么耻辱的事，因为地图上的知识被证明是正确的。这样旅行者就可以

---

① 编者：《人民的世纪（代创刊词）》，《艺风》第1卷第1期，1945年7月20日。
② 李成蹊：《认识人民的时代》，《大公报》（沪）第3版，1947年10月24日。
③ 茅盾：《五十年代是"人民的世纪"》，《文汇报·世纪风》（沪）"五四文艺节特辑"，第6版，1946年5月4日。

将地图上的知识化作自己的知识。① 这意味着，作家不仅应该接受指导思想，而且还应当将其内在化。后来，他又发表文章提出"人民至上主义的文艺"的概念，主要是对此前"人民的文艺"进一步的论述。他明确地指出，"我们"的"新文艺"应当是"人民的文艺——人民至上主义的文艺"。郭沫若特意点名批评《看虹摘星录》是堕落的，是"纯文艺"的冒牌货，实际上是"最混杂的排泄"，"不必说到纯不纯，根本就不是文艺"。从这里我们也可以看出，郭沫若对沈从文的批判并不是从香港的《大众文艺丛刊》时代才开始的。当然，郭沫若的批判对象不单单指的是沈从文，而是以沈从文为代表的坚持"自由"派文学理想的作家。这一点从《大众文艺丛刊》中可以明确地看出。他将"纯文艺"定义为纯人民意识的文艺。这种纯人民意识的文艺不是对反人民的统治者的谄媚，而是纯真地歌颂人民的劳动的作品。所以，他总结道："我们抱定意识第一主义。"② 只要意识是正确的，就要尽力地去赞扬。在意识面前，作家的主体性不是按照自己的观察去展开文学想象，而是服从一种正确的意识／指导思想，将这种意识表现出来。说得更通俗一点，就是要求作家将《讲话》作为自己创作的指导规范。毛泽东的《讲话》就是郭沫若所谓的那张旅行者应该带的地图。郭沫若的"人民的文艺"实际上是对毛泽东《讲话》精神的演绎。

以群在这个问题上说得更为透彻。他强调今天所需要的文艺，不是抒发作家个人感情的作品，而是表现社会，并预示了社会的发展方向的作品。作家创作这样的作品最终是为了协助政治，去促成社会的改造。这是作家的中心任务。不过以群显然还没有真正领会毛泽东《讲话》的精神。在作家与人民的关系上，他更近似于胡风的立场，认为人民生活在几千年的封建主义的传统之中，有着精神上的负担，所以作家要帮助他们摆脱这种束缚。③ 这表现出了他与郭沫若的差别。郭沫若的人民是毛泽东话语中已经被崇高化的主体，即使脚上沾着牛粪也比小资产阶级知识分子干净的人民。所以，在郭沫若这里，人民是没有问题的，有

---

① 郭沫若：《走向人民文艺》，《文艺生活》（港）新第7期，1946年8月。
② 郭沫若：《人民至上主义的文艺》，收入文汇丛刊第四辑《人民至上主义的文艺》，上海文汇报馆1947年9月初版，第1—2页。
③ 以群：《论文艺工作中的迎合倾向》，收入文汇丛刊第四辑《人民至上主义的文艺》，上海文汇报馆1947年9月初版，第6页。

问题的是作家,是知识分子。不是要作家帮助人民改造,而是作家如何改造自己去为人民服务。

艾芜也从人民本位的立场来开始定位作家的角色。他认为作家不仅要站在人民的立场为人民服务,同时更应该将文艺创作视作服务于人民的一种形式。所以作家要从态度上培养对人民的爱。① 实际上就是强调作家要改变自己的态度。

郭沫若、茅盾、以群、艾芜等对"人民的文学"的强调都是针对国统区的作家的。"人民的文学"作为一种"文艺的新方向",凸显出的是左翼文学一体化的趋势。它不仅仅要统一左翼作家的文学思想,也要统一国统区作家的文艺思想。它对于作家的影响力,我们可以从一位署名秋越的作者的话中感觉到。"自从一九四二年五月二十三日以后,我们的作家就解决了为谁服务,也就是为谁创作的问题。一切为了人民,这已经成为家喻户晓的口号了。"② 是不是真的家喻户晓,我们不知道,但是很多作家开始用"人民的文学"的标准来评价作家却成了事实。比如一位署名劳辛的批评者,在比较袁水拍的《马凡陀山歌》和李季的《王贵与李香香》时,就认为前者还带有"知识分子的情感的蹩(别)扭",而后者已经"是完全属于人民的东西,无论从内容和形式来说都是从人民中来又归复于人民中去的艺术"③。这种批评话语中的等级划分,艺术上的优劣不是取决于作品本身,而是与作者的思想感情联系起来,均是"人民的文学"的立场的体现。"人民的文学"要求作家的主体,是一个需要彻底改变自我的主体。这个主体不再是一个单人称的"我",而是复合数的"我们"。

与国民党作家的"再变革"后的"新文艺"相似,强调意识主义第一的"人民的文学"也注重文学的工具功能。从以人民为本位而要求作家从"我"变身为"我们",我们可以看出,后者仍然带有反"自由"派文学的倾向。

1947年,胡风在上海出版的《大公报》上发表了一篇文章。虽然

---

① 艾芜:《培养对人民的爱》,《新生报·北方》(北平)第14期,第3版,1947年5月6日。
② 秋越:《此时此地文艺运动的消沉》,《大公报·星期文艺》(沪)第34期,第9版,1947年6月1日。
③ 劳辛:《新书杂话》,《大公报·文艺》(沪)第139期,第8版,1947年5月20日。

这篇文章是为他自己的文集《逆流的日子》作的序,却颇能够反映出当时左翼作家的态度。在这篇文章中,胡风认为在左翼文学外部和内部都存在一股逆流,"这就急迫地要求着战斗,急迫地要求着首先'整肃'自己的队伍,使文艺成为能够有武器性能的武器"①。尽管胡风没有想到,以他为首的"七月派"作家在稍后的左翼文学内部的整肃中成为被重点整肃的对象。但是,他的主张非常准确地概括出了当时左翼文学的整体构想,即一方面对外展开批判,一方面对内进行批判。而对外的批判主要针对的是"自由"派作家。早在1946年年底,在上海的《文汇报》上已经开始出现文章点名批判沈从文,只是从阵仗和强度上都无法和后来的批判相比。而对"自由"派作家展开最猛烈与最集中批判的是1948年香港出版的《大众文艺丛刊》。在邵荃麟执笔以"本刊同人"名义刊发的文章中,他们完全按照毛泽东的《讲话》精神展开对内和对外的批判。比如在一篇文章中,他们批判"那种打着'自由思想'的旗帜,强调个人与生命本位,主张宽容,而反对斗争,实际上反映了把文艺拉回到为艺术而艺术的境域(遇)中去的反动倾向"。而这种现象主要是"个人主义意识的高扬"所致。这其实正是"自由"派文学本身的特点。被点名批判的朱光潜、梁实秋、沈从文、萧乾等"自由"派作家被定性为大地主大资产阶级的"帮凶和帮闲",是反动统治阶级的代言人,也是需要"我们直接打击的敌人"②。专门针对以上这些"自由"派作家的批判体现在郭沫若那篇颇有名的文章中。在这篇名为《斥反动文艺》的文章中,郭沫若将这些"自由"派作家逐个批判,并将其反动的性质与带有寓意性的颜色挂钩。沈从文是桃红色作家,其作品被斥为春宫画。朱光潜因为是国民党中央监察委员会的委员,被称为蓝色作家,喻其如同国民党的蓝衣社。萧乾是被重点抨击的对象,既是白色又是黑色作家:白色是说他伪装成自由主义者,好像是无所偏袒,黑色是比喻他在《大公报》上发表的文章充满了毒素,犹如鸦片。尤其是在描述"反动文人"的白色时,反倒点出了"自由"

---

① 胡风:《从一九四四到一九四六——〈逆流的日子〉序》,《大公报·文艺》(沪)第125期,第10版,1947年4月1日。
② 本刊同人、荃麟执笔:《对于当前文艺运动的意见——检讨·批判·和今后的方向》,收入荃麟、乃超等《新的文艺方向》(大众文艺丛刊第一辑),香港生活书店1948年版,第7、16页。

派作家的自由的本质。"自以为虽不革命,也不反革命,无党无派,不左不右,而正位乎其中……"我们将其反过来解读的话,这正是"自由"派作家/知识分子所要坚持的"中间"位置。笔者所关心的是,在这些批判中,这些"自由"派作家是如何被他们"处置"的。在郭文的最后对此有一个较为明确的态度。郭沫若认为,"我们也并不拒绝人们向善,假使有昨天的敌人,一旦幡然改悟,要为人民服务而参加革命的阵营,我们今天立地可以成为朋友……我们也知道一味的打击并不能够消灭所打击的对象。我们要消灭产生这种对象的基础"[1]。这才是他们对"自由"派作家展开批判的真正目的所在:按照毛泽东的《讲话》精神,知识分子必须进行思想上的彻底改造。对于向来强调个体的主体性的自由主义知识分子而言,这样的批判意味着将一个独立的主体变成一个被规训的主体。这也是为什么在众多的文章中,个人主义始终被作为一个问题而不断地遭到批判。

而几乎同时进行的,另外一场针对"自由"派作家的批判,常常被我们忽略。这就是在北大的学生刊物《泥土》上面发起的,针对胡适、周作人、沈从文、朱光潜、梁实秋等的批判。刊物是由北大的学生社团泥土文艺社主办的。这个刊物的撰稿人大多是以胡风为师。而同时,他们本身即是这些被批判者的学生。这场批判又成为一场学生对老师的批判。

在署名雁棣的一篇文章中,针对沈从文在《大公报》上发表的《一个传奇的本事》,作者将沈从文比作《红楼梦》中的焦大,认为他是甘心以奴才的身份为正走向颓势的主子焦虑,并苦口婆心地"忠告着"。接下来重点批判沈从文的文艺思想。作者认为沈从文所坚持的还是为艺术而艺术的老调子。这种论调在今天已经过时。因为今天是人民的世纪,所以文艺也应该是人民的文艺。那种坚持文学的永恒性的作家,只是帮闲文人而已。作者还顺带批评了梁实秋。[2] 一篇署名石岩的文章则针对梁实秋展开批判。梁实秋在《文学与现实》一文中,重提人性论的主张。在梁实秋看来,文学不是因为反映了现实而成为文学

---

[1] 郭沫若:《斥反动文艺》,收入荃麟、乃超等《新的文艺方向》(大众文艺丛刊第一辑),香港生活书店1948年版,第19—22页。

[2] 雁棣:《夜读随笔》,《泥土》(北平)第1辑,1947年4月15日。

的，文学的根本是它对现实背后的人性的反映。所以，现实中的政治、经济、社会等问题并不在文学的反映之内。石岩认为梁实秋是旧调重弹。用人性论的观点将政治、经济、社会等问题排除在现实之外。而一些大人老爷们正忌讳作家们将政治、经济、社会等种种的阴暗面暴露出来。所以，石岩认为梁氏也是"帮忙与帮闲"[1]。后又有署名初犊的文章，将矛头再次指向沈从文。文章一开始就暗示，主持北方几家报纸副刊的沈从文，大有独霸文坛的嫌疑。只因沈从文在回答读者来信中说，像彭燕郊、绿原、孙钿等年轻诗人的诗集，在云南和北京很少看到，初犊就认为沈从文在撒谎。因为这几位诗人的诗集在云南和北京的书店都卖过。所以，他直接将沈从文定为"一个有意无意将灵魂和艺术出卖给统治阶级，制造大批的谎话和毒药去麻醉和毒害他人精神的文艺骗子"。同时又对发表在沈从文主持的文学副刊上的几个诗人的诗进行批评，诸如林徽因、袁可嘉、穆旦、李瑛、郑敏等人的诗歌，缺乏积极的战斗精神，完全沉溺在自己的阴冷的小我的情绪中。在文章的后半部分，又批评袁可嘉的诗歌理论。总之，沈从文和这些诗人们所建立的艺术的王国，不过是一个"大粪坑"而已。他们的诗歌是粪便与毒花。[2] 之后诗人阿垅批评朱光潜的"心理的距离"说。他认为朱氏是唯心论者，其主张也抹杀了现实和艺术之间的关系。[3] 尤以署名怀潮的文章将这批判推到了一个最高点。他在名为《论小资产阶级——论艺术与政治之三》的文章中，痛批胡适、周作人、朱光潜、萧乾、林语堂等人。他用狂飙式的语言，分别指出了这些"自由"派作家身上的小资产阶级表现，主要有：自由主义、个人主义、人道主义、超功利主义、悲观主义、机会主义、犬儒主义、动摇性、妥协性、软弱性等。在他看来，总的问题在于，小资产阶级始终有依附性，他们依附于统治阶级。他们需要改造，通过改造从依附于统治阶级转变到依附于人民大众。[4]

从总体上看，《泥土》上的批评文章，秉承的文学标准是胡风的主

---

[1] 石岩：《"禄在其中！"》，《泥土》（北平）第2辑，1947年5月20日。
[2] 初犊：《文艺骗子沈从文和他的集团》，《泥土》（北平）第4辑，1947年9月10日。
[3] 阿垅：《内容别论：以对于朱光潜底"心理的距离"说底批判为中心》，《泥土》（北平）第7辑，1948年11月1日。
[4] 怀潮：《论小资产阶级——论艺术与政治之三》，《泥土》（北平）第7辑，1948年11月1日。

观战斗精神。他们同样是站在左翼文学的立场，否定"自由"派作家的文学理想。在整体思维上与香港的邵荃麟、郭沫若是相同的，但缺乏后者的理论功底。《泥土》上的批判文章很多流于情绪式的"骂评"，以毒辣的语言，给批判对象戴上罪名，带有嘲笑谩骂的性质。在他们看来，沈从文等人最大的问题就是他们所站的"中间"位置，即自由主义立场。同邵荃麟、郭沫若的观点相似，他们也认为，这种立场是不存在的。你不是倒向统治阶级，就是倒向人民。这是典型的二元对立式的思维逻辑，即不是革命者就是反革命者。最关键的问题是，这样的批判就发生在被批判者身边，还是由他们的学生发起的。尽管相对于郭沫若、邵荃麟等人来，这些年轻的批判者的资历和地位都没有什么分量，但是考虑到20世纪40年代后期的社会情况，我们可以猜想这样的批判，多多少少都会给那些同样坚持自由主义立场的教授们带来压力的。从1948年出版的另外一份《北大》（半月刊）第4期上，我们也发现了批判沈从文的文章。同时，还有一篇专门就"北大文化服务社新书介绍"的文章，主要介绍的就是在香港出版的大众文艺丛刊第一辑《文艺的新方向》。这表明，当时在香港发动的批判已经很快地传到了北京。所以，这些来自左翼的大批判，"自由"派作家应该是有所耳闻的。这些都构成了他们所身处的现实环境。

　　无论是左翼作家积极地宣扬"人民的文学"，还是有针对性的批判，最终的目的都是为了使不同的作家走向这个"文艺的新方向"。对于"自由"派作家来说，到底是走向这个"新方向"，还是继续坚持自己的方向，无论作出怎样的选择，都需要巨大的勇气和胆识。选择前者，就意味着要积极地改造自己的思想，改造思想的过程也不会是一帆风顺的。选择后者，意味着要面对包括批判在内的各种压力。变与不变，也会因为每个人的具体情况不同而表现不同。

三　变与不变："自由"派作家的选择

　　"自由"派作家不是没有感受到关于文学方向的压力。1948年11月7日，由北大"方向社"主办的座谈会上，沈从文、朱光潜、冯至、废名等都谈到了"今日文学的方向"。金隄首先就文学与政治的关系求教各位先生。冯至从文学史的角度出发，认为文学史上诸如韩愈的文、杜甫的诗都是第一流的文章，并且都是载道的文章。在他看来，作家将自己信奉的某一种"道"变成自己的信仰，是自然的事情。他暗示文学是可以载道的。但文学载道和是不是强迫文学来载道是两回事。冯至的观点中存在的一个漏洞是，韩愈的文与杜甫的诗之所以成为一流的文章，究竟是因为他们所载之道的道的缘故，还是因为他们的文与诗自身的原因。将文章载道和文章被强迫载道分开看，说明他所希望的载道是作家将"道"视作了自己的信仰，而非被人强迫的。换言之，作家可以和政治结合，但是这种结合应取决于作家内心对政治的认同，而不是政治施与作家的压力。废名则强烈反对文学/作家听命于某种"道"。他眼中的作家只是用来指导别人而不是别人来指导他/她的。针对冯至抬出历史的做法，他反问道："历史上哪有一个文学家是别人告诉他要自己这样写、那样写的？"他承认，文学是宣传，但是它宣传的是作家自己的思想感情。废名坚持的还是作家/文学的独立性。

　　接下来众人又将文学/作家与政治的关系化为交通上的驾驶员与红绿灯的问题。沈从文就认为驾驶员要遵守交通规则，那就意味着他/她要听红绿灯所代表的指令。冯至则认为，有红绿灯是好事。而沈从文的疑问是，如果红绿灯是被人故意操纵时，驾驶员是不是还应当听从红绿灯的指示呢？对于这个疑问，冯至给了非常肯定和现实的回答："既要在这条路上走，就要看红绿灯。"沈从文进一步追问，如果有的驾驶员并不想要红绿灯，认为没有红绿灯反而更好呢？接着他又将自己的问题明确化。他的疑问是即使文学要受政治的影响，但是文学是否还可以保持自己的主体性？在政治试图修正它、改造它的时候，它是否也可以反过来给政治以修正和改造的能力和权利？他自己的想法是，一方面明明知道有红绿灯，但是还希望可以走自己的路。在废名看来，沈从文的问题并不是什么问题，因为文学只是作家天才的表现。废名的意思是，文学是根本不必考虑外在的红绿灯问题，如果接受了红绿灯的指令，那就不是文学。一位与会者则正面回答了沈从文的问题。在他看来，作家这个时候有两条路可以走，要么坚持自己的路义无反顾地走下去，只要自己认为是对的；要么是妥协，暂时先停下来，等以后有机会再重新坚持自己的路。不管选择哪条路，作家都要"牺牲"。冯至再次强调，"一个作家没有中心思想，是不能成功的"。朱光潜则将所谓的"道"转化为每一个体自己的见解。他有意将所谓的"道"从集体的"道"拉回个体本身。这样的话，文学载道就变成了载的是自己的道，也就是废名所说的是作家自己的思想感情。而且他特别强调政治也属于生活的一部分，文学与它发生关系也较为正常，但是"不能把一切硬塞在一个模型里"。也就是说，不应当给文学一个指定的方向，文学即使有方向，也是作家/文学自己选择的方向。①

在这场涉及"今日文学的方向"的讨论中，我们可以看出讨论者的分歧。沈从文、朱光潜、废名是要求保持不变的，仍然坚持自己的方向，也就是"自由"派文学的方向。而冯至则强调的是变，这个变是历史的趋势。但是，他也强调这种变应当是作家自己内心已经认同新方向的变，是诚心诚意的变，而不是被迫的变。在坚持不变的作家当中，废名的意见是最坚决的，对于他来说根本不存在变还是不变的问题。文学家是天才、豪杰与圣贤的结合，他/她表现的就是自己，如果他/她表现的不再是自我，那就不是作家，产生的也不是文学。沈从文的想法实际上更大胆，他不仅不主张变，还强调在这种不变的前提下，是不是可以通过文学来促使政治的改变。朱光潜承认文学会受到政治的影响，但是这种影响并不能够主宰文学，文学还是文学。

同样，萧乾也充分感受到了来自左翼文学的压力。针对那种动辄就给别人扣上"富有毒素"或者"反动落伍"的帽子的大批判，他也提出了"自己的方向"。在他看来，中国文学的方向应当走向一条民主的方向。它能够容忍异己，"平民化的向日葵和贵族化的芝兰可以并肩而立"。坚持这个方向的作家，能够抗拒左右政治方向的影响，"根据社会与艺术的良知，勇敢而不畏艰苦的创作"②。显然，与沈从文等在政治的影响下，仍试图坚持文学/作家的独立性有区别的是，萧乾将方向的问题往前推进一步。他要的不是作家如何在现状下坚持文学的自由，而是试图在改变现状的基础上，构想一个"新的方向"。这个"新的方向"是一个能够更充分地体现文学/作家的独立和自由的方向。

无论是沈从文、朱光潜、废名，还是学生辈的萧乾，他们表现出的都是对于那个"走向人民的文艺"的"新方向"的犹疑和拒绝。在变（走向人民的文艺）还是不变（坚持"自由"派文学）的问题上，他们

---

① 《今日文学的方向——"方向社"第一次座谈会记录》，《大公报·星期文艺》（津）第107期，第4版，1948年11月14日。
② 《中国文艺往哪里走?》，《大公报》（沪）第2版，1947年5月5日。这篇文章当时以社评的形式发表，没有署名，作者实为萧乾。

选择的是后者。

从那场关于文学方向的讨论中,我们能够充分地感受到冯至显然选择的是变。但是,对于冯至来说,这种变,并非是脱胎换骨的彻底的变。他的变更是一种有保留性的变。20世纪40年代后期,评论界对冯至抗战期间创作而战后出版的小说《伍子胥》和诗集《十四行集》给予极高的评价。马逢华就认为在《伍子胥》中,冯至写下"一段有声色的,美丽的人生……一曲……'人的高歌'"。它充分表现出了"一种艺术的完美,一个完整的世界"[1]。袁可嘉在批评当下诗坛严重的模仿倾向的时候,认为冯至的诗歌并不是观念的呈现。他是将抽象的观念融入想象中,再透过作家的感觉、感情而形成诗的。所以,《十四行集》并不完全靠的是抽象的哲理取胜,更多的还是诗人如何"通过艺术来完成艺术"[2]。两位批评家都从文学的角度给冯至以极高的评价。也就是说,在20世纪40年代后期,冯至在批评家中呈现出来的是一个在艺术的王国中遨游的作家,并且已经达到了一个高峰。

可是这个在艺术王国中遨游的作家内心是较为复杂的。于1943年写就的一首名为《歧路》的十四行诗中,冯至就表达了一种选择道路的痛苦。"它们一条条地在前面/伸出去,同时在准备着/承受我们的脚步;/但我们不是流水,/只能先是犹疑着,/随后又是勇敢地/走上了一条,把些/其余的都丢在身后——……朋友们,/我们越是向前走,/我们便有更多的/不得不割舍的道路……我们/全生命无处不感到/永久的割裂的痛苦。"[3] 选择时的那份犹疑,选择后要面临的痛苦,一种"永久的割裂的痛苦",可能正呈现出了冯至在选择"方向"/"道路"时的最真实的内心世界。对他来说,选择是痛苦的,选择后依然要经历无尽的痛苦。在另外一首关于"一个中年人述说五四以后的那几年"的诗歌中,他将过去与当下进行对比:"那时我们是少数,/但相信/一个挪威的戏剧家,/那时我们是少数,/但相信/一个俄国的革命者。//如今走了二十年,/却经过/无数的企图与分手;/如今走过了二十多年,/

---

[1] 马逢华:《伍子胥》(书评),《大公报·星期文艺》(津)第11期,第6版,1946年12月22日。

[2] 袁可嘉:《诗与主题》,《大公报·星期文艺》(津)第12期,第10版,1946年12月29日。

[3] 冯至:《歧路》,《经世日报·文艺周刊》(北平)第3期,第4版,1946年9月1日。

只看见/无数的死亡和杀戮。"① 诗歌中表现出当年那个深信易卜生主义的个人主义者面对当下现实的无奈。如果个人主义式的奋斗与反抗曾经是"那时""我们"的信仰,那么经过了二十多年之后,我们却并不能实现当年的理想。这是不是透露出作者对于当年理想的怀疑?是不是表明他对自己所坚持的个人主义的信念表现出了某种动摇?是不是在他看来,个人主义在面对当下的死亡和杀戮时,显得如此的无力?也是在这个时候,他开始表现出试图将个人主义与集体主义融合的努力。当有人说这是一个集体的时代,而个人主义正是阻碍集体主义的罪魁祸首的时候,他认为真正的个人主义对集体主义不会造成妨害。真正的个人主义是忠实于自己和忠实于工作的。这样的个人主义和集体主义拥有一个共同的目标,即为人类。② 所以,个人主义和集体主义是可以和谐地结合到一起的。需要指出的是,一方面,冯至表现出对集体的认同,也不反对个人走向集体;一方面,他坚持个人融入集体以后仍然保持自己的独立。因为双方都有一个为人类的共同目标。

于是,我们会发现,冯至的文学观念开始发生明显的变化。他认为现在最可贵的是,许多诗人抛弃了自己高贵的身份,他们开始以一个普通人的身份写诗,通过诗歌为普通人说话,即普通人的代言者。这才是真正的诗歌。③ 在稍后有记者采访他,就目前存在的以田间、艾青、袁水拍所代表的大众化和带有"灵感"味道的温柔敦厚两条诗歌道路,请教他的看法。冯至认为前者是有希望的。他还支持当下的学生运动,并认为这表明了他们一反过去自居于知识阶级的姿态。④ 这里包含了两个重要的信息:一是表明在态度上对左翼文学已经有了亲近感,二是他对学生运动的评价表明,他对知识分子转变自己的身份,投身革命运动的方式表示了认同。在1948年纪念"五四"的文章中,他更明确地表示,"诗人之可贵,不在乎写几首好诗,而在乎用诗证明了他真诚可贵的为人态度"。诗歌创作的目的不仅要证明诗人还活着,而且"还要表

---

① 冯至:《那时……》,《大公报·星期文艺》(津)第30期,第7版,1947年5月4日。
② 冯至:《论个人的地位》,《新生报》(北平)第1版,1946年12月15日。
③ 冯至:《"五四"以来的诗》,《平明日报·风雨》(北平)第15期,第3版,1947年5月4日。
④ 慕容丹:《访冯至先生》,《平明日报·风雨》(北平)第31期,第3版,1947年6月9日。

示他要合理地去活"。显然,在这里,诗歌已经被视作是一种人生斗争的工具。再联系上面袁可嘉和马逢华对他的作品的评价,我们会发现,此时的冯至已经离开了最初的那个美的艺术之宫。他开始更看重诗歌的"载道"功能。重要的是,此时的他,毫不犹豫地宣布,"现代社会的腐朽促使我们很自然地共同地上了追求真理,追求信仰的正路"。所以"我们"面临的问题,不是道路的选择问题,而是如何更好地在这条道路上坚持下去的问题。"我"变成了"我们",曾经的"歧路"变成了"正路"。这似乎表明他已经走向了那个"新方向"。在上面笔者提到的北大"方向社"的座谈会上,当沈从文表示对文学的红绿灯表现出疑虑、困惑、担忧时,他已经积极主张文学应该"载道"、应该接受红绿灯的指挥、文学应该有中心思想。而一次在南开大学新诗社的演讲中,他明确地表示,"'人民的方向就是文艺的方向'是正确的",并号召学生要先使自己成为人民中的一员,然后才能够了解人民,才能够写出真正属于人民的诗歌。[①] 换言之,就是要先改造自己,丢掉知识分子的立场,站在人民的立场来创作诗歌。这已经是按照左翼文学的立场来进行文学实践了。

如果冯至的转变已经成为事实,那么促使他转变的动因是什么?仅仅用环境的影响来解释显然是笼统的。而且与沈从文、朱光潜已经成为左翼文学重点批判的对象不同,冯至并没有承受来自左翼大批判的压力。也就是说冯至的转变,主要不应该是外在的压迫,而在于他内心的真正认同。就像笔者前面提到的,他在理论上解决了一个知识分子都面对的问题,即个人和集体的冲突问题。这是一个原因。另外一个非常重要的原因在于,他所秉持的信念。1947年发表的《决断》中,他一改在诗歌《歧路》中表达的人即使作出了选择,仍然会有"永久的割裂的痛苦"。冯至的意义上的决断,相当于在关键时刻作出重要的选择。一个人在决断时可能会遇到很多痛苦,但是在作出决断后,就会化乌云为晴朗。而且这种决断,不是来自外在的压力,而是自己的觉醒。一个真正痛苦的人,是那些意识到决断而不决断的人,是已经决断但又犹豫的人。这是人的生命的停滞和浪费,"在生命的悲剧中是最灰色最黯淡

---

① 冯至:《新诗的还原》,《大公报·星期文艺》(沪)第85期,第7版,1948年6月6日。

的"。尤其是当下两个世界的局面越来越明显的时候,决断就显得尤为重要。在文章的结尾,冯至认为,"在决断里可以使用人的最高的自由,同时也使人感到这个最高的自由是多么难于使用"①。对于冯至来说,勇敢地作出决断,是摆脱痛苦的重要途径。也就是说,他再次在理论上为自己的转变提供了充分的支持。同时也意味着他的转变真的是自己的决断而并非外在的压力。

但是在另外一篇文章中,我们又发现他的转变还是有所保留的。在名为《批评与论战》的文章中,冯至将批评和论战加以区分。考虑到当时左翼文学对"自由"派作家展开的大批判,显然这篇文章是有感而发的。冯至将论战与批评均视作正面的行为。在文学上,批评主要是从客观上来判断真伪与是非,论战主要是从主观上来否定自己的对立面。前者是要估量作品的价值,后者是拥护或者反对某一种思想。所以,作为一位批评者一定要抛弃成见、偏见,保持公正。"他是一个真理的寻求者。"论战者主要是以"一个真理的代表者"的身份出现的,他要以自己更正确或者唯一正确的姿态出现,这样才能打倒对手,证明对方是错误的。所以他要么被别人打倒,要么打倒别人。他身上是不允许存在宽容的。而批评家则要保持客观的、公正的、宽容的态度来面对批评对象。②这意味着,冯至更主张文学上的批评而非论战。这种批评所应具有的客观的、公正的、宽容的态度,即是要求批评家站在一种"中间"的位置。这也是典型的"自由"派的文学立场。再加上他强调个体与集体结合的时候,仍应当保有个体的"忠实于自己,忠实于自己的工作"的权利,我们可以发现,冯至的转变并非他诗歌中曾经主张的歌德意义上的蜕变。他的变还是有保留的变。冯至身上这样一种既出于自己的决断所进行的转变,又有所保留的转变,可能反映出了他对于行将到来的时代的想象。在这个想象中,个体与集体的矛盾可以统一在为人类的旗帜下。在决断之后,就意味着自己成为革命队伍中的人,不再是一个被批判的小资产阶级知识分子。

朱自清也开始向左翼文学所召唤的那个"新方向"靠拢。经常被研究者提到的一个细节是,当朱自清抗战胜利返回北京后,遇到一个警察

---

① 冯至:《决断》,《文学杂志》第2卷第3期,1947年8月。
② 冯至:《批评与论战》,《中国作家》第1卷第3期,1948年5月。

殴打一个三轮车夫。这打人的警察走后三轮车夫反而问"你有权利打人吗?"尽管这个时候打人的警察已经走了,但朱自清还是感到了巨大的震动。他觉得,"从这儿看出了时代的影子,北平是有点晃荡了"①。其实晃动的还有他的思想。从朱自清20世纪40年代的日记中,我们整理出一个简略的跟左翼有关的小书单:毛泽东的《论联合政府》,艾思奇的《大众哲学》、《知识分子及其改造》、《延安一日》,赵树理的《李家庄的变迁》,冯雪峰的《乡风与市风》,瞿秋白的《〈鲁迅杂感选集〉序言》,袁水拍的《马凡陀山歌》,胡风的《民族战争与文艺性格》、《在混乱里面》、《论民族形式问题》,吕荧的《人与花朵》,艾青、田间的作品等。从书单中我们也可以看出,朱自清对左翼政治、文学等方面的书籍的阅读不是随便看看而已。他能够阅读这么多左翼方面的书籍,就说明他是有意识地主动地去阅读的。这些书多多少少都会对他的思想产生影响。比如在标语口号的态度上,他自己承认原本是极讨厌的。标语口号和名言、格言相比,它可能也是出自知识分子之手,但是在姿态上代表的是人民/集体的主张。相反,格言、名言则是出自知识分子之手,还常常是以高高在上的姿态来面对读者。标语口号是站在民众的立场来鼓动民众,和民众的位置是平等的。而且,它往往是民众运动的纲领的凝缩,代表的是集体的力量,目的也是要唤醒民众。朱自清承认,标语口号所代表的集体力量,常常会给"爱自由的个人主义者"一种压迫,妨碍他们的自由。因此,对其产生厌恶感也是自然的事情。不过,标语口号又是民众求生存的有力的武器。只要它摆脱公式化的弊病,是真诚的,知识分子也不应完全否定。"标语口号有他们存在的理由,我们是该去求了解的。"② 这可能正是朱自清自己的真实心态。尽管意识到集体的力量可能会对自己所坚持的自由主义的个人主义带来压力和妨碍,但仍然抱着一种包容、开放的心态来对待,并表现出主动地改变自己的态度,去试着学习的倾向。从这里我们也可以看出,朱自清要改变的想法,并不完全取决于外在的压迫,更主要的还是他自己主动的要求。对当下时代的认识上,他就受到了当时已经流行的思想的影

---

① 朱自清:《回来杂记》,《大公报·星期文艺》(津)第5期,第6版,1946年11月10日。

② 朱自清:《论标语口号》,《知识与生活》第5期,1947年6月16日。

响，也认为这是一个平民世纪。正是因为这是一个人民的世纪，所以知识分子才应该有自我反省和批判精神。朱自清将批判的矛头对准了知识分子，也对准了自己。与伍尔芙将第一次世界大战后的英国作家描述为站在倾斜的塔上相似，朱自清描述的中国知识分子处于一种"悬空"的状态。他们"吊在官僚和平民之间，上不在天，下不在田"。这样一种状态原本是自由主义知识分子所要坚守的"中间位置"，也曾经是他自己所坚守的立场，现在则成为了被他批判的对象。在他眼中，处在"悬空状态"的知识分子的苦闷最多，矛盾也最多。他们不上不下，拘囿于自己"越来越窄的私有生命的角落上"，实在是已经缺乏了做这个时代的人的勇气。换言之，他们将自己封闭在象牙塔里，与时代、社会、现实、群众都隔离开了。于是，矛盾和苦闷就接踵而至。改变现状的最重要的办法是知识分子进行自我改造——重新做人。这主要体现在两个方面：一是重新认识文艺的使命。从以前将文艺视作表现自我的情趣转变为让文学来载道。二是知识分子改变以前的写作立场，从居高临下走到人民中去。知识分子不再从知识分子的立场上来写作，而是从人民的立场上来写作。这就要求他们"得作为平民而活着"，不仅要深入到人民中间，还要向人民学习，学习人民的活的语言。① 在朱自清的主张里我们很容易发现毛泽东《讲话》的影子。他所批判的知识分子的"悬空"状态，正是自由主义知识分子所坚守的"中间"位置。这篇文字可谓是朱自清从自由主义立场向左翼立场转变的宣言书，也是他对自我进行思想改造的白皮书。而且他自己也真的开始走出象牙塔，走进这个时代的中心。1947 年 2 月，他和俞平伯、陈寅恪、金岳霖等十余名教授发表联名宣言，抗议当时的国民党大肆捕杀学生，"要求政府释放无辜人士，保障人权，依法办事"②。同年的 5 月 20 日，他和沈从文、杨振声等 102 位教授签名声援学生的"反饥饿、反内战"大游行。③ 在1948 年抗议国民党枪杀东北学生的声明上，在拒绝美援和拒绝美国面

---

① 朱自清：《周话》，《新生报·语言与文学》（北平）第 8 期，第 3 版，1946 年 12 月 9 日。

② 《大学教授朱自清等昨发联名宣言　对平市拘捕多人向当局表示抗议》，《世界日报》（北平）第 3 版，1947 年 2 月 24 日。

③ 《北大清华两校教授　再为学运慷慨忠告》，《益世报》（津）第 4 版，1947 年 5 月 20 日。

粉的宣言中，他都签下了自己的名字。他还参加学生的集会，与学生一起扭秧歌。

朱自清也开始用左翼文学的话语方式来分析文学作品。赵树理的《李有才板话》被他称为"朴素，健康，而不过火"，是新写实主义的作风。用农民的活的口语，显得新鲜有味。这不仅体现出对于民族形式的成功借用，而且真正做到了大众化。① 在这篇文章中，他不断用旧瓶新酒、民族形式、"新的语言"等左翼文学的常用概念，显然这是他从左翼的立场来展开文学批评的积极尝试。在另外一篇谈文学的标准和尺度的文章中，朱自清特意强调今天知识分子已经走进大众，文学的标准和尺度也由原来的"人道主义"转变为"社会主义"。从前文学还只是雅俗之分，现在更注重的是普及和提高。这也是文学的新的"民主"的尺度。在其中我们再次感受到《讲话》的影子。所以说，朱自清可谓是响应那个"新方向"的召唤，并主动进行着转变的尝试。但这并不表示，他已经完全适应了左翼文学的标准。这一点在他谈到知识分子的任务时表现得极为明显。他同意知识分子要丢掉自己的优越感，要主动过群众那样的生活。但他又承认，要大家一下子都丢开既得利益，是不容易的。"现在我们过群众生活还过不来。这也不是理性上不愿意接受，理性上是知道应该接受的，是习惯上变不过来。所以我对学生说，要教育我们得慢慢来。"② 在朱自清身上很典型地表现出了自由主义知识分子，在20世纪40年代后期主动改变立场，并积极尝试用左翼话语进行文学批评的努力。而且他非常清醒地意识到这种转变的艰难性和缓慢性。

李广田的转变从抗战后期已经开始。在云南完成的长篇小说《引力》实际上带有很大的自传性。这部小说以抗战为背景，写抗战中一对夫妻的思想转变。黄梦华和丈夫雷梦坚因为抗战而被迫分离。丈夫随学校内迁，她因怀孕而滞留沦陷后的济南。在经历了敌伪统治下的种种艰险后，她带着幼小的孩子辗转投奔大后方。就在她到达成都的前一天，丈夫向一个充满朝气与希望的地方而去。这个地方显然暗指解放区。她

---

① 朱自清：《论通俗化》，《新生报》（北平）第1版，1947年5月4日。
② 张东荪、许德珩、费孝通等：《知识分子今天的任务——本刊座谈记录》，《中建》第3卷第5期，1948年8月5日。

发现原本所期待的大后方也和沦陷区一样，到处都是黑暗。小说预示她也将投奔那个充满希望的地方，与丈夫会合。小说题目所蕴涵的寓意是，那个对知识分子充满引力的地方是共产党领导下的延安或者各个抗日根据地。小说表现的既是知识分子的出路问题，也是思想转变问题。这样一个问题，被评论者称为是一个"历史性的主题"①。显然，李广田很早就开始思考知识分子的思想转变问题。

在一篇名为《给抗战期间留在沦陷区里的朋友们》的文章中，李广田描述了他所感知到的一个还在发展着的文艺的"主导方向"。首先，他强调这是一个集体的时代，所以文学也是集体的，而非个人的。那些总是写个人的作品就显得不怎么重要了。如同冯至一样，他也强调在集体的时代，并不意味不要个人。关键是个人能否和集体有着同步的感应。其次，他认为这个文艺的主导方向是"苦斗的，而非闲达的"。因此，作家就不应该再沉溺于自己的闲适的趣味之中。"第三，是前进的，而非后退的。"② 他所谓的集体的时代，相当于人民的世纪的说法。在这里，他对左翼文学所倡导的那个"新方向"还并没有到位的理解。与朱自清相似的是，他也开始关注左翼文学。尤其是在对左翼文学的评价上，我们可以感觉到他的立场的调整与变化。比如，他最初给袁水拍的《马凡陀山歌》以较高的评价，认为它是"今天的国风"。它代表了中国新诗发展的一个方向，就是向山歌民谣学习。但是，这不是唯一的方向。③ 在诗歌道路的理解上，此时的李广田还保持着一种开放的态度。不过，再次谈《马凡陀山歌》的时候，他却认为它未免显得有些油滑了一些，轻佻了一些。与真正的人民的山歌民谣相比，它还存在一些弱点和缺陷，还带有"都市知识分子的气愤和聪明"。为什么这部此前被他称为"今天的国风"的讽刺诗集，现在被他发现了缺点？答案是，他有了一个新的参照系。在《马凡陀的山歌》的旁边，他又竖起来《李有才板话》。在后者那里，他发现了最好的"人民的语言"。没

---

① 尚土：《读〈引力〉》，《新生报·语言与文学》（北平）第114期，第3版，1948年12月14日。

② 李广田：《给抗战期间留在沦陷区里的朋友们》，《大公报·星期文艺》（津）第3期，第6版，1946年10月27日。

③ 李广田：《马凡陀的山歌》（书评），《大公报·文艺》（津）第62期，第6版，1947年2月14日。

有欧化，没有书呆子气，没有调侃之类的油滑，只是一些朴实简单而又老老实实的白话。尤其是对于板话这种民间形式的借用，因为它来自老百姓中间，所以它所传达出来的就是人民的意见，它就是人民的喉舌，它也是在代替人民说话。正是相较于《李有才板话》这样"从生活的实践中诞生"的作品，《马凡陀山歌》才显示出缺乏真正的山歌所有的乡野泥土气息，缺少"质朴庄严的建设性"①。正是在更能代表左翼文学的"新方向"的作品面前，《马凡陀山歌》才暴露出了问题。一方面，这显示出李广田对于"新的方向"有了更深入的理解，一方面也透露了这位当年《汉园集》三杰之一的诗人，对于诗歌的认识发生了明显的变化。这个变化是根据左翼文学的"新方向"而作出的。诗人在创作中不应当再从诗人的立场出发来写诗，应当从人民的立场来写。在一篇回应杨振声的"打开一条生路"的文章中，他已经开始从左翼的立场来谈问题。在他看来，为文学寻找一条生路，实际上就是文学创作的方向与文学批评的标准问题。他更希望从政治的角度来谈这个问题。所以他认为，首先要弄清楚，代替了帝国主义的、独裁政体的、资本主义的究竟是什么。弄清楚了这些问题，也就弄清楚了文学的方向与标准问题。打开文学的生路是从这里打开的。按照他的思路，文学之所以没有生路，是由帝国主义、独裁政体、资本主义的压迫所致。在他的潜意识中，文学是被政治所决定的。因为代替帝国主义、独裁专制政体、资本主义的是社会主义和民主，所以打开文学的生路，也就是要将社会主义和民主视作文学的方向和标准。而诸如《白毛女》、《李有才板话》等正是这一方向的典型代表。② 这样的思路，和朱自清一样，都是试图用左翼文学的批评话语来展开文学批评。有意思的是，就在这篇文章发表的同一个报纸版面上，就刊登着冯至的短诗《那时……》。当冯至还站在诗人的立场，以中年人回首的姿态传达出内心的某些犹疑、困惑时，原本的诗人李广田已经逐渐试图与"新方向"保持一致了。在谈及朗诵诗的一篇文章中，他更是将戴望舒、臧克家、何其芳的诗歌进行对照。在臧克家的参照下，戴望舒的诗歌调子太低，传达出的还是

---

① 李广田：《再论〈马凡陀的山歌〉——文艺书简之十二》，《大公报·星期文艺》（沪）第65期，第9版，1948年1月18日。

② 黎地（李广田）：《纪念文艺节——论怎样打开一条生路》，《大公报·星期文艺》（津）第30期，第7版，1947年5月4日。

个人的渺茫的情绪。而后者是"坚定有力的",并且传达出的是人道主义的思想。但是与何其芳的《我为少男少女们歌唱》相比,它们又都没有何诗显得那么"明朗、高昂、轻快"。言外之意,何的诗歌明显要比戴和臧的价值更高。这是以解放区文学作品的标准,来评判国统区的左翼作家和"自由"派作家的作品。这也是左翼文学在20世纪40年代后期一体化的表现。在这篇文章中,李广田还强调诗歌的政治效能。诗必须表现人民大众的生活和思想,而且要用人民大众可以接受的形式去表现。在今天,个体的私人世界和政治的公共世界是一体化的,无法分开。① 也就是说,作家作为个体的感情是不存在的,他/她的感情就是大我/集体/人民/民族/国家的感情。如果说,在冯至的转变中,还仍然保留了一个关于独立和自由的个体可以存在于集体之中的愿望的话,那么在李广田这里,个体是被彻底地改造的主体,是一个要高度地与大我保持一致和统一的小我。所以相较而言,李广田的"变化最大"。而这个最大还表现在,他在1948年秘密地加入了清华大学的地下党组织,成为了党员作家。

在冯至、朱自清、李广田的身上,我们可以看到"自由"派作家在逐渐靠拢那个"新的方向"时,表现出了各自的差异性。而且最重要的是,"自由"派作家的转变也不是完全来自外在的政治压力或者左翼文学的强制性压迫。他们之间像冯至、朱自清、李广田等都带有某种主动性。转变对他们也并非一蹴而就。在转变的过程中,不是所有作家都完全放弃了自由主义的立场。这恰恰说明了在这个"转折年代",自由主义知识分子转变的复杂性。

第三节 重构文学自由主义的理念

一 文学的另一个方向

当左翼文学试图以"走向人民的文艺"作为统一文坛的"新方向"时,那些仍然坚持"自由"派文学立场的作家却提出了文学的另一个方向。用沈从文的话说是"文学运动的另一个目标"。在一个历史变动

---

① 李广田:《诗与朗诵诗》,《新生报·语言与文学》(北平)第78期,第3版,1948年4月13日。

的关口，他们试图另辟蹊径。他们要坚持的是在"中间"的位置上，通过文学/文化来改造政治，改造人，最后达到国族的重造。在表面上看，"自由"派作家与左翼作家的基本思路似乎是相同的。他们都试图在文学中寄寓自己的理想，然后通过文学给政治以影响。不过，在左翼作家那里，文学给予政治的影响取决于政治本身。政治决定了文学以什么样的形式、在多大程度上给政治以影响。这些都已经被政治本身所规范，而且文学即使影响了政治也并不能够改变自己被政治所规约的性质。"自由"派文学则不然，它所要传达出来的理想，并不是被政治所规约好的。它恰恰就是要通过自己的独立性来改造政治，然后使得被改造后的政治能够更好地保障包括文学的独立、个人的独立等在内的各项基本权利。

　　这一点在沈从文身上表现得尤为明显。1946年8月31日，沈从文在接受记者采访的时候，问了一个"显然经过深思熟虑的问题"，即丁玲等人为何到了延安之后，反倒没有什么作品产生呢？对于丁玲等人向人民学习并以工农为题材，他并不反对。同时他也提及自己缺乏闻一多、郑振铎那样的勇气，是个承受力不强，而且有些"胆小的人"。所以，他更希望"牢守一个读书人最基本的本分，只在用脑子用笔，想留下这一时代的乡村纪事，小儿女的恩怨，以及青年们情绪的转变"①。在这段访问记中，我们看到了诸多的空白与沉默。尤其是沈从文提到，抗战初期，自己也是曾经有机会到延安的。再对比他关于丁玲等人没有更多作品产生的疑问或者反问，我们似乎可以窥测到，沈从文内心是为自己没有去延安而庆幸的。不过他对丁玲在延安的工作以及创作方法的看法，却充分表现出了一个"自由"派作家的文学立场，即一种宽容（容忍异己）的态度。他表示自己不会直接参与民主政治，而是仍将坚守作家的本分。稍后，在接受另一家报纸的采访时，沈从文一改上一次的小心谨慎，他大胆地点评了延安时期的何其芳、丁玲等。在他看来，"他们（延安作家）是随了政治跑的，随了政治跑本身不会对政治有好的影响。假如国家把作家都放在宣传那里，那成什么样子！""文学是可以帮助的，假如政治来帮助文学，那便糟了。"② 他计划再写十年，

---

① 子纲：《沈从文在北平》，《大公报》（津）第3版，1946年9月3日。
② 姚卿详：《学者在北大（二）：沈从文》，《益世报》（津）第4版，1946年10月23日。

写他未完成的十城记，写昆明的《八骏图》续篇，甚至还要写剧本。

在另一次采访中，沈从文表示自己将不会组织什么协会，也不喊什么口号，仍然默默地编辑报纸的文学副刊，在这沉默中培养"我们的态度"①。实际上，他所主张的态度，就是作家始终以文学为事业。有意味的是，就在同一天的这张报纸上，刊登了朱自清针对杨振声"我们打开一条生路"的文章。与沈从文要在文学的园地中默默地培养一种态度不同，朱自清则大声呼吁知识分子/作家要改变自己的立场，要从自己狭小的人生当中走出来，要为民众而活着，要站在民众的立场上来写作。正如笔者在前面已经分析过的，朱自清在文章中针对知识分子的批判，也是对自我的批判。这样一对比，我们不难发现，沈从文的自省恰恰是对左翼文学"新方向"的拒绝和对自己原有立场的坚持。而朱自清的自我批判同时也是一种要改造自我的反省。朱自清要改变的，正是沈从文要坚持的。知识分子的"中间"位置在朱自清那里所引发的"不上不下"的苦闷和矛盾，在沈从文这里成为坚实的立足点。

沈从文不是对现实没有兴趣，也不是说要与政治绝缘。正是在20世纪40年代后期，他不断对现实发表自己的看法。恰恰就是眼前正在发生巨变的现实，使他试图展开的规划只成了规划。在他看来，国共内战是"一群富有童心的伟人在玩火"，结果可能是烧死别人的同时即焚毁了自己。②他关心的不是国共两党谁能够最终获胜的问题，而是在这场战火中，有多少无辜者失去生命，失去亲人，失去家人，有着几百年历史的古都的老建筑有多少在战火中能够保存。他看到的是战争给普通人、给整个社会所带来的巨大的伤害。所以，在他眼中，国内战争不是毛泽东话语中的革命的阶级战胜反革命的阶级的"历史必由之路"，而是一场"人为"的"集团屠杀"。他希望用战争以外的方法来解决现实的矛盾，用爱与合作来代替仇恨和战争。③文学/文化的力量在这个时候就显现出来了。正如笔者在前面已经论述过的，沈从文的整体思路是：作家通过文学创作，在文学中寄予爱与美、向善和向上的信仰。这些作

---

① 雷希嘉：《沈从文先生访问记》，《新生报》（北平）第4版，1946年12月9日。
② 沈从文：《从现实学习（二）》，《大公报·星期文艺》（津）第5期，第3版，1946年11月10日。
③ 编者（沈从文）：《五四》，《益世报·文学周刊》（津）第39期，第3版，1947年5月4日。

品给青年人以情感教育。他们将此变成自己的信仰，然后去改造社会，改造政治，改造国家。也就是他所谓的民族品德的重造。沈从文所希望的有别于左翼文学的"新方向"，是作家通过文学的方式将政治改造成自由主义的政治。只不过，他的主要目的不是政治，他更关注的是人心，是民族的品德。在他的逻辑中，民族品德的改造直接决定了政治改造是否成功。因为，毕竟政治还是人的政治。这也是一批"自由"派作家所共同追求的一个目标。

杨振声就持相似的主张。也是在天津《益世报》上，1946 年 10 月 27 日又刊登了记者对杨振声的采访。在采访中杨振声批评苏联代表的社会制度在剥夺个人自由上显得有些偏激，美国的自由民主政治却又是资本主义的，如果能够将二者的优点结合起来，形成一个完美的社会制度是最为理想的。无论选择什么样的社会制度，一个必须恪守的原则是个人的自由。所以，"他认为'自由、平等、民主'在人类社会中的任何一人，任何一时，任何一地，都不应该缺少的"[1]。杨振声的立场可谓典型的自由主义知识分子的立场。1947 年，他到南京参加国民党政府的国民大会时，接受了蒋星煜的专访。他向记者透露，自己和朱光潜、沈从文、朱自清、冯至等正在编辑几家北方报纸文学副刊，因抗战而停刊的《文学杂志》也将会复刊。这些举动的主要目的是"希望利用文艺这个工具来促进新的文化运动，我们希望中外文艺能进一步地沟通，新旧文艺能进一步地融合"。他还谈到，国家目前所处的危机，促使自己"深深地感觉到需要有一种新的文化新的人生观来适应这个时代"。所以包括知识分子在内的国人要做的是，以世界的眼光来寻找到一条符合时代发展的道路。在当下的危机中，文化/文学应当发挥重要的作用。他特别强调，文学可以反映政治的意识，却不能被政治所控制。否则的话，它只能走向衰亡。[2] 同时，他还反对政治对教育的控制。针对国民党在大学里实行的训导制度，他认为政党与教育结合意味着教和育的分家。校园也会变成党争的地方。在这种情况下，"学术成为政治工具，政争成了第一兴趣，学术与真理皆为政争所牺牲"[3]。杨

---

[1] 姚卿详：《学者在北大（三）：杨振声》，《益世报》（津）第 4 版，1946 年 10 月 27 日。
[2] 蒋星煜：《杨振声记》，《文化先锋》第 6 卷第 15 期，1947 年 6 月 10 日。
[3] 杨振声：《一年来大学训导制度的失败》，《经世日报》（北平）第 2 版，1946 年 8 月 18 日。

振声所强调的仍然是文学/文化与知识分子/作家的独立性。只有在独立的基础上，才能将文学与文化的作用充分发挥出来。整体思路上，他与沈从文相似，也是希望作家产生或者推动一种新的文学/文化。然后，由这新的文学和文化来培养一种新的人生观。再由这秉持新的人生观的人去改造社会、政治乃至国家。最终实现的是一个充分自由与民主的现实环境。他所寄予希望的新的人生观，同样也是充分体现自由主义精神的人生观。

在杨振声这里，文学同样也被赋予了极为重要的作用。最关键的是，在他和沈从文所期待的文学的"另一个方向"中，文学的独立性是尤为重要的。要保持文学的独立性，首先作家自己要拥有独立性。要能够创作出给予人重要影响的作品，作家首先要拓展自己的人生经验，扩大视野。他/她对这个时代有最真切的感受，形成"确实是他自己的对于一切事物的看法与态度"，"这看法与态度既不雷同于古人，更不苟同于今人，在他独立的风光中，他的环境才是一片崭新的世界"①。在具体的创作上，他暗示那种旧瓶装新酒的做法是不会产生好的作品的。为了提高作品本身的质量，艺术上的技巧也是必须重视的。杨振声走的是精英主义的道路。他也主张作家要不断改造自己，但是这种改造不是接受某种政治理念的改造，而是自己在不断地吸取一切知识，在感受世界的发展中，将不同的知识与经验加以综合，形成属于自己的思想。用他的话说，这就是作家在"在追寻，在探求，在综合，在除旧布新，在创造他自己，在更新他自己"。

其实，我们可以感觉到，杨振声有意识地要走一条与左翼文学不同的路。要作家新瓶装新酒，针对的是左翼文学提倡民族形式时，对于民间传统文艺形式的借用。强调文学技巧，以精英化针对左翼文学的大众化。"酿成自己的观点和独立的风度"针对的是，左翼文学要求作家改造自己的思想，站在民众的立场来写作。毋宁说，正是感受到左翼文学的"新方向"越来越强势时，他才开始呼吁"要打开文学的一条生路"，要另辟蹊径。当越来越多的人逐渐将毛泽东话语当作一种新的人生观并主动进行自我改造的时候，他正是要重塑自由主义的人生观。在

---

① 杨振声：《今日的文艺》，《大公报·星期文艺》（津）第4期，第6版，1946年11月1日。

这个角度上来说，他和沈从文的文学理想都是一种"自由"派文学理想。用他的话说就是，用新文化/新文学来培育一种新的人生观，新的人生观造就新的国民。① 最终，还是由这新的国民来形成一个新的政治共同体。杨振声同时还强调教育的作用，将今日的教育和明日的建设紧密地联系起来。② 教育不是要向年轻人灌输党义等政治性的东西，而是养成个体健康、勇敢、朴实、独立、自由等品格。这与沈从文将希望放在青年人身上，是同样的道理。

朱光潜从克罗齐的历史观出发，批评马克思主义的历史观。他认为将历史视作从奴隶社会到共产主义社会的历史叙述，是克罗齐所概括的三种"假历史"之一。③ 这也意味着，他不会赞同毛泽东所描述的新民主主义的"历史必由之路"。所以他站在自由主义知识分子的立场上，认为中国的出路不是在国共之间进行选择，而是顺应世界潮流的发展，将资本主义的民主政治与社会主义的经济平等结合起来。④ 具体到当下的文学而言，朱光潜显然也不同意要改变知识分子的立场，以民众的代言人的身份创作。他认为文坛缺乏的恰恰是认认真真地创作的作家。他将这样的作家称为"地道的文人派"。"文学是他们的特殊工作，有时也是他们的特殊职业。"他们又并不属于完全靠市场吃饭的职业化作家。"他们能保持一种超然的态度，不泥古也不趋时风，是跟着自己的资禀和兴趣向前走。"这样的人才能创作出优秀的作品。中国缺少的正是这样的人。⑤ 与沈从文、杨振声相同，他走的也是精英化的道路。作家不是改造自己的思想，转变成大众的立场去写作，相反要从知识分子的独立立场去创作。文学的重要性主要体现在精神教育上，而不是"一种知识的贩卖"。就如同喝茶，读了上千部茶经，不如亲自尝一两杯茶好。同沈、杨相同，他强调优秀作品的重要性。优秀的文学作品可以"造成

---

① 杨振声：《我们要打开一条生路》，《大公报·星期文艺》（津）第1期，第6版，1946年10月13日。
② 杨振声：《今日的教育和明日的建设》，《大公报》（津）第6版，1946年10月10日。
③ 朱光潜：《克罗齐的〈历史学〉（下）》，《大公报》（津）第7版，1947年2月9日。
④ 朱光潜：《世界的出路——也就是中国的出路》，《益世报》（津）第6版，1948年11月2日。
⑤ 朱光潜：《中国文坛缺什么？》，《平明日报·星期文艺》（北平）第47期，第3版，1948年3月16日。

一种新风气，划出一个新时代"①。

　　尽管朱光潜的论述没有沈、杨两位具体而详尽，但我们还是可以从中觉察出他的些许思路。按照他的思路，他同意文学可以影响社会，而且这种影响是巨大的，问题在于是如何影响到的。从他强调文学作品主要是给人的精神上带来愉悦来看，这个影响发生的中介是人。文学作品首先影响人，人又来改造社会。也就是沈、杨所坚持的作家→作品→人（受众/国民）→政治/社会/国族的路线。文学给予人的精神上的影响，实际上也是人的改造过程。人的改造在朱光潜这里同样占据了重要的地位。当然，他的人的改造是给人以人性的尊严和使人懂得别人的生命尊严的过程。

　　对当下文坛的不满，意味着他也希望开拓出一条有别于左翼文学的"新方向"的另一个方向。而且在沈从文、杨振声、朱光潜这里，这"另一个方向"都是从作家/作品的独立性出发，通过作品来改造人，被改造的人再去改造社会、政治和国族。这个方向并没有终止，它最后还是回到人。一个被改造的社会、政治和国族为个人提供了最充分的生命的自由。这也是一条从个体到集体，最后又回到了个体的道路。左翼文学的"新方向"在路径上似乎与此相似，也是从作家→作品→人（受众/国民）→政治/国族。但是与"自由"派的文学路线不同的是，作家在创作作品的时候要先进行思想改造，在具体创作的时候，要站在群众的立场或者阶级的立场。它的终点是集体。所以它的实际路线应当是作家→群众代言者/被改造的作家→作品→人（受众/国民）→政治/社会/国族。最后个体融入到集体之中。

二　文学自由的鼓与呼

　　在左翼文学的"新方向"之外，"自由"派作家试图打开"另一个方向"。这"另一个方向"则充分体现了他们自由主义的文学理念。所以，在20世纪40年代后期，朱光潜、沈从文、萧乾、袁可嘉等人不断地发出"文学要自由"的呼声，并积极地来阐释他们心目中的文学的自由和自由的文学。

---

　　① 朱光潜：《谈文学选本》，《经世日报·文艺周刊》（北平）第12期，第6版，1946年11月3日。

在1946年的《新生报》上，就有署名公孙澍的文章，积极呼吁"文艺的自由"。作者认为，文学在冲破旧的枷锁之后，获得了自由的发展。它可以自由地表现社会、时代等各个方面。但是也要提防它重新陷入"那些政治意味太浓厚的集团驱使"之中，反倒又失去了自由。自由是文学的永恒价值，也是它不变的真理，它的生命。因此，"（文艺/文学）是不能也不能允许它殉于某种手段的"[1]。言外之意是，文学不能被当作一种工具。从本体的意义上来说，它是自由发展的；从外在的环境来说，则必须提供给它一个自由发展的自由的环境。文学的自由和自由的文学是统一的。

20世纪40年代后期，对"自由"派文学的阐释最充分的是朱光潜。因为深受克罗齐的历史观的影响，他一向主张无论看什么问题，都应当从历史的角度出发。所以，他也试图从"现代中国文学"的发展历史中，说明"自由"派文学的合法性。在他看来，"五四"新文学的倡导者们大多是自由主义者，所以"五四"时期的作家们大都在自由主义的旗帜下，自由地创作，走着各自的发展道路。等到"左联"成立之后，那些"不入股"的作家统统被贴上"右翼"的标签。左翼文学所倡导的普罗文学或无产阶级文学，主张文学要反映"无产阶级的政治意识"，文学便被纳入替政治做宣传的工具的行列。他还暗示，将文学作为工具的做法，不仅仅只限于左翼文学一家。[2] 将文学当作工具的做法是不会成功的。他极力呼吁要维护文学的自由。对于他来说，自由的含义有两个方面。一个是个体呈现出主体性的自由。他/她既不要别人来做自己的奴隶，也不愿自己做别人的奴隶。他/她有自主权，凭理性来行动。第二个含义是在第一个的基础上发展起来的。因为个体的本性是自由的，所以他/她的主体性表现在按照本性自由地生长和发展。外在的环境就要提供一种适合他/她自由发展的条件。第二个层面上的含义又包括两个方面，一是个体能够按照本性自由地发展，一是有一个保证他/她自由发展的外在环境。这意味着我们在追求自己的自由的时候，也要尊重别人的自由。在这个角度上，朱光潜认为自由主义和人道

---

[1] 公孙澍：《从"文艺自由"谈起》，《新生报·新生副叶》（北平）第3版，1946年3月29日。

[2] 朱光潜：《现代中国文学》，《文学杂志》第2卷第8期，1948年1月。

主义"骨子里是一回事"。

在这个基础上,他充分而深入地阐发了关于文学自由的理念。首先,他也强调文学在主体性上的自由。文学本身的自由更主要体现在人的自由。在现实尤其是自然面前受困的人,在文学的王国里却可以获得充分的自由:他/她可以主宰自然,超越自然的种种限制,对自然进行重新裁剪,"重新给予它一个生命与形式"。并且,人在文学的王国里,暂时脱离现实生活的实用性,"他完全服从他自己的心灵上的要求"。同时,文学给予个体一种精神上的彻底解放,他/她将被压抑的感情疏泄出来,也使个体从狭小的天地中上升到一个更开阔的境地,充分地领略人生的新鲜与趣味。个体的生命获得了充分的自由和解放。在这个意义上,文学真正体现出它的自由的本质来。所以在朱光潜看来,文学自由的问题不在文学要不要自由,而是要不要文学的问题。不要自由的话,就等于不要文学。不要文学,就等于放弃了自由。文学和自由是合二为一的。

其次,他认为文学的自由还体现在文学创作过程的自由。他再次从文艺心理学的角度强调文学创作过程中直觉和想象的作用。文学创作中起作用的是直觉和想象,而不是思考力和意志力。直觉和想象的本性就是自由。所以,在这个层面上文学同样是自由的。在朱光潜这里,自由就是文学的本质与本性。文学的存在就是自由的存在。当文学以外的来自政治、道德、宗教、哲学等的力量欲强迫文学"走这个方向不走那个方向"时,就意味着文学和自由都将受到损害。朱光潜表示,为了捍卫文学的自由,就要"反对那文学做宣传的工具或是逢迎谄媚的工具"。"文艺自有它的表现人生和怡情养性的功用,丢掉这自家园地而替哲学宗教或政治做喇叭或应声虫,是无异于丢掉主子不做而甘心做奴隶。"[1]总结起来,朱光潜的"自由"派文学包括了个体的自由、作家的自由、创作过程的自由等几个方面,但实际上仍然是立足在个体的自由之上。个体的自由,一方面是作家在进行文学创作时,以自由的主体的形式出现的;一方面在文学作品中体现出的也是个体追求自由的精神。作为受众的个体在阅读作品的时候,自身获得了一种解放。从朱光潜的论述

---

[1] 朱光潜:《自由主义与文艺》,《周论》第 2 卷第 4 期,1948 年 8 月。收入《朱光潜全集·第 9 卷》,安徽教育出版社 1993 年版,第 479—482 页。

中，我们也可以发现他的文学自由主义的理念带有很大的先验性。在他那里，个体天生就是自由的，文学天生就是自由的。无异于西方自由主义政治理念中的"天赋人权"的思维。从这里也可以看出，朱光潜的"自由"派文学理念是与他所接受的西方自由主义政治思想有着极为密切的联系的。

在抗战胜利后的文坛，朱光潜积极地提倡一种"健康底纯正底文学风气"。为了树立这个风气，就应当采取宽大自由而严肃的态度。文学没有左右新旧之分，只有艺术质量上的好坏之别。所以，对于自己所主持的复刊后的《文学杂志》，他更强调它是一个没有门户之见，集纳包括与自己的意见和主张不同的文学的真正爱好者的空间。[①] 显然，朱光潜不仅自己坚持"自由"派文学的理念，更希望将这样一种理念发扬光大。

不同于朱光潜深入到文学与个体的关系之中来谈文学自由主义的理念，沈从文、萧乾等人则更多地将文学自由主义的理念，直接地呈现为文学与政治的关系。尤其是在20世纪40年代后期，他们面对来自左翼文学越来越大的压力时。沈从文在1947年写就的一篇未刊稿中，强烈地表达了对于文学上的"霸权"的不满。而这种霸权更多地来自左翼文学。他从自身因为写了点"小文章"而遭到多次批判说起，他认为自己的被批判主要是"不入帮的态度"和对于他人意见的"不喝彩"。其实，这正是一种独立和自由的态度。但是在一些人看来，这就是一种拆台的行为。也就是说，你不赞同我的意见就表示你是反对我的。在沈从文眼中，当下的文坛如同当下国共纷争的政治，不过是要求你非杨即墨地进行选择而已。用他的话说，文坛是现代政治的一个缩影，"只见有集团的独霸企图而已"。他认为文学和政治应该进行明确的区分。一个政治家讲究的是现实的权宜之计，为了现实的利益可以诉诸武力；文学家更多的是精神和思想层面的工作，他看到的是现实，而着眼点却在将来，是通过文学作品的方式给社会、国家以及人以影响的。将文学家当作宣传员的角色，实在是现代政治的悲剧。他将作家定位为一个思想家，"不会和人碰杯，不会和人唱和"，"他有权利在一种较客观的立场

---

① （朱光潜）编者：《复刊卷头语》，《文学杂志》第2卷第1期（复刊号），1947年6月1日。

上认识这个社会","他也有权利和一切党派游离,如大多数专门家一样,爱这些人民"。沈从文希望这个思想家式的作家也是一个无党派爱人生的人。在党派政治的纷争中,能够以"第三种组织"的身份/立场出发,在战争以外寻找到一种解决矛盾冲突的方式。这样的立场就是自由主义的立场。所以文学上的民主和自由,对他来说,"绝不是去掉那边的限制让我再来统治","民主在任何一时的解释都包含一个自由竞争的原则,用成就和读者对面,和历史对面的原则"。文学主要是用来创作出优秀的作品,而非用作宣传的手段。没有谁也不应该有谁天生拥有在作品以外来控制作家的权利。他认为,文学的真正的民主,应该是一方面容忍异己,一方面又以个人为主,采取自由竞争的原则,"在运动规则内争表现"①。与朱光潜相似,他的文学的自由和民主,也是以个体的独立和自由为基础。他特意强调文学之内的个体的自由竞争,是运动规则内的。这充分显示出了自由主义的特质。在保障个体的自由的时候,强调这种自由是相对的自由,是一定范围内的自由,而非绝对的自由。这样的个体是一个积极健康的个人主义者,而不是一个极端的个人主义者。

萧乾也针对左翼文学的话语霸权而提倡文学上的民主和自由。与沈从文不同,他将过去30年充满文学争论和斗争的文学史,视作文坛上的一种民主竞争的表现。但是,对于当时那种不是根据作品的优劣,而是根据作品符合不符合自己的观点来批判别人的行为,萧乾大为不满。他提出文学上也应讲求民主。萧乾的文学上的民主即是文学的自由。这又包含了三个层面:一是文坛上要形成容忍异己的精神和传统。也就是文学的多元化。二是作家要有写作的自由。他/她不听命于外在的指令。三是批评家不应当运用武器的批判来干涉作家的写作,而应允许不同风格的作品存在。在提出自己对"自由"派文学的理解之后,萧乾又将批判的矛头对准了当时的文坛。他批评文坛上称公称老的元首主义,以及人到中年就大摆筵席的"暮气"现象。这显然是有意识地批评左翼文学上的郭老(郭沫若)茅公(茅盾)。他也批评当时社会的混乱动荡,作家的生活和安全都无法得到保障,再加上政府在刊物的登记管理

---

① 沈从文:《政治与文学》,收入《沈从文全集·第14卷》,北岳文艺出版社2002年版,第251—258页。

上的苛刻，造成了战后文坛上出现了精神的危机。萧乾可谓是站在自由主义知识分子的"中间"立场，对左右均展开了批判。他将理想也放在了作家身上。一个具有悲天悯人精神，"有理想，站得住，绝不易受党派风气的左右"，"能根据社会与艺术的良知""勇敢而不畏艰苦的创作"的作家。"他的笔是重情感，富想像，比较具有永久性的。"他心目中理想的文坛是"平民化的向日葵和贵族化的芝兰可以并肩而立"①。萧乾心目中那个理想的作家和理想的文坛，实际上正是他所积极倡导的"自由"派文学理念的具体化。无疑，他思想中的"自由"派文学的核心或者基点，仍然是一个独立的个体。尽管他没有直接提及文学和政治的关系，但是摆脱政治，尤其是左翼文学所倡导"意识主义第一"的文学（批评）模式，显然是他所要追求的。

与朱光潜、沈从文、萧乾直接提出文学自由的理念不同，杨振声则针对具体的（文学）批评方式来阐述文学自由的理念。在杨振声看来，批评者批评别人时，总不像批评自己那样抱有一种宽容的态度。批评自己时，知道即使某些事情做错了也是不得已，所以很容易原谅自己。而批评别人时，就容易忘记被批评者也可能和批评者一样，也有不得已的地方。杨振声指出了批评中存在的一个最大问题，就是严格/严厉要求别人，宽容我们自己。所以，他提出了批评中应该用"恕"的态度。"在批评时仅有对事的意见之不同，不能涉及到对人的情感之好恶。"批评本来就是批评者依据自己认为正确的是非标准，来评判别人的是与非。所以批评本身没有绝对的标准，也没有绝对的是与非。在杨振声眼中，批评不是为了求得绝对的是或绝对的非，而是在一个特定的环境中来评判是与非。由此，在批评时，批评家就应当注意，被批评者并不是绝对的非，而批评者自己也并不是绝对的是。杨振声所说的"恕"不完全是饶恕、宽恕的意思，更多的是指同情与理解。也就是说，批评者不能够以一副真理在握的姿态，将批评对象一棍子打死。他提倡的还是一种批评中容忍异己的精神。因此表面上在谈批评，实际上是在谈文学上的自由。杨振声特别强调，文坛上缺乏的不是批评，"缺乏的是批评的艺术和风度"，即一种民主、自

---

① 《中国文艺往哪里走？》，《大公报》（沪）第2版，1947年5月5日。这篇文章当时以社评的形式发表，没有署名，作者实为萧乾。

由的批评精神。①

接着,他还进一步从被批评者的角度来谈批评的问题。在他看来,被批评者应该采取超脱的态度。超脱不是置批评于事外,不管你怎么批评,我就是不闻不问,不当作一回事。杨振声要求的超脱是,能够将批评者的批评视作一面镜子,看看自己有无这方面的缺点。有则改之,无则加勉。这才是被批评者的一种超脱的态度,也是一种雅量。② 不管是批评者的"恕",还是被批评者的"超脱",杨振声实际上主张的都是批评中要容忍异己。这是文学批评上的自由精神。

梁实秋则依然从人性论的角度来阐释"自由"派的文学理念。在一篇谈文学与现实的关系中,他承认文学离不开现实。但是文学之所以成为文学,并不在它对现实的反映。现实会随着时代的变化而变化,而文学的价值则保持永恒。梁实秋的意思是,文学的题材要取自于现实,但是它的艺术价值不是由题材来决定的。在抗战的时代,文学可以写抗战题材,但是它能否流传下来,获得受众的认可,不是取决于抗战题材。问题是决定文学的艺术价值的是什么?梁实秋的观点还是20世纪30年代的观点。他认为文学的价值在于反映了永恒的人性。这永恒的人性是现实背后的东西。作家要透过生活中的各种现象,能够发现人类普遍的情感。正是不变的人性,才决定了尽管取材于现实,但是当现实发生巨大变化的时候,作品依然保有艺术魅力。站在人性论的立场上,梁实秋认为文学应有自己的范围。政治、社会、经济等都不是文学范围之内的事情。"文学应该谨守文学的藩篱。"需要指出的是,梁实秋的意思,并不是要将文学自闭于象牙塔之内。他主要是反对文学为政治、社会、经济等服务,把文学变成反映政治、经济、社会等的工具。文学可以以这些为题材,但还是要反映这些背后所存在的人性。所以在他看来,报告文学不是文学,因为这已经将文学作为新闻记录的工具了。③ 坚持文学的人性论的梁实秋,实际上也延续了20世纪20年代坚持"自己的园地"的周作人的文学思想。他们都是在本体论的意义上试图建构文学自

---

① 杨振声:《批评》,《经世日报·文艺周刊》(北平)第2期,第4版,1946年8月25日。

② 杨振声:《被批评》,《经世日报·文艺周刊》(北平)第4期,第4版,1946年9月8日。

③ 梁实秋:《文学与现实》,《期待》第1卷第2期,1947年4月5日。

由的理念。

三 诗的新方向

在 20 世纪 40 年代后期"自由"派文学的重构中，年轻的诗歌创作者和诗歌理论者袁可嘉扮演了一个非常重要的角色。针对左翼文学提出的"人民的文学"的"新方向"，袁可嘉将"五四"文学中的"人的文学"的传统发扬光大。如果说在"五四"的历史语境中，"人的文学"强调的主要是一种人道主义精神，它凸显的是这一命题中的"人"的话，袁可嘉更强调的是这一命题中的"文学"的主体性。他将当下的文学潮流分为两个大的潮流，一个是"人民的文学"，一个是"人的文学"。在 20 世纪 40 年代后期，"人民的文学"正主宰着文学市场。这说明，他也感受到了来自左翼文学"新方向"的压力。不过，在他看来，"人民的文学"是"人的文学"在一个特定阶段的发展，是一个历史的产物。在当时的中国，因为还有更多的人饱受统治阶级的压迫，所以发动他们进行斗争，争取自己获得解放就成了历史的任务。"人民的文学"则是这一历史任务的产物。他暗示，"人民的文学"属于"人的文学"的范围，并终将回归到"人的文学"之中。因为要服务于现阶段的历史任务，所以"人民的文学"主要是以人民为本位，以阶级为本位，以工具为本位，以宣传为本位。也就是说，它的"人民"不是包括所有的人在内的，而是特指被压迫的工农。它的功能主要体现在宣传阶级斗争的理念，是宣传政治的工具。"人民的文学"的概念本身已经预设了关于"人民"和"文学"的诸多模式。这就意味着，投身到这个"新方向"中来的作家，必须遵守或者按照这些已经预设好的模式和套路来写作，否则的话就是不合法的。在"人民的文学"的命题中，"人民"、"文学"、"现实"被大大压缩和简化。而且，对于那些没有从"人民"的立场上来创作的作品，对于没有正确反映人民的政治意识（阶级斗争）、对于没有按照它的模式要求来反映人民的政治意识的作品，均要遭到批判或否定。它具有强烈的排他性。

相比之下，"人的文学"则主要坚持以人为本位，以生命为本位，以艺术为本位，以文学为本位。这一命题将文学创作、文学批评和文学欣赏等文学活动视作人的心智活动和生命活动。这一形式实际上更具体地表现为一个充分体现出人的主体性的过程。创作者选取有意义的经验，然后将其转变成艺术的世界，形成文学作品。而读者则通过阅读这些作品，体会到一种生命的意义和价值。读者自己的人性和心灵在潜移默化中也得到了改造。在这一点上，袁可嘉的思路和沈从文等人是一致的。不过，他又借用了曾经在清华大学任教的瑞恰慈的"最大量的意识活动"来建构文学的本体性。因为包括文学创作在内的文学活动都被其视作一种"人的心智和生命活动的形式"，文学活动尤其是文学创作的过程，实际上是将人的生命经验中最深、最广的意识挖掘出来，使它们相互激发、冲突、协调最后综合起来，形成生命的最大价值。所以，文学作品常常呈现出它的永恒性、普遍性和广泛性。正因为文学活动主要是一种生命的内在活动，所以，它本身不受制于诸如政治等外在的东西。它的文学价值也不是由政治来决定的，而是取决于它表现出的生命价值。在这个角度上，袁可嘉意义上的"人的文学"展现出充分的自由性。

袁可嘉在心理学基础上重构的"人的文学"的命题，实际上建构了一种"自由"派文学的理念。在"人的文学"的命题中，人和文学都以积极的、能动的、独立的主体的形式出现。这里又可以具体表现在三个层面：第一，作家是独立而自由的。第二，文学创作的过程是独立和自由的。它不受外来的干涉和影响，不遵照一定的模式，不接受外在的文艺政策的指导和规范。第三，作品最后呈现出的效果是，在肯定个体生命的尊严和价值的基础上，将个体生命的丰富性和充足性提升到一个更高的层次。所以，读者不是接受并遵守某种理念，而是在心灵上获得了一种解放，一种跃升。

显然，在"人的文学"的参照下，"人民的文学"显示出它的不自由/反自由的一面。在袁可嘉看来，"人民的文学"应当进行适当的自我调节或者修正。第一，要在坚持人民本位的情况下放弃统一文学市场的"野心"。因为文学本身是一种心灵自由的活动，任何统制性的举动都会对生命造成伤害。"人民的文学"可以真正地通过"人民"/集体的解放而充分地解放"人"/个体，通过"社会"的改造而真正地改造生命。第二，在文学的阶级性上要有一个适当的限度。阶级不应成为文学的一个普遍的标准。第三，文学在成为宣传或政治的工具之前，应当先成为文学。第四，不应将"人民的文学"视作一切文学批评的标准。第五，"人民的文学"要认识到自己的发展方向。它只是一个特定阶段的历史产物。袁可嘉的意思是希望"人民的文学"通过自我改造能够归依到"人的文学"的命题之中。他甚至还提出自己所理解的"人民的文学"应当是：必须是人民自己写的，必须属于人民，必须为人民而写。这也意味着"人民的文学"这一命题中只剩下了以人民为本位的思想。他重点还是强调文学应当成为文学，这是文学的主体性。文学也应当容忍异己，即文学的民主。从实质上来看，他是希望用"自由"派文学的理念来修正左翼文学的"新方向"，使"人民的文学"带有自由主义的色彩。用袁可嘉的话说："在服役于人民的原则下我们必须坚持人的立场，生命的立场；在不歧视政治的作用下我们必须坚持文学的立场，艺术的立场。"①这也是对他所建构的"自由"派文学的最精确的概括。

在"人的文学"的基础上，袁可嘉积极地建构他的富有"自由"派色彩的"新诗现代化"的诗学体系。这个体系实际上也是试图在诗歌领域开拓出左翼文学的"新方向"之外的另一个"新方向"。在20世纪40年代后期，左翼文学在"人民的文学"的大旗下，对诗歌也提出了"新的方向"。这个方向就是诗歌的"大众化"。要求诗歌/诗人为配合当下的现实斗争而创作。"诗——文艺运动，该是配合着政治的，因而首先便应该大众化。"要真正地走进人民的生活中，向人民学习，学习他们的语言和他们所熟悉的山歌民谣。诗人要真正变成人民的一分子，这样才可以摆脱站在旁观者或者人民之上的立场。李季的《王贵与李香香》、袁水拍的《马凡陀山歌》等被作为诗歌大众化的典型。②而对于那些与这个方向不一致的诗人，尤其是穆旦、郑敏、袁可嘉等年轻的诗人，左翼文学界加大了批判的力度。穆旦等人被视作是"才子佳人的搔首弄姿、超凡入圣者的才情至上主义、十足洋相之流的莫测高深、隐士们的阴阳怪气、买办洋奴代表人的狂吠"等罪名。在诗歌已经担负起民主和反民主斗争的重要任务之际，这些仍然维护诗歌的艺术特质的诗人被视作是一股诗坛的"逆流"③，或者"恶流"④。这个方向在当时

---

① 袁可嘉：《"人的文学"与"人民的文学"》，《大公报·星期文艺》（津）第39期，第6版，1947年7月6日。
② 李白凤等：《关于新诗的方向问题》，《新诗潮》第3辑《新诗底方向问题》，1948年7月。
③ 舒波：《评〈中国新诗〉》，《新诗潮》第4辑《理论与批评》，1948年7月。
④ 张羽：《南北才子才女大会串——评〈中国新诗〉》，《新诗潮》第3辑《新诗底方向问题》，1948年7月。

的诗坛逐渐获得了认同。比如，方敬就认为："一首诗的好坏主要在于它有没有真实的内容。"这个真实的内容就是"时代的主调"①。方敬所谓的时代的主调显然是指当下的政治斗争。言外之意就是诗应当为这个斗争服务。所以，美不是诗的目的，而是诗的手段。既没有绝对的美，也没有独立的美。② 在方敬看来，诗之所以成为诗，不是取决于它本身的艺术性——美，而是取决于诗所反映的内容。另一位批评者干脆认为读一百首意境朦胧的诗，不如听"一篇感人肺腑的叫喊"。在内容和形式上，内容占据了绝对重要的作用。"一切的战斗的现实的内容，也必然是政治内容，不管是抒情，不管是叙述，不管是'政治诗'，不管是山歌，都是政治内容。"③ 反映政治内容成为诗歌必须承担的最主要的功能。劳辛也点名批评袁可嘉的诗歌拘泥于技巧和私人小天地之中，有逃避现实的倾向。相反，诸如田间、臧克家等诗人，尤其是前者以粗犷美反映出现实的战斗力。④ 正如笔者在上面已经分析的，在20世纪40年代后期，包括朱自清、冯至等原本坚守自由主义立场的作家也开始认同于诗歌"大众化"的方向。

在这样的背景中，袁可嘉提出了"诗的新方向"。他以被人嘲讽为"南北方才子才女大会串"的《中国新诗》为例，说明穆旦等年轻的诗人的诗歌代表了诗歌发展的"新方向"。这个"新方向"是使诗人们站在既不倾左又不倾右的立场上，以艺术与人生为本位，力图在艺术与现实之间寻找到一种平衡。"不许现实淹没了诗，也不许诗逃离现实，要诗在反映现实之余还享有独立的艺术生命，还成为诗，而且是好诗。"⑤ 无论是诗人的立场——不左不右的中间位置，还是在现实与艺术之间保持一种平衡的诗学追求，均反映出了"自由"派文学的特色。这似乎更像是袁可嘉的"人的文学"在诗学中的翻版。与其说是袁可嘉在《中国新诗》的诗人们身上看到了一种"诗的新方向"，毋宁说这也正是他自己试图在左翼诗歌的主流方向之外，重新探索的一条诗歌的"新方向"。

---

① 方敬：《谈诗（上）》，《大公报·文艺》（津）第89期，第8版，1947年9月10日。
② 方敬：《谈诗（下）》，《大公报·文艺》（津）第90期，第6版，1947年9月17日。
③ 许洁泯：《勇于面对现实》，《诗创造》第1辑《带路的人》，1947年7月。
④ 劳辛：《诗底粗犷美短论》，《诗创造》第4辑《饥饿的银河》，1947年10月。
⑤ 袁可嘉：《诗的新方向》，《新路》第1卷第17期，1948年9月4日。

更重要的是，袁可嘉将他所提出的"诗的新方向"具体化为一种诗学主张，即所谓新诗现代化。袁可嘉站在与世界文学同步的立场上，积极吸取艾略特、奥登等现代主义诗人的诗学理论，并融合瑞恰慈、布鲁克斯等英美形式主义文论，建构起带有"自由"派的诗学体系。这个体系的最大特色就是试图将中国新诗从浪漫主义、写实主义乃至政治功利主义等包围中解放出来，向更现代化——现代主义——的发展方向推进。从瑞恰慈的综合心理学的角度，他强调生命是一个有机的综合的整体，而文学的最大价值在于对生命价值的创造。所以诗歌创作过程中要突出的不是生命中的某一种思想或者意识，而是要捕获生命经验中的最大的意识，然后将其综合，创造出生命的最大价值。从另一个角度来说，文学创作的过程是人的心智和生命中各种因素相互作用的复杂过程，不是只有哪一个因素起作用。所以现代诗歌的发展方向是从分析到综合。他还特别提到17世纪以来英国诗歌史上的三次只注重分析而损伤了诗歌的艺术价值——也损伤了生命价值——的例子。一次是17世纪末18世纪初，以诗人蒲柏为代表的"新古典主义"。他们突出理性主义，实际上将有机的生命分割为理智/理性与感情/感性，并将理智/理性放置在代表文学的综合动力的想象之上。一次是19世纪的浪漫派诗人。他们"使伤感取得合法地位而放逐了智力的意识活动"。第三次是19世纪末的为艺术而艺术。它的问题不在于对美的强烈追求，而在于将人的生命经验"横施隔离，独宗一家"。那些突出诗歌的宣传性、道德性、音乐性等的问题也在于违背了诗歌创作中"最大意识量的获得"的原则，孤立地强调其中的一种元素。①

在袁可嘉的诗学主张中，最关键的是诗歌的创作过程。他将这个过程概括为"把意志或经验化作诗经验的过程"。这个转化不是直接的转化，不是将我们生活中的经历用文字描述出来就行了。他将这种转化的方式命名为戏剧化或者戏剧主义。首先从现代心理学的角度说，人的生命呈现出的是一个复杂的过程，是"前后绵连的'意识流'总和"，"而意识流也不过是一串刺激与反应的连续、修正和配合"。不同的刺激引发不同的反应，这些反应之间也会产生各种矛盾和冲突。包括诗歌

---

① 袁可嘉：《综合与混合——真假艺术底色彩》，《大公报·星期文艺》（津）第27期，第7版，1947年4月13日。

在内的文学创作过程也是这样一个过程。所以，生命中被各种刺激激发出来的不同的反应，不可能会被诗歌清晰而直接地表现出来。诗歌要想反映出生命的价值，就不能是直白式的感情的宣泄，而应当采用各种方式将生命中那些曲径通幽的东西传达出来。换言之，戏剧化就是力避直接的说白，通过间接的暗示等曲折的方式将生命的复杂性展现出来。同时，人的生命价值的高低取决于"调和冲动的能力"，"那么能够调和最大量，最优秀的冲动的心神状态是人生最可贵的境界了"。诗歌的价值就在于通过戏剧化的方式，将人的调和最大量的意识冲动的能力展现出来。戏剧化在诗歌现代化的过程中占据了非常重要的作用。其次，从想象的角度来说，诗歌的创作过程也是一个想象的过程，即"诗想象"。它试图将抽象与具体，差异与相同，观念与意象等不同的元素统一起来。这种统一的过程也不是可以被直接表现出来的，而要用各种不同的意象将其传达出来。第三，从语言学的角度来说，诗歌的语言和日常生活中的语言是不同的，即使它借用了日常生活中的语言，也不再表达日常生活中的意义。它是一种象征的语言。如果说日常生活中的语言的指代关系是确定的，即能指和所指之间是一一对应的关系，那么在诗歌的语言中，能指往往是滑动的，它不再固定地指向原来的所指，而是滑向其他的所指，从而指代其他的意义。尤其是它还要接受语言的节奏、修辞、语气等的修正。也就是说，在不同的语境中，一个能指可能会呈现出不同的意义来。①

袁可嘉的诗歌的戏剧化，主要突出了两个方面。一个是诗歌的表现方式上的间接性。因为生命意识的复杂性，诗歌语言的复杂性，以及诗歌想象的复杂性，因此，要想将这些复杂性表现出来，就需要采用间接的表现手法。比如像里尔克那样，借助于具体的客观事物来表现人的生命的丰富性。同"人的文学"一样，他强调的是诗歌的创作过程是一个与人有关的自主性的活动。诗歌的创作是独立于政治、商业等活动之外的。它有自己的主体性。这实际上是一种"自由"派的诗歌理论。他明确表示在自己的诗学体系中，诗歌与政治是有关系的，但这种关系是平行关系而非从属关系。诗歌绝对应当关注现实人生，但也要保持自

---

① 袁可嘉：《谈戏剧主义》，《大公报·星期文艺》（津）第84期，第4版，1948年6月8日。

己之所以为诗歌的艺术特质。在语言媒介上，诗歌吸取日常生活语言是绝对值得肯定的，但是吸收日常语言不是因为它是民众用的，而是因为它本身所带有的弹性大，内蕴丰富等特性，它可以成为"创造最大量意识活动的工具"。绝对承认诗歌的多元化，但反对坏诗、假诗与非诗。而且诗歌的现代化或者戏剧化不是来自外在的压力，而是出于诗人内心的自发要求。这样一种现代化的诗歌最终以现实、象征和玄学的综合的形式体现出来。换言之，现代化的诗歌既要充分地关注现实人生，又要将生命对于自身、对于现实的经验用暗示的、含蓄的方式表现出来，同时还"敏感多思、感情、意志的强烈结合及机智的不时流露"[①]。

尤为重要的是，他还将自己的诗歌主张和民主紧密地联系起来。在他看来，我们往往将民主狭隘地视作"一种政治制度"，诗只是被当作推进政治运动的工具。实际上，民主是一种"全民的文化模式或内在的意识状态"，诗正是"创造民主文化和意识的有机部分"。民主文化的本质是要在不同中寻找到一种和谐。它首先要允许"不同"：不同的文化与不同的思想意识。但是，仅仅只有不同很容易造成混乱状态，最后演变成无政府主义。所以还要求"和谐"。但是如果只是为了和谐而要求"同"的话，就会形成某种清一色的独裁的局面。所以理想的民主文化是和而不同。"不同"是民主文化的起点和前提，而"和谐"是民主文化的理想和目的。在这样的文化状态中，包括文化在内的每一部门都是在既独立又相互配合之中发展。社会充分重视各个阶层与各个个体，而不是以某一阶级的利益为唯一至上的前提。"它决不以政治抹杀教育，经济抹杀伦理，'群众'代替个人，'工具'代替生命。"即使在每一个个体身上，民主文化也强调个体在各个方面得到充分的发展，而不仅仅使其成为政治的崇拜者。个体也必然会在自我完成的基础上增进集体的利益。

袁可嘉认为，这样的民主文化和自己所主张的诗学体系是相通的。在诗歌的创造过程中，他强调瑞恰慈所说的"最大的意识量"。就是要让生命经验中不同的意识思想充分地激发出来，让它们在相互冲突中求得一种综合意义上的和谐。这里面就包括了允许不同的存在。在综合的

[①] 袁可嘉：《新诗现代化——新传统的寻求》，《大公报·星期文艺》（津）第25期，第7版，1947年3月30日。

意义上的和谐,也并非就是将众多的意识中的某一个突出,使其成为占据主导地位的意识,而是在最大量的不同意识的冲突中寻找到一种平衡的方式。所以尽管综合了,和谐了,但是还有"不同"的存在。用袁可嘉的话说是,"写一首现代化的诗,一方面必须从作者的民主认识出发(把有价值的经验兼蓄并包),一方面必须终之于具体而微的民主的完成(完成于和谐),它底整个创造过程无异是追求民主的过程"[①]。这也再次证明了,袁可嘉所提出的诗歌现代化的"新方向",实际上正是一种"自由"派文学的方向。

---

① 袁可嘉:《诗与民主》,《大公报·星期文艺》(津)第101期,第4版,1948年10月30日。

参考文献

［英］约翰·密尔:《论自由》,许宝骙译,商务印书馆2005年版。

［英］马修·阿诺德:《文化与无政府状态》,韩敏中译,生活·读书·新知三联书店2002年版。

［英］霍布豪斯:《自由主义》,朱曾汶译,商务印书馆2009年版。

［英］哈耶克:《自由秩序原理》,邓正来译,生活·读书·新知三联书店1997年

［英］哈耶克:《通往奴役之路》,王明毅等译,中国社会科学出版社1997年

［英］以赛亚·柏林:《自由论》,胡传胜译,译林出版社2003年版。

［英］约翰·格雷:《自由主义》,曹海军等译,吉林人民出版社2005年版。

［英］安东尼·阿巴拉斯特:《西方自由主义的兴衰》,曹海军等译,吉林人民出版社2004年

［法］邦雅曼·贡斯当:《古代人的自由与现代人的自由》,阎克文、刘满贵译,上海人民出版社2005年版。

［法］布迪厄:《艺术的法则》,刘晖译,中央编译出版社2001版。

［美］格里德:《胡适与中国的文艺复兴:中国革命中的自由主义(1917—1937)》,鲁奇译,江苏人民出版社1996年版。

［美］约翰·罗尔斯:《政治自由主义》,万俊人译,译林出版社2000年版。

［美］王德威:《如何现代,怎样文学?》,城邦文化事业有限公司2008年版。

苏汶编:《文艺自由论辩集》,现代书局1933年版。

李何林：《近二十年中国文艺思潮论》，生活书店 1948 年版。

蔡尚思主编：《中国现代思想史资料简编》（一至五卷），浙江人民出版社 1982 年版。

邓正来：《规则·秩序·无知：关于哈耶克自由主义的研究》，生活·读书·新知三联书店 2004 年版。

顾肃：《自由主义基本理念》，中央编译出版社 2003 年版。

黄伟合：《英国近代自由主义研究——从洛克、边沁到密尔》，北京大学出版社 2005 年版。

钱满素：《美国自由主义的历史变迁》，生活·读书·新知三联书店 2006 年版。

石元康：《当代西方自由主义理论》，上海三联书店 2000 年版。

胡希伟等：《十字街头与塔：中国近代自由主义思潮研究》，上海人民出版社 1991 年版。

徐友渔：《重读自由主义及其他》，河南大学出版社 2008 年版。

闫润鱼：《自由主义与近代中国》，新星出版社 2007 年版。

任剑涛：《中国思想脉络中的自由主义》，北京大学出版社 2004 年版。

刘川鄂：《中国自由主义文学论稿》，武汉出版社 2000 年版。

陈国恩：《浪漫主义与 20 世纪中国文学》，安徽教育出版社 2000 年版。

贺桂梅：《转折的年代：40—50 年代作家研究》，山东教育出版社 2003 年版。

李书磊：《1942：走向民间》，山东教育出版社 2001 年版。

钱理群：《1948：天地玄黄》，山东教育出版社 2001 年版。

倪伟：《"民族"想象与国家统制》，上海教育出版社 2003 年版。

史华慈：《近代中国思想人物论：自由主义》，时报文化出版事业有限公司 1985 年版。

章清：《"胡适派"学人群与现代中国自由主义》，上海古籍出版社 2004 年版。

《中华民国史档案资料汇编》第五辑，第二编，江苏古籍出版社 1998 年版。

中央档案馆编：《中共中央文件选集》（11—18 册），中共中央党校出版社 1991—1992 年版。

支克坚：《中国自由主义文学在昨天和今天》，《中国现代文学研究丛刊》2003 年第 1 期。

陈国恩：《论中国"自由派"文学》，《贵州社会科学》1997 年第 4 期。

刘川鄂：《中国自由主义思潮与自由主义文学》，《中国现代文学研究丛刊》1998 年第 3 期。

王毅：《中国自由主义文学思潮的阶段性特征》，《中国现代文学研究丛刊》1997 年第 2 期。

赵海彦：《近年"中国现代自由主义"文学思潮研究述评》，《甘肃社会科学》2003 年第 2 期。

后　记

本书是教育部人文社会科学项目《现代中国自由主义文学思潮研究》（批准号07JA51008）的最终成果。项目由陈国恩设计和组织实施，张森博士与王俊博士共同承担，2011年夏完成。在研究过程中期间，一些成果先期以论文形式发表，总计十余篇，其中几篇被《新华文摘》和《中国人民大学复印报刊资料》转摘和转载。通过教育部验收，专著现在将要出版了，这是一件值得高兴的事。

中国"自由"派文学是自由主义文化思潮在中国现代文学领域里的反映，它在中国现代文学史上占有十分重要的地位。这不仅是因为它的作家队伍复杂而庞大，其中不少是艺术上取得了卓越成就的文学大家，更重要的是由于它在中国现代文学乃至中国现代社会发展过程中，以其自由主义的文学和政治理想介入了中国现代左右两大政治力量的冲突和博弈，牵连到了非常敏感而又十分重要的思想政治问题。可以这样说：若没有中国"自由"派文学的参与，中国现代文学将失去一多半的内容，并且在艺术上大打折扣，而中国现代社会也将不复如此热闹，各派政治力量不再会有如此难分难解的纠结了。简而言之，研究现代中国"自由"派文学，不仅是研究中国现代文学的一项重要内容，而且是深入了解现代中国社会的一个重要切入点，因为在它身上集中了现代中国社会的各种矛盾，包括文学的、哲学的、宗教的、道德的、政治的以及这些重要方面的相互关系。

中国自由主义文学的研究，已经取得了相当丰硕的成果。我们该如何另辟蹊径，力争有一些新的拓展？下面四个方面，是我们总体上的一些创新探索，提出来请方家明鉴：

一是把中国"自由"派文学视为介于中国左右两大政治力量之间的一个中间派文学。中国"自由"派文学在思想上受西方自由主义的影响，这种影响反映在政治理念上，是民主政治；落实到伦理观，便成了"个人主义的人间本位主义"。它在文学上倾向于追求非功利性的审美品质，正因为这一点，它与左翼文学乃至传统的注重教化的文学观念存在差异甚至冲突。但这种冲突客观上又影响到了左翼文学对文学与政治关系问题的思考，反过来也影响了自由主义文学自身的发展。从这一意义上说，中国"自由"派文学与左翼文学构成了冲突与互补的关系。这一点是以前的研究所忽视的。这样的研究，在方法论上超越了二元对立的研究思路，其积极的意义或有利于深入理解现代中国自由主义文学，也有利于展示左翼文学内部的复杂性与丰富性。

二是通过研究"自由"派作家的政治观和文学观，展现自由主义文学现象与政治之间的微妙关系。自由主义作家并非没有政治观，自由主义文学也并非完全逃离现实政治，只不过他们以另一种方式来解读现实政治，以另一种方式来建立文学与现实政治之间的独特关联。这样的理解，有利于深入而客观地认识中国"自由"派文学的特点、地位、贡献及其历史局限性。

三是强调自由主义思潮在中国的传播与接受有一个中国背景，重视它对作家影响的复杂性。我们的研究以代表性的作家和社团为核心，考察不同的社团和不同的作家在思想观念和艺术追求上的个性特点，从这些个性特点的差异性中追溯现代中国自由主义文学发展的曲折历程，从它的曲折历程揭示政治与文学的复杂运动，提出文学发展的一些规律性问题，进行学理的探讨。这样的探讨，想必有助于我们客观地认识历史，包括认识中国的现代文学史、现代思想史乃至现代革命史，有助于推动21世纪中国文学的繁荣和发展。

四是坚持论从史出，追求朴素平实的学风。为了使研究有一个厚实的基础，我们大量查阅了原报原刊，不只关注自由主义文学方面的报刊，还将国民党、日伪与左翼报纸杂志纳入研究视野，搜集了许多第一手资料。关于代表性的作家和社团的比较研究，都是建立在大量第一手资料基础上的；不同阶段"自由"派文学的特点，也是通过大量史料来说明，从而使研究成果有了扎实的材料基础，避免空泛之论。

当然，上述这些想法只是说出了我们自觉的努力方向，至于实际做得如何，还要请专家和读者评判。

书的绪论由陈国恩撰写，一至五章由张森执笔，六至九章由王俊执笔，最后由陈国恩统稿。专著的出版得到了武汉大学文学院的资助，责编李炳青女士付出了辛劳，在此一并致谢。

陈国恩
2013 年 2 月 1 日